Les Femmes d'Heresy Ranch

W0187233

Melissa Lenhardt

Les Femmes d'Heresy Ranch

Traduit de l'anglais (États-Unis)
par Tania Capron

cherche midi

Vous pouvez consulter notre catalogue général
et l'annonce de nos prochaines parutions sur notre site :
www.cherche-midi.com

Directeur de collection : Arnaud Hofmarcher

© Melissa Lenhardt, 2018
Titre original : *Heresy Ranch*
Éditeur original : Redhook Books / Orbit – Hachette Book Group

© le cherche midi, 2021, pour la traduction française
92, avenue de France
75013 Paris

Mis en pages par Nord Compo
Dépôt légal : février 2021
ISBN 978-2-7491-6627-8

Pour Jenny,

Sans son soutien et ses encouragements,

ce livre n'existerait pas.

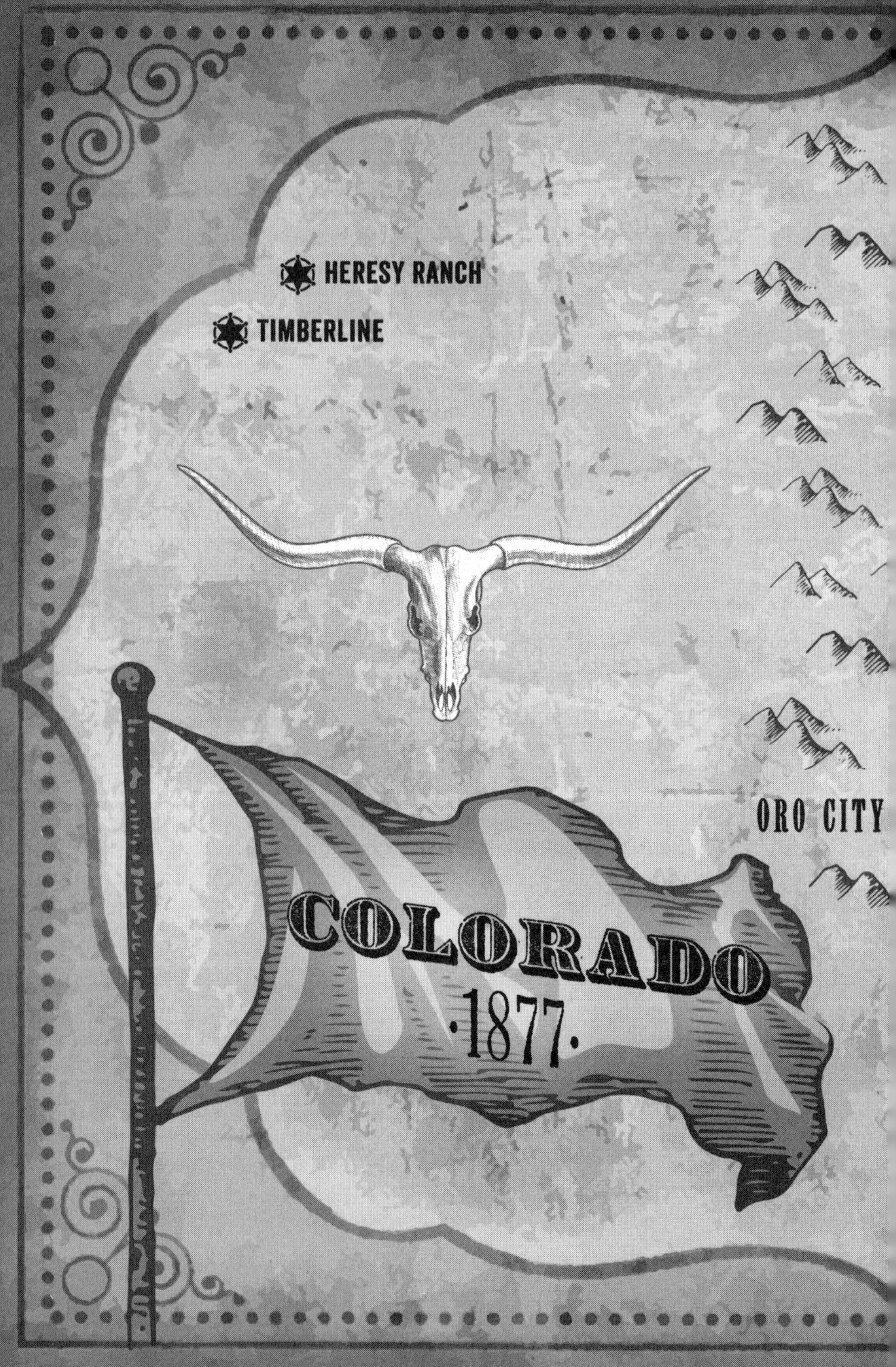
HERESY RANCH
TIMBERLINE
ORO CITY
COLORADO
·1877·

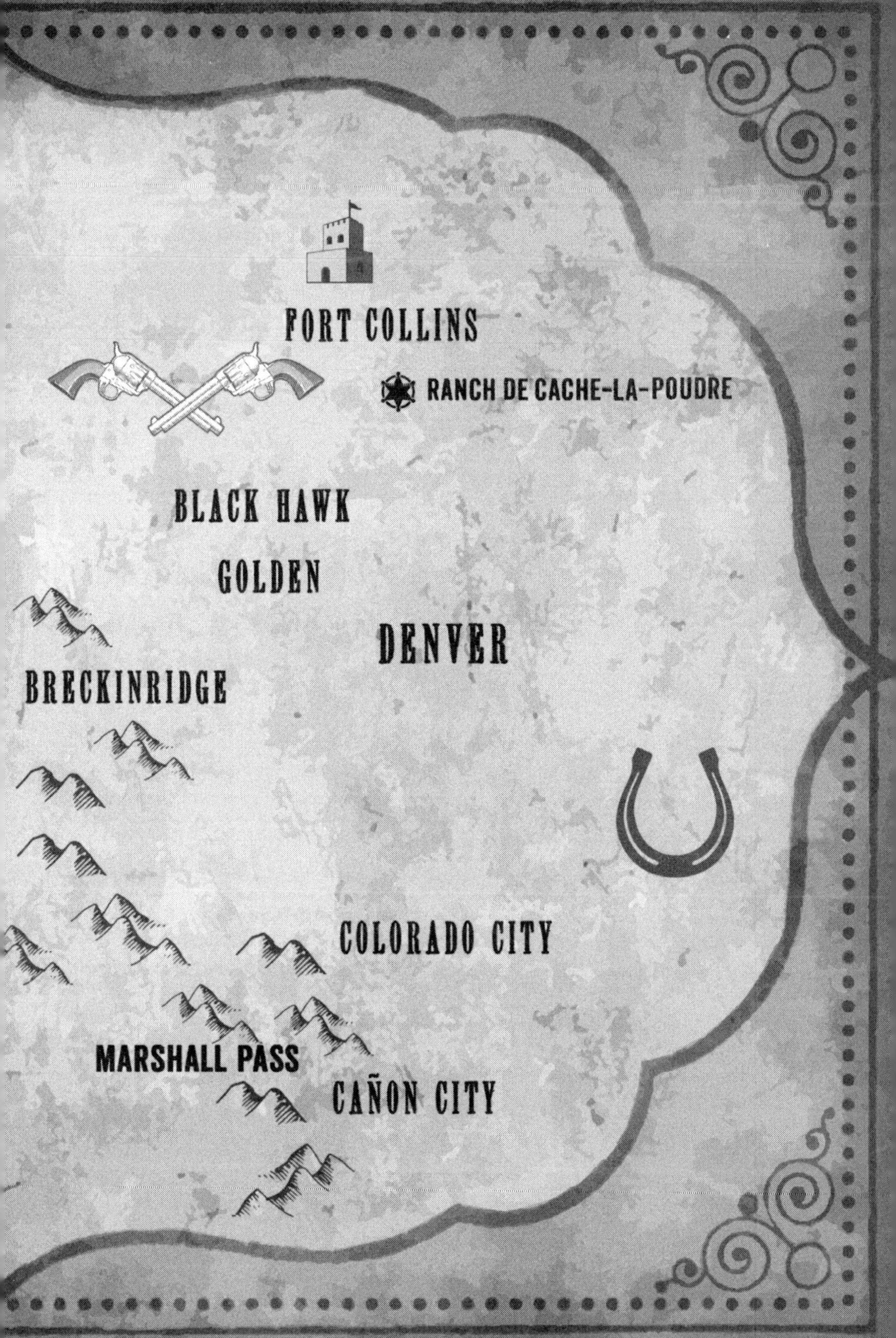
FORT COLLINS
RANCH DE CACHE-LA-POUDRE
BLACK HAWK
GOLDEN
DENVER
BRECKINRIDGE
COLORADO CITY
MARSHALL PASS
CAÑON CITY

« Les hommes ont toujours eu soin de consigner le moindre haut fait de leur moitié de notre race ; désormais les femmes devraient se faire un devoir, et une joie, d'établir pour les générations futures la liste de toutes les actions héroïques accomplies par l'autre moitié. »

Susan B. Anthony

Introduction

Par le docteur Stephanie Bailey
Professeure d'histoire de l'Ouest américain
Université de Boulder, Colorado

Cette histoire, comme tant d'autres, commence dans un grenier.

Une des choses que j'ai apprises en tant qu'historienne est que les histoires, et tout particulièrement celle des gens oubliés, nous parviennent rarement en droite ligne. Ne serait-il pas merveilleux que, s'attelant à la tâche de débarrasser la demeure d'un aïeul récemment disparu, un héritier, découragé par la perspective de devoir trier des décennies de souvenirs, découvre un trésor de courriers, carnets, articles de journaux soigneusement regroupés et classés, avec en bonus une copie des courriers envoyés, fournissant toutes les clarifications utiles ? Le fait est rarissime, le plus souvent d'ailleurs parce que lesdits héritiers ne perçoivent pas l'importance de ces liasses de lettres cassantes retenues par un ruban rouge fané, ou s'en moquent. Parfois ils les conservent avec l'intention de les lire plus tard et les oublient au fond d'un tiroir, où les découvrira la génération suivante, qui s'interrogera sur l'auteur des griffonnages délavés qui couvrent les pages de ce vieux journal relié de cuir craquelé. Plus souvent ils les jettent, et c'est un individu de plus qui meurt pour l'Histoire.

M'étant spécialisée sur la place des femmes dans l'histoire de l'Amérique, j'ai développé un large réseau d'amis et de collègues passionnés qui regardent notre héritage nous filer entre les doigts à mesure que notre société s'en éloigne, toujours plus vite, pour entrer dans l'ère du numérique. Ce sont des antiquaires, des historiens amateurs, des collectionneurs, des agents immobiliers, des bibliothécaires, qui comme moi souhaitent conserver la trace de notre passé. Il leur arrive de m'appeler quand ils découvrent quelque chose qui pourrait m'intéresser, et parfois un colis me parvient de façon impromptue. C'est ainsi que je suis entrée en possession de : *Margaret Parker, ou Saints et Truands : une histoire du Far West*.

Une amie qui a un penchant pour les livres anciens, les premières éditions et les publications obscures, avait dégoté ce *penny dreadful*[1] à la grande foire à la brocante de Round Top, au Texas. L'antiquaire lui avait expliqué qu'on l'avait retrouvé dans le grenier d'un manoir de Galveston quand celui-ci avait été transformé en *bed and breakfast*. Mon amie avait tout de suite compris la valeur potentielle de ce qu'elle avait sous les yeux, même s'il ne s'agissait que d'une partie du feuilleton. Elle avait payé cent cinquante dollars pour ces pages friables et jaunies, où les caractères étaient par endroits si décolorés qu'ils étaient illisibles. Rentrée chez elle, elle avait fait quelques recherches et découvert que

1. Les *penny dreadfuls* étaient des livrets vendus un penny qui racontaient des histoires criminelles et sanglantes. (*N. B.* : toutes les notes sont de la traductrice.)

l'éditeur était lui-même un auteur de *penny dreadfuls*, qui avait fait fortune avec une histoire de meurtre se déroulant au Far West, plus ou moins inspirée de faits réels. Elle n'avait trouvé aucune référence à son *Saints et Truands* sur le Net. Se disant que ce texte était peut-être lui aussi fondé sur une histoire vraie, elle avait photocopié les pages et me les avait adressées.

Ces histoires criminelles sanglantes – appelées parfois *penny horribles*, *penny bloods*, *penny awfuls* et *blooders* –, très en vogue dans l'Angleterre victorienne, connurent leur apogée vers 1860-1870. Cousins des romans gothiques, ces romans à sensation distillaient des histoires hautes en couleur, riches d'aventures, de crimes, d'horreurs et de romances. Imprimés sur du papier bon marché, vendus un penny, ils n'étaient pas faits pour durer, raison pour laquelle on en trouve aujourd'hui si peu d'exemplaires. Celui-ci avait été publié à la toute fin de l'âge d'or du genre, en 1890, aux États-Unis qui plus est, où le goût pour ces bizarreries ne fut jamais aussi fort que chez les Britanniques.

En le lisant, j'avais immédiatement écarté la thèse d'une pure fiction. *Saints et Truands* met en scène une jeune aventurière qui traverse le Colorado et se trouve prise dans une attaque de diligence. Les bandits l'enlèvent, pour la seule et unique raison, dirait-on, que l'auteur voulait placer un kidnapping dès les premières pages, et, très vite, notre héroïne découvre que les bandits sont des femmes déguisées en hommes. Elle rallie leur bande et les cinq chapitres suivants dépeignent des Robin des Bois du Far West pleines de panache, hors la loi et amantes, qui se muent en cavalières de l'Apocalypse assoiffées de revanche. Une histoire divertissante, dont j'aurais aimé avoir la conclusion, mais dont ni les péripéties ni les personnages ne présentaient la moindre ressemblance avec des personnes ayant existé que j'avais pu croiser au cours de mes travaux. Je classai donc le document, passai à autre chose et l'oubliai.

Ce n'est que cinq ans plus tard que je lus un essai sur Opal Steele Driscoll, une prostituée élevée au rang de femme de mineur puis de dame de la bonne société. Il mentionnait entre autres anecdotes qu'elle jouait de l'accordéon, une bizarrerie suffisamment inhabituelle pour que le *penny dreadful* me revienne en mémoire. Je l'exhumai. Il y était bien question d'une prostituée qui jouait de l'accordéon. L'essai notait qu'Opal Steele Driscoll s'était vantée d'avoir fait partie du gang Spooner, mais qu'étant une affabulatrice proverbiale, elle n'avait pas été prise au sérieux.

Vous trouverez peut-être que la connexion est infime, et vous aurez raison. Mais la conviction que ce gang féminin de fiction ait pu être créé d'après un fait réel s'était solidement implantée dans mon esprit – aucune historienne qui se respecte ne balaierait une telle possibilité, et des histoires plus importantes furent exhumées à partir de moins que ça. Je fis passer le mot dans mon réseau de se mettre à l'affût de tout ce qui pourrait avoir trait à un groupe de hors-la-loi féminins et décidai de commencer mes recherches par les patronymes des héroïnes de l'histoire. Margaret Parker était un nom étrangement banal pour une héroïne de ce genre de littérature. Sans surprise, je ne trouvai aucune correspondance satisfaisante dans les registres de recensement de 1870 et 1880. L'émigration était alors incessante et Margaret Parker aurait pu vivre pendant neuf ans dans le Colorado sans y être recensée. Je me tournai donc vers les journaux de l'époque et là, je dénichai un avis de décès.

Je vous fais grâce des détails des cinq années qui suivirent (mon éditeur me dit que cela n'intéresse personne et que tout ce que veulent les lecteurs, c'est lire l'histoire). La recherche demande beaucoup de temps, plus encore quand on l'effectue en plus du reste. Il s'est passé dix ans depuis que j'ai reçu ce cadeau inattendu, mais je pense avoir enfin rassemblé toutes les pièces de l'histoire de Margaret Parker, Hattie LaCour et leur bande : un journal intime, un récit oral, le suivi de l'affaire par une détective, des comptes rendus dans les journaux de l'époque, et même des télégrammes ; à quoi s'ajoutèrent des ouvrages sur l'histoire des villes, de la prostitution et des mouvements de suffragistes. Vous constaterez que le journal et le récit de vive voix sont suffisamment concordants pour statuer que trois femmes ont vécu les mêmes événements, bien que les récits « officiels » donnent des faits une version très différente. C'est à vous qu'il reviendra, lecteur, de juger ce qui vous semble le plus vraisemblable : que trois femmes, à soixante ans d'intervalle, rapportent des histoires présentant des similitudes frappantes, mais qui seraient de pures inventions, ou que les journaux de l'époque disent les faits vrais. Ces recherches m'ont ouvert les yeux à un point que je n'avais pas anticipé et je resterai éternellement reconnaissante à cette amie qui, remarquant un vieux fascicule décrépit où il était question de Far West, pensa à moi.

Margaret Parker et Hattie LaCour furent bien réelles, elles ont vécu et elles étaient magnifiques.

Dr Stephanie Bailey
Université du Colorado
Le 15 décembre 2017

PREMIÈRE PARTIE

LA LÉGENDE D'HATTIE LACOUR

1

Archives des récits d'esclaves de la WPA[1]

Deuxième entretien avec Henrietta Lee
Par Grace Williams

Samedi 5 septembre 1936

Henrietta Lee est une ancienne esclave de La Nouvelle-Orléans âgée de quatre-vingt-douze ans. Elle fut interviewée en juillet par Gerald Coleman et lui raconta sa vie d'esclave, son enrôlement dans le régiment des Buffalo Soldiers[2] en se faisant passer pour un homme, son renvoi après avoir été démasquée. Ayant terminé sa mission, Coleman mit fin à l'entretien. En transcrivant les notes de Coleman, je fus intriguée par la remarque qu'avait faite Mme Lee en prenant congé : « L'histoire allait juste devenir intéressante. » La curiosité eut raison de moi et je retournai la voir pour en savoir plus. Ce qui suit est la transcription littérale d'une série d'interviews de Mme Lee. – Grace Williams.

1. WPA : Works Progress Administration, Agence de développement du travail. Agence fédérale créée en 1935 pour donner des emplois aux millions d'Américains victimes de la Grande Dépression de 1929, et chargée de différents travaux d'intérêt public. Elle fut dissoute en 1943.

2. Buffalo Soldiers (les Soldats bisons) est le surnom qui était donné au 10e régiment de cavalerie de l'armée des États-Unis. Créé en 1866 dans le Kansas, il fut le premier régiment uniquement composé de Noirs.

Je ne pensais pas que quelqu'un reviendrait me voir. J'avais eu l'impression que M. Coleman aurait préféré être n'importe où ailleurs qu'ici, à discuter avec une ancienne esclave. Un monsieur très pris, j'en doute pas. Tout le monde est très occupé, de nos jours, on conduit des voitures, on est dehors à n'importe quelle heure du jour et de la nuit. Plus personne ne sait rester assis en silence avec soi-même. S'ils ne sont pas dehors, ils écoutent la radio. Il y a un tel bruit, de nos jours. Le silence des montagnes me manque, croyez-moi.

Vous voulez que je vous raconte ma vie après l'armée, c'est ça ? C'est pour le projet ? Allons, ma fille, je reconnaîtrais un menteur à des kilomètres à la ronde avec un bandeau sur les yeux. Vous voulez tirer quelque chose de tout ça. Scénariste, c'est ça ?

Mme Lee rit un long moment, si longtemps que des larmes se mettent à couler sur son visage ridé.

Mais non, je me moque pas de vous. Ce qui me fait rire, c'est que tout ça est si foutrement parfait. Soixante ans plus tard, je me retrouve exactement là où j'étais en 1877.

Son rire s'éteint.

Sauf que maintenant, je suis toute seule.

C'est bizarre, voyez-vous. Sur les quatre-vingt-douze années de ma vie, j'ai été esclave durant vingt et un ans, une goutte d'eau si on y réfléchit. Mais encore maintenant, c'est la seule chose dont les gens veulent parler. Comme si je n'avais pas existé les soixante et onze ans qui ont suivi, jusqu'à aujourd'hui. Comment vous expliquez ça ? Les temps changent et ils veulent se souvenir ? Pour faire mieux à l'avenir ? Ou pour se rappeler la bonne vieille époque ? Tout peut toujours être pire. Chaque fois qu'on obtient un petit progrès, les choses mettent à empirer. Un pas en avant et dix en arrière.

Entre nous, l'essentiel de ce que j'ai raconté à Coleman, c'étaient des blagues. Ce qu'il voulait entendre et comment il voulait qu'on lui dise, mon p'tit. Si j'avais dit ce qui se passait vraiment ? Les coups ? Les visites du maître, la nuit ? Bah, il m'aurait pas crue. Il voulait juste entendre parler de bons maîtres, de madames douces comme le miel et d'esclaves joyeux qui sourient en cueillant le coton ; alors c'est ce que je lui ai donné. J'ai jamais touché une balle de coton de toute ma vie. Vous croyez vraiment que le gouvernement va garder des véritables témoignages de ce qu'on nous a fait ? C'est à nous de conserver notre mémoire orale et de la faire circuler parmi le peuple noir. On n'oubliera pas, et peut-être qu'un jour on racontera ce qui s'est véritablement passé.

Mais nan, ce sera perdu et oublié, comme tant d'autres choses. Oublié ou transformé. Parce que ce sont les hommes blancs qui écrivent l'Histoire, ma fille. Ils ne se montreront jamais autrement que comme des héros. Allons… Vous savez très bien que j'ai raison. Vous voulez la vérité, je vous la donne, Grace Williams.

J'ai connu une Grace, jadis. Au Colorado. Si je l'aimais ? Ça dépendait des moments. Vous aimez les gens tout le temps, vous ? Votre mari ? Vous êtes une menteuse, ma fille. Mais ne vous en faites pas, tout ce que je vais vous dire sera la vraie vérité, devant Dieu. Vous avez entendu parler du gang Parker ? Ça ne m'étonne pas. Le gang Spooner ? Pfouuu, ce fichu film. Pas un mot de vrai, même si Gary Cooper lui ressemble plutôt pas mal. Jed était beau et il le savait. Il n'avait qu'à regarder une femme pour qu'elle baisse sa culotte. Oh, pas moi, non. Ce n'est pas moi qui avais une histoire avec lui, c'était Garet. Margaret Parker, voilà son nom de baptême. Une Anglaise, une dame et une duchesse.

Elle avait la plus jolie voix que j'ai jamais entendue, même si la plupart du temps elle s'efforçait de la contrefaire. Y avait pas beaucoup de dames venues de Grande-Bretagne dans l'Ouest, et encore moins des dames bandits. Bandits, oui, c'est bien ce que j'ai dit. Hors-la-loi est sûrement un terme préférable. J'y arrive, ne vous inquiétez pas. Vous avez l'intention d'écouter ou de poser des questions sans arrêt ? C'est bien ce que je pensais.

Pour Garet et Spooner, je sais pas exactement quand ça a commencé entre eux, avant la mort de son mari ou après. Très peu de temps après, ça c'est certain. Jed et sa bande se servaient de notre ranch comme planque quand ils avaient fait un coup, d'abord le ranch de Cache-la-Poudre[1], puis celui qu'on a eu dans le Hole, on l'avait appelé Heresy, quand Thomas est mort et que le colonel a mis la main sur le ranch de Garet.

Si je travaillais pour Margaret Parker ? Certainement pas. On était amies. Je pense que c'était ma destinée, d'arriver à son ranch quand j'ai dû me cacher, en 1869. J'étais en fuite, voyez-vous ; à l'armée, ils avaient découvert que j'étais une femme, alors je ne pouvais plus trop me déguiser en homme et chercher un autre régiment. C'était fréquent de faire ça, à cette époque, mais moi, étant noire, il n'y avait que quelques régiments où je pouvais aller. Je n'aimais pas trop faire semblant d'être un homme, de toute façon. Ça me donnait des libertés que les femmes n'avaient pas, mais les vêtements ne changeaient rien à la couleur de ma peau. J'aimais bien les hommes avec qui j'ai servi, et ils m'aimaient bien aussi. Alors je suis devenue une de ces femmes qui suivent les camps. Les buandières, on nous appelait. On faisait plus ou moins ce qu'on était censées faire, sauf que

1. En français dans le texte.

beaucoup d'entre nous servaient aussi les hommes d'une autre manière.

J'ai pas trop mal vécu, pendant un temps. Jusqu'à ce qu'un de ces ploucs blancs se retrouve avec son engin en panne une nuit et décide que c'était de ma faute. Je n'étais pas une petite femme fragile, pas comme maintenant, mais lui, c'était un vrai taureau. J'avais pas une chance. Il m'a attaché les mains au-dessus de la tête au piquet de la tente, a enlevé sa ceinture et m'a déchiré le dos comme il faut. Ça devait lui rappeler le bon temps. Après ça, plus de problème avec son engin. Il m'a laissée attachée à mon poteau, une bouillie sanglante. Ça va toujours, mademoiselle Williams, c'est pas trop pour vous ?

Il m'a fallu plusieurs semaines pour me remettre sur pied. Les autres buandières m'ont soignée, en particulier une femme qui s'appelait Sue. Sa sœur était morte quelques années plus tôt, une mort violente, elle a jamais dit quoi ni comment, mais je soupçonne que c'était de la main d'un homme. On ne se fréquentait pas d'habitude, je lui prenais trop de clients. Mais elle a oublié tout ça pour s'occuper de moi. Les femmes font ce genre de chose, vous savez. Elles prennent soin les unes des autres dans les coups durs. Les femmes bien, en tout cas.

Quand j'ai pu marcher et que mes plaies ont cessé de se rouvrir, j'ai pris ma revanche. Sue savait ce que j'allais faire. On n'en a jamais parlé, mais un matin, j'ai trouvé un gros Bowie caché sous mon oreiller. Vous voyez ce que c'est, un Bowie ? On les appelle comme ça à cause de Jim Bowie, le héros de Fort Alamo. Des grands couteaux de chasse avec une lame longue comme ça. Celui-ci n'avait pas l'air si terrible. Un manche d'os jaune entouré d'une lanière de cuir pour pas glisser, vous voyez ? J'ai dû changer la lanière après, elle était tout imbibée de sang. Mais si, j'ai tué un homme blanc. Je lui ai tranché la gorge. Pas beau à voir. J'ai jamais plus tué de cette façon. Vous croyez que M. Coleman aurait fait quoi, si je lui avais raconté ça ? *Elle rit.*

J'ai volé son manteau et son cheval et j'ai galopé comme une folle. J'ai crevé le cheval. C'était avant que j'apprenne comment ménager une bête pour qu'elle tienne sur des kilomètres. Alors j'ai continué à pied. Je me suis cachée dans les collines pendant quelques jours, je mangeais des baies, je buvais l'eau des rivières. L'homme que j'avais tué était seulement un deuxième classe, mais ils devaient être à ma recherche, pour des raisons faciles à comprendre. Vous laissez un nègre s'en tirer…

C'était l'automne, les nuits devenaient froides, trop froides pour que le cache-poussière que j'avais pris à cette fripouille serve à grand-chose. Je pouvais pas risquer de faire du feu, même si j'avais une pierre pour l'allumer. Un soir je suis arrivée devant ce ranch, avec une grande grange derrière. Je me suis faufilée à l'intérieur et j'ai dormi dans une stalle. Ça n'a pas eu l'air de trop gêner le cheval. Mais j'ai toujours su m'y prendre avec les animaux. Pas comme Garet et Jehu, forcément, mais je me défendais.

Bref. Je m'étais dit que je me réveillerais avant l'aube, je volerais peut-être un poulet et je repartirais. Pas un cheval. Ça non, ça ne m'est même pas venu à l'esprit, sans mentir. Les voleurs de chevaux étaient à peine un cran au-dessus des nègres qui tuaient des hommes blancs. Je n'ai jamais eu peur de mourir, vous savez. Encore maintenant, je n'ai pas peur. C'est l'après qui m'a toujours terrifiée. Non, ce n'est pas le problème de l'enfer. Je me suis repentie, j'ai été lavée dans le sang de l'agneau. Je me dis que Pierre me laissera entrer sans trop d'histoires. Non, c'est l'après, quand mon âme sera partie mais que mon corps sera toujours là. J'ai vu ce qu'ils font aux cadavres des Noirs, encore aujourd'hui.

Vous aussi ? Bon, vous n'êtes pas une sotte. Tant mieux, tant mieux. Votre cervelle, c'est ça qui vous gardera en vie et à l'écart des ennuis. Souvenez-vous de ça.

Dieu tout-puissant, il y avait quelque chose, dans cette grange. Quelque chose de réconfortant. L'odeur de la paille et des chevaux. Du fumier. La chaleur. J'ai été réveillée au matin par un jeune garçon qui avait l'air d'une fille, ou du moins c'est ce que j'ai pensé. Il ne s'est pas mis à hurler, ne s'est pas rué à la maison pour prévenir son patron. C'est-à-dire Garet, et son mari, Thomas, comme j'ai appris après. Il a vu le sang séché sur le devant de ma robe et a demandé si j'étais blessée. Il est allé me chercher quelque chose à manger à la maison, un peu de whisky, et une robe propre. Puis le shérif est arrivé et le garçon m'a cachée dans une meule de foin.

S'ils m'ont trouvée ? Je suis là, pas vrai ? Mais Garet m'a trouvée, elle. Elle a regardé ma robe propre, la sienne, et m'a regardée moi, dans les yeux. Elle avait des yeux magnifiques, Garet. Bleu glacier. Des cheveux noirs. Plutôt élégante que jolie, avec un visage un peu chevalin, pour être honnête, mais il y avait quelque chose chez elle qui vous attirait. Elle savait qui j'étais. Il ne pouvait pas y avoir tant de négresses inconnues dans les collines autour de Cache-la-Poudre. « Tu l'as tué ? » elle m'a demandé. « Oui, m'dame. » « Pourquoi ? » « Il m'a pris mon honneur. » Elle a hoché la tête, une seule fois, et elle m'a dit de venir à la maison.

Elle m'a traitée avec respect, comme une égale, dès le début. Elle ne me donnait jamais d'ordre. Toujours s'il te plaît et merci et à me demander mon avis. Je ne lui ai pas fait confiance tout de suite. À part Sue, à la fin, j'étais pas habituée à voir des femmes blanches gentilles. J'étais sûre que Garet finirait par se révéler comme toutes les autres, avec le temps. Mais ça n'est jamais arrivé.

J'ai aimé cette femme, vraiment. Elle était comme ma sœur. On se disputait comme des sœurs, d'ailleurs. Mais en définitive, on prenait soin l'une de l'autre. On faisait toutes ça. Mais avec Margaret… Cette femme me manque, c'est sûr. Sa vie a été interrompue trop tôt, y a rien à dire de plus.

Octobre 1877. L'été d'avant c'était… Je ne sais pas. Peut-être que je ne devrais pas en parler, car vous ne me croiriez pas. Personne ne me croit, et il n'y a plus personne pour confirmer ce que je dis. Vous allez retourner à vos projets d'archives, et vous parlerez de cette folle qui dit qu'elle était un hors-la-loi. Ils mettront au panier mes divagations de vieille femme sénile. Pourtant, c'est peut-être la toute dernière chance que notre histoire puisse être révélée. Grace a essayé, mais tout ce qu'elle a réussi à faire c'est un *penny dreadful* qui n'a pas grand-chose à voir avec les faits. Dorcas Connolly n'en a jamais dit un seul mot. Mais oui, je l'ai suivie, toutes ces années. La putain accordéoniste, là, Opal, elle a jamais été hors-la-loi ni de près ni de loin, mais elle a raconté tellement de fadaises sur ses exploits que plus personne ne voudra croire un mot venant d'une femme qui a vécu à la même époque, si elle ne va pas dans le sens des mensonges sur lesquels ils sont tous tombés d'accord. Quels mensonges ? Bon sang, ma fille, tout ce que vous voyez sur les écrans de cinéma, pour commencer ! Tout ce que vous lisez, tout ce que vous entendez. La légende de l'Ouest est un énorme mensonge, et ils appellent ça un mythe parce que ça sonne mieux. Le plus grand mensonge, c'est que les hommes ont conquis l'Ouest tout seuls. Les femmes étaient moins nombreuses, c'est sûr, mais on était là. Bon sang, ils n'auraient jamais pu s'installer dans l'Ouest sans les femmes, mais est-ce qu'on en a tiré le moindre crédit ? Est-ce qu'on a déjà été les héroïnes de quoi que ce soit ? Tu parles. Et une femme noire ? Merde.

Du coup, vous comprenez pourquoi j'hésite. C'est pas une histoire qui tient en trois lignes, et je ne pourrai pas vous la raconter en une journée. Mais si vous avez envie de faire plaisir à une vieille femme, si vous êtes prête à patienter quand je fatigue trop pour continuer et à m'écouter réellement, je vous raconterai. Oui ? Parfait, alors. Mais vous devez me promettre une chose : de ne répéter ce que je vais vous dire à personne avant que je sois morte. Oui, oui, c'est gentil de dire ça, mais j'ai quatre-vingt-douze ans, d'après ce que je sais, et je suis fatiguée, Grace Williams. Très fatiguée. Ça ne sera plus très long, désormais, et je suis prête. Oh oui, ma fille, je suis prête. Bien sûr, je peux parler encore un peu aujourd'hui, si vous me resservez du thé. La cuisine est tout droit au fond. Prenez-en un pour vous aussi, pendant que vous y êtes.

Merci. Il n'y a rien de meilleur que prendre un thé sur son porche, non ?

Mme Lee reste silencieuse un long moment, rassemblant ses pensées.

Je ne peux pas vous parler de l'été 1877 tant que je ne vous ai pas dit comment on en est arrivées là, comment nos vies ont pris ce tournant qui a fait de nous des hors-la-loi. Ça a commencé quelques années plus tôt, quand Thomas est mort de la phtisie. En janvier 1872. Les choses ont continué normalement pendant quelque temps. Moi, Garet et Jehu, on tenait le ranch. On avait une petite cuisinière chinoise, aussi, Zhu Li. Une de ces femmes qui se présentaient chez nous, travaillaient un moment, puis s'en allaient. Et Joan et Stella, bien sûr, elles étaient déjà là à l'époque où Thomas est mort.

On avait un voisin, un monsieur, un riche, le colonel Louis Connolly. Au début, après la mort de Thomas, il a été d'un grand secours. Il était éleveur de bétail, nous on dressait et on vendait des chevaux sauvages. Garet avait un don avec les chevaux, ça pour sûr. Elle les calmait en un clin d'œil. Je n'avais jamais réalisé qu'elle était bien plus douée que Thomas avant qu'il se retrouve cloué au lit. On ne faisait pas concurrence à Connolly, d'ailleurs on lui réservait des chevaux et lui nous rendait de nombreux services, comme j'ai dit. Mais en fait, il préparait le terrain pour racheter le ranch à la petite dame quand ça deviendrait trop lourd pour elle. Ce qui ne s'est pas produit, les affaires étaient florissantes.

Environ six mois après la mort de Thomas, Garet a acheté les cent quarante hectares entre son ranch et celui de Connolly à la veuve d'un homme qui s'était pris une ruade de sa mule en pleine tête. Ça nous faisait presque deux cent quatre-vingts hectares de terres alluviales de première qualité. Ça a contrarié le colonel au plus haut point. Il avait fait une offre pour le ranch, mais le mari de la veuve lui avait fait jurer de ne jamais vendre à ce « salopard de Connolly ». Elle a dit à Garet de combien était l'offre et lui a demandé de proposer un dollar de plus. Elles pourraient dire en toute bonne foi qu'elle avait offert un meilleur prix. Le colonel a appris à combien elle avait vendu et ça l'a rendu fou de rage. Mais ça, on ne l'a su que plus tard. Il n'a pas supporté de s'être fait couper l'herbe sous le pied par une femme, mais je crois qu'une part de lui admirait le discernement de Garet. C'est pour ça qu'il a d'abord voulu l'épouser. Elle était jeune, avait beaucoup de caractère, pour sûr, et une grande intelligence. Les hommes, et bien des femmes, tombaient très vite sous son charme, et le colonel ne faisait pas exception.

Il est venu au ranch un soir, habillé sur son trente et un, et j'ai su tout de suite que le vent allait tourner. Garet aussi. Vous auriez dû voir comme elle s'est figée quand il a passé la porte avec son bouquet de fleurs sauvages à la main. Ce vieil homme – il avait vingt ans de plus que Garet, mais on aurait dit trente et même plus avec sa face tannée et ses cheveux argentés. Il avait tous ses cheveux, une belle chevelure, je dois lui accorder ça. Les sœurs et moi on est parties dans l'autre pièce pendant qu'il lui faisait sa demande, mais vous vous imaginez bien qu'on a tout écouté. Il ne s'y est pas mal pris, bien des femmes auraient été flattées et auraient sauté sur cette opportunité. Pas Garet. Elle lui a dit qu'elle avait besoin de temps pour réfléchir.

On est restées toute la nuit à en parler toutes les deux. Regrouper les deux ranchs en une seule affaire avait du sens. Comme j'ai dit, ils se complétaient. Mais on savait parfaitement l'une et l'autre qu'aussitôt qu'elle aurait dit oui, elle perdrait le contrôle de son ranch. On ne pouvait pas présager de ce qu'on deviendrait, nous autres, mais une chose est sûre, c'est qu'on n'aurait pas été transférées dans la grande maison. C'est ça qui l'a décidée, la crainte de ce qui se passerait pour nous. Et où iraient les femmes qui nous cherchaient parce qu'elles avaient besoin de se mettre en lieu sûr ? Jamais le colonel ou Dorcas n'accepteraient de servir de refuge à un paquet de putains et d'épouses en fuite.

Et puis, Garet ne voulait pas se remarier. Pour quoi faire, puisqu'elle avait Spooner pour se satisfaire de loin en loin ? Elle avait pris goût à la liberté, voyez-vous. Être son propre maître, diriger le ranch sans avoir à prétendre que la réussite revenait à son mari, quelle femme sensée renoncerait à ça ? Surtout qu'elle avait Jehu, moi et les sœurs pour l'aider. Si les choses avaient tourné autrement, je pense que Garet aurait constitué son propre empire.

Bref. Elle a dit non à Connolly, très poliment. Elle savait qu'elle avait besoin de lui si nous voulions survivre, il était très puissant dans la région – un mot favorable de sa part et les banques nous suivraient.

Garet était une femme bien. Parmi les meilleures. Sinon, est-ce qu'elle nous aurait tous recueillis, traités comme sa famille ? Comme des égaux ? C'était toute la différence. Le colonel ne voyait personne comme son égal, il voyait juste des gens à dominer et régenter. Je crois que ça a été la grande erreur de Garet, de toujours vouloir voir de la bonté en chacun. Elle n'a pas réalisé à quel point le colonel était orgueilleux et qu'il ne lui pardonnerait jamais sa rebuffade. Je crois que sa sœur, Dorcas, lui a monté la tête ; l'audace de Garet d'oser le rejeter ! Garet avait toujours apprécié Dorcas, mais moi je voyais clair en elle. Bon sang, elle me traitait comme une esclave. Elle m'appelait *négresse* les yeux dans les yeux.

Après que Garet a refusé le mariage, la proposition suivante de Connolly a été pour le ranch. Il en donnait à peu près la moitié de sa valeur. Quand Garet a dit ça à Jed, il a ri et a répondu qu'elle ferait une meilleure affaire en braquant la banque de Connolly à Denver. Croyez-moi, ce n'est pas tombé dans l'oreille d'une sourde.

On n'était pas complètement ruinés, mais l'argent manquait. Elle avait dépensé l'essentiel de ses économies pour le ranch de la veuve et avait gardé plus de chevaux que d'habitude pour la reproduction ; on avait peu vendu et presque tout l'argent passait à rembourser un emprunt que Thomas avait contracté deux ans plus tôt. Garet avait la certitude que nous aurions un beau troupeau au printemps suivant, et quand les banquiers avaient vu les comptes depuis un an que Garet était aux commandes, ils s'étaient mis à la considérer comme un bon investissement.

Jehu s'est remis à effectuer des transports de marchandises pour faire rentrer un peu d'argent et Spooner est reparti – il détestait le froid et ne supportait pas les hivers du Colorado. Il a laissé un peu d'argent mais il s'était passé du temps depuis leur dernier vol, et il n'était pas en fonds. De toute façon, Garet ne voulait pas de ses aumônes. Elle disait qu'accepter son argent en ce moment, si ce n'était pas pour les chevaux ou pour loger la bande, lui donnait l'impression d'être une putain qui recevait de l'argent d'un souteneur.

On a tenu jusqu'à la fin de l'hiver, uniquement grâce aux voyages de Jehu et aux talents de Stella et de Joan pour les conserves. On a constitué un nouveau cheptel au mois de juin suivant, en soixante-treize, et on a passé l'été à les dresser. Garet était un crack. Elle débourrait deux chevaux par jour, parfois même trois. Un cheval l'a désarçonnée et elle s'est cassé un bras. Le médecin est venu lui mettre un plâtre et à peine il était reparti qu'elle remontait sur le cheval.

Certains soirs elle s'endormait à table. On travaillait tous très dur, n'allez pas croire. Je m'occupais du bétail et j'aidais pour les chevaux. Les sœurs s'occupaient du potager et de la maison. Jehu s'occupait aussi des chevaux avec Garet, mais il était souvent parti. Ces petites sommes régulières qu'il rapportait nous aidaient, mais j'ai cru que Garet allait se tuer à la tâche.

En dépit de ces conditions très dures et de l'angoisse qui nous tenaillait en permanence, je pense que ça a été un des plus beaux étés de mon existence. On était heureux. On avait de grands espoirs, voyez-vous ? Le troupeau était exceptionnel, on avait gardé dix des plus belles juments pour la reproduction, ce qui faisait vingt-cinq poulinières au total, et on les avait fait monter par nos étalons. On envisageait de faire du ranch une vraie ferme d'élevage, pas seulement nous contenter de capturer des mustangs. On comptait sur l'argent des ventes pour passer l'hiver suivant et on pensait même réussir à mettre un peu de côté.

Tout va bien. Vous n'avez jamais vu une vieille femme pleurer ? Je n'ai plus repensé à tout ça depuis très longtemps. Je ne pouvais pas, voyez-vous, tout était trop parfait cet été-là. Quand je repense à tous ces espoirs qu'on avait, ma foi, ça me brise le cœur. Non. Ce n'est pas ça. Ça me met en colère. Encore maintenant. Soixante ans après. On ne faisait de tort à personne. Juste des femmes qui s'occupaient de leurs affaires, qui avaient créé une famille, qui faisaient leur business, et qui participaient à la conquête de l'Ouest, bon sang, aussi bien que les hommes. Mais ils ne supportaient pas l'idée qu'on n'ait pas besoin d'eux.

On l'appelait le colonel Connolly, mais le grade le plus élevé qu'il avait atteint pendant la guerre du Mexique, c'était lieutenant. Il se faisait donner du colonel quand il commandait une milice territoriale pendant la guerre. Il s'était octroyé le titre, il avait de bonnes relations avec l'armée grâce à son passé comme soldat. Il fournissait du bétail et du ravitaillement aux forts. Quand il a demandé à ses copains de l'armée de réquisitionner les chevaux de Garet, ils ont accepté.

Ils ont pris nos chevaux, tous jusqu'au dernier, et aussi le fourrage, les réserves de nourriture, les chariots, les chèvres, les poules. Même les poules, bon sang, en disant que c'était pour l'approvisionnement de l'armée, qu'ils n'avaient plus rien dans les forts du Nord parce que tout était envoyé au Sud pour la campagne contre les Indiens comanches. Ils ne devaient pas être si mal en point, vu qu'ils n'ont rien pris chez personne d'autre. Ils nous ont payé des clopinettes et ont dit qu'on aurait l'argent au printemps, en principe, vu la lenteur de leur bureaucratie. Mais on savait bien qu'on ne verrait jamais cet argent.

On n'espérait pas que le colonel nous soutienne, mais les autres petits ranchs, oui. Sauf qu'il s'est avéré que ça leur plaisait pas qu'un ranch tenu par des bonnes femmes marche mieux que les leurs. On n'a reçu aucune aide de leur part, même si les femmes ont eu la politesse de paraître embarrassées par l'attitude de leurs maris.

Margaret est allée voir les banques pour qu'elles nous aident à nous remettre à flot, mais Connolly avait fait le nécessaire pour que personne ne lui prête d'argent. Pas sûr qu'il y en aurait eu beaucoup pour prêter à une femme, de toute façon. Plusieurs lui ont suggéré de retourner à la place pour laquelle elle était faite, c'est-à-dire la maison. Quand elle est rentrée de Denver, une lettre de Connolly l'attendait, avec une dernière offre pour le ranch, au plus bas prix.

Je ne savais pas que Garet avait cette rage en elle. Si elle a accepté l'offre ? Ma foi oui, elle l'a acceptée. Elle n'avait pas le choix. On n'avait plus un sou et plus un cheval. La seule chose de valeur qui nous restait c'étaient les terres. Puisqu'elle devait perdre ses rêves, elle prendrait chaque cent qu'elle pourrait à ce bâtard qui les avait volés. Il lui a fait porter l'argent, avec cinq chevaux. Des carnes. On est partis avec rien d'autre que les vêtements qu'on avait sur le dos et ce qu'on a pu fourrer dans nos sacs de selle et attacher sur un sixième cheval.

Tout le monde vous dira que le premier hold-up réalisé en plein jour dans une banque du Colorado est celui de Telluride, par Butch Cassidy, en quatre-vingt-neuf. Mais c'est faux. La banque des Rocheuses le 19 novembre 1873, et c'était Margaret Parker. Même pour ça, son premier coup, les hommes ont voulu la gommer de l'Histoire. D'ailleurs ils ont fini par réussir. En dépit de tous les efforts de Garet.

Revenez demain, Grace Williams. Je vous parlerai de Grace Trumbull. Son kidnapping a marqué le début de notre fin, mais bien sûr on ne le savait pas à l'époque. Elle est arrivée au printemps soixante-dix-sept. Elle était censée être le témoin de notre histoire, celle qui raconterait les derniers jours du gang Parker. Comme je vous ai dit, elle a essayé, mais elle a échoué. Je suppose que la mission me revient, à présent. Et dans peu de temps, ce sera à vous.

ROCKY MOUNTAIN NEWS

MARDI 25 NOVEMBRE 1873

LA BANQUE DES ROCHEUSES DÉVALISÉE EN PLEIN JOUR

Le 19 novembre dernier, après avoir verrouillé le coffre, John Powell a quitté la banque des Rocheuses par la porte principale, savourant déjà le dîner de sa mère qui l'attendait à la maison. C'est la dernière chose dont il se souvient. Quand il a repris conscience, il était assis par terre dans la banque, ligoté à une chaise. Dehors, il faisait nuit et il voyait la neige qui tombait dans la rue. Il était minuit quand il est enfin parvenu à se libérer. Bravant les accès de vertiges et de nausées, il a couru au bureau du shérif pour signaler le cambriolage.

Le coffre avait été vidé et tous les papiers brûlés dans un bidon. Interrogé, Powell n'a pu se rappeler quoi que ce soit entre le moment où il a refermé la porte de la banque et celui où il a repris connaissance, quelques heures plus tard. Le shérif Brandon Smith a renvoyé le jeune homme se reposer chez lui. Au moment où nous imprimons, John Powell n'a toujours aucun souvenir de ce qui s'est passé.

La banque n'a pas communiqué le montant des sommes dérobées, mais elles sont vraisemblablement considérables. Un trou a été découvert dans le mur du bureau du directeur de la banque quand le colonel Connolly, propriétaire de la banque, est venu sur place constater les dégâts.

ROCKY MOUNTAIN NEWS

MARDI 25 NOVEMBRE 1873

MEURTRE D'ALFRED GERNSBECK
UNE FEMME TÉMOIN DE L'ASSASSINAT A DISPARU

Alfred Gernsbeck, l'éditeur de la *Tribune du Colorado*, a été sauvagement assassiné dans l'allée derrière la chapellerie Porter le jour même du cambriolage de la banque des Rocheuses. Gernsbeck a été retrouvé avec une balle dans la tête, sans manteau ni chapeau, mais toujours en possession de sa montre de gousset et de son portefeuille. Curieux démon en vérité, prêt à tuer un homme respectable pour lui voler son manteau, tout en lui laissant des possessions de plus grande valeur.

Une femme a entendu le coup de feu et alerté des hommes qui se trouvaient dans la rue. Le shérif et ses hommes l'ont cherchée un peu plus tard pour l'interroger comme témoin, mais n'ont pu la localiser ni l'identifier. Les hommes qu'elle avait alertés n'ont pas été surpris : la femme semblait terrifiée et elle était partie en courant.

M. Gernsbeck laisse une épouse, Altoona Gernsbeck, quatre enfants, et aussi son journal, dont le lectorat était en baisse.

2

Journal de Margaret Parker

Journée du mercredi 23 mai 1877
Rapportée le vendredi 28 septembre 1877
Heresy Ranch, Timberline, Colorado

J'aurais dû comprendre que Grace Trumbull nous amènerait des ennuis en la voyant fixer d'un air d'extase le canon de mon revolver. Bien sûr, c'est facile à dire à présent, avec le recul. À l'époque, j'avais failli éclater de rire à la voir si audacieuse sous la menace d'une arme.

« Vous êtes en train de nous attaquer, madame Butler, pour de vrai ?

— Absolument.

— Alors c'est vous, ce fameux gang de femmes ! » Grace s'est tournée vers son voisin. « Vous disiez que c'était une légende. Et les voilà en train de vous dévaliser.

— Taisez-vous, espèce d'idiote. »

Benjamin Adamson, Dieu ait son âme, levait les mains en l'air en tremblant et la sueur ruisselait sur son visage. Mais il avait parlé d'un ton rogue, et je m'étais demandé ce qui l'emportait chez lui de la peur de l'arme pointée dans sa direction ou de la colère que ce soit une femme qui la tienne.

« Pas la peine d'être désagréable, Benjamin. Il ne vous arrivera rien tant que vous ferez ce qu'on vous dit. »

Son visage s'est couvert de taches rouges quand j'ai prononcé son prénom, ce qui était en soi une réponse à ma question.

Une balle a fait voler un fragment de bois sur la diligence. Grace Trumbull a vacillé et j'ai vu son sourire s'effacer comme si elle prenait conscience qu'elle n'était pas en train de lire un roman et qu'il y avait de vraies balles dans nos armes. Le garde, Toddy je crois, s'est figé en ouvrant de grands yeux affolés. Un peu de sang est apparu sur sa joue, touchée par un éclat, et a coulé lentement dans sa barbe.

« J't'avais dit d'pas bouger. »

Hattie braquait son fusil du haut de son cheval noir avec une étoile sur le front. Elle portait un manteau d'uniforme de l'armée nordiste et un képi orné d'une plume d'oie glissée dans le ruban, crânement incliné sur ses courts cheveux crépus. Un gros cigare était planté au coin de sa bouche.

« Pose ton arme par terre. Doucement.

— Il y a un pistolet pointé sur chacun de vous. »

Joan et Stella se tenaient dos à dos, un revolver tourné sur le cocher, l'autre sur Adamson. Un petit vent faisait voler leurs cheveux blonds lâchés sur leurs épaules, qui les faisaient paraître cinq ans plus jeunes que leur âge, ce qui était très commode. La poupée que Joan gardait à ses pieds depuis que nous avions quitté Canyon City avait contribué à convaincre nos compagnons de voyage qu'elles étaient deux jeunes sœurs en route pour Columbia où elles devaient rejoindre leur père, un prospecteur. Avec sa fraîcheur ravissante, Adamson et Grace Trumbull n'auraient pu imaginer qu'une arme était dissimulée sous la robe de la poupée.

« N'allez pas croire que nous sommes trop jeunes pour savoir nous en servir », a ajouté Joan.

Jehu, le cocher et responsable du convoi, a posé à terre le fusil du garde.

« Et tes pistolets », lui ai-je dit. Il a obéi.

On a travaillé rapidement. On s'était donné cinq minutes pour le hold-up, car la route entre Canyon City et Columbia est très empruntée pour rallier les mines d'or qui se nichent dans les ravins et les cols des montagnes environnantes. Chacune de nous savait ce qu'elle avait à faire : Stella a confisqué les armes, Joan est allée chercher les chevaux cachés après le virage, et moi, mon fusil braqué sur eux, j'ai ordonné au cocher et au garde de descendre le coffre-fort.

Nous étions obligées de crier pour nous faire entendre par-dessus la rivière qui rugissait à une dizaine de mètres de la piste. Dressée sur sa monture, Hattie s'était placée devant la diligence pour que les chevaux de l'attelage restent tranquilles et tenait en respect le cocher et le garde avec son revolver. Stella était entre la diligence et le flanc de la montagne, ses deux revolvers pointés sur le tandem qui déchargeait le coffre-fort, tandis que je surveillais Grace et Adamson. Quatre gâchettes pour quatre personnes, c'était une configuration de bon augure.

« Vous avez passé des heures avec nous dans cette diligence, à discuter avec nous, tout en sachant ce que vous alliez faire », a dit Grace Trumbull.

C'était une des brillantes idées d'Hattie. Occuper le plus de places possible à bord, afin d'avoir le moins de personnes possible à neutraliser. Gagner la confiance des passagers pour qu'ils soient plus dociles le moment venu. Chance supplémentaire, un homme était descendu à l'arrêt de Gunnison, et il n'était plus resté que Grace Trumbull, débarquée de Chicago pour parcourir le Grand Ouest avec l'idée d'écrire un livre sur ses aventures, et Benjamin Adamson, un clerc de notaire qui se rendait à Columbia avec la paie de la société minière de Connolly. Il ne nous avait pas dit ça, bien entendu, seulement qu'il apportait des documents à son patron, mais il était la raison de notre présence sur cette diligence en particulier. Ou plus exactement le coffre de Connolly.

Grace nous dévisageait à tour de rôle. Elle a froncé les sourcils.

« Je n'aurais jamais imaginé. Je croyais que vous étiez une veuve de guerre. »

Je l'ai regardée à travers la fine grille de la voilette noire qui couvrait mon visage et j'ai dit que l'un n'empêchait pas l'autre.

Elle a rétorqué qu'elle en doutait et s'est mise à monologuer sur le fait qu'acheter trois places dans la diligence nous facilitait la tâche, en réduisant le nombre de personnes à gérer.

« Et le fait que je sois une femme était une chance de plus, je suppose. »

J'ai acquiescé, impressionnée par son sang-froid.

« Absolument, soyez-en remerciée.

— Et votre phtisie ? C'était aussi une ruse, madame Butler ? »

J'ai haussé les épaules et me suis tournée vers les hommes qui portaient le coffre en échangeant des regards éloquents.

« Il fallait bien trouver une raison pour faire stopper la diligence à l'endroit convenu. Une quinte de toux était le plus simple.

— Assez de bla-bla, dépêchez-vous, tous les deux », a lancé Hattie.

Grace a continué à m'examiner, un petit sourire aux lèvres, sans se soucier d'Hattie.

« Emily Butler, c'est votre vrai nom ?

— Aussi vrai que nécessaire.

— Votre gang a un nom ?

— Nous sommes une légende, vous vous rappelez ? »

Depuis le printemps 1875, nous avons effectué quatre hold-up, sans compter la première banque que j'avais dévalisée à Denver. Mais il n'y avait toujours rien dans les journaux sur les hauts faits d'armes d'un gang de femmes. Je me serais sentie offensée de l'ignorance délibérée de la presse si cela ne nous avait pas fourni une couverture idéale pour continuer.

J'ai regardé Adamson.

« Alors, voilà la question qui me taraude depuis longtemps : est-ce que vous allez les payer – j'ai fait un signe du menton vers les deux acolytes qui posaient le coffre à terre – pour déclarer que c'est le gang Spooner qui vous a attaqués, ou est-ce que vous tomberez juste d'accord là-dessus, tous ensemble, entre gentlemans qui n'ont pas envie que le monde sache qu'ils se sont fait refaire par une poignée de femmes ?

— Vous n'avez pas encore gagné. »

J'ai baissé les yeux sur le pistolet dans ma main et l'ai pointé derechef sur Adamson.

« Il y a des armes braquées sur vous, Ben, et comme vous l'a précisé ma jeune associée, nous savons nous en servir.

— On s'entraîne au tir tous les jours, a dit Stella. Cela dit, quand il s'agit de tuer, j'ai un faible pour les armes blanches. Grandes ou petites, peu importe.

— Vous n'avez jamais tué personne jusqu'à présent, a objecté Adamson.

— Oh, vous avez entendu parler de nous, finalement ? ai-je fait.

— Moi, j'ai entendu parler de vous », a coupé Grace.

Je l'ai regardée, sachant que Stella ne quittait pas

Adamson des yeux. J'espérais à demi qu'il tenterait quelque chose contre moi, qu'il me donnerait un prétexte pour le tuer. Mon doigt me picotait sur la détente.

J'avais aimé Grace Trumbull dès que je l'avais vue, ce qui prouve que nos succès m'avaient ramollie et rendue vaniteuse. Elle parlait trop et avait un goût consternant pour les fables ridicules qu'Henry Pope déversait sur le Far West dans ses *penny dreadfuls*, mais elle avait par ailleurs une intelligence hors du commun, qu'avait confirmée la façon dont elle avait compris notre plan dès que j'avais sorti mon revolver. Entre Canyon City et le premier changement d'équipage, j'avais passé trente minutes captivantes à les écouter débattre, elle et Adamson, sur l'éducation et le vote des femmes. Grace avait gagné la bataille et passablement ridiculisé Adamson, ce qui me l'avait rendue encore plus sympathique.

J'ai ouvert de grands yeux incrédules, et j'ai fait claquer ma langue en direction du clerc de notaire.

« Vous entendez ça, Ben ? Grace a entendu parler de moi jusqu'à Chicago.

— De nous, a grogné Stella.

— Quoi ?

— Elle a entendu parler de nous jusqu'à Chicago.

— Oui, nous, bien entendu.

— Trois minutes, a annoncé Hattie.

— Donnez-moi la clé, Ben. »

Adamson a pris une grande inspiration, le visage tavelé par la rage.

« Certainement pas. »

Stella s'est avancée derrière lui et l'a frappé à l'arrière de la tête avec la crosse de son revolver. Il a poussé un cri en tombant à genoux, Stella lui pressait le canon sur l'arrière du crâne. Joan est revenue à cet instant avec les chevaux, montée sur le sien. Elle a tendu les rênes des trois autres à

Hattie et a fait avancer son cheval sur le cocher et le garde pour les obliger à reculer dos à la diligence. C'était sa première attaque, mais elle semblait née pour ça. Elle m'avait harcelée des mois durant pour que je la laisse venir avec nous, et j'avais fini par accepter, à la surprise des autres. Quand Hattie et Stella m'avaient demandé pourquoi, j'avais prétendu qu'une personne en plus nous permettrait d'attaquer de plus grosses cibles. Mais la vérité, c'est que j'avais décidé que ce hold-up serait le dernier.

« Je n'ai pas aimé la façon dont tu regardais ma sœur, a dit Stella.

— Je n'ai pas aimé non plus, a approuvé Grace. Vous croyez que vous avez le droit de lorgner les jeunes filles juste parce qu'elles sont assises en face de vous ?

— Elle me faisait de l'œil. »

Stella l'a frappé une deuxième fois, et du sang a coulé sur sa tempe. Grace a hoqueté et est devenue livide. Elle a porté ses mains à sa gorge en déglutissant bruyamment. Stella enfonçait son Colt dans le crâne d'Adamson, les yeux brûlant d'une fièvre que je ne connaissais que trop bien.

« Je peux tirer ?

— Bien sûr que non.

— Non, non, pardon, ne me tuez pas, a supplié Adamson.

— Je n'ai pas l'intention de te tuer. Juste te faire regretter jusqu'à la fin de tes jours que je ne l'aie pas fait. »

J'ai fait non de la tête pour mettre Stella en garde.

Une tache sombre est apparue sur le devant du pantalon d'Adamson. Grace a détourné les yeux pour ne pas voir son humiliation et j'ai presque eu pitié de lui. Je me suis avancée et j'ai tendu ma main ouverte. Adamson a fouillé la poche de sa veste et y a posé la clé.

« Merci. »

Hattie a tiré des menottes de sa poche et les a lancées aux pieds de Grace.

« Allez, les filles, on n'a pas toute la journée. »

J'ai dit à Grace de passer les menottes à Adamson. Sans relever la tête, il a mis ses mains derrière son dos. Après avoir refermé les menottes, Grace m'a regardée d'un air interrogateur, les yeux brillants d'excitation.

« OK, Grace. Je vais ouvrir ce coffre. Tu ne vas pas faire d'histoires, n'est-ce pas ?

— Non, bien sûr que non.

— Fais-moi plaisir, écarte-toi de là. » Elle a obéi. « Et garde les mains en l'air. Vous aussi, les garçons, ai-je lancé à Toddy et à Jehu.

— Je suis pas un garçon », a grommelé Jehu.

Stella avait enfourché son cheval. Elle m'a lancé un sac de selle vide. Nos chevaux secouaient un peu la tête, mais ils ne bougeaient pas. Ils avaient déjà fait ce genre de chose, et je les avais soigneusement entraînés. J'ai ouvert le coffre et rempli le sac de billets verts et de pièces de monnaie.

« Vous vous rendez compte que c'est pas seulement le propriétaire de la mine que vous volez, a fait Toddy. C'est des dizaines d'hommes qui travaillent très dur.

— Des braves travailleurs qui vont gaspiller leur paie à boire, jouer et aller voir les filles. Pendant que leurs veuves, en Californie[1], meurent de faim avec leurs gosses. »

J'ai fermé le sac plein et l'ai balancé sur mon épaule, appréciant le poids de mon butin.

« D'autre part, ils n'avaient qu'à garder leurs filons, au lieu de les vendre à un bâtard de patron. Il vaut cent fois

1. *California widows*, le terme désignait les femmes séparées de leurs époux partis chercher fortune dans l'Ouest. Elles restaient seules avec les enfants en attendant de pouvoir les rejoindre.

mieux être son propre patron que de dépendre de quelqu'un d'autre pour vivre. »

Hattie est allée vers le garde et le cocher.

« Détachez les chevaux. »

Joan a fait reculer son cheval pour libérer les deux hommes.

« Je reçois pas d'ordres d'une esclave prétentieuse », a dit Jehu.

Je m'étais bien attendue à ce qu'un des hommes résiste, mais pas lui. Tout le monde a regardé Hattie en se demandant ce qu'elle allait faire.

Quand nous nous démasquions et qu'ils découvraient que nous étions du sexe faible, les hommes étaient si choqués qu'ils s'exécutaient sans trop de résistance. Quand ils cherchaient à nous provoquer, c'était généralement à Hattie qu'ils s'en prenaient, et elle avait toujours fait preuve d'un parfait sang-froid. Jusqu'à ce jour. À en juger par son expression, elle ne s'était pas préparée à une attaque de ce côté, elle non plus.

Elle est descendue de cheval avec une lenteur étudiée, bien que nous n'ayons guère de temps pour ça – nos cinq minutes étaient largement dépassées, mais je ne me serais pas risquée à m'opposer à Hattie LaCour quand elle était en colère –, et a donné les rênes des chevaux à Joan. Elle a rangé son revolver dans son holster et Joan et Stella ont sorti les leurs pour les braquer sur les hommes. Hattie était debout devant eux, mains dans le dos, et j'ai vu dans les yeux de Toddy qu'il croyait pouvoir tenter sa chance, malgré les armes pointées dans sa direction.

J'ai armé le Spencer de Toddy et l'ai calé sur mon épaule. Il s'est figé.

Hattie LaCour a soufflé la fumée de son cigare au visage de Jehu.

« Tu t'appelles comment, petit gars ?

— J'ai rien à vous dire.

— C'est pas faux. Pourquoi tu me parlerais ? Je suis juste une négresse prétentieuse, une femme, en plus. Il faut me mettre au pas. Ce serait la pire des insultes à ta virilité d'avoir la politesse de me dire ton nom. »

Avant qu'on ait compris ce qui se passait, le couteau d'Hattie était sorti du fourreau caché sur ses reins et sa lame était entre les jambes de Jehu. Les yeux du jeune homme se sont exorbités, puis plissés de colère.

« Tout le monde aime parler mal aux nègres, mais moi, personne me parle mal... »

Elle m'a lancé un coup d'œil.

« Emily ? » J'ai incliné la tête. « Cette bonne vieille Emily, ici présente. Tout le monde la traite avec le plus grand respect, même ceux qu'elle humilie rien qu'en leur adressant la parole. Elle a du bagout, pour ça, Emily. Mais c'était encore jamais arrivé qu'un homme se pisse dessus. Je crois qu'il va falloir qu'on commence à surveiller nos arrières. On a toujours su qu'il y avait une limite à ne pas dépasser : vous autres, les hommes, vous ne nous laisserez pas nous en sortir comme ça éternellement. Alors si on doit avoir les Pinkerton aux trousses, autant leur donner une bonne raison.

— Pour l'amour du ciel, dites-lui votre nom, a dit Grace Trumbull.

— Ne dis rien, a dit Toddy.

— Écoutez-le, celui-là, c'est pas lui qui a un couteau sur la queue, a ricané Stella.

— Je m'appelle Jehu. Je vais détacher les chevaux. Ôte ce foutu couteau de là. »

Jehu est petit, sec, avec des bras musclés à force de mener des attelages. Il a des petites mains pour un homme, mais solides, couturées de cicatrices, avec de la poussière de cuir incrustée dans les plis des phalanges.

« Nan. Pas si vite. Je veux que tu te mettes à genoux et que tu me baises les bottes.

— Ça suffit, j'ai dit.

— Pardon ? Tu vas laisser ce minable m'insulter ?

— Tu vas trop loin, a dit Jehu.

— Oh, je pourrais aller beaucoup plus loin. Ça fait longtemps que j'ai pas tué un homme blanc. Ça me démange, j'avoue.

— On n'a plus le temps. Je pense qu'il a compris. Détache l'attelage, Jehu. Toddy, tu l'aides. »

Jehu s'est écarté d'Hattie et les deux hommes ont détaché les chevaux. Tandis qu'Hattie rangeait son poignard dans son fourreau, j'ai fixé les sacs à la selle de mon cheval, vérifié la sangle et suis retournée dans la diligence. J'ai sorti le sac en tapisserie de Grace Trumbull et j'ai entrepris de le fouiller.

Elle a fait un pas en avant.

« Attendez, il n'y a rien de valeur là-dedans. »

J'ai brandi un Peacemaker[1].

« Je vous aurais plutôt vue du genre Derringer, Grace. Un peu gros, pour une petite dame comme vous. Vous redoutiez une attaque ?

— Si c'était le cas, vous pensez bien que je l'aurais plutôt gardé avec moi dans la cabine.

— Exact. »

J'ai glissé le revolver dans la ceinture de ma jupe et j'ai sorti du sac ce que je cherchais : un carnet relié de cuir. Pendant un de ses soliloques, Grace avait parlé d'un journal

1. Colt Peacemaker, le « Pacificateur », un revolver développé pour l'armée américaine en 1872.

qu'elle tenait en vue d'une publication future. Je m'étais aussitôt dit que je le prendrais. J'avais besoin de lecture pour ma retraite.

« Pas ça, je vous en prie. C'est des mois de travail. »

Je l'ai rapidement feuilleté. Il restait beaucoup de pages blanches.

« Vous pourrez en commencer un nouveau avec le récit de votre premier hold-up. »

Hattie, Joan et Stella étaient déjà en selle. Hattie jetait des regards assassins à Jehu qui dételait l'attelage. J'ai sorti deux paires de menottes de son sac de selle et j'y ai glissé le journal et le pistolet de Grace. J'ai pressé la cuisse d'Hattie, senti l'énergie qui bouillonnait en elle. J'ai dévisagé le cocher.

« Parfait, mais ne t'éloigne pas trop. »

Hattie a approuvé d'un hochement de tête.

Le cocher et le garde ont fini de détacher les quatre chevaux. J'ai fait signe à Grace de s'approcher. Elle s'est exécutée, l'air méfiant, le regard rivé sur les menottes.

« Ce n'est pas pour toi, mais pour eux. Attache-les ensemble. »

J'ai enfourché ma jument grise tandis que les autres disparaissaient déjà derrière le virage. Old Blue piaffait, excitée de sentir le départ tout proche.

« Attendez. Vous ne pouvez pas nous laisser là, a dit Grace.

— C'est comme ça, Grace. Je vous dévalise, puis je disparais. Quelqu'un passera bien assez tôt et pourra vous aider.

— Emmenez-moi avec vous.

— Pourquoi je ferais ça ? »

Grace s'est approchée et a saisi les rênes de mon cheval pour me retenir.

« Pour que je puisse raconter votre histoire. Personne ne croit à votre existence. Moi je peux faire en sorte que vous ayez la reconnaissance que vous méritez. »

Je dois lui rendre justice : elle avait parfaitement perçu ce que je désirais avant que je le sache moi-même. Si je n'avais pas été pressée par le temps, ma raison aurait prévalu et j'aurais laissé Grace Trumbull sur la route de Columbia. Ce n'est pas ce que j'ai fait.

« OK, venez. »

Elle a refermé son sac précipitamment et me l'a passé. Je l'ai accroché au pommeau de ma selle, lui ai tendu la main et l'ai fait monter derrière moi.

J'ai entendu la voix de Jehu percer le brouhaha de la rivière et résonner entre les flancs de la montagne.

« Tu vas regretter ça. »

Il avait raison, naturellement.

3

Archives des récits d'esclaves de la WPA

Entretien avec Henrietta Lee

Dimanche 6 septembre 1936

Eh bien, qui voilà de retour ? Heureusement que je suis une lève-tôt, Grace Williams, sans quoi vous m'auriez surprise sans mon tignon. Je porte toujours un foulard, depuis des années. Votre tatie aussi ? Ce sont les meilleures taties, celles qui portent le tignon.

Je ne sais pas trop combien de temps je vais pouvoir parler aujourd'hui. Je n'ai pas bien dormi cette nuit. De vous raconter tout ça, ça a fait remonter des souvenirs. Je m'assois sur ce porche tous les jours, je regarde le monde tourner et je me souviens. Mais c'est différent, de raconter les choses à quelqu'un d'autre. Dans ma tête, je peux me repasser les mêmes souvenirs, les meilleurs, on peut dire. Mais si je décide de tout vous raconter, comme ça s'est passé, je dois parler aussi des mauvais moments. Ceux où je ne suis pas si reluisante ni si innocente.

Montrez-moi un peu vos notes ? Comment est-ce que vous transcrivez tout ça ? Ces symboles, là, je n'ai pas la moindre idée de ce qu'ils signifient, mais je suis bien obligée de vous faire confiance. Je me doute que cette histoire, comme c'est toujours le cas, va passer par des filtres, et une partie de la vérité sera perdue. Non, non, je ne dis pas que vous le ferez délibérément, mais il y aura forcément beaucoup de différences entre ce qui est arrivé il y a soixante ans, le souvenir que j'en ai, la façon dont je vous le raconte, vos notes, et puis le récit que vous en ferez. Mais comme pour le moment il n'y a pas de récit du tout, je me dis que quoi que vous écriviez, ce sera toujours mieux que rien.

J'en étais où ? Grace Trumbull. Exact. En y repensant hier soir, je me suis dit qu'il fallait revenir un peu en arrière avant de parler d'elle. Mais ne vous en faites pas, on y arrivera aujourd'hui quand même.

Donc, le colonel a pris possession du ranch de Garet, Garet a vidé son coffre, après quoi on est allés passer l'hiver à Cheyenne. La ville était suffisamment grande pour ne pas se faire remarquer. Jehu continuait ses convois, moi je travaillais comme cuisinière dans un hôtel et Garet travaillait pour un médecin, comme infirmière, elle faisait essentiellement des gardes de nuit. Joan était trop jeune pour travailler, alors elle et Stella restaient à s'occuper de la maison qu'on avait louée. On s'en est bien sortis cet hiver soixante-treize-soixante-quatorze, mais nous n'étions pas heureux, aucun de nous. Je détestais travailler en cuisine, devoir sans arrêt obéir aux ordres. Bien sûr que je suis bonne cuisinière, mais ça veut pas dire que j'aime ça. Garet était une bonne infirmière, mais elle ne supportait pas de rester confinée à l'intérieur comme ça. Je n'ai jamais vu quelqu'un dormir aussi peu. Quatre, cinq heures lui suffisaient, et dès qu'elle avait un moment de libre dans la journée, elle allait faire les yeux doux à un type qui possédait des chevaux pour qu'il la laisse les sortir, les soigner, les nourrir. Il a pas mis longtemps à comprendre qui elle était, sa réputation de cavalière était à ce point dans la région. Ils passaient beaucoup de temps à parler de chevaux et de courses. Ce n'était pas la préférence de Garet, mais elle en savait quand même un rayon à ce sujet grâce à son grand-père. Ce type la harcelait de questions : il jouait et voulait faire fortune avec les chevaux. Les hommes pariaient sur tout et n'importe quoi, à l'époque. Ça n'a probablement guère changé, je ne sais pas. Jehu n'a jamais été joueur, quant à lui.

Puis cet homme, je ne me souviens plus de son nom, s'est pris une ruade dans la jambe par un cheval de trait. Les os sortaient de tous les côtés, Garet nous a raconté que le sang giclait de partout. Elle lui a sauvé la vie en stoppant l'hémorragie et en envoyant chercher le docteur. Mais forcément, il a perdu la moitié de sa jambe. Il a été hors course pendant deux mois et a demandé à Garet de s'occuper de l'écurie à sa place. Ce qu'elle a fait. Il était ravi qu'elle maintienne ses affaires à flot, si bien, même, qu'il a pu dégager un profit rondelet, alors qu'on était en plein hiver. Par contre, il n'a pas apprécié que certains se paient sa tête à ce sujet. Alors dès qu'il a pu se déplacer avec une béquille, Garet a été renvoyée à ses malades.

On aurait pu rester là et vivre correctement. On s'était fait quelques amis et Garet envisageait même d'ouvrir sa propre écurie pour faire concurrence à ce type. Il y avait là une femme qui avait proposé de lui faire un prêt. Mais Jed a débarqué et nous a dit qu'il connaissait un terrain où on pourrait s'installer sans risque qu'un riche propriétaire essaie un jour de nous le prendre. Aucun de nous n'aimait trop vivre en ville, alors on l'a suivi jusqu'à sa planque, à Timberline, dans les montagnes à l'ouest.

Arriver jusqu'à la vallée de Brown's Hole était un enfer. C'est une gorge très encaissée qui fait la frontière de trois États, du coup les représentants de la loi n'allaient pas trop y mettre leur nez, c'était un casse-tête juridique. Spooner était tombé sur cette ville l'année précédente, quand il était en fuite après le hold-up de la banque de Cheyenne. Il avait promis de l'argent aux habitants s'ils le laissaient planquer ici chaque fois qu'il en avait besoin. C'est lui qui a permis à la ville de survivre pendant plusieurs années, jusqu'à ce que la pression devienne trop forte : la bande s'est séparée pour se tirer d'affaire et lui est parti pour le Mexique. Les Texas Rangers[1] ont fait de lui un tueur sans merci. Encore une partie de l'histoire que Hollywood a complètement déformée.

Les hommes étaient partis et la ville était trop isolée pour pouvoir s'en sortir avec le commerce. Les vendeurs de concessions avaient servi des salades aux colons, c'est un fait. Mais bon, tout le monde mentait aux colons, rien de nouveau sous le soleil, et je suppose que c'était encore pire à Timberline, isolés comme ils l'étaient dans ce canyon. Il n'y avait qu'une seule route pour entrer ou sortir, et elle était dangereuse.

Il fallait quelqu'un pour veiller sur la ville, alors c'est nous qui nous en sommes chargés. J'ai toujours su que Garet voulait faire un nouveau casse. Je le voyais dans ses yeux, chaque fois que Spooner et ses hommes buvaient un coup de trop et commençaient à fanfaronner. Elle savait qu'elle pouvait faire mieux que ça. Et c'est ce qu'on a fait.

On a eu une belle série. Deux ans. Six hold-up. Plus de cinquante mille dollars. Vous pouvez me croire sur parole, car c'est la stricte vérité.

Une minute, ma belle. Je ne vais pas pouvoir continuer si vous vous obstinez à répéter que ceci n'est pas possible et que cela est incroyable. On n'est qu'au début de l'histoire.

---

1. Les Patrouilleurs du Texas, agence de police gouvernementale créée en 1835. Dès 1823, une patrouille avait été recrutée pour protéger les colons durant la guerre d'indépendance du Mexique.

Bon sang, pas étonnant que les histoires de femmes restent toujours ignorées de tous. Tout ce qui sort de l'ordinaire est taxé d'être des inventions ou le fruit d'une trop grande imagination. Comme s'il ne venait jamais à l'idée de personne que les femmes puissent être aussi capables que les hommes, plus douées même, dans bien des situations, parce qu'on n'a pas à tenir notre rang en tant qu'homme, avec tout ce que ça implique.

Si vous devez avoir ce genre de réaction chaque fois que je vous dis quelque chose et si vous m'interrompez comme ça, il vaut mieux vous lever et partir tout de suite. Je n'ai pas de temps à perdre.

Bon.

Jehu faisait l'éclaireur, en quelque sorte. Il gardait les oreilles grandes ouvertes pour savoir ce qui se disait, où et quand allaient circuler les paies. Il allait au renseignement sur les mines les plus prospères, les filons qui donnaient le mieux, pour qu'on attaque leurs bureaux. Quand on visait telle banque ou telle concession, Garet et moi on allait s'installer en ville, séparément, et on cherchait du travail. Enfin, moi je cherchais du travail. Garet se faisait passer pour une riche Anglaise qui voulait investir ou qui partait à l'aventure dans l'Ouest, comme cette femme, là, Bird[1]. Vous n'en avez jamais entendu parler ? Elle avait fait un petit événement, à l'époque, elle avait écrit un livre sur son séjour dans les Rocheuses. Je l'ai lu. Pas terrible. Mais du coup, les gens ne trouvaient pas ça trop bizarre quand Garet expliquait qu'elle faisait la même chose.

La première attaque de diligence qu'on ait faite, c'était dans le Wyoming en 1875. On était masquées cette fois-là,

1. Isabella L. Bird, *Une Anglaise au Far West*, récit de quatre mois de voyage dans les Rocheuses en 1873. Petite Bibliothèque Payot, 1997.

parce qu'on savait que des hommes ne se laisseraient pas faire par des femmes, d'autant qu'on n'était que trois, moi, Garet et Stella.

C'était Jehu qui conduisait et on était convenus d'un signal. S'il portait un mouchoir rouge autour du cou, il y avait trop de gâchettes dans la diligence. S'il était bleu, nous étions en nombre suffisant. Ça s'était passé en douceur, mais les risques qu'on avait pris m'avaient rendue nerveuse. Cinq hommes et deux femmes, en tout, alors qu'on n'était que trois. On avait l'assurance que Jehu ne poserait aucun problème, bien sûr, mais on ne pouvait pas savoir pour les autres. Mais ça s'est bien passé. On n'a jamais volé les passagers, seulement les compagnies.

On voulait faire une autre attaque dans les montagnes, parce que là, on pourrait disparaître avant que quelqu'un ait le temps d'aller donner l'alarme à la ville la plus proche. Nos chevaux étaient entraînés à marcher en montagne. Il n'y avait personne dans tout le Colorado qui soit capable de nous suivre, on le savait. Quand Jehu a entendu parler d'un convoi qui acheminait la paie d'une mine de Connolly, j'ai proposé qu'on soit plus malignes et qu'on achète des places comme voyageurs, afin de réduire le nombre des passagers qu'on aurait à gérer. Ça a été le premier boulot de Joan, et on s'est retrouvées avec trois personnes à nous sur six dans la diligence. Et la chance nous a souri car un des passagers est descendu en cours de route et sa place est restée libre. Mais on craignait que ça attire les soupçons si je voyageais avec eux, une femme noire qui voyageait seule, ça n'était pas fréquent. J'ai rejoint la diligence à un endroit convenu, Garet l'avait fait stopper et avait déjà pris le contrôle.

Tout s'est passé sans anicroche, et tandis qu'on galopait vers la cabane où on devait changer de chevaux, je nous voyais déjà faire ce genre de coup plus régulièrement, en allant plus loin éventuellement dans le Wyoming, ou dans l'Utah. Et pourquoi pas jusqu'en Arizona, bon sang ? Il n'y a rien qui puisse être comparé à la fièvre du hors-la-loi, je vous le dis. Rien.

Je n'ai pas envisagé que c'était notre dernier coup quand j'ai vu Garet arriver avec Grace Trumbull en croupe, mais j'aurais dû le comprendre. On ne peut pas kidnapper quelqu'un, l'introduire dans son clan, en pensant que tout continuera comme avant.

Garet avait changé depuis la perte de son ranch de la rivière Poudre. Sur bien des aspects, mais surtout, je crois qu'elle s'était mise à voir de l'injustice partout, même là où ça n'avait pas lieu d'être. Le fait que les exploits d'un gang de femmes restent ignorés, cachés sous le tapis, elle voyait ça comme un tort de plus qu'on nous faisait. Alors que moi je voyais ça comme un laissez-passer pour continuer aussi longtemps que possible.

Je ne crois pas qu'elle voulait tirer gloire de ce qu'on avait fait, non ; elle voulait juste qu'on sache que c'était nous. Ça paraît contradictoire, mais pas du tout. Pas vraiment. Garet voyait en Grace un atout tombé du ciel. Elle allait écrire sur nous, en toute objectivité. Mais elle avait une autre motivation, dont je ne savais rien et que je n'ai apprise que quelques semaines plus tard. C'est la chose la plus égoïste qu'elle ait jamais faite, nous amener cette Grace, et pendant un moment je l'ai haïe à cause de ça. Grace, pas Garet. Garet avait trop fait pour moi, pour les autres, pour que je puisse lui faire le moindre reproche. Je vais être franche, ma loyauté et mon amour pour Garet ont été mis à rude épreuve cet été-là. Mais on pardonne beaucoup aux gens qu'on aime, c'est une chose que j'ai apprise.

4

Journal de Margaret Parker

Journée du mercredi 23 mai 1877
Consignée le lundi 1er octobre 1877
Heresy Ranch, Timberline, Colorado

Hattie était furieuse de me voir arriver avec Grace.

Les trois s'étaient déjà changées pour des tenues moins voyantes. Hattie avait troqué son uniforme de l'Union contre une robe brune toute simple. Le foulard rouge qui ceinturait sa taille était maintenant drapé en turban autour de sa tête, le cigare avait disparu et son visage avait repris une expression détendue et aimable. Jusqu'à la nuance de sa peau qui semblait avoir changé, même si je savais que c'était juste à cause de la couleur de sa robe. Hattie LaCour est un caméléon qui peut se métamorphoser totalement en modifiant quelques détails infimes, et passer de la femme fruste et mal dégrossie à la femme de couleur anonyme qui se trouvait devant nous, et tout aussi bien, s'il le fallait, à la beauté séductrice.

Les sœurs en sont incapables, en revanche. Ce sont des

filles de ferme, intelligentes à leur façon, mais elles n'auraient pas pu gagner leur vie en jouant au poker. Elles sont comme elles sont et ne voient aucune raison de changer. Par conséquent, on devait les aider pour se travestir. Elles avaient endossé sans trop de mal le costume des deux sœurs innocentes, bien que Stella ait rouspété contre les dentelles et les rubans. On est accoutumés à la voir les cheveux tirés en arrière, dans un pantalon et un poncho qu'elle a achetés à Cheyenne et un fedora en feutre gris clair volé. Le corps frêle de Joan était caché sous une veste verte ajustée et elle était en train de détacher ses couettes de petite fille pour refaire sa longue tresse qu'elle aime ramener sur son épaule gauche.

« Qu'est-ce que tu fais, Margaret ? a demandé Hattie.

— Margaret ? a répété Grace. C'est votre nom ? »

Hattie a poussé un soupir théâtral et est partie vers la cabane.

« Margaret. Ça vous va bien. »

Elle était trop proche de moi, je la voyais floue. J'ai regardé ailleurs.

« Je préfère Garet.

— Tu n'aurais pas dû lui dire ton nom », a dit Joan.

Elle a secoué la tête avec un air de maturité sans rapport avec ses dix-sept ans et a attaché sa tresse avec un lien de cuir orné de perles de porcelaine aux extrémités. Stella lui a tendu un Stetson marron pour parachever sa transformation de gamine en âge de jouer à la poupée en jeune femme.

Encore aujourd'hui, malgré tout ce qui s'est produit depuis quatre mois que nous avons attaqué la diligence de Marshall Pass, nous avons du mal à nous faire à l'idée que Joan est une femme. Quand Stella et elle sont arrivées chez nous, elles n'avaient que dix-neuf et douze ans, respectivement. Elles étaient beaucoup plus mûres que leur âge, grandir dans les plaines du Nebraska ferait ça à n'importe qui. Mais Joan n'était pas suffisamment loin de l'enfance pour ne pas apprécier que nous la traitions tous comme une gosse, et en tirer avantage. Hattie, Jehu et moi le faisions par amour, pour combler le manque de ces enfants que nous n'aurions pas. Stella par instinct de protection, ou pour garder le contrôle, et s'assurer que jamais ce qu'elle avait vécu n'arrive à sa sœur. Elle a réussi, d'une certaine façon. Joan n'est pas une sainte-nitouche, et elle a plus de discernement que son aînée, mais elle est jeune, sans expérience, et nos gâteries l'ont rendue cabocharde. Stella, elle, n'aime pas les inconnus en règle générale, et déteste les hommes. Il faut du temps pour gagner sa confiance, si on y parvient, et au cours des heures passées dans la diligence, je l'avais vue lancer des regards noirs à Grace. Joan s'était prise de sympathie pour Grace, ce qui expliquait sans doute en grande partie l'animosité de sa sœur. J'imagine que Joan avait dû se faire passer un savon au sujet du bas-bleu pendant le trajet jusqu'à la cabane, ce qui expliquait la soudaine circonspection de la jeune fille à l'égard de Grace.

« Je ne vous créerai aucun problème, je vous le promets, a déclaré Grace.

— Vous en avez déjà créé. Regardez-moi ce cheval », a répliqué Stella.

J'ai tapoté le genou de Grace en lui demandant de descendre.

Elle a atterri sur des jambes tremblantes et a levé la main, prête à se retenir au cheval. Mais une expression étrange est passée sur son visage. Elle a laissé tombé sa main et a fait un pas en arrière.

Ma brave vieille jument baissait la tête, je l'entendais haleter lourdement. J'avais bien veillé à ne pas la pousser dans l'ascension vers notre point de rencontre, mais elle était à bout. J'ai flatté son encolure humide et j'ai approché les lèvres de son oreille. « Tu es une bonne fille. Je vais m'occuper de toi, ne t'en fais pas. » Elle a tourné la tête et m'a gentiment poussée avec son museau, pour me témoigner qu'elle ne m'en voulait pas de cette charge supplémentaire. Old Blue est très laide. Sa tête est trop grosse, son cou trop court, et ses yeux délavés lui donnent un air de folie qui ne correspond en rien à sa personnalité. Mais dans les montagnes c'est une diablesse, le pied parfaitement sûr et stable quel que soit le terrain – à vrai dire, c'est probablement elle le membre le plus intelligent de notre bande.

Elle me manque.

Joan est venue chercher Old Blue pour la faire marcher le temps qu'elle se refroidisse. Je l'ai prise dans mes bras.

« Tu as été formidable, aujourd'hui.

— Pour de vrai ?

— Tu es née pour ça.

— C'est pas ce que dit Stella.

— C'est parce qu'elle a peur que tu la surpasses un jour.

— Y a pas de danger », a grogné Stella.

J'ai adressé un clin d'œil à Joan, qui a entraîné Blue vers la grange. Stella a fusillé Grace du regard, sa lèvre couturée retroussée en une moue menaçante, et a suivi sa sœur.

« On est où, ici ? » s'est enquise Grace, qui tournait la tête en tous sens pour observer les environs.

La cabane de rondins se trouve sur la berge d'un ruisseau sans nom qui dévale sur des pierres grises polies en ovales parfaits par des milliers d'années de course dans ces montagnes. Elle est petite, mais propre et coquette. Une fumée légère s'élevait de la cheminée. Joan et Stella ont conduit Blue par un sentier étroit mais bien entretenu jusqu'à la petite grange près du corral. Les chevaux avec lesquels nous nous étions enfuies étaient là à manger leur récompense tandis que trois autres, déjà sellés, attendaient patiemment, attachés à la clôture.

J'ai dit à Grace d'aider les sœurs avec les chevaux et j'ai suivi Hattie dans la cabane.

L'intérieur est aussi propret que le reste. Dans un coin se trouve un lit de cuivre garni d'une courtepointe et d'épais oreillers. Une peau d'élan couvre le sol entre deux fauteuils à bascule, devant la cheminée, où craquait un petit feu. Hattie était aux fourneaux et touillait un ragoût. J'en sens encore le fumet, même si en ce moment précis, l'idée de manger me baratte désagréablement l'estomac.

Elle m'a tendu une tasse de café.

« Merci.

— Est-ce que tu peux me dire ce que cette femme fait ici ? »

L'accent créole d'Hattie ressort quand elle est en proie à une émotion.

J'ai pris une gorgée de café. À réveiller les morts. Assez épais pour que Jésus puisse marcher à la surface. J'avais beau y être préparée, j'ai plissé le nez et grimacé quand l'amertume a atteint l'arrière de ma langue.

« Où est Horace ?

— C'est important ? Ne change pas de sujet. »

La deuxième gorgée est toujours meilleure que la première. J'ai enroulé mes doigts glacés autour de la céramique épaisse et chaude et j'ai bu, cherchant à gagner du temps. Cela faisait deux heures que je ne cessais de me demander pourquoi j'avais emmené Grace et je n'avais trouvé aucune réponse valable, ou tout au moins aucune réponse qui puisse satisfaire Hattie. J'avais abandonné des dizaines d'innocents dans des endroits plus reculés et n'avais jamais eu aucun scrupule quant à leur situation. Jusqu'à Grace Trumbull. Comme si elle percevait mes regrets, celle-ci s'était tenue coite pendant tout le trajet, hormis un petit cri ou deux, tandis que Blue se frayait adroitement un chemin sur une piste presque inexistante. Elle s'agrippait si étroitement à ma taille que j'avais dû lui demander de relâcher un peu sa prise si elle ne voulait pas que je meure étouffée.

Hattie attendait, bras croisés. Je ne pouvais pas lui dire la vérité. Pas encore.

« Je ne sais pas. J'ai bien aimé l'écouter parler. »

Hattie a pris son patois d'esclave illettrée.

« Not conve'sation, elle est pas assez intelligente pou' toi zaut'e ?

— Ce n'est pas ça. »

Ma réponse a fusé trop vite.

Hattie m'a jeté un regard oblique et est retournée à son ragoût.

« Elle est intéressante, Hatt. Dieu est témoin qu'on a besoin d'un peu de renouveau à Timberline. »

Elle a fait volte-face.

« Tu la ramènes chez nous ? Tu veux vraiment qu'on nous trouve, c'est ça ?

— Non, bien sûr que non.

— On est encore à peu près en sécurité tant qu'elle sait juste nos noms. Mais dès que Jehu franchira la porte, ce sera fichu. Tu n'as pas le droit de lui faire courir un tel risque.

— Qu'est-ce qui s'est passé avec Jehu ?

— Arrête de changer de sujet, bon sang. »

Elle a pointé sa cuillère en bois en direction de la porte et un morceau de pomme de terre est tombé sur le sol.

« Tu ramènes cette fille à Gunnison, tu la laisses n'importe où à la sortie de la ville, ou on va tous finir à se balancer à une branche. C'est ça que tu veux ?

— Mais non, voyons, bien sûr que non.

— On dirait pourtant que tu fais tout pour. »

Une bûche a basculé et a roulé sur le sol de terre battue. À l'aide de la petite pelle posée contre le mur, je l'ai replacée dans l'âtre. Quand je me suis retournée, Hattie m'observait, sa cuillère en bois oubliée à la main.

« Bon, tu vas m'expliquer ce qui se passe ? Tu ne fais jamais rien sans une idée derrière la tête, Margaret.

— Ce n'est pas tout à fait vrai. »

Hattie a incliné la tête sur le côté sans répondre. Je suis sûre qu'elle se remémorait ma confession tremblante et sanglotante sur le dérapage imprévu de mon premier hold-up. Elle était la seule personne à qui j'avais confié que j'avais tué un homme, la seule dont je savais qu'elle ne me jugerait pas pour mon absence de remords.

« Ça ne te… » J'ai serré les poings et ma voix est devenue un grondement sourd. « … met pas en rage qu'on nous ignore comme ça ? Comme si on n'existait pas. Jed Spooner récolte tout le mérite de ce qu'on fait, et pourquoi ? Juste pour que ces messieurs puissent sauver la face !

— Non, pour qu'on puisse continuer de faire ce qu'on fait. J'ai pris goût à respirer librement, et j'aimerais continuer une cinquantaine d'années, si possible.

— Regarde Spooner. Angus King. Jesse James. Nos casses sont plus audacieux et plus spectaculaires. Bon sang, King n'est pas fichu de dévaliser un train sans utiliser trois fois plus de dynamite que nécessaire et sans blesser des innocents. Et Jesse tue aussi facilement qu'il vole. Spooner a un peu plus de cervelle, je reconnais.

— Et ils ont aussi les shérifs, les Pinkerton et les chasseurs de primes aux trousses. Bon Dieu, ça fait deux ans que Spooner et sa bande se terrent au Mexique ! Ça te démange tant que ça de visiter le Mexique ?

— Seigneur, certainement pas, je déteste la chaleur.

— Pareil pour moi. Mais quel rapport entre tout ça et cette fille ?

Elle s'appelle Grace.

— Je me fiche de comment elle s'appelle.

— Tu es jalouse, Hatt ? »

Hattie a froncé les sourcils, m'a tourné le dos et s'est penchée sur son ragoût, d'un air plus absorbé que nécessaire. Je l'ai rejointe et j'ai passé mon bras sur ses épaules.

« Horace a laissé ça pour nous ou c'est toi qui l'as fait ? »

Hattie a secoué la tête. Elle refuse de faire la cuisine, elle dit que ça lui rappelle trop ses années d'esclavage.

« Je voudrais être sûre que tu aies ce qui te revient. C'est toi le cerveau de l'équipe, Hattie.

— Exact. »

Elle a planté ses yeux dans les miens, son regard grave couleur de cuivre, et m'a intimé de répondre à sa question.

« Je veux que Grace soit notre témoin.

— Notre témoin ? Au tribunal, quand elle nous aura donnés ?

— Elle est ici parce qu'elle a un grand projet, elle écrit ses Mémoires.

— Les Mémoires d'une madame blanche, ce que le monde attend, y a pas de doute.

— Je veux qu'une personne extérieure connaisse notre histoire. Et la raconte. Nous, personne ne nous croira. Les hommes mentiront à notre sujet. Pas Grace.

— C'est sûr que c'est quelqu'un à qui tu peux te fier, tu la connais depuis au moins deux heures.

— Je sais que je peux l'amener à écrire ce que nous voudrons. *La Légende d'Hattie LaCour*. Ça sonne bien, non ?

— Je ne veux pas être une légende.

— C'est pourtant ce que tu seras. Avec un nom comme le tien, tu es prédestinée.

— Arrête. Personne n'écrira une histoire dont l'héroïne serait une esclave. Et surtout pas cette richarde blanche qui est là, dehors.

— Tu n'es plus une esclave.

— Ça ne change rien, et tu le sais pertinemment, Margaret. Tu sais que s'ils avaient la certitude qu'on est les auteurs de ces coups, ils ne nous laisseraient pas continuer. Au contraire, ils s'assureraient de faire un exemple pour qu'il ne vienne pas des idées à d'autres femmes. Jamais de la vie ils ne rendront justice à une femme noire. Ils s'imagineront une révolte des Noirs avant même d'avoir fini de lire la sentence. As-tu réfléchi à ce qu'ils me feront s'ils nous arrêtent ? Je n'aurai pas le même traitement que toi, je peux te l'assurer. »

J'ai baissé la tête et détourné le regard. J'avais honte de ne pas y avoir pensé et la nausée de savoir qu'elle avait raison. Elle ne m'avait jamais parlé du temps où elle était captive. Jamais. Mais j'avais vu les cicatrices sur son dos et je savais qu'elle avait souffert.

Elle s'est tue un long moment, pour me laisser le temps de m'imprégner de ma honte. Je suis allée la prendre dans mes bras et, après un instant, elle m'a enlacée à son tour. Hattie est grande, solidement charpentée, avec une peau claire. De longs cils ombrent ses yeux cuivrés, et une fois par mois l'un d'entre nous passe le rasoir sur son crâne. Non que ça change grand-chose, car elle porte toujours un tignon. Elle est certainement la femme la plus intelligente qu'il m'ait été donné de connaître, et sans contredit la plus belle. Elle m'avait envoûtée dès l'instant où je l'avais vue, debout dans ma grange, dans ma propre robe, affichant un air de défi. On comprend sans mal que Jehu soit fou d'elle. L'aimer et la respecter sont les choses les plus faciles du monde, et je peux l'avouer, maintenant que j'arrive au terme de ma vie :

impressionner ma meilleure amie fut l'une des motivations de nombre de mes exploits.

« Henrietta LaCour, je mourrai plutôt que de laisser quelque chose t'arriver. »

Elle m'a serrée plus fort.

« Je préférerais que personne ne meure.

— Tu es trop tête de mule pour mourir.

— Exact. »

Nous nous sommes séparées sans nous regarder. Nous n'avons pas l'habitude de nous embrasser ou de montrer nos émotions, et quand ça arrive, nous faisons plutôt comme si cela n'avait pas eu lieu. Mais ces moments s'attardent longtemps dans mon esprit, et je sais qu'il en va de même pour Hattie.

Je regrette de ne pas l'avoir serrée dans mes bras plus souvent.

Hattie a versé un peu de soupe dans un bol et me l'a tendu.

« Nous avons une sacrée chance de ne pas encore nous en être prises à quelqu'un qui n'aurait pas été trop orgueilleux pour le dire. Mais ça viendra, bientôt. Peut-être que c'est arrivé aujourd'hui même.

— Si Jehu n'était pas avec nous, tu m'inquiéterais.

— Je parlais du pisseur.

— Je ne m'inquiète pas pour Adamson. Mais je veux savoir ce qui s'est passé avec Jehu, et ne me dis pas que j'essaie de changer de sujet. Vous vous étiez disputés avant son départ ?

— Jehu ne se dispute jamais, tu sais ça.

— Après ce que tu as fait, je crois que ça risque d'être le cas quand il rentrera. »

Elle est venue poser une cuillère sur la table et a souri

pour la première fois depuis que nous avons quitté le ranch, une semaine plus tôt.

« Bien. »

Je ne saurai jamais pourquoi Hattie a menacé son amant avec son couteau.

Nous avons mangé en silence pendant quelques minutes. Je m'efforçais de ne pas grimacer quand la nourriture atteignait mon estomac. J'ai reposé la cuillère, en espérant avoir mangé suffisamment pour ne pas éveiller les soupçons d'Hattie.

« Grace n'est une menace que si elle parvient à localiser Timberline. Nous allons lui bander les yeux ou lui mettre un sac sur la tête. On fera un détour dans les montagnes pour qu'elle ne puisse plus se repérer ni nous trahir.

— C'est un très grand risque que nous prenons.

— Tu te souviens du jour où on s'est rencontrées ? Je t'ai fait confiance beaucoup plus vite qu'à Grace Trumbull. Aujourd'hui, je te demande de me faire confiance, à ton tour. »

Elle a pris une grande inspiration et levé les yeux au ciel. J'ai su que j'avais gagné, mais j'ai jugé préférable d'assurer ma victoire.

Je lui ai saisi la main. Elle m'a dévisagée d'un air désabusé.

« Je ne baisserai pas la garde. Si j'ai le moindre soupçon qu'elle n'est pas réglo, je la tuerai de mes mains. »

C'est ce moment qu'a choisi Grace pour frapper à la porte et entrer sans attendre qu'on l'y invite.

« Elles sont parties sans rien dire.

— Dame, c'est ce qu'elles d'vaient faire, el' zotres », a zézayé Hattie.

Elle a avancé sa lèvre inférieure pour gonfler sa lippe et a essuyé ses mains sur son tablier comme une fille de cuisine.

J'ai cru un moment qu'elle allait servir un bol à Grace, mais la comédie n'a pas été poussée jusqu'à ce geste hospitalier.

« Nous n'avons pas été présentées. Je m'appelle Grace Trumbull. »

Grace a tendu une main gantée à Hattie, qui a fait mine de ne pas la remarquer et ne l'a pas prise.

« Sans vous, nous serions déjà parties nous aussi, a repris Hattie.

— Je ne veux pas vous ralentir.

— Voudriez-vous manger quelque chose, Grace ?

— Oui, je meurs de faim. Le banditisme creuse l'estomac. »

Son rire s'est éteint devant le mutisme imperturbable d'Hattie. Grace peinait à dissimuler la peur sur son visage, et a décidé de la noyer sous des bavardages.

« Où sommes-nous, ici ?

— Dans une cabane, répondit Hattie.

— Ah. Oui, bien sûr. Mais à qui appartient-elle ?

— Mangez. »

J'ai placé un bol et une cuillère sur la table et repris les miens.

Grace a posé son sac en tapisserie près de la porte. Hattie se trouvait exactement entre elle et sa place à table. Grace a voulu passer d'un côté, puis de l'autre, mais Hattie n'a pas bougé. Grace a laissé échapper un rire nerveux, redressé les épaules, et planté ses yeux dans ceux de mon amie.

« Vous ne m'aimez pas beaucoup, n'est-ce pas ?

— Non.

— Bon. Moi je vous apprécie énormément.

— Vous ne me connaissez pas.

— Vous ne me connaissez pas, vous non plus. »

Hattie l'a toisée avec hauteur. Elle jaugeait le bas-bleu,

avec sa tenue de voyage aux tons de rouille, son haut-de-forme de femme du même vert profond que les feuilles à la fin de l'été, orné d'un large ruban assorti au costume. Après de longues secondes durant lesquelles Grace a gardé son sourire, stoïque, Hattie a fait un pas de côté. J'ai vu Grace se détendre, imperceptiblement mais suffisamment pour témoigner que la confrontation lui avait coûté. De ses mains gantées, elle a déboutonné son manteau et l'a ôté en révélant une veste superbement brodée d'entrelacs complexes de vignes, sur un chemisier immaculé. Avec le plus grand soin elle a posé son manteau sur sa chaise puis s'est assise et a soufflé sur le brouet fumant, avant de prendre une bouchée précautionneuse. Ses sourcils se sont arqués et elle a hoché la tête d'un air approbateur.

« Ragoût de mouton.

— Ragoût d'écureuil », a rectifié Hattie.

Grace s'est étranglée, recrachant sur la table ce qu'elle avait dans la bouche. Hattie a eu un sourire en coin.

« Elle vous taquine, c'est bien de l'*Irish stew*. »

J'ai fixé Hattie en secouant la tête. Elle a haussé les épaules.

Un regard défiant posé sur Hattie, Grace a repris une bouchée.

« Mmm. Quoi que ce soit, c'est délicieux. »

Hattie a jeté une serviette à Grace pour qu'elle nettoie les saletés qu'elle avait faites.

« Cette cabane est à vous ? Vous vivez ici ?

— Non.

— Le propriétaire nous permet de faire des haltes ici, pour reposer les chevaux, ai-je expliqué.

— Où est-il ?

— Ce n'est pas votre affaire, a lancé Hattie.

— J'essaie de faire la conversation, en fait.

— Vous ne faites pas la conversation, vous faites un interrogatoire.

— Il ne me semble pas que deux questions soient un interrogatoire.

— Vous ne comprenez pas que chaque question que vous posez nous met en danger ? Que le fait que vous connaissiez le nom de Garet nous met en danger ? »

Grace a reposé sa cuillère dans son bol, s'est essuyé la bouche avec la serviette et s'est éclairci la voix.

« Qu'est-ce que je peux faire pour avoir votre confiance ?

— Hum... Le mieux c'est de ne rien faire du tout.

— Vous savez, je comprends la dureté de votre situation mieux que vous ne croyez.

— Ma situation ?

— En tant que personne noire. Je suis issue d'une longue lignée de suffragistes et d'abolitionnistes.

— Oh ! Une abolitionniste. Ça change tout.

— Mes parents et mes grands-parents l'étaient, moi j'étais trop jeune pour participer. Mais j'espionnais toutes leurs réunions et je les ai souvent entendus parler de leurs combats et de leurs victoires. »

Les yeux d'Hattie se sont rétrécis. Sa bouche n'était plus qu'une ligne très fine. Un instant, je me suis demandé si Grace la provoquait volontairement.

« Oh, on devrait bien les r'mercier qu'ils aient aidé à nous libérer, nou'zôt'. »

Grace a rougi et baissé les yeux sur ses gants. Mais elle ne s'est pas excusée.

« Vous êtes d'où ?

— Chicago.

— Qu'est-ce qu'une femme comme vous fait dans une diligence dans le Colorado ?

— Je voyage. »

Hattie s'est penchée et a une fois de plus toisé Grace des pieds à la tête, comme si elle calculait le prix de sa toilette.

« Votre famille vous laisse voyager toute seule comme ça ?

— Comme ça comment ?

— Habillée comme si vous chiiez des pièces d'or. »

Grace s'est figée. Son regard passait d'Hattie à moi, elle paraissait prendre subitement conscience qu'elle était une femme riche, isolée, dans une cabane perdue au milieu de rien, avec deux hors-la-loi. Finalement, ses yeux se sont arrêtés sur moi.

« Inutile de la regarder elle, c'est moi qui vous parle. »

Grace a relevé le menton et s'est tournée vers Hattie ; mais elle ne parvenait pas à la regarder en face. « Je crois que vous essayez de me faire peur. »

Hattie s'est penchée sur elle.

« Garet avait bien dit que vous étiez futée. Je nous protège, moi et les miens.

— Je ne suis pas une menace.

— Ça, c'est vous qui le dites. Les mensonges vont bon train, dans l'Ouest. Ici, on juge les gens sur leurs actes. Souvenez-vous-en, la tunique bleue. Allez, finissez votre assiette, on part dans cinq minutes. »

Hattie est sortie en claquant la porte. Grace a poussé un profond soupir et m'a regardée.

« Pourquoi n'avez-vous pas pris ma défense ?

— Pourquoi l'aurais-je fait ?

— Parce qu'elle… Je croyais qu'on était amies ?

— J'ai fait votre connaissance aujourd'hui. Je connais Hattie depuis des années, et je lui confierais ma vie. C'est la personne la plus proche d'une sœur que j'aie jamais eue. Elle se méfie de vous, et même si je ne suis pas forcément de son avis, je respecte ses sentiments.

— Vous avez confiance en moi.

— Je n'irais pas jusque-là. Je vous conseille de finir votre assiette, c'est probablement tout ce que vous pourrez manger jusqu'à demain.

— Vous allez la laisser donner des ordres comme ça ?

— Pourquoi non ?

— Eh bien... Je croyais que vous étiez la chef.

— Qu'est-ce qui vous a fait croire ça ? » Elle a reniflé, mais n'a rien répondu. « Nous sommes associées, Hattie et moi, et égales. La couleur de sa peau ne fait aucune différence pour moi, ni pour Joan ni pour Stella. Si ça en fait pour vous, je vous ramène à Gunnison séance tenante. Je n'ai aucune patience avec ce genre de petitesse, et je n'ai pas de temps à perdre. Donc, vous choisissez quoi ? Gunnison ou Heresy Ranch ?

— Heresy Ranch ? C'est là que vous vivez ?

— Oui.

— Où est-ce que...

— Répondez à ma question, on perd du temps.

— Heresy Ranch, bien entendu. » J'ai sorti un peu d'argent de mon sac de selle resté sur le lit et l'ai déposé sur le petit buffet. « Vous payez ces gens pour qu'ils vous aident ?

— Horace nous a engagées pour faire ce boulot, pour reprendre à Connolly les profits qu'il tire de la mine qui lui appartenait.

— Vous êtes comme Robin des Bois, vous volez pour aider les gens.

— Je fais ça pour le plaisir. Aider des gens me permet de moins culpabiliser d'aimer autant ça. »

Grace a paru désappointée. Au vrai, j'aurais sans doute dû la laisser croire encore quelque temps à ma grandeur d'âme.

« Personne ne fait rien par bonté, Grace. Même les

philanthropes des Églises protestantes retirent une gratification de leurs largesses, de l'autosatisfaction, ou si on leur laisse le bénéfice du doute, le plaisir de savoir qu'ils ont véritablement aidé quelqu'un. Mais tout le monde attend toujours quelque chose en contrepartie.

— Vous attendez quelque chose de moi ?

— Bien sûr. Je vous dirai quoi en temps voulu. Vous finissez votre ragoût ou non ?

— Non. » Elle a emporté son bol jusqu'à l'évier et regardé l'eau. « Il y a… hum… des restes.

— Oui.

— Qu'est-ce que je dois en faire ?

— Les manger.

— C'est vraiment du ragoût d'écureuil ?

— Probable. »

Elle a froncé le nez et terminé à grosses bouchées peu dignes d'une dame. Puis elle s'est retournée vers l'évier et a délicatement plongé le bol dans l'eau, en s'efforçant de ne pas mouiller ses gants.

« Ce serait plus simple en ôtant vos gants.

— Ça va très bien. »

Elle a lavé son bol et m'a demandé où elle pouvait se soulager.

COLORADO WEEKLY CHIEFTAIN

JEUDI 31 MAI 1877

AUDACIEUSE ATTAQUE D'UNE DILIGENCE DANS LA PASSE MARSHALL

Mercredi 23 mai, la diligence de la Wells Fargo qui assure la liaison de Canyon City à Montrose a fait l'objet d'une attaque par quatre bandits masqués. Ceux-ci se sont enfuis avec la paie de la société des mines Connolly, ce qui porte à trois le nombre de vols subis depuis un an par l'empire du regretté colonel Connolly. La nouvelle du cambriolage est parvenue à Columbia, où s'était rendu son fils et héritier, Callum Connolly, auprès des mineurs. Un détachement de soldats s'est mis en chasse dès le retour de la diligence à Gunnison, mais la piste était déjà trop ancienne, les bandits ayant profité du terrain rocheux des montagnes pour fuir sans laisser de trace.

On soupçonne que cette nouvelle attaque est l'œuvre du gang Spooner, qui s'en prend régulièrement aux affaires de Connolly. Les témoignages divergent toutefois, car la rumeur veut que Jed Spooner et ses hommes se soient réfugiés au Mexique depuis le casse de la banque nationale de Cheyenne, en soixante-quinze, pour laquelle leur identité avait été formellement établie. Les hors-la-loi qui s'attaquent à Connolly se présentent depuis le début comme étant de la bande de Spooner, mais jamais Spooner ne s'était annoncé de la sorte lors de ses précédents hold-up. Restent de nombreuses similitudes : les deux bandes travaillent vite et très efficacement, en évitant toute violence, et parviennent toujours à disparaître sans dérapage. Jusqu'à ce jour. Benjamin Adamson, le nouveau clerc de notaire de Connolly, a été molesté pendant l'attaque de la passe Marshall. Il souffre d'une commotion mais ses jours ne sont pas en danger.

5

Journal de Margaret Parker

Jeudi 24 mai 1877
Nord-ouest de Marshall Pass, Colorado

J'écris ces lignes à la lueur du feu, sous un ciel sans lune constellé d'étoiles. Hattie dort près de moi, les sourcils froncés, le corps tendu, la tête posée sur sa selle, sa carabine à portée de main. Grace est de l'autre côté du feu, le visage détendu, la bouche ouverte, ronflotant légèrement, inconsciente du danger, les doigts croisés sur sa poitrine, avec ses gants tachés par le tanin de sa selle d'être restés crispés de toutes ses forces sur le pommeau trois heures durant. Nos chevaux sont attachés à l'écart du feu mais j'entends leurs renâclements, leurs queues qui fouettent l'air et, de loin en loin, le choc sourd d'un sabot. Ces sons m'apaisent.

On a du mal à croire que cela fait moins d'une journée que nous avons attaqué la diligence. Je ne nous imaginais pas ici, ni avec cette femme, quand nous mettions au point ce hold-up. Hattie est hors d'elle, même si les gens qui ne la connaissent pas ne pourraient s'en douter, à voir son flegme.

Hattie n'est jamais aussi terrifiante que quand elle se tait. Il serait réconfortant de l'entendre tempêter ou nous injurier, moi ou Grace. Je peux affronter n'importe qui dans cet état, homme ou femme. Mais le silence me paralyse. Hatt le sait, naturellement, et c'est pour ça qu'elle ne dit pas un mot.

Je fais durer mon tour de garde pour commencer ce journal. Je n'ai pas tenu de journal depuis les tout premiers jours de notre arrivée dans cette région. Je devais déjà m'occuper des livres de comptes du ranch et du courrier. Trop de travail et trop peu de temps. Coucher sur le papier mes espoirs, mes rêves et mes souhaits, tenir la chronique de ma vie, paraissait frivole. Et d'ailleurs toute ma vie était vouée au ranch, il n'y avait pas grand-chose en dehors. Jusqu'à ce que Jehu se mette à ramener des chiens perdus à la maison, mais c'est une autre histoire.

Je commence avec ce qui s'est passé à la cabane d'Horace, car mes souvenirs du hold-up en lui-même sont confus. Ça me fait toujours ça. L'intensité des événements semble effacer ma mémoire. Il me reste des impressions, mais il peut me falloir des jours pour me rappeler les détails, qui a dit quoi, qui a fait quoi. Je suis obligée de tout remâcher longuement avant de pouvoir le relater convenablement. Bon, il me semble que le dernier haut fait du gang Parker mérite au moins ça.

Hattie et moi étions déjà en selle à attendre quand Grace est finalement ressortie des latrines, l'air révulsé, se plaignant de l'étroitesse des lieux. Je lui ai demandé si elle n'avait jamais utilisé de latrines et elle a rétorqué que si, mais pas aussi… fétides. Hattie nous a rappelé que nous n'avions pas toute la journée et que si nous ne mettions pas du champ entre nous et les hommes qui allaient se lancer à notre poursuite, ils nous auraient rapidement rejointes. Grace m'a tendu son sac et a fait mine de monter derrière moi ;

je crois que la tête d'Hattie aurait éclaté si elle n'avait pas été si étroitement enserrée dans son tignon.

« Qu'est-ce que vous fabriquez ? Vous ne voyez pas le cheval attaché à la barrière ? »

Un cheval bai avec une étoile sur le front, dans une posture placide, la jambe arrière repliée, a tourné la tête pour accueillir Grace. J'avais laissé un peu d'argent supplémentaire pour le cheval et la sellerie, avec l'idée de les ramener au plus vite, en reprenant Old Blue pour rentrer. J'ai présenté Rebel à Grace en lui annonçant qu'il serait sa monture pour quelques jours. D'une voix mourante, elle a répété son nom et dit qu'elle espérait qu'il ne lui venait pas de son caractère, puis elle s'est approchée prudemment. Je lui ai assuré que Rebel était le cheval le plus doux qui puisse exister (ce qui n'est qu'un tout petit mensonge – tant que nous ne rencontrons pas de serpents, tout ira très bien).

Grace a accroché son sac au pommeau de la selle, détaché le cheval et entrepris de monter dessus. Au flanc droit du cheval, le mauvais pied dans l'étrier. Elle a tenté de se hisser, s'est rendu compte qu'elle allait se retrouver à l'envers, et est redescendue.

Hattie a pesté à mi-voix. « C'est ton idée de l'emmener, tu te débrouilles avec elle. »

Grace avait pâli et ses mains gantées tremblaient. J'ai soudain compris son silence et son étreinte forcenée durant notre chevauchée jusqu'à la cabane. Savait-elle monter à cheval ? Elle a fait non de la tête en reculant, les deux mains serrées sur sa gorge, puis elle a dégluti douloureusement et demandé si elle pouvait monter avec moi.

Je lui ai expliqué que porter deux cavaliers dans les montagnes est trop dur pour un cheval, et que cela nous ralentirait terriblement. Nous devions mettre rapidement de la distance entre nous et nos poursuivants.

Elle a acquiescé, mais elle était livide. Même ses lèvres étaient blanches.

Je l'ai ramenée près du cheval et lui ai montré comment monter en selle, en répétant encore et encore que Rebel était un cheval très paisible. Comme pour me faire mentir, il s'est mis à agiter la tête de haut en bas. Grace a poussé un cri de souris.

J'ai posé la main sur son genou en lui expliquant que le cheval allait sentir sa peur.

« Formidable », a-t-elle répliqué sur un ton désabusé qui m'a étonnée.

Cela m'a plu de la voir ironiser alors qu'elle paniquait. Je lui ai donné quelques conseils, puis Hattie a perdu patience et bougonné que nous n'avions vraiment pas le temps de jouer les nounous.

« Eh bien, pars », ai-je répondu vertement.

Elle est descendue de son cheval et est allée à la grange, pendant que je montrais à Grace comment placer correctement sa main gauche pour attraper les rênes et comment se tenir, en m'efforçant d'utiliser des mots simples.

Hattie est ressortie de la grange avec une corde. Elle l'a nouée pour former un licou de fortune, l'a passée dans la bride de Rebel, a réajusté les rênes de Grace et a enfourché son propre cheval, sans lâcher la corde.

« Tenez-vous », a-t-elle dit. Puis elle a donné un coup de talon et elles sont parties.

Je les ai regardées s'éloigner avec un mélange de colère et de stupéfaction. C'est Hattie tout craché : elle entre en action et tout devient simple. Son sens pratique m'a plus d'une fois sauvé la vie, mais je ne cesse de m'émerveiller de son don de passer outre les difficultés et d'aller droit à la solution la plus évidente.

Quand je les ai rattrapées, Hattie m'a tendu le licou et a filé au galop.

« Où va-t-elle ?

— Elle part en éclaireur.

— Est-ce vrai que je vous ralentis ?

— Oui.

— Dites-moi ce que je peux faire pour y remédier.

— Faites ce qu'on vous dit et ne contrariez pas Hattie.

— Contrarier Hattie ? Mais c'est elle qui... »

Elle a vu mon expression et s'est interrompue.

« C'est bon. OK. Ne pas contrarier Hattie. »

Nous avons avancé au petit trot pendant un kilomètre environ. J'observais Grace avec attention. Pour quelqu'un qui a peur des chevaux, elle a une assiette étonnamment solide. Elle restait le dos très droit, sous l'effet de la crainte et de la tension, je suppose. Mais elle ne ballottait pas en tous sens sur la selle comme c'est si souvent le cas pour les novices, quoique l'allure stable de Rebel y soit certainement pour beaucoup. Elle a fini par se sentir suffisamment à l'aise pour recommencer à parler et à poser des questions.

« C'est son vrai nom ? Hattie ? »

J'avais oublié qu'Hattie avait mis un point d'honneur à ne pas se présenter.

« Oui. »

Elle a commencé à me questionner à son sujet et je l'ai arrêtée. Si Hattie veut lui raconter son histoire, en dehors de ce qui est lié à la nôtre, cela la regarde. Ce n'est pas moi qui le ferai. Grace a paru déçue mais a dit qu'elle comprenait.

Elle a voulu chasser une mouche noire qui vrombissait autour de sa tête et a failli tomber. Quand elle a repris la parole, sa voix chevrotait.

« Alors, Garet, racontez-moi comment vous vous êtes lancée dans le banditisme.

— Nous avions faim et nous n'avions pas d'argent.

— Mais pourquoi un tel choix ? Il y avait forcément une autre solution.

— Telle que ?

— Oh, je ne sais pas, devenir professeur, par exemple. J'ai entendu dire qu'on en manque, par ici.

— Je n'aime pas les enfants. Personne n'engagerait Hattie, et les deux sœurs sont illettrées.

— Ah bon ? Vous n'avez pas tenté de leur apprendre à lire et à écrire ?

— Hattie a essayé. Stella n'arrive pas à mettre les lettres dans le bon sens et elle a abandonné très vite. Joan n'en voit pas la nécessité.

— Mais bien sûr, que c'est nécessaire ! Nous ne pouvons pas espérer obtenir le droit de vote si nous ne sommes pas éduquées. En nous maintenant dans l'ignorance, les hommes gardent leur pouvoir sur nous.

— Ce n'est pas la seule manière.

— Non. »

Grace est restée un moment silencieuse. « Et les hommes ne sont pas les seuls à vouloir décider de ce qu'il est acceptable ou non qu'une femme fasse ou soit. » Elle a prononcé ces mots d'un ton très calme et, du coin de l'œil, je l'ai vue masser la paume de ses mains du bout des doigts. Elle s'est arrêtée net en me voyant la regarder, a souri.

« Mais nous n'avons aucune chance de secouer le harnais de l'oppression, a-t-elle repris, si nous ne sommes pas en mesure d'apprendre, de réfléchir et de raisonner par nous-mêmes.

— C'est ce que vous avez fait ? »

Elle m'a regardée avec hauteur.

« Je ne sais pas ce que vous voulez dire. »

Je n'ai pas insisté, mais je garde en tête ces gestes et ces propos pour plus tard.

« Ah, donc vous tenez sans doute tout ça d'un de ces salons où l'on discute des droits des femmes. Sans que ça avance beaucoup, j'ai l'impression. Vous êtes nouvelle ici, dans l'Ouest, Grace, alors je vais vous révéler un petit secret : toutes ces grandes déclarations sur la liberté de se faire soi-même, le rêve américain, etc. ? Elles s'adressent aux hommes, et à eux seuls. Les femmes ne peuvent réussir de manière trop voyante sans un homme. Les femmes indépendantes sont vues comme une menace. Et plus encore les femmes indépendantes de couleur. »

Elle a pincé les lèvres. Grace a du mal à dissimuler ce qu'elle ressent, même si je vois bien qu'elle s'y emploie.

« Vous semblez parler d'expérience. Vous pensez à vos exploits ?

— Pas seulement, non. Je n'ai pas toujours été un hors-la-loi. Avez-vous toujours été écrivain voyageur ?

— Non. Est-ce que je me trompe ou vous avez un léger accent ? D'où êtes-vous originaire ?

— D'Angleterre. Je suis ici depuis 1863.

— Racontez-moi ça.

— Plus tard.

— Comment Stella a-t-elle eu cette cicatrice sur la lèvre ?

— Je n'en sais rien.

— Comment ça, vous n'en savez rien ?

— Elle ne me l'a pas dit, et je n'ai pas demandé.

— Vous n'êtes pas curieuse ?

— Certaines personnes n'aiment pas parler de leurs problèmes. D'autres oui. J'écoute quand les gens ont besoin de parler et je me tais quand ils veulent garder leurs opinions pour eux.

— Ça va être difficile d'écrire quoi que ce soit si tout le monde refuse de me raconter comment vous êtes arrivées là.

— Hattie ne veut pas que je le fasse.

— Et vous faites toujours tout ce qu'elle dit ?

— Elle est toujours de bon conseil. Je serais stupide de ne pas l'écouter.

— Pouvez-vous me dire pourquoi vous avez choisi ce nom pour votre ranch ?

— Nous sommes des hérétiques, Grace. Vous ne voyez pas ? Des femmes qui font un travail d'hommes, qui ne restent pas à leur place. Qui ont l'audace de penser que nous devrions être traitées avec respect. Nous sommes scandaleuses.

— Ce nom est une plaisanterie, alors ?

— Au début, oui, peut-être, autour de quelques verres de whisky. Notre devise est née grâce au whisky, en tout cas.

— Votre devise ?

— Une citation de *La Tempête*. C'est Hattie qui a eu l'idée, mais c'était plus tard, après notre premier coup, en soixante-quinze. On a vidé une bonne bouteille de bourbon du Kentucky et on s'est retrouvées à déclamer sous la lune, complètement soûles. Hattie récite du Shakespeare quand elle est soûle. Enfant, elle était esclave dans un théâtre de La Nouvelle-Orléans. Elle connaît les œuvres du Barde bien mieux que moi, et pourtant je suis britannique. Bref, on parlait de ce que ces messieurs feraient s'ils découvraient que c'étaient des femmes qui avaient attaqué la diligence et elle a sorti cette réplique : "L'enfer est vide, et tous les diables sont ici." Je l'ai peinte sur une pancarte quelques jours plus tard, quand j'ai été remise de ma cuite.

— Ça me plaît. Tout me plaît.

— Vous devriez vous intégrer à merveille. »

À cet instant Hattie a surgi à toute allure du virage, s'est arrêtée net près de Grace et nous a dit qu'un homme arrivait.

Grace, qui me regardait d'un air interloqué, n'a pas vu Hattie brandir son revolver pour la frapper à la tête de sa crosse de noisetier poli. Grace s'est effondrée, inconsciente. Hattie l'a rattrapée par le col et l'a descendue de cheval pour l'allonger par terre.

« Bon sang, Hatt, qu'est-ce que tu fabriques ?

— Laisse son cheval et suis-moi.

— Certainement pas.

— Garet, Dieu du ciel, si tu ne m'écoutes pas et ne me fais pas confiance une petite minute, je te flanque une balle dans la tête. »

Elle l'aurait fait, j'en suis sûre. J'ai lâché le licou et l'ai suivie sous le couvert des arbres, quelques mètres plus loin. Nous sommes descendues de nos chevaux et avons rampé jusqu'à la route. Grace gisait là comme un paquet de fine étoffe brun cuivré, la tempe plantée sur un caillou gris.

« Tu vas me dire ce qui se passe ?

— Horace arrive. »

Le vieux mineur est apparu dans le virage sur une vilaine mule de couleur indéterminée. Il s'est arrêté en voyant Grace et Rebel sur la route, a mis pied à terre et posé son barda pour lui porter secours. Elle avait déjà repris conscience et était assise, étourdie, ses cheveux volant au vent car son chapeau avait roulé dans le chemin.

« Madame ? Vous êtes tombée de cheval ? »

Grace a porté la main à l'arrière de sa tête, elle devait avoir une belle bosse, et elle a grimacé. Elle a regardé autour d'elle, regard vitreux, hagarde. Ses yeux se sont plissés en se posant sur Rebel, debout tranquillement à côté d'elle. Elle a dévisagé l'homme et eu un mouvement de recul.

« Oui, je suppose.

— Qu'est-ce que vous faites ici, à cheval, toute seule ? Il y a des bandits très dangereux dans les parages.

— Oh ! Eh bien, heu, j'ai loué ce cheval, à...

— Ouray ?

— C'est ça, Ouray. Je suis juste partie faire une promenade. Le palefrenier m'a garanti que la route était bonne. J'imagine que mon cheval a été effrayé par un animal sorti des bois. Qu'est-ce que c'est que cette histoire de bandits ?

— Quatre hommes ont attaqué une diligence ce matin. Ils ont kidnappé une femme, paraît-il. Une Yankee, comme vous. »

Horace la scrutait d'un air soupçonneux, quoique, avec son leucome, on eût plutôt l'impression qu'il regardait derrière lui.

« Dieu du ciel ! Je vous assure que je n'ai vu ni bandits ni prisonnière. D'ailleurs, je ne suis pas une Yankee, je viens de Chicago.

— En tout cas, vous ne devriez pas vous balader toute seule, surtout sans arme pour vous défendre. Je vais vous raccompagner en ville.

— Je ne veux pas vous déranger, je retrouverai mon chemin sans problème, merci. »

J'ai failli me mettre à rire en voyant son expression d'horreur à l'idée de cheminer avec cet homme à l'allure inquiétante.

Le mineur s'est redressé et a regardé autour de lui, semblant chercher quelque chose.

« Ça ne me dérange pas. Vous êtes allée dans quelle écurie ? »

Grace a touché sa tempe et contemplé le sang sur son gant.

« Je ne me souviens pas. Je me suis peut-être cognée plus fort que je ne pensais. Vous êtes trop aimable, mais je vous assure, je n'ai pas besoin de secours. Rebel est un cheval très fiable, j'ai pu le constater. »

L'homme a lentement hoché la tête en signe d'approbation.

Hattie est sortie de derrière les arbres pour rejoindre la route.

« C'est l'interrogatoire le plus gentil que j'ai jamais vu.

— Tu ne m'as pas dit de lui faire peur.

— Te voir est déjà suffisamment terrifiant comme ça.

— C'est pas très charitable de dire ça, alors que je te rends service. »

Grace regardait tour à tour Horace Whatley et Hattie, et son expression s'assombrissait. Elle s'est tournée vers moi.

« C'était un test ? Vous étiez au courant ?

— Non. Mais même si je n'approuve pas la façon dont Hattie l'a fait, c'est bien qu'elle l'ait fait. »

Grace m'a regardée comme si je l'avais giflée.

« Prenez pas la mouche comme ça, a dit Horace. Vous avez réussi le test, à ce que je vois, même si vous êtes pas au point question géographie. Ouray est à au moins cent trente kilomètres d'ici. »

Grace a lancé un regard noir à Hattie, qui arborait un sourire de tête à claques. Franchement, j'avais moi-même envie de la gifler, mais je réglerais ça avec elle en privé.

« Ça vous a fait plaisir de me frapper.

— En effet.

— Soyez maudite, Hattie. »

Je me suis interposée entre elles deux.

« Qu'est-ce que je vous ai dit, Grace ?

— Tu lui as dit mon nom ?

— J'ai dit d'accord pour ne pas contrarier Hattie, mais pas pour être frappée et balancée sur la route pour une initiation idiote.

— L'initiation sera plus difficile que ça, a répliqué Hattie.

— Tu ne nous aides pas, Hatt.

— Incroyable que vous arriviez à faire ces hold-up, femmes, a dit Horace, quand on vous voit piailler et vous chamailler comme ça.

— On a largement récupéré ton argent de cet escroc de Connolly, ai-je dit.

— C'est vrai ? Combien vous avez récolté ? »

Son œil fou roulait en tous sens – cherchant nos chevaux, et nos sacs probablement.

« Ce n'est pas ton affaire », a répondu Hattie. Elle a fourré quelques dollars supplémentaires dans la poche de veste d'Horace et l'a remercié pour son aide.

« Et le cheval et le harnachement ?

— On a laissé de l'argent en plus, a dit Hattie.

— Je reviendrai chercher Old Blue. Tu as intérêt à bien la traiter, et aussi à faire attention à ne pas laisser ton âne la monter. »

Horace m'a saluée en se remettant en route pour sa cabane, et sa mule s'est mise à braire de plaisir, sentant qu'ils approchaient de la maison. Hattie est partie chercher nos chevaux.

J'ai voulu examiner la blessure de Grace à la tête mais elle s'est écartée, même quand je lui ai dit qu'elle saignait. Un humour désabusé et du cran. Décidément, elle me plaît de plus en plus.

Elle a ramassé son chapeau, l'a remis, et était en train d'épousseter sa jupe quand Hattie est revenue. Avant que j'aie pu faire un geste, Grace était devant Hattie et levait la main pour la frapper. Elle s'est figée, la main suspendue en l'air, la tête rejetée en arrière. En m'avançant, j'ai vu qu'Hattie tenait la pointe de son Bowie sous son menton.

« Le dernier blanchet qui a levé la main sur moi s'est fait trancher la gorge. Je ferai pareil avec vous sans hésitation.

— Ôtez votre couteau de là, a dit Grace d'une voix mal assurée.

— Ou bien ? »

D'un mouvement leste, Grace a reculé tout en repoussant la main armée d'Hattie.

« Ne vous avisez plus jamais de me toucher, ou je n'hésiterai pas à vous tuer, moi non plus. »

Hattie a fixé Grace un long moment, et Grace a soutenu son regard. Je voyais tressauter un petit muscle dans sa mâchoire et je me demandais d'où lui venait ce courage. Je ne m'y attendais pas de sa part, pas plus qu'Hattie, j'en suis sûre. S'il y a une chose qu'elle déteste, ce sont les femmes sans caractère, et Grace venait de prouver qu'elle n'en faisait pas partie en lui tenant tête devant son couteau de chasse.

« Correct. »

Grace a considéré avec stupéfaction la main tendue d'Hattie mais l'a acceptée. Elles se sont à peine serré la main, se sont relâchées immédiatement. C'était quand même un début.

Soulagée à l'idée que nous n'allions pas passer le reste du trajet sous tension permanente, j'ai donné le signal du départ.

« En route, maintenant, ou on n'arrivera jamais au camp avant la nuit. »

Grace a pris le licou de Rebel et l'a enroulé autour de l'encolure du cheval avant de monter. Elle était toujours mal à l'aise et nerveuse, mais visiblement, elle avait décidé de se débrouiller seule. Peut-être qu'après avoir affronté Hattie, tomber de cheval lui semblait un moindre mal. Nous nous sommes mises en selle et sommes reparties.

Nous avons suivi la route pendant un kilomètre et demi,

puis Hattie a engagé son cheval sur une piste étroite qui bifurquait, sinuant vers les hauteurs dans une futaie de trembles. Les feuillages argentés scintillaient dans la brise, et les troncs souples des jeunes arbres se balançaient tandis que nous progressions à flanc de montagne.

« Mon Dieu, ayez pitié », chuchotait Grace.

Rebel avançait laborieusement dans la pente raide, et la posture élégante qu'elle avait réussi à conserver sur terrain plat n'était plus qu'un souvenir. L'encolure du cheval montait et descendait sous l'effort et Grace était couchée en avant, agrippée au pommeau, ballottée de droite et de gauche comme un brin d'herbe malmené par le vent. La pente s'est radoucie un peu et le pas des chevaux s'est stabilisé. Au moment où nous sortions du bois, nous avons été accueillies par un de ces majestueux couchers de soleil des Rocheuses. Le ciel était un mélange de pourpre, de bleu et d'or, et des rais de lumière dorée éclairaient les versants abrupts des montagnes qui nous faisaient face.

Grace a émis un son étouffé devant ce spectacle.

Déjà, la grande entaille qu'elle s'était faite au-dessus du sourcil gauche dans sa chute formait une croûte, et je lui ai demandé si elle était contente d'être venue. Elle a répondu oui d'une voix émue.

Nous avons continué sur la piste, qui maintenant coupait droit à travers les hauteurs, à découvert. Des rocs de toutes tailles et de toutes formes affleuraient dans la pente et des plaques de neige immaculée s'accrochaient encore du côté exposé au nord. Partout les fleurs sauvages faisaient un tapis multicolore. Grace a réclamé son journal pour y coucher ce qu'elle avait sous les yeux. Je lui ai menti, disant que c'était Stella qui l'avait emporté.

Hattie a fait halte sur une crête, Grace l'a rejointe et j'ai suivi. À l'ombre d'un pic monumental, trois ravins convergeaient dans un chaos de rocailles onduleuses et de prairies quadrillées de pistes d'animaux. Des langues de neige sinuaient comme des rivières gelées entre les déclivités et les crevasses du sol fracturé et allaient se dissoudre dans un lac d'eau bleu pâle, presque translucide.

« Chaque vue est plus somptueuse que la précédente, a soufflé Grace. Comment est-ce possible ? »

J'ai haussé les épaules. Je n'éprouve plus depuis longtemps ces émerveillements devant la beauté qui m'environne. J'ai envié le plaisir innocent qui lui était donné de voir tout cela pour la première fois.

De l'autre côté du lac, une harde de wapitis broutait les plaques d'herbe nouvelle. L'un d'eux a levé la tête et regardé vers nous. Il nous a observées longuement avant de s'éloigner sans hâte, suivi de la harde indifférente à notre présence. Puis il s'est arrêté, a baissé la tête et s'est remis à brouter, ayant semble-t-il conclu que nous n'étions pas une menace.

« Il ne serait pas beau dans notre fumoir ? » ai-je dit. L'eau me venait à la bouche à l'idée d'un steak juteux.

« Tu en auras plein à te mettre sous la dent en arrivant à la maison, a rétorqué Hattie.

— Vous chassez ? a demandé Grace.

— On n'a pas d'hommes pour s'en charger.

— Et quand bien même, ça ne changerait rien, Garet est la meilleure gâchette du Hole.

— Elle dit ça uniquement pour ne pas avoir à chasser elle-même. »

Hattie nous a offert un vrai sourire pour la première fois de la journée.

Nous sommes arrivées au campement à côté du lac. J'ai tué et dépecé un lapin pendant qu'Hattie montrait à Grace les soins à prodiguer aux chevaux. Les émotions de la journée ont épuisé notre bas-bleu, elle s'est endormie immédiatement. Hattie n'a pas fait de commentaires, tandis que le lapin rôtissait sur le feu, et nous avons mangé. Elle s'est allongée, me laissant la première garde, et s'est abandonnée selon son habitude à un demi-sommeil. Moi, je lis le journal de Grace. Il n'est pas si intéressant que j'espérais. Sa prose est un peu trop fleurie à mon goût, mais correspond précisément à ce qu'elle avait annoncé, le journal d'une femme qui traverse l'Ouest, seule. Je dirai à Hattie de le lire. Peut-être que cela la rassurera un peu.

Je regrette ma décision irréfléchie de prendre Grace avec nous. Je crains qu'on ne soit pas rentrées avant dix jours, à faire des détours comme je l'ai promis à Hattie. La douleur va et vient, mais le toubib ne m'a pas donné assez de laudanum pour tenir deux semaines. Cela devrait suffire, je dois garder les idées claires pour qu'Hattie ne commence pas à se douter de quelque chose.

La maison me manque, le confort d'une nuit dans mon lit, les regroupements paisibles autour de l'âtre le soir, la sensation de l'herbe fraîche entre mes orteils, l'odeur des chevaux et du foin dans la grange douillette. Et un ou deux doigts de whisky ne seraient pas de refus non plus.

LES VILLES FANTÔMES DE HOWLHOOT TRAIL

DE THOMAS HENERY
1935

Chapitre 12

Timberline, Colorado, 1871 à 1877-1878

Depuis ses origines, Timberline, Colorado, a été marquée par les tragédies. Au printemps 1871, deux trains de voyageurs partirent pour le Colorado, l'un depuis Independence, dans le Missouri, le second depuis Austin, au Texas. Un seul parvint au but. Le train qui traversait le Texas fut attaqué par une bande d'Indiens kiowas menés par Satanta et Big Tree, ce qui occasionna de violentes représailles des milices de la paix des quakers. Dans les trois ans qui suivirent, Comanches et Kiowas allaient être parqués dans des réserves.

Ironie du sort, au moment où les Indiens des plaines étaient vaincus, Timberline entrait dans ses années les plus prospères. Quoique prospère soit un terme un peu trop généreux. Timberline n'a jamais attiré grand monde, mais comme toutes les villes nouvelles, elle avait des rêves de grandeur. Les atouts qui avaient conduit les spéculateurs à acquérir des terres dans la région – une riche vallée fluviale environnée de montagnes regorgeant d'animaux sauvages, de bois pour la construction et de minerais à excaver, s'il plaisait à Dieu – étaient ternis par son extrême isolement. Prisonniers d'un canyon avec une voie d'accès unique, étroite et dangereuse, les pionniers installés là avaient fort à faire pour gagner Rock Springs, la ville desservie par le chemin de fer la plus proche, à une centaine de kilomètres à vol d'oiseau, et pour développer le commerce.

La légende veut que Jed Spooner soit arrivé dans le Hole après le casse de la banque de Rock Springs, en 1873, alors qu'il était en fuite avec sa bande et treize mille dollars. Il avait tout de suite compris qu'il tenait là la planque et la base idéales pour les opérations de son gang ou d'autres bandes prêtes à le payer pour s'assurer sa protection. Imaginez son ravissement devant ce semblant de ville coincé à l'extrême sud du canyon sur les rives de la Green River. Quand Spooner et sa bande parvinrent à Timberline, les habitants étaient sur le point d'arracher les clôtures et de partir s'installer plus loin, sur le trajet du chemin de fer, où il serait plus facile de gagner sa vie. Les bandits, forts de leur magot, dépensèrent sans compter pour les maigres distractions qu'ils purent trouver là et, bientôt, un accord fut conclu. Jed Spooner avait découvert un refuge de l'autre côté de la montagne en plus de celui qu'il avait dans les prairies.

À son apogée, Timberline possédait une épicerie, un saloon et une maison de passe, une forge, une demi-école avec une salle de classe et le bureau du shérif, occupé par Luke Rhodes, un ancien voleur de bétail ami de Spooner qui avait conclu qu'il préférait élever le bétail volé par d'autres. Quand ils n'étaient pas occupés à piller et à tuer, Spooner et ses hommes tenaient un ranch au nord de la ville et dressaient des chevaux pour les coups de main de leurs frères d'armes.

Cette planque ne le protégea pas longtemps. À la fin de l'année soixante-dix-sept, des Pinkerton engagés par Callum Connolly parvinrent à les traquer jusqu'à leur ranch. Spooner fut tué dans une fusillade avec les hommes de l'agence de détectives. Sa mort signa la mort de Timberline, mais Brown's Hole demeura un refuge pour les hors-la-loi utilisé par des bandits tels que Butch Cassidy pendant encore vingt ans. Timberline, en revanche, n'était plus qu'une ville fantôme.

Les noms des habitants ont été perdus. Luke Rhodes disparut quant à lui à la fin des années soixante-dix.

L'atelier du maréchal-ferrant est toujours là, mais c'est à peu près tout ce qui subsiste de cette ville maudite. Dans ces lieux désolés du Grand Ouest, il vous faudra un solide compas, une bonne carte topographique et une mule au pas sûr pour la trouver.

LES FILLES DE JOIE DU COLORADO – 1859-1899

DE RICHARD MATHESON 1930

Chapitre 17

Les sœurs Bijoux

Comme pour la plupart des prostituées, on ignore d'où venaient Ruby et Opal Steele, et l'on n'a de certitudes que sur l'endroit où elles s'établirent. On ne connaît jamais tous les détails, mais les prostituées ont toutes plus ou moins la même histoire : ventre creux, sans ressources, sans époux, frère ou père pour les protéger ou s'occuper d'elles, sans éducation ni talents, elles se servent pour s'en sortir de la seule chose qui leur appartienne : leur corps.

Ruby et Opal Steele, les sœurs Bijoux comme on les appelait, sont restées dans l'Histoire en cela qu'elles avaient la préférence de plusieurs bandes de hors-la-loi dans la seconde moitié des années 1870. On ne sait pas grand-chose de leurs origines. Opal, la seule dont nous savons qu'elle a vécu jusqu'au XXe siècle, finissant par se marier à un chercheur d'or irlandais qui avait fait fortune à Leadville, a livré plusieurs versions à ce sujet. Dans l'une, elles étaient les sœurs bâtardes d'un baron de l'acier de Pittsburgh. Dans une deuxième, des paysannes pauvres venues du Missouri, orphelines très tôt et vendues à un souteneur par leur grand-mère. Dans une autre encore, elles étaient des infirmières de guerre qui avaient suivi les troupes de l'Union et étaient devenues « lavandières ». Ces histoires n'ont en commun que d'être des mensonges patentés, à mon avis. Mais savoir d'où venaient les deux sœurs n'est pas forcément très important.

Ce qui l'est, c'est le rôle qu'elles jouèrent sur la piste des hors-la-loi avant qu'elle devienne fameuse sous le nom d'Outlaw Trail. La grande époque du banditisme dans le vieil Ouest débute en 1870. Elle atteint son apogée à la décennie suivante, jusqu'à la séparation de la Horde sauvage et sa dispersion aux quatre vents. Ruby et Opal étaient les prostituées de Timberline, une ville qui connut une destinée éphémère dans la vallée de Brown's Hole, au fin fond du nord-ouest du Colorado. Elles avaient été amenées jusque-là par Hank "Vaut-Mieux-Pas" Henry, le lieutenant de Jed Spooner, qui était un peu amoureux d'Opal, la plus jeune et la plus jolie des deux sœurs, de l'avis d'Opal, tout du moins. On n'a aucune trace officielle de Ruby, mais Vaut-Mieux-Pas, dernier survivant de la bande, m'avait lui-même confirmé qu'elle avait bien existé, une ravissante petite chose, pour une métisse à demi chinoise. Il semble que Spooner ait eu un faible pour elle, mais il avait un faible pour toutes les putains du Grand Ouest. Vaut-Mieux-Pas disait qu'elle avait quitté le Hole vers 1880 et ignorait ce qu'elle était devenue ensuite. Quand je lui avais demandé s'il avait lu l'autobiographie d'Opal, *Des Bijoux dans la rocaille*, il avait rétorqué qu'il n'avait aucune envie de lire un tissu de mensonges et que, de toute façon, ses yeux n'étaient plus très bons.

D'après Opal, toutes deux avaient rallié le gang Spooner vers la fin des années soixante-dix – elle n'avait jamais pu préciser l'année. Les histoires qu'elle raconte sont sans queue ni tête, et ceci se voulant un essai historique et étayé sur la vie des prostituées dans le Colorado, je n'en parlerai pas ici, l'opinion de Vaut-Mieux-Pas me paraissant suffire. Ce récit n'a pas pour objet de démêler pourquoi Opal Steele Driscoll est tenue pour l'une des plus grandes mythomanes de l'époque.

Ce dont nous sommes certains, c'est qu'Opal partit pour Leadville en 1878, y épousa Bowen Driscoll et devint l'une des plus riches mondaines de son temps après qu'il eut fait fortune. On la pressait de loin en loin de sortir son accordéon et de jouer un des deux morceaux qu'elle connaissait, comme elle le faisait jadis pour ses clients. Quand elle jouait, elle prenait une expression mélancolique, et ses yeux se mouillaient de larmes qui ne coulaient jamais.

6

Journal de Margaret Parker

Lundi 4 juin 1877
Heresy Ranch, Timberline, Colorado

L'épuisement de Grace a viré au *soroche*, le mal des montagnes : migraine, nausées, fatigue extrême. Son visage a gonflé, ses mains sont boudinées dans ses gants, mais elle ne les ôte toujours pas. S'arrêter le temps qu'elle se remette n'était pas une option ; il fallait la faire redescendre pour enrayer le mal, et par ailleurs les recherches devaient battre leur plein, à présent. Nous avions déjà pris beaucoup de retard dans notre fuite à cause de sa présence. J'estimais que les sœurs avaient au moins quatre-vingts kilomètres d'avance sur nous, ce qui était tant mieux, car il fallait quelqu'un pour s'occuper des chevaux. Il y a toujours beaucoup de travail au printemps et à l'été, la période privilégiée pour les voleurs de bétail.

Nous avions dit à Grace que nous devions faire des détours du fait de sa présence – trois femmes passent encore moins inaperçues qu'une Blanche et une Noire voyageant seules – mais elle nous a suppliées de prendre le plus court chemin, assurant qu'elle suivrait la cadence aussi vite qu'il le faudrait. Ce qu'elle a fait : nous avons mené un train d'enfer et elle a suivi, sans un mot. Elle n'est pas devenue une cavalière en cinq jours, bien sûr, mais un lien s'est établi entre elle et Rebel, et c'est la première étape pour s'en sortir avec les chevaux.

Quand nous sommes arrivées au ranch, Grace a cherché un lit et s'y est écroulée. Elle y est toujours. Personne ne lui en fait le reproche ; nous avons toutes connu ce mal et savons à quel point il rend misérable.

J'ai passé les deux premiers jours à me reposer, heureuse d'être de retour à la maison. Mais je ne devais pas trop tarder pour aller faire mes distributions en ville, au risque qu'ils s'impatientent. Aujourd'hui, un sac plein de liasses de billets sur la selle, je suis partie pour Timberline.

Peut-être qu'il faut que j'en dise un peu plus de notre ville, pour quiconque se soucierait un jour de lire ces lignes. Il va m'être difficile, futur lecteur, de te décrire un environnement qui m'est si familier et auquel, pour être honnête, je ne prête plus attention. J'ai été trop préoccupée de vivre et de survivre pour m'arrêter encore aux couleurs du soleil couchant ou des tapis de fleurs qui couvrent notre vallée. Mais je m'efforcerai d'ajouter ici et là quelques descriptions, quand j'y penserai.

En dépit de sa situation si bucolique, Timberline n'a pas grand-chose pour elle. Une poignée de bâtiments délabrés semés au hasard d'une large rue sans nom, dans un cul-de-sac éloigné de tout où les frontières du Wyoming, du Colorado et de l'Utah se rejoignent. Timberline était menacée de devenir une de ces villes fantômes, une note de bas de page dans l'histoire des massacres qui coûtèrent la vie à la moitié des pionniers de l'Ouest, quand Jed Spooner et sa bande y avaient fait leur entrée, sur leurs montures fourbues, en quête d'une retraite sûre. Spooner, qui est aussi charmeur que malin, avait immédiatement saisi l'opportunité que représentait la ville moribonde. Il avait proposé de l'argent aux habitants en échange de leur accueil, pour qu'ils regardent ailleurs et ne posent pas de questions sur la provenance de ce magot. Le marché fut rapidement accepté par les cinq familles survivantes des lieux.

Après le décès de mon mari et le vol de mon ranch par le colonel Connolly, Jed Spooner m'a amenée ici avec ma tribu. Je ne suis pas assez naïve pour ignorer qu'il était mû avant tout par son intérêt. Notre ranch dans les contreforts des montagnes, à Cache-la-Poudre, avait constitué pendant des années un refuge sûr pour lui et ses hommes. Nous leur vendions des chevaux, nous les cachions, et nous leur donnions même du travail entre deux hold-up. Plus des bons repas et des cœurs chaleureux. J'avais fini par inviter Spooner dans mon lit – plus rapidement qu'il ne l'avait envisagé, mais nous savions l'un et l'autre depuis que j'avais enterré Thomas que cela se produirait.

J'avais tout de suite été sous le charme. Jed est drôle, séducteur, doux avec les chevaux et les enfants ; et il traitait Hattie avec un respect inattendu pour un ancien officier confédéré et un homme qui avait brièvement fait partie de la bande des frères James. Il les avait quittés, m'avait-il dit, parce qu'il ne voyait pas l'intérêt de poursuivre une guerre perdue et encore moins de tuer pour de l'argent. Spooner préfère enjôler les gens qu'il dépouille sous la menace de son fusil. C'est plus drôle et moins salissant, et il a vu assez de sang pour toute une vie, dit-il. Thomas, vétéran de Crimée, l'admirait pour cela, et moi, pour cela, je le désirais. Mais on apprend beaucoup d'un homme en lui ouvrant son lit et en partageant son oreiller, et il ne m'avait pas fallu longtemps pour me demander si cette histoire n'était pas juste un conte élaboré pour s'attirer nos bonnes grâces, à Thomas et à moi. Il y a une face très sombre chez Spooner, qu'il bride fermement mais qui surgit par intermittence, une face qui tout à la fois me faisait horreur et m'attirait.

Nous conduire à Timberline avait deux intérêts pour lui : se donner le sentiment d'être un type bien, volant au secours des femmes sans défense et leur prêtant main-forte pour bâtir leur ranch. Ses hommes nous ont aidées à construire la maison, la grange, les dépendances et les enclos. En retour, nous acceptions d'avoir toujours des chevaux entraînés à leur disposition et de les héberger et les nourrir. Et j'offrais à Spooner la chaleur de mon lit.

À l'époque, il ne savait pas qu'avec Jehu, j'avais dévalisé une banque à Denver pour nous éviter de mourir de faim. Il a été impressionné quand je le lui ai appris (en laissant de côté le fait que j'avais tué Alfie Gernsbeck, seule Hattie connaît cet élément de l'histoire), mais il a cru que cela ne se reproduirait pas. Il était là pour veiller sur moi, désormais. Dans son esprit, veiller sur moi consistait à me rapporter une part de son dernier braquage, à manger ma nourriture, boire mon whisky, changer ses chevaux contre des frais, et tirer un coup ou deux – avant de repartir « veiller » sur une autre femme.

Qu'il s'imagine que j'aspire à avoir un homme pour veiller sur moi prouve son ignorance. Thomas fut un mari formidable, que j'aimais profondément, mais il ne veillait pas sur moi. Oh, il croyait le faire, bien sûr. Les femmes laissent toujours croire aux hommes qu'ils mènent la barque, si elles sont malignes. Non, Thomas ne possédait pas les talents requis pour réussir dans l'Ouest. Avoir un bras en moins n'aidait pas, bien sûr. Mais j'étais assez intelligente pour mener le ranch, et assez futée pour laisser Thomas en retirer le crédit.

Mon arrangement avec Jed fonctionnait. Il n'était pas

suffisamment là pour me déranger ou régenter les choses. Et quand il était là, c'était un amant enthousiaste, ce qui est à peu près tout ce que j'attends d'un homme, ces temps-ci.

Il s'est passé deux ans depuis que Jed a filé avec ses troupes, *via* Lodore Canyon. Depuis nous avons pris la ville en main, les filles et moi. Voilà pourquoi je me suis rendue à Timberline aujourd'hui : leur remettre leur part du butin.

Les bâtiments délabrés que je mentionnais incluent une écurie, un hôtel-saloon-bordel, un bazar, une moitié d'école et un bureau du shérif qui reste fermé la plupart du temps et n'a jamais accueilli un prisonnier. Quatre ou cinq bâtiments vides attendent d'être remis en état et investis, abandonnés par quelques-uns des premiers colons qui n'avaient pas été séduits par la proposition de Jed et, de manière générale, n'appréciaient pas le peu de cas qu'on faisait de la loi dans la vallée.

J'ai arrêté mon cheval devant l'écurie et suis entrée. Un garçon tout blond et tout maigre m'a saluée.

« Mademoiselle Garet, comment vous allez ?

— *Hello*, Newt. »

J'ai examiné le garçon. L'œil au beurre noir qui jaunissait quand je suis partie est devenu violet foncé, et le blanc de son œil est sanguinolent. Encore quelques coups de ce genre et il restera aveugle, je le crains. Depuis que Lou, sa mère, est morte et ne peut plus prendre sur elle les coups de sang du père, tout retombe sur ce gosse de douze ans. Newt est encore assez jeune pour être sauvé de la violence de son père, et de la sienne propre, qui s'ensuivrait fatalement. Je voudrais le mettre à l'abri d'Ulysses Valentine, mais je ne sais pas comment faire. J'ai fait plus de mal que de bien quand j'ai voulu aider Lou, et le fait est que Newt est, comme elle l'était, la propriété de Valentine. Je ne trouverais guère de soutien de la part des hommes de la ville.

Timberline est une de ces villes, rares, où les femmes sont plus nombreuses que les hommes, mais ceux-ci parviennent néanmoins à garder la main.

Newt a regardé derrière moi.

« Jehu n'est pas avec vous ?

— Non. Il est parti pour une quinzaine de jours. Je me demande ce qu'il va te rapporter, ce coup-ci. »

L'excitation dans les yeux du gamin m'a fendu le cœur. Il est obligé de cacher les petits cadeaux que lui fait Jehu, des jouets, en général. Son père est tellement soûl la majeure partie du temps que c'est Newt qui doit faire tout le travail.

J'ai sorti un sac en papier de mon sac de selle et un parfum de réglisse s'est répandu entre nous.

« Je t'ai apporté ça. »

Ses yeux se sont allumés comme des bougies. Il m'a remerciée, a coupé un bout de réglisse et me l'a tendu sans un mot. Je lui ai dit que je préférais les bonbons au citron et ai demandé où était son père.

Son visage s'est fermé.

« Derrière. »

J'ai pressé son épaule.

« Newt, tu sais que tu peux toujours venir chez nous. Quand tu veux. On aura toujours du travail pour un gars dégourdi comme toi.

— Merci, mademoiselle Garet, mais mon père a besoin de moi ici.

— Je sais que tu l'aides énormément. Tu es en train de devenir un bon forgeron, toi aussi. »

Il a rosi de plaisir. Je me suis penchée pour me mettre à sa hauteur.

« On aime bien aller faire des pique-niques le dimanche, quand on a fini notre travail. Tu pourrais venir avec nous, un jour. Joan nous fait griller du poulet, et tu pourrais essayer de rapporter du poisson pour le souper.

— Ça me plairait bien.

— Alors, marché conclu. Maintenant, que dirais-tu d'emmener Ole Pete boire à la rivière ? Et manger tes bonbons tranquillement. » Newt a eu un grand sourire et il a pris les rênes d'Ole Pete. « Je te fais la courte échelle ?

— Oui, m'dame. »

Il a mis sa botte dans ma main et je l'ai hissé sur le dos du vieux Pete, à un mètre soixante. L'alezan a tourné son museau couleur feu pour donner un petit coup dans la botte du garçon, témoignage de son affection.

« Ne le laisse pas se sauver. »

Ole Pete a reniflé bruyamment et m'a poussée avec son museau, comme offensé que je puisse imaginer qu'il se comporte autrement qu'en gentleman avec la charge d'un enfant sur le dos. Je lui ai flatté la crinière et ils sont partis vers la rivière.

J'ai traversé l'étable, passant devant les stalles vides, les outils abandonnés et une hache en cours de fabrication posée sur l'enclume, et j'ai trouvé le père de Newt affalé sur une chaise de campement derrière le mur noirci, une flasque de whisky à ses pieds. Son regard vitreux s'est posé sur moi. Ulysses Valentine avait beau être assis, j'étais à peine plus haute que lui. Ses bras, musclés par des années de travail à la forge, sont aussi gros que mes cuisses, son torse aussi large que moi et Hattie réunies. J'ai serré les dents en pensant à l'œil de Newt et en imaginant les poings énormes de ce géant frappant le petit visage.

« J'ai entendu dire que vous êtes revenues. »

Il a tendu la main, paume en l'air. Pas de temps à perdre. Notre haine mutuelle est de notoriété publique, mais nous parvenons à coopérer sur le plan professionnel.

J'ai constamment besoin de faire ferrer des chevaux, et il a besoin de quelqu'un pour le fournir en whisky.

J'ai sorti sa part de mon sac et l'ai laissée tomber sur ses genoux. Il a ouvert le sac de cuir, a baissé les yeux sur les pièces d'or et d'argent et a émis un grognement.

« Jehu revient quand ?

— Dans deux semaines. »

Il a pris le cordon entre ses dents pour refermer le sac.

« Tu sais, on commence à dire des choses sur ta façon de jouer sur les deux tableaux, ici.

— Ah oui ?

— On a bien remarqué que tu récupères le plus gros de l'argent que tu nous donnes quand Jehu rapporte des marchandises. »

Il s'est levé. J'ai sorti mon paquet de tabac coupé de haschich de la poche de ma chemise et j'ai pris mon temps pour rouler ma cigarette. Je sais pertinemment que Valentine peut me briser comme une brindille si l'envie lui en prend. Je n'aurais même pas le temps de sortir mon couteau de ma botte ou mon revolver de mon holster. Il se sert de sa carrure pour menacer et terrifier tout le monde, hommes et femmes, à l'exception de Luke Rhodes.

Le shérif Luke Rhodes, qui n'est guère plus grand que moi, mais trapu comme un bouledogue, est le seul homme dans tout le Brown's Hole que craint Ulysses Valentine. Mais je me ferais damner plutôt que d'appeler un homme à la rescousse pour livrer mes combats. Je parviens à dissimuler ma peur à Valentine, ce qui ne fait qu'accroître sa haine. Je sais que quand il cessera de me haïr, c'est que j'aurai cessé d'avoir le dessus. Je l'ai regardé droit dans les yeux, en me disant qu'il recevra un jour la monnaie de sa pièce, plus tôt qu'il ne l'imagine. Et si Dieu le veut, de ma propre main.

J'ai gratté l'allumette sur le mur de la forge et j'ai allumé ma cigarette. J'ai inspiré profondément, laissant la fumée pénétrer mes poumons, attaquer le pic de douleur et diffuser en moi un sentiment de bien-être et d'invincibilité. J'ai relevé les yeux sur les traits grossiers de Valentine et soufflé un filet de fumée régulier vers son nez camus.

« Libre à toi d'aller jusqu'à Rock Springs chercher ton whisky toi-même. Mais ça demande un sacré effort, et on sait l'un comme l'autre que tu es un foutu flemmard. »

Je le regardais sans ciller, mais j'entendais un grondement monter du fond de sa gorge.

« Un jour…

— Tu me battras à mort, comme tu l'as fait avec ta femme ?

— C'était ta faute. »

Jamais je ne le laisserais paraître, mais une part de moi se demande s'il n'a pas raison. La dernière fois qu'il l'avait battue, c'est quand il avait découvert que je prélevais de l'argent sur la somme que je lui remettais pour le donner directement à Lou, dans l'espoir qu'elle s'en servirait pour prendre la fuite.

« C'est ça, continue à y croire, Val. »

Il me regardait en plissant les yeux, mais je le voyais serrer les poings du coin de l'œil.

« J'attends le moment où je pourrai te défoncer…

— Tu me touches ou tu touches l'un des miens, je te tue. Tu ferais mieux de ne pas me mettre en colère, Val.

— Attends que Spooner revienne.

— Il ne pourra pas t'être utile à grand-chose. À moins qu'il te rapporte une fiancée achetée par correspondance ?

— Je pourrais te tuer de mes mains nues.

— Mais tu ne l'as toujours pas fait. Parce que tu as besoin de mon argent.

— Quand Spooner sera là, j'aurai plus besoin de toi.

— Ça va faire presque deux ans qu'il est parti. Il est sans doute mort. Sauf si une autre bande débarque qui sera d'accord pour te payer ton whisky, tu es coincé avec moi. » Je suis repartie vers l'écurie, en lui lançant par-dessus mon épaule : « Jehu ne sera pas de retour avant deux semaines. Pense à rationner tes bouteilles, d'ici là.

— Newt ! »

J'ai fait volte-face et suis retournée devant lui.

« Je l'ai envoyé faire boire mon cheval. Il va rentrer directement. Si je vois encore un coup sur son visage… »

Valentine s'est rapproché de moi. Par-dessus le parfum de ma cigarette, j'ai senti l'alcool dans son haleine.

« Tu feras quoi ?

— Valentine ? »

On s'est retournés tous les deux. La silhouette de Luke Rhodes se découpait dans le grand portail de l'écurie. Val a fait un pas en arrière.

« Shérif. Qu'est-ce qu'il y a pour votre service ? »

Rhodes a traversé la grange et est sorti de l'ombre. Il portait son chapeau taché de sueur très bas sur le front et avait roulé ses manches au-dessus de ses coudes. Ses avant-bras sont bruns et noueux, ses mains portent des cicatrices dues aux brûlures du lasso, du temps où il était vacher, puis voleur de bétail. Depuis qu'il est éleveur et cultivateur, ses ongles sont noirs.

Il a porté un doigt à son chapeau.

« Mademoiselle Parker.

— Shérif.

— J'ai besoin d'un tonneau pour la saumure, Val, j'ai l'impression que les cornichons vont bien donner, cette année. »

Valentine a opiné.

« Je vous fais ça, shérif.

— N'oublie pas ce que je t'ai dit, Val. Bonne journée, shérif. »

Je suis ressortie de l'écurie et j'ai descendu la grande rue sans nom. Les ornières boueuses des pluies du printemps commencent à durcir sous le soleil de juin. Bientôt, circuler ici en charrette sera très inconfortable.

J'ai terminé ma cigarette, savourant la sensation de léger flottement qu'elle me procurait, et j'ai écrasé le mégot sous le talon de ma botte. Je suis entrée dans le bazar en faisant sonner la petite cloche de cuivre, un son léger et innocent qui me rappelle toujours le village voisin de la propriété de ma grand-mère et sa rue principale si affairée, dans le Somerset. Mais la petite boutique n'est qu'une pâle copie de la grande épicerie de ma jeunesse.

Rebecca Reynolds a levé la tête de son livre et son visage s'est illuminé d'un sourire. Elle a fait le tour du comptoir pour m'étreindre et a dit qu'elle était heureuse de me revoir indemne.

« Je rentre toujours indemne.

— Sauf une fois.

— Hattie s'était moquée de moi en me disant que le tabac à priser n'était pas plus fort que la cigarette. Si vous avez déjà testé, vous savez parfaitement que je ne pouvais *pas* ne pas tomber de cheval. Et je trouve extrêmement peu généreux de votre part de me le rappeler chaque fois que je viens. »

Rebecca a eu un mouvement d'épaules, l'air malicieux.

« Il faut bien que quelqu'un vous aide à rester modeste.

— Apparemment, vous avez décidé que la tâche vous revenait.

— Absolument. Vous ne pouvez pas être à la fois le meilleur gangster, la meilleure cavalière et la plus belle femme du Hole. Ce n'est pas juste.

— Je ne suis pas belle.

— Vous pouvez porter tous les pantalons que vous voudrez, Margaret, vous ne pourrez pas faire disparaître votre visage.

— Ce sont des culottes de cheval, si vous voulez savoir, et je les porte car c'est beaucoup plus pratique pour monter. Je suis sûre que vous aimeriez ça, si vous faisiez l'essai. »

Elle a eu une moue dubitative.

« Mais moi, je n'aimerais pas. »

Harvey Reynolds est sorti de l'arrière-boutique, un sourire caché par sa barbe épaisse. C'est un homme jovial, bien que son bras gauche ait fini sur un tas de membres de la hauteur d'un homme derrière l'hôpital de campagne de Gettysburg.

Je l'ai salué et j'ai tendu à Rebecca la poche contenant leur part. Harvey l'a interceptée, l'a soupesée et a haussé ses sourcils broussailleux.

« Un petit extra pour le petit dernier, j'ai dit en pointant le menton vers le ventre rond de Rebecca.

— Merci.

— N'en parlez à personne, et surtout pas à Valentine.

— Bien sûr que non. »

J'ai vu apparaître une rougeur dans la nuque d'Harvey, à la lisière de sa barbe rousse. Je savais que tout son visage allait s'enflammer très vite, et alors son humiliation serait totale. C'est pourquoi je préférais toujours donner l'argent à Rebecca. Elle le laissait sur son bureau et Reynolds pouvait faire semblant d'ignorer que son commerce et sa famille subsistaient par la grâce d'un gang de femmes.

« Vous êtes très bonne avec nous, Margaret, a dit Rebecca.

— Je préférerais que vous m'appeliez Garet. »

J'ai jeté un œil sur la boutique. Les étagères s'étaient nettement vidées depuis mon départ trois semaines plus tôt.

« Vous avez eu du monde ?

— Des voleurs de bétail se sont installés à la jonction du Beaver Creek et du Green, pour camoufler le marquage de cent cinquante têtes. Ils sont venus quelques fois.

— Ils font des problèmes ?

— Aucun, a dit Rebecca. Ce sont des amis du shérif, ils connaissent la musique. »

J'ai retenu un sourire. On a donné à Luke Rhodes le nom de shérif, et une petite étoile métallique percée d'un trou, mais il ne fait guère respecter la loi. Il n'y a qu'une seule règle à ne pas outrepasser dans le Brown's Hole, on s'accommode de tout le reste. Rebecca voudrait bien que cela change. Si Timberline a une chance de se civiliser un jour, ce sera à Rebecca Reynolds qu'on le devra.

« Jehu devrait être de retour dans deux semaines avec l'approvisionnement. »

Je les observais, guettant un signe de désapprobation – un regard, des lèvres qui se pincent, une expression de réprobation –, mais je n'ai vu que des sourires enthousiastes, preuve que Valentine est seul avec son ressentiment. Jehu est le favori de tous et pas seulement parce qu'il apporte des marchandises et des nouvelles de l'extérieur. Je pense que si quelque chose m'arrivait, les habitants pleureraient la perte de leur train de vie plus que ma compagnie. Mais s'il arrivait quelque chose à Jehu, toute la ville serait exsangue. Je n'irai pas les en blâmer ; j'aime Jehu plus que moi-même.

« C'est vrai que vous avez kidnappé une femme ?

— C'est Stella qui vous l'a dit ?

— Joan. Stella a eu l'air assez contrariée, d'ailleurs.

— Quand n'est-elle pas contrariée ? a glissé Harvey.

— En fait, c'est Grace qui m'a demandé de l'emmener avec nous.

— J'ai du mal à croire que vous lui ayez dit oui, dit Rebecca.

— Moi aussi. Elle est au ranch, elle dort, elle a été prise par le *soroche* sur la route. Je l'amènerai en ville prochainement pour vous la présenter. Bon, il faut que je reparte, j'ai demandé à Hattie de me préparer un cheval pâle[1] pour cet après-midi.

— Oh. Soyez prudente, Garet.

— Je n'ai jamais été battue par un cheval.

— Sauf une fois… »

J'ai pointé l'index sur Rebecca en lui disant qu'elle était une méchante femme et je suis sortie. En allant vers le Diamant Bleu, j'ai vu Luke Rhodes qui m'attendait, adossé au mur de son bureau. J'ai souri. Je savais que je lui avais manqué autant qu'il m'avait manqué à moi. Une chose que je n'admettrai jamais devant lui, naturellement.

Je l'ai salué. Il a ouvert la porte et m'a fait entrer. À peine avais-je déposé mes sacs de selle sur son bureau que ses bras s'enroulaient autour de moi, collant mon dos contre sa poitrine, ses lèvres dans ma nuque, avec sa belle moustache qui me chatouillait à me donner des frissons.

« Est-ce que je dois comprendre que je t'ai manqué ?

— Est-ce que tu voudrais bien mettre une robe quand tu viens en ville ? Ces pantalons sont un crime. »

Je me suis retournée et j'ai passé mes bras autour de son cou.

« Est-ce que tu porterais une robe pour moi, toi aussi ?

— Pas drôle.

— Tu veux discuter, ou bien… »

Luke et moi sommes… intimes depuis presque un an.

1. « … Je vis paraître un cheval de couleur pâle ; et celui qui était monté dessus se nommait la Mort, et l'Enfer le suivait. » Apocalypse 6:8.

Pas régulièrement, et pas publiquement, mais de temps en temps. Quand je vais le chercher. Il est trop gentleman pour faire de même, ce qui fait que je vais encore plus le chercher. J'ai résisté plusieurs mois après le départ de Spooner, mais j'ai mes besoins moi aussi, comme les hommes, et je n'ai pas pu résister au désir de savoir si sa moustache était aussi douce qu'elle paraissait.

Elle l'est.

Nous étions tout de suite devenus amis quand j'étais arrivée, et il n'était pas sorcier de voir qu'il me désirait. Ses hésitations et son respect pour moi m'ont aidée à guérir de ma piètre opinion des hommes. Il m'a rappelé qu'il existe beaucoup d'hommes honorables, dignes de mon estime, et il m'a attirée comme une flamme attire une mouche. J'avais éprouvé la même chose lorsque j'étais tombée amoureuse de Thomas. Spooner est une anomalie, une liaison basée uniquement sur le désir, sans affection, qui ne m'engageait à rien et me permettait de rester concentrée sur ma famille et mon ranch. Luke, c'est différent – je pense qu'on aurait pu avoir une vie heureuse ensemble, sans le meurtre de Lou Valentine, précisément la semaine où j'apprenais que j'étais en train de mourir d'un cancer. Quand j'avais compris que Luke, en tant que shérif, n'arrêterait pas Valentine pour avoir battu sa femme à mort, j'avais renoncé aux rêveries qui avaient commencé à éclore dans mon esprit. Hattie était folle de rage contre Rhodes, toutes les femmes l'étaient. Mais ce que nous pensions ou souhaitions importait peu. Lou était considérée comme la propriété de Val.

Je m'étais tenue à l'écart de Luke pendant deux semaines pour lui montrer ma colère, mais finalement, j'étais retournée à lui. Je ne voulais pas mourir célibataire, et les occasions de trouver de la compagnie sont maigres dans un trou comme le nôtre.

J'ai fait de mon mieux pour que mes sentiments restent à un stade… je ne sais même pas comment appeler ça. Nous sommes très au-delà d'une relation platonique ; *détachée* serait risible également. Quand nous sommes seuls tous les deux, j'ai du mal à empêcher mes pensées de vagabonder sur ce que cela ferait de me réveiller le matin avec un corps chaud contre le mien.

Alors que je me rhabillais, Luke m'a dit qu'il envisageait de se lancer dans une nouvelle activité.

« Déjà aigri par les cornichons ?

— Ha ha, très drôle, vraiment.

— Tu sais bien, l'humour britannique… Quelle activité ? Tu veux te remettre à voler du bétail ?

— Non, le commerce des chevaux. »

Je l'ai regardé fixement. Sa moustache noire en guidon est piquée de gris. Aujourd'hui, il n'avait pas mis de cire et elle pendait autour des commissures de sa bouche, l'air particulièrement soyeuse. Mais à cet instant, elle dissimulait un petit sourire satisfait. J'ai été tentée de l'effacer d'un coup de poing. Au lieu de quoi j'ai souri.

« Tu pourrais, mais je ne te le conseille pas.

— Tu as peur que je sois meilleur que toi ?

— Oh, ça non. Je t'ai vu en selle.

— Tu sais parler aux hommes, c'est sûr.

— Tu n'avais pas l'air de te plaindre, il y a encore une minute. »

Il s'est levé et rajusté suffisamment pour que nous puissions parler sans que je pense à autre chose. Il ne connaît que trop bien mes appétits. Je contenais mon irritation devant son toupet. Me provoquer comme ça…

« Tu es vraiment jolie quand tu te mets en colère.

— Je n'apprécie pas… »

Il m'a fait taire en m'attirant à lui. Dieu que j'aime cette moustache.

« Reste tranquille une minute et rappelle-toi que tous les hommes ne sont pas sur terre pour se servir de toi. Et surtout pas moi. Je veux travailler avec toi, Garet, pas te faire concurrence.

— Tu travailles avec nous chaque été.

— Tu sais très bien ce que je veux dire. »

Voilà, c'était fait, le sous-texte avait été exprimé. J'aurais préféré qu'il n'en soit rien. J'étais forcée de le repousser, de le blesser, et je n'en avais pas envie.

« Que dira Ruby ? »

Il a rougi un peu. J'avais été très claire sur le fait qu'il était libre de chercher de la compagnie comme il l'entendait, tout comme moi. Il ne se doutait pas que j'étais au courant de ses visites occasionnelles à la prostituée.

« Ou Spooner ? »

Les yeux bleu vif de Luke se sont assombris en entendant ce nom.

« Spooner a laissé le champ libre il y a plus de deux ans.

— Le champ libre ? C'est ce que je suis pour toi ? Une espèce d'objectif militaire ? Ou une femme à conquérir ?

— Ce n'est pas ce que je voulais dire.

— Je ne suis pas la seule qui doit apprendre à parler gentiment. »

Je suis allée chercher la part de Rhodes dans mon sac et lui ai tendu le rouleau de billets.

« Notre relation me plaît comme elle est. »

Il m'a dévisagée sans se soucier de l'argent.

« Je veux plus.

— Je ne peux pas te donner plus.

— Pas d'argent, je veux plus de toi.

— Je ne peux pas te donner plus de ça non plus.

— Pourquoi ?

— Je n'ai pas à te donner de raison, Luke. Je ne t'appartiens pas et tu t'approches dangereusement du point où tu n'auras plus rien du tout de moi. »

Il a croisé les bras sur son torse nu.

« Tu ne devrais pas contrarier Valentine.

— Peut-être que c'est lui qui ne devrait pas me contrarier ? »

Luke s'est mis à rire.

« Je crois que tes succès t'ont monté à la tête. Si tu ne fais pas attention, Valentine va te donner une leçon, un jour où je ne serai pas là.

— Il me remettra à ma place, tu veux dire ? Il me montrera qui est le patron ? Comme il fait avec Newt ?

— Je lui ai dit d'arrêter.

— Ou bien ? Tu le mettras en prison ?

— Je peux le faire, un jour ou deux.

— Et puis il sortira et il se vengera sur lui.

— Garet, que veux-tu que je fasse ? Valentine a le droit de discipliner son fils.

— Mais aucun droit de me discipliner moi, ce que tu as l'air d'insinuer. Si tu ne réagis pas et que tu le laisses…

— Je ne le laisserai jamais te faire du mal. Tu le sais. Ce sera mis au point si tu m'épouses.

— Alors c'est ça, ta demande en mariage ? *Épouse-moi et Valentine ne te tuera pas* ? C'est terrifiant.

— Oh, c'est toi qui m'as embrouillé. J'avais préparé quelque chose de beaucoup mieux. Je t'aime et je veux prendre soin de toi. Et ne monte pas sur tes grands chevaux, encore une fois. Je ne veux pas te contrôler, et même si je voulais je ne pourrais pas. Tu es la femme la plus formidable que j'ai jamais rencontrée. La façon dont tu t'occupes de ta famille, et de tout le monde à Timberline, et bon sang, tu es un crack avec les chevaux. Tu es proche de la perfection, et je vais être égoïste une minute et te dire la vraie raison qui fait que je veux t'épouser. Je pense que tu fais de moi un homme meilleur. »

Je me suis détournée pour qu'il ne voie pas mes larmes. J'ai haï Dieu à cet instant, de m'offrir enfin un homme digne de prendre la place de Thomas à mon côté, sans me donner la santé et le temps suffisants pour le permettre. Comme pour me rappeler ma fragilité, la douleur est venue vriller mon estomac.

Il m'a demandé si je pleurais, j'ai répondu oui et lui ai dit pourquoi. Il a tenté de me faire revenir sur ma décision : comme il voyait les choses, c'était une raison supplémentaire de nous marier, pour avoir le plus de temps possible ensemble avant la fin. J'ai du respect pour Luke, et c'est pourquoi je ne lui ai pas dit la vraie raison : je ne prendrai pas le risque qu'il s'approprie mon ranch après ma mort. Qu'il en dépossède les filles. Je ne crois pas réellement qu'il le ferait, mais la méfiance a été semée en moi et je ne peux m'en débarrasser. Luke est un élément tout neuf dans ma vie, je sens les remous de l'amour naissant, cette étape où l'on voudrait être à chaque heure du jour avec cette personne nouvelle et fascinante, en découvrir tout le potentiel. Mais Luke est un potentiel voué à la perte. La réalité, c'est Hattie, Jehu, Stella et Joan. Nous sommes incrustés dans la vie et le futur les uns des autres, comme des motifs compliqués ciselés sur une selle d'apparat.

« Je te serai toujours reconnaissante de ta proposition. Si la situation était différente, je pourrais accepter. Mais ce ne serait pas honnête, vis-à-vis de toi, de moi, de la famille. Je sais que toi et Ruby...

— Garet...

— Elle a un avenir à t'offrir, Luke. Pas moi. »

J'ai pris le visage de Luke entre mes mains et je l'ai embrassé pour la dernière fois.

Quand je suis arrivée à la porte, Luke m'a hélée d'une voix bourrue pour me dire de me tenir à l'écart de Valentine et de prendre garde aux lois expéditives qui ont cours dans le Hole.

Cela m'a soulagée de l'entendre dire ça. Ses paroles ont ravivé ma colère et amoindri un peu ma peine de lui avoir dit non.

« On peut tout faire sauf tuer, oui, je suis au courant. Curieux que cette loi ne se soit pas appliquée quand Val a tué Lou. Mais c'était de sa faute à elle, c'est ça ? Le meurtre était justifié car elle se dressait contre son mari, par le simple fait de rêver de se libérer de ses poings ? La mort, ce n'est pas la libération qu'elle attendait, mais Lou savait qu'il y a des choses pires que la mort. Toutes les femmes le savent. »

Je suis descendue jusqu'à la rivière prendre un moment pour me calmer avant d'aller voir Ruby et Opal. J'ai ôté mes bottes et suis entrée dans l'eau froide, tout en fumant une cigarette et en regrettant de n'avoir pas été plus généreuse sur le haschich en coupant mon tabac. Ça a soulagé la douleur physique, au moins, et l'eau froide a apaisé ma colère jusqu'à ce que je sois assez détendue pour aller voir les sœurs sans trop laisser paraître d'émotion.

Le Diamant Bleu est le seul bordel de tout le Brown's Hole, et Ruby et Opal Steele les seules prostituées. Elles prétendent qu'elles sont sœurs, mais tout le monde sait que c'est une légende. Toutes deux sont grandes, les cheveux noirs, le teint mat, avec une différence notable : Ruby est une fille de l'Empire céleste, sans doute à moitié seulement, raison pour laquelle les gens ne s'y arrêtent pas trop. Malgré tout, elle sait qu'elle est toujours en danger de servir de bouc émissaire à un abruti alcoolisé, aussi a-t-elle soin de ne faire aucun faux pas. Personne ne sait d'où elles viennent et comment elles se sont retrouvées ensemble. Elles sont arrivées ici avec des hommes de Spooner et ont décidé de rester et d'y ouvrir leur saloon.

Elles avaient laissé la porte béante pour profiter de la brise exquise qui monte de la rivière. J'entendais Opal chanter « Sweet Betsy from Pike » sur son accordéon. Je suis entrée et j'ai attendu que mes yeux s'habituent à la lumière tamisée. Le Diamant Bleu est propre et bien agencé, mais d'une simplicité austère. Les sœurs Bijoux, comme elles se dénomment elles-mêmes, ne voient pas l'intérêt de décorer les lieux. S'ils ne sont pas du goût d'un cow-boy de passage, libre à lui de se lancer dans la traversée harassante de la passe rocheuse et escarpée qui conduit à Rock Springs, au nord, ou dans le dangereux canyon de Lodore, vers le sud, et de parcourir trois cents kilomètres de désert pour regagner la civilisation. Il peut aussi choisir de longer tranquillement la Green River à travers la vaste vallée du canyon, *via* Timberline. La plupart choisissent les sœurs Bijoux.

La musique s'est arrêtée.

« Eh bien, regardez qui voilà. »

Opal, assise à une table, son accordéon sur les genoux, n'avait pas grand-chose d'une fille qui attend le client. Dans sa robe de coton bleu toute simple, malgré un décolleté beaucoup plus généreux que celui que la décence autorise à une femme de fermier, on était très loin des cocottes de Denver. Opal a une silhouette ravissante et ne voit pas la nécessité de trop dévoiler la marchandise, les hommes peuvent accéder à ce qui se trouve sous sa robe assez facilement comme ça. Et même, m'a-t-elle expliqué un jour, elle se fait plus d'argent en laissant travailler l'imagination des clients plutôt qu'en s'exhibant. Le vieil accordéon qui la quitte rarement était posé entre ses jambes écartées et son jupon découvrait ses chevilles et ses pieds nus. Sa chevelure sombre était relevée en un chignon folâtre et des mèches rebelles encadraient son visage.

« Ruby, nous avons de la visite ! »

Ruby Steele est arrivée de la cuisine en essuyant ses mains pleines de farine sur son tablier, sans la moindre idée que je sortais du lit de Luke et lui avais conseillé de la prendre pour femme. J'étais encore un peu grisée de nos retrouvailles, et le sourire de Ruby, sincèrement heureuse de me voir, m'a fait me sentir affreusement coupable.

Il sera temps d'y revenir plus tard. Pour le moment, quelques explications sur les sœurs Bijoux.

Si l'on ne peut deviner immédiatement en voyant leurs visages qu'elles ne sont pas sœurs, leurs silhouettes sèment forcément le doute. Ruby est fine comme un rail, la poitrine menue, grande pour une Asiatique. Je suppose qu'elle doit sa taille, de même que ses yeux noisette, au sang blanc qui coule dans ses veines. Opal est exubérante, sociable, impulsive, et il est difficile de ne pas l'aimer et de ne pas sourire en l'écoutant. Ruby est intelligente et perspicace et adapte son attitude en fonction des gens face à qui elle se trouve.

Quand Hattie, Stella, Joan, Jehu et moi étions arrivés dans le Brown's Hole, les sœurs nous avaient accueillis très différemment. Opal était excitée et soulagée de voir croître la gent féminine dans ce coin reculé, alors que Ruby nous lançait des regards noirs, nous considérant non comme des amies potentielles mais comme des concurrentes. Les gars de Jed s'étaient employés à dissiper leurs inquiétudes. Ils avaient passé une semaine à boire et à prendre du bon temps au Diamant Bleu tandis que les filles et moi nous attelions à clôturer un terrain de deux cents hectares situé à quelques kilomètres de la ville, pour bâtir un ranch digne de remplacer celui que nous avions près de Fort Collins. Puis, un mois durant, Spooner et ses hommes nous avaient aidés à construire une maison, une grange et un corral, tandis que Jehu, Hattie et moi partions traquer les chevaux sauvages pour en rassembler le plus possible avant les premières neiges. Quand nous avions traversé la rue principale avec une centaine de chevaux, les habitants de la ville étaient sortis nous accueillir avec des vivats. Ruby était adossée à la porte du saloon et son expression s'était transformée. J'avais porté la main à mon chapeau en passant devant elle, elle avait incliné la tête. Notre respect mutuel était scellé.

Opal s'est mise à jouer une petite danse de fête et Ruby a écarquillé les yeux.

« Garet, bienvenue à la maison.

— Merci. J'ai entendu dire que les affaires vont bien. »

J'ai sorti leur part et l'ai tendue à Ruby, qui l'a prise et fourrée dans la poche de son tablier.

« Mieux que d'habitude. Tu veux une tasse d'Arbuckle[1] ?

— Avec joie. »

J'ai posé mes sacs sur la table et me suis assise à côté d'Opal. Malgré nos rapports amicaux, Opal et Ruby interdisent l'entrée de leur cuisine à tous les visiteurs. C'est la seule pièce du saloon qui leur est réservée à elles seules.

Je n'ai rien à cacher dans mon journal : j'ai toujours préféré Ruby à Opal. Bien qu'elle soit plus cordiale que Ruby, Opal est superficielle, vaine et ignorante. Ruby possède une intelligence acérée et se languit de parler d'autre chose que de clients, d'alcool, de vêtements et d'argent, ou du manque de tout ça. La première fois que nous étions parties, elle m'avait demandé de lui rapporter de la lecture. Quel type de lecture ? avais-je répondu. Elle avait ri et assuré que n'importe quoi ferait l'affaire. On se retrouve toujours un peu

1. Marque de café populaire.

plus tard, seule à seule, près de la rivière, car je ne rapporte jamais rien à Opal. Elle serait contrariée de découvrir que Ruby et moi avons noué une amitié dont elle est exclue.

Elle a posé son accordéon au sol, s'est penchée sur la table en crochetant ses pieds nus aux pieds de sa chaise. Ses yeux pétillaient de curiosité sournoise. Elle m'a demandé s'il était vrai que j'avais kidnappé quelqu'un. Quand j'ai répondu par l'affirmative, elle a commencé à me bombarder de questions te concernant.

(Vois-tu, Grace, je me suis demandé si je devais écrire tout cela comme une lettre qui te serait adressée, ou juste comme un journal. Je n'ai pas encore décidé, mais je pense que ça te fera plaisir de savoir que quand j'écris, je le fais essentiellement comme si je m'adressais à toi.)

Revenons à Opal. Elle était très intéressée par ta personne et je lui ai dit ce que je savais. Prépare-toi à une avalanche de questions quand tu la rencontreras. Elle est curieuse et n'est pas dénuée de charme, mais il me semble que nous nous ressemblons, toi et moi, et que la retenue pleine d'assurance et la finesse de Ruby seront plus à ton goût.

Ruby m'a demandé pourquoi j'avais fait ça, et pour être tout à fait honnête, je n'ai toujours pas de bonne réponse à cette question. Je ne veux pas leur parler de mon projet d'écrire notre histoire. Pas pour le moment. Peut-être même jamais.

J'ai dégusté le café de Ruby et laissé échapper un grognement de satisfaction. Ruby fait un café du tonnerre. Elle affirme que c'est l'eau des montagnes, mais je me demande si elle n'y met pas un ingrédient secret.

« Maintenant, tu n'as plus d'excuses pour ne pas m'emmener, la prochaine fois.

— Opal, a grondé Ruby.

— Eh bien quoi ? Elle a emmené la petite et maintenant elle a kidnappé une étrangère.

— Joan a dix-sept ans, elle s'en est très bien sortie. Si on lui laisse un peu de temps, elle deviendra probablement meilleure que Stella. Elle a beaucoup de sang-froid.

— C'est trop dangereux, a protesté Ruby. Qu'est-ce que je ferais, sans toi ? »

Elle a pressé la main d'Opal, qui lui a décoché un sourire radieux.

Mon regard a croisé celui de Ruby. Nous n'en avons jamais discuté, mais nous savons parfaitement l'une et l'autre que je n'emmènerais pour rien au monde Opal, qui est impulsive, imprévisible et égoïste. Ruby, en revanche, serait un atout précieux pour la bande. Mais je ne pourrais pas emmener Ruby sans Opal, et elle n'a d'ailleurs jamais exprimé le moindre intérêt pour nos activités.

« Je ne sais pas si vous aurez besoin de faire ça encore longtemps. Le Hole se remplit de colons. Il y a des nouveaux venus qui prospectent à Cold Spring Mountain. Un couple de fermiers est en train de s'installer là-haut, sur les plateaux. Et il y a les amis de Luke près de Hog Lake, a précisé Ruby.

— Rien ne me plairait plus que d'arrêter et de me consacrer aux chevaux.

— À d'autres, Garet, tu adores la vie de hors-la-loi, a dit Opal.

— C'est une vie qui ne dure pas longtemps, et je préfère m'en aller quand je l'aurai décidé plutôt qu'avec une balle dans le ventre.

— Ou un collier de chanvre autour du cou, a ajouté Ruby.

— Garet est trop maligne pour se faire prendre.

— Dès qu'un bandit commence à penser ça, il est fini, a objecté Ruby.

— De toute façon, nous allons devoir nous tenir tranquilles

quelque temps. Ça ne s'est pas très bien passé avec l'un des hommes, et j'ai bien peur qu'on se soit attaquées à Connolly une fois de trop. Les hommes ne se laissent pas ridiculiser trop longtemps.

— Tu as réussi à te sortir de la tête l'idée de te venger, alors ? s'est enquise Opal en ramassant son accordéon et en se mettant à pianoter.

— Si Dorcas avait repris la direction de la compagnie après la mort du colonel, je ne me serais pas attaquée à eux. Elle mène honnêtement son affaire. Mais Callum Connolly a continué dans la lignée de son père à dépouiller des travailleurs honnêtes pour faire fortune. Du coup, je lui reprends ses richesses mal acquises, et je les rends à ces gens.

— Nous. Et toi.

— J'ai entendu dire que Callum Connolly est un diable très séduisant, a dit Opal.

— Je ne l'ai jamais rencontré. Mais ça m'étonnerait, avec son visage à moitié couvert de cuir.

— Je tiens de source sûre qu'il l'est et que son masque ne fait qu'ajouter à son charme. Mais il peut devenir un sacré salopard derrière une porte fermée. Les putains parlent entre elles, tu sais, a dit Opal.

— Raison de plus pour continuer. Peut-être que la prochaine fois, on pourrait donner de l'argent aux filles qu'il a maltraitées. »

Tout à coup, j'ai réalisé qu'il n'y aurait pas de prochaine fois. En tout cas pas de prochaine fois dont je ferais partie.

« Tu serais la reine des filles de joie, a déclaré Opal.

— On envisage de faire venir une ou deux nouvelles filles. Tu penses que ta Grace pourrait être intéressée ? » a demandé Ruby.

Je me suis mise à rire.

« Ce n'est pas *ma* Grace, et c'est une féministe. Je n'ai pas l'impression qu'elle connaisse grand-chose aux hommes. »

Ruby a paru intriguée.

« Peut-être que c'est bien *ta* Grace, du coup.

— Et donc, les affaires marchent ? ai-je coupé.

— Ça s'améliore.

— Dis-lui la vraie raison », a dit Opal. Devant le silence de Ruby, elle a poursuivi. « Elle veut arrêter de faire la pute. Juste diriger l'affaire.

— Devenir une madame ? » j'ai demandé. Ruby a serré ses mains sur ses genoux, mais elle m'a regardée droit dans les yeux. « C'est une bonne idée, ai-je dit.

— Il n'y a rien de mal à se prostituer, a dit Opal en jouant quelques notes.

— Personne n'a dit ça. Mais c'est un peu comme le banditisme, ce sont des carrières qui ne durent jamais longtemps. Où est Eli ?

— Elle dort. Quelques cow-boys sont passés hier, ils nous ont rétamées.

— C'est pour ça qu'il nous faut des nouvelles filles. C'est bien d'avoir des défilés de fêtards, mais on ne pourra pas tenir longtemps avec des dimanches comme ça, c'est trop », a dit Ruby.

Opal s'est mise à jouer un air de danse.

« Tu penses que Jehu pourrait nous trouver quelques filles à Rock Springs ? a-t-elle demandé.

— Tu peux toujours lui en parler. »

Il dira non. Jehu est plutôt du genre à tirer une femme de la prostitution qu'à lui proposer de gagner sa vie comme ça.

Ruby a marmonné quelque chose au sujet du travail et est retournée à sa cuisine, au moment où un homme passait la porte. Il avait le soleil dans le dos, mais malgré le contre-jour, j'ai vu qu'il s'agissait d'un étranger. J'ai cru que c'était un cow-boy jusqu'à ce qu'il avance dans la pièce et que je le voie mieux. Il avait le teint cireux, marqué de cicatrices de varicelle, et une fine moustache tombante qui descendait sous son menton. Un ruban à rivets d'argent entourait son feutre noir poussiéreux. Il avait une Winchester à la main, et un revolver sur chaque hanche. L'allumette plantée au coin de ses lèvres ne contribuait pas à adoucir la ligne dure de sa bouche. J'ai regardé les sœurs pour voir si elles le connaissaient, mais non.

L'étranger a demandé si c'était ouvert.

Opal s'est ressaisie, a souri et s'est levée pour aller à sa rencontre.

« Toujours. »

Ses bottes de cavalerie marron couvertes de poussière ont craqué sur le parquet et il a parcouru la pièce du regard. Il a ignoré Ruby et s'est arrêté sur moi.

« Vous cherchez de la compagnie, un verre, ou un lit ? a demandé Opal.

— Les trois.

— Alors vous êtes au bon endroit. »

Opal a pris son bras libre comme pour qu'il l'escorte et s'est appuyée sur lui en le conduisant au bar, tout en lui demandant son nom. Il s'appelait Salter et il avait l'air du genre qui amène des ennuis.

Il a pris son whisky, s'est tourné vers moi et l'a levé à mon intention. Au moment où je me disais qu'il était temps de partir, Luke s'est encadré dans la porte. Ruby est revenue à la table et s'est postée près de moi en accueillant Luke par son titre. Nonchalamment appuyé au bar, l'inconnu n'a pas bougé.

Luke nous a saluées puis est allé droit vers lui et a demandé ce qu'il venait faire dans le coin. Je vais retranscrire le dialogue, ou du moins ce que je m'en rappelle, car c'était fascinant de voir les deux hommes s'affronter.

« Boire, voir les filles et dormir, a répondu Salter.

— De passage, alors ?

— J'ai pas dit ça. »

Salter a sorti un cigarillo de la poche de sa chemise et l'a allumé avec l'allumette qu'il mâchouillait jusque-là.

« Vous venez vous installer ici ?

— J'ai pas dit ça non plus.

— Vous ne dites pas grand-chose.

— Ce que je fais ne vous regarde pas.

— C'est là que vous vous trompez.

— Il y a un trou dans votre étoile.

— Elle reste valable.

— Vous avez l'intention de me chasser de la ville ?

— Si vous ne me dites pas ce que vous venez y faire, oui.

— Vous pouvez toujours essayer. J'ai entendu dire que Timberline était une ville accueillante pour certains, a dit Salter.

— C'est juste. Mais il y a une règle absolue dans le Hole. Pas de fusillades. Un mort et je vous suspends au premier arbre. »

Salter a souri.

« Comme je disais, vous pouvez toujours essayer. Tu me sers un autre verre, beauté ?

— Tant que vous payez, je sers, a dit Opal.

— Alors deux. »

Luke a un instinct sûr, Grace. Il a suffisamment fréquenté bandits, voleurs et autres fauteurs de troubles pour savoir quand il en a un devant lui, et Salter en est un. Je dois reconnaître qu'observer Luke défier ce type était excitant, mais peut-être que j'étais encore émoustillée de notre entrevue. Quoi qu'il en soit, je sentais mon attirance pour lui me trahir.

Opal a rempli deux verres. On pensait tous que Salter allait en donner un à Luke en signe de conciliation, mais au lieu de ça, il a traversé la pièce pour venir me l'offrir.

« Vous avez un peu de temps pour un étranger épuisé ?

— Ce n'est pas une prostituée », est intervenu Luke d'une voix cassante.

Je dois avouer que Salter m'inquiétait et me rendait nerveuse ; j'espère qu'il ne s'en apercevait pas. Mais le fait que Luke vole à ma rescousse, en insultant au passage les deux sœurs, a douché le désir qui revenait en moi. J'ai souri et accepté le verre.

« Je suis passée dire bonjour à mes amies Ruby et Opal. Elles seront heureuses de vous offrir un peu de bon temps.

— On peut toujours discuter.

— On peut discuter. »

Nous avons trinqué, bu et nous sommes assis à ma table devant Luke, planté au milieu de la pièce, impuissant. Je l'ai ignoré pour ne pas laisser retomber ma détermination. Eli, la solide barmaid et garde du corps des sœurs, s'était réveillée et avait rejoint Opal derrière le comptoir.

« D'où venez-vous, monsieur Salter ?

— D'ici et là.

— Pareil pour moi. Qu'est-ce qui vous amène à Timberline ? »

Il a fait signe à Opal de rapporter à boire. Elle nous a servis en fronçant les sourcils à mon intention.

« J'ai rencontré une fois une femme qui avait essayé de s'installer ici. Elle est repartie à l'est. Mais j'ai cru comprendre que Timberline est un endroit tranquille et accueillant pour un certain type d'hommes, alors je suis venu en juger par moi-même. Comment vous appelez-vous ?

— Garet.

— Qu'est-ce que vous faites à Timberline, Garet ? Vous avez des ennuis avec la loi ?

— Comment avez-vous deviné ?

— Vous avez l'air de quelqu'un qui attire les ennuis.

— Ah oui ?

— Quelque chose dans vos yeux. J'imagine que votre mari a du mal à vous mettre au pas.

— Il n'y a jamais eu jusqu'à présent d'homme capable de me mettre au pas, comme vous dites si élégamment.

— Ça me plairait d'essayer, pour sûr.

— Surveillez vos paroles, a fait Luke.

— Je ne voulais pas marcher sur vos plates-bandes, shérif.

— Je ne suis les plates-bandes de personne. Vous feriez mieux de vous en souvenir. »

L'avertissement s'adressait aussi bien à Luke qu'à Salter.

Je me suis levée, l'ai remercié pour le whisky et lui ai dit que je devais rentrer.

Je sentais ma peau picoter à chacune de ses questions ; partir était ce que j'avais de mieux à faire pour ne pas risquer de perdre mon calme devant son regard narquois. Je sais que Ruby et Opal sont capables de se défendre, pourtant ça ne me plaisait pas de les laisser avec lui. Il y avait quelque chose dans son expression, ses yeux morts, qui me soufflait que Salter n'était pas là pour de bonnes raisons.

Ruby et moi avons échangé un regard. D'une petite inclinaison de tête, elle m'a signifié d'aller l'attendre à la rivière. En chemin j'ai croisé Newt, et récupéré Ole Pete.

J'ai dû attendre Ruby une demi-heure.

« Opal vient juste d'emmener Salter.

— Et Luke ?

— Rentré chez lui, je suppose. Bouder, je crois bien. Il s'est passé quelque chose entre vous ?

— Il veut m'épouser. »

Ruby a croisé les bras et hoché la tête.

« Je m'en doutais. Félicitations.

— Je lui ai dit que je suis en train de mourir.

— Je suis sûre qu'il aurait compris avec un simple non.

— C'est la vérité, je suis en train de mourir. J'ai un cancer. Apparemment il ne me reste plus beaucoup de temps. Je ne l'ai pas encore dit à la famille, alors tu le gardes pour toi. Jehu sait. Je compte l'annoncer à tout le monde quand il rentrera. »

Ruby s'est assise sur l'arbre mort où nous nous retrouvons toujours et m'a dit qu'il serait peut-être bien que je travaille ma façon d'annoncer la nouvelle. De but en blanc, comme ça, c'était un peu brutal. Je lui ai présenté mes excuses. Honnêtement, Grace, je ne m'attendais pas à ce qu'elle prenne ça aussi à cœur.

Je lui ai tendu les journaux que je lui avais rapportés.

« Je suis allée à Chinatown et j'ai acheté un bon journal. Du moins je crois. Un quotidien. Pour ce que je peux en dire, ça pourrait aussi bien être un menu. » Ruby a souri et m'a remerciée. « Tu avais déjà entendu parler de ce Salter ? ai-je demandé.

— Non. Mais je connais ce genre de type.

— C'est vrai que tu veux devenir une “madame” ?

— Non. Je veux arrêter cette vie. Je veux quitter le Hole. Opal ne veut pas. Je lui ai dit que je voulais être une madame parce que c'est plus simple que d'essayer de discuter. Je fais ça depuis plus longtemps qu'elle, et je suis fatiguée.

— Est-ce qu'il y a quelque chose que je peux faire pour t'aider ? »

Ruby s'est relevée et m'a prise dans ses bras.

« Comment te débrouilles-tu pour que je n'arrive jamais à te détester ? »

Je me suis écartée et je lui ai demandé si elle parlait de Luke. Elle a acquiescé en me disant de ne pas m'en soucier.

« Je ne suis pas amoureuse de lui, et je n'ai pas le cœur brisé. Mais j'aurais été en sécurité avec lui.

— Je lui ai dit aujourd'hui qu'il devrait t'épouser. Ne renonce pas. »

Elle a ri.

« Je ne suis pas amoureuse de lui, mais je suis assez orgueilleuse pour vouloir que lui soit amoureux de moi. Au moins un minimum. »

On a parlé un peu, de la ville, de l'afflux de nouveaux arrivants, quelques familles, même. Rebecca Reynolds a des rêves : finir l'école, puis construire une église, les deux premiers pas vers la civilisation. Ruby était surprise qu'elle ne m'ait pas demandé d'argent pour l'école. J'ai pris note mentalement de faire un don conséquent, ne serait-ce que pour que Newt reçoive une éducation correcte. Ruby s'inquiétait de mes projets pour la suite, trop délicate pour demander tout de go ce que je prévoyais après mon décès. Je suis restée évasive. Je n'avais pas le cœur de lui dire que je n'avais aucune intention de mourir chez moi.

7

Archives des récits d'esclaves de la WPA

Entretien avec Henrietta Lee

Dimanche 6 septembre 1936, suite

Les jours qui ont suivi le hold-up, j'ai fait en sorte de bien montrer mon désaccord avec Garet. Ce n'était pas du cinéma, d'ailleurs. Grace Trumbull ne savait même pas monter à cheval et elle a eu une crise sévère de *soroche*. Le mal des montagnes. Migraines, nausées, fatigue. Oh, Seigneur, l'épuisement que ça provoque. Le premier soir au campement, elle a sombré d'un bloc, et elle a dormi comme une masse. Je lui ai jeté des cailloux pour la réveiller, rien à faire. Garet m'a grondée, mais elle riait sous cape. Je voyais bien qu'elle regrettait d'avoir embarqué cette femme. Jamais elle ne l'a admis, par contre.

Je m'attendais à ce qu'elle rechigne à se lever le lendemain matin, mais quand on l'a secouée, au point du jour, elle s'est préparée pour repartir sans une question ni un murmure. J'en ai été la première surprise, mais pas une fois elle ne s'est plainte. Elle n'était pas du genre à se plaindre, ça c'est sûr. Je pensais qu'elle se tenait à carreau parce qu'elle savait qu'elle marchait sur des œufs avec moi. J'avais tout fait pour lui flanquer la frousse dès le début et je crois que j'avais réussi. Mais plus j'ai appris à la connaître, plus j'ai réalisé qu'elle n'était pas du genre chouineuse. Elle nous ressemblait beaucoup, à Garet et à moi, sur ce plan. Quand elle voyait qu'il fallait faire quelque chose, elle le faisait. J'ai fini par l'apprécier beaucoup plus que je l'aurais cru possible, mais c'était à la fin. À ce moment-là de l'histoire, je ne lui faisais aucune confiance. Et je n'avais pas tort, comme la suite l'a prouvé.

On est rentrées au ranch sans trop d'encombre. Vous auriez dû voir la Yankee descendre de cheval à notre arrivée. Elle pouvait à peine poser un pied devant l'autre. Je me suis mise à rire et me suis attiré un regard assassin de Grace. À ce moment-là, j'ai vu clairement ce qu'elle pensait de moi et de ma race.

Garet a cette habitude de s'en aller toute seule dans les montagnes après une opération. Elle part avec un jeune cheval pour l'entraîner à marcher en montagne et revient avec un chevreuil ou un élan ou n'importe quoi à mettre au fumoir en travers de son paquetage. D'ordinaire ça ne me gêne pas, mais cette fois, ça signifiait que j'allais devoir faire la baby-sitter de Grace Trumbull. Ça n'a pas posé de problème les premiers jours, car elle était totalement à plat et malade et qu'elle est restée alitée presque une semaine entière. Sa tête quand on lui a dit que Garet était partie et qu'on ne savait pas quand elle reviendrait. J'ai décidé de la confier à la charge de Stella, d'une part parce que j'avais d'autres chats à fouetter, mais aussi parce que je voulais voir ce que la Mlle Trumbull de Chicago était capable de supporter.

Je ne vous ai pas parlé de Stella et de Joan, n'est-ce pas ? C'étaient deux sœurs originaires du Nebraska. Jehu les avait trouvées à Rock Springs mendiant dans la rue pour prendre le train pour San Francisco. Joan avait douze ans à peu près, assez grande en tout cas pour que Jehu craigne qu'un homme essaie de l'acheter, ou pas, ce qui aurait été encore pire. Stella, aucun homme n'en aurait voulu. Non qu'elle était laide, juste une paysanne pas dégrossie, mais on voyait bien aux lignes dures de sa bouche et à la cicatrice sur sa lèvre supérieure qu'elle n'était pas une femme docile. Elle avait gagné cette cicatrice la première fois que son père avait voulu lui monter dessus. Elle n'était pas restée sagement allongée comme il l'espérait. Stella était une guerrière, pour sûr. Joan aussi avait l'esprit combatif, qui s'est révélé surtout vers la fin.

Ça se passait comme ça, à l'époque. Les mineurs, les fermiers, les commerçants, ils s'achetaient une femme pour tenir la maison et ouvrir les cuisses quand l'envie leur en prenait, pondre quelques gosses qu'ils pourraient très vite mettre au travail et tabasser. La vie des pionniers était très dure pour les femmes. Dans les films, ils embellissent tout ça, les bouseux sont des gars séduisants au grand cœur. Les cow-boys sont des hommes d'honneur. Mais je peux vous dire que des gars comme ça, il n'y en avait pas beaucoup dans l'Ouest. Jehu ? Il était différent. Tout le monde l'aimait. Luke Rhodes était un type bien lui aussi, au fond. Et Vaut-Mieux-Pas. Jack et Domino. Je crois qu'on ne réalisait pas à l'époque qu'on avait pas mal de types bien autour de nous.

Jehu, donc. Jamais je n'ai connu un homme qui ait une telle sensibilité. Il n'a pas supporté l'idée que cette petite soit vendue à un sale mineur édenté. Bon, il sous-estimait Stella, dans le genre maman ourse… Seigneur, elle aurait coupé la gorge du premier qui aurait envisagé de mettre Joan sur le marché.

D'ailleurs elle l'a fait, j'y repense, mais je crois qu'elle lui a plutôt planté une hache dans le crâne. Elle n'a jamais raconté très clairement ce qui s'était passé, mais la connaissant je n'ai aucun doute qu'elle l'ait fait. Elle a tué son père et son frère quand ils ont commencé à s'intéresser à Joan. Pas par jalousie, vous trompez pas. Je pense qu'elle avait des idées de meurtre depuis que sa mère était décédée et qu'elle avait dû la remplacer, sur tous les plans. Voilà comment les sœurs sont arrivées au ranch de Garet et de Thomas à Rock Springs, avec Jehu, en soixante et onze à peu près, je crois. J'y étais déjà depuis au moins deux, trois ans. Thomas était cloué au lit et on menait l'affaire avec Garet. On formait une bonne équipe, toutes les deux.

On n'est pas les seules filles perdues que Jehu ait ramenées à la maison, mais toutes finissaient par repartir suivre leur route, et, finalement, on est restées seulement à cinq, Garet, Jehu, Joan, Stella et moi. Puis Margaret a ramené Grace Trumbull. Stella ne l'aimait pas – faut dire qu'elle n'aimait pas grand monde –, je savais qu'elle ne lui ferait pas de cadeau. Mais Grace était une sacrée carne, je dois mettre ça à son crédit, et elle apprenait vite. Ça a rendu Stella furieuse, je vous le dis, elle s'attendait à voir la Yankee plier au bout d'une journée. Au lieu de quoi, le temps que Garet revienne, elle commençait à prendre le coup de main, et j'avais même entrepris de lui apprendre à monter.

Mais je n'avais pas mis Grace entre les pattes de Stella juste pour qu'elle lui en fasse voir, même si c'était tentant. Je savais qu'en l'absence de Garet, Grace allait avoir besoin de quelqu'un vers qui se tourner, et je voulais que ce soit moi. Je ne l'aimais pas et je me méfiais d'elle, alors je voulais gagner sa confiance pour qu'elle se livre à moi. Ce qui ne pourrait pas se faire sans un motif extérieur ; elle ne viendrait vers moi que si elle n'avait pas d'autre alliée potentielle. Stella, Dieu la bénisse, me l'a poussée dans les bras. Mon idée, c'était que si Grace était une ennemie, elle finirait par se trahir.

Pourquoi je voyais en elle une ennemie ? Je vais vous le dire. Depuis qu'on s'était mises contre la loi, j'avais beaucoup réfléchi à la façon dont nos ennemis réagiraient. Je n'imaginais pas une minute qu'on nous laisserait nous en sortir comme ça. Bien sûr ils ne voulaient pas que ça s'ébruite, se faire ridiculiser par des femmes. J'imaginais que Connolly avait fort à faire pour que ça ne sorte pas dans la presse, rien de plus croustillant pour les journalistes qu'une histoire originale qu'ils peuvent enjoliver en ajoutant quelques inventions de leur cru. Et effectivement, figurez-vous que des années plus tard, quand la plupart des gens qui avaient été témoins de tout ça avaient disparu, j'ai découvert que la presse représentait une bonne partie de l'empire Connolly. Ce secret est sorti au grand jour quand Dorcas a vendu à Hearst, au tournant du siècle. J'y viendrai, à Dorcas. Elle joue un rôle essentiel dans la suite de l'histoire. Les industries Connolly existent toujours, figurez-vous. Vendues, rachetées, rebaptisées, mais l'héritage du colonel s'est perpétué.

Bref. Je savais que nos ennemis étaient après nous et que leur stratégie serait aussi rusée, tortueuse et souterraine que la nôtre. Nos têtes n'étaient pas mises à prix, pas publiquement en tout cas, donc nous n'avions pas les seconds couteaux aux trousses. Restaient les Pinkerton. Je me disais : qu'est-ce que je ferais si je voulais nous arrêter ? Des femmes ne se fieraient pas à un homme qui tenterait de les infiltrer, mais à une femme peut-être. C'est la première chose qui m'était venue à l'esprit quand j'avais vu Grace en croupe derrière Garet.

Je comptais parler de mes soupçons à Garet mais il me fallait un peu de temps pour observer Grace, la mettre en confiance. Je savais qu'elle ne me considérait pas comme une égale ; et s'imaginait encore moins que je puisse être plus maligne qu'elle. J'aurais pu la laisser le croire, que la seule chose qui m'intéressait c'était le vaudou, histoire de l'embrouiller. Après tout, si elle devait écrire notre histoire, autant la rendre plus palpitante que la réalité, qui était que moi comme Garet ne nous souciions guère de notre Créateur, à cette époque.

Les choses bougeaient dans le Hole. Des gens arrivaient, des étrangers, qui n'apportaient rien de bon. Il semble que le mot circulait que Timberline était une ville qui faisait bon accueil aux hors-la-loi. On sentait de l'hostilité de partout. Quand Garet est rentrée de sa retraite avec la nouvelle que Spooner et sa bande étaient de retour en ville, nous étions entourés d'ennemis de toute part. Le temps qu'on s'en rende compte, il était trop tard.

8

Journal de Margaret Parker

Vendredi 15 juin 1877
Heresy Ranch, Timberline, Colorado

Maudit soit Jed Spooner. Maudit soit Luke Rhodes. Maudits soient tous les hommes.

9

Journal de Margaret Parker

Samedi 16 juin 1877
Heresy Ranch, Timberline, Colorado

Jehu est rentré, Dieu soit loué. Je trouve toujours un allié en Jehu. Quel que soit mon amour pour Hattie, ce n'est pas la bonne personne quand on a besoin de consolation. Son épaule est dure et osseuse et elle a cette habitude agaçante de me dire les choses tout de go, surtout celles que je n'ai pas envie d'entendre. Le pire c'est que ses avis désagréables sont toujours judicieux.

Il a débarqué vers midi, son chariot plein à ras bord de fournitures et de ravitaillement pour toute la ville. Habituellement, nous l'escortons toutes à Timberline à cheval, mais vu que nous nous sommes déjà fait remarquer hier, on s'est abstenues, à l'exception de Grace. Je crois qu'elle trouve notre compagnie un peu pesante. Je ne peux pas l'en blâmer.

La première chose qu'a faite Jehu, tout de même, c'est de se précipiter sur Hattie, face contre face, et de l'injurier copieusement pour l'histoire du couteau. Elle n'a pas bronché ni laissé paraître le moindre remords, ce qui l'a rendu encore plus furieux. Il n'est pas du genre rancunier, mais je ne l'avais jamais vu dans une telle colère, alors qu'il s'était passé presque trois semaines depuis le hold-up. Elle lui a demandé s'il en avait fini avec ses engueulades, il a dit que oui, il lui semblait bien, et elle l'a pris par la main pour l'emmener vers leur chambre. Ils y ont passé un certain temps, à faire ce que vous savez.

Grace a eu un choc en voyant Jehu lui emboîter le pas. On n'avait jamais mentionné ce point devant elle, du fait de la méfiance d'Hattie. J'ai l'impression qu'elles sont arrivées à une certaine entente pendant que j'étais dans les montagnes. On ne peut pas dire qu'elles soient comme larrons en foire, ça non, mais Grace va trouver Hattie plutôt que moi quand elle a une question. Cela m'agace un peu, pour être franche.

J'aurais adoré que Grace se voie quand Hattie a entraîné Jehu à l'intérieur et qu'ils ont commencé à baiser avec un enthousiasme bruyant.

Je lui ai demandé ce qui la gênait, le péché ou la couleur de leur peau.

« C'est interdit par la loi.

— C'est vrai, on est très soucieux de respecter la loi, par chez nous. »

Elle est devenue écarlate en prenant conscience du ridicule de ses paroles, mais j'ai bien vu que ça ne changeait rien à ce qu'elle pensait de cette relation.

Il est toujours un peu inconfortable d'entendre ce que des gens sont en train de faire derrière les portes closes, alors on est parties faire un tour à cheval toutes les deux. Elle a fait des progrès incroyables depuis le jour où elle est montée derrière moi sur Old Blue. (Il faut absolument que je retourne chez Horace, tirer ma jument des pattes de ce mineur inculte. Je préfère ne pas penser à ce qu'il lui fait endurer.) Un lien s'est établi entre elle et Rebel, et je l'ai surprise à lui donner des morceaux de sucre et à lui faire des mamours en s'occupant de lui. On apprend beaucoup d'une personne à la manière dont elle traite les animaux. Pinkerton ou pas (c'est ce que soupçonne Hattie), Grace n'est pas quelqu'un de cruel.

Nous étions à peine hors de vue du ranch qu'elle m'a demandé si j'étais sérieuse au sujet du défi avec Spooner.

Je reconnais que je n'étais pas dans les meilleures dispositions d'esprit hier pour me rendre au saloon et me trouver nez à nez avec Spooner pour la première fois depuis deux ans. Je souffrais parce qu'il ne me restait plus un gramme de haschich ni de laudanum, bataillais pour ne rien laisser paraître, et j'étais furieuse après Luke, qui m'avait suivie dans les montagnes et ne voulait pas admettre mon refus. Forcément, il avait réussi à me convaincre de coucher une dernière fois avec lui, satané bonhomme. Il n'y avait pas de raison qu'on ne puisse pas continuer à se faire plaisir, avait-il dit, et je l'avais écouté. Mais il voulait juste me faire baisser la garde pour que je lui tombe dans les bras et que je lui dise oui. Je ne sais pas ce qui me met le plus en colère dans tout ça, mais je crois bien que c'est qu'il pense que j'ai si peu de volonté que je pourrais changer d'avis pour ça.

Allez, respire, Garet, continue ton histoire. Tu auras tout le temps de fulminer. Ou de t'accorder une petite séance de tir, en imaginant qu'à la place des boîtes de conserve, tu vises le crâne chauve de Luke…

Grace et Joan étaient les seules à être ravies à la perspective d'aller voir les garçons, encore que nous n'avions aucune idée de quels « garçons » seraient présents. Les gars vont et viennent, certains de leur propre chef, d'autres parce que Spooner en décide ainsi, d'autres encore parce qu'ils ont fini les pieds devant au bureau d'un shérif. Qui diable savait ce que Jed et ses gars avaient bien pu faire pendant deux ans au Mexique, pourquoi il avait finalement décidé de revenir, et s'il avait l'intention de rester et de reprendre son train de vie de lord Bountiful[1]. Stella, Hattie et moi savions que si tel était le cas, nous devrions nous tenir à l'écart des activités de la bande, que ça nous plaise ou non. Chacun s'attendrait à nous voir réintégrer sagement notre place de femmes.

Cette idée me faisait bouillir les sangs. Je voulais raccrocher, mais je voulais le faire à ma guise, pas pour m'effacer devant un homme. Aussi, quand Grace m'a demandé si j'allais relever le gant, j'ai répondu que bien sûr, parbleu.

Grace était très impatiente de rencontrer un « vrai gang de hors-la-loi ». Ça lui avait valu des regards noirs de Stella et d'Hattie, mais elle était trop occupée à arranger sa tenue de voyage, afin de la rendre plus pimpante, pour le remarquer ou s'en soucier.

Je savais que tout le monde serait au Diamant Bleu. Étant donné son isolement et sa taille, Timberline n'applique pas la règle qui veut que les femmes ne soient pas admises dans les saloons. Il y a si peu de distractions dans le Hole que personne ne voit l'intérêt d'interdire aux femmes de profiter un peu de l'accordéon d'Opal. Cela dit, j'imagine que si le Hole se civilise, nous serons renvoyées à nos salons pour y jouer au bridge. Eli garde une bouteille de sherry sous le bar pour ce genre d'occasion, couverte de poussière, à force de ne jamais servir. Nous buvons tous du whisky ou de la bière, selon l'humeur. Hier, mon humeur était au whisky.

Nous sommes arrivées au Diamant Bleu après la tombée de la nuit, et la fête était déjà en passe de devenir tumultueuse. Stella a voulu faire demi-tour pour ramener Joan au ranch, mais celle-ci a ignoré sa sœur et a franchi la

1. Dans *La Ruse du petit maître*, comédie de George Farquhar, 1707, lady Bountiful est une femme qui fait état de sa richesse par sa prodigalité complaisante. Le terme est devenu une expression proverbiale.

porte en se déhanchant comme une habituée de ce genre de lieu. Stella va devoir admettre que Joan est à présent une femme et ne peut plus être traitée comme une petite fille sans défense. Mais moi aussi je garde un œil sur elle, et je continuerai. Elle ignore tout des hommes, c'est ce qui arrive quand vous êtes entourée exclusivement de femmes, et généralement les hommes usent et abusent de ce genre de filles avant de les laisser sur le carreau.

Ruby était assise sur l'accoudoir de la chaise de Jed. Il tenait d'une main ses cartes de poker, l'autre était posée très haut sur la cuisse de la jeune femme. Elle m'a vue entrer avant lui et a paru embarrassée d'être prise à se frotter à l'homme que tous considéraient comme le mien. (Il est étonnant que depuis deux ans personne hormis elle n'ait perçu ce qui se passe entre Luke et moi. Même Hattie et Jehu l'ignorent, à ce que je sais.) Elle a attrapé la bouteille de whisky vide et s'est levée pour aller au bar. Luke, adossé au comptoir, observait l'assemblée.

L'étranger, Salter, a relevé les yeux de ses cartes, étiré le coin de sa bouche où n'était pas carré un gros cigare et m'a accueillie d'un signe de tête. Ça m'a fait plaisir de revoir certains des gars : Domino Jones, jadis dans le commerce fluvial, devenu un as de l'arnaque au poker. Sly Jack, le pickpocket le plus doué de la région. Scab Williams, assistant artificier, d'abord pour l'Union Navy puis dans une compagnie de prospection, jusqu'à ce que Spooner lui offre le même job dans des conditions moins dangereuses et plus lucratives. Hank « Vaut-Mieux-Pas » Henry, perceur de coffres-forts, dont les constantes exhortations « vaudrait mieux pas faire ça » retenaient les autres de devenir trop sûrs d'eux. Et j'étais contente aussi que quelques-uns d'entre eux ne soient pas là. C'est alors que « Dead-Eye » Deacon Dobbs est arrivé de derrière, avec sa bible sous le bras et son col de prêtre. Hattie a dit tout haut ce que je pensais tout bas.

« Merde. Depuis quand ce bâtard s'est acoquiné avec Spooner ?

— Aucune idée. »

Deacon Dobbs a l'air d'un prêtre renégat, avec son costume noir et son col blanc. Il n'est pas catholique mais méthodiste. Était, je devrais dire. Spooner m'avait dit qu'il avait été chassé de l'Église car il prenait un peu trop goût à rédimer les filles perdues par le biais de rituels violents, mélange des pires enseignements et coutumes d'un panel infini de religions. L'argumentation de Dobbs, selon laquelle il ne faisait rien subir à ces femmes qu'il ne se serait fait subir à lui-même pour se purifier du péché, n'avait fait qu'horrifier plus encore sa congrégation.

Deacon Dobbs était passé par le ranch de la rivière Poudre avec la bande d'Angus King en 1871. Bien qu'un peu bizarre, il s'était tenu à peu près tranquille. Il travaillait dur et parlait peu, mais il avait tendance à détailler Hattie avec un peu trop d'insistance, de ses yeux morts. Hattie avait suffisamment d'expérience pour se garder de ce type d'homme, mais pas la jeune femme qui résidait chez nous à l'époque, une prostituée de Cheyenne. Dieu merci, Spooner, venu se terrer au ranch après un coup, l'avait surpris au début de son rituel ; pas assez tôt toutefois : la fille en garderait des cicatrices sur les seins pour le restant de ses jours. On avait flanqué Deacon dehors en menaçant de le tuer s'il revenait, et Spooner avait dit à Angus qu'il devait se chercher une autre planque. Les deux dernières opérations d'Angus King avaient été sanglantes, et Spooner ne mangeait pas de ce pain-là.

Cela nous a donc choquées de les voir ensemble. Je ne

parvenais pas à comprendre ce que ce vieux déchet pervers faisait avec Spooner.

Dead-Eye m'a saluée, en ignorant Hattie, ce qui lui convenait parfaitement.

« Deacon Dobbs. Ça fait longtemps. Vous revenez de votre flagellation du soir, ou c'est plus tard ?

— Plus tard. Vous voulez peut-être m'emprunter mon fouet pour votre propre repentance ?

— Il n'y a rien dont j'aie à me repentir, mais merci pour la proposition. »

Spooner a enfin relevé la tête, et j'ai vu son regard s'arrêter sur Joan, brillant d'un éclat que je ne connaissais que trop. Je me suis placée à côté de la jeune fille. Je me contrefichais qu'il ne m'ait pas remarquée – j'avais assez pour le moment avec le regard de Luke Rhodes et celui de Dead-Eye qui semblait occupé à imaginer mon dos nu lacéré par son fouet – mais je voulais qu'il sache que Stella ne serait pas seule pour protéger sa sœur.

Son expression s'est illuminée quand il m'a vue, ce qui a flatté ma vanité. Je ne m'étais pas souciée de mettre une robe : je n'avais nulle intention de séduire qui que ce soit, et entrer en robe dans un saloon équivaut à agiter un drapeau rouge. Le regard appréciateur de Jed m'a fait oublier un peu les frissons que Luke avait déclenchés quelques heures plus tôt.

Il s'est levé en ouvrant grands les bras : « Duchesse ! »

J'étais face à un dilemme. Je ne voulais pas embrasser Jed. Je l'ai regardé. Il avait fière allure, le visage tanné, les bras musclés, comme s'il avait beaucoup travaillé de ses mains – et il était clair qu'il s'attendait à ce que je vienne réchauffer son lit ce soir-là. Mais je n'ai rien ressenti pour lui, pas la moindre étincelle. Malgré tout, comme Luke observait la scène et que je ne voulais pas lui laisser le moindre espoir, j'ai volé jusqu'à Jed Spooner et l'ai embrassé comme on le ferait d'un mari qu'on croyait perdu. Il avait toujours ce goût des bonbons à la menthe qu'il aimait mâchonner et du whisky qu'il aimait boire, et il est possible que j'aie ressenti un tout petit quelque chose à ce moment-là.

Les hommes ont sifflé et lancé des vivats devant nos effusions. J'ai entendu Hattie me glisser à l'oreille, à voix très basse : « Tu vas exciter les autres et il n'y a pas assez de filles pour faire face », alors j'ai coupé court, un peu plus tôt que je l'aurais voulu. Jed, ce rascal, a fait un clin d'œil à Hattie et m'a tapé sur les fesses, puis a annoncé à Eli qu'il payait sa tournée, déclenchant des applaudissements. Il a dit à Domino de prendre sa place pour un tour ou deux et m'a entraînée vers le bar, où Eli nous avait préparé des verres. Quand il n'est pas sous les feux de la rampe, Spooner est toujours différent, plus gentil, moins bravache. Nous avons déjà eu après l'amour des conversations qu'il préférerait que j'oublie, j'en suis convaincue. C'était une des raisons pour lesquelles je continuais à lui ouvrir mon lit. La proximité d'un homme me manquait, le contact aussi, et il m'avait dispensé l'une et l'autre des années durant. Et maintenant, Luke voulait le job à temps plein.

Mais l'homme que je voyais là, accoudé au bar, s'était durci, et je découvrais une lueur nouvelle dans ses yeux.

« Ça fait plaisir de te revoir, Jed.

— Pareil pour moi.

— Tu as l'air en forme. Le Mexique t'a plu ?

— Je suis resté au Texas la majeure partie du temps. Je suis tombé sur les gars de James. Ils se refaisaient une santé après un coup foireux dans le Minnesota. Je ne sais pas pourquoi il s'obstine dans ces coins paumés de l'Est. On se fait plus d'argent dans l'Ouest. Comme tu t'en es rendu compte, à ce qu'on dit.

— En effet. Je comprends désormais l'attrait de la vie que tu mènes. Je crois que j'ai appris quelques trucs en t'écoutant raconter tes aventures. »

J'ai levé mon verre. « Merci. »

Il a vidé le sien et m'a fait un sourire crispé.

« Combien ça t'a rapporté ? »

J'ai haussé les épaules. Mon instinct me retenait d'entrer dans les détails, et la suite a prouvé qu'il ne me trompait pas.

« Suffisamment pour aider la ville et rendre leur argent aux gens que Connolly a dépouillés.

— Tu t'es attaquée uniquement à Connolly ?

— Oui.

— Ce n'est pas moi qui t'ai appris ça. Ne sois jamais prévisible, duchesse.

— Ils ne nous ont pas pris, jusqu'ici.

— Non, parce que tes coups ont été mis sur mon compte, à ce que j'ai entendu. Je suppose que je te dois des remerciements, tu as redoré ma réputation.

— Seulement les deux premiers. On a fait les trois derniers à visage découvert, mais personne ne veut entendre parler de nous.

— Bon sang, Margaret, c'est une sacrée bénédiction de ne pas être repérée. Avec ta voix, tu penses qu'il faudra combien de temps pour que quelqu'un additionne deux plus deux ? Les Anglaises ne sont pas nombreuses dans le Colorado.

— J'ai perdu l'accent. Mais de toute façon, peu importe. Nous en avons terminé. On a fait notre dernier boulot à Marshall Pass il y a quelques semaines.

— Parce que je suis rentré.

— Non, rien à voir. Je voudrais juste... prendre un peu de bon temps. »

Spooner m'a regardée en plissant les yeux, toute cruauté envolée.

« Tu vas bien ? Je te trouve un peu pâlotte.

— Tout va bien. »

Il a fait signe qu'on le resserve. Un muscle pulsait sur sa mâchoire.

« Ça fait combien de temps que tu baises Rhodes ?

— Pardon ?

— Pour quelle autre raison il me lancerait ses regards noirs de sous son chapeau ridicule ?

— Désolée de te faire cette révélation, mais Luke ne t'a jamais aimé. »

Spooner s'est mis à rire.

« Et pourquoi, à ton avis, duchesse ? »

Il a levé son verre et a adressé un signe de tête à quelqu'un derrière moi. Je n'avais pas besoin de regarder pour savoir que c'était Luke.

« Qu'est-ce que ça peut te faire, de toute façon ? Notre relation n'a jamais été de cet ordre. À moins que tu m'aies été fidèle, tout ce temps où tu étais dans le Sud ? »

Il a redemandé un verre.

« Je me disais aussi. »

Par-dessus son épaule, j'ai vu Valentine entrer dans le saloon. Il a parcouru la salle de ses yeux injectés de sang, avant de nous repérer moi et Jed. Il s'est approché avec un grand sourire.

Il n'a pas eu le temps de nous rejoindre que Jed a levé son verre dans ma direction.

« À Margaret Parker, le meilleur… »

Il a fait une pause, et j'ai cru l'espace d'un instant qu'il allait porter un toast à nos hauts faits d'armes. Je l'avais remercié de m'avoir ouvert la voie, après tout. Mais le silence durait.

« Le meilleur coup que je me sois payé. »

Il a vidé son verre, sans me quitter des yeux, savourant ma stupeur. Stupeur qui a viré en un clin d'œil à la colère.

Opal s'est arrêtée de jouer et, dans le silence qui a suivi, j'ai entendu Luke Rhodes racler le sol de la pointe de ses bottes, comme s'il se préparait à charger pour me défendre. Même Valentine s'était arrêté net, une expression ahurie sur sa face hirsute. J'ai levé mon verre plus haut et proclamé d'une voix forte :

« À Jed Spooner, deuxième ou troisième plus grand bandit de nos trois territoires. »

J'ai fait claquer mon verre vide à l'envers sur le comptoir et jaugé mon ancien amant. Grace s'est approchée, Luke sur les talons. Je l'ai présentée aux deux hommes, lui ai dit qu'elle pourrait écrire qu'elle avait rencontré en une seule soirée un hors-la-loi, un voleur de bétail et un shérif, puis je suis allée à la table de poker et j'ai pris la chaise de Jed. J'ai balayé son argent de la table et j'ai posé le mien à la place. Salter a eu un sourire appréciateur, tandis que Domino et Vaut-Mieux-Pas me regardaient bouche bée.

« Qu'est-ce qu'il y a, les gars ? Vous n'avez jamais vu une femme jouer au poker ?

— Jamais une aussi jolie, a dit Vaut-Mieux-Pas.

— Vaut-Mieux-Pas qui joue les charmeurs, c'est nouveau ? »

Il a rougi.

« Pas du tout. C'est juste que tu es insensible à mon charme.

— Je rate quelque chose.

— C'était un des préférés des *señoritas*, dans le Sud », a dit Domino.

Vaut-Mieux-Pas s'est rembruni.

« Tais-toi et distribue les cartes. »

Vaut-Mieux-Pas n'est pas un bel homme. Plus exactement, il est assez insignifiant à tout point de vue. Âge moyen, cheveux bruns, yeux bruns, lèvres étroites dans une solide mâchoire. S'exprimant avec douceur et poli à l'extrême, il est la conscience de la troupe. Spooner retire la gloire de leurs prouesses, mais Vaut-Mieux-Pas, venu du Missouri, est son bras droit, qui assure les arrières et déjoue les pièges. Il a de l'autorité et Spooner le respecte suffisamment pour écouter ses conseils. J'ai toujours pensé que c'est à Vaut-Mieux-Pas que l'on doit le code d'honneur auquel se tient Spooner, et je n'arrive pas à comprendre qu'il accepte la présence de Dead-Eye à leurs côtés. Sly Jack nous a rejoints, a posé une chaise à l'envers près de Domino et s'est assis en croisant les bras sur le dossier.

« Content de te voir, Margaret.

— Moi pareillement, Jack. C'était comment, le Sud ?

— Chaud.

— Moi, Jack et Vaut-Mieux-Pas, on n'est pas descendus plus bas que Fort Worth, a dit Domino.

— On a trouvé une couverture pas loin, gardiens de vaches. On a fait quelques voyages jusqu'à Abilene.

— Et Spooner ?

— Il a rencontré la bande de James et Dobbs à Fort Worth. Il est parti dans le Sud avec Scab chercher un boulot qui rapporte plus.

— Ils ont trouvé ? »

Domino et Vaut-Mieux-Pas ont échangé un regard méfiant. « Oui », a dit Domino, puis ils se sont refermés comme des huîtres.

Je finirai demain. J'ai une crampe dans la main et Cassiopée est descendue trop loin dans le ciel. Le soleil va se lever avant que j'aie le temps de dire ouf.

Dimanche 17 juin 1877

C'est l'aube. Assise avec Grace sur la galerie qui fait le tour de la maison, on boit du café en regardant le soleil s'élever derrière les montagnes, par-delà la grange. J'ai fini de soigner les chevaux avec Jehu, mais lui y est toujours, occupé à je ne sais quoi. Quand je rentre d'une longue absence je fais retraite dans les montagnes, lui fait retraite dans la grange. Il est en colère contre moi, mais ça ne durera pas. Ça ne dure jamais.

Il y a quelques mois, en rentrant de voir le médecin à Cheyenne, Jehu et moi avons décidé de mettre un terme à notre carrière de hors-la-loi. Nous devions l'annoncer aux autres après notre dernier hold-up. Mais il a fallu que Spooner déboule et me provoque, rabaisse ce que nous avions fait en invoquant la chance ou l'imagination – il a avancé les deux arguments, sans voir qu'ils se contredisaient –, et tout ce dont je me souviens ensuite, c'est qu'on était debout, nez à nez, à nous invectiver. Nos compagnons respectifs s'étaient rangés derrière nous, certains criant nettement plus fort que les autres. Vaut-Mieux-Pas, Domino et Jack encourageaient mollement Spooner. Les autres habitants se tenaient de l'autre côté de la pièce, sauf Valentine qui s'était collé derrière Jed comme s'il faisait partie de sa bande. Rebecca et Harvey avaient des mines soucieuses, Valentine me lançait des regards assassins. Luke Rhodes était invisible.

Le pari a vite été conclu : un boulot avant la première neige. Ni morts ni violences. Le vainqueur est celui qui fait la plus grosse prise, et il gagne le ranch. Mon ranch. Le perdant quitte la région et se trouve un autre territoire à écumer.

Je vous le dis tout net : nous allons gagner ce pari, obliger Jed Spooner à fermer sa grande bouche, et nous allons, enfin, être reconnues pour qui nous sommes.

10

Archives des récits d'esclaves de la WPA

Entretien avec Henrietta Lee

Jeudi 10 septembre 1936

Où est-ce qu'on s'était arrêtées l'autre jour ? Ah oui, cernées par les ennemis, c'est ça. Le gang de Spooner était revenu en ville, six d'entre eux tout du moins, ceux qui étaient avec lui depuis les débuts et ceux qui n'étaient pas assez malins pour former leur propre bande. C'est ce que Jed avait fait, il avait quitté le gang de James dans le Missouri pour venir dans l'Ouest. En se servant des méthodes des confédérés, comme ce vieux brigand de Jesse, et son frère, Frank. Des tactiques de guérilla, comme il disait. On utilise les mêmes.

Oui, c'est bien de Jesse James que je parle. Non, je ne l'ai jamais croisé.

Spooner n'a jamais aimé la violence des frères James, c'est une des raisons qui l'avaient fait partir pour l'Ouest. Il s'est débrouillé et a réussi, lui aussi, mais sans jamais tuer ni blesser personne. Mais quand il est revenu du Mexique, il n'était plus l'homme qu'on avait connu, cordial, aimant prendre du bon temps. Je ne savais pas ce qui l'avait fait changer comme ça à l'époque, et ça a été un choc de voir que cette fripouille sympathique s'était métamorphosée en un tueur implacable. Finalement on a su qu'il s'était associé aux frères James au Texas.

On m'a dit par la suite que c'est Valentine, le maréchal-ferrant, qui avait monté Spooner contre Garet. Il haïssait Garet à mort, et il a raconté à Spooner qu'elle se vantait partout d'être meilleure que lui, clamait que l'on n'avait pas besoin de lui à Timberline, que les habitants pouvaient désormais se reposer sur elle. Il l'a cru d'autant plus facilement que la ville était bien plus florissante que quand il l'avait quittée. Grâce à nous, bien sûr, mais aussi, comme je vous ai dit, parce que le Hole se peuplait et que le commerce démarrait. Le projet de Garet de tout arrêter n'aurait pas trop inquiété les habitants, j'en suis sûre, ils avaient de moins en moins besoin d'elle. Quoique, allez savoir. Les gens aiment recevoir sans rien donner en échange. Vous me direz que d'habitude, ce qu'ils attendent d'une femme pour rien, c'est pas de l'argent, pas vrai ?

Je ne vous ai pas parlé du projet de Garet de se retirer ? Hmmm. Je croyais. C'est pour ça qu'elle voulait que Grace écrive son histoire, parce qu'elle-même ne serait plus là pour le faire. Que je le fasse, moi ? Voyons, ma fille, même si je trouvais quelqu'un qui accepterait d'imprimer ça, qui donc accorderait foi à une négresse ? Vous verrez, en entendant la suite, c'est déjà assez difficile à croire comme ça.

Mais tout a été chamboulé par le retour de Spooner, quand il a insulté Garet publiquement. Il ne l'a jamais saluée, et nous non plus, pour ce que nous avions fait. Après tout, on avait fait grandir sa légende en mettant nos deux premiers coups sur son compte. Mais ça ne l'intéressait pas. Tout ce qu'il voyait, c'est une femme qui se débrouillait mieux que lui, et il ne pouvait pas laisser passer ça. Il a provoqué Garet et ils ont fait un pari : chaque bande faisait un casse et celle qui rapportait le plus gros magot gagnait Heresy Ranch. Le perdant quittait Timberline pour toujours. On était tous électrisés sur le moment, et on l'a poussée à relever le défi. Elle n'a pas eu besoin de beaucoup d'encouragements, cela dit. On aurait dû tout arrêter et réfléchir un peu, mais on ne l'a pas fait. Spooner n'était pas réglo, mais il avait toujours eu un certain sens de l'honneur, pour autant qu'un hors-la-loi puisse en avoir, et on ne s'attendait pas à ce qu'il nous trahisse. Toutes, Stella, Joan et moi, nous étions excitées à l'idée de refaire un coup.

Quand Jehu a appris ça, il est devenu fou furieux. S'il n'avait pas été avec moi au lit, nu comme un ver, quand je le lui ai dit, je crois qu'il serait allé tout droit mettre du plomb dans la cervelle de Garet. C'était absurde, à vrai dire, Jehu avait toujours attendu nos hold-up avec impatience. Je lui ai détourné les idées – ça n'a pas été très difficile –, après quoi il m'a expliqué pourquoi il s'était mis dans une telle colère. Il m'a appris que Garet était malade, qu'elle était en train de mourir d'une tumeur à l'intestin, qu'ils avaient décidé de tout arrêter pour qu'elle passe les jours qui lui restaient tranquillement à la maison. Du coup ça a été mon tour d'être furieuse. Un, qu'ils aient pris cette décision sans moi, deux, que Garet n'ait pas eu suffisamment confiance en moi pour me dire qu'elle était malade.

Je suis d'une nature jalouse, et le monstre aux yeux verts m'a rattrapée. Jehu et Garet avaient un lien particulier. Nan, ils n'étaient pas amants, c'était pas comme ça, quoique je pense qu'avant mon arrivée, Jehu avait un faible pour elle. Elle ne l'avait jamais regardé de cette manière et, ma foi, quand je l'ai compris... Je crois que j'étais tombée amoureuse de Jehu presque à l'instant où j'ai fait sa connaissance. Je voyais une âme tendre, qui ne me ferait jamais de mal.

Mais c'est sûr qu'on serait restés amis, à se jeter des regards en coin et à trouver tous les prétextes pour s'effleurer les mains, si je n'étais pas montée un soir sous la soupente de la grange. Il préférait dormir là que dans la maison, il disait que ça le réconfortait. Moi je savais pourquoi il restait là-bas, et qu'il ne m'approcherait jamais, même si l'air se mettait presque à bourdonner de désir quand on était près l'un de l'autre. Il a pleuré quand j'ai retiré ma robe. Une femme moins sûre d'elle aurait sûrement rebroussé chemin. Mais j'étais sûre que Jehu avait autant besoin de moi que moi de lui. Vous savez, les êtres humains peuvent rester des années sans contact amoureux, et c'était quelque chose qu'on n'avait jamais vécu, ni Jehu ni moi. Mais cela vous fait mourir en dedans, ça vous durcit. J'en avais assez de me sentir morte à l'intérieur. Ça a été la plus belle nuit de toute ma vie. Il ne faut pas que j'y pense trop longtemps, le vide qu'a laissé Jehu me fait trop mal, sinon.

Mme Lee se tait et ses yeux se remplissent de larmes qui finissent par couler sur son visage. Je ne dis rien, je ne sais pas quoi dire. Elle sort un mouchoir de sa poche, s'essuie le visage et les yeux, et reprend.

Et voilà, je recommence. Jehu me fait ça. Revenons à Garet. Naturellement, ça expliquait tout, de savoir que Garet était sur le point de mourir : l'enlèvement de Grace, son désir qu'elle « raconte notre histoire ». Garet voyait arriver la fin de sa vie et voulait être sûre que tout ça avait un sens et qu'on ne l'oublierait pas. Et par-dessus tout, elle ne voulait pas que des hommes s'attribuent le mérite de nos succès. Aucune de nous ne le voulait, sauf Jehu qui s'en moquait, je crois. Il s'était fait à l'idée de s'installer au ranch, d'arrêter les convoyages, de se réveiller avec moi chaque matin pour les quarante années à venir, et rien ne pouvait plus le faire changer d'avis.

J'y ai beaucoup réfléchi toutes ces années, pourquoi Garet a accepté ce duel. Ce n'était pas juste pour la gloire ni pour l'excitation. Elle ne voulait pas qu'on soit contraintes de retourner aux vies qu'on avait laissées derrière nous et auxquelles on avait échappé. Elle voulait l'assurance qu'on resterait indépendantes aussi longtemps qu'on le voudrait. À l'époque, le meilleur moyen de se mettre en sécurité c'était de se marier, et la plupart des femmes qui quittaient notre refuge, notre protection, comme il vous plaira de l'appeler, finissaient par se marier. Il y a des quantités de braves hommes sur cette Terre, mais franchement, ma belle, il y a des moments où on a l'impression que la race s'est éteinte. Aucune de nous ne voulait de ça, de toute façon. C'est pour ça qu'on restait. Et c'est ça que Garet voulait protéger. Nos choix.

On avait toutes cru que quand on commencerait à planifier le hold-up, Jehu finirait par se joindre à nous, mais ça n'a pas été le cas. Il ne nous empêchait pas de le faire, mais il ne s'en mêlait pas.

Pourquoi ? Il disait que quand il prenait une décision, il s'y tenait. C'était en partie la raison, sûrement. Il n'était pas du genre à se rétracter quand il avait décidé quelque chose. Mais aussi, quand la diligence qu'on avait attaquée était rentrée à Gunnison et que les victimes avaient été interrogées, elles avaient raconté l'histoire et accepté de ne pas dire que c'étaient des femmes qui avaient fait le coup. Sauf que cette fois-là, la journée finie, Jehu était tombé sur un autre convoyeur en allant au saloon. Le gars avait lancé que Jehu était le pire poissard qu'il ait jamais connu, le seul conducteur à avoir subi autant d'attaques. Jehu craignait d'être démasqué s'il faisait un nouveau coup. Il comprenait les raisons de Garet, et les miennes, qui étaient les mêmes, mais il se disait que ne pas y prendre part le protégerait.

Ç'aurait été le cas, d'ailleurs, s'il n'avait pas eu un cœur grand comme la lune. Parce que Toddy, le garde qui était avec lui, avait entendu la conversation. Mais ça, Jehu ne l'a su que bien plus tard.

TUEURS ET HORS-LA-LOI

DE WILLIAM GIBBONS
1922

5
LE GANG SPOONER, 1868-1877

Quand on pense aux hors-la-loi du Far West, ce sont toujours les mêmes noms qui viennent à l'esprit : Jesse James (bien qu'il n'ait opéré que dans le Midwest), Billy the Kid, Butch Cassidy. Pourtant, des dizaines de bandes et encore deux fois plus de bandits et de francs-tireurs solitaires sévirent dans l'ouest du Mississippi durant la seconde moitié du XIXe siècle, mais ils ne sont jamais mentionnés.

Jed Spooner arriva dans le Colorado en 1865. Il affirmait avoir fait partie du gang James-Younger dans le Missouri et personne n'a jamais remis ses dires en question : il relatait leurs exploits avec force détails, et, comme il était un personnage sympathique, l'auditoire avait tendance à le croire sur parole. Aujourd'hui, près de soixante ans plus tard, on ne trouve pas de fondement historique à ses allégations. Aucun Jed Spooner et aucune variation autour de ce patronyme n'apparaît dans les recherches que l'on peut faire sur le fameux gang James-Younger, ni aucune trace de quelqu'un qui aurait quitté le gang à l'époque où Jed dit l'avoir fait. Jed Spooner n'aurait pas été le premier bandit à mentir sur son passé, et il ne fut certainement pas le dernier.

On peut en revanche confirmer un certain nombre

de choses, car Spooner n'était pas du genre à rester dans l'ombre. Il partit dans l'Ouest après la guerre pour la même raison que la plupart des rebelles : prendre un nouveau départ et toucher le gros lot dans les mines. Mais il ne toucha jamais le gros lot. Pickax Johnson, un *forty-niner*[1] qui mourut en 1917 à l'âge vénérable de quatre-vingt-dix-neuf ans, travailla avec Spooner dans les monts San Juan, vers 1865. Il disait que les talents de prospecteur de Spooner se bornaient à tamiser des paillettes d'or dans le lit des rivières. L'orpaillage était alors en perte de vitesse, et il s'en désintéressa très vite pour se tourner vers le jeu et les prostituées, qui devinrent ses occupations principales quoique pas forcément dans cet ordre. Il était légèrement plus doué avec les cartes qu'avec une pioche, mais pas radicalement. Mais le lascar eut une sacrée veine : il perdit ses derniers sous en jouant avec Hank Henry, un perceur de coffres aux doigts agiles qui cherchait à renouveler ses fréquentations. Dans les mois qui suivirent, lui et Spooner dévalisèrent une banque, un bureau des mines et une épicerie générale. Ils s'adjoignirent quelques hommes dans la foulée, Domino Jones, croupier sur un bateau à vapeur, Sly Jack Fox, un pickpocket, et Maurice « la Gale » Williams, un artificier. D'autres allaient et venaient, mais ces cinq-là constituèrent le noyau dur de la bande une dizaine d'années durant.

Ils traversèrent cette décennie sans faire une victime, et, si l'on excepte une ou deux nuits passées en

1. Prospecteur de la grande ruée vers l'or de 1849.

taule pour beuveries et bagarres, ils ne furent jamais inquiétés. La question de savoir si Spooner a fait ou non partie du gang des frères James repose sur ce seul fait : il était expert dans les tactiques de guérilla que les James avaient apprises dans le Missouri pendant la guerre. On l'a oublié aujourd'hui, mais Spooner et ses hommes furent les premiers à mettre en place des relais pour changer de monture au cours de leur fuite, un truc que Butch Cassidy utilisera avec succès dix ans après la disparition du gang. Mais leur truc le plus futé, c'était de disparaître complètement pendant des mois.

D'après Hank Henry « Vaut-Mieux-Pas », qui avait gagné son surnom avec le gang, s'ils y parvenaient aussi facilement, c'est parce qu'ils disposaient de deux caches. L'une était un ranch de chevaux dans le contrefort des montagnes, près de Fort Collins. Dans une interview pour le *Rocky Mountain News*, en 1910, Henry expliquait :

« C'était un joli petit ranch, tenu par un Anglais et sa femme. Ils nous embauchaient et nous devenions des cow-boys normaux. Il y avait une grotte au pied des montagnes derrière le ranch où nous pouvions nous planquer quand on sentait que la pression montait. Ça marchait parfaitement, puis il s'est mis à y avoir un peu trop de monde dans ce coin des montagnes. Les gens se déversaient sur la ligne Cheyenne-Denver et des bandes ont commencé à attaquer les trains. Ça allait plus vite, vous comprenez ? C'était super comme cible, mais pas si bien pour filer. On est partis un peu plus à l'ouest, on a attaqué une banque à Rock Springs, et dans notre fuite, on est tombés sur ce joli petit canyon complètement encaissé au milieu de nulle part, un cauchemar pour y accéder. C'est là qu'on allait. Jusqu'à la fin. C'est là que l'histoire s'est terminée. »

C'est-à-dire au cours de l'année 1877, dans un nimbe de gloire et de poudre sortie des armes des Pinkerton engagés par Callum Connolly. Pour des raisons qui n'ont jamais été éclaircies, les deux dernières années, Spooner s'était obstiné à attaquer les entreprises Connolly. D'après Opal Steele Driscoll, qui assure avoir fait partie d'un gang de femmes qui se faisaient elles aussi appeler le gang Spooner, un détective de l'agence Pinkerton nommé Salter infiltra le gang, et c'est comme ça que leur planque fut découverte. Vaut-Mieux-Pas Henry a toujours traité Driscoll de fieffée menteuse et d'autres noms qu'il ne serait pas convenable d'imprimer ici. Mais il n'a jamais expliqué ce qui s'était passé. Le résultat reste que Spooner fut tué et que sa bande se disloqua.

11

Journal de Margaret Parker

Vendredi 20 juillet 1877
Heresy Ranch, Timberline, Colorado

J'ai négligé mon journal, ce mois-ci. Comme quand nous avions monté le ranch, avec Thomas, j'ai été trop prise par les tâches du quotidien, les projets, les querelles, les mises au point, pour avoir du temps pour l'introspection.

Jehu, Hattie et Stella étaient partis il y a un mois avec des saisonniers engagés pour rassembler des mustangs. Grace, Joan et moi étions restées nous occuper du ranch. Nous avions fait appel à Vaut-Mieux-Pas, Domino et Jack pour nous seconder. Ils étaient venus, deux jours après mon affrontement avec Spooner, m'informer qu'ils lui avaient annoncé qu'ils ne feraient rien contre nous. Ils voulaient travailler pour nous, ce que j'avais accepté avec empressement, tout en me demandant confusément si ce n'était pas Spooner qui les envoyait pour nous espionner et l'informer de nos plans.

Salter avait décidé de rester dans le Hole quelque temps

et il était venu me trouver, en quête de travail lui aussi. Comme nous devions refaire un enclos et que je ne me sentais pas en état de participer, je l'avais embauché également. Grace m'avait enjoint de n'en rien faire, mais quand je lui en avais demandé la raison, elle s'était contentée de répondre qu'il ne lui inspirait pas confiance.

« Une très bonne habitude, par chez nous, de ne faire confiance à personne.

— Même pas à toi ?

— Surtout pas à moi. Tu ne devrais pas avoir trop de contacts avec Salter, mais tiens-moi au courant s'il tente quelque chose.

— Quelque chose comme ?

— Comme poser des questions. »

Les quatre hommes font leur travail et partagent nos repas à l'ombre du feuillage plumeux du grand peuplier de Virginie, sur le côté nord de la maison. Les conversations tournent autour des affaires du ranch, jamais il n'est fait mention de Spooner ni du pari, mais tous vont en ville le samedi soir pour ne revenir que tard le dimanche, leur jour de congé. Je n'ai jamais relâché ma surveillance et j'ai fini par avoir le cran de leur distiller de fausses informations. J'ai dit à Grace de faire de même avec Salter, qui s'est entiché d'elle. Elle fait son possible pour l'éviter, et échange rarement plus de quelques mots avec lui.

Jehu et Grace sont partis aujourd'hui pour Rock Springs. Le plan s'est mis en place assez vite, comme s'il avait attendu, à l'arrière de mon crâne, quatre années durant. Ce sera le point d'orgue parfait avant d'en finir avec notre carrière de hors-la-loi.

Après cela, personne ne pourra plus nier notre existence.

Samedi 21 juillet 1877

Hattie et moi étions en train de passer en revue nos paquetages, à la veille de notre départ pour Rock Springs, quand on a frappé à la porte. Le visiteur avait dû se faufiler jusqu'à nous à pied, car nous n'avions pas entendu de bruits de sabots. Nous avons pris nos armes, nous les gardons toujours à portée de main ces temps-ci, et Stella a sorti son couteau. J'étais sur le point d'ouvrir quand j'ai entendu gratter à la porte, un bruit de chute, puis un gémissement. J'ai ouvert et j'ai trouvé Newt affalé par terre.

J'ai vérifié que Val n'était pas derrière lui avant de poser mon revolver et de l'aider à se relever. Quand j'ai découvert son visage, quelque chose en moi s'est fendu en deux. Je l'ai fait entrer, l'ai allongé sur la table, et suis allée récupérer mon revolver.

Hattie m'a rattrapée alors que j'avais déjà traversé la moitié de la cour en direction de la grange.

« Oh, non, madame.

— Je vais le tuer, Hatt.

— Pas ce soir, certainement pas.

— Hattie, Dieu du ciel. Je l'avais prévenu. J'ai dit à Valentine, très clairement, de ne plus toucher à ce gosse.

— Tu pensais vraiment qu'il en tiendrait compte ?

— Il va bien devoir en tenir compte, quand je lui aurai arraché la tête.

— Vas-y, et Luke Rhodes te bouclera.

— Il ne fera pas ça.

— Pourquoi donc ? Parce que tu le baises ? Eh ouais, je suis au courant. Donne-moi ce revolver. »

Elle a posé la main sur mon arme, j'ai voulu me dégager.

« Ne fais pas l'idiote, Garet. Valentine a certainement démoli ce gamin précisément pour te faire venir. Il y a de grandes chances qu'il soit en train de t'attendre avec un fusil. Peut-être même qu'il est sobre. »

Je lui ai abandonné mon revolver et j'ai fait quelques pas en inspirant à grands traits, les yeux levés vers le ciel. Pas de lune, les étoiles resplendissaient. Pas de lumière sauf la lueur des lanternes dans la maison. J'ai entendu Hattie ouvrir le barillet. Quand je me suis retournée, elle glissait les cartouches dans sa poche.

« Depuis combien de temps es-tu au courant ?

— Margaret, les femmes capables de cacher qu'on vient de leur faire l'amour, et bien comme il faut, sont très rares.

— Ce n'est pas de l'amour.

— Hmm-hmm. C'est ce que je croyais aussi. Jusqu'à ce que tu y retournes, après ce qui était arrivé à Lou. *Une seule règle, pas de meurtres.* Mon cul. Une règle qui vaut seulement pour les hommes, apparemment. Je ne pardonnerai jamais à ce bâtard de ne pas avoir arrêté Valentine. Et je n'arrive pas à croire que toi tu lui aies pardonné.

— Facile à dire, pour une femme qui a quelqu'un pour lui chauffer son lit toutes les nuits.

— Ça fait huit ans que je te connais, Margaret, et tu ne m'as jamais autant déçue.

— Tu te permets de juger une femme mourante qui cherche un peu de réconfort dans les bras du seul homme disponible à la ronde ? Désolée de ne pas être à la hauteur de tes hauts standards moraux, Henrietta.

— Ne me sers pas ton joker de mourante. Ça me rend suffisamment malade, ça aussi.

— Bon sang, Hattie ! Je n'y peux rien si je suis en train de mourir.

— Et tu ne me l'avais même pas dit, bordel ! À moi ! Ta meilleure amie. Tu crois que ça me fait quoi ? » J'ai voulu l'interrompre, mais elle était lancée. « Je sais que tu connais

Jehu depuis plus longtemps que moi et que vous avez un lien à part. Ça ne me gêne pas que tu le lui aies dit, j'aurais juste voulu que tu ne me le caches pas, à moi. Vous avez décidé que ce serait notre dernier hold-up sans m'en parler. Tu as toujours dit qu'on était partenaires, égales. Mais c'était un mensonge.

— Hattie, boucle-la une minute. Je ne l'ai pas dit à Jehu. Il a écouté quand je parlais au médecin. Je ne l'aurais dit à personne s'il n'avait pas entendu. Pas tant que je n'aurais pas été obligée. Et tu aurais été la première à qui j'en aurais parlé.

— Pourquoi tu ne l'as pas fait ?

— Parce que je t'aime, et je savais que ça te dévasterait. Ou du moins, je l'espérais.

— Ce n'est pas drôle.

— Désolée. Ça a été horrible de regarder Thomas mourir. Je ne voulais pas que tu aies à supporter ça, j'ai pensé que c'était la meilleure chose à faire. Par amour pour toi. Je n'ai pas réfléchi que tu te sentirais trahie. Quand je suis revenue, je suis allée chez Luke – se savoir près de mourir a ce pouvoir de te laver le cerveau. Je n'ai pas pardonné à Luke d'avoir trahi la mémoire de Lou. Si les circonstances avaient été différentes, je ne serais pas retournée vers lui. Qu'est-ce que je peux dire ? Je suis une femme faible, et il me fait du bien. Ça me permet d'oublier un moment, de me sentir une femme à part entière. Je ne demanderai pas pardon pour ça.

— Je le haïrai pour deux.

— Haïr. C'est un mot très fort.

— C'est celui qui convient.

— Tu es rancunière.

— En effet.

— Laisse-moi aller voir si Luke a jeté Val en prison. Il l'a peut-être fait, il l'avait prévenu, lui aussi.

— Prévenu qu'il ne devait plus frapper son fils ? Margaret. Rhodes ne fera rien du tout. Valentine n'enfreint aucune loi. Si le garçon mourait... eh bien, ce bâtard ne ferait toujours rien. Il se ferait huer par tous les hommes de la région s'il bougeait. Monde de merde.

— Il y a des fois où je hais les hommes.

— Garde ce feu dans ton ventre. On va en avoir besoin pour gagner ce pari.

— Tu me pardonnes ? De ne pas te l'avoir dit tout de suite ?

— Bien sûr que je te pardonne.

— On devrait s'embrasser, je suppose, mais je sais que tu n'aimes pas trop ça. »

Elle a levé les yeux au ciel et m'a serrée dans ses bras de toutes ses forces. On est restées comme ça un long moment, jusqu'à ce qu'elle dise :

« C'est bon, là ? Ça a assez duré à ton goût ?

— Je suppose, si tu considères que c'est bien assez pour une mourante.

— Mon Dieu », a soupiré Hattie.

Mais elle s'est laissée aller dans mes bras et m'a serrée un peu plus fort. Je sentais ma gorge étranglée par l'émotion.

« Ça va, Hattie, ça suffit. C'est pas parce que Jehu n'est pas là que je suis obligée de te faire des câlins pendant des heures. » Elle m'a repoussée en riant. « Si ça continue, tu vas me demander de venir me coller dans ton lit, ai-je ajouté.

— Pas de danger, je te garantis.

— Ttt-tt, on dit ça. »

J'ai passé mon bras sur son épaule et nous sommes rentrées voir Newt.

Une bassine et un gant à la main, Joan était en train de

nettoyer les plaies et les ecchymoses sur son visage. Stella palpait ses bras, à la recherche de fractures. Quand elle a touché son avant-bras gauche, Newt a poussé un cri.

« J'ai entendu un crac quand il me l'a tordu », a-t-il dit.

Son menton tremblait et je voyais bien qu'il faisait de son mieux pour ne pas pleurer devant Joan.

« Il va falloir que quelqu'un tue ce salaud, a dit Joan.

— Vous parlez comme une femme amoureuse », a dit Newt.

Joan a éclaté de rire et frotté la tête du garçon.

« Tu ne vas pas si mal, si tu trouves encore le courage de me faire des galanteries.

— J'irai toujours assez bien pour être galant avec une jolie femme.

— Je note qu'à moi, tu ne fais pas de compliments, a dit Stella.

— Toi, tu as passé un peu trop de temps avec Sly Jack, je me trompe ? a demandé Joan.

— Il me donne des conseils. »

Newt a arrêté Stella qui avançait la main vers son buste.

« Pas besoin. Je sais déjà qu'il y en a deux de cassées. »

J'ai vu le visage de Stella s'assombrir dangereusement. Je comprenais ce qu'elle ressentait. Il était abominable qu'un enfant de douze ans soit capable de savoir qu'il avait des côtes cassées.

Je suis allée chercher du laudanum dans ma chambre. Hattie m'a suivie.

« On ne peut pas laisser Newt sans protection, ai-je dit. Val va se douter qu'il est venu ici, tu le sais. Les hommes ne bougeront pas le petit doigt, tu le sais aussi. Stella et Joan ne seront pas de taille.

— Je sais. On va l'emmener avec nous.

— Quoi ? On va prendre un gosse de douze ans dans la bande, maintenant ?

— Il n'a plus grand-chose d'un gosse depuis longtemps. Il aura bientôt treize ans, et tu as vu comme il regarde Joan.

— C'est une amourette de gamin.

— Peut-être, n'empêche qu'il sera bientôt un homme, et plus il reste avec Val, plus il risque de tourner comme lui. Tu veux infliger à ce monde un deuxième Ulysses Valentine ?

— Non.

— On va l'emmener chez Rose et Portia, a décidé Hattie. Elles le prendront. Aucun risque que quelqu'un d'ici le déniche là-bas.

— On ne peut pas leur demander d'adopter un garçon qui est presque un homme.

— C'est sûrement mieux qu'il soit déjà grand. Rose va le faire bosser, tu sais. Quand on aura fini, on ira le rechercher et on le ramènera à la maison. Mais si tu veux le fond de ma pensée, il est assez grand pour décider lui-même. Il partira s'il en a envie. Peut-être que c'est tout ce qu'il attend, d'ailleurs, une occasion de quitter le Hole.

— On le laissera décider et on lui demandera s'il veut revenir dans le Hole avec nous. Quand il aura vu Cheyenne, il ne voudra sans doute plus en entendre parler.

— Pas si sûre. Mais quand on rentrera, avec ou sans Newt, Valentine mourra dans un horrible accident à la forge. Peut-être une ruade dans le crâne ? Ou il sera tellement soûl qu'il tombera dans un abreuvoir et finira noyé ?

— Ça pourrait aussi bien lui arriver ce soir. »

Hattie a poussé un soupir et levé les yeux au ciel.

« Tu mets ma patience à rude épreuve, Garet. On doit partir très vite pour arriver avant Grace à Denver, tu te rappelles ? »

Elle a posé ses mains sur mes épaules.

« Bon, je vais te le dire dans une langue que tu comprends : tu peux prendre ta revanche ce soir et être pendue demain. Tu seras oubliée par les quelques personnes qui t'ont connue, et un vrai hors-la-loi sera perdu pour l'Histoire. Ou tu peux accomplir ton dernier exploit et permettre à cette Yankee de te rendre immortelle.

— On dirait qu'il y en a une qui s'efforce de se faire bien voir. Elle a réussi ?

— Nan. On refuse qu'elle parle de nous, Jehu et moi. Tu lui as dit que tu es une duchesse ?

— Non. Elle croit que c'est un surnom.

— Doux Jésus. Attends qu'elle l'apprenne. Le mythe se forge.

— Ce n'est pas un mythe, c'est la réalité.

— Garet. Tout le monde s'en moque, tant que c'est distrayant.

— Bon sang, Hatt, tu ne pourrais pas de temps en temps me dire juste ce que j'ai envie d'entendre ? Tu pourrais me faire ce cadeau avant que je meure ? »

Stella est entrée dans la pièce.

« S'il n'est pas question de ta vie ou de ta mort, je le ferai. Tu auras ta vengeance contre Valentine, je te le promets. Juste reportée de quelques mois.

— Je m'en occuperai pendant que vous serez parties, a déclaré Stella.

— Oh non, tu ne feras pas ça. Pas question de provoquer le lynchage d'une donzelle à Timberline, Stella. Une fois qu'une ville a goûté au sang, il n'est plus possible de l'arrêter. On s'en tient à notre plan. Garet va juste faire un crochet par Cheyenne en allant à Denver », a décrété Hattie.

Newt n'a pas caché sa déception de quitter Joan, mais quand nous lui avons expliqué le danger qu'elle et Stella courraient s'il restait, il n'a plus rien dit.

Nous sommes partis bien avant le lever du soleil pour ne prendre aucun risque, même s'il nous avait assuré que son père était trop soûl pour pouvoir faire un pas si tôt le matin. Je ne pensais pas que Valentine se lancerait à nos trousses, mais Newt a insisté pour qu'on maintienne une bonne allure, au cas où. On a fait ce qu'il voulait et avalé cinquante kilomètres en une journée, en dépit du terrain accidenté. Newt est résolu à ne pas être une charge, même avec des côtes et un bras cassés qu'Hattie avait seulement pu immobiliser avec une attelle. Seule une petite partie de son visage est intacte, et il a du mal à respirer avec son nez cassé. La première chose que nous ferons à Cheyenne, c'est aller voir un médecin pour qui j'ai travaillé quelque temps comme infirmière, avant que nous partions nous installer dans le Hole. On passera aussi au magasin général pour l'équiper un peu, je ne peux pas le laisser à son nouveau foyer sans une ou deux tenues de rechange. De toute façon, les vêtements qu'il a sur lui sont déjà trop petits. Il a poussé comme une mauvaise herbe depuis la mort de Lou, et si par miracle Valentine s'en est rendu compte, il n'est pas du style à se soucier de ce genre de détail.

Mardi 31 juillet 1877

J'ai connu Portia Bright quand je m'occupais d'une vieille dame qui arrivait à la fin de sa vie. Portia était la veuve d'un pasteur, dont elle avait endossé la pratique d'accompagner les malades et de veiller les morts. Elle jouait au bridge avec la vieille dame et lui rendait visite tous les jours.

Portia est une femme très douce, un peu effacée, dotée d'un regard bleu hypnotique, avec des pupilles cernées d'orange. Je lui avais un peu raconté mon histoire et elle m'avait invitée à dîner chez elle, avec les filles. Elle ne m'avait parlé que très brièvement de sa colocataire, Rosemond, et nous avions été surprises de découvrir une femme très belle et pleine de vie. Rosemond possédait un atelier d'enseignes peintes et de portraitiste et s'était récemment initiée à la photographie. Il était plus rentable de réaliser des portraits photographiques que de les peindre, mais elle continuait à faire une demi-douzaine de tableaux par an, environ. Elle et Portia sont généreuses et compréhensives. Je savais qu'elles n'hésiteraient pas à accueillir Newt quelque temps, et je ne me trompais pas.

Je m'inquiétais de la réaction de Newt à l'idée de séjourner là gratuitement. Mais dès qu'il eut posé les yeux sur Rose, toute pensée pour Joan s'est envolée. Rose m'a adressé un clin d'œil par-dessus la tête du garçon et l'a emmené à la cuisine pour lui servir un verre de limonade. Portia a levé les yeux au ciel en souriant.

« Je n'ai jamais connu de femmes dont les hommes tombent amoureux aussi systématiquement que Rosie, a-t-elle dit.

— Un don qui nous arrange bien.

— Je vous l'accorde.

— Merci d'accueillir Newt.

— C'est normal.

— Le doc l'a examiné et a fait ce qu'il pouvait, plâtrer le bras, redresser le nez. Il craint qu'il ne redevienne jamais complètement droit. Voici un peu d'argent pour la chambre et les repas.

— Ce n'est pas nécessaire, Margaret.

— Je sais, mais je me sens plus à l'aise comme ça. Je vous tombe dessus à la dernière minute. »

Portia a pris l'argent et l'a rangé dans sa poche.

« On va s'occuper de lui. Ça ne m'étonnerait pas que Rosie l'ait déjà mis au travail à l'atelier.

— Ce sera un bon assistant. »

Je suis allée dire au revoir à Newt, qui a à peine relevé la tête pour me saluer, puis je suis partie prendre mon train. J'ai même eu le temps de m'acheter un sachet de cacahuètes grillées pour le voyage. En route pour Denver, et pour mettre mon plan à exécution.

DEUXIÈME PARTIE

LA DUCHESSE

Association des suffragistes du Colorado

Minutes des meetings d'août 1877

Alisha Washburn, secrétaire référente et présidente du comité du référendum, a présenté le rapport de la dernière réunion du comité et de ses échanges avec l'American Woman Suffrage Association (AWSA). Le programme a été finalisé en sorte que Susan B. Anthony, Lucy Stone, Henry Blackwell et Matilda Hindman se joignent à notre chère Margaret Campbell pour une tournée à travers le Colorado. Consciente de nos difficultés financières, l'AWSA paiera les dépenses de ses leaders et Margaret Campbell a offert de s'acquitter des siennes propres, afin de consacrer l'argent de la CWSA[1] à la manifestation de Denver le 1er octobre, veille du référendum. Malgré les résistances de certains politiciens de Denver, notre estimé gouverneur Routt est intervenu pour nous obtenir les autorisations nécessaires à l'organisation de notre marche de Colfax Avenue à Broadway, où leaders locaux et nationaux du mouvement s'exprimeront sur l'émancipation des femmes. Grace Trumbull, membre de l'organisation nationale récemment immigrée au Colorado, a

1. Colorado Woman Suffrage Association, créée en 1876.

intégré le CWSA et proposé que toutes les femmes arborent la même couleur lors de la marche pour montrer la solidarité et la cohésion de notre groupe. L'idée a été accueillie avec enthousiasme, et un débat passionné s'est ensuivi sur la couleur à adopter. Le noir a été jugé trop austère, le blanc inapproprié et hors de question pour les femmes qui pleurent encore la perte d'êtres chers à la guerre. Un compromis a été trouvé avec le violet, et Mlle Trumbull a proposé de faire don aux manifestantes d'écharpes violettes brodées de la mention « Droit de vote pour les femmes ».

THE WESTERN UNION TELEGRAPH COMPANY
21 000 AGENCES EN AMÉRIQUE
SERVICE DE CÂBLES PARTOUT DANS LE MONDE

DEST. : ALLAN PINKERTON, AGENCE NATIONALE DE DÉTECTIVES PINKERTON, CHICAGO, IL
DATE : LUNDI 25 JUIN 1877

CONTACT AVEC BANDE ÉTABLI. GROS COUP PRÉVU AVANT FIN ANNÉE. COUVERTURE INTACTE. COURRIER SUIT.

12

Journal de Margaret Parker

Samedi 4 août 1877
Denver, Colorado

Le plan arrêté avec Hattie était d'attaquer la banque des Rocheuses, celle-là même que nous avions dévalisée avec Jehu en soixante-treize. Manière de boucler la boucle en dépouillant une dernière fois la famille Connolly. Grace a fait une suggestion inattendue : profiter d'une manifestation des suffragistes prévue la veille du référendum pour couvrir notre fuite. Cela impliquait de passer deux mois à Denver, de nous faire connaître comme membres du mouvement (étrangères les unes aux autres, bien entendu) et de garder l'œil sur la banque pendant quelques semaines. Joan et Stella nous rejoindraient mi-septembre pour finaliser les détails.

Quand j'ai dit à Grace que j'avais l'intention de rendre à Callum Connolly l'argent dérobé à son père en soixante-treize, elle m'a fixée, muette de stupéfaction, pendant un bon moment.

« Tu ne peux pas faire une chose pareille. C'est bien trop dangereux.

— Au moins, tu ne me dis pas que je ne suis qu'une garce orgueilleuse et arrogante. Comme Hattie.

— Pourquoi est-ce que vous ne l'avez pas dissuadée ? a-t-elle demandé à Hattie.

— J'ai essayé. Mais elle a des arguments convaincants. »

J'ai expliqué mes raisons : si Callum Connolly soupçonnait que Margaret Parker était derrière le gang qui semait la panique dans sa compagnie – il n'y avait aucune preuve que ce soit le cas –, me présenter à sa porte pour le rembourser, en y ajoutant des intérêts, prouverait mon innocence. Qui irait encourir un tel risque ?

La voleuse la plus téméraire de l'Ouest.

Je croyais que Grace résisterait un peu plus, mais ça n'a pas été le cas. Elle a secoué la tête en disant que c'était prendre un risque totalement inutile.

« Oui, mais ça va faire une belle histoire, ai-je répliqué.

— C'est ça, a dit Hattie. *Margaret Parker, vie et œuvre d'une garce orgueilleuse et arrogante*. Vous avez votre titre, Grace.

— Je n'écrirai rien si tu fais ça.

— Est-ce que tu sais quelque chose, Grace ? Une raison qui devrait m'en empêcher ?

— Non. Bien sûr que non. Mais te regarder te mettre en danger inutilement juste pour la gloire est vraiment la dernière chose dont j'ai envie. Bon sang, Margaret, je pourrai inventer !

— Un point pour Grace, a glissé Hattie.

— Non. C'est le plan. Hattie et moi avons convenu quoi faire s'ils m'arrêtent. Ça pourrait peut-être même être la meilleure issue. Mais ça n'arrivera pas.

— Qu'est-ce que tu en sais ? a dit Grace.

— Rien, et c'est bien ce qui est excitant là-dedans. »

Lundi 6 août 1877

Pendant que je laissais Newt à Cheyenne, Hattie est partie pour Denver. Elle devait suivre Grace à sa descente du train, pour confirmer ou non ses soupçons qu'elle est un agent des Pinkerton. La première personne que Grace est allée voir, c'est Dorcas Connolly. Pour Hattie, l'affaire était claire : Grace devait être éliminée. Je lui ai demandé de me laisser une occasion de prouver la loyauté de Grace. Si elle échoue au test, Hattie pourra la tuer. Dans le cas contraire, le plan sera maintenu. Hattie trouve que c'est un risque absurde mais elle a accepté.

Arrivée au siège des entreprises Connolly, j'ai levé la tête sur sa rude façade de brique, puis j'ai contemplé la mosaïque bleu et blanc : CONNOLLY INC., SINCE 1867 ; et je me suis demandé si j'aurais la force d'aller jusqu'au bout. La rage suscitée par le vol de mon ranch sourdait toujours, loin au fond de moi. Je sentais la douleur lancinante de ma tumeur et j'ai repensé aux paroles d'Hattie quand je lui avais présenté mon plan, en revenant à Heresy : cette tumeur qui me rongeait était la manifestation physique de la fureur et du ressentiment que j'avais tenté de faire taire depuis quatre ans. Elle croit que cette dernière opération me guérira, éteindra le feu qui brûle dans mon ventre et nourrit la maladie. C'est une des idées les plus ridicules que j'ai jamais entendues, mais j'aimerais qu'elle ait raison.

Le bureau de Connolly se trouve au dernier étage. Un Noir, debout près d'une cage d'acier qui jouxtait l'escalier, m'a demandé si je voulais essayer le tout premier ascenseur de Denver. J'ai dit oui. Une fois la porte de métal refermée avec un bruit sec, le liftier nous a fait démarrer doucement. J'ai agrippé la rambarde tandis que l'ascenseur s'élevait et le liftier a souri en me demandant si c'était la première fois.

Devant mon hochement de tête, il m'a assuré qu'il n'y avait rien à craindre, que c'était aussi sûr qu'une maison. Je n'en étais pas très convaincue en entendant grincer les engrenages qui nous hissaient vers le quatrième étage.

Je suis sortie dans un long couloir qui s'étirait des deux côtés et suis partie à gauche vers une double porte de verre dépoli sur laquelle était gravé CONNOLLY INCORPORATED.

Devant la porte, j'ai pris une grande inspiration, en me demandant ce que j'allais trouver de l'autre côté. Qui j'allais trouver. Quel type d'homme était Callum Connolly. Comment j'allais pouvoir m'infiltrer dans sa vie. Dans ses affaires. Il y avait aussi la possibilité qu'un shérif m'attende, qu'on me jette en prison, je devrais prendre un avocat, il y aurait un procès… Hattie et moi avions discuté si souvent de toutes ces éventualités que j'étais prête à affronter n'importe quelle situation. Quand j'ai ouvert la porte et constaté qu'il n'y avait pas d'hommes armés derrière, j'ai su que Grace était de notre côté. Quand j'ai vu que Dorcas ne me reconnaissait pas, j'ai eu le sentiment que notre plan pouvait marcher.

Dorcas Connolly portait la même robe à col très haut, fermé par le même camée que la dernière fois que je l'avais vue, plantée à l'entrée de mon ranch auprès de son scélérat de frère, mais elle souriait. Elle m'a demandé ce qu'elle pouvait faire pour moi d'un ton aimable et très professionnel.

« Dorcas », ai-je dit.

Elle m'a reconnue instantanément.

« Margaret ?

— Ça fait longtemps.

— Quatre ans.

— Tu as bonne mine.

— Toi également. »

J'avais soigné mon apparence. Je voulais montrer que tout allait bien pour moi, mais sans être trop voyante ou victorieuse. Toute mon attitude était sobre et discrète, comme la femme que j'étais quand nous nous étions mariés avec Thomas, il y a tant d'années. Je me sentais empruntée, comme une étrangère. L'étrangère que je devais redevenir pour mener mon plan à bien.

« J'ai appris la mort du colonel. Mes condoléances.

— Tu n'es pas obligée de prétendre avoir du chagrin.

— Oh, moi non, mais je pense que toi tu en as eu.

— Que puis-je faire pour toi, Margaret ?

— Je suis venue voir ton neveu. Pour rembourser l'emprunt que j'avais fait à la banque en soixante-treize.

— Un emprunt ? » Après un moment d'incompréhension, la fureur s'est affichée sur le visage de Dorcas Connolly. « Je devrais appeler le shérif.

— Tu pourrais. Mais dans ce cas, je déchirerais le chèque que j'ai apporté pour payer ce que j'ai emprunté, en y ajoutant des intérêts.

— Emprunté ? Tu as dévalisé notre banque.

— *Notre* ? »

Je savais que le mot piquerait Dorcas au vif, et je ne m'étais pas trompée. Quand je l'avais connue, elle vivait de la charité du colonel. Étant voisines, nous avions eu des relations chaleureuses des années durant, jusqu'à ce que Thomas meure et que le colonel décide qu'il voulait et mon ranch et moi. L'amitié s'était muée en hostilité, d'abord parce que je risquais de la supplanter, puis parce que j'avais rejeté la proposition d'alliance, professionnelle et intime, de son frère. Il s'était avéré que l'honneur de la famille et le succès des entreprises Connolly comptaient autant pour elle que pour le colonel, en dépit du fait qu'elle ne possédait aucune part dans la compagnie et qu'à la mort du colonel, tout sans exception devait revenir à son fils.

Dorcas a pincé les lèvres.

« Allons, Dorcas. Tu sais ce que ton frère a fait. Il m'a condamnée à la misère, sans me laisser de porte de sortie. J'avais besoin d'un prêt pour retomber sur mes pieds et nourrir ma famille.

— Ta famille ?

— La famille ne se résume pas au sang. »

J'ai suggéré qu'on gagnerait du temps si je leur racontais l'histoire en présence de son neveu. Elle m'a dévisagée longuement, et la porte derrière son bureau s'est ouverte. L'espace d'un instant terrifiant, j'ai cru voir Benjamin Adamson, mais non, ce n'était qu'un autre parmi ces centaines d'hommes d'affaires mal rasés qui « bâtissaient l'Ouest ». Jehu m'avait rapporté qu'Adamson était mort à Gunnison quelques jours après son arrivée, apparemment d'une crise cardiaque. Dans une fumerie d'opium.

J'ai totalement oublié Adamson en voyant derrière lui, pour la première fois, Callum Connolly. Un peu plus grand que moi, des cheveux d'or huilés plaqués en arrière dégageant son visage et une barbe épaisse mais élégamment taillée, il portait des culottes de cheval grises et des bottes noires aux semelles pleines de boue. Pas de veste mais une chemise blanche et un gilet noir uni, barré d'une chaîne de montre en argent. Mais cela, je ne l'ai remarqué que plus tard. Le plus saisissant, c'est le masque de métal qui couvre la moitié droite de son visage. J'avais beau m'y être préparée, j'ai été surprise et j'ai dû faire un effort pour refermer la bouche. J'ai entendu mes dents claquer. Opal avait raison : Callum Connolly est un très bel homme.

Callum a pris congé de son visiteur avec une poignée de main vigoureuse, sans me quitter des yeux. Il observait ma réaction devant sa difformité, c'était manifeste.

Dorcas m'a présentée comme la femme qui avait attaqué

la banque des Rocheuses. J'ai rectifié en précisant que j'étais la veuve que son père avait dépouillée de son ranch.

Callum m'a jaugée ouvertement, de la tête aux pieds puis des pieds à la tête, et j'ai fait de même, sans détourner les yeux en arrivant à son visage. J'ai laissé mon regard s'attarder sur le masque d'argent poli, la façon dont il enveloppait son menton, et le lien de cuir raide qui le retenait juste sous sa tempe, passant derrière son oreille comme la branche d'une paire de lunettes. Sans cette difformité, Callum Connolly serait peut-être le plus bel homme que j'aie jamais croisé.

« Avez-vous fait appeler le shérif ?

— Pas encore.

— Avant que vous le fassiez, et je sais que Dorcas ronge son frein, j'espère que vous voudrez bien me laisser la possibilité de m'expliquer, et de vous rembourser. Avec des intérêts. »

Le bureau de Callum Connolly est spartiate à l'extrême : un bureau, deux chaises qui lui font face, et un portemanteau près de la porte. Au mur derrière le bureau, une immense carte du Colorado piquée de petits drapeaux sur lesquels sont inscrits les noms des gisements.

J'ai examiné la région de Fort Collins. Une large parcelle a été colorée en rouge par différents stylos à différentes époques. Je connaissais cette carte. Je l'avais vue très souvent dans le bureau du colonel, à son ranch, au temps où cette parcelle était blanche, ainsi que tout ce qui se trouvait sur la trajectoire de son rêve de vingt mille hectares.

Mais l'objet le plus intéressant était le coffre dans un angle de la pièce.

Callum Connolly s'est assis et s'est renversé dans sa chaise en croisant sa botte sur son genou.

Je me suis assise sans qu'il m'y invite et lui ai servi

l'histoire que j'étais venue raconter. Dans les grandes lignes, c'était la vérité. Je ne pouvais pas risquer de m'en éloigner trop, car Dorcas se tenait en sentinelle à la porte, derrière mon dos.

« Après que votre père s'est emparé de mon ranch... »

Dorcas a émis un grognement désapprobateur.

« ... je me suis retrouvée sans rien, avec l'hiver qui arrivait, et une famille à nourrir. Je suis sûre que vous admettrez que gagner ma vie en me couchant sur le dos n'était pas une option. J'imagine que j'aurais pu trouver du travail comme institutrice, mais l'idée de dépendre de la charité hasardeuse de fermiers, en fonction des récoltes, n'était pas très séduisante. Et surtout, je n'aurais pas supporté de rester dans cette région après y avoir dirigé mon propre ranch, après avoir connu tant de liberté. Tant de bonheur. J'étais en colère, je l'admets. Très en colère, et l'idée de reprendre quelque chose à votre père était tentante. J'avais entendu pendant des années des hommes se vanter de leurs exploits de bandits et je me suis dit : est-ce que c'est si difficile ? Je volerais la banque du colonel, récupérerais mon dû et irais m'installer ailleurs avec ma famille. Je commencerais une nouvelle vie. Alors c'est ce que nous avons fait. »

Dorcas ne pouvait pas en croire ses oreilles.

« Je ne peux guère le nier, j'avais même dit au guichetier de transmettre mes salutations au colonel. »

Connolly a haussé les sourcils et regardé sa tante. Il a hoché la tête et elle a quitté la pièce. J'ai ravalé mes craintes et poursuivi.

« Voici un chèque du montant de ce que j'ai pris, plus quatre ans d'intérêts.

— Comment avez-vous pu réunir autant d'argent ?

— J'ai étudié les registres de votre père, et j'ai investi. Dans la compagnie californienne du télégraphe.

— Où étiez-vous pendant ces quatre ans ?

— Ici et là. Quand j'ai eu assez d'argent, j'ai décidé qu'il était temps de réparer mes torts auprès de votre père. Imaginez ma surprise quand j'ai appris qu'il était mort.

— Oui. Il y a trois ans.

— Puis-je vous demander comment ?

— Dans son lit, en paix. »

Je savais de source sûre que c'était faux, mais c'est la version qu'avaient diffusée les journaux.

« C'est étonnant. C'était un homme si plein de tempérament.

— Pourquoi maintenant ?

— Je vous demande pardon ?

— Pourquoi avez-vous décidé de nous dédommager maintenant ?

— C'est important ?

— Oui. »

Je me suis levée et j'ai marché jusqu'à la fenêtre qui donnait sur Colfax Avenue. J'ai vu Dorcas Connolly qui précédait un policier. Je me suis retournée vers ma proie, les yeux brillants de larmes.

« Je suis en train de mourir, monsieur Connolly. J'ai une tumeur inopérable et on m'a annoncé qu'il me restait peu de temps. Quelques semaines, peut-être quelques mois si je ne bougeais plus de mon lit. C'est ce que voudraient mes proches, mais ce n'est pas dans ma nature.

— Votre nature, c'est de prendre le risque de venir à mon bureau confesser que vous avez volé des milliers de dollars ?

— Dix mille deux cent quarante-sept dollars, pour être exacte. Plus ceci. »

J'ai posé sur son bureau l'acte de propriété du ranch de Cache-la-Poudre.

« Je sais que Dorcas est partie chercher le shérif, et je le suivrai sans faire d'histoires. Sincèrement, ça me convient de me retrouver devant un tribunal. Mes affaires sont en ordre, les miens en sûreté, et il y a de fortes chances que je sois morte avant même le début du procès. Mais avant cela, je serais ravie de faire une déposition officielle sur la façon dont votre père a spolié une veuve, comment il m'a mise devant un ultimatum : l'épouser ou tout perdre, et comment il a mis sa menace à exécution. Quand on apprendra que je suis en phase terminale de ma maladie, je pense que le tribunal de l'opinion publique penchera en ma faveur. Je ne serais pas surprise que d'autres hommes et femmes que votre père a trompés et dépouillés de leurs biens prennent la parole pour me soutenir. Est-ce ce que vous voulez ? Que l'on sache sur quoi votre empire s'est fondé ? Le vol d'une propriété ? La spoliation d'une veuve ? Je serai morte et oubliée, mais cette ombre continuera à planer sur vos affaires pendant des années. Je vous offre la possibilité de régler tout ça sans faire de vagues, de préserver votre réputation et celle de votre père défunt, et moi de garder la mienne. »

Dorcas est entrée, flanquée d'un grand type raide arborant une étoile de métal.

« La voici, shérif. Elle a reconnu avoir attaqué la banque des Rocheuses en soixante-treize.

— Est-ce exact, monsieur Connolly ? »

Callum Connolly et moi ne nous étions pas quittés des yeux. Il a posé la main sur le chèque qui attendait sur son bureau et l'a regardé.

« En effet. Mais elle a également remboursé tout ce qu'elle avait pris, avec des intérêts à un taux très généreux.

— Voulez-vous que je l'arrête ?

— Bien sûr qu'il veut !

— Non. Désolé de vous avoir fait venir, shérif. »

Le shérif lui a adressé un salut et a tourné les talons.

« Ce sera tout, Dorcas.

— Tu fais une erreur, Callum.

— Quand je voudrai ton avis, je te ferai signe. »

Dorcas a quitté la pièce avec un reniflement offensé.

J'ai demandé à Callum comment allait mon ranch et il a souri (quoique je n'aie pu voir que la moitié de sa bouche). Il a déclaré qu'il préférait de loin ma maison à celle de son père et qu'il y avait vécu jusqu'à ce qu'il vienne s'installer ici pour reprendre l'affaire.

« Je suppose que vous l'avez réaménagé à votre goût.

— Ma foi non. Il est comme je l'ai trouvé. Ce que mon père avait modifié avant cela, je n'en sais rien.

— J'avais envie d'aller jusque là-bas, pour le revoir une dernière fois. Pourriez-vous me donner une autorisation pour le contremaître ?

— Je vais vous donner mieux que ça, je vais vous y emmener moi-même.

— Oh. C'est très aimable. » Sauf que ce n'était pas du tout le plan. « Vous êtes sûr que ce n'est pas trop de dérangement ?

— Aucun. J'avais prévu d'y aller à la fin de la semaine, il y a des choses dont je dois m'occuper là-bas avant de partir faire ma tournée de nos exploitations.

— Cela prend beaucoup de temps ?

— Un mois. Ça dépend des catastrophes que je découvre.

— Pas trop nombreuses, j'espère. »

Il a eu un petit rictus et s'est levé.

« Je viendrai vous chercher à dix heures vendredi matin. Où êtes-vous descendue ?

— À l'American House.

— Prenez des affaires pour quelques jours. Je vous raccompagnerai au train pour Denver dimanche. »

Ce n'était définitivement pas le plan. J'ai souri et lui ai serré la main.

« Merci de vous montrer aussi compréhensif, monsieur Connolly, vous n'y êtes nullement obligé.

— Bien au contraire. Il me serait difficile de découvrir ce que mon père trouvait de si attirant en vous si vous êtes en prison.

— Je gagne à être connue, c'est un fait.

— Je suis impatient de voir ça. »

C'est trop facile. Callum Connolly a quelque chose derrière la tête.

On va bien s'amuser.

13

Archives des récits d'esclaves de la WPA

Entretien avec Henrietta Lee

Dimanche 13 septembre 1936

Vous avez entendu parler de cette femme qui a traversé l'océan en avion ? Markham, elle s'appelle. Ça surpasse tout, non ? Figurez-vous que je suis montée dans un de ces Jenny, une fois. Avec Bessie Coleman[1]. Mais oui. Les choses changent un peu, je crois. C'est plus difficile de ne pas parler des exploits des femmes, forcément, avec les radios, les films, le télégraphe qu'on trouve partout. Quand j'étais dans cet avion, avec le vent en pleine figure, à regarder la terre, tout en bas, j'ai regretté de ne pas être plus jeune, pour sûr. Croyez-moi, j'aurais appris à piloter un avion. Je pense à tout ce que j'ai vu dans ma vie, toutes ces merveilles. Je suis née en 1844, je vous l'ai dit ? En Louisiane. Nan, j'y suis pas retournée depuis la fin de la guerre. C'est pas des bons souvenirs pour moi.

En 1877, il fallait du temps pour circuler, surtout quand

1. Beryl Markham (1902-1986), d'origine anglaise, fut la première femme à réussir la dangereuse traversée de l'Atlantique d'est en ouest, en 1936. Bessie Coleman (1892-1926) fut la première femme noire pilote au monde.

on devait contourner les montagnes. Il nous fallait dix jours pour rallier Rock Springs depuis le Hole en chariot. Il y a probablement seulement cent cinquante kilomètres à vol d'oiseau, mais le seul endroit où on peut se déplacer en droite ligne, dans l'Ouest, c'est dans les plaines. Ça m'étonnerait qu'ils aient construit une route pour aller dans le Hole en auto et je parierais que c'est trop isolé pour le télégraphe, aujourd'hui comme hier. Du coup, c'était l'endroit idéal pour se cacher. On allait plus vite à cheval, bien sûr. J'aime bien imaginer la vue qu'on aurait en survolant les montagnes en avion, en suivant la Green River jusqu'à la vallée du Brown's Hole. Sûr que ce serait beau. C'est déjà beau quand on est en bas, y a rien à dire.

C'est vrai, il faut qu'on avance. On a rendez-vous avec le président au coin du feu, ce soir. Cette radio, Seigneur, quelle invention ! Ça me donne le vertige, toutes ces choses qu'on a maintenant, je vous assure. Je regrette que Margaret n'ait pas vécu pour voir ça.

Donc, Margaret avait fait ce pari, et on devait mettre au point un plan. On n'avait pas le temps d'attendre que Jehu nous dégote une cible, et de toute façon il se désintéressait de la question. Il se faisait discret pendant nos réunions de préparation. Je ne trouvais pas très malin d'autoriser Grace Trumbull à assister à tout ça, mais elle soutenait que ce dernier gros coup constituerait un morceau de choix pour son livre. J'ai laissé faire. J'avais des projets la concernant et je savais que je pourrais la supprimer quand je voudrais.

Garet a voulu qu'on retourne à la banque des Rocheuses, la première qu'elle avait attaquée. Elle disait que c'était le finale approprié, terminer là où elle avait fait ses débuts. Moi, il me semblait qu'il y avait plus simple, des cibles plus isolées, mais comme l'objectif était de faire mieux que Spooner, elle m'a convaincue qu'il nous fallait un gros morceau. Du genre une banque à Denver.

On ne pouvait pas se fier aux souvenirs que Garet avait de la ville, il y avait eu beaucoup de changements depuis soixante-treize. On a décidé de partir pour Denver à la fin de l'été, quand on aurait rassemblé un nouveau troupeau de mustangs et fini de les débourrer. Il y avait quand même le ranch, on ne pouvait pas tout laisser en plan pour partir sur les routes. Nous voulions avoir assez de temps pour nous rendre à Denver, faire du repérage pendant une semaine ou deux, exécuter le boulot et rentrer à Heresy avant le début de l'hiver. On avait prévu d'être à Denver le 1er août, d'avoir terminé le 1er octobre au plus tard, et de regagner le Hole à bride abattue.

Grace restait silencieuse en prenant des notes – ce qui ne me plaisait pas du tout –, mais quand elle a entendu Garet parler du 1er octobre, elle a levé la tête. Elle nous a demandé l'adresse de la banque et quand Garet lui a dit, elle a eu un grand sourire. C'était une suffragette, et elle avait assisté à des meetings à Denver avant de partir à l'aventure. Le référendum pour le vote des femmes allait avoir lieu le 2 octobre dans le Colorado, et leur association organisait un grand rassemblement, une marche dans la rue où se trouvait la banque. Vous pourriez en profiter pour couvrir votre fuite, a-t-elle dit. Garet était impressionnée, je le voyais bien. Moi je me méfiais, et j'étais résolue à jeter un œil à ce cahier dans lequel Grace écrivait sans arrêt.

Jehu et les filles devaient rester s'occuper du ranch, en embauchant quelques cow-boys pour leur prêter main-forte. Ça convenait parfaitement à Jehu. À présent qu'il n'avait plus à courir les routes pour faire du repérage pour nous, autant rentrer au ranch pour s'occuper des bêtes. Le ranch serait à nous quand Garet ne serait plus là, et même s'il n'avait jamais fait la moindre remarque sur la manière dont elle menait les choses, je savais qu'il était impatient de se retrouver aux commandes. Je n'avais pas hâte qu'on se quitte, pour ma part. Je n'aimais pas être séparée de lui, et avec notre projet, ce serait le cas pendant au moins deux mois. Il m'avait fallu un sacré paquet de temps pour trouver un homme qui m'aime comme lui m'aimait, qui s'occupe de moi, avec toutes ses petites attentions. Me masser les épaules après une longue journée. Me réveiller chaque matin avec un café et un baiser sur le front. J'ai eu beau essayer, pas une fois je n'ai réussi à sortir du lit avant lui pour lui rendre la pareille. Finalement, j'ai arrêté d'essayer, j'aimais trop qu'il le fasse. Il me rapportait des petits cadeaux de ses voyages, un savon avec des pétales de rose incrustés, une lotion avec laquelle il massait les cicatrices de mon dos. C'était censé les atténuer, mais ça n'a jamais rien fait, la peau avait cicatrisé depuis trop longtemps, je suppose. Mais il n'a jamais arrêté de me masser le dos pour autant, bon, on sait bien à quoi mène un massage du dos qui s'éternise un peu. Aujourd'hui encore, je ne peux pas sentir l'odeur du camphre sans ressentir le manque. Il n'y a jamais eu homme plus gentil, plus doux, plus tendre que Jehu Lee.

J'ai perdu le fil, comme toujours quand je commence à penser à Jehu. Il y a des jours où je reste assise sur ce porche à penser à lui, à Garet et aux filles et au bon temps qu'on a eu ensemble, toutes ces heures. Ça n'a duré que cinq ans, au total, mais on a vécu tellement de choses. Et on était heureux.

Nous faisons une pause. J'aide Mme Lee à rentrer dans sa maison pour aller aux toilettes. Elle se sert d'une canne, mais ne se tient pas voûtée comme tant de femmes très âgées. Elle a le port de tête d'une reine et je suis frappée par la vivacité de son regard doré. Elle me tapote le bras avant d'entrer aux toilettes et dit : « J'aime bien nos discussions. » Je lui dis que moi aussi. Je vais nous chercher du thé glacé et nous reprenons place sur la galerie.

Je suis partie capturer des mustangs avec Jehu, Stella et quelques cow-boys, ce qui m'a donné un peu de temps pour parler avec Jehu sans Garet dans les pattes. Je lui ai fait part de mes soupçons que Grace soit une Pinkerton. Il pensait que j'avais raison. C'est tout ce que je voulais savoir. Jehu n'était pas d'une nature suspicieuse, donc s'il se méfiait de Grace, ça confirmait qu'il y avait quelque chose. Quand nous sommes rentrés, nous sommes allés en parler à Garet. Cette sacrée bonne femme. Elle a souri et a dit : « C'est peut-être vrai, mais je veux lui laisser une chance de bien agir. »

Garet avait un peu perdu de vue que pour la majorité des gens, bien agir, c'était dénoncer les hors-la-loi. Elle s'entêtait avec Grace, elle disait qu'elle était comme nous, qu'elle avait été meurtrie et que cela faisait une grande différence. « Elle est en quête de gens qui l'acceptent, a dit Garet. Si on lui offre ça, elle ne se retournera pas contre nous. »

Jehu et moi trouvions que c'était sacrément stupide de risquer nos vies pour permettre à une Blanche de révéler sa bonté profonde, mais Garet a objecté que lui laisser une chance ne voulait pas dire lui faire confiance. Ma mission à Denver serait de la suivre et de déterminer si elle faisait partie de l'agence de détectives. Nous pourrions lui donner de fausses informations sur nos plans ; est-ce que ce ne serait pas parfait d'envoyer les Pinkerton d'un côté pendant qu'on ferait nos affaires de l'autre ?

Sacrée Garet, c'était vraiment une femme intelligente. J'étais contrariée de ne pas avoir vu clair dans son jeu plus tôt. Pendant qu'on allait capturer des chevaux, elle faisait des mamours à Grace, faisait connaissance, gagnait sa confiance. Grace était folle de Garet et Garet en profitait. Elle m'a dit qu'il était temps de mettre mon hostilité dans ma poche et de gagner sa confiance moi aussi. Je lui ai dit que c'était déjà fait, tant que Garet n'était pas là, mais que Grace ferait toujours passer Garet avant une femme de couleur.

Grace a proposé d'aller à Rock Springs et de prendre le train pour Denver seule, expliquant que nous serions peut-être trop voyantes si nous nous déplacions à trois. Nous étions du même avis et Jehu l'a emmenée en chariot, pour refaire un approvisionnement par la même occasion. Comme je disais, le trajet est long, et Jehu n'a pas forcé l'allure, pour nous laisser le temps à Garet et à moi de parvenir avant eux à Rock Springs en empruntant les pistes des animaux et non la route. Je suis allée jusqu'à Denver, pour être là quand Grace arriverait à la gare, tandis que Garet faisait un détour par Cheyenne avec Newt, un gamin qui se faisait cogner par son père. Elle l'a emmené chez le docteur, puis chez des amies à nous. Elle avait besoin de chanvre, aussi. De l'herbe, je crois que c'est comme ça qu'on dit maintenant. Elle préférait fumer ça pour calmer la douleur plutôt que de prendre du laudanum, cette merde bourrée d'opium vous tue à petit feu.

Grace ne s'est jamais doutée que je la surveillais, sans quoi elle ne se serait pas rendue directement chez Dorcas Connolly. Garet a mieux pris la nouvelle que je m'y attendais. Elle s'est excusée de ne pas m'avoir crue et de ne pas s'être fiée à mon instinct, puis elle a dit que nous saurions si Grace nous avait trahies à l'instant où elle passerait la porte du bureau de Connolly. Si c'était le cas, je devais tuer Grace et déguerpir.

Mais on n'a pas eu ce problème. Garet est allée se jeter dans la gueule du loup et en est ressortie avec une invitation au ranch de Cache-la-Poudre. Ce n'était pas ce qu'on avait prévu, c'était encore mieux. Ça lui donnerait la possibilité de fouiller le bureau de Connolly et de repérer quels sites nous devions attaquer. Parce que la banque de Denver était un leurre pour Grace. Le vrai plan était beaucoup plus ambitieux. Et audacieux. Une sortie en beauté.

14

Journal de Margaret Parker

Lettre à Grace Trumbull
Rédigée entre le 6 et le 10 août 1877

Chère Grace,

Tu ne sais pas encore ce que j'ai en tête, et quel rôle tu devras jouer dans ma succession. Peut-être refuseras-tu ma proposition. Tu es peut-être une Pinkerton sous une fausse identité et tu as tendu un piège pour m'arrêter. Quoi qu'il en soit, il y aura bien quelqu'un pour lire ce journal qui sera curieux de savoir comment moi, Margaret Elizabeth Standridge Parker, je suis devenue une hors-la-loi, en 1873, au Colorado.

Je suis née en Angleterre dans le Somerset en 1843. Mon père était le troisième fils d'un duc, qui était entré dans les ordres contre son gré et n'avait jamais endossé sa mission, et encore moins ses enseignements. C'était un libertin et un joueur et avant mes cinq ans il avait perdu sa cure et était répudié par sa famille. Il mourut peu de temps après et fut enterré dans un coin reculé de la propriété familiale avec une petite pierre plate en guise de stèle. Par chance, le duc de Standridge était un homme honnête. Il nous prit sous sa tutelle, ma mère et moi, et nous installa dans une maisonnette de garde-chasse sur sa propriété. La famille de ma mère vivait dans une pauvreté digne dans le Derbyshire. Ma grand-mère avait marié ma mère à un Standridge car ils ne pouvaient subvenir aux besoins de leurs six filles. Retourner chez eux ne fut jamais envisagé.

Ma mère m'enseignait tout ce que doit savoir une *lady*, pour que je puisse faire un bon mariage et nous affranchir de la charité du duc. J'excellais dans mes études, mais ce qui me plaisait le plus, c'était d'être au grand air, et en particulier avec les chevaux et à l'écurie. J'appris tout ce que je sais des chevaux – les évaluer, les entraîner, les monter – en suivant comme une ombre mon grand-père et son premier entraîneur, Ransom. Le duc était un cavalier et un éleveur de renom, qui posséda sept grands champions au cours de sa vie. Le duc et Ransom me chérissaient, enchantés par mon enthousiasme, mon intelligence, mon aptitude à écouter et apprendre et à me faire discrète quand il le fallait. La leçon la plus importante que j'appris des relations avec les hommes était loin des enseignements de ma mère et des talents généralement admis chez les femmes : fais en sorte qu'un homme se sente important et intelligent, montre de l'intérêt pour ce qu'il aime et sa dévotion ne connaîtra pas de limites. Pour mes sept ans, mon grand-père m'offrit un poney, Tulip, un adorable petit alezan. Plus je grandissais et me perfectionnais, plus on me donnait des chevaux fougueux, jusqu'à un magnifique pur-sang bai aussi grand que celui de mon grand-père. Quand je fis mon entrée dans le monde, j'étais connue dans la région pour avoir l'œil presque aussi sûr que mon grand-père pour les chevaux et la meilleure assiette de toutes les débutantes d'Angleterre.

Ce talent m'attira les faveurs d'un certain type d'hommes,

dont le capitaine Thomas Parker, héros de la guerre de Crimée, vétéran de la charge de la Brigade légère et deuxième fils du duc de Parkerton. Thomas avait perdu le bras gauche au combat, mais il était beau et charmant et presque aussi expert en chevaux que moi (bien sûr, je lui laissais croire que sa science dépassait la mienne). Nous tombâmes amoureux quasi instantanément. Le duc approuva, les Parker étaient une vieille famille plus respectable que fortunée, et il me gratifia d'une dot généreuse. S'il avait su que cela me conduirait à partir vivre à des dizaines de milliers de kilomètres et que je ne le reverrais plus jamais après m'être embarquée pour mon voyage de noces, je ne suis pas sûre qu'il aurait été aussi dispendieux.

Les colonies étant enlisées dans la guerre civile, nous décidâmes de partir vers l'ouest en passant par le Canada. Thomas brûlait de tenter sa chance dans les mines, de remplir les caisses de la famille avec la fortune qu'il tirerait des Rocheuses et de prouver qu'il était un homme à part entière, peu importe son bras en moins. Bien sûr, ceux qui finissaient ruinés étaient plus nombreux que ceux qui trouvaient un filon (les journaux et les vendeurs de concessions oubliaient toujours de préciser ce point), mais il était difficile de ne pas se mettre à rêver en arrivant dans l'Ouest. Thomas rêvait de richesses, je rêvais de chevaux. La première fois que je vis une harde de chevaux sauvages, toutes ces créatures qu'il suffisait de s'approprier, je sentis tout mon corps se mettre à bouillonner d'énergie, tandis qu'une vision de notre avenir se faisait jour dans mon esprit, ici, dans le Colorado. Notre connaissance des chevaux, alliée au développement de l'Ouest que je voyais se profiler avec la construction du chemin de fer transcontinental, nous permettrait de renflouer les caisses de la famille Parker. Il me fallait juste détourner Thomas des mines d'or et l'orienter vers l'élevage de telle manière qu'il soit convaincu que l'idée venait de lui. J'étais persuasive et subtile. Bientôt Thomas conçut pour les chevaux le même enthousiasme qu'il avait eu pour l'or.

Ma dot nous permit d'acheter une parcelle de deux mille mètres carrés près de la rivière Cache-la-Poudre et de construire une maison, de faire construire devrais-je dire, ainsi que des écuries et un corral. Thomas engagea quelques hommes et ils partirent capturer notre première harde de mustangs, tandis que je m'efforçais d'apprendre à cuisiner et à tenir une maison sans domestiques. Le colonel Connolly et sa sœur, Dorcas, nos voisins les plus proches, nous accueillirent à bras ouverts. Dorcas me prêtait sa cuisinière pour m'enseigner les bases, et Thomas et le colonel passaient des soirées entières dans la bibliothèque de ce dernier à se remémorer leurs hauts faits d'armes.

Les premières années furent éreintantes. Pas seulement parce que tenir un foyer dans une région perdue vous brise le dos, mais parce qu'il devint rapidement clair que Thomas n'avait pas les épaules pour diriger un ranch. Il n'avait aucun sens des affaires, et malgré toute sa science des chevaux, il n'était pas aussi doué pour la monte et le dressage qu'il se l'imaginait. Fort heureusement deux miracles advinrent à quelques mois d'intervalle pour nous éviter la ruine : Jehu et Jed Spooner.

C'était un samedi, et nous étions allés au ravitaillement à Fort Collins, Thomas et moi. Thomas était chez le maréchal-ferrant pour un problème de chariot à réparer et j'étais à l'épicerie générale pour acheter de la farine, du sel, du tissu et des rubans. Une carriole chargée jusqu'à la gueule passa dans la rue et le conducteur porta la main à son chapeau pour me saluer. Je lui répondis d'un sourire et d'un signe de tête. Je ne savais pas qui était cet homme, mais il me semblait le voir en ville tous les samedis. Je dis un homme, mais il était si menu qu'il avait plutôt l'air d'un garçon.

Je prenais mon temps pour faire mes achats, sachant pertinemment que Thomas conclurait rapidement son affaire et se rendrait dans l'arrière-salle de l'hôtel pour y jouer au pharaon pendant quelques heures. J'achetai un sandwich et une bouteille de *ginger beer* et descendis à la rivière pour pique-niquer et jouir d'un moment de solitude. J'avais fini mon repas et, étendue sur l'herbe fraîche, je me chauffais le visage en écoutant le bruissement de la rivière, quand une ombre vint cacher le soleil. Ce fut un instant de terreur pure. J'étais seule, à l'écart de la ville, un homme aurait eu aisément raison de moi dans cette situation si vulnérable. Je me rassis d'un bond et m'écartai à l'aveuglette sans chercher à voir qui se trouvait là. Quand ma vision se fut accommodée, je reconnus le jeune charretier. Il tenait son chapeau sur sa poitrine, l'air absolument mortifié.

« Pardon, m'dame, je voulais pas vous faire peur. »

Ma réponse fut cinglante et plus que grossière. Je sens encore mon cœur tambouriner dans ma poitrine. L'homme s'excusa à nouveau et tourna les talons pour repartir. Je l'arrêtai et lui demandai son nom.

« Jehu.

— Comme dans la Bible ?

— Oui, m'dame. Je suis un très bon cocher, surtout pour un gars de mon âge. »

Le visage de Jehu était très doux, mais c'était bien la seule chose dans tout son corps. Il était maigre, à peine plus grand que moi, et donnait l'impression de risquer d'être emporté par un coup de vent, n'eussent été ses mains puissantes et ses avant-bras noueux, qui trahissaient une force bien plus grande que ce que l'on pouvait croire au premier regard.

« Tu conduis des chariots ?

— Oui, m'dame.

— Je te vois tous les samedis.

— Oui, m'dame. Je fais la route de Cheyenne à Denver toutes les semaines. Quand vous me voyez le samedi, c'est à mon retour de Cheyenne.

— Tout seul ?

— Non, m'dame, j'ai un garde qui m'accompagne.

— Arrête de m'appeler m'dame.

— Je veux bien, mais je sais pas votre nom, m'dame.

— C'est vrai. Margaret Parker.

— Madame Parker.

— Appelle-moi Garet.

— Oui, m'dame. »

Durant tout cet échange, ses yeux ne croisèrent jamais les miens, et il ne cessa de faire tourner son chapeau entre ses doigts.

« Il y avait quelque chose que tu voulais me demander, Jehu ?

— Oui, m'dame Garet. Je me demandais s'il y aurait du travail pour moi au ranch.

— Tu en as assez de conduire des chariots ?

— Oui, m'dame.

— Tu t'y connais en chevaux ?

— Ce que je sais, c'est que la meilleure façon de les amener à faire ce qu'on veut, c'est d'être doux avec eux. »

Je haussai les sourcils à ces mots, car la plupart des hommes que recrutait Thomas pour débourrer nos mustangs considéraient que la force et les coups étaient la meilleure manière de procéder, ce que je désapprouvais, bien entendu.

« Tu sais diriger un cheval, mais sais-tu monter ?

— Oui, m'dame.

— Tu sais ce que nous faisons au ranch ?

— Vous prenez des chevaux sauvages et vous les dressez pour les vendre à l'armée ou aux mines ou à qui en veut.

— Comment sais-tu cela ?

— Tout le monde connaît le ranch de l'Anglais.

— Est-ce que tu sais aussi que nous courons tout droit à la faillite si nous ne travaillons pas mieux avec nos bêtes ?

— J'ai entendu des choses. Je peux vous aider. Je veux vous aider.

— Pourquoi ? »

Je le vis rassembler tout son courage pour relever les yeux un instant, et il devint écarlate à une vitesse que je n'aurais jamais crue possible.

« Tu as déjà dompté un mustang, Jehu ?

— Non, m'dame, mais j'ai eu affaire à un bon paquet de chevaux mal dégrossis, dans ma vie.

— Quel âge as-tu, Jehu ?

— Vingt ans environ, je crois.

— Tu as de la famille ?

— Je suis orphelin depuis avant la guerre.

— Je te paierai un dollar pour chaque cheval débourré, pour commencer. Plus la chambre et les repas. Est-ce que ça te convient ? »

Il acquiesça, croisa mon regard et sourit, en montrant une rangée de dents étonnamment droites – j'aurais aimé pouvoir en dire autant.

Passé la surprise de Thomas quand il découvrit le gringalet assis à mon côté dans le chariot et quand je lui annonçai que Jehu était notre nouveau cow-boy, mon mari se prit bientôt d'affection pour lui. Il était difficile de faire autrement. Jehu était discret, respectueux, attentif, intelligent, et il apprenait vite. Je me reconnaissais dans son aptitude à enjôler Thomas, et moi-même. Il fit bientôt partie de la famille, bien qu'il refusât obstinément l'idée de Thomas de lui aménager une chambre dans la maison. Il dormait sous la soupente de la grange, disait qu'il aimait l'odeur réconfortante des chevaux et de la paille. Je ne compris que bien plus tard le motif véritable de sa pudeur. Je croyais qu'il voulait se tenir à distance de moi, une femme mariée pour qui il avait un faible. Vous pouvez penser que c'est ma vanité qui parle, mais je ne me trompais pas totalement, et même j'avais raison, mais pour une mauvaise raison.

Je domptais les chevaux sous couvert de former Jehu, et quand Jed Spooner et sa bande s'arrêtèrent au ranch pour se procurer des montures fraîches, nous avions tout ce qu'il fallait. Nous ne posâmes pas trop de questions sur la façon dont une bande de six bonshommes aux airs de durs à cuire avaient pu gagner de quoi payer cash six chevaux, en plus des six qu'ils nous échangeaient. C'était notre première grosse vente, elle nous sauvait de la banqueroute, et nous étions ravis de récupérer six vieux routiers dans l'affaire. Ce n'est que quand ils repartirent que Jehu nous apprit qui ils étaient. Nous nous étions peut-être compromis dans une fréquentation dont il serait difficile de s'extirper.

Mais nous ne voulûmes jamais nous en extirper, et surtout pas moi. Après cette vente, un changement subtil s'était opéré dans la répartition des rôles. Thomas ne pouvait que constater que nous formions un excellent tandem, Jehu et moi, et que mieux les chevaux étaient dressés, plus les affaires seraient bonnes. Il se réserva pour la capture des chevaux et la gestion du ranch et du reste du cheptel. Je continuais à tenir la maison ainsi que la comptabilité. Je dormais comme une souche cinq heures par nuit et me levais le matin pour recommencer. Peu m'importait. Je me sentais plus vivante et utile que jamais jusqu'alors.

J'avais une autre raison pour ne pas voir rompre le lien avec les hors-la-loi. J'avais été attirée par Spooner dès l'instant où mes yeux s'étaient posés sur lui. Il est très beau, comme tu le sais, Grace, et il y avait en lui une dureté que Thomas n'a jamais eue. Je n'ai jamais trompé Thomas avant sa mort, et Jed ne m'a jamais approchée. Thomas fut et reste l'amour de ma vie, et c'est pour lui que je ne me suis jamais remariée. Il considérait notre couple comme une association et savait que le succès du ranch me revenait entièrement. Je n'aurais pu retrouver ça avec aucun autre homme, et surtout pas le colonel Connolly ou Jed Spooner. Non que ce dernier ait jamais été tenté par le mariage.

Thomas aussi était sous le charme de Spooner, pour des raisons différentes, bien sûr. Il voyait en lui l'homme qu'il ne pourrait plus jamais être. Intrépide – et entier. On pourrait penser que Thomas en concevait du ressentiment, mais c'était l'inverse. Il respectait Spooner en dépit du fait qu'il était un hors-la-loi et un rebelle. Spooner avait fait ses débuts avec le gang James, dans le Missouri, mais il était venu dans l'Ouest quand leurs méthodes avaient dégénéré. La guerre avait beau être terminée, c'était comme si les frères James continuaient à la livrer et continueraient jusqu'à leur mort. Spooner, pour sa part, voulait simplement gagner suffisamment d'argent pour aider ses amis quand il y en était besoin, travailler le moins possible, et passer le reste de son temps à jouer, boire et s'amuser avec les filles. Il se connaissait pour ce qu'il était, un libertin, et ne voyait pas pourquoi des hommes auraient dû mourir pour qu'il puisse s'adonner à ses vices. J'ai toujours pensé qu'il menait un peu le même genre de vie que Thomas avant la Crimée, quand il était un jeune officier fringant, bien que sa réputation n'ait jamais outrepassé celle d'un homme fougueux, mais dans les limites admises. Au dire de tous, la Crimée avait changé Thomas. Quand nous nous sommes connus, il n'y avait pas en lui l'ombre d'un vice, rien pour ternir sa réputation. Il était sociable, sympathique, charmant, et le resta jusqu'à sa mort. Mais de temps en temps, il se mettait à broyer du noir. Se remémorait-il des choses vues sur le champ de bataille ou pleurait-il la vie qu'il avait perdue en perdant son bras ? Jamais il ne voulut me le dire, et j'avais cessé de le lui demander. Il vivait par procuration *via* Spooner et sa bande. Spooner l'invita à se joindre à eux pour une opération, mais il refusa, disant que jamais il ne succomberait à un désespoir tel qu'il irait voler l'argent d'un autre. Moi, je me demandais s'il ne craignait pas que son infirmité ne l'empêche de tenir un vrai rôle. Cela ne faisait rien : Spooner était un conteur-né et nous régalait de ses exploits avec tant de détails que nous avions presque l'impression d'y avoir assisté.

Bientôt nous eûmes un marché avec la bande. Ils se servaient de notre ranch comme planque, travaillaient pour nous comme cow-boys, rassemblaient des chevaux sauvages, et en retour nous avions toujours des chevaux prêts pour eux. L'accord tint bon pendant quelques années ; nous vivions bien. D'autres bandes se mirent à utiliser le ranch comme une halte. Nous vendions aussi des chevaux à l'armée et à quiconque nous payait correctement. Nous achetâmes un étalon pur-sang et la valeur de notre cheptel s'accrut encore.

Jehu s'absentait de loin en loin pour mener un convoi. Il nous aimait, aimait se savoir chez lui, mais il aimait aussi sa liberté. Du moins c'est ce que je crus, jusqu'à ce que je réalise que ses départs coïncidaient avec l'arrivée de Jed et sa bande. Nous avions construit un petit dortoir derrière la grange pour les saisonniers, mais Jehu ne voulut jamais s'y installer. Il s'obstinait à vivre dans la grange. Quoi qu'il en soit, quand le ranch s'emplissait d'étrangers, il lui venait des fourmis dans les jambes et il décidait qu'il était temps de se faire un peu d'argent supplémentaire. Il me rapportait toujours une jolie chose, une nouvelle robe, un chapeau, des gants de cuir souples que je n'ai jamais eu l'occasion de porter mais que j'adorais néanmoins, car c'était un cadeau tellement extravagant et raffiné. Il en faisait également à Thomas : du tabac, une ceinture finement ouvragée, un chapeau haut de forme gris tourterelle, une fois même un gilet aux couleurs éclatantes. Thomas le remerciait toujours, mais il me taquinait en privé, disant que ces cadeaux ne servaient qu'à dissimuler son amour enfantin pour moi. Je crois qu'il était un peu amoureux de moi, mais l'arrivée d'Hattie changea tout.

Tu n'as pas passé beaucoup de temps avec Jehu, je le regrette pour toi. Tu aurais découvert l'homme le plus gentil qu'on verra jamais. Il ne supporte pas de voir des jeunes filles tomber dans la déchéance pour manger. Il donnait autant d'argent qu'il pouvait, et il lui en restait encore pour nous. Après un de ses voyages, il revint avec une femme et son fils. Elle avait le visage plein d'hématomes et enflé, à peu près comme Newt. Nous l'accueillîmes chez nous en lui confiant la cuisine et le ménage, le temps de reprendre pied. Finalement, elle repartit avec son fils, trouva du travail à Golden, il me semble. Notre ranch acquit dès lors la réputation d'être un refuge où les femmes étaient en lieu sûr et pouvaient se faire un peu d'argent avant de reprendre leur route. Notre but premier était de les aider, mais leur présence eut l'avantage de me libérer du temps, que je consacrai aux chevaux. Certaines restaient plus longtemps que d'autres. Jehu croisa Stella et Joan à Rock Springs, alors qu'elles mendiaient de l'argent pour prendre le train pour San Francisco, et c'est lui qui trouva Hattie cachée dans notre grange.

Je te laisse là, avide de connaître la suite. Peut-être

devrais-je écrire moi-même mon histoire, au lieu de te confier cette tâche. Non. Je dois être plus concise et me souvenir que quand je serai partie, tu auras Hattie, Jehu, Stella et Joan pour combler les trous. Hattie racontera son histoire beaucoup mieux que moi, de toute façon. N'oublie pas de parler à mes ennemis pour avoir un tableau complet de ma personnalité. Après tout, qu'est-ce qui te prouve que je suis totalement honnête avec toi ?

6 août 1877

Pinkerton,

Le gang Spooner se terre à Timberline, une ville du Brown's Hole, dans le Colorado. Ils sont arrivés en juin. Ça fait deux mois que je travaille dans leur ranch et fais ami-ami. Je compte obtenir ainsi des informations sur ce qu'ils préparent afin que nous puissions les prendre la main dans le sac.

Ça fait des années que Spooner et sa bande sévissent sur ce territoire et ils doivent être arrêtés. Par contre, notre théorie selon laquelle c'est eux qui ont effectué les deux premiers vols chez Connolly et qui ont commandité les trois autres était fausse. Les responsables de ces vols sont des femmes, menées par Margaret Parker et une Noire prénommée Hattie. Pour le premier hold-up elles s'étaient habillées en hommes et étaient masquées par des foulards, mais elles ont effectué les trois derniers à visage découvert, en ayant soin de dire à leurs victimes qu'elles agissaient pour le compte de Spooner. Quand Spooner a su qu'il était accusé de gros coups qui avaient eu lieu à plus de mille cinq cents kilomètres de l'endroit où il se trouvait, et qu'il n'en tirerait aucun profit, il a décidé de repartir dans le Colorado et de donner une leçon à Parker. Ils ont fait un pari : chaque bande va faire un hold-up, celle qui rapporte le plus gros magot gagne le ranch (que Spooner et ses hommes ont aidé à construire, il a été l'amant de Parker). Le perdant devra quitter la région et aller faire ses affaires ailleurs. Parker a accepté le défi et elle est partie avec Hattie pour

Denver il y a quelques jours. Spooner et ses hommes ont immédiatement pris possession du ranch.

Comme dit plus haut, je suis installé au ranch et j'ai vite compris que Spooner n'a aucune intention de faire un nouveau coup ni de rendre son ranch à Parker. C'était du bluff pour lui faire quitter le Hole, et il a l'intention de la faire arrêter. Je ne sais pas trop comment il compte découvrir ses plans mais il semble très sûr d'avoir l'information au moment voulu.

Il n'a pas tellement de soutien des habitants, hormis un maréchal-ferrant nommé Valentine. Spooner et le shérif, Luke Rhodes, se détestent, et j'ai le sentiment que c'est à cause de Margaret Parker. Rhodes la veut et Spooner l'a.

Parker et sa bande distribuent aux habitants une partie de ce qu'elles rapportent pour leur permettre de tenir à Timberline, et tout le monde les aime. Les femmes les protègent, et même si leurs maris n'apprécient pas tellement de devoir de l'argent à une femme, personne n'a envie qu'elles quittent la région.

Mon avis est de patienter côté Spooner, le temps de connaître les plans de Parker, pour les arrêter tous les deux en même temps, Spooner dans le Hole, et Parker quand elle passera à l'action, en flagrant délit. Vous devriez prévoir des agents à Rock Springs, c'est la ville accessible en train la plus proche du Hole, et à Denver, car il semblerait que c'est là que Parker a l'intention de frapper.

Salter

15

Journal de Margaret Parker

Vendredi 10 août 1877
Ranch de Cache-la-Poudre
Fort Collins, Colorado

Nous sommes partis en train avec Callum jusqu'à Greeley puis avons continué à cheval. La ligne entre Fort Collins et Denver devrait être terminée en septembre. La société Connolly y a des intérêts, bien entendu. Dommage, j'aurai pris ma retraite ou je serai morte avant de pouvoir m'y attaquer. Peut-être qu'Hattie et les filles le feront. J'ai le sentiment qu'elles continueront le business quand je ne serai plus là.

Un homme nous attendait à la gare de Greeley avec deux chevaux. J'ai été étonnée, et ravie, quand j'ai vu le cheval que Connolly avait fait venir pour moi : un solide étalon gris plein de feu. Connolly m'avait fait porter un message la veille pour me prévenir que nous ferions une partie du voyage à cheval, aussi m'étais-je habillée dans cette perspective, ce qui était malin de ma part. Je porte très bien les culottes d'équitation et Callum Connolly m'a regardée d'un air appréciateur, et quelque peu surpris.

« Vous n'avez jamais vu une femme en pantalon de cheval, monsieur Connolly ?

— Jamais aussi jolie que vous.

— Il est affreusement tôt pour faire le charmeur, monsieur Connolly.

— Je vous en prie, appelez-moi Callum.

— Callum. C'est un peu impudent, n'est-ce pas ? Mais quand vous en êtes à connaître plus ou moins la date de votre mort, ce que les gens pensent de la façon dont vous vous habillez n'a pas beaucoup d'importance. J'ai toujours trouvé les pantalons plus pratiques à cheval ; je ne monte pas en amazone, ça n'aurait aucun sens de jouer les prudes. »

En traversant Greeley, j'ai été sidérée de voir à quel point la ville avait changé – de nouveaux bâtiments, mais pas un seul saloon. Je n'ai jamais beaucoup aimé Greeley, une ville de dévots abstèmes. Cela dit, on ne peut nier qu'ils travaillent dur et ont le sens des affaires. Mais le chemin de fer apporte sa magie partout où il passe, raison pour laquelle on multiplie les petites lignes secondaires jusqu'à des villes à l'écart de la ligne principale. Je me suis demandé combien de temps passerait avant que tout le pays soit accessible en train, et j'ai réalisé que je ne serais pas là pour le voir. Ces dernières semaines, je sens ma vie s'accélérer vers sa destination finale. Je ne vais pas véritablement plus mal, mais le docteur m'a prévenue que vers la fin la douleur sera intolérable. Avoir la certitude de la déchéance qui m'attend ne me soucie pas vraiment. C'est au contraire libérateur pour risquer des choses que je ne m'autoriserais pas autrement. J'ai dû plus d'une fois me raisonner. Je veux gagner ce pari, je *dois* le gagner, pour assurer l'avenir d'Hattie, de Jehu et des filles, leur laisser un pécule confortable, le ranch, où ils puissent passer le reste de leur vie sans devoir plus rien à personne. Pour me retenir de commettre des imprudences, je m'imagine Jehu et Hattie, devenus vieux, assis sur la galerie de notre ranch à regarder le soleil se lever sur Cold Spring Mountain.

Mais aujourd'hui, rien n'aurait pu m'empêcher de lâcher la bride de ma monture, de jouir de la sensation du vent faisant battre mes cheveux, de me pencher le plus possible sur la crinière de mon cheval pour l'encourager à accélérer, plus vite, encore plus vite. J'ai pensé à ma mère et à mon grand-père, morts depuis si longtemps, et comme ce dernier serait fier de moi, en dépit du fait que je suis un bandit.

Je précédais Callum d'au moins trois longueurs et je ne me suis arrêtée qu'en arrivant à la rivière de Cache-la-Poudre. Mon cheval piaffait, excité par la longue cavalcade, et mon cœur battait à toute allure, mais je ne pouvais retenir un sourire béat. Je me suis toujours sentie à ma place sur un cheval, et j'ai toujours adoré plus que tout leur odeur de sueur et de cuir, la puissance de l'animal sous moi, mêlant son énergie à la mienne, me faisant me sentir plus vivante que dans n'importe quelle autre situation de ma vie. La sensation la plus proche que j'ai retrouvée, ç'avait été après ma première attaque d'une banque. Callum Connolly a dû percevoir quelque chose sur mon visage car il a souri quand il nous a rejoints.

« Dorcas m'avait dit que vous étiez une bonne cavalière, mais je ne la croyais pas.

— Dorcas a fait des compliments sur moi ? Je suis surprise.

— À la façon dont elle l'a dit, c'était plutôt une insulte, si ça peut vous rassurer.

— Grandement. Merci de me rappeler à la réalité, Callum.

— Je ne sais pas comment je vais faire, sans Dorcas pour m'accompagner dans ma tournée. » Je lui ai demandé la raison de ce changement de programme. « Elle s'est fait agresser hier soir, on l'a volée.

— Elle est blessée ?

— Elle a un mal de tête épouvantable et une bosse à la base du crâne. Le médecin a diagnostiqué une commotion et lui a dit de ne pas sortir du lit, et ne parlons pas de voyager.

— C'est dangereux de travailler pour vous, on dirait.

— Pas impossible.

— Vous n'avez pas de secrétaire ?

— Non. J'en avais un potentiel, mais il est mort prématurément à Gunnison il y a un mois ou deux.

— Mon Dieu. Que lui est-il arrivé ?

— Un type faible dans une ville dure. Venez, on traversera un peu plus haut. »

La chevauchée se poursuivait agréablement. Nous bavardions de tout et de rien, le climat, la beauté de l'endroit, mais la plupart du temps nous gardions le silence. La rivière dessinait des méandres paisibles dans la vallée, et nous aurions pu traverser n'importe où sans difficulté. La nervosité me gagnait, je me demandais si tout cela n'était pas juste un piège pour m'entraîner en dehors de la ville. J'étais seule, avec un homme dont je ne savais rien, mais dont la rumeur disait que derrière les portes closes, il était violent avec les prostituées, et je n'avais pas d'arme. Il pouvait faire ce qu'il voulait et je n'avais pas d'autre moyen de me défendre que le Bowie d'Hattie, dissimulé sous mon gilet au niveau de mes reins. Pas facile à sortir si Callum se jetait sur moi. J'aurais dû le mettre dans ma botte.

Callum chevauchait en me présentant son profil masqué, son Stetson noir rabattu sur ses yeux. Un nuage a caché le soleil et j'ai frissonné dans l'ombre soudaine. J'allais ouvrir la bouche pour dire que je préférais traverser quand Callum a annoncé qu'on était arrivés.

Il me montrait un bosquet devant nous, dans un coude de la rivière. Sous le plus grand arbre, un peuplier de Virginie, bien sûr, étaient installées une table et deux chaises. La nappe blanche battait doucement dans la brise. Une charrette attelée de deux mules était arrêtée un peu plus loin. Un Chinois attendait à côté de la table, mains croisées devant lui.

« Je me suis dit qu'on pourrait pique-niquer.

— C'est charmant. Merci. »

Nous avons mis pied à terre et Callum a mené les chevaux à la rivière pour les faire boire. Le Chinois s'est incliné quand je me suis avancée vers la table. J'ai souri, l'ai salué et lui ai demandé son nom.

« Bohai, madame.

— Ravie de vous connaître. »

Il s'est incliné à nouveau, puis est allé à la rivière et a tiré une corde qui était plongée dans l'eau. Une bouteille de vin blanc est apparue. La table était dressée de porcelaine, de cristal et d'argent, et des fleurs tournoyaient dans une coupe d'eau au centre. Il y avait aussi un plateau d'argent avec un gros jambon, une assiette de petits pains qui paraissaient légers comme l'air, des œufs à la diable, une coupe de raisin, un morceau de cheddar à croûte rouge et, à côté du verre à vin, un verre plus petit annonçant qu'une bouteille de porto ou de sherry surgirait miraculeusement.

Bohai a versé du vin dans un verre et me l'a tendu en s'inclinant une fois de plus.

« Merci. »

Le vin était acidulé, sec et fruité. Bohai m'a montré l'étiquette, il venait de France.

Callum nous a rejoints et a tapé dans ses mains.

« Tout ça a l'air magnifique, Bohai.

— Merci, monsieur.

— C'est plutôt un festin qu'un pique-nique, ai-je dit.

— Dorcas m'a dit que vous êtes d'extraction royale, je ne pouvais tout de même pas vous faire asseoir par terre et manger des crackers, n'est-ce pas ?

— Oh, Dorcas vous a dit ça ? Par dérision, je suppose ?

— Bien entendu. »

Il m'a présenté une chaise et j'ai pris place. Bohai coupait le jambon.

« Je ne suis pas d'ascendance royale, vous savez.

— Je ne l'imaginais pas non plus. Mais Dorcas était lancée dans une de ses diatribes, alors je n'ai pas demandé de détails. Le mieux, en général, c'est de la laisser se défouler sans lui prêter attention. Pourquoi pensait-elle une chose pareille ?

— Mon mari était le deuxième fils d'un duc, le duc de Parkerton. En Angleterre, le premier fils est l'héritier, le deuxième entre dans l'armée et le troisième dans les ordres.

— Et le quatrième ?

— Le droit, le plus souvent, éventuellement la médecine. En tout cas, tous sont des libertins. Ils épousent des héritières qui endurent leurs fredaines en silence en les regardant dilapider leur fortune. Mon mari, deuxième fils, est devenu militaire. C'est un héros de la guerre de Crimée.

— La charge de la Brigade légère ?

— Oui.

— Mon père m'en a parlé dans une de ses lettres. Il aimait beaucoup votre mari.

— Hmmm. Bref, il se trouve que mon beau-père et son héritier, Edward, jouaient. À l'époque où nous nous sommes mariés, il ne restait déjà plus grand-chose de la grandeur des Parker, et le frère de Thomas était devenu duc. Thomas était résolu à s'enrichir dans l'Ouest, pour renflouer les caisses de la famille.

— Ce n'est pas ce qu'il a fait ?

— Non. Son frère est mort sans descendance, et le titre est revenu à Thomas. Mais le temps que nous recevions la lettre, Thomas était mort à son tour, et la lignée avec lui. Donc oui, techniquement, j'ai été duchesse de Parkerton pendant trois mois. Mais cela ne figure dans aucun registre officiel. Thomas n'est pas rentré réclamer son titre, vous comprenez.

— S'il l'avait fait, vous auriez hérité du titre ?

— Aucune idée, mais j'en doute fort. J'ai fait l'erreur de raconter ça à un ami, et duchesse est devenu un surnom pour me taquiner.

— Je peux vous appeler comme ça ?

— Je ne préfère pas, non. Garet ira très bien.

— Bon, j'arrête de vous importuner avec mes questions. Mangez. Je vous prie. »

Ce que j'ai fait. Tout était délicieux. De son côté, Callum a mangé des petits pains et des œufs, ignorant le jambon, pourtant succulent et très tendre. Il a également bu la moitié de la bouteille de vin avant que j'aie fini mon premier verre. J'évitais de le regarder, même si je sentais ses yeux fixés sur moi, et je me concentrais sur le repas, le chant des oiseaux, le bruissement des feuilles dans la brise, le petit glouglou de la rivière, le piétinement d'un cheval qui s'ébrouait. Tous mes sens semblaient reliés au monde autour de moi, comme s'il me fallait tout embrasser pour le garder en mémoire et l'emporter avec moi dans la vie d'après. Comme si j'avais mérité d'être entourée de choses que j'aimais. Comme si j'avais mérité le ciel.

Désolée, Grace, je deviens larmoyante. Cela m'arrive un

peu trop souvent, même si je me débrouille remarquablement pour ne pas le laisser paraître dans ce journal.

J'ai vidé mon assiette et me suis renversée dans ma chaise pendant que Bohai servait le sherry. Je l'ai humé, ai trinqué avec Callum et l'ai avalé d'un trait.

« Est-ce que c'était mon dernier repas, Callum ?

— Pardon ?

— De toute évidence, vous avez une piètre opinion de Dorcas et de ses conseils : vous faites préparer un pique-nique raffiné, avec argenterie et porcelaine, pour une femme qui a confessé avoir volé votre père.

— Voyez-vous, c'est là le mot-clé : celui que vous avez volé, c'est mon père. Rien ne pourrait m'être plus indifférent. Le temps que je vienne m'installer dans le Colorado, les pertes avaient été absorbées. Votre chèque, pour moi, c'est juste du bonus. Vous avez avoué, mais vous aviez apparemment des griefs légitimes contre lui. Pour moi, tout ça est de l'histoire ancienne.

— Et pour Dorcas ?

— Elle, elle vous en veut. Elle ne comprend pas que vous ayez refusé la demande en mariage de mon père. Pour ma part, je vous admire pour ça.

— Ah ? »

Il s'est penché en avant. « J'aime les femmes de caractère. »

J'ai ri.

« Vraiment ?

— Vraiment. Beaucoup.

— Vous aimez les femmes de caractère en théorie. Si vous vous retrouvez face à une femme qui dit ce qu'elle pense, qui vous contredit et ne vous obéit pas, vous changerez très vite d'avis, ai-je hasardé.

— Vous voulez essayer, Garet ?

— C'est une proposition ? »

Il s'est renfoncé dans sa chaise et a croché son bras sur son dossier dans une attitude désinvolte.

« Ce n'est pas pour ça que vous êtes venue jusqu'ici ? Avec moi ?

— Pour devenir votre amante ? Du tout. Je voulais revoir mon ranch.

— Quelle déception.

— Qu'est-ce qui vous fait penser que j'aurais pu ?

— Tout le monde sait que vous avez mis Jed Spooner dans votre lit aussitôt que votre mari était en terre. Sachant que votre mari était manchot, je me dis que vous avez un faible pour les hommes qui ont des infirmités.

— Jed n'a pas d'infirmité.

— Mais c'est un hors-la-loi. C'est un autre type d'infirmité.

— Vous trouvez ?

— Une difformité de l'âme.

— Si Jed souffre de cette difformité, alors il en va de même pour tous les hommes d'affaires que j'ai croisés, à commencer par votre père. Les hommes d'affaires sont des voleurs au même titre que Spooner et sa bande, voire que les frères James.

— Ces assassins ?

— Vous n'êtes pas candide au point d'ignorer que vos décisions dans vos affaires ont des répercussions sur la vie des gens, sur leur santé et leur bien-être. Vous n'appuyez pas sur la détente, certes, mais vous êtes responsables de nombreux morts.

— Argument intéressant mais tronqué. Vous paraissez oublier que nous vivons dans un pays où tout est possible. Si un homme travaille dur, il peut réussir, et il réussira.

— Et une femme ? J'ai travaillé, très dur. Ma famille a

travaillé dur. Nous avons réussi, et pourtant on a pu s'emparer de nos moyens de subsistance. »

Il a haussé les épaules.

« Ce n'est pas moi qui fais les règles, duchesse. Moi je m'arrange avec.

— Ne m'appelez pas comme ça. »

Callum s'est levé et s'est étiré.

« Je ne m'attendais pas à ce que la conversation prenne ce tour. J'aurais dû, Dorcas m'avait prévenu que vous étiez cabocharde.

— J'aurais préféré intelligente.

— Je vais chercher les chevaux. »

Nous avons fait traverser nos chevaux à la nage et avons repris la route d'un pas tranquille, mais je bouillonnais de colère en pensant aux avances de Callum et à notre conversation horripilante. Combien d'hommes d'affaires sont des escrocs et des malhonnêtes, et pourtant la société récompense leurs malversations. Tandis que les femmes...

Pardon, Grace, j'arrête de parler de ça. J'ai un peu trop pensé ces cinq dernières années à toutes ces injustices, et je n'ai pas l'énergie de mettre tout ça sur le papier. Je suis sûre que tu comprends ma façon de voir, toi, une femme intelligente qui s'efforce de faire son chemin seule. Si tu ne comprends pas maintenant, tu comprendras plus tard.

Le soleil était haut dans le ciel et nos vêtements ont vite séché. Le paysage devenait familier et j'ai commencé à reconnaître des endroits du passé. Nous approchions, et la seule façon de lutter contre ma colère était de me remettre à parler.

« Qu'avez-vous fait avec les affaires de votre père depuis sa mort ? C'est devenu un véritable empire, paraît-il.

— Un empire ? Mon père serait heureux d'entendre ça, mais c'est un peu grandiloquent pour un groupe de sociétés dont la plupart atteignent à peine l'équilibre, et les autres ont des coûts de fonctionnement si élevés qu'il vaudrait presque mieux fermer. Je vais tenter d'y remédier.

— Comment ?

— En spoliant et en assassinant des gens, naturellement.

— *Touché*[1].

— Je ne voulais pas vous mettre en colère tout à l'heure, Margaret. Vous avez raison quand vous dites que les mauvais comportements sont vus chez les hommes comme de la force et sont récompensés, tandis que chez les femmes ils sont considérés comme des faiblesses et punis. J'ai raison quand je dis que ce n'est pas moi qui ai fait les lois, et que je serais stupide de ne pas jouer dans la même cour que les autres, des hommes plus impitoyables.

— Justifiez cela comme vous voulez. Pour le moment, je n'ai plus envie d'en parler. Ni vous ni moi ne changerons quoi que ce soit ce soir. Est-ce que je dois comprendre que c'est Dorcas qui dirigeait vos affaires quand vous étiez en Amérique du Sud ?

— Vous savez beaucoup de choses sur ma famille, pour quelqu'un qui a quitté la région depuis des années.

— Je lis les journaux et j'ai toujours suivi les nouvelles de la famille Connolly. Pour me torturer un peu, vous voyez ?

— Oui, c'est Dorcas qui dirigeait la compagnie. Elle a fait quelques choix judicieux, mais la plupart de ses acquisitions sont celles qui battent de l'aile. »

J'ai émis un grognement qui n'engageait à rien. Je soupçonnais qu'il mentait.

« Ça m'avait étonnée que vous soyez revenu vous installer ici pour reprendre la compagnie. Vous et votre père aviez une relation… tendue, si je me souviens bien.

1. En français dans le texte.

— Il vous a parlé de moi ?

— Pas souvent, c'est pour ça que je supposais que votre relation était difficile.

— Il voulait que je vienne dans l'Ouest avec lui, en profitant des désordres de la guerre. J'ai choisi de rester, et j'ai combattu pour le mauvais côté.

— Vous étiez avec les rebelles ?

— Oui, et je n'en ai aucun remords. »

Nous avons poursuivi en silence pendant plus d'un kilomètre, et, bientôt, nous sommes arrivés à la clôture qui délimitait mon ranch. Cela avait contrarié le colonel Connolly, quand nous avions décidé avec Thomas d'enclore nos terres. C'était pourtant nécessaire : nos chevaux étaient notre gagne-pain et nous n'avions pas envie de les voir filer dans les collines pour rejoindre les troupeaux sauvages dont ils étaient issus. J'étais surprise que la clôture soit toujours là et en bon état. J'imaginais que le colonel l'aurait fait abattre dès que nous serions partis.

Des juments et des poulains paissaient au loin. Des canards se baignaient dans la réserve d'eau du troupeau. Derrière, les montagnes étaient toujours les mêmes, bien sûr. Des souvenirs me revenaient de ces moments où nous sortions nous asseoir sur la galerie, Thomas et moi, le matin avec un café, le soir avec un whisky, et regardions le soleil se lever derrière nous, se coucher devant, nos conversations sur la marche du ranch, les chevaux qu'il fallait garder, ceux qu'il fallait vendre, ceux qu'il fallait utiliser comme reproducteurs. À distance, certains de ces chevaux avaient un air familier. Aucun pourtant ne restait de notre élevage, tous ayant été confisqués par l'armée.

Le colonel avait planté des arbres le long de la clôture à l'entrée, mais ils étaient encore jeunes et j'ai pu apercevoir la maison avant que nous soyons devant. Une douleur aiguë m'a frappée au ventre, et je l'ai agrippé en me pliant en deux.

« Ça ne va pas, duchesse ? »

Je l'ai fusillé du regard en entendant ce surnom détestable, lui ai dit que la douleur allait et venait et que j'avais une préparation que je prendrais dès que je mettrais pied à terre. Il a opiné et m'a dévisagée des pieds à la tête. Peut-être avait-il douté que je sois véritablement malade, jusqu'à ce moment. J'ai souri. C'était l'un des rares points sur lesquels je ne lui avais pas menti.

Nous nous sommes engagés dans l'allée qui menait à la maison et j'ai lancé mon cheval au galop. J'avais hâte d'arriver, de vérifier si Callum avait dit la vérité, lui, et s'il n'y avait pas eu de changements dans la maison. J'ai poussé mon cheval, de plus en plus vite, ses sabots tambourinaient sur le sol dur, faisaient voler la poussière et lever le nez aux cow-boys qui travaillaient dans le corral. J'ai tiré les rênes et l'étalon a stoppé net, en dérapant sur ses jambes arrière. Il a reculé quand j'ai lâché la bride, et j'ai su qu'il me fallait ce cheval.

« Combien en voulez-vous ?

— Trop pour une femme qui n'a plus que deux mois à vivre.

— Je ne peux pas imaginer quoi que ce soit qui me plairait plus que de monter ce superbe animal chaque jour, jusqu'à mon dernier. Cela m'aiderait à oublier la douleur. Quel est son nom ?

— Celui qui vous plaira.

— Comment ça ?

— Il est à vous.

— Oh, je ne peux pas accepter un tel cadeau.

— Bien sûr que si. Il provient de votre cheptel, de toute façon. »

J'ai laissé passer un silence.

« L'armée avait pris tous mes chevaux.

— Ils les ont presque tous rendus à mon père.

— Que dites-vous ? Ils lui ont rendu mes bêtes ? Votre père a eu mon ranch, et aussi mes chevaux ?

— En résumé, oui.

— Et vous croyez que me donner un cheval va compenser tout ce que votre famille m'a pris ?

— Je ne vous ai rien pris, de même que vous ne m'avez rien pris, OK ?

— Toujours est-il que c'est dans ma maison que vous vivez et que ce sont mes chevaux que vous montez. J'ai été dépossédée de tout ce que j'avais, Callum. Moi et les miens, nous nous sommes retrouvés à mourir de faim, tout ça à cause de l'avidité de votre père. Quand je parle des conséquences de la cupidité de certains, ce n'est pas des paroles en l'air. Je l'ai vécu et j'ai failli ne pas y survivre. Vous semblez n'éprouver aucun remords d'aucune sorte pour le tort qui m'a été fait.

— Voilà pourquoi les femmes ne doivent pas travailler dans les affaires. Elles sont trop émotives. Elles font une affaire personnelle de tout ce qui leur arrive, comme vous.

— En effet, être affamé me semble une affaire personnelle. Mais je me doute que vous n'avez jamais manqué de quoi que ce soit dans votre vie.

— Vous ne savez rien de moi, *duchesse*. Plus d'une fois pendant la guerre, moi et mes hommes nous sommes retrouvés sans rien à manger. Nous faisions bouillir du cuir pour le ramollir et le mâchions pendant des heures.

— Vous pensez pouvoir susciter ma compassion pour des hommes qui se battaient pour que d'autres soient esclaves ? N'espérez aucune sympathie de ma part, monsieur Connolly.

— Et n'espérez pas récupérer votre ranch. »

Un palefrenier est arrivé, à qui Connolly a donné les rênes de son cheval. J'ai fait de même, tremblante de rage, et l'ai suivi sur les marches de l'entrée. Puis j'ai passé la porte de ma maison, pour la première fois après quatre ans. Connolly avait dit vrai, rien n'avait changé, et c'était encore pire.

La pièce principale était la cabane que nous avions fait construire à notre arrivée en 1864. Au fil des années et des besoins, la famille s'agrandissant avec Jehu, Hattie, puis Joan et Stella, sans compter les innombrables femmes qui s'arrêtaient quelque temps chez nous, nous avions ajouté des chambres jusqu'à en avoir quatre, plus une cuisine et un bureau dans l'angle de la pièce principale, où je tenais les comptes tous les soirs. Le tapis de chiffons que Stella et Joan avaient confectionné à leur arrivée était toujours devant la cheminée. Le bureau de Thomas, le mien en réalité, n'avait pas changé de place, mais il ne semblait pas beaucoup servir. Le fauteuil de cuir derrière le bureau montrait des signes de fatigue, et une rangée de ramures d'élans trônait sur le mur derrière lui.

« Ça, c'est nouveau.

— Ils étaient là quand je suis arrivé. Des trophées de chasse de mon père, je suppose. »

Une Chinoise est sortie de la cuisine en s'essuyant les mains sur un torchon. Elle s'est immobilisée à ma vue et toute ma colère s'est évanouie quand j'ai reconnu ma vieille amie.

« Bonjour, Zhu Li.

— Mademoiselle Margaret.

— J'en conclus que Julie a été récupérée avec le ranch, elle aussi, a observé Callum.

— Quelque chose comme ça. Comment vas-tu, Zhu Li ?

— Bien. Le repas vous a plu ?

— C'était délicieux, merci, a dit Callum.

— Oui, exquis. J'aurais dû me douter que tu étais derrière ces petits pains.

— C'est la recette d'Hattie.

— En effet, je m'en rends compte, maintenant.

— Voulez-vous voir les écuries ? »

J'ai serré la main de Zhu Li au passage, en lui disant que nous parlerions plus tard.

L'écurie et le corral avaient été agrandis pour contenir un cheptel plus important et un dortoir avait été construit derrière, près du ruisseau. J'ai compté là dix cow-boys, mais je savais que pour tenir une exploitation devenue aussi grande, à force d'escroqueries et de spoliations, il en fallait au moins autant dans les prairies.

Appuyée à la barrière du corral, j'ai inspecté le troupeau. Une bonne moitié était des descendants de notre meilleur étalon, un pur-sang gris arrivé on ne sait trop comment jusqu'au Colorado depuis le Kentucky, acheté, puis vendu, puis troqué, perdant en cours de route un œil et presque toute sa valeur. Mais il n'avait pas besoin de deux yeux pour monter nos pouliches sauvages, et il y excellait. Jehu bichonnait et dorlotait Crockett, et plus d'une fois Thomas avait fait observer qu'il ne connaissait pas d'homme qui n'aurait envié cet étalon, dont l'existence se résumait à s'accoupler à toutes les femelles qui passaient à sa portée et à se voir satisfaire tous ses caprices.

« Je comprends que ce cheval m'ait plu. C'est un fils de Crockett. »

Callum s'accouda à la barrière.

« Celui qui n'a qu'un œil ? Oui, la plupart des poulinières qui sont là sont de lui. Pas les poulains. Crockett s'est cassé la jambe l'année dernière. On a dû l'abattre. »

Ça m'a secouée, mais le temps n'épargne personne.

Callum m'a dispensé quantité de chiffres, combien

d'hectares, combien de chevaux, de vaches, de moutons, de chèvres. Il n'avait pas l'air d'en tirer vanité, mais pour quelle autre raison m'aurait-il dit tout ça ? Il savait forcément que cela ranimerait ma colère, surtout après notre conversation. Mais je n'ai pas répondu à la provocation. Je lui ferai payer tout ça en frappant toutes les entreprises Connolly possibles avant ma mort. Je l'ai félicité de sa belle fortune, d'avoir mué mon ranch en une affaire si florissante, comme j'avais toujours su qu'il le deviendrait. J'ai même dit quelque chose sur le fait que puisque je ne serais plus là très longtemps, j'étais heureuse de savoir mes chevaux, ses chevaux, en de si bonnes mains, et que je m'étais toujours inquiétée de la façon dont ils avaient été traités comme chevaux de guerre. Il a dû apprécier le compliment, car il m'a gratifiée d'un chaleureux sourire. Son regard a glissé jusqu'à ma bouche tandis qu'il tirait un porte-cigarettes en argent de sa poche intérieure.

« Vous en voulez une ?

— Je peux fumer une des miennes, plutôt ? »

J'espérais le choquer, mais il a simplement dit bien sûr et allumé ma cigarette quand je l'ai portée à mes lèvres. J'ai longuement soufflé la fumée.

« Pourquoi ne vous êtes-vous jamais marié ?

— La réponse n'est-elle pas évidente ?

— Pas pour moi, non.

— Hmmm. J'étais fiancé à une fille de Caroline du Sud, avant la guerre. C'est pour elle que je me suis engagé dans l'armée confédérée, son père ne voulait pas que je l'épouse sans cela. Je n'avais aucune opinion sur l'esclavage et la souveraineté des États, mais j'aimais Constance. Nous voulions nous marier avant le début des hostilités, mais son père a refusé. Je crois qu'il craignait que je déserte pour m'engager dans l'Union. Comme si m'avoir dans leurs rangs aurait pu changer quoi que ce soit. Je n'ai jamais voulu être militaire, mais, tant qu'à m'engager, je voulais être officier. J'ai été nommé lieutenant dans l'armée de Virginie du Nord. Les deux premières années n'ont pas été trop terribles. On gagnait plus qu'on ne perdait, au moins. Mais quand finalement nous avons commencé à perdre, leurs convictions à l'égard du Sud, de la gouvernance des États et de l'infériorité des Noirs se sont durcies. Ils n'ont jamais renoncé à leur foi, mais ils ne combattaient plus pour une noble cause. Ils étaient guidés par la peur.

— La peur de quoi ?

— De ce que le monde deviendrait si les nègres se mettaient à arpenter les rues à leurs côtés. Et de perdre toute cette main-d'œuvre gratuite.

— Et votre blessure ? Vous l'avez reçue à la guerre ?

— Oui. Dans une escarmouche après la reddition d'Appomattox. Ma fiancée préférait la version complète et séduisante du bonhomme. Depuis, les seules femmes qui acceptent de regarder mon visage sont celles que je paie pour ça, grassement. À part vous, Garet.

— Je sais qu'un homme ne se réduit pas à ce qu'on voit de lui. Je sais aussi que je ne suis pas la seule femme capable de voir au-delà de votre…

— Difformité.

— Blessure.

— Possible. Mais comment savoir si elles ne sont pas surtout intéressées par mon empire, comme vous dites ?

— Difficile, j'imagine. C'est pour ça que vous avez de la chance d'avoir Dorcas, qui est votre parente et pour qui ne compte que l'intérêt de la famille. »

Callum a eu un petit rire.

« Tout ce qui compte pour Dorcas, c'est son propre intérêt. Elle sait que je suis le seul rempart qui la protège de la déchéance, alors elle fait tout ce que je lui demande, si dégradant que ce soit.

— C'est terriblement cruel, de traiter ainsi votre propre chair et votre sang, simplement parce qu'elle est une femme et que la société vous le permet.

— Vous croyez que dans la situation inverse, Dorcas me traiterait différemment ?

— Oui, je le crois.

— Vous vous trompez. Elle verrait en moi ce que je vois en elle : une menace. Elle a adoré diriger la compagnie, et rien ne la réjouirait plus que de voir un accident affreux m'arriver, pour pouvoir reprendre les rênes.

— Vous feriez un sacré tandem, en travaillant main dans la main.

— On dirait que vous l'admirez.

— Nous étions amies, avant que je refuse d'épouser votre père. Pourquoi elle me hait depuis, je n'arrive absolument pas à le comprendre. »

J'ai jeté le reste de ma cigarette dans la poussière et l'ai écrasé sous ma botte.

« Je vais aller me reposer un peu avant le dîner, si vous permettez.

— Je vous en prie. Mais j'ai une dernière question.

— Oui ?

— Pourquoi n'êtes-vous pas rentrée en Angleterre auprès de votre famille ? Être avec vos proches pour vos derniers jours ?

— Ils sont tous morts.

— Pas d'amis ?

— Ils sont partis.

— Vous êtes seule au monde ?

— Non. Je me suis fait des amies à Denver, dans l'association des suffragistes.

— Vous en faites partie ?

— Naturellement. Je me suis dit que ce serait une bonne façon d'utiliser le temps qui me reste : faire quelque chose pour les générations futures de femmes. D'autant plus que je n'ai pas d'enfants moi-même.

— Pourquoi voulez-vous voter ? C'est juste un souci de plus, quand on y réfléchit. Les problèmes sont complexes, et les femmes n'ont pas l'instruction nécessaire ni la tournure d'esprit pour les comprendre et prendre des décisions en connaissance de cause.

— Je crois que les femmes comprennent mieux les questions complexes que les hommes. Nous sommes moins préoccupées de ce que nos pairs pensent de nous et de notre propre importance, et beaucoup plus de faire ce qui nous semble juste et d'avancer.

— Ah oui, j'oubliais, vous considérez que nous sommes tous des crapules et des assassins.

— Les hommes agissent pour servir leurs intérêts et plus encore ceux de leur portefeuille. Je me doute qu'il y en a qui font passer le bien d'autrui avant le leur, mais ils sont très rares.

— Comme ce Blackwell ?

— Vous connaissez des membres de l'association ? Dorcas en fait partie ?

— Je ne suis pas sûr qu'elle aille à des réunions, mais je pense qu'elle a des sympathies pour le mouvement. Tous les journaux parlent de ces femmes qui vont venir de l'Est donner des conférences sur le référendum. Le gouverneur Routt fait une erreur de stratégie. Les gens n'aiment pas trop que des étrangers viennent leur donner des leçons.

— Dommage ; comme je suis anglaise, personne ne sera intéressé par mon avis.

— Si l'Angleterre accorde le droit de vote aux femmes, ça changera peut-être.

— D'où mon envie de partir avec mon cheval dans les montagnes, d'aller dire adieu aux beautés de ce monde et d'œuvrer en chemin pour le vote des femmes.

— Vous êtes la bienvenue pour vous joindre à moi pour ma tournée.

— Encore une proposition ?

— Celle-ci est strictement professionnelle. Vous pourriez remplacer Dorcas comme secrétaire. Êtes-vous en assez bonne santé pour ça ? Il y en a pour deux semaines, minimum.

— J'ai tout ce qu'il faut de réserves de haschich et de laudanum.

— Je me disais bien que votre tabac avait une drôle d'odeur.

— Mais pourquoi est-ce que vous voudriez que je vienne ?

— J'aime bien me disputer avec vous. »

Ça m'a fait rire.

« Ma foi, j'imagine que de ce côté, vous seriez comblé.

— Mais il y a une condition.

— Oui ?

— Pas de politique.

— Accordé. »

Samedi 11 août 1877
Ranch de Cache-la-Poudre, Colorado

Je me sens un peu prise au piège. Callum m'a annoncé au petit déjeuner que des invités vont arriver dans la journée pour un dîner qu'il donne ce soir. Quand j'ai objecté que je n'avais rien à me mettre, il a souri et dit qu'il avait pris la liberté d'apporter une robe pour moi et qu'elle serait déposée dans ma chambre le temps que je finisse mon petit déjeuner.

C'est une robe rouge très provocante, bustier ajusté et jupe droite avec un petit faux cul, manches trois quarts bordées de dentelle noire et petits boutons d'opale sur tout le devant, recouverts de dentelle noire eux aussi. Je suppose que je devrais me féliciter que le décolleté soit décent, mais tout le reste est atroce et ne ressemble à rien de ce que je souhaite porter. Zhu Li est entrée avec son nécessaire à couture et s'est dite prête à faire toutes les retouches que je voudrais. Il n'y avait guère d'espoir que cette robe puisse me plaire, quoi qu'elle fasse, mais je lui ai tout de même fait supprimer toute la dentelle. Elle est vaguement moins voyante. La robe me va comme un gant, et j'ai évité de m'appesantir sur ce point.

Callum est parti aider au regroupement du bétail pendant que j'étais avec Zhu Li, ce qui est parfait car ça nous a donné l'occasion de discuter sans crainte d'être écoutées. Cela fait trois ans que je ne l'avais pas vue, et elle n'a pas changé d'un pouce. Elle porte toujours ses tuniques et pantalons de lin beige, avec une longue queue-de-cheval qui descend jusque dans son dos. Elle rit toujours en plissant les yeux et en couvrant sa bouche avec sa main pour dissimuler ses dents tordues. Et elle se murmure des choses en mandarin pendant qu'elle travaille.

Jehu l'avait ramenée de Denver six mois environ après le décès de Thomas, et, séance tenante, elle avait pris possession de la cuisine, qui n'avait jamais été aussi bien tenue et ne le fut plus jamais depuis, même si Joanie a beaucoup appris avec elle sur la préparation et l'organisation des repas. Dans la guerre d'usure qu'il me menait, le colonel l'avait convaincue de travailler pour lui, en lui offrant le double de ce qu'elle gagnait chez moi, ce qui était encore bien en deçà de ce qu'elle valait vraiment. Les femmes qui venaient chez nous travaillaient en contrepartie du coucher et de la nourriture, plus un peu d'argent de poche, et le colonel n'avait pas eu à se mettre en frais pour l'attirer. Nous ne l'en avions nullement blâmée : une femme seule doit penser à ses intérêts et devenir autonome financièrement.

Quand elle a eu fini de reprendre ma robe, je lui ai demandé des nouvelles de l'homme qu'elle fréquentait jadis. Avec un sourire radieux, elle m'a appris qu'ils sont mariés et qu'il s'appelle Bohai. Ils n'ont pas d'enfants et elle ne pense pas en avoir, c'est trop tard désormais. Cela m'a stupéfiée. Je n'ai jamais su son âge, mais avec son visage lisse et ses cheveux noirs, on peine à croire qu'elle soit trop vieille pour enfanter. Elle n'a pas posé de questions sur les autres, sachant que ma réponse serait plus ou moins celle que je lui avais faite la dernière fois que je l'avais vue.

Je l'ai prévenue que j'allais m'installer au bureau de Callum pour écrire quelques lettres, et elle m'a dit de venir la trouver si j'avais besoin de quoi que ce soit et elle est repartie à la cuisine, où Bohai et un autre homme s'affairaient autour de la table et du poêle pour préparer le repas.

J'ai poussé la porte en la laissant entrebâillée. Le bureau de Callum était l'objectif de départ. Puisque je ne peux pas fouiller celui de Denver, j'espérais trouver suffisamment d'informations ici, dans son courrier, pour repérer les cibles les plus valables. Qu'il propose de m'emmener dans sa tournée est inespéré, je dois remercier de cette bonne fortune le miséreux qui a agressé Dorcas il y a deux jours, quel qu'il soit. Mais cela ne pouvait pas faire de mal de me mettre à fouiner un peu, puisque j'en avais l'occasion.

J'ai trouvé une feuille et un stylo et j'ai commencé une lettre pour donner une apparence de vérité à mon mensonge si jamais on me surprenait. Par la fenêtre, j'ai vu les cow-boys s'affairer dans le corral, et en allant écouter à la porte, je n'ai entendu que des bruits assourdis venant de la cuisine.

Dans un paquet de lettres, je suis tombée sur des négociations en cours autour d'une fonderie vers Oro City, une lettre du propriétaire d'une carrière de marbre qui tentait de trouver des investisseurs pour une mine de la vallée de Crystal River, un rapport sur des opérations minières dans la région de Sweetwater dans le Wyoming, et une lettre torride d'une certaine Daisy à laquelle était jointe une photo osée. Elle était plutôt jolie, mais c'était de toute évidence une prostituée. Une femme respectable, même la maîtresse d'un homme marié, ne se serait jamais laissé prendre en photo dans cette tenue. Au verso, j'ai reconnu le cachet du photographe, même sans nom. Manifestement, Rosemond avait élargi ses activités. J'ai secoué la tête, en espérant qu'elle tenait Newt en dehors de ça.

Ces courriers étaient intéressants mais pas utiles à grand-chose. J'ai ouvert sans peine le tiroir du bas, fermé à clé, à l'aide d'un coupe-papier. J'ai souri en sortant le registre. C'était le livre de comptes du ranch. J'ai parcouru le relevé des ventes de chevaux. L'armée est un gros client, ce qui n'est pas une surprise, mais j'ai juré entre mes dents en prenant connaissance des chiffres. Les Connolly récoltent les bénéfices d'une affaire que j'ai créée, grâce à des chevaux que j'ai dressés, nourris, et qu'ils vendent pour des sommes rondelettes. Maudits soient-ils.

J'ai jeté par la fenêtre un regard vide, sans voir autre chose que l'injustice de toute cette histoire. Je n'ai jamais compris pourquoi le colonel s'était montré si acharné à me mettre à terre. Nous n'étions pas en concurrence directe, pourquoi n'aurions-nous pas coexisté en nous entraidant ? Cela ne pouvait être que l'orgueil et l'appât du gain. Deux péchés mortels. Trois si l'on met ce qu'il m'a fait au compte de la colère, ce dont je suis convaincue. Cela me réconforte un peu de me dire qu'il brûle à présent en enfer. Un tout petit peu.

J'ai besoin de prendre l'air.

Samedi 11 août 1877, suite

Je suis affublée de cette monstruosité rouge et il me reste une demi-heure avant le dîner pour continuer avec les événements de cette journée. J'espère que la soirée sera lugubre et finira tôt pour pouvoir filer au lit. Le soir, la douleur augmente.

Cet après-midi, je suis allée à l'écurie voir mon cheval. J'ai décidé de l'appeler Storm, pour sa robe gris-noir comme l'orage. Je l'ai sorti de sa stalle et l'ai attaché à un anneau fixé au mur de la sellerie.

« Je peux vous aider ? »

J'ai sursauté et fait volte-face. Un cow-boy se tenait dans l'entrée, sa silhouette se découpant dans la lumière vive, le visage dans l'ombre. La peur a pulsé dans mes veines.

« Pardon, je cherchais des brosses.

— Mademoiselle Margaret ? C'est vous ? »

Le cow-boy a ôté son chapeau et s'est approché. Il n'avait pas plus de vingt ans, portait un pantalon de toile et une chemise de travail en jean, avec un foulard rouge noué autour du cou. Ses cheveux blonds étaient aplatis sur sa tête et il avait des yeux d'un brun profond ombrés de longs cils noirs. L'image d'un petit garçon timide accroché à la jambe de sa mère m'est apparue.

« Ezekiel ?

— Vous vous rappelez de moi ? a-t-il balbutié en rougissant de plaisir.

— Bien sûr que je me rappelle. »

Zeke et sa mère, Lana Barnes, sont les premiers pensionnaires que Jehu nous avait ramenés. J'avais dit à Lana qu'elle pouvait s'installer aussi longtemps qu'elle voudrait, à condition de faire sa part. Ils étaient restés six mois, le temps qu'elle guérisse de ses blessures, extérieures comme intérieures, puis elle avait répondu à une annonce pour une place de gouvernante dans une pension de Golden, et l'avait obtenue. Quand elle était partie avec son fils, Lana m'avait demandé si elle pouvait parler du ranch à d'autres femmes, et je lui avais dit que oui, qu'il y aurait toujours de la place pour des femmes qui avaient besoin d'aide. En plus de celles que Jehu secourait, le ranch était devenu une espèce de réseau souterrain pour les femmes qui fuyaient des maris violents ou alcooliques, des souteneurs ou des mères maquerelles, parfois aussi des parents despotiques.

« Ça me fait plaisir de te revoir, Zeke. Comment va ta mère ?

— Bien. Elle vit à Black Hawk avec son mari, ils ont une pension.

— C'est vrai ? C'est une excellente nouvelle.

— Tout est grâce à vous.

— Bien sûr que non, Zeke. Ta mère est une femme formidable, intelligente et forte. Je n'avais aucun doute qu'elle réussirait, quand vous êtes partis. Et toi alors, tu es devenu un homme, et un cow-boy, comme tu le voulais.

— Oui, m'dame. Je suis revenu en soixante-quinze, je vous cherchais, vous et M. Thomas et Jehu.

— Tu es revenu pour nous ?

— Oui, m'dame. Pour vous remercier, et voir si vous aviez du travail pour moi.

— J'en aurais eu, crois-moi.

— J'étais en colère quand on m'a dit ce qui s'était passé.

Je n'étais pas au courant quand j'ai accepté la place, faut que vous le sachiez.

— C'est très gentil de me dire ça, Zeke.

— C'est vrai. Si le vieux n'était pas mort avant que j'arrive, je l'aurais tué moi-même.

— Oh, Zeke, non. »

Son regard fiévreux, l'urgence dans sa voix m'ont désarmée. L'émotion m'a submergée.

« Vous comprenez pas, mademoiselle Margaret. Je crois pas que ma mère vous a raconté, pour nous. »

Elle ne m'avait rien raconté du tout, et je n'avais rien demandé. Je n'avais aucun droit de questionner les gens sur leur vie et ce qui les avait conduits chez nous. Les plaies, les hématomes et la nervosité de Lana parlaient d'eux-mêmes.

« Vous nous avez sauvés. On serait morts depuis longtemps si Jehu n'avait pas voulu m'acheter cette glace. Et après, vous et M. Thomas qui avez été si gentils. Maman fait pareil, maintenant, vous savez. Elle aide les gens, comme vous faisiez. Elle a marié un homme bien, et il est très content que ce soit elle qui commande. »

J'avais la gorge serrée, mais j'ai ri. Lana s'était vite montrée quelque peu autoritaire, une fois qu'elle eut repris confiance.

« C'est merveilleux, ce que tu me dis, Zeke. Tu lui diras que je suis heureuse pour elle.

— Vous devriez aller la voir, elle serait drôlement contente. »

J'ai souri, ravalé la boule dans ma gorge.

« Je le ferai, un jour. Mais pour le moment, je voudrais aller faire un tour.

— J'ai quelque chose pour vous. »

Il est parti au fond de la sellerie et a dégagé une selle

recouverte d'un tissu. J'ai vu apparaître, brillante et comme neuve, la selle anglaise de mon mari, Thomas.

J'ai hoqueté.

Après avoir quitté le ranch, quand nous avions eu dépensé le peu d'argent qui nous restait, nous avions dû vendre nos chevaux et nos équipements. Notre idée était de commencer une nouvelle vie en ville, où nous pensions trouver plus d'opportunités de travailler. Nous en avons trouvé, bien sûr, mais aucune qui soit acceptable pour aucune d'entre nous. Quand Spooner nous avait emmenés à Timberline, nous avions pris des poneys de montagne et des selles western. Personne n'aurait l'idée d'utiliser une selle anglaise pour dompter un cheval, et l'heure n'était pas aux frivolités.

« Je l'ai retrouvée tout aplatie dans un coin, pleine de poussière et de toiles d'araignée, un jour où je nettoyais la sellerie. J'étais sûr que c'était à vous. Ça m'a pris pas mal de temps pour récupérer le cuir, et un paquet de savon et d'huile de lin, mais elle est comme neuve. Vous voulez que je selle votre cheval avec ?

— Oh, oui. Tu crois qu'il va la supporter ?

— Certain. C'est moi qui l'ai dressé, on peut même le monter à cru et sans harnais.

— Jehu serait fier de toi.

— Jehu ? Il est avec vous ? Comment il va ? »

Je lui ai dit qu'il se portait comme un charme et lui ai raconté ce que je pouvais de notre vie sans trop en révéler. Puis je l'ai remercié et lui ai demandé de me faire une faveur.

« Tout ce que vous voudrez.

— Ne dis à personne que tu me connais, surtout pas à Callum. Et garde pour toi tout ce que je t'ai raconté. »

Il a hoché la tête. « Tout ce que vous voudrez. N'oubliez pas d'aller voir ma mère. Si vous avez besoin de quoi que ce soit, n'importe quoi, elle vous aidera. »

J'ai posé le pied sur ses mains entrelacées et il m'a propulsée sur le dos de Storm. L'étalon a dansé un peu, aussi impatient que moi de partir.

« C'est une bête très fougueuse, mais il a la bouche sensible, il faut... » Il s'est interrompu et s'est empourpré, se rappelant à qui il était en train de faire la leçon. Je l'ai remercié et j'ai contourné l'écurie au petit trot pour rejoindre le chemin carrossable qui monte vers la première chaîne de montagnes. Storm a gravi la colline sans effort, nous avons tourné à droite, et je lui ai lâché la bride, direction l'ancien ranch du colonel.

Non que j'aie besoin d'une raison pour vouloir cette superbe monture, mais quand je suis à cheval, j'oublie un peu la douleur dans mon estomac. Elle devient de plus en plus insistante à mesure que les jours passent. Je sens aussi que je m'affaiblis, et il me faut toute ma concentration pour dissimuler l'intensité de la souffrance. Callum, Hattie, Grace. Je suis contente d'avoir la perspective de ces hold-up pour m'occuper l'esprit, autrement je serais roulée en boule dans mon lit. Travailler détourne mes pensées, et quand je cesse de penser à la douleur, elle cède un peu. Le problème devient alors la fatigue. Je dois choisir entre avoir moins mal et être épuisée ou me reposer et souffrir. Je préfère la première solution, merci bien.

Je me demande si je vais survivre au voyage avec Callum. Je suppose que s'il a un problème sur un site, il prolongera sa visite. Ai-je envie de mourir dans un hôtel anonyme, loin de ceux que j'aime, avec pour témoin de mes derniers moments sur cette Terre un homme pour qui j'ai des sentiments plus que partagés ?

Je ne veux pas mourir dans un lit, ça j'en suis sûre. J'ai vu Thomas s'affaiblir jour après jour, parfaitement conscient de sa dégradation. Quelle façon honteuse et humiliante de quitter ce monde pour un homme qui avait été si puissant et si plein de vie. Quand je pense à lui, ce que je revois est un mort-vivant gisant dans notre lit, drap sagement replié sur la poitrine, son pauvre bras maigre étendu sur la couverture. Je veux qu'on se souvienne de moi pleine de santé et de vigueur, intelligente, endurante et, le plus important, altruiste. Demander aux miens de me regarder mourir serait égoïste, et j'espère ne jamais en arriver là.

Si ce n'était pas trahir ma famille, les liens que j'ai avec Hattie, Jehu et les sœurs, je partirais seule pour le sud du Grand Canyon, chercher une corniche où m'installer pour regarder le soleil se lever et se coucher, voir enfin de mes yeux les couleurs magiques dont on parle tant, et m'éclipser. Avec une grande bouteille de laudanum et une autre de whisky, bien entendu. Je ne veux pas souffrir si je peux l'éviter. Mais mourir environnée de beauté, c'est une bonne façon de partir.

Peut-être devrais-je emporter aussi un revolver, sur ma corniche.

J'ai arrêté Storm, ai mis pied à terre et l'ai attaché à un arbuste broussailleux, puis j'ai gravi une arête rocheuse, me suis assise pesamment et j'ai regardé le ranch du colonel, au loin en bas. Je pensais à Zeke et à sa mère, et aux dizaines de femmes et d'enfants, quelques hommes aussi, que nous avions vus passer au ranch. Quelques-uns avaient maintenu le contact, nous avaient envoyé des lettres pour nous dire où ils étaient et ce qu'ils faisaient. D'autres, nous n'en entendions plus jamais parler. J'aimerais pouvoir dire qu'aider les gens était une mission que je m'étais assignée, répondant à un appel (mais tu sais désormais, Grace, que je ne crois pas en Dieu), mais au vrai, c'était juste la seule chose à faire. Thomas et moi ne possédions pas grand-chose, quoique je me rende compte à présent que l'on pourrait penser l'inverse en voyant notre joli ranch bien tenu de Cache-la-Poudre. Mais refuser notre aide à ceux qui nous en demandaient ne fut jamais envisagé. Jamais nous n'eûmes de discussion à ce props, Thomas et moi, même s'il plaisantait souvent au sujet de Jehu et de ses nécessiteux.

Pour te dire la vérité, Grace, les effusions de Zeke m'avaient embarrassée. Je n'étais pour rien dans le fait qu'ils avaient décidé de changer de vie. Je leur avais offert un lit et du pain en échange de journées de travail bien remplies. Je suis heureuse de savoir que Lana a réussi et a trouvé le bonheur et que Zeke a déployé ses talents avec les chevaux, si j'en juge par Storm.

J'ai déboutonné ma veste, me suis adossée à la roche, ai couvert mon visage de mon chapeau et j'ai écouté – le bourdonnement des insectes, les trilles et gazouillis des oiseaux qui s'appelaient dans les grands arbres, le souffle du vent dans les feuilles, le chuintement des broussailles dérangées par un animal. La paix et le calme. Il manquait juste le murmure d'un ruisseau pour que tout soit parfait.

Je sentais le poids dans mon abdomen. Avait-ce été une erreur de ne pas retourner me faire opérer dans l'Est ? Ou au moins aller à Denver pour consulter un autre médecin ? Mais je ne souffrais pas à cette époque, et, quelque part, je ne croyais pas vraiment que la douleur viendrait. Je me sentais très bien, après tout. La vie continuait, nous avions fait ce dernier hold-up, nous avions des chevaux en réserve, le ranch, nous devions nous préparer à passer l'hiver. Quand la douleur est apparue, j'ai cru qu'il était trop tard et je n'ai pas voulu courir le risque de ne jamais rentrer de Chicago. J'ai entrepris de tout mettre en ordre, de vérifier que Jehu, Hattie, Joan et Stella sachent tout ce qu'ils ont à savoir pour continuer quand je ne serai plus là. C'est le cas. Et même, je commence à me sentir parfois un peu en trop et à me demander si je sers vraiment à quelque chose dans ce ranch. Je vois mes derniers jours se déployer devant moi, je suis assise près du feu, une couverture navajo sur les genoux, un chien à mes pieds, levant sur moi des yeux bruns tout tristes, et tout le monde attend. L'attaque de la diligence a constitué une diversion bienvenue, l'ultime bataille avant que Margaret Parker bascule du côté de l'Histoire. Mais il a fallu que tu m'offres la tentation de l'immortalité, Grace. L'idée de disparaître, déjà anathème pour moi, est devenue insupportable.

Peut-être devrais-je remercier cette crapule de Jed Spooner de m'avoir lancé ce défi et donné un prétexte pour continuer à vivre. Je ne l'ai pas dit à Hattie, mais je n'ai pas l'intention de revenir à Timberline. Je n'ai pas encore réfléchi à la façon dont je vais m'y prendre pour lui filer entre les doigts, ou entre tes doigts à toi, Grace, mais je vais le faire. J'ai déjà fait mes adieux quand nous avons quitté le Hole.

Si notre butin est assez conséquent, ils seront à l'abri pour plusieurs années et je pourrai mourir en sachant que j'ai fait ce qu'il fallait pour eux. C'est pour cela que je dois partir avec Callum, pour trouver la meilleure cible, celle qui rapportera le plus et nous fera courir le moins de risques de nous faire prendre. Il en existe peut-être une seule, peut-être cinq. Peut-être que le plus simple serait de vider le coffre de son bureau à Denver. Dans trois semaines, je le saurai.

Je me suis assoupie, et quand je me suis réveillée, le soleil était juste au-dessus de la colline. Je n'avais aucune idée de l'heure prévue pour le dîner ni de quand les invités arriveraient. Heureusement mon cheval était rapide et reposé, j'aurais regagné le ranch en une trentaine de minutes.

J'ai grimacé de douleur en me relevant et j'ai pris plusieurs grandes respirations. Le vent a séché la sueur au-dessus de ma lèvre en un instant. Loin en dessous de moi, au nord de la maison du colonel, des cow-boys ramenaient des pâtures d'été un immense troupeau de vaches grasses, qui seraient vendues à l'armée ou envoyées dans les usines d'abattage de l'Est. Un filet de fumée s'élevait de la maison et des hommes ouvraient les barrières du corral pour le troupeau. J'ai remarqué que le pâturage qui jouxtait la maison avait été clôturé. Ce devait être une initiative de Callum, car la dernière fois que je m'étais trouvée à ce même endroit, la barrière n'était pas là.

Eh non, ce n'est pas la première fois que je reviens, Grace. Mais je ne suis pas encore sûre de pouvoir te raconter cette histoire pour le moment.

Trois hommes sont sortis par l'arrière de la maison. Ils étaient trop loin pour que je voie leurs visages, mais le métal du masque de Callum a lancé un éclair. J'avais passé assez de temps ici pour savoir que l'un des hommes était un cow-boy – ou un voleur de bétail. Le troisième, avec son embonpoint, devait être un homme d'affaires. Je vais probablement faire leur connaissance au dîner. Des heures à parler business avec des businessmans, ou plutôt à les écouter parler, car il ne leur viendra certainement pas à l'idée de me demander mon avis. Ce qu'ils ne savent pas, c'est que je leur donnerai quand même.

Dimanche 12 août 1877, minuit

J'ai l'impression d'être une oie de Noël, gavée jusqu'à l'indécence. Zhu Li m'a aidée à enlever ma robe et l'a emportée (je me demande si Callum la garde sous la main pour la prochaine femme qu'il amènera ici). Je suis assise à la petite écritoire, en tenue d'intérieur. Le vent s'est levé dehors, et la maison lui répond en craquant. C'est la pleine lune. Les conditions idéales pour un cambriolage nocturne. Je sens monter mon impatience, je ne sais pas si je parviendrai à attendre jusqu'au 1er octobre.

Moi qui ne voulais pas assister à ce dîner que Callum m'a imposé à la dernière minute, c'est peut-être l'un des plus amusants auxquels j'ai jamais été conviée. Cela dit, il n'y en a pas eu beaucoup depuis que j'ai quitté l'Angleterre, et à cette époque j'étais encore jeune et n'étais pas censée prendre part à de « vraies » conversations – peut-être n'en étais-je pas capable non plus. Tout bien pesé, donc, dire que c'était le meilleur dîner de ma vie ne signifie pas grand-chose. Cela me fait réfléchir à ce que j'ai pu manquer. À combien de dîners de ce type aurais-je dû participer si j'avais épousé le colonel ? Des dizaines, assurément, mais je doute que Connolly père m'aurait laissée m'exprimer aussi librement que le fils l'a fait ce soir et aurait savouré autant que lui les débats houleux.

Tout d'abord les protagonistes. Le gouverneur John Routt et sa femme, Eliza ; Nathaniel P. Hill, propriétaire d'une fonderie d'or ; Lewis et Dorothy Wilson, des épiciers qui possèdent des magasins à Cheyenne, Denver et Golden et ont un contrat avec l'armée pour le ravitaillement des cantines ; l'avocat de Callum, Alexander Bisson, et sa compagne, Evangeline White. Une surprise désagréable : Bisson était déjà l'avocat du colonel et c'est lui qui avait fait exécuter ses ordres, en allant trouver toutes les banques à plus de quatre-vingts kilomètres à la ronde, l'une après l'autre, pour les menacer de représailles si elles me prêtaient de l'argent pour renflouer le ranch.

Callum avait dû prévenir Bisson que je serais là, en revanche, car celui-ci m'a saluée comme une vieille amie. Je lui ai dit qu'il avait grossi. Sa compagne, une jolie rondelette visiblement payée pour être là, a dissimulé un sourire en détournant la tête. L'expression de Bisson s'est figée sur un rictus grotesque, puis il s'est rembruni.

« J'ai entendu dire que vous allez mourir.

— Nous allons tous mourir, Alex. J'ai juste une idée plus précise de la date. »

Callum s'est interposé et m'a entraînée à l'écart. J'étais furieuse qu'il ne m'ait pas prévenue de la venue de Bisson.

« Je n'ai pas pensé que vous pouviez vous connaître.

— Menteur. Il sait que je suis malade, vous avez parlé de moi. »

Les yeux de Callum se sont rétrécis et il a baissé la tête dans un simulacre de contrition, assurant qu'il ignorait que nous étions en froid.

J'ai ricané avant de poursuivre à mi-voix.

« Vous donnez un dîner dans une maison qui fut ma maison, que nous avons bâtie mon mari et moi, et vous n'avez pas pensé que je pouvais être en froid avec le juriste qui a œuvré à m'en déposséder ? Ne me prenez pas pour une imbécile, Callum. Je ne sais pas quel jeu vous jouez, mais sachez que je ne me laisse pas si facilement manipuler.

— Moi non plus. »

Il a tiré la chaise à l'extrémité de la table, la place en principe réservée à l'hôtesse.

« Faites-moi l'honneur… » a-t-il dit à voix basse.

J'ai regardé la table et me suis rendu compte que toutes les places avaient été attribuées, et que les hommes m'attendaient pour s'asseoir. Je n'avais guère d'autre choix que de m'exécuter. Callum a laissé ses mains s'attarder sur mes épaules tandis que je m'asseyais. Puis il a penché son visage masqué sur le mien en chuchotant qu'il était sûr que le rouge était ma couleur. J'ai frissonné, mais pas de plaisir.

Bisson me fixait et j'ai baissé un regard appuyé sur son estomac, qui atteignait le bord de la table. Evangeline White a haussé les sourcils en nous regardant d'un air entendu, Callum et moi, et j'ai compris qu'elle pensait que j'étais sa maîtresse. Lui s'est assis à l'autre bout de la table et a souri à la ronde, détendu et plein d'assurance. Il s'est incliné pour écouter quelque chose que lui disait Eliza Routt et s'est mis à rire, ses yeux bleus pétillaient. Il était d'excellente humeur, et je me demandais pourquoi.

J'ai vite compris qu'il était dans son élément. Charmant, intéressant, il mettait les convives à l'aise en lançant des sujets de toutes sortes, sur lesquels les femmes pouvaient réagir aussi bien que les hommes. Nous étions encore au potage que la question du vote des femmes était sur la table. Le gouverneur Routt soutient la cause, pour laquelle sa femme est très investie, et il a organisé une tournée des suffragettes de la côte est pour la promouvoir dans le Colorado.

« Vous pouvez déjà voter pour les questions concernant l'école, a pointé Lewis Wilson, ce qui est tout à fait légitime. L'éducation des enfants étant du ressort des femmes, il est normal qu'elles aient leur mot à dire à ce sujet.

— Vous seriez donc d'accord pour que les femmes dirigent les conseils d'établissement ? s'est enquise Eliza Routt.

— Dieu du ciel, non. Diriger est une affaire d'hommes. » Je lui ai demandé ce qui lui faisait penser que les hommes étaient de meilleurs dirigeants que les femmes. « C'est l'ordre naturel des choses, voyons. Les hommes ont les capacités intellectuelles nécessaires pour résoudre des problèmes complexes et prendre des décisions basées sur des faits et non sur leurs émotions.

— C'est ridicule, a dit Eliza Routt.

— Nous avons à cette table un parfait exemple du manque de discernement et de l'inaptitude des femmes à la gestion des affaires, déclara Bisson en me regardant droit dans les yeux.

— Les femmes ont besoin d'argent pour gérer une entreprise, tout comme les hommes. Difficile, quand les banques ont été contraintes de ne pas vous prêter un dollar, ai-je répliqué.

— Raison pour laquelle je possède ma propre banque », a tranché Callum avant de détourner la discussion sur la fonderie de Nathaniel Hill.

Celui-ci a pris la parole avec enthousiasme et a commencé à dérouler ses projets de développement dans d'autres villes, digressant sur le séjour qu'il avait fait au pays de Galles pour travailler avec les mineurs et adapter leurs procédés à l'or du Colorado. Nous avions presque terminé le plat principal quand il est arrivé au terme de ses explications, émaillées de détails assommants. C'est un scientifique qui, au moins, avait eu assez de jugeote pour ouvrir sa propre fonderie au lieu de travailler pour un autre, mais je soupçonne qu'il a plaidé à Callum l'opportunité d'un investissement dès que les hommes se sont retirés pour fumer le cigare et boire un whisky.

Le gouverneur ne semblait pas attendre quoi que ce soit de Callum, pour sa part, mais il était avide de lui être utile, en revanche. Callum est l'un des plus importants investisseurs de l'État.

« Croyez-moi, juguler la criminalité de cet État est la priorité absolue de mon administration. Mais bien sûr, nous rencontrons des difficultés pour civiliser les régions du centre, sans parler des plus isolées.

— Mon client en est le premier conscient, a glissé Bisson.

— Oui, j'ai entendu que vous avez subi un nouveau hold-up, Connolly, a dit Hill. J'ai renforcé la sécurité de ma fonderie, par précaution. Combien vous ont-ils volé ?

— Huit mille. »

Des hoquets se sont fait entendre. J'ai fait de mon mieux pour prendre un air choqué moi aussi.

« Callum, j'ignorais... ai-je dit.

— Rien d'étonnant, vous venez juste d'arriver en ville.

— Je croyais que vous aviez fait appel à Pinkerton pour régler ça », a dit Hill.

En effet, et je suis en train de détourner leur agente du droit chemin. J'ai dissimulé mon sourire derrière mon verre de vin.

« C'est exact, mais leur homme n'a pas suivi le bon chargement. C'est une bande de petits malins. »

Ça m'a fait dresser l'oreille. *Leur homme ?* Pour qui Grace travaille-t-elle, si ce n'est pas pour Callum ?

« Combien de fois avez-vous été dévalisé ? a demandé Evangeline.

— Est-ce que c'est toujours la même bande ? a ajouté Eliza Routt.

— Cinq fois, mais je ne suis pas sûr que ce soit la même bande. La description des bandits n'est jamais identique. Par contre, on dirait qu'ils ne s'attaquent qu'à mes sociétés.

— Vous êtes l'un des principaux investisseurs du Colorado, ai-je dit. On peut penser que les risques sont proportionnels à la taille de la compagnie.

— Pas impossible.

— Comment a réagi Pinkerton ? a demandé Hill.

— Il a envoyé son meilleur agent pour infiltrer le gang.

— Ça paraît une bonne idée, a approuvé le gouverneur.

— Des rumeurs disent que c'est un gang de femmes, a dit Evangeline. Est-ce vrai ? »

Les hommes se sont étranglés en se récriant sur le ridicule de cette idée. Mais pas Callum. Il me dévisageait pendant que les autres dissertaient sur le fait que les femmes avaient plus de moralité, moins d'intelligence, de force de caractère, de courage. John et Eliza Routt défendaient l'intelligence des femmes, mais désapprouvaient la criminalité, quel que soit le sexe.

« Margaret, vous ne dites rien.

— Vous non plus.

— Que pensez-vous de l'idée qu'il puisse s'agir d'une bande de femmes déguisées en hommes ?

— Qu'est-ce que ça peut faire, hommes ou femmes ? Le problème c'est que vous avez été volé.

— Exact. Je me disais juste que vous aviez peut-être un avis sur cette possibilité, étant la seule autour de cette table à avoir fréquenté un hors-la-loi. »

J'ai jeté un coup d'œil à Evangeline, qui s'était mise à découper son steak d'un air absorbé. Je ne serais pas surprise qu'elle ait eu affaire à des bandits une fois ou deux en son temps, peut-être même à Spooner. C'est tout à fait son genre : blonde, voluptueuse et accommodante.

« Votre question est de savoir si les femmes sont suffisamment intelligentes et rusées pour être des hors-la-loi ?

— C'est ça.

— Évidemment.

— Non, elles finiraient forcément par se trahir, a objecté Hill. Les femmes sont trop bavardes. »

Une remarque particulièrement savoureuse, de la part d'un homme qui avait péroré de manière pratiquement ininterrompue le temps de servir deux plats. Vu son gloussement, Evangeline pensait comme moi.

« C'est injuste, a dit Dorothy Wilson. Je connais beaucoup de femmes qui savent tenir leur langue. Mais je doute qu'elles puissent faire de telles choses, c'est trop immoral.

— Voler, c'est voler. Pourquoi est-ce que ce serait plus

immoral et plus choquant de la part d'un sexe ou d'un autre ? ai-je demandé.

— Ce n'est pas dans la nature des femmes, a dit Hill.

— Absolument, a approuvé Dorothy Wilson.

— Je vous assure que la nature humaine est la même chez les hommes ou chez les femmes. Les hommes peuvent aimer avec la même ferveur que les femmes, et les femmes haïr avec la même violence que les hommes.

— Mais les femmes ne feraient jamais des choses pareilles, a insisté Dorothy Wilson. Ça ne leur viendrait pas à l'esprit.

— Vous ne connaissez pas de femme prête à l'admettre, voilà tout. Pensez aux mères qui volent pour nourrir leurs enfants. Y a-t-il une différence entre une femme et un homme qui volent du pain, des fruits, voire de l'argent, dans le même but : pourvoir aux besoins des leurs ?

— Aucune différence, a dit Eliza Routt.

— Alors pourquoi y aurait-il une différence si un gang de femmes s'attaque à une… cible plus importante qu'une boulangerie ou un étal de fruits ? Si le but est le même que celui des hommes, la morale est la même.

— Je ne comprends pas un traître mot de ce que vous dites, a lâché Dorothy Wilson.

— D'après vous, les femmes devraient être tenues à la même valeur morale que les hommes, pas plus, a résumé Callum.

— Pourquoi les femmes devraient-elles avoir de plus hautes exigences morales que les hommes, si ce n'est pour que ceux-ci puissent se livrer à leurs vices sans en concevoir de culpabilité ?

— Vous n'avez pas beaucoup d'estime pour les hommes, n'est-ce pas ?

— Pour ceux qui la méritent, si. »

J'ai pensé à Luke en disant cela. Je me suis demandé ce qu'il faisait, et j'ai perdu le fil de la conversation.

« L'égalité entre hommes et femmes, c'est ça que vous voulez ? »

Wilson et Bisson se sont esclaffés lourdement, de même que Dorothy Wilson. Evangeline et Eliza observaient la scène, dans l'expectative, et le gouverneur avait pris un air consterné, comme s'il lui apparaissait subitement que le mouvement ne s'arrêterait pas avec le suffrage, que les femmes continueraient leur activisme pour obtenir plus de droits. Callum me dévisageait, impassible, attendant ma réponse. Je comprenais parfaitement ce qu'il sous-entendait. Égalité dans les règles signifiait égalité devant la loi et les sanctions. C'était un piège, et je refusais de m'y laisser prendre.

« J'ai bien peur qu'il ne faille attendre des décennies avant que l'on parvienne à un tel résultat. Je parlais des généralités qu'on colporte sur les femmes. On n'estime pas assez notre intelligence, et trop notre sens moral. Qu'en pensez-vous, Evangeline ?

— Oh, je... heu...

— On dit que c'est Jed Spooner qui a commis ces crimes. Dites-moi, madame Parker, vous qui l'avez connu, est-ce le genre de chose qu'il ferait, à votre avis ? a demandé Callum.

— Vous dévaliser ? Certainement. »

Tout le monde a ri.

« C'est à croire qu'il a une revanche à prendre sur moi.

— Ça, je ne saurais le dire.

— Comment avez-vous connu Jed Spooner ? s'est enquis le gouverneur.

— Mon mari l'avait hébergé à son ranch et ils étaient devenus amis, si l'on veut. Jed passait de temps à autre, et il avait toujours des histoires fabuleuses à nous raconter. On n'en croyait pas la moitié. Pour répondre plus sérieusement à votre question, Callum, est-ce que je pense que Jed reviendrait se servir à une source aussi fertile ? Oui.

— Je n'arrive pas à croire que vous ayez pu héberger un criminel ! s'est exclamée Eliza Routt.

— Nous ne savions pas qui il était, au départ. Jed nous achetait des chevaux, on faisait de bonnes affaires, et il était devenu notre ami avant qu'on apprenne ce qu'il faisait. On a décidé de regarder ailleurs. D'après ce que je sais, il n'a jamais eu recours à la violence. Je peux vous assurer que si ça n'avait pas été le cas, nous ne l'aurions pas reçu.

— Et quel est l'objectif de Spooner ? Nourrir sa famille ? »

Callum ne me quittait pas des yeux, et je savais qu'il jouait avec moi.

« Je crois surtout qu'il est incapable de rien faire d'autre. Il a fait partie de la bande de Jesse James, vous le saviez ?

— Je l'ignorais.

— Il l'a quittée parce que James n'en a toujours pas fini avec la guerre et qu'il est violent. Spooner évite la violence autant qu'il peut. Il est un bandit parce que ça l'amuse et que ça lui réussit. Il arrive qu'il ait un motif pour agir : une fois, il a cambriolé une banque parce qu'il devait payer un avocat pour sortir un de ses hommes de prison.

— Pourquoi ne pas attaquer directement la prison ?

— Peut-être qu'il est lâche ? Peut-être qu'il avait peur de se faire prendre ? Ou c'était dans le Montana ? Il a un pacte avec le Montana, il ne peut plus y remettre les pieds sous peine d'être pendu. Je ne sais plus, tout ça est ancien.

— Peut-être que Mlle Parker pourrait vous aider à le trouver, Callum », a dit Hill.

J'ai ri et objecté que j'avais quitté cette région depuis des années et n'avais pas revu Jed Spooner depuis.

« Il a dû être déçu de vous voir partir, a dit Bisson.

— Et pourquoi ça, Alex ?

— Il est resté chez vous après la mort de votre mari.

— Et il en est reparti une bonne année avant que votre patron ne me spolie de mon ranch. Qu'est-ce que vous sous-entendez, au juste ?

— Peut-être que vous n'auriez pas perdu votre ranch s'il était resté ? »

J'ai éclaté de rire.

« Jed n'y connaît rien en affaires. Pourquoi est-ce que vous croyez qu'il est devenu un hors-la-loi ? Mais je ne suis pas sûre de vous suivre : vous sous-entendez que les talents de... gestionnaire de Jed m'auraient été utiles ? Est-ce que vous ne voulez pas dire plutôt qu'il était mon amant, monsieur Bisson ?

— Mademoiselle Parker, il me semble que vous avez suffisamment monopolisé la conversation, est intervenu Lewis Wilson.

— Oui, qu'y a-t-il en dessert ? » a demandé sa femme.

J'étais irritée, à présent. Je n'allais pas laisser cet homme m'insulter avec ses insinuations et je ressentais le besoin de choquer ces gens. Pourquoi m'en priver ? Ma réputation ne serait pas ternie longtemps.

Mon Dieu, Grace, mourir est tellement libérateur.

Et pour être honnête, j'avais envie que ce dîner prenne fin.

« Vous ne dites rien, Alex ?

— Vous vous ridiculisez toute seule.

— C'est très probable. Mais voyez-vous, je n'en ai que faire. C'est la liberté que l'on gagne quand on sait qu'il nous reste peu de temps à vivre.

— Quoi ? a dit Evangeline.

— J'ai un cancer, Evangeline. Je vous en prie, ne me plaignez pas. Je n'ai pas peur de mourir et, comme vous voyez, je me fiche de ne pas avoir l'air “respectable” en exigeant d'Alex de s'expliquer sur ses accusations. Je ne reverrai jamais aucun d'entre vous, alors je peux vous le dire : oui, Spooner a été mon amant. C'est une des raisons pour lesquelles j'ai refusé la demande en mariage du colonel. Je n'aurais pas pu garder un amant en l'épousant, et je n'avais aucune envie de renoncer à Spooner. Le temps que Spooner reparte, j'avais trop offensé le colonel pour pouvoir revenir sur ma décision. Non que j'aurais été tentée de le faire, de toute façon. Après Spooner… Bref, je vous laisse imaginer.

— Vous êtes une catin, a dit Wilson Lewis.

— Monsieur Wilson, votre opinion m'indiffère.

— Mais votre réputation ? a dit Eliza.

— Je n'aurai plus à m'en soucier bien assez tôt. À présent, si vous n'y voyez pas d'objection, je fatigue vite ces temps-ci, et je vais devoir vous prier de m'excuser. »

Callum a hoché la tête en assurant que j'étais tout excusée.

« Merci. Le dîner était délicieux, et j'espère avoir été un divertissement approprié, car je crois que c'était le but de ma présence. Bonne nuit. »

Et me voici dans ma chambre, incapable de fermer l'œil. La douleur afflue par vagues, mais du fait que nous partons demain, je ne veux pas prendre trop de laudanum. Je vais sortir fumer un peu. Je vais devoir me rhabiller, au cas où les hommes seraient toujours dehors à parler, boire et fumer.

12 août 1877, suite (2 heures du matin)

J'ai le cœur qui bat comme un tambour et les mains qui tremblent après mon entrevue avec Callum. Je suis presque sûre qu'il me soupçonne. Il faut que j'écrive ce qui s'est passé. Au cas où…

J'avais prévu de sortir fumer sur la galerie à l'arrière de

la maison, peut-être voler un morceau de sucre à la cuisine pour l'apporter à Storm et, si tout était tranquille, retourner fouiner un peu dans le bureau.

J'ai trouvé Callum assis devant le feu. Il a à peine tourné la tête en entendant le bruit de mes pas et a dit qu'il espérait ne pas m'avoir réveillée. Je l'ai rassuré, ai expliqué que j'avais du mal à dormir depuis plusieurs semaines. Il m'a demandé si je souffrais ; il avait quelque chose que je pouvais prendre si je voulais.

Je lui ai montré ma cigarette, l'ai allumée avec un brandon et me suis adossée au manteau de la cheminée. Son masque était posé sur son genou et son visage était plongé dans l'ombre.

« J'allais sortir fumer ça dehors, voulez-vous m'accompagner ?

— Voulez-vous un whisky ?

— Je ne refuse jamais un bon whisky.

— Je n'ai pas dit qu'il était bon.

— Je ne refuse jamais un mauvais whisky non plus.

— Attendez-moi dehors, je vous l'apporte. Prenez mon manteau, au crochet, là. La température a chuté en dessous de zéro. »

Le temps qu'il me rejoigne, j'ai inspiré longuement l'air froid de la nuit, tentant de me revigorer. Je regardais le ciel plein d'étoiles et m'émerveillais de sa beauté, et de ma petitesse et mon insignifiance. Mes problèmes. Mes objectifs. Ma mort.

Callum m'a tendu un verre, se plaçant de manière à dissimuler le côté blessé de son visage, mais j'ai remarqué qu'il n'avait pas remis son masque. Je l'ai remercié et nous avons siroté nos verres dans un silence presque amical pendant quelques minutes.

« Le dîner vous a plu ? a-t-il finalement demandé.

— C'était délicieux.

— Ce n'est pas de ça que je parle, vous le savez très bien.

— Je vous ai embarrassé ?

— Non. Je n'ai jamais rien vu d'aussi réjouissant que Bisson se faisant remettre en place. C'est un hypocrite redoutable, un type cupide dont les appétits dépassent ses capacités.

— Pourquoi le gardez-vous ?

— Il n'a aucun scrupule et il est loyal comme un chien. »

Zhu Li est venue apporter un manteau à Callum et l'a aidé à l'enfiler. Il l'a remerciée en mandarin. Elle s'est inclinée et nous a laissés, non sans un bref regard interrogateur dans ma direction.

« Vous parlez le mandarin ?

— C'est la seule phrase que je connaisse.

— Zhu Li m'avait appris quelques mots quand elle vivait chez nous.

— Pourquoi n'est-elle pas partie avec vous ?

— Votre père l'avait engagée pour travailler pour lui quelques mois avant mon départ.

— Je ne cesse de me demander pourquoi vous avez refusé la proposition de mon père.

— Parce que la plupart des femmes auraient sauté sur une telle opportunité ? Épouser un homme riche ?

— Oui. »

J'ai fumé en silence quelques instants.

« Mon mari était un homme merveilleux, mais la réussite de notre ranch nous revenait à nous seuls, moi, Hattie et Jehu. Bien entendu, tout le monde pensait que Thomas était le cerveau de l'affaire, et il était plus facile pour moi de le laisser croire. Pourquoi risquer d'attirer la méfiance des gens, face au genre de femme que j'étais ?

— Intelligente ?

— Les hommes n'apprécient guère les femmes intelligentes. Les femmes non plus, d'ailleurs. Ou tout du moins, elles n'aiment pas qu'on le montre. C'est notre grand secret, voyez-vous ? Le fait que nous sommes plus intelligentes que vous.

— Je l'ignorais.

— Votre père le savait. Il savait que c'était moi qui menais la barque. S'il était venu me trouver avec une proposition d'association et non de mariage, j'aurais dit oui. J'aurais peut-être même fini par accepter de l'épouser. Je l'aimais beaucoup. Je l'admirais, même. Je n'étais pas amoureuse et je ne le serais jamais devenue. Mais depuis, il m'est arrivé de rêver à des scénarios où nous étions associés dans le travail, la famille, le mariage. Rien ne nous aurait résisté. Mais votre père ne voulait pas une associée, il voulait une épouse. Le truc, c'est que j'avais pris conscience à la mort de mon mari que je n'avais jamais tellement aimé ce rôle-là. Très étriqué. Et hypocrite.

— Parce que vous deviez faire semblant d'être moins intelligente qu'en réalité ?

— En effet.

— Et Spooner ? Il vous respectait pour votre intelligence ? »

J'ai perçu le mépris dans sa voix.

« Dieu du ciel, non. C'était purement physique.

— Vous êtes une femme étonnante.

— À la façon dont vous le dites, ça n'a pas l'air d'un compliment.

— Ça n'en est pas un. Savez-vous où il se trouve ?

— Spooner ? Je vous ai dit…

— Je sais ce que vous avez dit. Mais peut-être qu'il vous a parlé des endroits où il aime aller se terrer, quand il vous racontait ses aventures, à vous et à votre mari.

— La plupart du temps, il passait tout simplement dans un autre État, où les shérifs sortaient de leur juridiction. Il ne se cachait pas véritablement, il se fondait dans le paysage. Lui et ses hommes prenaient d'autres noms, se faisaient embaucher dans des ranchs comme le nôtre, jusqu'à ce qu'ils n'aient plus d'argent. Franchement, les hors-la-loi étaient les meilleurs employés.

— Vous hébergiez d'autres gangs que les Spooner ?

— On ne posait pas de questions. »

Il a gloussé.

« Je ne suis pas surpris que mon père ait voulu vous épouser.

— C'est à nouveau une proposition ?

— Non.

— Je serais la meilleure épouse qu'on puisse rêver. Vous seriez débarrassé de moi en un temps record. »

Il a grommelé et s'est retourné pour me faire face. Dans l'éclat de la lune, j'ai découvert le côté meurtri de son visage. La totalité de sa joue et une partie de sa lèvre sont dévastées par les brûlures. Des cicatrices blanc argenté s'étirent à travers son visage et figent la commissure de sa bouche dans un rictus éternel. Je n'ai pas détourné les yeux.

« Si je vous invitais dans mon lit, viendriez-vous ?

— C'est pour ça que vous m'avez proposé de partir avec vous ?

— Oui. Je veux ce que mon père n'a pas pu avoir.

— J'apprécie votre franchise. Je me demandais si vous alliez tenter de me séduire.

— Je ne cherche pas à vous séduire.

— Je sais. Je crois que vous menez une espèce de négociation. Un jeu de pouvoir, un peu comme la demande en mariage de votre père. Si vous aviez tenté une autre approche, nous serions peut-être déjà dans votre lit.

— Je n'ai pas besoin de votre permission.

— Je suppose que non. Vous êtes plus fort que moi. Mais sachez une chose : je vous tuerai si vous faites ça. »

Nous nous sommes lancé des regards venimeux pendant un temps infini. Finalement, il a lâché un petit rire.

« Je crois que j'essaierai la méthode douce la prochaine fois. »

Il s'est retourné et a terminé son whisky.

« Pourquoi êtes-vous venue, duchesse ? Et ne mentez pas en disant que c'était pour le ranch. Vous pouviez très bien venir et voir tout ce que vous vouliez sans rien demander à personne, sans même qu'on sache que vous étiez là.

— La curiosité. Je voulais voir ce qui avait changé, s'il restait des traces de nos années de travail. Vous imaginez ce que ça m'a fait de revoir mon cheptel, prospère et accru ?

— Vous n'aviez pas besoin de ma permission pour tout ça.

— J'étais curieuse de vous connaître, également. Comment vous alliez réagir à ma confession, puis à ma requête. Je me demandais si vous étiez meilleur que votre père. »

Il s'est retourné vers moi.

« Et qu'avez-vous conclu ? »

Je l'ai dévisagé longuement, sans ciller, et j'ai menti.

« Bien meilleur.

— Dorcas dit que vous êtes à la tête de la bande qui s'en prend à mes biens depuis deux ans.

— Je suis flattée, je le reconnais.

— Flattée qu'on vous soupçonne d'être un hors-la-loi ?

— À ce que tout le monde dit, ceux-là sont brillants. Mais il n'y a aucune preuve que ce sont des femmes, ce sont des rumeurs, que beaucoup jugent totalement ridicules.

— Ridicules, oui. Reste que votre plaidoirie sur le fait que des femmes peuvent être aussi amorales que des hommes était très convaincante.

— Et elle est juste. Ce qui ne veut pas dire que je sois une criminelle.

— Vous avez menacé de me tuer à l'instant.

— Parce que vous avez menacé de me violer. Il me semble que ce serait de la légitime défense. Mais je sais aussi que si je vous tuais, je me retrouverais à me balancer au bout d'une corde. Tandis que si vous me violiez, j'en serais également coupable, bien sûr. On ne me pendrait pas, on se contenterait de m'enfermer à l'hôpital du comté, avec les autres femmes encombrantes. »

Il m'a touché la joue, doucement, et j'ai cru un instant qu'il allait m'embrasser. J'espère qu'il n'a pas perçu ma répugnance.

« Ce n'est pas moi qui édicte les règles, duchesse.

— Mais vous en profitez sans état d'âme. »

Il s'est penché sur moi.

« Et je ferai tout pour les défendre et les renforcer. » Il m'a embrassée sur la joue. « Dormez bien, a-t-il murmuré. Nous partons pour Cheyenne après le petit déjeuner. »

Et l'instant d'après, il avait disparu.

Il ne fait aucun doute qu'il me soupçonne d'être à l'origine des hold-up. Je ne parviens pas à dormir, je crains qu'il ne mette sa menace à exécution. Et si ce n'est pas ça, il y aura des Pinkerton pour m'attendre quelque part en route. À Cheyenne, probablement, vu que nous avons fait notre plus gros coup dans le Wyoming. Aucun problème de juridiction, là-bas.

Maintenant, Grace, je dois…

16

Journal de Margaret Parker

Jeudi 23 août 1877
Black Hawk, Colorado

Garet,

J'écris dans ton journal puisque Hattie est en train de lire le mien, un carnet de notes concernant l'affaire, théoriquement. C'est ce que c'était censé être, mais les notes sont devenues plus personnelles depuis notre rencontre, à partir du moment où Jehu m'a rapporté ma malle au ranch. À mesure qu'Hattie avance dans sa lecture, ses soupirs et ses grognements se raréfient. J'espère que ça signifie qu'elle est captivée par mon récit. Il faudra que ce soit le cas, si je veux qu'on s'intéresse à votre histoire.

Tu dors à l'étage, Hattie est en train de lire et le risque est réel qu'elle en finisse avec moi quand elle aura terminé. Alors j'ai décidé de profiter de cette pause pour mettre à jour ton journal, car il s'est passé beaucoup de choses pendant que tu étais partie, puis inconsciente ou délirante. Je suppose que tu ne m'en voudras pas, sachant que tu souhaites que l'on rapporte tout ça avec précision.

Par où commencer ? Le moment où tu es arrivée à Denver avec Hattie, et notre dispute au sujet de ton plan pour entrer en contact avec Callum Connolly ? Tu as passé cet événement sous silence. (Eh oui, j'ai lu ton journal jusqu'à l'endroit où tu t'es arrêtée. Ça m'a intéressée de découvrir que notre regard sur notre relation diffère largement.) Est-ce que je devrais revenir en arrière pour donner ma version des choses ? Ou dois-je respecter ta volonté de raconter l'histoire à ta façon et tout garder en l'état, sans rien toucher ? Ou tout simplement débuter au moment de ton départ avec Callum Connolly, pour actualiser ton journal comme tu l'aurais sûrement fait toi-même, une fois qu'on se serait retrouvées et que tu nous aurais tout raconté ?

Encore que je doute fort que j'aurais été conviée à cette discussion. Ni toi ni Hattie ne me faites vraiment confiance.

Je ne peux pas dire que vos intuitions vous trompent, par contre les miennes m'ont trompée.

Je vais commencer là où nous en sommes aujourd'hui, on verra bien où les muses me mèneront.

Un homme a frappé à la chambre d'Hattie il y a deux jours, pour nous dire que tu étais dans sa pension, dans un état terrible, clavicules brisées, malade et souffrante, inconsciente la moitié du temps. Il s'appelle Frank Chambers. Hattie, toujours méfiante, a demandé s'il pouvait prouver qu'il ne mentait pas.

« Elle m'a dit de vous dire : “La légende d'Hattie LaCour”. Elle a dit que ça aurait du sens pour vous. »

Hattie a crispé ses mains sur le dossier d'une chaise en hochant la tête.

« C'est une plaisanterie entre nous. »

Comme elle était sous le choc, c'est moi qui ai questionné Chambers plus précisément. Il ne savait pas exactement comment tu étais arrivée à Black Hawk, mais sa femme,

Lana, te connaissait d'avant. Il y avait un médecin chez eux, une femme du comité de suffragistes qui font le tour de la région, elle est prête à t'opérer. Dans un de tes rares moments de conscience, tu as demandé à Chambers de trouver et ramener Hattie. J'ai dit que nous allions venir, bien entendu.

Chambers a dit qu'il passerait nous chercher le lendemain matin et nous emmènerait à Black Hawk. Le temps pressait, alors il allait louer deux chevaux sellés – ce serait plus rapide qu'en train pour parcourir la soixantaine de kilomètres.

Hattie n'a rien dit jusqu'à ce que Chambers reparte. Je lui ai demandé si elle connaissait cette Lana, elle a répondu non, c'était sans doute une femme que tu avais aidée avant qu'elle-même arrive au ranch. Je lui ai demandé si je pouvais faire quelque chose pour elle, n'importe quoi. Elle a fait non de la tête en me remerciant. Je lui ai fait promettre d'attendre le lendemain pour partir. Elle a eu un sourire triste et m'a demandé comment je savais.

« Je sais parce que c'est exactement ce que j'ai envie de faire.

— Il fait nuit et on ne connaît pas la route. Je ne partirai pas. »

Nous n'avons pas beaucoup dormi.

Le lendemain, nous avons reçu une lettre de Rebecca Reynolds. Si Hattie ne me tue pas avant, je la recopierai dans ton journal. Les feuilles volantes se perdent aisément. En résumé, elle dit que Spooner a pris possession du ranch, probablement défloré Joan et qu'il n'a aucune intention de repartir, quoi qu'il advienne du pari. Je suppose que son projet est depuis le début de te chasser du Hole et de te faire mettre sous les verrous. Ce sera facile, car Salter, l'homme que tu as embauché au ranch, est un agent de Pinkerton.

La vérité veut que je précise que Spooner l'ignorait quand il a lancé ce pari.

Oui, je sais. J'aurais dû vous avertir aussitôt. Je vous ai tous mis en danger en me taisant et c'est ma faute si tu es aujourd'hui dans ce lit. J'en assume l'entière responsabilité. J'ai sincèrement pensé que je pourrais vous protéger. Je n'avais pas prévu la trahison de Spooner.

Je suppose que je ne suis pas si bonne détective que je le croyais.

TROISIÈME PARTIE

LES PINKERTON

Lundi 30 avril 1877
Chicago, Illinois

Cher monsieur Pinkerton,

Je vous adresse ma démission de l'agence nationale de détectives Pinkerton, avec effet immédiat.

Je vous serai éternellement redevable de m'avoir confié le service des détectives féminines après la mort brutale de Kate Warne, qu'elle repose en paix. Dans l'ensemble, j'ai beaucoup aimé le temps passé dans votre organisation et j'ai apprécié à sa valeur le respect que vous nous avez toujours témoigné, à moi et aux autres agentes, en nous traitant sinon en égales, du moins comme des personnes dignes d'être entendues et prises au sérieux.

Au regard de notre dernière conversation, il me semble qu'il n'y a guère de place pour une femme ayant mon type de compétences dans une agence qui se fait désormais connaître plus pour ses interventions musclées et sa brutalité que pour la probité de ses enquêtes. Tous les pauvres ne sont pas des criminels, et tous les riches ne sont pas des saints.

Sincèrement,
Claire Hamilton

17

Notes de travail de Claire Hamilton

Mardi 8 mai 1877
Chicago, Illinois

Je pars demain pour le Colorado, ma nouvelle aventure est le plus grand défi que je me sois lancé à moi-même. C'est étrange de m'embarquer seule dans cette enquête. J'ai toujours travaillé en solitaire, mais avoir la sécurité d'une organisation pour assurer ses arrières était plus confortable que je n'en avais conscience. L'appui financier, aussi. J'évalue que j'ai de quoi tenir pendant trois mois. Il est crucial que je persuade Callum Connolly de m'engager, si je veux avoir une chance d'ouvrir ma propre agence.

Jeudi 10 mai 1877
Cheyenne, Wyoming

Passer vingt-quatre heures dans un train est une expérience éprouvante. Personne ne vous parle de ça, quand ils vantent la vitesse et la commodité du chemin de fer pour sillonner le pays. D'après ce que j'ai entendu, la traversée des plaines est la partie la plus facile du voyage. Maintenant le train part pour San Francisco, et, pour arriver jusque-là, il va devoir passer à travers, par-dessus et autour des montagnes. La description du pont de Dale Creek, à l'ouest de Cheyenne, suffit à m'ôter toute velléité de faire un mètre de plus vers l'ouest.

Plus que quelques heures avant d'arriver à Denver. Je prie pour y trouver un lit douillet, n'importe où.

Demain, j'irai au siège de Connolly Inc. plaider ma cause auprès de son patron.

Vendredi 11 mai 1877
Pension de Platte River, Denver, Colorado

Après une nuit de sommeil fabuleuse et un petit déjeuner revigorant, j'ai descendu Colfax Avenue pour aller chez Connolly. Une femme en tenue de demi-deuil et cheveux poivre et sel tirés en un chignon austère trônait dans le bureau central. Elle s'appelle Dorcas Connolly, et c'est la sœur de feu le colonel Connolly et la tante de Callum Connolly. Elle a été aimable, mais raide et professionnelle et a fait observer, apparemment sans ironie aucune, qu'il était inhabituel de voir une femme aux commandes d'une affaire. Je lui ai demandé quel était son rôle dans l'entreprise familiale et elle m'a fait la grâce de rosir un peu, si peu. Elle m'a appris que son neveu était à Columbia pour inspecter leur mine, voire, tel qu'elle le connaissait, la creuser lui-même. Elle a proposé de fixer un rendez-vous pour son retour, elle ne savait pas exactement quand. Callum a tendance à ne plus se soucier du reste quand il fait quelque chose qui lui plaît, m'a-t-elle expliqué, et il adore la prospection.

Quand j'ai parlé de l'éventualité de me rendre à Columbia, elle est devenue très attentive. Elle m'a examinée des pieds à la tête comme si la raison de ma présence lui apparaissait sous un éclairage nouveau. « Qu'y a-t-il de si urgent que vous soyez prête à prendre une diligence pour traverser une région sauvage, juste pour parler à mon neveu ? » J'ai ri et lui ai assuré que mon objectif était purement professionnel, ce qui a paru l'indigner tout autant. De toute évidence, il est inutile de jouer au plus fin avec cette femme. J'ai donc décidé de la mettre dans le secret.

J'ai demandé à lui parler en privé, et elle m'a fait entrer dans le bureau de Callum et a refermé la porte derrière nous. Je me suis assise sans attendre qu'elle m'y invite, pour la contraindre à prendre la place du maître des lieux, ce qu'elle a fait. Elle a caressé la surface du bureau avec une expression nostalgique, puis elle s'est ressaisie et son visage s'est fermé, neutre et impassible.

Mon plan était de servir à Callum Connolly les mêmes arguments qu'à Allan Pinkerton : une femme aurait plus de chances qu'un homme d'infiltrer un gang de femmes. Et j'avais été formée par Kate Warne, la meilleure détective que l'agence ait jamais eue en matière d'infiltration, hommes et femmes confondus. Ce type d'argument franc et logique fonctionne parfaitement avec les hommes.

Pinkerton avait ri en disant que ce n'était pas l'objectif. Il faut des mois, parfois des années, pour infiltrer un gang et gagner sa confiance. Le client voulait des résultats rapides et son meilleur agent à Cheyenne était précisément disponible. Je savais qui était ce soi-disant meilleur agent, un homme violent aux méthodes douteuses nommé Salter que Pinkerton avait dû à de nombreuses reprises tirer de sales affaires, auxquelles se mêlaient généralement des meurtres de femmes. Mais Salter obtenait des résultats qui plaisaient aux clients, et j'avais fini par comprendre que c'était la seule chose qui importait à Pinkerton. Salter était la dernière personne à lancer sur la piste d'un groupe de femmes, et j'avais tenté de convaincre Pinkerton de reconsidérer sa décision et d'envoyer, sinon moi, au moins un autre de ses hommes. Il avait refusé, et j'avais démissionné.

En voyant l'expression de Dorcas Connolly, j'ai senti que la franchise et la logique devraient s'accompagner d'un peu de manipulation.

Je lui ai dit que j'étais détective et que je proposais d'infiltrer le gang qui semait le chaos dans leur entreprise et de le traîner devant la justice.

« M. Pinkerton a changé d'avis, alors ? Ou bien il envoie deux agents pour ce travail ?

— Non, rien de cela. Je suis venue de mon propre chef.

— Si mon neveu a déjà engagé quelqu'un de chez vous, pourquoi est-ce qu'il vous engagerait en plus ?

— Parce que je suis une femme. »

Elle a ri.

« Vous ne connaissez pas mon neveu.

— Permettez-moi de vous détromper. »

J'ai sorti un dossier de ma mallette, l'ai ouvert et l'ai lu : date et lieu de naissance de son neveu, date du décès de sa mère, ses fiançailles avec une demoiselle sudiste, son éloignement de son père, sa blessure, ses fiançailles rompues, les années à prospecter en Amérique du Sud, la mort de son père et son retour pour reprendre son affaire.

« Tout ça est bel et bon, mademoiselle Hamilton, mais vous ne connaissez pas le caractère de mon neveu. Il n'embauchera jamais une femme pour faire le travail d'un homme.

— Vous êtes pourtant assise à son bureau.

— Je fais partie de la famille.

— Ah, vous gérez ensemble la compagnie ? Rien de plus logique, vu la façon dont elle a prospéré durant la courte période de votre régence, après la mort du colonel.

Permettez-moi de m'excuser et de vous présenter mes félicitations. »

J'ai vu les narines de Dorcas se dilater. Elle a répliqué que Callum dirigeait l'entreprise et qu'elle l'assistait quand il le lui demandait.

J'ai rangé le dossier et me suis levée, non pour prendre congé mais pour aller voir de près une grande carte du Colorado accrochée au mur. J'ai demandé si les épingles représentaient tous les endroits où ils avaient des intérêts. La voyant acquiescer, je me suis mise à réciter la liste des hold-up que j'avais recopiée avant de quitter l'agence.

« Printemps 1875, attaque de la diligence transportant la paie pour la mine de Sweetwater, dans le Wyoming, entre Rock Springs et South Pass City. Les bandits sont masqués. Octobre 1875, cambriolage de la banque Connolly de Golden au beau milieu de la nuit. Personne n'a vu les voleurs. Mai 1876, braquage du bureau de la mine de Silverton par deux femmes blanches. Automne 1876, la succursale de la banque des Rocheuses de Breckenridge est dévalisée par deux femmes blanches et une femme noire. À chaque fois, les malfaiteurs déclarent faire partie du gang Spooner.

— Vous avez fait vos devoirs.

— Bien sûr. Y en a-t-il eu d'autres ?

— Non.

— Les occurrences sont régulières, ce qui signifie…

— Qu'ils vont frapper à nouveau. Très certainement ce mois-ci.

— Y a-t-il eu des blessés ?

— Non.

— Y a-t-il quoi que ce soit qui permette de lier les différentes attaques par des bandits masqués ou par des femmes ?

— Les dates, l'absence de violence, l'efficacité.

— L'efficacité ? Le choix de ce mot est intéressant.

— Quand vous vivez dans l'Ouest, vous entendez et lisez chaque semaine des histoires de vols et de hors-la-loi. Ils se font presque toujours prendre. Savez-vous pourquoi ?

— Pourquoi ?

— Parce qu'ils ne peuvent pas résister au plaisir de fanfaronner. Mais ceux-là font un coup et disparaissent pendant des mois. On n'entend jamais parler d'eux. Ça vous fait penser à des hommes, vous ? »

Je n'ai pu m'empêcher de sourire.

« Non, en effet.

— Si vous ne travaillez plus pour Pinkerton, pourquoi êtes-vous ici, mademoiselle Hamilton ?

— Est-ce qu'on demande aux hommes pourquoi ils font le travail qu'ils font ? Non. Mais pour les femmes, il faut toujours qu'il y ait une raison. Alors voici ma raison, mademoiselle Connolly : je suis douée pour ce travail, et j'aime ça. Ces femmes sont des criminelles et je veux les arrêter. Je veux créer ma propre agence, et pour ça il me faut réussir une enquête par moi-même.

— Pinkerton ne vous donnera pas de recommandation ?

— Mon travail était irréprochable, mais nos personnalités pas toujours compatibles. Je pense qu'il me gardait surtout parce que Kate Warne avait été ma meilleure amie et mon mentor, et qu'il ne voulait pas perdre ce lien. Il avait besoin de quelqu'un avec qui parler d'elle, se souvenir. Kate avait un pouvoir apaisant sur Pinkerton, c'était sa boussole morale, si vous voulez. Je n'ai jamais eu cet ascendant sur lui. »

Parce que je ne couchais pas avec lui, ai-je complété *in petto*.

« Vous êtes engagée.

— Pardon ?

— Je vous engage. Callum a son homme, j'ai ma femme. Je peux parfaitement vous payer de ma poche.

— J'accepte, bien entendu, mais c'est à mon tour de vous demander pourquoi, mademoiselle Connolly.

— Imaginez les gros titres, mademoiselle Hamilton : une détective femme arrête une bande de hors-la-loi femmes. À la veille du référendum pour le vote des femmes dans le Colorado. Cela devrait aider la cause, non ? Prouver que les femmes sont capables de métiers d'hommes ? »

Elle m'engageait, donc j'ai approuvé, mais j'avais plutôt le sentiment que la vue d'une femme qui en traînerait quatre autres dans les fers ferait plus contre l'amendement qu'en sa faveur.

Il y avait deux cibles potentielles dans l'immédiat : un train en partance pour l'Est avec un coffre plein d'or et une diligence qui devait convoyer la première paie de la saison de Canyon City à la mine de Columbia. Callum pensait que le train était la cible la plus tentante, car c'était celle à laquelle lui s'attaquerait – à quoi bon prendre des risques si le jeu n'en vaut pas la chandelle ? –, et il avait bourré le train de gâchettes engagées pour l'occasion. Dorcas n'était pas de son avis, mais Callum n'avait pas voulu écouter ses exhortations. Il avait finalement accepté que leur nouveau secrétaire parte en renfort avec la diligence. Je lui ai dit que je partirais moi aussi, armée, et lui ai demandé de me communiquer tout ce qu'elle savait des précédents vols. Nous avons passé l'heure suivante à discuter de mon plan.

Le départ n'est que dans dix jours, ce qui me laisse le temps de m'installer à Denver, de parcourir la ville et de prendre mes repères. Demain, je ferai le tour des rédactions pour lire les articles parus sur les hold-up.

COLORADO WEEKLY CHIEFTAIN

VENDREDI 14 MAI 1875

DES BANDITS MASQUÉS ATTAQUENT UNE DILIGENCE ENTRE ROCK SPRINGS ET SOUTH PASS CITY

Jeudi dernier, quatre bandits masqués ont dévalisé la diligence qui transportait la paie de la mine de Sweetwater, qui appartient à Connolly Inc. Il ne leur a pas fallu plus de cinq minutes pour mener l'affaire, fracturer le coffre et détacher l'attelage de la diligence. Le cocher a d'abord refusé d'obtempérer, mais les bandits ont menacé de tuer les chevaux. Un des hors-la-loi a fait valoir qu'il leur rendait service : il leur serait nettement plus facile de trouver un nouvel attelage que de dételer quatre chevaux morts et de les dégager de la route. Le cocher a admis leur logique et fait ce qu'on lui ordonnait, aidé du garde.

Les bandits étaient polis, efficaces et peu bavards, de constitution plutôt menue, ce qui fait penser aux victimes que ce sont des jeunes gens, peut-être d'à peine vingt ans. Ils ont dérobé les sept mille dollars contenus dans le coffre mais n'ont pas touché aux possessions des passagers et ne leur ont pas demandé de vider leurs poches. Harvey Quartermaine, qui a eu l'infortune d'essuyer déjà quatre attaques (deux trains et maintenant deux diligences), a déclaré que ç'avait été l'expérience la moins désagréable du lot.

Les malfrats sont repartis dans quatre directions différentes, mettant à profit le terrain rocailleux de la région. Par chance, un chariot de ravitaillement est survenu vingt minutes plus tard et a embarqué autant de personnes qu'il a pu pour les mener à South Pass City. Le temps que l'alerte soit donnée au bureau de l'exploitation, les bandits avaient pu prendre quatre heures d'avance. La nuit et le violent orage qui s'est déclaré ont rendu impossible toute poursuite avant le lendemain. Le temps que le soleil reparaisse, la traque avait été annulée par manque de volontaires et face à la certitude que toute trace des bandits avait déjà disparu.

GOLDEN WEEKLY GLOBE

MARDI 2 NOVEMBRE 1875

LA BANQUE DES ROCHEUSES DÉVALISÉE EN PLEINE NUIT
10 000 $ ENVOLÉS
PAS D'INDICE NI DE SUSPECT

Jeudi 28 octobre un peu après minuit, des malfaiteurs se sont introduits dans la succursale de Golden de la banque des Rocheuses. Ils sont entrés par la porte de derrière, ont ouvert le coffre-fort et sont repartis avec dix mille dollars en cash et en bons du Trésor. Personne ne les a vus arriver ou repartir et la banque n'a souffert d'aucun dégât, ce qui fait que le cambriolage n'a été découvert que quand le directeur de l'agence, Edwin Kiester, a ouvert la banque à dix heures lundi matin.

Sans indice, témoins ou suspects, les questions vont bon train sur les auteurs du crime. Vu l'habileté avec laquelle le coffre a été ouvert, sans effraction, il y a fort à parier dit-on que Hank « Vaut-Mieux-Pas » Henry soit dans le coup. Henry est un des complices de Jed Spooner, et même son second, selon certains. Le délit porte les signes typiques du gang Spooner : pas de violence, une efficacité imparable et un butin conséquent.

Pug McDougall, qui a jadis travaillé de mèche avec Angus King, objecte que les Spooner sont passés au Mexique en juin dernier après avoir été très près de se faire prendre par le shérif Cooper et la brigade de Cheyenne, qui les traquaient depuis le casse du siège de l'Union Pacific.

Callum Connolly, le fils de feu le colonel Louis Connolly, était à Golden au moment du vol. Notre reporter, qui attendait dans le hall de la banque pour interviewer M. Kiester, a entendu à travers la porte close M. Connolly tancer sans ménagement son directeur. Connolly Junior a quitté le bureau en claquant la porte si violemment que la vitre a volé en éclats, laissant le pauvre Edwin Kiester, brave et honnête chrétien de notre paroisse, tremblant de la tête aux pieds.

M. Connolly n'a pas répondu à nos interrogations sur une éventuelle récompense pour la capture des bandits. S'il en était question, soyez assurés que vous en seriez les premiers informés dans ces pages.

LA PLATA MINER

MERCREDI 24 MAI 1876

LES BUREAUX DE CONNOLLY INC. À SILVERTON DÉVALISÉS ! TROISIÈME ATTAQUE EN UN AN

Jeudi 19 mai, deux hommes ont attaqué les bureaux de la mine Connolly à Silverton. C'est la troisième fois que des brigands prennent pour cible l'empire Connolly.

Les hommes sont entrés et ont poliment demandé leur paie. Ne les reconnaissant pas, Edgar Agnew, le responsable, a demandé leurs noms pour vérifier ses registres. Les hommes ont alors sorti leurs armes en disant qu'il n'avait pas besoin de noms. C'était l'heure de la pause du déjeuner et Agnew était seul dans le bureau, son arme hors de portée. Et de toute façon, le plus jeune s'en est emparé avant qu'Agnew ait pu faire un geste, ne lui laissant d'autre choix que d'obtempérer. Le chef a ligoté Agnew et l'a enfermé dans la réserve. Ils se sont enfuis avec la caisse.

Quand l'assistant d'Agnew l'a trouvé à son retour, ils sont allés immédiatement prévenir le shérif. La ville était pleine de prospecteurs descendus des montagnes après leur semaine de travail et un long train de marchandises venait d'arriver d'Ouray. Le désordre engendré par cet afflux de gens a permis aux gangsters de disparaître sans laisser de trace.

ROCKY MOUNTAIN NEWS

JEUDI 2 NOVEMBRE 1876

« LE GANG SPOONER VOUS SALUE BIEN »
QUATRIÈME CAMBRIOLAGE
POUR L'EMPIRE CONNOLLY EN DEUX ANS
LES PINKERTON À LA RESCOUSSE

La succursale de la banque des Rocheuses de Breckenridge a été dévalisée jeudi 27 octobre en fin de journée. Trois hommes masqués sont entrés au moment où son directeur, Wesley Loren, s'apprêtait à fermer l'agence avec son assistant, Josiah Smith. Deux des bandits ont aisément neutralisé les deux hommes, les ont attachés sur des chaises et bâillonnés en leur fourrant des mouchoirs dans la bouche, tandis que le troisième ouvrait le coffre à l'aide d'un stéthoscope. Ils ont pris la fuite avec treize mille dollars en cash, pièces d'or et obligations.

La bande a profité pour couvrir sa fuite de l'ambiance festive qui régnait dans la ville à l'occasion de l'ouverture de deux nouveaux saloons, avec des spectacles et des concours pour l'élection des plus jolies danseuses.

Avant de repartir de la banque, le chef a dit aux deux hommes ligotés de transmettre à Callum Connolly le message suivant : « Le gang Spooner vous salue bien. »

C'est la quatrième fois en moins de deux ans que des hors-la-loi s'attaquent à Connolly Inc., mais la première fois qu'ils signent leur forfait. Tous leurs vols ont eu lieu sans violence ni coup d'éclat, ce qui est une marque de fabrique de Spooner. Mais si Spooner est très habile, il tend à faire de plus en plus étalage de ses talents, comme dans l'attaque du train près du pont de Dale Creek, dans le Wyoming. Selon certaines rumeurs, Spooner serait au Mexique, et nous serions face à une nouvelle bande qui usurperait le nom de Spooner pour brouiller les pistes. Selon d'autres, il s'agirait d'anciens membres de la bande Spooner qui n'ont pas voulu partir dans le Sud et tentent leur chance en solo. Quoi qu'il en soit, leurs succès ont suffisamment exaspéré Callum Connolly pour le décider à engager les Pinkerton pour les mettre hors d'état de nuire.

18

Notes de travail de Claire Hamilton

Samedi 19 mai 1877
Pension de Platte River, Denver, Colorado

Il y a des jours dans ce métier où l'on parcourt des kilomètres, on rencontre des dizaines de gens, et où on a l'impression de ne pas avoir avancé d'un pouce, mais au contraire d'être encore plus perdu et moins bien informé que quand on a commencé. Jusqu'au moment où l'on prend conscience que cette absence d'informations est précisément un indice. Aujourd'hui fut une de ces journées.

Il est donc avéré que cette histoire de gang de femmes est le fruit de mon imagination débordante de femelle. Je me suis rendue au siège des trois principaux quotidiens et de quelques hebdomadaires de moindre importance et n'ai trouvé nulle part la moindre évocation d'une femme. Dorcas avait raison, les crimes sont innombrables, ici, qu'ils soient minimes ou conséquents, mais les seuls dont des femmes se rendent coupables sont la prostitution, l'hystérie, l'ivresse et quelques chapardages de nourriture pour leurs enfants. Une femme a poignardé son mari et a été enfermée à l'hôpital pour troubles mentaux. On trouve aussi maints articles pour ou contre le vote des femmes – ceux qui sont contre, plus tonitruants, figurent en meilleure place. Il est aussi beaucoup question d'un boom des mines d'argent dans la région d'Oro City, à California Gulch.

Les éditeurs des journaux, importants ou non, m'ont tous regardée comme si j'étais folle quand je les ai questionnés au sujet d'une bande de femmes qui terroriserait l'empire Connolly. Question choquante et abracadabrante. Les femmes n'ont pas la trempe nécessaire pour faire des malfaiteurs. Ni l'intelligence. Trop émotives. Et quel homme laisserait sa femme quitter la maison pour se livrer à de telles activités ? De toute façon les femmes n'ont pas cette tournure d'esprit, le sexe faible est trop honnête et trop moral. Celles qui ne le sont pas sont envoyées à leur place, dans les hôpitaux psychiatriques.

J'étais d'abord perplexe, puis irritée, mais à la fin de la journée j'avais commencé à me convaincre que je n'avais pas toute ma raison.

Et c'est là que j'ai compris que cette bande existait bel et bien.

Tant pis pour ce qu'il sortira de tout ça et pour la façon dont ça tournera, j'ai décidé de m'installer à Denver. Un coup de tête ? Possible. Mais ici l'air est revigorant, le ciel d'un bleu magnifique, le climat idéal, et les monts au loin, avec leur calotte de neige, forment un panorama exaltant. Denver est une grande ville, qui s'étend de jour en jour. Je m'y sens chez moi comme je ne me suis jamais sentie à Chicago. Ce soir je vais à un meeting du CWSA pour le vote des femmes. Demain je pars pour Colorado Springs, puis Pueblo, où je prendrai une diligence pour Canyon City.

Heureusement que j'aime voyager, je ne reverrai pas Denver avant au moins deux semaines.

J'ai acheté une tenue de voyage avec l'avance sur frais de Dorcas. C'est de très loin la plus jolie toilette que j'ai jamais possédée. Si je veux endosser l'identité d'une riche écrivaine voyageuse, il faut que j'en aie les atours.

Dimanche 20 mai 1877
Colorado Springs, Colorado

Un homme a été tué par balles à cinq pas de moi aujourd'hui. Je dois admettre à ma grande honte que je me suis évanouie séance tenante. J'ai repris conscience dans un lit avec une femme qui me versait du whisky dans la gorge. L'air las, elle portait un déshabillé de lin qui ne laissait pas grand-chose de son anatomie à l'imagination. Quand je me suis assise et que j'ai regardé autour de moi, j'ai découvert un cercle de femmes aussi légèrement vêtues qui m'observaient avec des expressions diverses, parmi lesquelles l'agacement dominait, et j'ai réalisé que j'étais dans une maison close. Je devais interrompre le seul moment de la journée où elles pouvaient se détendre et dormir. J'ai voulu me lever, mais j'ai été prise de vertige. La femme au whisky m'a dit que je m'étais cogné la tête et que je ferais mieux de rester assise.

« Vous êtes tombée d'un bloc, la tête en avant. Jamais vu une femme s'évanouir comme ça. »

J'ai porté la main à mon front et j'ai senti la bosse, au beau milieu. La migraine m'a brusquement vrillé l'espace entre les yeux.

« Vous en faites pas, on a appelé le docteur. »

J'ai dit que je ne voulais pas déranger et une des plus jeunes femmes a dit trop tard. La femme au whisky a mis tout le monde dehors en leur disant de ne pas oublier qu'on était dimanche et d'aller dormir un peu. Quand nous avons été seules, je lui ai demandé si le dimanche était un soir particulièrement chargé.

« Tous les soirs sont chargés. C'est quoi votre nom ? »

Il m'a semblé préférable de donner un pseudonyme, au cas où ma piste croiserait celle de Salter, qui connaît mon nom.

« Grace Trumbull.

— Qu'est-ce que vous faites ici toute seule ?

— Qu'est-ce qui vous dit que je suis seule ?

— Vous m'avez demandé d'aller chercher quelqu'un. »

Une erreur, que j'ai mise au compte du coup que j'ai reçu.

« Et vous, qui êtes-vous, et où suis-je ?

— Sally Dove, la Tourterelle. Ici, c'est le Nid des Tourterelles.

— C'est une maison close ?

— C'est un bordel, si c'est ce que vous voulez dire.

— C'est bien ça. Vous connaissez l'homme qui a été tué ? »

Sally a haussé les épaules.

« On voit beaucoup d'hommes, y en a pas beaucoup dont on se souvient.

— Et j'imagine que vous entendez beaucoup de choses. Des rumeurs.

— Des mensonges, la plupart du temps.

— J'ai lu qu'un filon d'argent a été découvert dans les montagnes ?

— Ça, c'est vrai. Je crois que je vais partir là-bas, histoire de changer d'air. Les hommes dépensent facilement leur argent quand ils ont l'impression qu'il ne va jamais manquer.

Sauf qu'il finit toujours par manquer. C'est pour ça qu'il faut y aller au début puis prendre le large. »

Ma tête commençait à lancer et j'avais hâte de me retrouver dans mon lit à mon hôtel, alors j'ai décidé d'être directe.

« Je traverse le Colorado pour écrire un livre sur ce que je vois et les gens que je rencontre. Est-ce que je peux parler de vous ?

— Si vous voulez, je m'en fiche.

— Je me demandais si vous pourriez me donner des informations, vous qui entendez tellement de choses dans votre métier. Dans le train un homme parlait à son voisin d'une bande de hors-la-loi.

— Le Colorado est infesté de hors-la-loi. Ils paient bien, remarquez, quand ils sont en fonds.

— Mais cette bande est spéciale. Ce seraient des femmes. Vous en avez entendu parler ?

— Pourquoi vous avez pas demandé au type du train ?

— C'est ce que j'ai fait, et il s'est refermé comme une huître. »

La bretelle de la Tourterelle a glissé de son épaule, découvrant un sein avec un large téton rose. J'ai détourné les yeux en sentant que je rougissais et mes tempes se sont mises à tambouriner.

« Ça m'étonne pas. Ils en parlent que quand ils sont soûls.

— Elles existent ?

— Ouais. On dit qu'elles font partie du gang Spooner, mais j'y crois pas. J'ai eu Jed Spooner dans mon lit. Il est plus respectueux que la plupart, mais ça reste un homme, et j'en ai jamais rencontré un seul qui supporterait qu'une femme l'humilie pendant deux ans.

— Il n'est pas au courant ?

— La dernière fois que j'ai entendu parler de Jed, il partait pour le Sud, loin des shérifs de l'Utah. C'était il y a deux ans. Mon idée, c'est que la nouvelle n'est pas encore arrivée au Mexique, mais quand ce sera fait, il va rappliquer en vitesse. »

J'ai jeté un coup d'œil à Sally, en espérant qu'elle avait remis sa bretelle. Ce n'était pas le cas. Quand j'ai relevé les yeux, ce n'était plus de la fatigue que j'ai lu sur son visage. Elle s'est rapprochée de moi et a touché la bosse sur mon front, avec douceur. Elle a dit qu'elle pouvait m'aider à me sentir mieux.

« Vous avez une idée de qui elles sont ?

— Non.

— Où elles vont entre deux hold-up ?

— Non.

— Combien elles sont ?

— Vous écrivez pas un livre, hein ?

— Non.

— Je vais vous dire quoi : je vais faire ma petite enquête pour vous. Vous revenez me rendre visite et je vous dirai ce que je sais. »

Lundi 21 mai 1877
Pueblo, Colorado

J'ai passé la nuit sans dormir avec un terrible mal de tête. Alors j'ai décidé d'en profiter pour écrire un autre journal, qui servira à prouver que je suis ce que je dis, un écrivain. Le premier, je le cacherai dans le double fond de ma malle.

Mardi 22 mai 1877
Canyon City, Colorado

J'ai écumé les journaux de Colorado Springs, Pueblo et Canyon City sans obtenir d'autre réponse qu'à Denver.

Personne n'a entendu parler de femmes hors-la-loi. Ce n'est pas dans la nature des femmes. Pas étonnant que cette bande s'en sorte si bien, personne ne croit à son existence.

J'avoue qu'elles me fascinent. Qu'est-ce qui les a amenées à ça ? Est-ce que ce sont des brutes sans éducation ? Ou des femmes respectables qui font ça par jeu ? Que font-elles de cet argent ? Où se cachent-elles ? Vivent-elles au grand jour ? Une maîtresse d'école, une veuve, des prostituées ? Impossible qu'elles soient mariées, je ne peux pas imaginer qu'un homme laisserait sa femme courir de tels risques et se charger de la subsistance de la famille. À moins bien sûr qu'il ait été gravement accidenté, un mineur, par exemple, et qu'ils n'aient pas d'autres moyens de subsistance.

Me revoilà avec mon imagination qui s'emballe. C'est un passe-temps auquel je m'adonne depuis l'enfance, imaginer la vie de gens inconnus. Un passe-temps silencieux, auquel je pouvais me livrer juste en regardant par la fenêtre de chez nous. Ne pas faire de bruit était crucial pour la paix de la maison, crucial pour ne pas encourir les foudres de ma mère, de même que l'obéissance et le travail. C'est ma curiosité pour les autres qui m'a amenée à devenir détective. On dit que la curiosité est un vilain défaut, mais dans mon cas, elle m'a permis de réussir.

L'idée de me présenter comme une voyageuse écrivaine m'est venue comme ça, mais plus j'y pense, plus elle me plaît. Pourquoi ne pas écrire sur ce temps passé dans le Colorado, un peu comme l'a fait Isabella Bird en 1871 ? Je crois que le style de ce journal va devenir un peu plus fleuri, du coup. N'empêche que l'intitulé de ces notes de travail n'est qu'un leurre.

Le trajet en diligence depuis Pueblo a été assez horrible. Six personnes entassées dans un espace exigu, dont trois n'avaient pas dû prendre de bain depuis un moment, d'après l'odeur. Un nommé Benjamin Adamson est le secrétaire que Connolly a envoyé pour convoyer l'argent de la paie. J'ai été ahurie qu'il s'imagine que ce petit homme nerveux puisse être d'une quelconque utilité pour protéger un si précieux chargement. Après un interrogatoire subtil, il s'est avéré qu'Adamson et Connolly ne se sont encore jamais rencontrés. Adamson arrive tout droit de l'Iowa pour prendre son nouveau poste. Je le crois sur parole, il a l'allure de ces voyageurs harassés d'avoir passé trop de temps sur les routes et semble prêt à fondre en larmes d'une minute à l'autre. Pauvre gars.

La diligence pour Gunnison, puis Ouray, Silverton et finalement Columbia part à huit heures demain. J'espère qu'elle sera moins pleine qu'aujourd'hui, j'ai entendu dire que la route est difficile. Et j'espère qu'Adamson tiendra le coup.

Samedi 16 juin 1877
Heresy Ranch, Timberline, Colorado

Je n'ai jamais été aussi heureuse de voir une malle que quand la mienne est arrivée au ranch. Sur le moment, je n'ai pas pensé à me réjouir de récupérer enfin mes vêtements, mes gants et mon journal secret, j'étais trop ahurie de voir Jehu, l'homme qui conduisait la diligence, apparaître à la porte. Toutes ces dernières semaines, Garet et Hattie n'ont pas prononcé son nom une seule fois. Une pièce s'est ajoutée au puzzle : voilà comment ces femmes, qui vivent dans un tel isolement, s'y prennent pour trouver leurs cibles. Jehu est un éclaireur. En tant que cocher, il circule dans tout le Colorado et entend tous les ragots. Et bien sûr, il sait mieux que quiconque la valeur de ce qu'il transporte. C'est un homme très gentil, et je me demande s'il a conscience du pétrin dans lequel il s'est mis.

Il y a tant à raconter depuis ma dernière note, je ne sais pas par où commencer. Je crains de prendre des risques en mettant les choses par écrit. Garet a confisqué mon faux journal pour le lire. Il est fait pour, mais pas celui-ci. Il faut que je sois concise, et chronologique, mais avant toute chose je dois tout de même raconter en détail ce qui s'est passé hier soir au saloon du Diamant Bleu.

La bande comprend quatre membres, cinq si l'on ajoute Jehu. Margaret Parker est le chef. C'est une véritable *lady* anglaise, même si elle laisse rarement son accent la trahir. Elle est de taille et de beauté moyennes, le visage allongé, les cheveux noirs, mais elle possède un charisme qui séduit tout le monde. Elle m'a rapidement conquise, dès le voyage en diligence, en fait, et je vais devoir me surveiller pour ne pas me laisser complètement envoûter. Je ne cesse de me redire que c'est une criminelle et que son arrestation est la clé de mon avenir et de mon indépendance.

Hattie LaCour, ancienne esclave et soldat des Buffalo Soldiers, vient en numéro deux (bien qu'elles disent toutes deux être des égales et que Garet témoigne à cette Noire une déférence que je n'ai jamais vue de la part d'une femme blanche). Elle est très belle, avec une peau soyeuse de la couleur du bronze, qui semble s'assombrir ou s'éclairer selon les couleurs qu'elle porte, des taches de rousseur qui sèment son nez comme des petites étoiles et des lèvres pleines. Je n'avais jamais fait attention à la bouche comme un élément de la beauté jusqu'à présent, mais celle d'Hattie LaCour est magnifique et aimante le regard.

Elle est capable de prendre différentes personnalités selon la situation : l'ancienne esclave ignorante fumant le cigare dans son accoutrement d'homme pour l'attaque de la diligence, alors qu'en réalité c'est une femme très futée, qui s'exprime parfaitement, qui paraît même cultivée. Elle porte en turban des foulards aux brillantes couleurs et se déplace avec une grâce enviable. Elle n'a aucune confiance en moi, ni moi en elle, mais elle force mon respect par son attachement à ses proches, son instinct de protection, qui nourrit je pense sa défiance envers moi. Défiance méritée, d'ailleurs, ce qui prouve son discernement. Je vais devoir me montrer très prudente avec elle.

Deux sœurs, Stella et Joan Elbee, complètent le groupe. Elles sont toutes deux totalement illettrées, mais Joan est d'une beauté hors du commun. Stella, avec son poncho et son sombrero, est une punaise pleine de fiel qui déteste tout le monde en dehors de sa famille d'adoption. Les trois femmes ont tendance à materner Joan et à la traiter comme une petite fille, et elle en profite pour n'en faire qu'à sa tête. Bizarrement elles n'ont pas l'air de s'en rendre compte, ou peut-être s'en moquent-elles. Joan est maligne et habituée à obtenir ce qu'elle veut.

J'ai fait la connaissance de Margaret (Garet, donc), Stella et Joan en attendant la diligence au départ de Canyon City. Elles voyageaient sous des faux noms, du coup, avec moi, cela faisait quatre passagers sur cinq qui voyageaient sous une fausse identité ! Garet s'est présentée comme une veuve tuberculeuse, Joan et Stella comme deux sœurs allant rejoindre leur père dans une ville minière, et j'avais pour ma part servi mon histoire de voyageuse écrivant un livre. Elles n'ont absolument rien laissé paraître de leurs identités et leur but véritables. Encore maintenant, en repensant à nos discussions, je ne trouve pas un mot ou un geste qui auraient pu attirer mes soupçons. J'étais convaincue que les bandits surgiraient quelque part en chemin, et n'ai pas imaginé une seconde qu'ils avaient placé trois des leurs à bord de la diligence, pour réduire les risques. Si Hattie avait été avec elles, j'aurais peut-être été plus circonspecte. Leur organisation est exemplaire et s'est parfaitement illustrée au cours de l'attaque.

Garet a feint une crise de toux et je me suis précipitée pour lui venir en aide. Elle avait dit qu'elle avait un remède dans la malle et espérait ne pas avoir à s'en servir. J'ai fait arrêter la diligence et demandé au conducteur de descendre sa malle. Elle a insisté pour sortir elle-même son médicament, ce qui n'a nullement éveillé mes soupçons. Elle s'est jouée de moi avec brio. Nous avions sympathisé : elle avait pris mon parti dans une discussion avec Adamson au sujet du vote des femmes, s'était assise près de moi pendant notre longue pause au bord d'une rivière à l'heure du déjeuner, m'avait fait parler, sans rien dire d'elle-même. Si elle n'était pas de l'autre côté, elle ferait une excellente détective.

Quand elle a pointé son arme sur moi, j'ai compris la chance que j'avais eue de pouvoir établir un contact avec elle avant le hold-up. J'ai donc obéi avec empressement à toutes ses injonctions. Il y avait toujours eu un gros point d'interrogation dans mon plan : comment infiltrer la bande et, avant même cela, comment parvenir à les suivre jusqu'à l'endroit où elles se terraient. Je m'étais toujours heurtée à des murs chaque fois que je posais une question, hormis avec la Tourterelle, mais je pouvais difficilement attendre que l'on assassine des gens sous mes yeux pour avoir l'opportunité de pénétrer dans tous les bordels du coin. Garet s'était montrée amicale pour me neutraliser plus facilement mais, ce faisant, elle m'avait donné une porte d'entrée dans sa bande que je n'aurais jamais obtenue autrement. Au moment où elle allait prendre la fuite, je lui ai demandé de m'emmener avec elle, pour écrire son histoire dans mon livre. « Personne ne croit à votre existence. Je peux faire changer ça. »

Il apparaît que Garet a plus en commun avec les hors-la-loi

mâles qu'elle ne veut l'admettre. Elle voudrait pouvoir se glorifier de ses exploits, elle aussi. C'est juste que personne ne veut l'écouter.

Dimanche 17 juin 1877, un peu après minuit
Heresy Ranch, Timberline, Colorado

Jehu et Hattie sont un vrai couple. Bien sûr, ils ne sont pas mariés, il est blanc et elle est noire, mais ça ne les empêche pas de jouir de relations maritales avec exubérance. J'ai entendu des cris un peu plus tôt, mais je ne crois pas que c'était à cause de… bon, vous savez quoi. C'est un couple passionné, assurément.

Mon lit est une palette dans la pièce principale, à côté du feu. Je n'ai jamais dormi sur quelque chose d'aussi inconfortable. Garet m'a proposé de partager son lit, mais j'ai décliné l'invitation. Je profite d'être seule pour écrire et faire le point sur les événements. La nuit va être longue.

Quand j'ai demandé à Garet de m'emmener, elle n'a pas hésité longtemps. Nous sommes parties dans la montagne jusqu'à une petite cabane où Stella, Joan et Hattie l'attendaient avec des chevaux de rechange. Elles étaient sidérées de me voir et Hattie fulminait. J'avais déjà compris que Stella n'aimait personne et que c'était face à Hattie qu'il allait falloir que je m'impose. Ce que j'ai fait, sans le vouloir, en lui tenant tête.

Il nous a fallu une semaine pour rejoindre leur ranch à Timberline et j'ai été malade comme un chien pendant toute la chevauchée. Elles appellent ça le mal des montagnes et j'ai vraiment cru mourir. Mais je ne pouvais pas montrer de faiblesse ni les ralentir plus que je ne le faisais déjà. La crainte qu'une brigade soit à nos trousses était dans toutes les têtes. Garet se montrait compréhensive, mais pas forcément très prévenante. Je crois qu'elle regrettait de m'avoir emmenée, ce qui me blessait un peu. Je l'admire plus que je ne devrais : elle est mon adversaire et mon objectif est de la livrer à la justice. À mesure que leurs histoires à elle, Hattie, Stella et Joan me parviennent par bribes, je me prends à m'émerveiller de leur force morale et de leur détermination à survivre. Je m'attendais à trouver de la cupidité et de l'arrogance à l'origine de leurs agissements, mais c'est tout l'inverse. Elles distribuent une grande partie de leur magot aux habitants qui se débattent pour vivre à Timberline, et ils leur prodiguent en retour un port d'attache sûr à l'écart de la justice. Le désir de Garet de se faire connaître au monde est moins motivé par l'orgueil que par son sentiment de l'injustice faite aux femmes, éternelles oubliées et reléguées aux marges de l'Histoire – quand elles ne sont pas totalement effacées.

J'étais tellement malade que j'ai passé les premiers jours de notre arrivée au ranch à dormir. Quand j'ai pu enfin me lever, j'ai appris que Garet était partie dans les montagnes. Elle fait toujours cela après un coup, de partir en solitaire, une semaine ou deux. Ce qui signifie que je restais seule avec Hattie. L'occasion rêvée de sympathiser avec elle et de glaner le plus d'informations possible, mais Hattie ne voulait pas de ça et m'a confiée à la garde de Stella.

Les chevaux m'ont toujours terrifiée, mais il m'a fallu surmonter ma peur très rapidement durant notre semaine de trajet. J'avais espéré en avoir fini avec eux à l'arrivée, imaginez ma surprise en découvrant que ces femmes possèdent un ranch. Elles capturent des chevaux sauvages et les dressent pour les vendre à des cow-boys ou à des voleurs de bétail (qui très souvent ne font qu'un, je commence à le comprendre), à des hors-la-loi, des chercheurs d'or, ou quiconque vient à échouer dans cette région qu'on appelle

Brown's Hole. Je suis cernée par ces bestioles et ne peux faire autrement que prétendre les aimer et m'efforcer de progresser en tant que cavalière. J'ai le sentiment qu'elles peuvent me pardonner n'importe quoi sauf de ne pas aimer les chevaux.

Je prends mes désirs pour des réalités, bien entendu. Hattie a annoncé qu'elle me tuera si je leur mens, ce qui m'a donné à réfléchir, je dois l'admettre. C'est la première fois depuis que je fais ce métier que l'on me menace directement. Je n'ai aucun doute qu'Hattie pense ce qu'elle dit et qu'elle a déjà tué. C'est dans sa nature. Il y a quelque chose de froid et d'intraitable dans son regard, quand il se pose sur moi en tout cas. Pourtant elle sourit et elle rit, et son rire est magique. Puis elle s'aperçoit que je ris avec elle et son visage se ferme. J'ai envisagé de prendre la fuite, mais je suis coincée. Je ne peux pas partir à cheval et n'ai pas d'argent pour payer quelqu'un pour me sortir d'ici. Personne ne le ferait, de toute façon, le gang fait vivre toute la ville.

La seule qui s'est montrée prête à me livrer des renseignements est Joan, après m'avoir fait jurer le secret. Je lui ai dit que puisque je devais faire un compte rendu exact de la vie de la bande dans mon livre, j'avais besoin de connaître leur histoire et leur passé, ce qu'elle a admis, tout en disant que ce qui serait imprimé importait peu, Stella ne sachant pas lire. Mais je ne devrais dire à personne, et surtout pas à Stella, qu'elle m'a raconté comment elles s'étaient retrouvées ici. J'ai accepté. L'histoire qu'elle m'a rapportée est d'une telle violence que j'ai eu du mal à la croire.

Elle et Stella sont originaires du Nebraska, filles d'un paysan brutal et d'une mère maladive et dépassée. Ils étaient six enfants, mais seul leur frère aîné et elles deux avaient vécu au-delà du berceau. Selon Joan, leur mère s'était tuée à la tâche dix ans plus tôt, elle avait alors sept ans et Stella treize. Stella avait dû endosser toutes les fonctions de sa mère, et Joan l'aidait de son mieux, mais déjà à cet âge, Stella se montrait très protectrice envers sa sœur.

« J'étais trop petite pour comprendre ce que mon père faisait à ma sœur la nuit. Les jours où il partait de la ferme, c'était au tour de mon frère. Le premier bébé est mort après trois semaines. Le second quatre. J'ai compris ce qui s'était passé quand j'ai vu Stella qui plongeait le troisième tête en bas dans un tonneau plein d'eau. »

Je ravalais ma bile en l'écoutant.

« Stella est allée voir la sage-femme, en ville. Je ne sais pas ce qu'elle lui a donné mais Stella n'est plus jamais tombée enceinte. Ça lui a pas plu, à papa, il fallait des enfants pour aider à la ferme. Judah, notre frère, était devenu un homme, il pensait qu'à partir et papa pouvait pas s'occuper de la ferme à lui tout seul. Quand j'ai eu mes règles, on l'a caché du mieux possible avec Stella, mais on pouvait pas cacher mes nichons. Stella faisait de son mieux pour me garder tout le temps sous les yeux mais c'était pas possible. Je pouvais pas désobéir à mon père et le jour où il m'a dit de venir l'aider dans la grange, on savait très bien ce qu'il allait faire. J'y suis allée mais Stella a dit : "T'en fais pas."

» Il a déboutonné son pantalon et il a commencé à sortir son machin, mais Stella est arrivée derrière lui. Elle a levé la hache et l'a tué d'un seul coup, net. Il est tombé sur moi, avec la hache dans le crâne. Il y avait du sang partout et il avait des soubresauts comme un serpent mort. Stella l'a écarté de moi en le traînant par le manche de la hache, elle m'a dit de surveiller si Judah venait pendant qu'elle le cachait derrière la grange. J'ai entendu cinq ou six coups avant qu'elle revienne. Du sang avait giclé partout sur elle et gouttait de la lame de la hache. Elle m'a dit de me changer puis de chercher Judah, de lui dire qu'il y avait eu un accident horrible. Et de revenir en courant à la grange et de m'écarter sur le côté, très vite. Je tremblais comme une feuille de ce qu'elle avait fait et de ce qu'elle allait faire. Elle m'a flanqué une gifle pour me remettre les idées en place et m'a dit de faire ce qu'elle disait, ou est-ce que je voulais que Judah la tue et me fasse à moi ce qu'il lui faisait à elle ? Alors j'ai fait comme elle disait. »

Joan me racontait tout ça d'une voix posée, en pétrissant une miche de pain. J'étais sans voix. Que dire après un tel récit ? J'étais horrifiée, même si je sais que je ne vaux pas mieux. Je sais ce que c'est que d'être poussée au-delà de ses limites.

Les sœurs ont pris la fuite, bien entendu. Stella avait mis de l'argent de côté en prévision, sachant que cela finirait par arriver. Elles avaient tout juste de quoi aller jusqu'à Rock Springs, et c'est là que Jehu les a trouvées, mendiant pour acheter un billet pour San Francisco. Il les a ramenées à Garet et à Hattie au ranch de Cache-la-Poudre, leur premier ranch, dans les contreforts des montagnes près de Fort Collins, et elles sont restées chez elles.

J'ai demandé si le mari de Garet était encore en vie quand elles étaient arrivées et c'était bien le cas, mais il était malade et était mort cet hiver-là. Joan n'a pas su me donner la date ni même l'année précise de son décès, elle se rappelle juste qu'il était presque toujours alité et que Garet et Hattie passaient l'essentiel de leur temps à lui prodiguer des soins.

« Elles faisaient tout le temps ça, de recueillir des gens. Ça a fini par se savoir qu'on pouvait se mettre en sûreté à Cache-la-Poudre, les femmes et les hors-la-loi. » Les yeux de Joan se sont illuminés. « Jed Spooner et son gang, et d'autres dont j'ai jamais su les noms. Ils arrivaient, ils échangeaient leurs chevaux contre des frais, il y en a qui se cachaient dans les grottes dans les montagnes et d'autres qui travaillaient chez nous comme cow-boys sans se cacher. Ils parlaient pas de ce qu'ils faisaient, en tout cas pas devant moi et Stella, du coup on mentait pas si on disait qu'on les connaissait que comme des cow-boys. Ils payaient le prix fort pour les chevaux, en échange des repas le temps où ils étaient là.

— Tu as vu beaucoup de choses, pour une toute jeune fille. »

Elle a pris un air rusé.

« J'étais petite, alors je pouvais facilement me cacher pour écouter sans qu'on me voie. » Elle s'est penchée vers moi, même si nous étions seules dans la cuisine. « Garet et Jed ont couché la nuit même où on a mis Thomas en terre. Dehors, derrière la grange, contre le mur. Ils ont même pas…

— Stop, je ne veux pas écouter ça. »

Hattie est entrée à cet instant et je n'ai pas eu le temps de m'arrêter sur le regard entendu que Joan m'a lancé.

Garet est rentrée au ranch très agitée. Elle bouillonnait et vouait les hommes aux gémonies. Une fois qu'elle s'est calmée, elle nous a appris que Jed Spooner était de retour à Timberline. Je ne pouvais en croire ma chance. Si je parvenais à faire arrêter Margaret Parker *et* Jed Spooner, mon avenir était assuré. Pendant que je rêvais à ma gloire future, Hattie questionnait Garet. Comment l'avait-elle su ? Elle était partie à l'opposé de la ville, deux semaines plus tôt. Garet a rougi en expliquant que Luke Rhodes le lui avait dit. Puis elle a recommencé à pester, contre les hommes et leurs traquenards, cette fois, et j'ai compris qu'elle avait une liaison avec Rhodes.

Je l'avais croisé quand nous étions allées chez le maréchal-ferrant avec Stella pour faire affûter son couteau. Pas très grand, les jambes arquées typiques du cow-boy, avec une moustache spectaculaire et un visage tanné et anguleux. Un bel homme, je suppose, si l'on aime le genre rustique. Courtois, avec un regard malicieux, un ancien voleur de bétail jusqu'à ce qu'il se casse une jambe dans une fuite précipitée et décide que finalement, il n'aimait pas tellement les vaches. Il avait été élu shérif parce qu'il n'y avait personne de plus qualifié, et pas grand-chose à faire respecter dans une ville aussi retirée que Timberline. Il possède une ferme mais Hattie m'a dit qu'il vient donner un coup de main au ranch chaque été, quand ils ramènent le nouveau troupeau.

Il y a une seule loi à Timberline : pas de morts violentes. Peu lui importe si les bandits viennent s'y terrer, mais s'ils ont tué quelqu'un, Rhodes rend justice lui-même. Il n'a eu à le faire qu'une seule fois, à ce qui se dit. Le gang de Garet n'a pas recours à la violence, si l'on excepte le coup de crosse sur le crâne de Benjamin Adamson. Il regardait Joan d'une manière très déplacée et j'étais ravie que Stella le corrige un peu.

J'ai mal à la main, tant il y a de choses à écrire, je ne peux plus continuer. Je raconterai demain ce qui s'est passé au Diamant Bleu.

Dimanche 17 juin 1877, suite

Ma tête avait à peine touché l'oreiller que le coq s'est mis à brailler et que Jehu est venu préparer le café. Il m'a saluée en s'excusant de m'avoir réveillée et que je sois obligée de dormir par terre. Il m'a dit qu'une des sœurs me donnerait son lit la nuit prochaine. J'ai décliné l'offre, malgré les craquements dans mon dos quand je me suis mise debout et étirée. Heureusement, il n'a rien entendu. Garet a fait son apparition en finissant de tresser ses longs cheveux, vêtue d'un pantalon et de bottes de cheval, *lady* anglaise jusqu'au bout des ongles, et a dit à Jehu qu'elle m'avait déjà proposé de partager son lit.

« Je ne veux pas déranger.

— Vous aimez coucher à la dure, Grace ?

— Non, je… »

Je me suis sentie rougir, et me suis réjouie que la lumière soit encore faible dans la pièce. « J'ai tendance à donner des coups de pied. Enfin, jadis. Je n'ai pas partagé mon lit depuis… » Je me suis raclé la gorge. Pourquoi est-ce que je bégayais comme une sotte ? « Ça va très bien comme ça. » J'ai plié les couvertures et les ai posées sur ma malle, comme une protection de fortune contre les yeux indiscrets. Le double fond me paraît fiable mais je ne veux pas prendre de risque. Cela fait, j'ai réalisé que mes mains étaient nues. J'ai tourné le dos pour les cacher à la vue des deux autres et me suis hâtée de sortir une paire de gants propres de ma malle. Mes gants de voyage marron, pourtant plus solides que ceux en coton, partent en lambeaux. Il faudra que je les recouse ce soir, quand je serai seule.

Quand je me suis retournée, Garet était derrière moi et me tendait une tasse de café. Elle me regardait droit dans les yeux, mais mes gants blancs tout propres luisaient dans la semi-obscurité. J'ai soutenu son regard en m'efforçant de ne pas avoir l'air coupable ou mortifiée. Mes cicatrices et mon passé m'appartiennent et ne la regardent pas.

« J'ai une paire de gants plus solides pour travailler, je peux te les prêter si tu veux. »

J'ai ravalé la boule qui s'était traîtreusement formée dans ma gorge et croassé un remerciement. Elle a eu un sourire et a proposé son aide à Jehu pour les chevaux. J'ai fait de même, mais ils m'ont dit que ça irait plus vite sans moi.

Par la fenêtre de la cuisine je les ai vus entrer dans la

grange et je les ai suivis, en laissant ma tasse de café sur l'accoudoir d'un fauteuil de la galerie.

J'ai fait le tour pour aller du côté de la grange qui n'est pas visible depuis la maison et me suis tapie près d'une fenêtre. Dans la stalle, le cheval a renâclé et je me suis reculée en voyant Garet qui lui apportait du foin.

« Je dois le faire, Jehu.

— Non, tu n'es pas obligée. Tu as envie de le faire.

— Et après ? Satané Jed Spooner.

— Garet.

— Ne me fais pas la leçon. Je suis près de mourir, tu as oublié ?

— Non, je n'ai pas oublié. C'est pour ça que c'est une folie.

— Tu n'étais pas là. Tu ne l'as pas entendu m'humilier. Il m'a traitée comme si je n'étais rien de plus qu'une putain. Voilà ce qu'il pense de moi, depuis toujours.

— Je ne crois pas ça.

— Pourquoi tu prends sa défense ? Tu le détestes.

— Il a perdu la face en tant qu'homme, voilà tout.

— Oh, oui, tu en sais un rayon là-dessus, hein ?

— Garet. »

Il y a eu un silence.

« Excuse-moi.

— Tu n'es plus toi-même, Garet. D'abord tu kidnappes cette femme.

— C'est elle qui a voulu venir.

— Tu n'avais pas à la faire venir ! Tu ne sais rien d'elle !

— Elle va écrire notre histoire.

— Ouais, Hattie m'a expliqué. Si je comprends bien le truc, tu seras morte, et cette femme écrira je ne sais quoi qui conduira la police tout droit chez nous, à Timberline. Une idée brillante, y a pas à dire. »

Garet s'est mise à rire.

« Aucun risque qu'elle retrouve le chemin jusqu'ici. Je n'ai jamais vu une femme aussi inadaptée à la vie à la dure, trouver sa route, monter à cheval… Quoi qu'il en soit, j'ai confiance en elle, je ne sais pas pourquoi.

— Pas Hattie.

— Hatt n'a confiance en personne.

— Je lui ai dit hier. Pour ton cancer.

— Je m'en étais doutée. C'était pour ça, tous ces cris.

— Tu aurais dû lui dire.

— Bon sang, Jehu ! Tu n'es au courant que parce que tu écoutes aux portes !

— Comment te sens-tu ?

— Très bien tant que j'ai du laudanum et du haschich. Merci de m'en avoir rapporté.

— Pas de quoi. Est-ce que la douleur empire ?

— Rien d'intolérable.

— Pourquoi est-ce que tu veux repartir et recommencer au lieu de rester ici, à profiter de tes journées avec nous, avec tes chevaux ? C'est absurde, Garet.

— Oui, je suppose. Pour être franche, je me sens vivante quand on prépare un coup. J'adore ça, encore plus que de dompter les chevaux. Si je reste ici, j'aurai l'impression d'avoir renoncé à la vie, d'accepter que l'heure est venue. Je n'ai pas peur de mourir, Jehu. Il y a beaucoup de gens qui m'attendent. Mais je ne suis pas encore prête. »

Ils ont travaillé en silence pendant si longtemps que je me suis demandé s'ils avaient quitté la grange. J'ai glissé un œil par la fenêtre et je les ai entrevus à travers les planches des stalles. Finalement, Jehu a dit :

« OK.

— Tu es avec nous ?

— Non. Je m'étais mis en tête que c'était le dernier,

donc pour moi, c'était le dernier. Je resterai ici, je m'occuperai du ranch. Je prendrai quelques gars pendant que vous serez parties avec Hattie. Je ne quitterai plus jamais le Hole pour autre chose qu'un convoi de marchandises.

— C'est réglo. Allez, on donne à boire aux chevaux et on va boire un café. »

Je me suis précipitée à la maison et me suis installée dans le rocking-chair avec ma tasse, à siroter mon café comme si je n'avais pas bougé de là. J'avais tout juste eu le temps de comprendre ce que je venais d'entendre. Garet était mourante. Elle a traversé la cour et m'a hélée : « Je te rejoins. »

Elle est revenue avec son mug et la cafetière. Elle m'a resservie, a posé la cafetière entre nos fauteuils et s'est assise.

« Tu as tout entendu ?

— Pardon ?

— Je sais que tu nous as écoutés.

— Je n'ai pas...

— Regarde devant toi. »

J'ai regardé. D'où j'étais, je voyais parfaitement Jehu, dans la grange. J'ai baissé la tête en me maudissant en silence. Une faute de débutante.

« Pourquoi ?

— Je suis curieuse.

— C'est tout ?

— Si tu veux que j'écrive tout ça, que je raconte les choses comme elles se sont passées, il faut que tu collabores avec moi et que tu ne sois pas aussi suspicieuse quand je pose des questions. Mon intention n'est pas d'espionner mais je veux faire les choses bien. Encore plus maintenant. »

Garet a plissé les yeux en se mordant la lèvre.

« Ne t'avise pas de me prendre en pitié, Grace Trumbull.

— Certainement pas.

— Est-ce que tu vas nous aider ?

— Pour ?

— Le hold-up.

— Tu voudrais... que je vous aide ?

— Quel meilleur moyen de nous connaître que de devenir une des nôtres ? »

J'ai du mal à décrire ce que j'ai ressenti à ce moment. Des émotions contradictoires se télescopaient en moi. Coucher ça sur le papier, prendre acte de ce tiraillement, ce serait lui donner du pouvoir, et je ne peux pas me le permettre. Mais je n'ai pas hésité pour répondre. Être totalement impliquée dans l'affaire était idéal.

« Je suppose que ça veut dire que je vais devoir apprendre à monter.

— En effet.

— Je déteste les chevaux.

— Je sais. »

Elle a tapoté le dos de ma main gantée et s'est levée. « Mais ça, je peux y remédier. »

Et maintenant, comme promis, les événements du 15 juin au Diamant Bleu.

J'avais hâte de rencontrer Jed Spooner, je l'avoue. Quel type d'homme était-il pour que Garet se soit donnée à lui avant même que le corps de son époux ait refroidi en terre ? Cela lui ressemble si peu, me semble-t-il, bien que je ne sache pas exactement sur quoi je me base pour le dire. C'est peut-être surtout que je n'ai pas envie qu'elle soit ce type de femme.

Mais même sans Jed Spooner, l'attrait d'aller en ville, boire une pinte de bière, entendre enfin Opal jouer de son accordéon, était suffisamment excitant. Stella a mis son *serape*[1] et son sombrero et vérifié que son revolver était chargé avant de le ranger dans son holster. Hattie a ressorti la tenue qu'elle portait pour le hold-up, un assemblage de vêtements militaires, moins les insignes, mais à la place du képi un turban rouge vif noué sur le côté avec coquetterie et une élégance indéniable. Une dispute a éclaté entre les sœurs au sujet de la robe de Joan, qui me semblait pourtant assez décente. Hattie s'est penchée vers moi en murmurant qu'il était recommandé de porter un pantalon pour aller au Diamant, si l'on ne voulait pas s'attirer d'attentions malvenues. « Il n'y a que deux prostituées, tu comprends. »

Je me suis donc changée, mais pas Garet, ni Joan. Toutes étaient armées, par contre. Garet a passé un holster autour de ma taille et, tout en me prévenant qu'il était chargé, m'a tendu mon Peacemaker.

Hattie a ironisé que c'était un sacré gros calibre, pour un bas-bleu. Elle n'avait pas tort, et j'ai rougi.

« Je ne suis pas une très bonne tireuse. Pourras-tu m'apprendre ? »

Elle a mâchonné son cigare et m'a dévisagée, menton levé.

« Ma foi, tu ne t'en es pas mal sortie avec les chevaux. Peut-être que tu peux aussi t'en sortir avec une arme.

— Tu veux que je t'apprenne à lancer un couteau ? a demandé Stella. C'est bien d'avoir plusieurs cordes à son arc, pour tuer quelqu'un.

— Je suppose, mais je…

— Je peux t'apprendre aussi les poisons, a renchéri Joan. Les champignons toxiques et les baies, c'est ce qui marche le mieux. Jehu veut jamais rapporter d'arsenic, je ne sais pas pourquoi, il faut bien que je me débrouille. »

1. Couverture mexicaine portée comme un châle.

Les trois femmes me regardaient avec le plus grand sérieux. Je suis restée bouche bée, puis j'ai bredouillé :

« Ah, heu, c'est gentil…

— Elles te taquinent, a coupé Garet.

— Oh. »

Elles ont éclaté de rire.

« On t'a fait marcher, hein ? a dit Stella.

— Oui, ça, on peut le dire. »

Elle s'est approchée de moi et m'a tapoté l'épaule.

« Mais je pourrai quand même t'apprendre comment on lance un couteau. Et comment on s'en sert en combat rapproché. Ça peut être utile pour défendre ta vertu, un jour ou l'autre.

— Espérons que je n'en aie jamais besoin. »

Hattie, Stella et Joan sont sorties préparer les chevaux. J'allais les suivre mais Garet m'a retenue.

« Elles t'aiment bien.

— Ah bon ?

— Tu ne le vois pas ?

— Elles menacent tous les jours de me tuer.

— Elles n'en feront rien maintenant que je suis là. » Elle a passé son bras sur mon épaule. « Désormais, c'est de moi que tu dois te méfier.

— Très amusant. »

Nous nous sommes mises en selle. Les chevaux piaffaient un peu trop pour que je sois à mon aise. J'ai posé la main sur le col de Rebel pour le calmer. Voyant l'excitation dans ses yeux brillants, le cheval de Garet caracolait.

« Allons-y. On va montrer à ces messieurs ce que c'est que des hors-la-loi dignes de ce nom. »

Elle a éperonné son cheval, qui a eu un petit mouvement de recul avant de bondir vers l'avant. Les trois autres ont poussé des vivats et lancé leurs montures à sa suite. Je les ai regardées dévaler le sentier, mes poumons s'emplissaient d'un sentiment de liberté que je n'avais jamais connu auparavant. Le plaisir a été de courte durée, j'ai senti que je ne pouvais plus retenir Rebel. Alors je lui ai lâché la bride, me suis agrippée de toutes mes forces et j'ai prié Dieu pour ne pas me tuer en essayant de les rejoindre.

Étonnant comme le Diamant Bleu change d'atmosphère quand il est plein de monde et de musique. Mais un silence de mort est tombé quand nous sommes entrées. Je n'ai pas eu besoin qu'on me dise qui était Jed Spooner. Ruby était assise sur l'accoudoir de son fauteuil. Il se dégageait de lui une impression de puissance et il était très beau, sûrement le plus bel homme que j'aie jamais vu. Je comprends, plus ou moins, combien il doit être facile pour une femme de tomber sous son charme.

Il s'est levé et a ouvert les bras tout grands pour accueillir Garet, en l'appelant duchesse. Elle s'est approchée avec réticence (ou est-ce moi qui voulais le croire ?) et l'a embrassé en restant aussi loin de lui que possible, comme un baiser de pure forme. Mais Spooner ne l'entendait pas de cette oreille et lui a vite communiqué son désir. J'ai détourné les yeux, embarrassée par cette exhibition passionnée en public. Luke Rhodes, adossé au bar, avait les yeux rivés au spectacle, malgré son chapeau descendu très bas sur les yeux. À l'autre bout du bar se tenait un grand gaillard à l'air mauvais, un pied sur le rail de cuivre. Il semblait plus intéressé par son whisky que par Garet et Spooner, qui s'avançaient à présent vers le comptoir.

Ruby est venue me saluer et nous avons bavardé ; le Hole, est-ce que la vie au ranch me plaisait, une conversation normale, innocente, c'en était presque déplacé. Je lui ai demandé qui étaient les autres membres de la bande.

« Vaut-Mieux-Pas » Henry est le cerveau du groupe. Il

est amoureux d'Opal. Domino, un Noir avec une longue tache de naissance blanche sur la joue, et Sly Jack, sont comme les deux doigts de la main, au point d'avoir tendance à finir les phrases l'un de l'autre. Scab Williams est pratiquement sourd. Du coup il parle très rarement, et quand il le fait, c'est à tue-tête. Le prêtre s'appelle Deacon Dobbs. Il a une façon de regarder les femmes qui fait froid dans le dos. Ruby a pouffé quand je lui ai dit que je comprenais qu'on l'appelle Œil-Mort. S'il y a une chose qu'on doit leur reconnaître, c'est que les Spooner ont des surnoms originaux.

Personne ne s'attendait à ce que Spooner porte un pareil toast, et surtout pas Garet. De ma vie je n'avais entendu un homme se montrer aussi grossier envers une femme, devant elle et en public. Je suis surprise que Rhodes n'ait pas bougé. Il a eu un léger sourire quand Garet a répliqué : « À la santé du deuxième hors-la-loi du Colorado ! » Il savait que Garet était capable de se défendre et se serait sentie insultée qu'un homme vole à sa rescousse. J'en ai conclu qu'il ne faudrait pas compter sur Luke Rhodes pour faire arrêter Garet, mais qu'il m'aiderait volontiers à coffrer Spooner.

Je suis allée vers lui. Il m'a saluée d'un signe de tête, a levé un doigt et la barmaid m'a servi un verre de whisky. Il aurait été impoli de refuser, alors j'ai bu et j'ai réussi à ne pas trop m'étrangler. Garet et Spooner, presque front contre front, se défiaient. À l'arrière, Hattie les regardait avec réprobation et Stella regardait Joan qui regardait Spooner avec des yeux embués qui ne laissaient rien augurer de bon. Stella avait des raisons de se faire du souci, mais, de ce que j'avais appris d'elle, Spooner aurait dû s'inquiéter lui aussi.

Une fois les termes du défi établis, Spooner est retourné à la table de poker, non sans s'extasier au passage sur la petite Joanie qui était devenue une femme superbe. La barmaid a tendu une bouteille et un verre à Ruby, qui s'est approchée de l'homme au bout du comptoir.

« Un autre verre, monsieur Salter ?

— Vous tombez à pic, merci. »

J'ai tourné la tête en entendant son nom, et il a surpris mon mouvement. J'ai rougi en sentant une eau glacée me couler dans les veines. Ainsi Salter a déniché Garet et Spooner, comme Pinkerton l'avait prévu. Par chance, il n'est pas connu pour son respect des règles ni pour être ponctuel dans ses comptes rendus ou même pour informer de l'avancée de ses dossiers. Ce qui signifie qu'il n'a sans doute pas entendu parler de moi ni de mon idée d'infiltrer la bande. Je ne suis pas en danger tant que Salter ne part pas faire son rapport. Il n'y a pas de télégraphe dans le Hole, et le courrier arrive de manière sporadique.

Hattie et Garet s'étaient lancées dans une discussion à voix basse avec Ruby, mais j'étais trop happée par mes propres spéculations pour y prêter attention. Je n'ai pas vu venir Salter avant qu'il soit devant moi. Il m'a servi un verre en se présentant. Je l'ai salué, ai avalé mon whisky, et il a souri en me demandant mon nom sans autre forme de procès. J'ai répondu Grace Trumbull, en me félicitant de ma prévoyance.

« La femme qu'ils ont kidnappée.

— C'est moi qui ai demandé à les suivre.

— Vous voulez devenir hors-la-loi ?

— Non, je veux écrire leur histoire. »

Il a ri.

« Personne ne voudra acheter ça, mais bonne chance quand même.

— Vous faites partie du gang de Spooner, monsieur Salter ?

— Salter tout court. Non. J'aime travailler en solo.

— Vous êtes un hors-la-loi, vous aussi ?

— Ça m'arrive. D'où venez-vous, mademoiselle Trumbull ?

— De Chicago.

— Jolie ville. Je n'y ai pas mis les pieds depuis un moment.

— Oui, je comprends qu'il soit difficile de quitter l'Ouest. Moi-même, je suis tentée de rester.

— C'est lucratif.

— Pour un homme, je n'en doute pas.

— Ça peut l'être aussi pour une femme. Beaucoup d'hommes cherchent des épouses, par ici.

— Je ne suis pas en quête d'un mari.

— Ah non ? Et que ferez-vous si vous restez ? Institutrice ? Putain ?

— Est-ce les seuls choix possibles, monsieur Salter ? Épouse, institutrice ou putain ?

— Non, il y a aussi couturière et modiste, des métiers respectables.

— Je ne sais pas coudre.

— Je connais une femme à Cheyenne qui est photographe. Elle a commencé comme putain, cela dit. J'ai connu une femme médecin, une fois.

— J'en connais une aussi, une scientifique, à Denver.

— Il y a beaucoup de femmes qui s'essaient à des métiers d'hommes, de nos jours. » Il m'a examinée de la tête aux pieds. « Peut-être que vous n'avez pas besoin de faire quoi que ce soit. Si j'en juge par votre toilette, vous ne manquez de rien.

— Je suis écrivain, monsieur Salter. Je suis ici pour écrire l'histoire de Margaret, d'Hattie et des autres filles.

— Vous m'en direz tant. Et vous allez m'inclure dans votre récit ?

— J'imagine que ça pourrait ajouter une pointe... d'angoisse.

— D'angoisse ? Et moi qui trouvais qu'on discutait agréablement. »

Il s'est penché vers moi. « Dites-moi, pourquoi est-ce que j'ai l'impression que vous me connaissez ? »

Hattie s'est avancée entre nous, si près que Salter a dû battre en retraite. « Je ne crois pas vous avoir déjà rencontré. Hattie LaCour. » Elle a tendu la main à Salter. Il l'a considérée, a fixé Hattie dans les yeux et a fait demi-tour.

Hattie a secoué la tête d'un air entendu en lui tournant le dos et a fait signe à Eli de lui resservir un verre.

« De quoi était-il question ?

— Simple échange cordial. »

Elle a englouti son whisky, a posé une pièce sur le comptoir et m'a regardée.

« Alors pourquoi est-ce que tu as l'air sur le point de vomir ?

— Je ne suis pas habituée à boire du whisky.

— Mmm. Si tu as l'intention de rester dans la région, il va falloir corriger ça, parce qu'ici, c'est un signe de faiblesse. Es-tu faible, Grace Trumbull ?

— Je ne me suis jamais vue comme telle.

— Tu es une femme dans un monde d'hommes. Tu es faible par définition. Raison pour laquelle tu dois être dure, avec les hommes, avec les femmes, avec tout le monde. Sinon, on se servira de toi.

— Je le sais.

— C'est juste un conseil amical. Allez, sortons Garet d'ici avant qu'elle fasse une nouvelle idiotie pour nous faire trucider. »

Je réalise seulement maintenant que nous sommes rentrées au ranch dans un silence total. J'étais trop préoccupée par mes problèmes pour penser au drame qui se préparait pour la tribu à chaque pas qui nous rapprochait d'Heresy Ranch.

Salter est à Timberline. Un homme dangereux et redoutable, je l'ai toujours entendu dire. J'ai trois options. Je pourrais aller le trouver, lui dire qui je suis et m'allier avec lui. En espérant qu'il ne me trahira pas auprès de Garet et d'Hattie. Mais il le fera, évidemment. Il a survécu dans l'Ouest pendant plus de dix ans, en commettant des actes atroces, et n'a jamais été inquiété, précisément parce qu'il est sans pitié. Nos cinq minutes de conversation ont suffi à prouver quel respect je peux attendre de lui si nous travaillons ensemble.

Deuxième option : me taire et compter sur l'isolement des lieux pour me protéger. C'est le meilleur choix, hormis qu'il m'est impossible de surveiller Salter. Il peut décider de quitter la ville ce soir et être de retour dans deux semaines avec des renforts.

Troisième possibilité : dire à Rhodes que Salter est un détective envoyé par Pinkerton pour arrêter Garet. Idée ridicule, car ça m'obligerait à révéler comment je suis au courant. Je n'ai aucune explication cohérente à fournir.

Une fois rentrée, Stella s'est mise à incendier Joan, en lui disant en termes fleuris qu'il n'était plus question dorénavant qu'elle sorte du ranch et s'approche de Spooner.

« Je suis une adulte, tu ne peux pas me dire ce que je dois faire.

— Je peux le faire et je le fais.

— Et comment tu penses m'empêcher de sortir, hein ? »

Stella a posé la main sur son poignard et a avancé d'un pas. Garet s'est interposée.

« Tout le monde se calme. Joan, Stella a raison. Tu dois te tenir à l'écart de Spooner. Tu es trop jeune et tu ne sais pas certaines choses.

— Tu es jalouse parce que…

— Tu ferais mieux de faire très attention à ce que tu vas dire, Joan, a coupé Hattie. Difficile de retirer les mauvaises paroles une fois qu'elles ont été prononcées.

— La seule raison qu'a ce bâtard de te tourner autour, c'est que t'as jamais connu d'homme, a poursuivi Stella. Il te prendra ça et il te jettera, mets-toi ça dans le crâne. Ou alors il se servira de toi le temps qu'il en aura envie. Mais il y a une chose sûre, c'est qu'il t'épousera jamais.

— Si je veux Spooner et qu'il me veut, tu pourras rien faire pour m'en empêcher. Personne pourra rien faire. »

Stella l'a fixée longuement d'un air dur. Puis elle a opiné du chef. « Tu as raison et tu es suffisamment sournoise pour ça. C'est notre faute. Ça fait trop longtemps qu'on te dorlote comme un bébé. » Elle a fait encore un pas et a pointé un doigt sous le nez de sa sœur. Je dois dire qu'il a fallu du cran à la jeune fille pour ne pas flancher. « Quand tout partira en vrille, et ça va pas manquer, viens pas te réfugier dans mes jupes pour que je te tire d'affaire, comme d'habitude. »

Elle est sortie en claquant la porte. Joan est restée plantée au centre de la pièce en nous regardant tour à tour, Hattie, Garet et moi, semblant attendre qu'on la console ou qu'on prenne son parti. Mais personne n'a rien dit. Elle est partie en tapant du pied jusqu'à la chambre qu'elle partage avec Stella. Garet est allée à la sienne et a claqué la porte derrière elle. « C'est pas beau, la famille ? » a gloussé Hattie. Puis elle m'a souhaité bonne nuit.

Dimanche 1er juillet 1877

Cela fait dix jours que Jehu, Hattie et Stella, plus cinq cow-boys recrutés pour l'occasion, sont partis capturer des chevaux. Ils ne seront absents que quinze jours, afin de respecter le programme établi par Hattie et Garet pour le hold-up. Garet a fait appel à Vaut-Mieux-Pas, Domino, Sly Jack et Salter pour aider au ranch et effectuer les travaux durs. Elle, Joan et moi travaillons du lever au coucher du soleil et Garet emploie chaque moment de loisir pour me donner des cours d'équitation et me faire prendre de l'aisance avec les chevaux. J'ai des douleurs dans des parties de mon corps dont je ne soupçonnais même pas l'existence. À la fin de la journée, je peux à peine garder les yeux ouverts, sans parler de questionner Garet sur son histoire et ce qui l'a amenée à quitter le droit chemin. J'ai cessé de me torturer au sujet de Salter. J'ai été catastrophée quand Garet l'a embauché mais j'ai fini par me dire que c'est peut-être la solution la moins mauvaise. Au moins je peux le tenir à l'œil et lui distiller de fausses informations sans avoir à parler de moi. Voir sa face tannée et ricanante tous les jours me motive plus que tout pour conduire tout le monde devant les tribunaux, Spooner en tête, ne serait-ce que pour lui démontrer qu'une femme peut assurer bien des fonctions dans sa vie.

Il y aurait bien un remède qui résoudrait tout : le supprimer. Mais je ne suis pas capable de ce genre de chose.

Aujourd'hui dimanche, nous réduisons le travail aux tâches indispensables. Nous nous sommes accordé l'après-midi et sommes allées pique-niquer à la rivière.

Nous sommes parties à cheval, bien sûr, mais Garet s'est dispensée de reprendre mes erreurs. Mon optimisme veut croire que c'est parce que je fais des progrès, mais je n'ai pas eu le courage de lui demander confirmation.

Joan a préparé le déjeuner pendant que nous nous occupions du bétail ce matin : poulet frit et patates rôties, et tarte aux myrtilles pour le dessert. C'est une merveilleuse petite cuisinière et elle adore ça. Elle n'aime pas les travaux d'extérieur et tous les autres détestent les tâches ménagères, en particulier Stella et Hattie.

Newt nous a rejointes à la rivière avec une canne à pêche en promettant qu'il fournirait le dîner. Nous avons englouti le déjeuner avec une bouteille de bière chacune. Joan avait apporté une bouteille de limonade pour Newt, qui était si reconnaissant et la regardait avec des yeux tellement enamourés que j'étais gênée pour lui. La bière diffuse une chaleur agréable dans mes muscles courbaturés. Joan, plus menue, plus jeune et moins habituée à l'alcool, s'est endormie d'un bloc. Déçu de cette occasion perdue de l'impressionner, Newt est parti avec sa canne, une pelle pour chercher des vers de terre et il est descendu à la rivière.

Nous nous sommes allongées sur la couverture avec Garet et nous avons regardé les nuages. Mon cœur se dilatait devant la beauté qui nous entourait et je ne pensais plus à Salter.

« Je n'avais jamais réalisé que la nature était aussi splendide.

— Il n'y a pas de nuages à Chicago ?

— Il y a des belles journées, bien sûr, et des moments où le ciel au-dessus du lac te coupe le souffle. Mais il y a aussi tellement de fumée, de crasse et de foules de gens. Non, décidément, je préfère le Colorado.

— Même cette solitude ?

— Peut-être qu'un peu plus de civilisation serait bienvenue.

— Je suis vexée. »

Elle me taquinait.

« Comment es-tu arrivée dans le Colorado, Garet ?

— Je suis venue en Amérique pour ma lune de miel et nous avons décidé de nous installer. »

Je me suis relevée sur un coude pour la regarder.

« Je n'arrive pas à savoir si tu restes vague intentionnellement parce que tu n'as pas confiance en moi, ou si tu veux laisser de la place à mon imagination pour embellir ton histoire.

— As-tu de l'imagination, Grace ?

— Il me semble.

— J'écris un journal, en ce moment. Tu m'as donné l'exemple.

— C'est vrai ?

— Mais oui. J'en tenais un quand j'étais jeune fille, bien sûr. Je n'y parlais que de chevaux et de méthodes de dressage, d'entraînement, d'élevage…

— Tiens, c'est étonnant.

— Le passage le plus intéressant, c'est le jour où j'ai vu pour la première fois un étalon monter une pouliche. À douze ans, c'était un choc. C'était terrifiant et hypnotisant et aussi… – elle m'a regardée du coin de l'œil – … érotique, même si je n'en savais rien à l'époque. Je me doutais que ce chatouillis bizarre voulait dire quelque chose, mais quoi ? J'en ai parlé pendant des jours, après ça. C'était la saison des accouplements, après tout. Franchement, avec le recul, je me demande comment mon grand-père a pu me laisser regarder ça. Je crois qu'il ne me considérait pas comme une fille, ou du moins pas comme une adolescente en train de devenir une femme. Ma mère a trouvé mon journal, je n'ai pas besoin de te dire le scandale que ça a fait. »

À mon grand dam, j'étais devenue pivoine. J'ai tourné le visage vers le soleil en fermant les yeux, comme si tout ça était parfaitement banal, et cette journée de même.

Garet a posé sa main sur mon bras.

« Ne t'en fais pas, il n'y a pas de description de ce genre dans mon journal. Mon objectif est de tout te raconter dans les détails. Mais la journée est trop belle pour la perdre en bavardages. J'ai une meilleure idée.

— Quoi donc ? »

Elle s'est levée et a envoyé promener ses bottes.

« Un bain.

— Dans la rivière ?

— Bien sûr, petite oie. Dans la rivière.

— Mais le courant ?

— C'est plus profond, ici, ça freine le courant. Allons, je ne te laisserai pas emporter par la rivière. »

Elle s'est déshabillée et j'ai regardé autour de nous avec affolement. « Newt prend sa mission très au sérieux, nous serons sorties avant qu'il revienne. » Sur ce elle a ôté son pantalon, sa chemise, ses dessous, et j'ai regardé ailleurs. « Tu peux rester habillée, si tu préfères. Mais il n'y a rien de plus revigorant que de sauter toute nue dans l'eau froide. » Elle a couru à la berge et s'est jetée à l'eau avec un grand cri. Elle a crié à nouveau en refaisant surface.

« Mon Dieu, que c'est froid !

— Je n'aime pas l'eau froide.

— On s'habitue, je n'ai déjà plus froid.

— Tu claques des dents.

— Je te croyais plus audacieuse, Grace.

— Qu'est-ce qui a pu te faire penser ça ?

— "Emmenez-moi avec vous !" a-t-elle dit en imitant ma voix.

— Je ne parle pas comme ça.

— Tu détournes la conversation. Tu viens, ou il faut que j'aille te chercher et que je te jette là-dedans ?

— Tu ne ferais pas ça. Tu ne pourrais pas. »

Elle m'a lancé de l'eau.

« Je peux parfaitement, et je le ferai. Allons, viens, je te laisserai toucher ma tumeur.

— Sacrée récompense ! »

Je lui ai tourné le dos et j'ai entrepris de me déshabiller. J'entendais Garet faire des éclaboussures en riant.

« Tu n'as pas besoin de moi pour t'amuser, on dirait.

— Amuse-toi chaque fois que tu en as l'occasion, Grace. »

J'ai baissé les yeux sur mon corps dénudé et me suis ratatinée à la vue des os saillants de mes hanches, de mes seins minuscules, du buisson noir à l'endroit où mes jambes se rejoignent, de mes mains gantées. Ça semblait ridicule de garder cette partie couverte quand tout le reste était exposé, mais porter des gants est devenu une seconde nature. Au début, c'était parce que je ne voulais pas me remémorer ce qui s'était passé, et pour quelle raison. Après, l'idée de laisser voir mes cicatrices à d'autres gens me terrifiait. La pitié dans leur regard, les questions... Personne qui soit encore vivant n'a vu mes cicatrices et ne sait ce qui est arrivé. Les gants sont devenus mon armure, qui me protège des autres, qui me protège des blessures.

Mains tremblantes, je les ai retirés. Quand je me suis retournée, Garet flottait sur le dos, les yeux clos. Même à cette distance je voyais la bosse anormale sur son abdomen. J'ai senti le chagrin m'empoigner les tripes. Combien de temps lui restait-il vraiment ? Comment supportait-elle la douleur ? Je la voyais rarement s'imprimer sur son visage, pas plus que les effets du laudanum. Margaret Parker était une énigme, et je voulais la résoudre.

Je me suis approchée précautionneusement et j'ai mis un pied dans l'eau.

« Tu n'es pas sérieuse ? Ce n'est pas froid, c'est glacial.

— Saute. C'est plus facile.

— Je ne suis pas sûre.

— Oh, pitié ! »

Elle s'est remise sur ses pieds et elle a avancé vers moi. J'essayais de me concentrer sur son visage et de ne pas regarder son corps ruisselant. J'ai presque réussi et j'ai fourré mes mains sous mes aisselles, pour les cacher, en même temps que mes seins. Garet l'a vu et m'a tendu la main. « Tu n'as pas de raison d'être timide avec moi, Grace. » Une goutte d'eau perlait sur son nez. Je me suis retrouvée à sortir une main pour prendre la sienne. Elle l'a regardée longuement puis, avec douceur, a suivi du bout du doigt la cicatrice en forme de fer à repasser. Elle a relevé les yeux vers moi. « Les deux ? »

J'ai hoché la tête en tendant l'autre, où la cicatrice était moins nette.

« Pour la deuxième, je savais ce qu'elle allait faire.

— Qui ?

— Ma mère. Elle est morte.

— De ta main, j'espère. »

Je me suis détournée pour mentir plus facilement.

« Mon Dieu, non. Elle est morte dans l'incendie de soixante et onze, brûlée vive. Tu vois, Dieu a un certain sens de la justice.

— Les hommes aussi. Mais elle ne s'applique pas de manière égalitaire.

— Comment ça ?

— Quand ils se font prendre, les hors-la-loi vont en prison. S'ils se font prendre. Les autres hommes les protègent plus souvent qu'à leur tour. Quand un homme en tue un autre, la plupart du temps, il est pendu. Mais ici, tout le monde vole quelque chose à quelqu'un. Parfois c'est légal, parfois non. La loi penche toujours en faveur des hommes riches et de leur business. Les gens qui doivent se battre pour joindre les deux bouts sont traités plus durement. Tu n'as pas constaté ça à Chicago aussi ?

— Si.

— Que crois-tu qu'il arrivera si on se fait prendre ? Quatre femmes qui ridiculisent des hommes ?

— Vous irez en prison.

— Assurément, mais pas avant d'avoir été sévèrement humiliées. Ils feront un exemple pour décourager d'autres femmes de suivre la même voie. Et celles qui crieront le plus fort et avec le plus de colère, ce seront les femmes, parce que nous représentons une menace pour l'idée qu'elles se font d'elles-mêmes et de leur vie. On ne peut pas savoir ce qu'ils feront à Hattie, mais ce sera dix fois pire que ce qu'ils me feront à moi. »

Quand je pensais à mon triomphe, je ne voyais que la renommée que j'en retirerais : une femme faisant régner la justice. Quelques conséquences qu'elles subissent, elles les méritaient. Mais ces « conséquences » étaient toujours restées une idée vague. Des propos dégradants dans les journaux, de la prison, puisqu'elles n'avaient jamais tué ni blessé personne. Mon imagination allait jusqu'à quelques tapes sur les doigts, ce qui était risible, je m'en rends compte à présent. Ils feraient des exemples, en effet, Dorcas s'en assurerait. Je n'avais jamais réfléchi que pour Hattie, les conséquences pourraient être tout autres, aller beaucoup plus loin. Bien au-delà des lois.

« Est-ce que c'est ça, la justice ? »

J'ai fait non de la tête, la gorge nouée par la honte et la peur. Avais-je mis en branle quelque chose que je ne pourrais pas stopper ?

« Je ne sais pas grand-chose de toi, Grace, j'ai juste des intuitions. Mon instinct me dit que tu vois l'injustice de la place que tu occupes dans ce monde aussi clairement que moi. » J'avais l'impression que son regard creusait au fond de moi, qu'elle me voyait comme personne ne m'avait vue jusqu'à ce jour. J'ai retenu mon souffle.

« J'ai raison ? »

Je n'arrivais pas à dire un mot. Ses paroles, sa voix douce

et grave ouvraient dans mon âme des espaces fragiles que je croyais avoir barricadés depuis longtemps contre la peine et contre mon désir de ne plus me sentir si imparfaite et si indésirable sur cette Terre.

« Oui.

— Mon espoir, c'est que ce travail, ce récit, nous libère toutes les deux de ce qui nous limite. Moi de l'indignité. Toi de ce qui te hante, quoi que ce soit.

— Ce qui me hante ? Rien... »

Elle a posé les doigts sur mes lèvres pour me faire taire.

« Ce sera mon cadeau d'adieu pour toi.

— S'il te plaît, ne parle pas de mourir.

— Tout le monde meurt, et je veux le faire selon mes règles. Vivras-tu selon les tiennes ?

— Je... heu...

— Promets-le-moi, Grace. »

Elle ne pouvait savoir ce qu'elle me demandait. Pour vivre selon mes choix, je devais la trahir, la conduire devant la justice, comme j'avais prévu de le faire. Pourtant, depuis que j'avais appris que Garet allait mourir, une idée m'obsédait : à quoi bon l'arrêter ? Quelle femme étais-je pour en condamner une autre à vivre ses derniers jours sous les huées et les sarcasmes ?

Je n'étais pas cette femme-là.

« Je te le promets. »

Elle m'a attirée contre elle et, avant que j'aie le temps de dire ouf, nous a fait basculer ensemble sur le côté, tout droit dans l'eau glacée. Nous avons coulé comme des pierres jusqu'au fond, et, en ouvrant les yeux, je l'ai vue qui me faisait un grand sourire. J'ai poussé sur mes pieds pour ressurgir à l'air libre, les cheveux ruisselants m'aveuglant, tout le corps hérissé de chair de poule. Garet est ressortie à côté de moi, hilare.

« Oh, toi, vilaine femme, fourbe ! »

Sa malice et sa joie étaient contagieuses et je me suis mise à rire avec elle. Elle m'a envoyé de l'eau dans la figure et je lui ai retourné la politesse avant de plonger vers le trou profond au milieu de la rivière.

Elle avait eu raison, et nous étions déjà en train de remballer nos affaires quand Newt est reparu avec une guirlande de truites brunes pour le dîner. Nous sommes rentrées nous occuper des bêtes et avons savouré les truites poêlées dans du beurre par Joan. Je ne me rappelle pas avoir jamais fait un si merveilleux repas.

Puis Newt est reparti chez lui et nous sommes restées autour du feu toutes les trois, Garet lisant, moi ravaudant mes gants de voyage, Joan jouant par terre avec Buster, son retriever. Une soirée parfaite pour clôturer la journée la plus agréable que j'aie connue depuis l'époque de Kate Warne, à l'agence. La question m'était venue sur le chemin du retour : qu'aurait fait Kate ? La réponse ne m'avait pas plu.

Il est minuit, je suis dans la chambre de Jehu et d'Hattie, dans leur lit moelleux. Une torpeur délicieuse s'empare de mes membres, une quiétude de mon esprit, et je sais qu'elle vient de la certitude de ma place dans le monde et de la voie que je dois suivre.

Jeudi 19 juillet 1877

Demain, Jehu m'emmène à Rock Springs prendre le train pour Cheyenne, puis Denver. Garet et Hattie suivront un jour ou deux après pour que nous ne puissions pas être vues ensemble. Je me suis attachée à ce ranch, ces dernières semaines, et à ces gens. Je répugne à le quitter, mais il est temps de mettre le plan de Garet à exécution.

Mercredi 1er août 1877
Dans le train pour Cheyenne

Je suis inquiète. Est-ce que Garet va tenir jusqu'au jour prévu pour le hold-up, le 1er octobre ? Ce lundi-là aura lieu à Denver la grande marche des femmes en faveur de l'amendement qui sera voté le jour suivant. Le cortège nous aidera à nous éclipser discrètement. Je surveille Garet, d'un peu trop près peut-être, et je vois les traits tirés autour de ses yeux. Elle m'a expliqué que le médecin vu à Cheyenne avait dit que la tumeur était à un point beaucoup trop avancé pour intervenir, mais que si elle voulait tenter l'opération, elle devrait aller à Chicago ou à Saint-Louis pour trouver un chirurgien capable de l'effectuer. Garet est casanière et n'a pas voulu risquer un voyage sans retour. Elle est restée et s'accommode depuis trois mois de la douleur en buvant du laudanum et en fumant de l'herbe.

Garet a perçu mon anxiété et m'a grondée gentiment quand on s'est dit au revoir. « Tu n'en as pas fini avec moi. J'en ai encore pour un moment à t'agacer et te frustrer, avant de m'en aller. »

J'ai secoué la tête et j'ai regardé mes mains nues. Personne n'a parlé de mes cicatrices. Le changement dans l'attitude d'Hattie et de Stella à mon égard est discret, mais sensible. Je crois que toutes nous portons des cicatrices d'une manière ou d'une autre, et cela nous lie comme rien d'autre ne pourrait le faire.

Hattie a laissé un petit flacon sur ma chaise, un soir, pendant que je lisais devant l'âtre. Pas de commentaire ni d'échange de regards. J'ai levé les yeux et vu Garet, l'air amusée par la scène, hausser les épaules et se remettre à son travail. L'onguent a une odeur de camphre et je ne peux que supposer qu'il est destiné à mes cicatrices. J'en mets un peu sur le dos de mes mains et sa fraîcheur me fait du bien.

Bien sûr, Jehu est devenu encore plus gentil, si c'est possible. Il se démarque des autres car il est très respectueux. Pour chaque demande il y a un s'il vous plaît, un merci. Il me répond avec des « oui, m'dame, non, m'dame » et met la main devant sa bouche quand il rit. Sa voix est changeante, plus ou moins grave, comme s'il était toujours en train de faire sa mue, et c'est sans doute pour cette raison qu'il parle si doucement et que son visage bruni a une douceur que Luke Rhodes n'a certainement eue qu'à la petite enfance. On ne peut pas ne pas aimer Jehu, et il m'a conquise en un rien de temps. Le connaissant si peu, j'étais ravie de pouvoir passer quelques heures seule avec lui en allant à Rock Springs.

Il tient les rênes d'une main désinvolte mais maîtrise parfaitement les chevaux qui nous tirent. Nous avons passé un moment dans un silence paisible, puis j'ai tenté d'en savoir plus sur lui ; mais il ne se livre pas aisément.

« Depuis combien de temps êtes-vous ensemble, avec Hattie ?

— Oh, je ne sais pas, un bout de temps.

— Tu étais drôlement fâché contre elle, au moment de l'attaque de la diligence.

— Bah, je ne m'attendais pas à ce qu'elle fasse ce qu'elle a fait.

— Vous vous êtes vite réconciliés, cela dit.

— Bien sûr. Je suis son homme, elle est ma femme. On ne se fâche jamais longtemps.

— D'où viens-tu ?

— Du Missouri.

— Ah oui ? De quelle région ?

— Ici et là, j'ai beaucoup circulé.

— Et comment es-tu arrivé ici ?

— J'étais équipier sur un train en soixante-trois et j'ai décidé de rester. C'était tellement beau, ici, avec les montagnes.

— C'est magnifique. J'envisage de rester moi aussi. Pour exactement la même raison.

— Vous avez l'air d'une dame très gentille.

— Merci.

— Hattie vous aime pas trop.

— Oh. Je croyais que j'avais réussi à l'amadouer.

— Elle a la tête dure.

— Tu n'aurais pas des conseils à me donner ?

— Lui résister, c'était un bon début.

— Elle t'a raconté ça ?

— Oui. Vous auriez dû voir son sourire à ce moment-là. Entre nous, je crois qu'elle vous aime plus qu'elle ne le laisse paraître. Mais elle a une réputation à tenir.

— Je m'en voudrais de lui faire perdre sa réputation de dure à cuire.

— Il faut du temps pour gagner sa confiance, mais quand c'est fait, elle ne vous laissera jamais tomber. Mon conseil, le voilà : ne lui mentez jamais. Si vous lui mentez… » Il a soupiré. « Elle ne laissera pas passer sans le faire payer.

— Je préfère ne pas y penser. »

Je me suis agrippée à mon siège, car le chariot bringuebalait sur le sol inégal. « Dis-moi, Jehu, quel a été ton rôle dans les attaques que Garet et Hattie ont effectuées ? »

Il m'a regardée du coin de l'œil.

« Pourquoi vous voulez savoir ça ?

— J'écris un livre sur vous, tu te souviens ?

— J'ai un peu oublié, vu que vous n'avez posé aucune question depuis qu'on est revenus avec les chevaux.

— On a eu pas mal de travail, non ?

— Pas qu'un peu. Vous êtes devenue une bonne cavalière. »

J'ai rougi de plaisir. C'est vrai. Garet n'avait pas menti en assurant qu'elle saurait guérir ma peur des chevaux. Je ne les aimerai jamais passionnément, mais nous sommes parvenus à un *statu quo* : je n'ai pas peur d'eux tant qu'ils ne me fichent pas par terre.

« Merci. Ça m'a demandé beaucoup d'efforts.

— Mon rôle, c'était de leur indiquer les cibles faciles. » Il a haussé les épaules. « J'ai aidé Garet pour la première attaque de banque, c'est tout. Je n'ai pas trop aimé.

— La première ? Je croyais que votre premier coup était une attaque de diligence ?

— Ça, c'était en soixante-quinze. En soixante-treize, elle a attaqué une banque. La banque des Rocheuses. La même que vous allez attaquer le 1er octobre. Pour boucler la boucle, a dit Garet. Elle avait fait presque tout le travail, j'ai juste donné un coup de main à la fin, pour ligoter le secrétaire.

— Elle a tout organisé seule ?

— Et en plein jour, en plus. Elle était en train d'attacher le secrétaire quand je l'ai rejointe. Elle a volé environ dix mille dollars à Connolly, cette fois-là.

— C'est le propriétaire de la banque ?

— C'est pour ça qu'on l'a attaquée. Elle vous a dit comment elle a perdu son premier ranch ?

— Non. Que s'est-il passé ?

— Elle vous expliquera mieux que moi.

— Elle m'a dit qu'elle écrit un journal pour moi.

— C'est mieux qu'elle vous dise elle-même. Mais je peux vous raconter la suite. On était dans une situation catastrophique et Garet était très en colère. Elle avait besoin de vengeance, et c'est pour ça que je l'ai suivie. Je pensais que ça lui permettrait de passer à autre chose, elle aurait récupéré son dû, on aurait de quoi repartir à zéro et on s'en tiendrait là. Je n'aurais jamais imaginé qu'on recommencerait. Mais on a recommencé. Elle était douée et elle aimait ça.

— Je vois.

— Ne la jugez pas trop durement.

— Je ne la juge absolument pas. »

Il a arrêté les chevaux et le chariot à un endroit très étroit de la passe. À ma droite, la montagne descendait à pic dans un ravin sans fond. Je me suis agrippée au montant.

« Qu'est-ce que tu fais ?

— Hattie pense que vous êtes une Pinkerton.

— Quoi ? »

Il n'a pas répété. Il savait que j'avais parfaitement entendu.

« C'est absurde. »

Il a attendu. Le vent s'engouffrait en sifflant dans la passe, en contrebas, les trembles se balançaient en scintillant.

« Non, je ne travaille pas pour Allan Pinkerton.

— Pour qui, alors ?

— Pour personne. Pour moi-même. Je tiens un carnet sur mon voyage dans l'Ouest, et maintenant, je veux écrire sur vous.

— Non, vous ne ferez pas ça.

— Pardon ?

— Nous ne voulons pas que vous écriviez sur nous.

— Qui ça ? Garet ?

— Non, Garet, elle le veut, et vous allez lui laisser croire que vous le faites. Elle sera... Bon, ça n'aura plus d'importance pour elle, bientôt. Mais si vous écrivez ce livre, ils nous trouveront. Vous connaissez beaucoup de conducteurs de diligence blancs mariés à une femme noire ? Je ne crois pas. Il n'en existe peut-être pas d'autre que moi. J'ai dit à Garet que je finirais mes jours dans le Hole et c'est une promesse que j'ai bien l'intention de tenir. Ça ne sera pas possible si vous allez bavarder partout en racontant qui nous sommes et où on vit.

— Jehu, je ne vous mettrai jamais en danger. Il faut que tu me croies, je t'en supplie.

— Bon, alors je vous explique : si vous écrivez un seul mot à notre sujet, je vous retrouve et je vous tue. »

Je n'ai pas pu me retenir de rire, à l'idée que cet homme si doux puisse envisager une chose pareille.

« Toi ?

— Je vous déconseille de tester jusqu'où je pourrais aller pour me protéger et protéger les miens. »

J'ai cessé de rire et j'ai coulé un regard vers le précipice. Il serait si facile de me pousser. Personne n'en saurait rien. Il dirait à Garet qu'il m'avait laissée au train, et en ne me voyant pas arriver à Denver, tous penseraient que j'avais eu la trouille et que j'étais partie. Je ne m'étais jamais sentie aussi vulnérable de toute ma vie.

« Qu'est-ce que je peux faire pour te convaincre que je ne vous trahirai pas et que je n'écrirai pas sur vous ? » J'avais parlé dans un souffle.

Il a sorti un couteau et j'ai vacillé. Ouvrant grande la paume de sa main droite, il l'a entaillée puis m'a tendu le couteau en me présentant la main, pour que je la serre. J'ai ravalé la bile qui montait dans ma gorge, fermé les yeux et me suis incisé la paume. Sans se soucier de mon hoquet de douleur, Jehu m'a pris la main et l'a serrée pour mêler notre sang.

« Dis-le.

— Je promets que je ne vous trahirai pas, ni toi ni ta famille.

— Dis que tu n'écriras pas sur nous.

— Je n'écrirai pas sur vous.

— C'est un pacte de sang. Si tu le brises, tu te condamnes toi-même.

— Je me condamne à quoi ? »

Il a sorti un mouchoir et me l'a tendu, puis m'a décoché un grand sourire. « À la vengeance d'Hattie. »

Le train arrive à Cheyenne. Je vais passer la nuit à l'hôtel Rollins House, le temps de réfléchir. Je vais devoir aller faire mon rapport à Dorcas Connolly, et il me faut un mensonge solide à lui servir pour remplir mon contrat et obtenir encore un peu d'argent. Sans trahir cinq personnes qui font plus de bien que de mal, et qui ont menacé de me liquider plus souvent qu'à leur tour.

La première chose, c'est de trouver un docteur pour examiner ma main et la bander proprement, au lieu de ce mouchoir sale plein de sang.

Le plus simple serait de continuer ma route vers l'est, de rentrer à Chicago, d'écrire mon livre, de le publier sous mon nom d'emprunt et de disparaître. Grace Trumbull n'existe pas, après tout, et Claire Hamilton commence à me manquer.

Jeudi 2 août 1877
Pension de Platte River, Denver, Colorado

Je suis arrivée dans l'après-midi à Denver. Garet et Hattie devraient suivre dans deux jours. J'irai ce soir à la réunion des suffragistes et je mettrai notre plan en route. J'irai voir Dorcas demain.

Vendredi 3 août

Nous nous sommes retrouvées dans un café en face de la banque des Rocheuses, celle-là même que nous projetons de dévaliser. Dorcas ne voulait pas risquer que je croise Callum

Connolly au bureau, ce qui m'a rassurée. Elle n'a pas parlé de moi à son neveu.

Elle était contente de me voir, après toutes ces semaines sans aucune nouvelle. Elle commençait à craindre qu'il me soit arrivé quelque chose, ou que j'aie fait machine arrière devant une mission trop difficile et me sois défilée. Son neveu était à Denver depuis une semaine et, après un interrogatoire un peu insistant, Dorcas avait fini par apprendre qu'il y avait bien une femme dans la diligence, et qu'elle était partie avec les bandits.

« Était-ce Margaret Parker ? »

Mon cœur m'est remonté dans la gorge.

« Qui ça ?

— Ou bien on l'appelle Garet ?

— Non. La meneuse s'appelle Sally Steele. Elle et son gang sont d'anciennes prostituées qui se sont dit qu'elles préfèrent voler les riches plutôt que de coucher avec eux. »

La déception de Dorcas était visible.

« Mais la Noire…

— Une prostituée également.

— J'étais tellement convaincue…

— Qui est Margaret Parker ?

— Une femme que j'ai connue, et qui pourrait bien avoir gardé de la rancune contre nous. » Elle a contemplé le fond de sa tasse de café puis a relevé les yeux. « Où étiez-vous pendant deux mois ?

— Dans une cabane perdue dans les montagnes. C'est là qu'elles se cachent jusqu'à ce qu'on les oublie.

— Où vont-elles, ensuite ?

— Je n'en sais rien. Elles m'ont emmenée à Pueblo, et j'ai repris un train là-bas.

— Donc elles sont dans le Sud ?

— Oui, elles se terrent quelque part là-bas. Dans une cabane sur une ancienne mine.

— Qu'est-ce que vous avez appris d'autre ?

— Que c'était leur dernier coup.

— Tiens donc ? Et pourquoi ça ?

— Elles ont suffisamment d'argent et elles sentent qu'elles ne vont pas pouvoir s'en tirer indéfiniment. Elles craignent qu'avoir frappé M. Adamson change un peu la donne. Comment va-t-il, au fait ? Il s'habitue à son nouvel emploi ?

— Il est mort.

— Quoi ? Pas du coup sur la tête, j'espère ?

— Non. Il est mort à Gunnison.

— Il ne m'avait pas beaucoup plu, mais c'est triste, une mort aussi brutale.

— Ça arrive plus souvent qu'à son tour, dans cette région.

— Oui, je sais. Un homme s'est fait tuer devant moi à Colorado Springs.

— Adamson n'est pas une grande perte, d'après mon neveu. Qu'est-ce qu'il a dit ? Un trouillard pleurnicheur ? Bref, n'en parlons plus. Et maintenant, mademoiselle Hamilton ?

— Je vous demande pardon ?

— Quel est votre plan pour arrêter cette Sally Steele et sa bande de catins ? Vous êtes allée raconter tout ça au shérif de Pueblo ?

— Je n'ai pas eu un contact très agréable avec le shérif de Pueblo, quand j'y suis passée en mai. Il n'a pas apprécié qu'une femme vienne le questionner et a nié mordicus que des femmes puissent commettre des actes criminels dans sa juridiction. J'ai l'intention de les suivre jusqu'à San Francisco.

— San Francisco ?

— Oui, c'est là qu'elles ont décidé d'aller, elles comptent

ouvrir un magasin général. J'ai prévu de partir dans une quinzaine de jours, pour leur laisser le temps de s'installer, elles seront plus faciles à localiser. Il ne doit pas y avoir beaucoup de femmes qui ouvrent des grands magasins à San Francisco, n'est-ce pas ?

— Qu'est-ce qui vous fait croire qu'elles ne vous ont pas menti ?

— Elles ne savent pas que je sais. Je suis très forte pour écouter aux portes, ce qui est précieux, dans mon métier. »

La facilité avec laquelle Garet m'avait piégée m'est revenue à l'esprit ; j'espère que Dorcas ne m'a pas vue rougir.

« Comment se fait-il qu'elles vous aient laissée repartir ?

— Elles croient que je suis une écrivaine qui voyage dans le Colorado. Je leur ai dit que ma rencontre avec le gang Steele sera le meilleur moment de mon livre et que je leur rendrai justice, mais que j'avais un billet qui m'attendait pour prendre un bateau à New York. »

J'ai regardé Dorcas siroter son café tout en évaluant ce tissu de mensonges. « Votre neveu a eu des nouvelles de Pinkerton ? »

Elle m'a dévisagée longuement. Finalement, elle a eu un sourire glacial.

« Pas à ma connaissance. Mais Callum aime garder ses petits secrets. Quand partez-vous pour San Francisco ?

— Le 15 août, je pense.

— Ça n'ira pas. Je pars avec Callum mi-septembre.

— Quel est le problème ?

— Je viens à San Francisco avec vous.

— Pardon ?

— Mais oui. Je veux être là quand vous appréhenderez ces femmes.

— Il se peut qu'il faille un peu de temps pour les dénicher.

— À deux, on mettra deux fois moins de temps.

— Vous ne me faites pas confiance pour ce travail ?

— Vous n'avez encore rien fait. Il faudra vous adapter, les tournées d'inspection de Callum peuvent parfois se prolonger.

— Bien entendu. »

Elle a laissé une pièce de dix cents pour les cafés et s'est levée.

« Mademoiselle Connolly, j'ai besoin d'être payée pour le temps que j'ai passé.

— Je vous ai donné une avance.

— Qui est partie dans les dépenses, voyage, vêtements, nourriture, logements.

— Combien ?

— Cinquante dollars devraient suffire.

— Je vous les fais envoyer à votre hôtel.

— Merci. »

Dimanche 5 août 1877

Garet et Hattie sont arrivées hier. J'ai appris aujourd'hui le projet de Garet de rendre visite à Connolly. C'est prendre un risque énorme, et je suis bien placée pour le lui dire, mais je ne peux pas, à moins de révéler qui je suis et quel jeu j'ai joué. Hattie me tuerait *illico*. Ou même Garet, qui sait ? En tout cas, ce serait la fin de ces amitiés qui sont devenues importantes pour moi, et je ne veux pas courir ce risque. J'ai besoin d'encore un peu de temps pour gagner leur confiance, et il faut que je les aide pour le hold-up de la banque en envoyant Dorcas sur une mauvaise piste.

Garet rend visite à Connolly demain pour lui restituer l'argent dérobé en 1873 lors de son premier hold-up, quand elles n'avaient plus un sou en poche ni de quoi se nourrir. Son argument c'est qu'arriver comme ça, une femme proche de la mort, désireuse de réparer ses fautes passées, détournera d'elle les soupçons pour les autres hold-up. D'après elle, ce premier vol est le seul pour lequel elle a pu être formellement identifiée, puisqu'elle avait eu l'aplomb de dire au caissier de la banque de saluer le colonel « de la part de Margaret Parker ».

Ça a une certaine allure, je le reconnais, mais c'était une bravade stupidissime.

Ce que je trouve intéressant, en revanche, c'est que Dorcas ne m'ait jamais parlé du hold-up de soixante-treize, que ce soit à notre premier rendez-vous ou hier. Je pense qu'elle part de la conviction que le gang Parker est constitué de deux femmes blanches et une noire et que Margaret a des motifs de vouloir prendre sa revanche sur les Connolly après toutes ces années. Est-ce que le secrétaire avait délivré le message au colonel, à l'époque ? Ou bien est-ce que Dorcas préfère me cacher cette information ? Je ne sais pas trop pourquoi elle le ferait, d'autant que j'ai pu constater à notre premier rendez-vous qu'elle a suffisamment réfléchi à toute cette affaire pour s'en faire une idée assez claire. Elle m'avait orientée directement sur la diligence, et elle avait vu juste.

J'ai tenté d'expliquer à Garet que reconnaître un crime ne fera qu'attirer les soupçons sur sa capacité à en commettre d'autres. Elle soutient l'inverse, qu'une femme sur le point de mourir qui met de l'ordre dans ses affaires sera regardée avec sympathie et qu'elle expliquera qu'elle va repartir en Angleterre pour passer le temps qu'il lui reste auprès de sa famille, ou quelque chose de ce genre, elle n'est pas encore complètement fixée sur ce point. Elle a balayé mes arguments, dit que sa décision était prise et qu'il était inutile que je gaspille ma salive.

J'ai demandé à Hattie ce qu'elle en pensait, espérant

qu'elle me soutiendrait. Elle m'a dévisagée longuement sans rien dire et je me suis souvenue des paroles de Jehu : « Hattie pense que tu es une Pinkerton. »

C'était le moment de tout avouer, mais je ne l'ai pas fait. Et à présent… je ne suis pas sûre que Garet aurait revu ses plans même si je lui avais révélé que Dorcas m'avait engagée, qu'elle la soupçonnait et qu'il y avait de grandes chances que Salter leur ait confirmé son identité. Garet souffre d'un excès d'orgueil ; moi je souffre de besoins inassouvis. Besoin d'autonomie, d'approbation et d'amour.

Mardi 7 août 1877

Le stratagème de Garet semble avoir fonctionné au-delà de ses espérances. J'en conclus que Salter n'a pas repris contact avec Connolly, puisque celui-ci n'a pas voulu la faire arrêter et, mieux encore, l'a invitée à se rendre avec lui à son ancien ranch de Cache-la-Poudre ! Je ne comprends pas pourquoi elle tient à revoir ces lieux qui ne pourront que lui rappeler de mauvais souvenirs.

« Même un Connolly peut se montrer assez humain pour accorder à une mourante sa dernière volonté, a-t-elle répliqué. Nous partons vendredi.

— Nous ? a dit Hattie.

— Il m'emmène lui-même.

— Ce n'était pas le plan.

— Non, mais du coup, ça le devient. Si je veux accéder à son bureau, il va falloir y aller avec lui.

— C'est bien trop dangereux, a protesté Hattie.

— Je suis de taille à me défendre contre Callum Connolly.

— C'est de la folie furieuse d'y aller seule.

— Tu as une meilleure idée ? »

Hattie est partie en pestant, et j'ai fait pareil en prétextant une réunion des suffragistes qui n'aura lieu que dans trois heures.

Depuis qu'elle nous a appris qu'elle est malade, Garet se sent libre de parler de sa mort prochaine, de plaisanter, voire de l'appeler de ses vœux, quasiment, sans prendre en considération le fait que ses remarques qu'elle trouve si spirituelles rongent à l'os ceux qui l'aiment. Mais je ne peux pas me permettre de lui exprimer la profondeur de mes sentiments, ni à Hattie, Dieu m'en garde, au risque de me tourner en ridicule.

Je n'avais jamais éprouvé la brutalité de notre condition de mortels jusqu'à aujourd'hui. Kate est morte très vite, d'une maladie inattendue. La douleur de perdre mon amie s'est trouvée bizarrement enchevêtrée avec le choc de voir une femme en parfaite santé le lundi tomber malade le mercredi et mourir le vendredi. Garet parle de sa mort mais nous cache si bien la dégradation de son état que je l'oublie pendant de longues périodes où tout paraît normal. Pourtant, il n'y a rien de normal dans toute cette affaire : j'aide des criminelles à préparer un forfait tout en regardant cette femme que j'admire vivre, sourire et rire tandis qu'elle meurt à petit feu.

La réunion était exactement ce dont j'avais besoin pour oublier mes idées noires, au moins pendant quelques heures. Il n'y a rien de comparable à l'énergie qui se dégage d'un groupe de cent personnes unies dans une cause commune, confiantes dans la légitimité de leur combat et dans la victoire qui finira par advenir. En parcourant la salle du regard, je me demandais si ces femmes se dresseraient pour défendre Garet et Hattie si on les arrêtait, si leur foi dans l'égalité irait jusqu'à les soutenir, alors qu'elles agissaient indéniablement contre la loi, même avec les meilleures intentions. J'ai décidé de faire l'essai et, devant le petit groupe avec qui je discutais, j'ai évoqué la rumeur les concernant.

« Des femmes hors-la-loi ? Mon Dieu, je n'ai jamais entendu parler d'une chose pareille ! » C'était Patricia Perkins, une demoiselle pétillante et écervelée dont le mari possède un grand magasin en centre-ville.

« Sans doute parce qu'elles sont bien plus malignes que les hommes », a rétorqué la présidente de l'association, le Dr Alida Avery. Tout le monde s'est mis à rire en approuvant. « Les femmes devraient avoir les mêmes droits en toute chose, y compris la capacité à mal agir.

— Et être punies de la même manière ? ai-je demandé.

— Oh, non, a dit Patricia Perkins. Je suis sûre que si de telles femmes existaient, c'est qu'elles auraient des raisons légitimes d'agir ainsi.

— Des raisons légitimes de bafouer la loi ? a dit Kaye Hunter, l'épouse d'un législateur de l'État dont le soutien à la cause se borne à la laisser assister aux meetings. Si nous voulons l'égalité, nous devons aussi être égales devant la loi.

— Et donc ? Vous seriez d'accord pour faire pendre une femme qui tuerait un mari alcoolique et violent ?

— Non, bien entendu. On parle là de femmes qui volent d'honnêtes travailleurs.

— Elles n'ont jamais fait aucune victime. »

Toutes m'ont regardée.

« Est-ce que vous suggérez que cette bande existe bel et bien ? a demandé Alida.

— Ce serait désastreux pour notre cause, s'est inquiétée Kaye Hunter.

— Pourquoi ça ?

— Cela donnerait à nos opposants un argument de plus contre nous.

— Nous nous efforçons de les convaincre que nous

aurons un effet stabilisateur et moral sur les élections. Si une bande de criminelles parcourt le pays en se rendant coupables des mêmes méfaits que des hommes, ça leur donnera une raison de plus d'affirmer que le vote des femmes n'apportera rien de bon.

— C'est ridicule, ai-je dit. Ce n'est pas logique.

— Et c'est précisément pour ça que l'argument sera très efficace », a observé Alida.

La secrétaire est venue dire à Alida qu'il était l'heure de commencer la réunion et notre petit groupe s'est dispersé. Alida a posé la main sur mon bras pour me retenir. « Est-ce que ces femmes existent ? »

J'ai fait oui de la tête.

Elle a pris une grande inspiration. « Dites-leur de se tenir tranquilles jusqu'à la fin des élections. Elles pourraient très bien être la raison d'un échec. »

Mercredi 8 août

Dorcas m'a rendu visite aujourd'hui. Par miracle, Hattie et Garet n'étaient pas là. Elle était folle de rage et m'a accusée de protéger Garet. Je lui ai demandé de quoi elle parlait et elle m'a raconté la visite de Garet la veille.

« Elle est venue avouer ! Un crime dont nous ne soupçonnions même pas qu'elle pourrait être responsable ! »

Je lui ai demandé d'être plus claire et elle m'a expliqué que le secrétaire qui s'était fait assommer au moment du hold-up n'avait aucun souvenir de rien, juste d'avoir verrouillé la porte de la banque, et après, le brouillard. J'ai juré *in petto*. Fichue Garet, avec son arrogance. Si seulement elle m'avait écoutée.

« Elle a reconnu les autres vols ?

— Non. Mais je sais que c'était elle. Vous vous êtes rangée de leur côté ? »

La vivacité d'esprit de Dorcas m'a frappée une fois encore. Non seulement elle avait eu l'intuition que Garet était coupable en l'absence de la moindre preuve, mais elle soupçonnait que j'étais tombée sous son charme. Mon air choqué a joué pour moi tandis que je contre-attaquais en reportant le blâme sur Dorcas.

« Si Margaret Parker est la chef de la bande, je ne suis pas au courant. Le nom que m'a donné la femme est Sally Steele. Si vous m'aviez parlé de vos soupçons au sujet de cette Parker, j'aurais mené l'enquête différemment, quand j'étais avec elles. J'aurais pu poser des questions, tendre des pièges. Si elles m'ont trompée, c'est à vous seule qu'il faut vous en prendre. »

J'ai vu ses narines palpiter, un tic qu'elle a quand on la contredit ou qu'elle est contrariée.

« Puisque c'est ainsi, j'en ferai la preuve moi-même.

— Et de quelle façon ?

— Callum a invité Margaret à se rendre au ranch vendredi. J'y vais aussi, bien entendu. Nous partirons directement de là-bas pour faire le tour de nos exploitations. Mais avant ça, j'aurai démasqué Margaret Parker comme la voleuse et la meurtrière qu'elle est.

— Meurtrière ?

— Il y a un homme, un journaliste, qui a été tué tout près de la banque, juste avant le cambriolage. On soupçonne que les voleurs ont fait ça pour s'amuser.

— Oh, je... »

Je me suis interrompue. J'avais été sur le point de dire que Garet ne ferait jamais une chose pareille.

« Les femmes que j'ai côtoyées ne m'ont pas semblé

violentes le moins du monde. Apparemment, elles se sont donné pour règle de ne faire de mal à personne.

— Elle vous a bien manœuvrée. Ça ne me surprend pas, c'est une femme égoïste et manipulatrice. Mais vous avez la possibilité de vous racheter.

— Comment ?

— Venez à la gare demain. Je vous la montrerai et nous saurons une fois pour toutes si Margaret Parker est le démon qui fait des ravages dans notre compagnie.

— Oh, parfait, avec joie. »

Dorcas est repartie et je me suis effondrée sur ma chaise. Garet, une meurtrière ? Je n'en crois pas un mot. Hattie pourrait faire ça. Ou Stella, bien sûr. Mais Garet prenant la vie de quelqu'un, pour se distraire qui plus est ? C'est impossible.

Dorcas est devenue la plus grande menace. Menace d'empêcher Garet de vivre en paix ses derniers jours. Menace pour la liberté d'Hattie, de Jehu, de Stella et de Joan. Et je suis la seule à le savoir.

Jeudi 9 août 1877

Si mon écriture est tordue et déformée, c'est que mes doigts tremblent en tenant mon stylo. Je serre les poings pour faire cesser les tremblements, mais rien n'y fait. J'ai fait quelque chose que je n'aurais jamais imaginé faire un jour. Mais je n'avais pas le choix. Je devais les protéger, même si cela signifiait…

Vendredi 10 août 1877

Le départ de Garet ce matin m'a plongée dans les affres. Dorcas est hors course, mais je n'ai aucun moyen de savoir si elle a parlé à son neveu et lui a fait part de ses soupçons, on ne peut plus clairvoyants et fondés. Hormis pour le meurtre. Je ne goberai pas ça. J'ai fait ce que j'ai pu, mais j'ai bien peur que mon choix de garder le silence ne revienne longtemps me hanter.

Je suis allée voir Dorcas. Je ne savais pas dans quel état elle serait après le coup qu'elle avait reçu, mais si elle avait repris conscience, elle s'attendrait logiquement à ma visite et se demanderait ce que je fabriquais. L'infirmière ne m'a pas autorisée à la voir. J'ai laissé un message pour lui dire que j'étais allée à la gare et que la femme que j'avais vue avec son neveu n'était pas Sally Steele.

Je me sens soulagée, mais je suis inquiète... Je suis en train d'oublier quelque chose.

Dimanche 12 août 1877
Maison de femmes du Centenaire, Denver, Colorado

J'ai changé de pension ce matin, au cas où Dorcas soit remise et me cherche.

Hattie a reçu de Garet un mot expliquant qu'elle va accompagner Callum comme secrétaire dans sa tournée de ses exploitations. Elle pense être partie pendant trois semaines. Comment vais-je survivre, livrée à Hattie pendant trois semaines ? Elle me soupçonne, et je crois qu'elle me suit partout où je vais.

Mercredi 15 août
Hôtel Colorado Springs, Colorado Springs, Colorado

Je dois me faire connaître comme membre des suffragistes pour avoir accès aux informations sur l'organisation de la marche du 1er octobre. Indépendamment de cela, c'est une cause importante à mes yeux. Je veux que l'on gagne, et je ferai mon possible pour y contribuer.

« Les femmes noires obtiendraient aussi le droit de vote ? m'a demandé Hattie.

— Bien sûr. Les hommes noirs l'ont obtenu avec le quatorzième amendement. Les femmes noires doivent être émancipées, elles aussi.

— Mouais. J'y croirai le jour où je mettrai un bulletin dans une urne. »

Nous étions dans le train pour Colorado Springs. Je ne me sentais pas tranquille à Denver, je redoutais que Dorcas n'ait pas avalé mes mensonges et me fasse rechercher. J'avais dit à Hattie que j'avais déménagé car l'autre pension était moins chère (c'était l'inverse et mes réserves fondaient à vue d'œil), mais je connaissais suffisamment la perspicacité et la détermination de Dorcas pour savoir que je n'étais pas en sécurité. Quand j'ai entendu parler d'un meeting à Colorado Springs, j'ai dit à Hattie qu'il serait bon de nous y rendre et qu'elle devienne membre de l'association. Je lui ai expliqué que j'y étais moi-même inscrite, sous un faux nom pour qu'on ne fasse pas le rapprochement avec cette Grace Trumbull qui avait été enlevée par des hors-la-loi, et je lui ai suggéré de faire de même.

« Quel nom as-tu choisi ?

— Claire Hamilton.

— Claire. Ça te va bien. »

J'ai rougi sous le compliment et aussi du plaisir de réentendre enfin prononcer mon nom.

« Merci. Quel nom vas-tu prendre ?

— Henrietta.

— C'est très beau et suffisamment proche de ton vrai prénom pour ne pas risquer de se mélanger.

— *C'est* mon vrai prénom. Bien sûr, tu t'imagines que je ne suis pas assez maligne pour me souvenir d'un faux nom.

— Ce n'est pas ce que je voulais dire.

— C'est l'impression que ça donne.

— Tu es résolue à penser le pire de moi, n'est-ce pas ?

— Tu n'as rien fait pour me faire changer d'avis, jusqu'à présent. »

J'ai soufflé avec agacement et me suis tournée vers la fenêtre. Un paysage plat défilait sous nos yeux. Si seulement elle savait ce que j'ai fait pour les protéger. Nous n'avons plus dit un mot de tout le reste du trajet.

Quand nous sommes arrivées à l'hôtel, Hattie a voulu une chambre pour elle seule. J'étais soulagée, son accusation m'avait piquée au vif. J'allais pouvoir rendre visite à Sally la Tourterelle sans devoir user de ruses pour lui échapper.

19

Archives des récits d'esclaves de la WPA

Entretien avec Henrietta Lee

Dimanche 13 septembre 1936, suite

Il fallait voir le soulagement de Grace quand Garet est revenue de chez Connolly, et sa terreur quand elle a su qu'elle partait à Cache-la-Poudre avec lui et sa sœur. On a elle et moi tenté de l'en dissuader, mais pas pour les mêmes raisons. Finalement, Grace a rendu les armes et elle a quitté la chambre. J'ai demandé à Garet si je pouvais enfin la tuer. Elle a ri en refusant. « Continue comme tu fais. Tu sauras quand le moment sera vraiment venu. »

Pour moi, j'en avais plus qu'assez de Grace Trumbull. Soit j'étais avec elle, soit je devais l'espionner. Le temps que tout ça soit terminé, je connaissais cette femme presque aussi bien que Jehu. Je me prenais à espérer qu'elle fasse un faux pas pour en finir. Mais après son premier rendez-vous avec Dorcas, elle ne l'a pas revue.

J'ai reçu une lettre de Jehu, ce qui m'a surprise car il n'est pas du genre à écrire. Ce n'était pas une lettre d'amour, mais un courrier plein de détails sur le temps qu'il faisait, le dressage des jeunes chevaux, les cow-boys qui le secondaient, et des nouvelles de Stella et de Joan. Joan devenait une femme, avec des désirs de femme, et il regrettait que je ne sois pas là pour raisonner Stella, qui semblait prête à tuer chaque homme qui saluait sa sœur.

Mon Dieu, cette gosse. Je crois qu'elle ne faisait tout ça que pour faire enrager sa sœur. Elle s'était toujours accommodée de l'attitude hyper protectrice de Stella, mais elle avait sa dose. Stella vouait une haine féroce à tous les hommes, du coup, forcément, Joan les aimait tous. Le désastre était couru, avec Spooner qui traînait son nez dans les parages. Mais c'est facile à dire maintenant, j'ai eu le temps d'y penser. À l'époque, je me disais que Spooner la séduirait, la laisserait tomber, et que ça la ferait grandir un peu. Une leçon de vie. Je regrette de ne pas avoir pris plus au sérieux les mises en garde de Jehu.

Lire sa lettre a ravivé le manque. Je déteste dormir seule, et je commençais à me faire à l'idée de raccrocher les pistolets et de nous installer définitivement. Je sentais l'âge me rattraper, alors que j'avais à peine passé trente ans. J'ai toujours du mal à croire que j'ai vécu encore soixante ans depuis. Il me semblait que ma vie touchait à sa fin, à cette époque.

Jehu me manquait et je me faisais du souci pour Garet. Un jour ou deux après son départ, elle m'a envoyé un message expliquant qu'elle partait avec Connolly pour sa tournée annuelle. Dorcas était tombée malade et elle la remplaçait comme secrétaire. Sacrée Garet, elle avait vraiment une bonne étoile : elle partait fouiller le ranch et on lui servait sur un plateau l'occasion d'inspecter toute la compagnie ! Et peut-être allions-nous pouvoir attaquer plusieurs sites, partir non sur un coup d'éclat, mais sur un véritable feu d'artifice ! Je lui répétais qu'on devait se tenir à l'écart des Connolly, mais elle refusait d'entendre. Bien des souffrances et des vies auraient été épargnées si elle m'avait écoutée. Mais c'était son dernier tour de piste, tout ce que je pouvais faire, c'était m'assurer qu'on en sorte vivants, moi et les nôtres, et nous débarrasser de Grace si elle nous trahissait.

Je m'attendais toujours à voir le shérif ou les Pinkerton débouler dans ma chambre, à recevoir un câble annonçant que Garet était en prison, mais rien de tout ça n'est arrivé. Grace et moi, déguisées, on surveillait la banque, on faisait des faux plans d'attaque, et on cousait des écharpes pour un défilé auquel nous ne participerions pas. Grace paraissait se vouer tout entière à cette cause. Nous nous séparions rarement, et quand c'était le cas je la prenais en filature.

J'avais beau savoir qu'elle nous mentait, je voyais bien qu'elle m'appréciait de plus en plus, et je crois que c'était pareil pour moi. L'instinct. Vous vous fiez à votre instinct ? Moi, si, et il me trompe rarement. Ça m'a fait ça pour vous, j'ai senti que vous auriez du respect pour mon histoire, que vous ne me laisseriez pas tomber. Je le sais, ma fille. Et ça fait du bien de raconter tout ça, vous savez. C'est resté enfoui si longtemps. Et même, je comprends maintenant pourquoi Garet voulait tellement que Grace écrive cette histoire.

Grace était distraite, nerveuse, elle ne tenait pas en place. Je pense qu'elle voyait les murs se refermer sur elle. Ou peut-être que sa conscience la tourmentait. Quand elle a dit qu'elle partait à Colorado Springs pour un meeting, je lui ai dit que j'y allais aussi. Ça ne lui a pas plu du tout, mais comment m'en empêcher ? Mon argent valait le sien, et les lois Jim Crow n'avaient pas cours dans le Colorado[1]. Jehu et moi ne pouvions pas nous marier, c'était illégal, mais pour

1. Les lois Jim Crow imposaient la ségrégation raciale dans onze États américains, en remplacement des Black Codes des États du Sud. Elles ne furent abolies qu'en 1964.

le reste, les Noirs étaient censés avoir les mêmes droits que les Blancs. Donc je suis partie avec elle. En chemin, elle m'a appris qu'elle utilisait un autre nom au sein de l'association, Claire Hamilton, et m'a conseillé de faire pareil pour qu'on ne puisse pas faire le lien avec la bande. Si jamais des informations commençaient à circuler à notre sujet.

Quand nous sommes arrivées à l'hôtel, j'ai voulu une chambre pour moi, ce qui a surpris Grace et l'a rendue soupçonneuse, étant donné que je parlais sans arrêt de notre manque d'argent. Je lui ai dit que je n'aimais pas partager mon lit avec quelqu'un d'autre que Jehu. On a pris des chambres voisines et on a décidé de se reposer un peu avant le dîner. Le meeting avait lieu le lendemain matin. Je n'avais pas l'intention de me reposer, et Grace non plus. Je me suis changée, et quand elle est sortie, à peine un quart d'heure plus tard, je l'ai suivie.

Elle s'était changée aussi, une robe sobre et des gants. Elle s'est mise à flâner tranquillement en regardant les vitrines et j'ai commencé à croire qu'elle était juste sortie faire un tour. Mais à un moment, elle a tourné vers le quartier louche. Elle est entrée dans une ruelle et a frappé à la porte de derrière d'une maison. Une prostituée a ouvert et l'a accueillie avec un grand sourire et une embrassade plus qu'amicale, puis l'a fait entrer.

Je suis allée boire un verre dans le saloon le plus proche. J'étais habillée en homme, mais je suis restée dans un coin, au cas où. L'affection de Grace pour Garet prenait un sens nouveau, forcément. Je me suis souvenue que Garet m'avait dit que Grace avait un penchant pour elle. Je ne voyais aucun mal à ce que Garet la mène en bateau et ça m'amusait de voir Grace la contempler avec adoration. Je m'étais moquée d'elle, je reconnais. Jamais ouvertement, toutefois. Du coup, je me suis demandé si Garet avait fait en sorte que Grace tombe amoureuse d'elle, et ça m'a contrariée. Personne ne mérite qu'on profite de sa sensibilité, et je me suis retrouvée à prendre en pitié une femme en qui je n'avais aucune confiance.

Grace ne m'a jamais dit un mot de son rendez-vous, mais je m'y étais attendue. Je n'en ai jamais parlé non plus, même plus tard, quand nous avons été plus proches. Je n'aime pas que les gens se mêlent de ma vie privée, ce n'est pas moi qui allais me mêler de la sienne.

En tout cas, on ne s'est pas dit grand-chose pendant le voyage de retour. Grace était soucieuse et se frottait les mains sans arrêt. Je vous ai dit qu'elle portait en permanence des gants ? Pour cacher des cicatrices sur le dos de ses mains. Elle se les frottait comme si elle voulait les faire disparaître, s'en libérer. Je comprenais ce qu'elle ressentait, moi j'avais de la chance, il fallait que je fasse un gros effort pour voir mes cicatrices. Oh, je les sentais, bien sûr, et encore maintenant. Un tiraillement, une rigidité de la peau qui n'a jamais disparu, mais je m'y suis habituée. Ça fait partie de moi, comme ces cicatrices faisaient partie d'elle. Peut-être que les voir en permanence et se voir rappeler en permanence d'où elles venaient la hantait ? Non, je ne sais pas comment ni pourquoi on les lui a faites. Je n'ai jamais demandé et je ne vais pas perdre de temps à faire des suppositions. Comme je disais, il y a des choses qu'il vaut mieux garder pour soi et ce n'est pas à moi de dégoiser là-dessus.

De retour à Denver, un homme nous attendait, envoyé par Garet, nous a-t-il dit. Je ne me souviens plus de son nom mais je me rappelle chacun de ses mots. Garet était à Black Hawk, mourante, un médecin allait tenter une opération pour la sauver. Si nous voulions lui faire nos adieux, il fallait qu'on soit prêtes à partir le lendemain à l'aube.

20

Notes de travail de Claire Hamilton

Mardi 21 août 1877
Maison de femmes du Centenaire, Denver, Colorado

Un dénommé Frank Chambers est venu nous trouver de la part de Garet. Elle est dans une pension qu'il tient à Black Hawk, entre la vie et la mort, souffrant le martyre. Un médecin est là qui doit l'opérer pour retirer la tumeur, cause de la douleur, d'après lui. Chambers a dit qu'il nous conduirait à Black Hawk demain au petit jour.

Les questions nous torturent. Comment s'est-elle retrouvée à Black Hawk ? Qui l'a agressée ? Était-elle avec Callum ? A-t-elle été repérée par des détectives ? J'aurais voulu pouvoir parler avec Hattie, réfléchir à ce qui avait pu se produire, mais elle n'en a pas envie. Elle est allée s'enfermer dans sa chambre, alors j'ai fait pareil.

Peut-être demain. Ou peut-être est-ce inutile. Si ça se trouve, à l'heure qu'il est, Garet n'est plus.

Mercredi 22 août

Une note rapide avant de partir. Une lettre de Rebecca Reynolds attendait Hattie à l'accueil de notre pension quand elle est descendue y laisser l'adresse de Black Hawk. Ça va mal à Timberline. Spooner a pris possession du ranch et n'a d'après elle pas la moindre intention de respecter leur pari. Il l'a lancé uniquement pour que Garet quitte la ville.

Jeudi 23 août 1877
Chambers Lodge, Black Hawk, Colorado

J'ai été ébahie en découvrant que le médecin en question était Alida Avery. Elle voyage avec Susan B. Anthony, et elles étaient en train de prendre une chambre à la pension de Chambers quand Garet est arrivée, délirante et à bout de forces. Étant sur place, Alida s'est occupée d'elle. Nous avons raté Mlle Anthony, qui est partie pour Golden, où il y a une conférence cet après-midi. Alida est restée au chevet de sa patiente.

Le temps qu'on arrive à Black Hawk hier soir, elle avait retiré à Garet une tumeur de cinq livres et son ovaire gauche, nettoyé ses plaies et ses écorchures et bandé ses côtes cassées. Elle nous a dit que le cancer s'est étendu à d'autres organes, que c'est pour ça que la douleur devient si aiguë. Lana nous a confié qu'Alida avait dit n'avoir guère d'espoir que Garet s'en relève, et même qu'elle sorte du coma.

Hattie essaie de rester forte mais je vois qu'elle est dévastée. Elle s'était convaincue pendant notre trajet que l'opération sauverait son amie.

Nous avons passé la nuit au chevet de Garet. Je brodais les écharpes que j'ai promises pour le défilé et Hattie lisait le journal de Garet. Quand elle a eu terminé, elle a regardé le pauvre visage écorché et tuméfié de Garet pendant une éternité. Au bout d'un moment, je n'y ai plus tenu.

« Qu'est-ce que ça raconte, Hattie ? »

Elle s'est levée très lentement et m'a tendu le journal. Son visage avait vieilli de dix ans d'un coup. « Ça s'arrête au milieu d'une phrase, juste après qu'elle dit qu'elle pense que Connolly la soupçonne. »

J'ai regardé la fin du journal et mes épaules se sont affaissées. « Mais ça date de presque deux semaines ? »

Hattie caressait doucement les cheveux de Garet. « Qu'est-ce qu'il t'a fait ? » a-t-elle murmuré. Garet respirait par à-coups, très faiblement. Son visage était blafard, luisant de sueur.

« Je dois retourner auprès de Jehu, au ranch. Mais je ne peux pas la laisser mourir ici toute seule, entourée d'inconnus. »

Je n'ai pas répliqué que je n'étais pas une inconnue. Je comprends ce qu'elle veut dire. Elle tient à ce que Garet ait sa famille autour d'elle au moment de sa mort.

« Pourquoi veux-tu rentrer ? Jehu est un grand garçon, il se débrouillera avec Spooner. »

Elle a eu un regard étrange.

« Ce n'est pas seulement pour Jehu. Il y a Stella et Joan. Je n'ai pas une once de confiance en Spooner, il faut que je le flanque dehors.

— Et si je te dis qu'on peut faire ça sans que tu quittes Garet ?

— Comment ? Tu vas y aller toi-même ?

— Je vais envoyer un télégramme à mon ancien patron, Allan Pinkerton. »

21

Archives des récits d'esclaves de la WPA

Entretien avec Henrietta Lee

Dimanche 13 septembre 1936, suite

On est arrivées à Black Hawk. C'était pire que ce que j'avais pu imaginer. Garet était dans un état affreux, très pâle, respirant à peine. Elle semblait sur le point de rendre l'âme. J'étais finalement obligée d'affronter cette idée : Garet est en train de mourir. Je me suis mise à penser à l'après, le trou béant qu'elle allait laisser dans notre famille. Nous étions peut-être à égalité pour jouer les hors-la-loi, mais pour ce qui est du ranch, tout ou presque revenait à Garet. Nous l'avions créé, nous nous partagions les tâches, mais elle était l'âme de ce lieu.

Je ne savais pas alors que je n'aurais plus jamais d'amie blanche, et pourtant ce fut le cas. Il y avait Jehu, bien sûr, mais c'était autre chose, un amant, un époux. À l'été soixante-dix-sept, il y avait encore l'espoir dans certains quartiers que les Noirs pourraient garder leurs droits, le peu qui leur avait été accordé avant l'assassinat de Lincoln. Je suis sceptique par principe, et plus encore maintenant avec soixante années de plus, donc je n'y croyais déjà pas beaucoup ; mais tout de même, une part de moi voulait y croire, grâce aussi à mon amitié avec Garet, qui me traitait comme une égale. Quand elle est morte, cette graine d'espoir est morte avec elle.

J'étais là, à la regarder en me demandant ce qu'elle avait enduré pour se retrouver dans cet état. Le fait que Connolly n'était pas avec elle signifiait que c'était lui, de ses propres poings, qui lui avait infligé ça. Je bouillais d'envie de courir égorger ce porc.

Grace a coupé tous mes élans en avouant, enfin, qu'elle avait travaillé pour Dorcas pendant tout ce temps. Je le savais, mais l'entendre m'a mise dans une colère noire ; j'étais furieuse aussi d'apprendre que nos plans étaient si faciles à déjouer, puisqu'elles avaient prévu que nous attaquerions la diligence de Gunnison. Mais, bêtement, je concevais une vague fierté de constater que c'étaient deux femmes qui avaient réussi à y voir clair, et non des hommes. Ça me donnait raison : la meilleure recrue pour arrêter une femme, c'est une femme.

J'ai voulu la tuer. J'avais besoin de me défouler sur quelqu'un de ma fureur de perdre Garet, j'avais une bonne raison de la supprimer, et je l'avais sous la main. J'ai sorti mon revolver et je me suis rendu compte qu'il n'était pas chargé. Elle avait volé mes balles, fichue bonne femme. *Elle rit.* Elle ne me faisait pas confiance, elle non plus.

Oh, oui, je l'aurais tuée sur place, devant le lit où agonisait Garet. Garet aurait compris. Ce n'est pas très glorieux, mais j'aurais voulu qu'elle se réveille juste pour pouvoir lui dire : tu vois, je te l'avais bien dit. Mais visiblement, tant que Garet avait encore un souffle de vie, le sort de Grace ne m'appartenait pas.

J'imagine qu'on avait haussé le ton un peu plus qu'il convient dans la chambre d'un mourant. Garet s'est mise à parler, d'une voix faible, méconnaissable. La vraie *lady* anglaise, comme je ne l'avais jamais entendue auparavant. « Arrêtez de vous chamailler. »

Grace a commencé à s'affairer, lui a donné à boire, lui a demandé comment elle se sentait, a voulu lui remettre son oreiller. J'étais gênée pour elle, avec ce que je croyais avoir compris de ses sentiments. Garet l'a fait cesser d'un petit signe de sa pauvre main amaigrie. Elle était si diminuée, il m'est soudain apparu qu'elle ne quitterait pas cette chambre vivante, que peut-être elle ne tiendrait pas jusqu'au lendemain. À quoi bon lui assener que Grace était une Pinkerton ? Cela m'aurait fait du bien de prouver que j'avais raison, et elle, cela l'aurait chargée d'un regret de plus, la dernière chose dont elle avait besoin. J'ai regardé Grace, Claire plutôt, debout de l'autre côté du lit, les mains serrées sur son giron, épaules rejetées en arrière, attendant mon verdict.

Merci Seigneur tout-puissant, j'ai été tirée d'affaire par l'infirmière. Elle nous a fichues dehors et Garet n'a pas eu la force de protester. Quand nous nous sommes retrouvées seules, Claire m'a remerciée de n'avoir rien dit et je me suis mise à hurler et à la menacer tant et plus. C'était devenu une sorte d'habitude, une façon d'évacuer la tension. Elle n'a pas bougé et a encaissé. Quand je me suis enfin tue, elle est allée chercher son sac et en a sorti son journal. Elle l'a posé sur la table, avec mes balles.

« Lis. Si tu veux encore me tuer après, libre à toi d'essayer. » Elle a sorti son Peacemaker, l'a fait claquer sur la table et s'est assise, bras croisés. *Elle rit.*

Chaque fois que je me mettais à penser que je détestais cette femme plus que tout sur cette terre de misère, elle faisait quelque chose de ce genre, et le ciel m'est témoin que ça la sauvait. Je peux vous le dire aujourd'hui, alors que je ne l'aurais jamais reconnu à l'époque : Grace, je veux dire Claire Hamilton, était une femme de valeur, et elle aurait fait une sacrée aventurière, mais je serais morte plutôt que de l'admettre.

J'ai lu son journal jusqu'au bout, et je n'ai plus été tentée de la tuer, mais ça non plus, je n'allais pas le lui dire. Je devais être sûre qu'elle ne ferait pas d'incartade. Je voyais qu'elle était de notre côté, mais de fait, elle nous avait menti des mois durant. Elle aurait dû nous prévenir du danger que Garet courait avec Connolly, elle ne l'avait pas fait. Je continuais à penser que sa priorité restait de sauver sa peau, et je voulais qu'elle sache qu'au premier faux pas, je lui ferais sauter la cervelle. Je le lui ai bien fait comprendre, vous vous en doutez, Peacemaker ou non.

Elle avait un plan, j'en avais un aussi, mais je ne me souviens d'aucun des deux. Soixante ans ont passé, quand même, et en plus on ne les a suivis ni l'un ni l'autre, parce que Ruby Steele est arrivée. La putain de l'Empire céleste. La dernière personne que je me serais attendue à voir débarquer ici, sous une pluie battante. Elle venait nous dire que Jehu avait été jeté en prison à Cheyenne. J'ai voulu me mettre en route immédiatement, au milieu de la nuit, en pleine tempête. Jehu avait besoin de moi, je me fichais de tout le reste. Je ne pouvais pas sauver Garet, mais je pouvais sauver Jehu, et il y avait urgence. Il n'était pas possible pour lui de se retrouver en prison. J'étais sur le point de partir quand Callum Connolly a débarqué et qu'on a décidé… Bon, on arrive à la partie qui va vous paraître totalement invraisemblable, à mon avis. Il faut dire que, bien que l'ayant vécue, j'ai du mal à y croire moi-même.

Vous savez ce que c'est qu'une arnaque ? Ce n'était pas notre façon d'opérer, mais après Black Hawk, je me dis qu’on a raté une vocation. On aurait pu écumer le pays en montant des arnaques, toutes les quatre. Avec Ruby. Les sœurs, on ne les a revues qu’après avoir sorti Jehu de prison. Ça a été une semaine mouvementée, c’est le moins qu’on puisse dire.

QUATRIÈME PARTIE

LA TUEUSE

22

Notes de travail de Claire Hamilton

Jeudi 23 août 1877
Black Hawk, Colorado

J'ai tout dit à Hattie, en faisant durer mon histoire plus longtemps que nécessaire, la voix tremblante, avec la certitude qu'elle me tuerait quand j'aurais terminé. Elle, elle a fait durer la torture en restant muette à me fixer avec un regard vide pendant des heures, du moins c'est l'impression que j'ai eue. Je frissonnais des pieds à la tête mais je n'ai rien dit, je n'ai pas pleuré, je n'ai pas supplié qu'elle me laisse la vie sauve. Je serrais les mains, tête haute, et j'attendais.

« Je t'ai soupçonnée dès le début et j'ai été sûre quand je t'ai vue avec Dorcas au salon de thé.

— Tu me suivais, alors ?

— Ouais.

— Tu ne m'as pas tuée.

— Garet ne voulait pas tant que tu ne nous avais pas trahies. » Elle a sorti son revolver. « L'heure est venue, on dirait.

— Non, s'il te plaît. Je ne vous ai pas trahies. Dorcas ne sait pas que c'est vous, elle n'a que des soupçons. »

Je lui ai expliqué Sally Steele et le gang de prostituées.

« Où est ton vrai journal ?

— Mon… Pourquoi ?

— Je veux le lire.

— Non. »

Mes notes sur l'affaire sont devenues plus personnelles que professionnelles et je sais qu'Hattie est assez fine pour lire entre les lignes. Je préfère mourir plutôt que de la regarder en face une fois qu'elle aura lu mes secrets les plus intimes.

« Qu'est-ce que tu caches ?

— Rien qui soit en lien avec l'enquête, je t'assure. Je te le jure.

— Tu me le jures ? Oh, alors ça change tout. Tu nous mens depuis presque trois mois et tout à coup, il faudrait que je te croie ? Tu nous as tous mis en danger.

— Je ne voulais pas…

— Tu ne voulais pas quoi ? Tu as vu sa tête ? Elle s'est fait démolir par quelqu'un.

— Je n'en suis pas sûre, Hattie. Écoute…

— Tu vas discuter ?

— Non, je ne vais pas discuter. Quelque chose a mal tourné, affreusement mal tourné, et elle se retrouve ici, à demi morte. Peut-être que c'est Callum qui a fait ça, on ne le saura que quand elle se réveillera. Je suis détective, Hattie, je veux te montrer ce que je vois. Son visage est couvert d'éraflures, et surtout d'un côté, où il y a les bleus, le même côté que ses côtes cassées. Je parie que si on l'examine, ce côté aussi sera plein d'hématomes.

— Qu'est-ce que tu essaies de prouver ?

— Je crois qu'elle est tombée de cheval. »

Hattie m'a scrutée en plissant les yeux, mais ne s'est pas mise à rugir. Un progrès notable.

« Elle est la meilleure...

— ... cavalière qu'on connaisse. Je sais. Mais même les meilleurs font des chutes. Ce que je veux dire, c'est que nous ne devons pas perdre notre sang-froid et faire des choses qu'on pourrait regretter. Nous devons attendre que Garet se réveille pour savoir ce qui s'est passé.

— Et si elle ne se réveille pas ?

— Nous irons à Timberline reprendre votre ranch.

— Avec toi ? Tu penses pouvoir nous aider, toi, la riche héritière ? Ou tu envisages de nous donner un peu de ton bel argent ?

— Je ne suis pas riche, loin de là. J'ai acheté ces vêtements pour cette mission. Je viens de rien, comme toi.

— Ne t'avise jamais de comparer ta vie à la mienne. Quoi qu'il ait pu t'arriver, ce n'est rien du tout à côté de ce que j'ai vécu.

— C'est vrai. Tu as raison. Je te demande pardon. Je veux vous aider. Je vous ai déjà aidés. Quand j'ai vu que Dorcas était une réelle menace pour Garet, je l'ai mise hors jeu.

— Quoi ? C'est toi qui as agressé Dorcas ?

— Oui. Je me suis déguisée en homme. Mais malheureusement, c'était trop tard, elle avait dû parler à Callum avant.

— Si elle avait été avec eux, elle aurait peut-être empêché Callum de faire ce qu'il a fait. Dorcas n'est pas une femme cruelle, juste intransigeante. Garet aurait été jugée, elle serait allée en prison. Au lieu de quoi elle est dans ce lit, en train de mourir. »

J'ai plaqué ma main sur ma bouche et je me suis mise à pleurer, parce qu'elle disait la vérité. C'est moi qui suis la cause de tout ça. J'aurais dû disparaître quand je suis revenue à Denver, ne pas aller voir Dorcas, ne pas essayer d'aider.

J'ai sorti mon journal de mon sac et je l'ai serré contre mon cœur.

« Je sais que je suis en partie responsable de ce qui arrive et de ce que Garet a subi. Il faut que tu me laisses une chance de réparer.

— Et comment pourrais-tu réparer ?

— Bon, je ne suis pas encore sûre. Nous devons décider ensemble. Je ferai ce que tu me diras. »

Je lui ai donné mon journal. « Si tu ne me crois toujours pas quand tu l'auras lu, tu pourras me tuer. »

Elle a rangé son revolver.

« Si je ne te crois toujours pas quand je l'aurai lu, je laisserai cet honneur à Garet. »

Jeudi 23 août, suite

Alida est avec Garet en ce moment, j'en profite pour noter ce qui s'est passé depuis tout à l'heure, les petits indices que nous avons trouvés. Nous ne savons toujours pas si Garet pourra nous expliquer ce qui s'est passé et quel danger réel menace Hattie, Jehu et les sœurs. Peut-être que je devrais m'ajouter à la liste, puisqu'il semblerait que je fasse partie de la bande, désormais.

Hattie a fini de lire et m'a demandé : « Bon, on fait quoi ? »

Au moins, je ne mourrai pas aujourd'hui.

On a discuté de nos plans et on est tombées d'accord sur le fait qu'ils étaient terriblement compliqués, avec beaucoup trop de risques que les choses virent à la catastrophe. Nous tournions autour d'un constat simple : si Garet disparaissait, la moitié de nos problèmes disparaissait aussi. C'était horrible de se dire ça. Je ne voulais pas qu'elle meure, mais nous devions tenir pour acquis que Callum Connolly savait qu'elle était à la tête de la bande qu'il recherchait et que toutes les villes à plus de cent kilomètres à la ronde seraient en état d'alerte. Nous devions traverser les montagnes pour rentrer au plus vite à Timberline, ce qui était inenvisageable pour une femme dont on venait de déballer les intestins pour les sectionner, avant de les remettre en place. Sans parler de ses côtes brisées.

« Nous devons présumer que Salter est dans le coup », ai-je dit. Quand elle était arrivée au passage concernant Salter, Hattie m'avait incendiée tant et plus de ne pas leur avoir parlé des Pinkerton. « Peut-être qu'il est à sa recherche avec un groupe d'agents. Quelle distance y a-t-il de Black Hawk à votre ancien ranch ? »

Nous buvions un café à la cuisine. Un jour gris se levait. Des nuages sombres s'accumulaient au-dessus des montagnes, un orage menaçait. Lana allait et venait dans la maison, s'affairant à ses tâches. Elle nous avait expliqué comment elle avait connu Garet, nous lui faisions confiance. Elle saisissait des bribes de notre conversation au passage, et ajoutait son grain de sel à l'occasion.

« D'où à où ? a-t-elle demandé.

— D'ici au nord de Fort Collins.

— Cent soixante kilomètres environ, en passant par Estes Park. Zeke met une bonne semaine pour rentrer à la maison. Il a rarement du temps libre, malheureusement, il arrive toujours de nouveaux chevaux à dresser. Pourquoi ?

— C'est de là que venait Garet, à ce que nous savons.

— Elle était à son ancien ranch ?

— Oui.

— Alors ajoutez une bonne trentaine de kilomètres. Mais c'est de la bonne route. Les cent soixante autres sont difficiles. » Lana a froncé les sourcils. « Qu'est-ce qu'elle faisait là-bas ?

— Elle était en visite, avec Callum Connolly, a répondu Hattie. Sa dernière lettre porte le cachet de là-bas. Elle devait partir avec Connolly faire le tour des autres exploitations.

— Je me demande si elle a vu Zeke... Mon fils travaille là-bas, il était retourné au ranch en espérant retrouver Garet et Jehu. Ils n'y étaient plus mais le nouveau régisseur l'a embauché. Il a dû être aux anges s'il l'a vue. Ils s'étaient pris d'affection pour mon fils, Mlle Margaret et Jehu. C'était bien pour moi, à cette époque, j'étais trop angoissée à l'idée que mon mari nous retrouve pour m'occuper beaucoup de lui. Jehu était avec elle ?

— Non, Jehu est resté à notre nouveau ranch.

— Tu es une des protégées de Mlle Margaret ? »

Hattie l'a fixée en silence, je voyais qu'elle se retenait de répliquer qu'elles étaient associées.

« Oui, a-t-elle finalement répondu. J'ai trouvé mon chemin, là-bas.

— Alors, tu sais. Je ferais n'importe quoi pour elle ou pour Jehu. Et Zeke aussi. Vous ne pensez pas que c'est lui qui lui a fait ça ? Le fils Connolly ?

— Nous n'en savons rien, ai-je dit. Nous n'aurons aucune certitude tant qu'elle ne sera pas réveillée et ne pourra pas parler.

— Ah, eh bien, ça tombe à pic, je venais vous dire qu'elle vient juste de se réveiller. Le docteur est avec elle. »

23

Journal de Margaret Parker

Événements du 12 au 19 août 1877
Dictés par Margaret Parker et transcrits par Claire Hamilton
Chambers Lodge, Black Hawk, Colorado

Hattie a dit à Margaret que nous avons lu son journal et qu'elle devait reprendre au moment où elle l'avait laissé.

Zeke. Il est venu frapper à mon carreau pour me prévenir qu'un groupe de Pinkerton était arrivé dans le dortoir et qu'ils allaient m'arrêter le lendemain matin. Il était plus de minuit, nous n'avions pas beaucoup de temps. Il m'a dit de prendre juste le strict nécessaire et d'attendre son signal. Il était reparti avant que j'aie pu lui demander quel signal.

Une heure après, j'ai entendu gratter à ma porte. C'était Zhu Li. Elle est entrée dans ma chambre et m'a donné un sac à farine plein de nourriture. Elle m'a dit que Callum s'était endormi devant la cheminée et que Zeke m'attendait plus haut sur la route. J'ai escaladé la fenêtre et j'ai contourné la maison. Le plus court chemin pour gagner la route longeait le dortoir.

Les cow-boys étaient à l'intérieur, soûls, un seul était dehors devant la grange, ivre mort. J'avais rentré mes cheveux dans mon chapeau et emprunté le manteau de Callum. J'ai volé le whisky du soûlard, m'en suis renversé un peu sur moi, j'en ai avalé une gorgée et j'ai décidé d'y aller au culot. Je suis passée devant le dortoir en imitant un homme ivre, mais deux types sont sortis juste à ce moment. Salter. Il m'a dit quelque chose mais j'ai continué d'avancer. Il m'a reconnue, a hurlé pour donner l'alarme. J'ai dégainé mon revolver… *Murmure incompréhensible.* Je suis partie en courant.

Heureusement, ils étaient soûls, mais j'ai cru que j'étais fichue. Les chevaux me rattraperaient avant que j'aie parcouru la moitié du chemin. J'entendais des cris et des bruits de course mais pas de chevaux. J'ai monté la colline à quatre pattes et Zeke était là, avec Storm et un autre cheval. Je lui ai dit que je pensais avoir tué Salter et l'ai supplié de partir à l'opposé de moi pour ne pas être complice. Il m'a dit qu'il avait volé les rênes de leurs chevaux mais que ça ne nous donnerait pas beaucoup d'avance, et qu'il fallait partir. Après trois cents mètres nous avons jeté les brides dans un buisson.

« Bon garçon ! » a glissé Lana.

On a traversé le parc en longeant la rivière Poudre, je me disais qu'on n'avait aucun endroit où aller. On ne pouvait pas retourner au Hole, de peur de les conduire jusque là-bas… même si Salter savait… J'avais besoin d'Hattie. J'ai proposé qu'on se cache à Black Hawk et qu'on envoie quelqu'un vous chercher. Mais après quatre jours, ils nous ont trouvés au sud du parc. Je ne sais pas comment. Je croyais avoir bien couvert notre piste.

On était près de Grand Lake, on s'était arrêtés pour se reposer. Ça faisait cinq jours qu'on était à cheval, les bêtes n'en pouvaient plus. Zeke disait qu'on pourrait peut-être les échanger au centre postal de Fraser, ou autre part sur la route. Je ne voulais pas me séparer de Storm, je… *Murmure incompréhensible.*

On était sur une crête quand on a tiré sur Storm. Il est tombé en m'envoyant rouler dans la pente, lui s'est brisé le cou, et j'ai dû m'évanouir.

« Lui ? Lui qui ? a fait Lana.

— Storm. Mon cheval. Je ne crois pas que je sois restée évanouie très longtemps, mais je ne sais pas. Je ne voyais Zeke nulle part. Je ne pouvais pas appeler, sinon ils me repéreraient. Je suis désolée, Lana.

— Ne t'en fais pas. Zeke va s'en sortir, il est malin comme un singe, ce gosse.

— J'espère qu'ils me croient morte. Le doc pense que je serai morte très bientôt, de toute façon.

— Tu n'as pas marché jusqu'ici depuis Grand Lake, quand même ?

— Je suis allée à Fraser, je suis allée à Idaho Springs dans une carriole qui transportait des marchandises et du courrier. Je ne me rappelle plus qui m'a amenée ici. Je suis si fatiguée. Demain, je mourrai, c'est le seul moyen. »

24

Archives des récits d'esclaves de la WPA

Entretien avec Henrietta Lee

Jeudi 17 septembre 1936

J'espère que vous n'êtes pas fâchée d'avoir dû patienter pour entendre la suite. Je suis âgée, j'avais besoin d'un peu de temps pour rassembler mes esprits. J'ai même pris des notes, regardez. Je peux vous les laisser si vous voulez, mais je doute que vous puissiez les déchiffrer.

Nous étions restées à Black Hawk. À quelle date ? Houla, je ne sais plus ! Vers le mois d'août. Garet était alitée à l'étage, inconsciente, abrutie par le laudanum. Claire et moi étions en bas dans la cuisine, à réfléchir à ce que nous allions faire. Un orage a éclaté cette nuit-là, terrible, une de ces tempêtes spectaculaires avec le tonnerre, des éclairs, la pluie qui bat le toit avec une force telle qu'on jurerait qu'elle va le percer, le vent qui fait craquer la maison au point qu'on a l'impression qu'elle va cesser de résister et s'effondrer d'un bloc. Aucune personne sensée n'aurait mis un pied dehors dans cette tourmente. Eh bien figurez-vous que nous avons vu arriver Ruby Steele, l'une des sœurs Bijoux, trempée et glacée jusqu'aux os.

Toute la maisonnée était en émoi. C'est pas tous les jours qu'on voit entrer chez soi une prostituée asiatique trempée comme une soupe. Tout le monde s'est mis à la questionner dans tous les sens, comme vous pouvez l'imaginer.

Mais Lana, la propriétaire de la pension, l'a emmenée se changer, tandis que Frank, son mari, ça y est, son nom me revient, préparait du café.

Je fais une parenthèse pour préciser un détail. Je vous ai dit que Jehu ramenait au ranch des femmes en détresse ? Lana et son fils ont été les premiers, longtemps avant que j'arrive. Elle fuyait un mari violent, je crois. Quoi qu'il en soit, Lana était totalement fidèle à Garet.

Pendant qu'on attendait que Ruby se soit réchauffée, Claire m'a demandé si je pensais que Garet était en train de renoncer.

On avait pu lui parler. Elle nous avait expliqué comment elle était arrivée ici. Elle ne s'était pas fait tabasser, ça c'était un point acquis, elle était tombée de cheval en tentant d'échapper à Connolly. Il n'était donc pas totalement hors de cause.

J'étais restée avec elle après les autres. Ça avait été un choc de l'entendre dire qu'elle était désormais prête à mourir. J'étais assise sur le bord du lit, je tenais sa main et je la caressais doucement. Garet avait des mains puissantes à force de travailler à la ferme et avec les chevaux, avec des veines saillantes sur le dessus – pas un poil de graisse pour les atténuer –, comme une rivière qui se scinde dans toutes les directions. C'est drôle ce que la mémoire retient. Je me souviens à peine de ce que j'ai mangé hier, mais je me rappelle avoir suivi ses veines du bout du doigt, en essayant de faire sortir les mots malgré la boule dans ma gorge.

« Tu as peur que j'aie jeté l'éponge ? » m'a-t-elle dit avec une espèce de sourire suffisant, ou ce que peut donner d'approchant une femme qui touche la mort.

J'ai répondu que l'idée m'avait traversé l'esprit.

« Tu me connais mieux que ça », a-t-elle dit. Et elle m'a annoncé qu'elle avait un plan.

Donc, à la question de Claire, j'ai répondu fichtre non. Cette sacrée bonne femme manigance toujours quelque chose, j'ai dit en riant, et elle ne renonce jamais. Et moi non plus.

Puisque Connolly la croyait morte, autant aller jusqu'au bout. Déclaration de décès, funérailles, caveau, la totale... Ça nous permettrait d'avoir les coudées franches pour la suite, si elle persistait dans l'idée d'effectuer ce hold-up, ce qui était le cas, visiblement.

Le plan était plutôt bien fichu, mille fois mieux que ceux qu'on avait échafaudés la veille. C'est à ce moment que Ruby est arrivée, et là, tout est parti à vau-l'eau.

Claire et moi avions passé deux semaines d'ennui nauséeux entre nos tête-à-tête, nos écharpes violettes et notre inaction. Mais quand les choses se sont mises à bouger, ça a été le déferlement.

Ruby nous a raconté que Spooner en avait eu assez de la monotonie de Timberline et avait quitté le Hole pour aller faire la noce à droite et à gauche. Quelques jours après son départ, Jehu avait décidé de faire un voyage à Rock Springs pour le ravitaillement et Ruby y était allée avec lui pour recruter quelques filles. Le Hole se peuplait et les deux femmes ne suffisaient plus à la tâche. Luke Rhodes était avec eux aussi, mais elle n'a pas dit pourquoi. À Rock Springs, chacun est allé vaquer à ses affaires de son côté. Ils ne repartaient que le lendemain et n'avaient pas prévu de se revoir avant. Mais à l'heure du petit déjeuner, pas trace de Jehu. Luke l'a rapidement retrouvé. Il avait été arrêté la veille. Spooner l'avait vu au saloon et l'avait dénoncé comme faisant partie de notre bande. Il se trouvait là un homme qui avait fait plusieurs convois avec Jehu en tant que garde et qui a confirmé, disant qu'il avait commencé à le soupçonner après l'attaque de la diligence de Gunnison. Peu importait au shérif de Rock Springs que Spooner soit lui-même une canaille et que les hold-up aient été effectués dans le Colorado et non dans le Wyoming. Cela avait fait enrager Luke, d'après Ruby. Il était reparti chercher Stella et Joan et avait envoyé Ruby à Denver pour nous avertir. Tous devaient se retrouver à Cheyenne.

C'en était trop, il fallait que je parte, tempête ou pas tempête. Claire a réussi à me retenir en me demandant si je me serais lancée dans un braquage sans le préparer et dans cet état de bouleversement. Je savais que non et ça m'a arrêtée. Je ne serais même pas arrivée à Rock Springs. Je ne connaissais pas la région de Black Hawk et j'avais toutes les chances de dégringoler dans un ravin. Mais il fallait agir, très vite. Le médecin m'a dit qu'il était hors de question que Garet quitte ce lit avant une semaine au moins, au risque de faire une infection, que la cicatrice se rouvre et déclenche une hémorragie. Devant mon entêtement, elle allait se lancer dans une description encore plus sanglante, mais nous avons été interrompues par ce salopard, Callum Connolly en personne.

Mme Lee fait une longue pause. J'attends tranquillement, lui laisse le temps de replonger dans ses souvenirs.

Ces Pinkerton… Ils ont envahi une maison pleine de femmes comme s'ils prenaient d'assaut un blocus de grévistes. Il y avait potentiellement quatre fusils de notre côté, eux étaient trois, dont Salter. Eh oui, cette pourriture était un Pinkerton, lui aussi. On était cernées par les Pinkerton. Salter avait un bandage sur l'oreille gauche, détrempé de pluie et de sang, et l'air particulièrement hargneux. Ils se sont postés là, fusil en travers de la poitrine comme des gardes qui font la haie d'honneur, et le fils Connolly est entré.

Je ne l'avais jamais vu, mais bien sûr, on le reconnaissait immédiatement, avec ce masque qui couvrait la moitié de son visage. Une blessure à la guerre, je crois. On était dans le pétrin, c'était clair, et bien sûr, j'ai fait ma maligne. Ce n'est jamais une bonne idée pour une femme noire d'asticoter un homme blanc énervé, mais je gagnais du temps en détournant son attention pour réfléchir à un moyen de nous sortir de là. J'avais réussi à détacher mon holster et à le glisser sous une table, et mon couteau était caché sous ma veste, sur mes reins. J'avais déjà eu l'occasion d'entendre des bruits de pas de ce genre, je savais qu'ils n'auguraient rien de bon. Mieux valait qu'ils me croient désarmée.

« Vous devez être Callum Connolly », j'ai dit. Je l'ai toisé de la tête aux pieds, comme si j'inspectais du bétail à la foire. « Joli, le masque. Du cuir, non ? Ça risque de rétrécir, avec la pluie. » Il m'a frappée au visage, mais je m'y étais préparée. J'ai essuyé le sang de ma bouche sans broncher, mais j'avais les oreilles qui sonnaient. J'avais perdu mon turban, aussi. Je n'allais pas tenir longtemps entre ses pattes. Il me regardait avec des yeux bleus qui brillaient sous les éclairs.

« Je vous croyais plutôt porté sur les métaux précieux que sur le cuir. Mais c'est peut-être votre masque de voyage ?

— Où est-elle ? » il a demandé.

Je lui ai dit qu'il allait devoir demander plus poliment et il m'a frappée à la tête. Claire s'est interposée en lui disant d'arrêter ça. Connolly m'a regardée comme si elle n'était pas là. « Tu dois être… l'esclave. Plus jolie que j'aurais cru. Y en a tellement peu de jolies, il a dit aux hommes. On est obligé de fermer les yeux quand on les baise. » Grace a reculé en se collant dos à moi, ou peut-être que c'est moi qui me suis avancée, mais elle n'a pas cédé d'un pouce. « Tu as réussi à te tirer de l'esclavage sans cicatrices, on dirait. »

Je ne pensais qu'à mon couteau, le sortir et le lui planter dans les tripes. Jamais je n'ai désiré quelque chose avec autant de force. Que savait-il de ce par quoi j'étais passée, des cicatrices qui me zébraient le dos ? Bien sûr, ils ne touchaient jamais à mon visage, je valais plus si j'étais jolie. Mais ils touchaient à tout le reste. C'était le jeu, et croyez-moi, ils jouaient. Oh oui, ils jouaient. Des années durant. J'ai appris, et c'est toujours vrai, qu'il existe des hommes qui jouent avec nous, qui nous torturent, qui abusent de nous, qui traitent nos corps comme si nous n'étions rien d'autre que des meubles inertes. Rien n'a changé. Depuis toutes ces années. On continue de punir les hommes et les femmes noirs.

Connolly a poussé Claire et elle est tombée par terre. Il s'est planté devant moi et m'a jaugée avec cette expression que j'ai vue si souvent chez les hommes blancs. Un mélange de convoitise et de haine, vous voyez ? « Dis-moi où elle est et mes hommes ne te toucheront pas. Tu as ma parole. »

C'était un mensonge et tout le monde le savait dans la pièce. Ces types commençaient à bander rien qu'à l'idée. Je n'ai pas osé l'éventrer parce que je n'étais pas sûre que ses hommes me cribleraient de plomb. Il était plus probable qu'ils me frapperaient, me mutileraient, tout en me gardant en état de pouvoir faire leurs affaires. Et ça, je ne le laisserais pas arriver. Le dernier homme blanc qui m'avait violée, c'était en soixante-huit, et je me serais tranché la gorge plutôt que d'en laisser un de plus poser ses mains sur moi. Je ne pouvais pas le tuer, et pourtant tant de problèmes auraient été évités si je l'avais fait. Mais je devais penser à

Jehu. J'ai ravalé ma rage et je me suis concentrée sur Jehu et ce qu'il était en train d'endurer.

Alors j'ai dit à Connolly qu'il arrivait trop tard, que le cancer avait eu raison de Margaret Parker. Elle ne se relèverait pas de son lit.

Il a dit qu'il voulait la voir. Grace a bondi pour dire non. Il l'a dévisagée et je l'ai vue se recroqueviller sous ce regard luisant, mais elle n'a pas reculé.

« C'est mon enquête, et ces femmes sont mes prisonnières, elle a dit. Je travaille depuis des mois sur cette affaire pour le compte de Dorcas, j'ai infiltré le gang et j'ai gagné leur confiance.

— Mais vous ne les avez pas emmenées à la police », il a répliqué.

Je n'oublierai jamais le rire de Claire. On aurait cru qu'elle était devenue folle. Et ce qu'elle a dit semblait encore plus fou. « Bien sûr que non ! Qu'est-ce qui se serait passé, si je les avais livrées ? Est-ce que la presse en aurait parlé ? Sûrement pas. Vous avez fait un travail remarquable pour que leurs exploits restent ignorés du public. Tout ça aurait été géré dans la plus grande discrétion. » Elle a regardé Salter avec mépris. « J'en sais assez sur ce M. Salter ici présent pour ne souhaiter à aucune femme, même la criminelle la plus endurcie, de tomber entre ses mains. Moi je veux que l'arrestation de Margaret Parker soit retentissante, vous comprenez ? Un coup d'éclat qui me permettra d'ouvrir ma propre agence. »

Les Pinkerton se sont esclaffés, avec des quolibets franchement outrageants. Claire tenait tête à Connolly sans bouger d'un pouce. La seule chose qui rendait ces hommes dangereux, c'étaient leurs armes.

Elle a continué en expliquant qu'elle avait d'abord prévu de nous dénoncer, jusqu'à ce qu'elle découvre l'ambition du plan de Margaret. Garet ne voulait pas seulement gagner son pari contre Spooner, mais l'humilier publiquement. Alors Claire s'était débarrassée de Dorcas de manière que Callum emmène Garet. Elle connaissait suffisamment l'esprit tordu de cette femme pour être sûre qu'elle accepterait. « C'est une femme arrogante et insatiable. Son orgueil l'aurait perdue, s'il n'y avait pas eu le cancer. » Elle a eu à nouveau ce rire. « Je suppose que moi aussi, mon ambition m'a perdue. Parker est presque morte, et personne n'avalera qu'une négresse et deux filles illettrées ont pu réaliser les coups qu'elles ont faits. »

Je l'ai crue. J'ai cru qu'elle était en train de nous trahir, confirmant tous les soupçons que j'avais depuis le début. Elle était vraiment douée. Puis elle a dit : « Elles ne sont pas une menace pour vous. Elles ne pourraient pas mener à bien le plan de Parker, même si elles en avaient envie. Et vous savez quoi ? Elles n'en ont pas envie. Parker est manipulatrice. Elle avait trois proies faciles avec ces filles, elles font tout ce qu'elle dit parce qu'elles l'admirent. J'ai vécu avec elles pendant trois mois et je les connais. Tout ce qu'elles veulent, c'est s'occuper de leurs canassons et être en paix. »

Je voyais bien que Connolly ne gobait pas ses élucubrations, mais elles me donnaient du temps pour chercher une issue, observer les hommes qui étaient avec lui, évaluer les failles. Connolly a demandé qui était la “chinetoque”. J'avais complètement oublié Ruby. Je la connaissais assez pour savoir qu'elle était en train d'observer la scène pour décider de quel côté se ranger. Une survivante, cette Ruby, froide comme une pierre.

Claire a déclaré que Ruby était avec elle. Elle l'avait prise pour l'aider à surveiller Spooner dans le Hole. « Elle ne fait pas partie de la bande. Venez, je vous emmène voir Parker.

Vous pourrez constater vous-même que c'en est fini de vos problèmes, avec cette bande, tout du moins. »

Ruby est partie avec eux et je suis restée en bas avec les Pinkerton. Je lisais sur leur visage comme dans un livre, jamais ils ne me laisseraient m'en tirer vivante. Le temps que Grace redescende, ils m'avaient pris mon couteau, avaient trouvé mon holster et m'avaient menottée. Je ne m'étais pas laissé faire et l'un d'eux avait la lèvre démolie proprement. Il m'avait assommée pour ma peine. Je reprenais tout juste conscience et me relevais en m'appuyant au mur pour me soutenir quand la fusillade a commencé.

25

Journal de Margaret Parker

Événements du 23 au 24 août 1877, rapportés le 30 septembre
Heresy Ranch, Timberline, Colorado

Je comble les trous dans cette histoire du mieux que je peux, avec le peu de temps qu'il me reste.

Je ne me rappelle pas grand-chose du séjour que j'ai passé à la pension de Lana Chambers, mais ce dont je me souviens parfaitement en revanche, c'est d'Alida Avery m'annonçant avec douceur qu'il était probable que je ne me relèverais pas de ce lit, Hattie qui me caressait la main et Grace et Callum, debout à l'arrière-plan, qui parlaient de moi comme si j'étais déjà morte.

Il s'est assis sur une chaise près de la fenêtre et a sorti une cigarette.

« Que faites-vous ? a demandé Grace.

— Je regarde l'orage. Je fume une cigarette. J'attends qu'elle meure. »

Le Dr Avery l'obervait, tranquillement.

« Vous risquez d'attendre un moment.

— Combien de temps ?

— Quelques jours ? Quelques semaines ? Ou aussi bien quelques heures. Impossible de le dire.

— Nous ne repartirons pas tant que l'orage ne sera pas calmé. L'endroit est parfait pour le regarder. Claire ? C'est votre vrai nom, c'est ça ?

— Oui.

— Allez me chercher du café et un sandwich. »

J'ai été estomaquée de voir Grace, ou Claire, donc, obéir sans discuter. Le Dr Avery est sortie avec elle en disant qu'elle allait me chercher un peu de bouillon.

Les éclairs illuminaient le visage de Callum tandis qu'il fumait, tourné vers la fenêtre. Il a sursauté quand j'ai pris la parole.

« Et donc, vous êtes venu me voir mourir. C'est assez revanchard, je me serais attendue à ça de Dorcas, mais de vous…

— Vous m'avez volé beaucoup plus à moi qu'à mon père.

— Ah ! Tous ces grands discours, l'histoire ancienne, la compréhension… c'étaient des mensonges.

— Pas du tout. Je me contrefiche de ce qui s'est passé en soixante-treize. Mais votre bande paiera pour les cinq autres hold-up.

— Il vous faut du sang. Eh bien tuez-moi, tout de suite.

— Très insatisfaisant, et vous êtes presque morte, de toute manière.

— Faites-moi ce que vous voudrez, et tuez-moi. »

Un nuage de fumée s'est élevé, masquant son expression, mais il n'a rien dit. Une douleur sourde s'est réveillée dans mon ventre. Je sentais mes membres s'alourdir, la dernière dose de laudanum commençait à faire effet. J'avais la langue pâteuse et sèche.

« Punissez-moi, faites-moi payer ce que vous voudrez. Mais laissez les miens en paix, je vous en conjure. »

Il s'est levé et a écrasé sa cigarette sur le volet, puis a pris la chaise sur laquelle il était assis et l'a coincée sous le bouton de la porte. Ses pas résonnaient dans la chambre entre les coups de tonnerre, le bruit de bottes d'un escadron militaire qui entraîne un coupable pour le passer par les armes. Il a baissé les yeux sur moi, de toute sa hauteur – moi décharnée, suante, malodorante –, et a fait non de la tête.

« Les punitions ne valent que si elles ont des effets sur le long terme. Vous serez morte avant le matin, vous serez épargnée, duchesse. Mais il faut que d'autres servent d'exemples. Je me réjouis tout particulièrement pour l'esclave. C'est une très belle femme. »

J'ai voulu me redresser, j'ai essayé, mais mes membres étaient trop lourds, on aurait dit que quelqu'un les tenait. Il m'a vue lutter et a eu son petit rictus.

« Je vais te tuer, exactement comme j'ai tué ton… »

Des coups de feu ont éclaté dans toute la maison. Callum s'est précipité hors de la chambre en tirant son revolver. J'ai tenté de me lever pour aller les aider, voir si Hattie était saine et sauve, mais Alida et Ruby sont arrivées et m'ont retenue.

« Laissez-moi, il va lui faire du mal…

— Buvez ça, vite », a dit Alida.

Une autre salve de tirs.

« Qu'est-ce qui se passe ? Qui tire ? Où est Hattie ?

— On ne sait pas, a dit Ruby. La fusillade ne faisait pas partie de notre plan. Bois ça, Garet. On doit faire croire à Connolly que tu es morte. Est-ce que tu pourras faire semblant ?

— Ça ne va pas me demander beaucoup d'efforts.

— Je n'arrive pas à croire que je suis en train de faire une chose pareille, a murmuré Alida en me faisant avaler sa potion.

— C'est juste de l'aubépine, a dit Ruby. Vous ne rompez aucun serment.

— Si ça la tue, je romps tous mes serments.

— Garet, écoute-moi. Ce truc va abaisser ton rythme cardiaque suffisamment pour qu'on puisse faire croire à Connolly que tu es morte.

— C'est un plan tellement insensé, je ne peux pas croire que j'ai accepté ça, s'est désolée Alida.

— Quand le Dr Avery mettra un miroir sous ton nez, tu retiendras ta respiration. »

J'ai hoché la tête et j'ai posé ma main sur son bras.

« Ruby, assure-toi qu'il n'arrive rien à Hattie. Ne la quitte pas d'une semelle. »

Je ne me souviens de rien d'autre.

Quand je suis revenue à moi, j'étais dans un cercueil.

Une expérience intéressante. Un rai de lumière m'arrivait dans l'œil, et quand j'ai levé la main pour le protéger, j'ai touché le couvercle de bois rugueux. Une voix d'homme a demandé d'où venait ce bruit. C'est la voix d'Hattie qui a répondu : « J'ai rien entendu. Avec le bruit de la rivière d'un côté et cette route perdue qui nous bringuebale, difficile d'entendre quoi que ce soit. Peut-être que je pourrais éviter de taper sur la paroi si vous me menottiez par-devant. »

Les hommes ont ricané.

Mon esprit s'est éclairci peu à peu, et j'ai pu faire le point de la situation. De toute évidence, j'avais merveilleusement joué mon rôle de morte. Hattie avait les mains attachées dans le dos, et ne pourrait donc être d'aucune aide. Mais elle était là, et vivante. J'ai senti une arme contre mes jambes, sous ma jupe. Avec des gestes lents, je l'ai prise, l'ai soupesée. Fusil de chasse à double canon scié. Je me souviens de m'être dit que ça allait faire du vilain.

Puis j'ai entendu la voix de Grace, assez proche de moi.

« C'est très inconfortable, ici, Salter. Vous ne nous laisseriez pas prendre votre place, avec Ruby ? Tu sais conduire un chariot, n'est-ce pas, Ruby ?

— Oui.

— Vous voyez.

— Pas question que je vous laisse conduire.

— Vous ne me faites pas confiance ?

— Oh non, Claire Hamilton, pas du tout. Pinkerton m'a parlé de vous, et de votre cœur tendre.

— Je sais tout de vous moi aussi. Et je sais que les chances qu'on arrive en vie à Denver sont minces. D'autant que nous nous dirigeons vers le nord-nord-est.

— Vous auriez pu faire une bonne détective.

— Je suis une bonne détective.

— Mais pas aussi bonne que moi, et depuis moins longtemps. »

J'ai pris une grande inspiration pour me raffermir. Ça a tiré sur les points où j'avais été recousue, j'ai serré les dents pour me retenir de crier.

Grace et Hattie m'avaient décrit la situation du mieux possible. Deux hommes qui conduisaient, trois femmes à l'arrière avec mon cercueil. Le couvercle avait été légèrement décalé pour que je puisse entendre et voir l'étoffe bleu foncé d'une robe à ma gauche. J'ai levé la tête pour regarder vers mes pieds. Un tissu bleu plus clair à côté du bleu foncé. Le bord du chariot était visible par la fente à droite. Je présumais que la tête du cercueil était à l'arrière de l'habitacle, mais je n'en étais pas sûre. J'ai poussé sur le couvercle, qui a résisté avant de s'entrebâiller d'un demi-centimètre supplémentaire. J'ai inspiré profondément, en regrettant de ne pas avoir un peu d'aubépine pour calmer la cavalcade de mon cœur. Rien à voir avec la poussée d'adrénaline que je ressentais pendant un hold-up. Prendre la vie d'un homme n'a rien de grisant, même s'il s'agit d'en sauver d'autres.

Mais ça, c'était il y a quelques semaines. J'ai passé ce cap, à présent.

J'ai soulevé un peu plus le couvercle et vu le visage de Ruby. J'ai pointé le doigt vers mes pieds en articulant de façon muette : « Deux hommes ? » Elle a opiné de la tête. J'ai levé trois doigts et commencé le compte à rebours. Quand j'ai abaissé le troisième, j'ai serré le poing, donné une grande poussée dans le couvercle, puis je me suis assise tout en pointant le fusil. Hattie, juste devant moi, s'est pliée en deux. J'ai fait un trou de la taille d'un melon dans le dos d'un des hommes, j'ai doublé et fait sauter la moitié de la tête de Salter. Dans la microseconde avant qu'il réalise qu'il était mort, j'ai vu la stupeur d'être vaincu par des femmes.

Les coups de feu ont résonné entre les versants du canyon et le chariot s'est mis à tanguer. Hattie, oubliant ses menottes, s'est levée et a failli tomber.

« Grace ! » s'est-elle écriée.

Grace a grimpé par-dessus Hattie et le cercueil et s'est emparée des rênes.

« Tire, tire en arrière ! hurlait Hattie.

— C'est ce que je fais, bon sang. Ils sont costauds.

— Oui, eh bien tu ferais mieux de les arrêter très vite. Tu as vu le virage ? Les chevaux vont le prendre, mais pas le chariot ! »

Je me suis remise sur mes pieds pour la première fois depuis je ne sais combien de temps. Tout a chaviré et j'ai basculé sur le côté. Ruby m'a retenue et forcée à m'asseoir.

« Passe-moi une bride », a crié Ruby. À elles deux, elles ont réussi à freiner les chevaux suffisamment pour que l'on ne verse pas à flanc de montagne jusqu'à la rivière. Il leur a fallu encore une centaine de mètres pour parvenir enfin à les stopper.

La dernière chose que j'ai vue avant de perdre connaissance, c'est Ruby et Grace qui se prenaient dans les bras, et Hattie qui leur disait d'arrêter de se congratuler et de chercher cette foutue clé.

BLACK HAWK BULLETIN

MARDI 28 AOÛT 1877

TUERIE SUR GREGORY STREET
QUATRE VICTIMES DONT FRANK ET LANA CHAMBERS

Frank et Lana Chambers, les propriétaires de la pension qui porte leur nom sur Gregory Street, ont rencontré un destin fatal jeudi 23 août lors d'une altercation qui a tourné au massacre. Mme Chambers, que les citoyens de Black Hawk connaissent pour sa fougue, a menacé d'un fusil un Pinkerton qui recherchait son fils, Zeke. Frank Chambers a voulu prendre la défense de son épouse, comme l'aurait fait n'importe quel mari, et il en est résulté une boucherie sanglante sur le carrelage de la cuisine. Les deux autres Pinkerton ont réchappé de la fusillade et ont pu rendre compte de cette affaire pour laquelle ne subsiste aucun autre témoin.

Le quatrième défunt est une femme qui venait de succomber à une longue maladie. Le Dr Alida Avery, qui accompagnait Susan B. Anthony pour une conférence à l'église méthodiste, a administré les derniers soins aux victimes mais n'a rien pu faire pour les sauver.

Lana et Frank Chambers seront inhumés au cimetière maçonnique samedi à quatorze heures. Un bref service sera rendu sur la tombe.

La pension, située au début de Gregory Street, sera mise aux enchères par la municipalité mardi prochain. Selon certaines rumeurs, cette vente ne serait que de pure forme et un accord aurait déjà été conclu entre le maire et Nathaniel Hill pour aménager la maison en dortoirs destinés aux travailleurs gallois qu'il fait venir pour sa fonderie. La vente devrait être un événement mouvementé, donc venez tôt et apportez votre pique-nique.

ROCKY MOUNTAIN NEWS

DIMANCHE 26 AOÛT 1877
AVIS DE DÉCÈS

MARGARET ELIZABETH STANDRIDGE PARKER, DUCHESSE DE PARKERTON

Née en 1843 dans le Somerset, en Angleterre, décédée le 23 août 1877 à Black Hawk, Colorado. Elle rejoint son défunt époux, le lieutenant Thomas Parker, vétéran de la charge de la Brigade légère. M. et Mme Parker étaient venus en Amérique à l'occasion de leur voyage de noces et avaient décidé d'y rester et de s'installer dans l'Ouest. Le lieutenant Parker avait fait l'acquisition dans la vallée de Cache-la-Poudre de soixante-cinq hectares en son nom et autant au nom de son épouse, et monté un élevage de chevaux, qui fut confisqué à Mme Parker par le colonel Louis Connolly après le décès de M. Parker, alors duc de Parkerton, dû à une longue maladie. Ne pouvant être enterrée auprès de son époux dans leur ranch, elle sera inhumée au cimetière de Riverside.

26

Journal de Margaret Parker

Dimanche 26 août 1877
Denver, Colorado

Je me suis réveillée dans un lit bosselé dans une chambre miteuse. Alida Avery était en train d'écouter mon cœur avec son stéthoscope. Elle a souri en me voyant ouvrir les yeux, a pris un air résigné et déclaré que visiblement, je vivrais éternellement.

« Ne dites pas d'horreurs. Quel jour sommes-nous ?

— Dimanche 26 août.

— Le référendum approche. Pensez-vous que nous avons des chances ?

— Je ne suis pas sûre que faire venir Mlle Anthony et ses petites camarades ait servi la cause.

— Je suis consternée de l'apprendre. Je n'aurais rien tant désiré que voir passer cet amendement avant de mourir.

— Moi aussi.

— Où sont les autres ?

— Parties à la rescousse de quelqu'un qui s'appelle Jehu. »

Elle m'a ordonné de ne pas m'agiter, mais je n'ai pas écouté, ce que j'ai regretté aussitôt. Elle m'a aidée à me rallonger, m'a fait boire une gorgée d'eau et a essuyé la sueur sur mon front.

« À la rescousse ? Comment ça ?

— Il est en prison à Cheyenne, si j'ai bien compris. En tout cas c'est là qu'elles sont parties hier.

— Hier ? Depuis combien de temps je suis ici ? Quand est-ce que j'ai… ? Quand est-ce qu'elles m'ont ramenée ici ?

— Il y a deux jours. Le plan a marché, contre toute attente. »

J'ai serré les dents et me suis rassise. Elle m'a demandé où j'espérais aller.

« Je dois aider mes amis.

— Hattie m'avait prévenue.

— Elle a eu sacrément raison.

— Vos écarts de langage ne sont pas indispensables, vous savez.

— Excusez-moi. »

Elle m'a tendu un message que j'ai déjà égaré. Hattie m'intimait l'ordre de me tenir tranquille et de me reposer un jour ou deux. Si tout se passait comme prévu, elles retrouveraient Joan et Stella à Cheyenne. Elles étaient parfaitement capables de faire évader Jehu à elles cinq, voire à six si elles convainquaient Rhodes de les aider. Le plan pourrait être lancé dès qu'elles reviendraient avec Jehu. Le hold-up était toujours prévu, en ce qui la concernait, tout du moins. La seule chose qui pourrait tout faire rater, c'est si je me mettais en tête de venir jouer les héroïnes. Elle contrôlait la situation.

Ce qu'elle ne disait pas, mais qui transparaissait entre les lignes, c'était qu'il était grand temps qu'ils prennent leur envol, tous. Je ne serais plus là très longtemps et ils devaient apprendre à compter sur eux-mêmes.

« Elles ont laissé un fusil pour vous, chargé. Et une boîte de munitions, ce qui me paraît un peu excessif pour une femme clouée au lit, vous ne croyez pas ? » Un coup de feu a éclaté au loin, et elle a sursauté. « Peut-être que non, finalement. »

Je me suis mise à rire et me suis arrêtée aussitôt en me prenant les côtes. Elle m'a aidée à me réinstaller dans le lit et m'a donné une dose de laudanum, petite, suivant ma requête.

« Qu'est-il arrivé à votre escorte ? »

J'ai secoué la tête sans répondre. Son visage a pris une expression chagrine.

« J'ai bien peur de m'être mêlée à quelque chose qui me hantera ma vie durant.

— Non, je vous le promets. Quand ils reviendront, je quitterai Denver pour toujours. Je ne serai bientôt plus là, et personne dans la bande ne parlera de vous, je vous le jure. »

Elle a poussé un long soupir, comme si elle s'efforçait de me croire.

« J'ai le sentiment que je dois vous dire quelque chose, même si Hattie m'a demandé de ne pas le faire.

— Dites.

— La fusillade, à la pension. Les Chambers ont été tués tous les deux. »

Elle n'avait pas assisté au massacre, mais m'a rapporté ce que Claire lui avait raconté, et la conclusion était incontournable : Lana, Zeke et Frank étaient morts tous les trois. Pour m'avoir aidée. Et Callum Connolly était responsable de tout ça.

« Il a été arrêté ?

— Qui ça ? Connolly ? Non. Il n'a tué personne lui-même, à ce que je sais. Il est parti tout de suite, vous vous souvenez ?

— Oui, bien entendu. Et personne n'a été arrêté ?

— Non.

— Docteur Avery ? Qu'est-ce que vous me cachez ? »

Elle s'est éclairci la voix. « Ils ont dit que le tort revenait aux Chambers. Hattie, Grace et cette gracieuse demoiselle chinoise ont essayé de dire au shérif ce qui s'était passé en réalité, mais il n'a rien voulu entendre. L'article dans le journal n'était pas trop affreux, au moins. Je suis désolée de vous apprendre ces mauvaises nouvelles.

— Je vous remercie de me l'avoir dit.

— À voir votre regard, je me demande si j'ai bien fait.

— Ne vous inquiétez pas, docteur, c'est juste ma tête de "j'aurais peut-être dû réclamer une dose plus forte".

— Je vous l'avais dit. »

Pendant qu'elle me tournait le dos pour mélanger la drogue dans un peu de whisky, j'ai pris son stéthoscope dans son sac et l'ai fourré sous mes couvertures. Elle a posé le verre sur la petite table à mon chevet.

« Quand vous irez mieux, vous rentrerez chez vous, Margaret ?

— Vous voulez dire qu'il y aurait une chance que je puisse sortir de ce lit ? »

Elle a pris un air penaud.

« Une petite chance, oui.

— Ma foi, si j'ai une telle chance, je ne sais pas trop ce que je déciderai. À la vérité, je ne sais pas s'il nous reste un chez-nous où aller.

— Vous avez d'autres idées ?

— On dit qu'il y a un canyon en Arizona qu'il faut voir avant de mourir. » J'ai vu ses lèvres se pincer, comme si elle était en quoi que ce soit responsable de ma mort prochaine, et de son impuissance à l'empêcher. « J'y ai beaucoup réfléchi, à ma mort. C'est l'avantage de savoir que cela va se produire très vite. Bien sûr, nous mourrons tous, mais d'une certaine manière, c'est un cadeau qui m'est fait, vous ne croyez pas ? Je peux déterminer quand et comment je mourrai.

— Vous n'allez pas... ?

— Attenter à ma vie ? Hmmm. Non, pas directement. Il y a bien des façons de mourir.

— Oh, Margaret, j'aimerais tellement pouvoir faire plus pour vous. »

Je n'ai pas su quoi lui dire. Je ne savais pas comment la réconforter, ni même si c'était à moi de le faire. Depuis qu'elle avait retiré ma tumeur, je me sentais moins mal, ce qui semblait logique, sachant que je n'avais plus cette masse compacte de cinq livres qui saillait dans mon estomac. Mais elle m'avait appris que le cancer s'était étendu à d'autres organes, et cela me dévastait.

Elle est restée silencieuse un long moment, puis a repris la parole.

« Je peux vous poser une question ?

— Bien sûr.

— Est-ce que vous êtes une criminelle ?

— C'est Grace qui vous a dit ça ?

— Qui est Grace ?

— Ah oui, c'est vrai. Claire Hamilton, c'est une ancienne Pinkerton.

— Vraiment ? Je ne me serais pas doutée. Mais je comprends mieux. Lors d'un meeting le mois dernier, elle a posé des questions sur une bande d'aventurières, si on en avait entendu parler. Elle parlait de vous, c'est ça ?

— Ai-je l'air d'une criminelle ?

— Non.

— Avez-vous déjà rencontré un criminel ?

— Non... Mais avec ce qui s'est passé à Black Hawk...

— C'est vrai. »

J'ai bu le whisky à l'opium et j'ai senti l'engourdissement désormais familier s'emparer de moi. Je détestais ma faiblesse, choisir ce petit moment d'oubli et dormir au lieu de regarder en face ce que j'avais provoqué. Mais je suis tellement épuisée. Je suis seule, je n'ai pas à être forte, pour personne, pas tout de suite. Le réveil viendra bien assez vite.

« Pouvez-vous me promettre une chose, docteur Avery ?

— Oui.

— Ne croyez pas tout ce que vous entendrez sur moi.

— Même les louanges ?

— Surtout les louanges.

— Je vous connais depuis très peu de temps, et vous étiez inconsciente la majeure partie de ce temps, mais il y a en vous quelque chose de fascinant.

— Claire m'avait dit ça aussi le jour où on s'est rencontrées. Quand elle m'a mieux connue, je crois que sa fascination a pris du plomb dans l'aile. »

Elle a ri. « Ça m'étonnerait. Je viendrai vous voir demain après-midi. Si vous avez besoin de quoi que ce soit, voici où me trouver. » Elle a glissé une carte sur la table, à côté de la boîte de munitions. La boîte était posée sur un carnet que je connaissais bien.

« Je ne peux pas croire qu'il soit ici.

— C'est votre journal ?

— Mes Mémoires, plus exactement. Il faut que je m'en occupe, puisque j'ai du temps.

— J'espère que je pourrai les lire un jour.

— Je l'espère aussi. »

Dimanche 26 août, suite

Je ne vous cache pas que je suis déçue de devoir me passer de funérailles, mais ç'aurait été un peu trop délicat à organiser, alors que les deux hommes censés ramener mon corps à Denver gisent dans le ravin où on les a balancés. Un avis de décès est paru, je suis officiellement morte.

Ce qui est assez libératoire.

Permettez-moi de rêver un instant à ce qu'auraient pu être mes obsèques, si je n'avais pas rempli de plomb Salter et son collègue. Je vois ça un samedi après-midi, dans une petite église près du cimetière de Riverside. Vous le connaissez, il est perdu tout seul à trois kilomètres d'ici, en descendant la rivière Platte vers le Nebraska ? Le vent aurait soufflé dans la plaine, faisant voler les robes de deuil de Claire, Dorcas et Alida Avery. Il aurait fallu qu'elles soient là pour enfoncer le clou, si j'ose dire. Parfaire le stratagème. J'espère qu'ils auraient laissé Hattie sortir de prison pour assister à la cérémonie, mais il est plus que probable que non. Si elle avait pu venir, elle aurait arboré son foulard rouge sang, drapé avec la plus grande élégance, comme je le préfère, noué sur l'oreille. Ruby serait venue aussi, je suppose. Je n'ai pas encore bien compris pourquoi elle se trouvait à Black Hawk. De très nombreuses choses devront être éclaircies, quand elles reviendront avec Jehu.

Mais les obsèques n'ayant pas lieu, la réputation du Dr Avery n'est pas engagée. Personne ne la dénoncera de notre côté, bien entendu. La seule personne à savoir que c'est elle qui a confirmé mon décès est Callum Connolly. Et j'ai des projets pour lui. Il s'attend à ne voir aucune de nous revenir vivante de Black Hawk, et ne s'inquiétera pas de Salter et de son sbire avant un moment. Cela me laisse un peu de temps.

On est dimanche après-midi, le quartier est très calme.

J'observe la vitrine d'une boutique dans l'immeuble en face, tout est noir et silencieux. Je descends la rue, surveillant chaque devanture, un homme sorti faire une promenade. En réalité, le laudanum a cessé de faire effet et la douleur me force à m'arrêter constamment. C'est comme si quelqu'un battait du fouet dans mes tripes, j'ai l'impression de sentir chaque couture sur le point de se rompre. Dans un peu moins d'une heure, je pourrai prendre le laudanum que je cache dans ma poche. Ce sera ma récompense, si je réussis.

J'avais su que je devrais forcer ce coffre dès que mon regard s'était posé dessus, il y a un mois, dans le bureau de Connolly.

Il y a des années, quand le gang Spooner avait commencé à se servir de notre ranch de Cache-la-Poudre comme planque, Vaut-Mieux-Pas m'avait appris à ouvrir un coffre. Il avait besoin de s'exercer pour un coup qu'ils préparaient, et notre coffre était de la même marque que celui qu'ils allaient vider – juste nettement plus petit. J'étais restée avec lui pour m'assurer qu'il ne regardait pas le code tout en œuvrant. Quand j'avais demandé à essayer, il m'avait tendu son stéthoscope. J'avais réussi au troisième essai, et il avait salué l'exploit, me disant que je pourrais faire carrière dans le métier. Quand nous avions attaqué la banque Connolly en soixante-treize avec Jehu, je ne m'y étais pas risquée. J'étais trop nerveuse et pas assez sûre de moi, récupérer la clé dans la poche du secrétaire était plus simple et moins risqué.

Je suis arrivée derrière le bâtiment et j'ai cherché l'entrée de service. J'ai frappé, attendu en tendant l'oreille, à l'affût du moindre bruit, mais personne n'est venu. J'ai sorti un pied-de-biche de trente centimètres emprunté à un maréchal-ferrant pas très loin de la pension (j'avais déjà fait une entorse à ma convalescence), l'ai glissé dans le chambranle de la porte et j'ai ouvert, en faisant plus de dégâts que je l'aurais souhaité.

J'ai parcouru le bâtiment d'un pas décidé, comme si ma présence en ces lieux était parfaitement normale. Les mensonges passent mieux quand ils sont proférés avec assurance. Je n'ai croisé personne. C'est trop facile, me suis-je dit, au moment précis où me parvenait une odeur de cigare. J'ai glissé le pied-de-biche dans ma ceinture et j'ai sorti mon fusil à canon scié de sous mon manteau.

Grace – Claire –, tu te demandes probablement ce qui m'a pris. À quel moment suis-je devenue une tueuse sans état d'âme ? Le 19 novembre 1873. Le jour où j'ai effectué mon premier cambriolage.

Ce qui suit n'a pas pour but de me justifier, ni de m'excuser. Je l'ai fait, et je ne regrette rien. En tout cas, plus maintenant. J'en ai fini avec les regrets au moment où j'ai empoisonné le colonel Connolly, en 1874.

Alfie Gernsbeck m'est tombé dessus un très mauvais jour, peut-être le pire de ma vie. Au lieu de chercher à aider une femme qui de toute évidence mourait de faim et n'avait même pas un manteau pour se couvrir en plein début d'hiver, il s'était mis en tête que ce dont j'avais besoin, c'était que quelqu'un m'entraîne dans une ruelle isolée pour me baiser. Sauf que ce dont j'avais besoin, c'était de son manteau, et de me défouler. Alors je lui ai fait sauter la cervelle, comme je l'ai fait pour Salter. J'ai agi sur une impulsion, après des mois et des mois à subir des traîtrises, des humiliations, des menaces et des insultes de presque tous les hommes avec qui j'entrais en contact. Je ne voyais plus les hommes comme des individus mais comme une masse toxique dont le seul objectif était de protéger leur pouvoir en maintenant les femmes au bas de l'échelle, soumises. En m'entraînant dans cette allée, Alfie Gernsbeck montrait qu'il n'était qu'un autre parmi ces hommes qui m'avaient amenée au point de devoir voler pour survivre.

Après le hold-up, je ne savais plus trop si mon exaltation venait du vol ou du meurtre de Gernsbeck. Je n'ai pas voulu trop y réfléchir. Nous avions de l'argent, Spooner nous avait emmenés dans le Hole le printemps qui a suivi, et nous avons pu prendre un nouveau départ. J'aurais pu être satisfaite, heureuse comme ça, mais l'excitation que j'avais connue ce jour-là me revenait sans cesse à l'esprit, cette sensation que j'avais eue d'être vraiment en vie. Je me repassais constamment les événements de cette journée, me délectant d'avoir été capable d'un acte aussi audacieux, d'avoir floué Connolly, et petit à petit, c'est le visage du colonel que j'ai commencé à voir au moment où je pointais mon revolver et pressais la détente. C'était son crâne qui explosait en morceaux sur le mur à la place de celui de Gernsbeck. À force d'imaginer des scènes de ce genre, on finit par en être obsédé. J'ai compris que je n'avais pas tué l'homme qu'il fallait, que c'était le colonel qui aurait dû mourir, et que je n'aurais pas de repos tant que ce ne serait pas accompli.

Bien entendu, je ne pouvais pas aller lui tirer une balle dans la tête, c'était un grand homme, disons plutôt un homme trop important. Tout serait mis en œuvre pour trouver le coupable, et les soupçons se tourneraient très vite sur la veuve dont il avait confisqué les biens en échange d'une poignée de dollars un an plus tôt. Le poison était la meilleure solution, et je savais comment le lui administrer sans mettre personne en danger.

Comme souvent chez ceux qui sont partis de rien, Connolly aimait impressionner son monde en exhibant sa richesse. Il mettait un point d'honneur à sortir une bouteille du meilleur bourbon du Kentucky quand il voulait montrer que le prix des choses n'avait aucune importance pour lui.

Mais au fond de lui, c'était toujours un pauvre. Vous n'auriez jamais deviné sa basse extraction à son allure, à sa tenue, ou en l'écoutant parler. Sa métamorphose avait commencé en Caroline du Sud, et s'était parachevée dans le Colorado. Mais le sang ne ment pas et, lorsqu'il était seul, il sortait de sa crédence une bouteille d'alcool frelaté de contrebande. Je le savais parce qu'il se fiait suffisamment à moi pour me l'avoir dit, bien que ne m'ayant jamais fait l'affront de m'en servir. À moi il donnait le bourbon. Tout ça, bien entendu, avant que j'aie refusé sa demande en mariage.

Donc je savais comment, il me fallait trouver quand. Il partirait en septembre avec ses hommes pour ramener ses troupeaux des pâtures d'été. C'était le bon moment. J'avais un excellent prétexte à offrir à Jehu et à Hattie : cela faisait longtemps que je n'étais pas retournée dans les montagnes, comme je le faisais régulièrement pour me retrouver seule et chasser. Cette fois, personne ne saurait que la chasse n'avait pas pour seul but de remplir nos fumoirs et de constituer nos stocks hivernaux. Tuer des animaux rassasiait en moi le goût du sang éveillé par le meurtre de Gernsbeck. Ce besoin m'avait taraudée un an durant. Quel genre de femme éprouve du plaisir à tuer ? On comprend cela d'un homme, surtout ici, dans l'Ouest, mais une femme ? J'étais arrivée à me convaincre qu'éliminer le colonel éradiquerait cette pulsion, que je pourrais enfin passer à autre chose. Au moment où j'ai quitté le ranch, tuer le colonel était devenu une question de vie ou de mort dans mon esprit.

Trois jours durant, j'ai surveillé son ranch depuis les collines. Le premier, ils ont effectué les préparatifs pour leur excursion, ferré les chevaux, rempli de provisions le chariot-cantine, nettoyé et huilé la sellerie, vérifié leurs armes. Ils sont partis le deuxième jour, à l'aube. J'étais allongée sur le ventre sur un gros rocher plat, avec la longue-vue de

Thomas, celle-là même qu'il avait lors de la charge de la Brigade légère. Quelques cow-boys novices étaient restés au ranch, et je voyais Zhu Li entrer et sortir de la cuisine.

Le matin du troisième jour, je suis descendue un peu dans la colline. J'ai tué et dépecé un daim et j'ai repris mon poste d'observation à midi, tout en faisant cuire les steaks de daim pour les sécher. J'ai patienté tout le jour pour m'assurer que rien ne bougeait et à minuit, après avoir vérifié que mon cheval était solidement attaché, j'ai pris mon sac de selle rempli de viande, mon fusil, je me suis faufilée au bas de la montagne et j'ai traversé la prairie en rampant. C'était une nuit sans lune et les nuages masquaient les étoiles. J'ai réussi à arriver tout près de la grange avant que les chiens se mettent à aboyer. Je me suis aplatie au sol et j'ai attendu que les jeunes cow-boys viennent voir ce qui se passait. Ils étaient occupés à se soûler, apparemment, et plus agacés d'être dérangés que préoccupés par la raison des aboiements. L'un d'eux a flanqué un coup de pied à un des chiens, qui s'est carapaté en gémissant, suivi de ses congénères.

« Saleté. »

J'ai attendu d'être sûre qu'il n'y avait plus personne et je suis entrée dans la grange. Les chiens ont grogné mais n'ont pas aboyé et je leur ai jeté des morceaux de viande. Je les ai regardés manger, puis venir vers moi en réclamer encore. Je les ai laissés me sentir, les ai gratouillés derrière les oreilles en murmurant des petits mots gentils. Quand ils ont commencé à me lécher, j'avais l'assurance qu'ils ne me chercheraient plus noise. J'ai sorti le reste de la viande et je suis partie vers la maison.

Dans des trous perdus comme celui-ci, on n'a guère besoin de verrous, et j'ai pénétré sans difficulté dans le bureau de Connolly. J'étais en train de remettre le flacon d'alcool empoisonné à sa place quand Zhu Li a fait son apparition, un fusil sur l'épaule, en disant quelque chose en chinois. J'ai levé les mains en l'air. Elle s'est approchée et a abaissé son fusil dès qu'elle m'a reconnue.

« Mademoiselle Margaret ?

— *Hello*, Zhu Li.

— Qu'est-ce que... ? »

Elle a posé les yeux sur la crédence restée ouverte. Je l'ai refermée avec douceur.

« Comment est-ce qu'il te traite ?

— Ça va, pour un homme blanc.

— Tu pourrais venir avec moi, tu sais. J'ai un nouveau ranch, je pense qu'il te plairait.

— Vous n'êtes pas fâchée contre moi ?

— Pourquoi ? Parce que tu as accepté un travail ? Non, jamais de la vie. »

J'ai vu ses épaules se détendre et elle a posé son fusil.

« Vous êtes une meilleure patronne.

— Ça va sans dire.

— Tout le monde va bien ? Jehu ? Hattie ?

— Ils... »

Je me suis arrêtée et j'ai souri. « Je ne les ai pas vus depuis que nous sommes partis. »

Elle a compris que je mentais, et pourquoi. J'ai récupéré mon fusil, mon sac de selle, et j'ai enjambé la fenêtre ouverte. Puis je lui ai redemandé si elle voulait me suivre.

« Non. J'ai un fiancé, il travaille au chemin de fer de Santa Fe. Il ne saurait pas où me trouver.

— C'est une bonne nouvelle.

— C'est un homme gentil.

— Alors il faut le garder.

— Faites attention à vous.

— Toi aussi. »

Je n'ai pas envisagé une seconde de la tuer, même si

la laisser derrière moi était un risque. Le poison agirait lentement, cela prendrait des semaines avant qu'il meure. À ce moment, le sol serait devenu dur comme de la glace et on ne pourrait pas l'enterrer. J'aimais à me représenter son corps passant tout l'hiver long et sombre dans la chambre froide, couvert d'un tapis de selle.

J'ai entrebâillé la porte du bureau de Callum Connolly du bout de mon fusil. Il a levé la tête de son registre et m'a regardée comme s'il s'attendait à me voir. Il a soupiré, a posé son stylo et s'est renversé sur sa chaise.

« Vous êtes comme ces foutus chats.

— Ou un faux billet, peut-être que la comparaison est plus à votre goût ? Vous portez quoi, aujourd'hui ? Du nickel ? Du fer-blanc ? »

Il a plissé les yeux mais n'a pas relevé. Je l'ai regardé descendre les bras vers le bord de son bureau.

« Salter et Wilson ?

— Morts. Tous les deux. »

Il a hoché la tête.

« Je ne croyais pas Dorcas, mais vous êtes une vraie tueuse.

— Et vous serez mort avant d'avoir sorti votre arme de sous le bureau.

— Peut-être que je vais vous tuer à travers... »

Sa poitrine a explosé dans un jaillissement de sang. Sa tête est tombée vers l'avant et il a vainement palpé la plaie béante. Il a voulu parler et des bulles de sang sont sorties de sa bouche.

« Ou pas. »

J'ai posé mon fusil sur son bureau et j'ai fait pivoter sa chaise pour qu'il me voie en face. Je me suis penchée vers lui, en m'appuyant des deux mains sur ses accoudoirs. Il respirait encore, très faiblement.

« Tu n'aurais jamais dû menacer Jehu et tuer mes amis, espèce de pourriture. Quand tu le verras en enfer, dis à ton père que c'est une femme qui vous a eus tous les deux, du début à la fin. »

J'ai repoussé la chaise et suis allée au coffre. Il m'a fallu m'y reprendre à six fois pour en venir à bout, mais si l'on considère que je m'étais fait ouvrir le ventre à peine une semaine plus tôt, que la sueur me coulait dans les yeux et qu'un homme était en train de mourir en geignant derrière moi, je trouve que ce n'est pas si mal.

Le coffre était plein d'argent liquide, de papiers, et une version plaquée or du masque de Callum que je n'avais encore jamais vue. J'ai fourré l'argent et les papiers dans mon sac et j'ai pris le masque. Il était plus lourd que je ne pensais, bien trop lourd pour être utilisé. Je l'ai retourné et j'ai vu le sceau des fonderies Nathaniel Hill de Black Hawk. J'ai attrapé un coupe-papier pour gratter le masque. De l'or massif. Je l'ai mis dans mon sac avec le reste.

J'ai feuilleté le registre ensanglanté. Callum avait dit vrai : certaines de ses affaires perdaient de l'argent, d'autres étaient endettées jusqu'au cou, seules quelques-unes étaient saines (celles dont Dorcas avait fait l'acquisition, à mon avis), et presque tous les bénéfices, il les investissait dans une fonderie de plomb à Oro City. Il y avait là un butin à récupérer.

J'ai fourragé dans la paperasse sur son bureau, griffonné quelques notes sur un bout de papier, refermé le registre, et j'ai replacé le mort dos à son bureau, face au mur. Dorcas va avoir un choc demain matin.

Quand j'ai réintégré ma tanière, j'étais trempée de sueur et du sang suintait à travers mes bandages. Personne ne m'a posé de question ou ne m'a proposé de m'aider à monter l'escalier, c'est ce genre de lieu. Ils se sont contentés de m'observer, évaluant mon degré de vulnérabilité. Mon sac, alourdi par le masque, battait contre ma hanche. J'ai ouvert ma veste de manière à exposer mon revolver suspendu à mon épaule par une lanière de cuir devant une femme au regard particulièrement concupiscent, et me suis fait violence pour poursuivre mon ascension d'un pas ferme. Arrivée à ma chambre, j'ai rassemblé mes dernières forces pour pousser la coiffeuse devant la porte et je me suis effondrée sur le matelas plein de puces.

Un coup de feu m'a réveillée, et des bruits de musique qui s'échappaient du saloon et du bordel situés de l'autre côté de la rue. La coiffeuse était solidement plaquée contre la porte et mon sac gisait là où je l'avais laissé tomber, le masque brillant avait roulé sur le plancher. Je me suis mise debout en tremblant, ai ramassé le masque pour le poser sur la commode, et j'ai vu le sang sur ma chemise. J'ai avalé une grande rasade de mon whisky amélioré. L'alcool m'a brûlé la gorge et je suis partie d'une quinte de toux en recrachant le liquide sur le miroir de la coiffeuse et sur le masque. Après quelques profondes respirations, mes bras ont commencé à se détendre sous l'effet du laudanum.

Refaire mon bandage moi-même m'a demandé un effort considérable, et le temps de finir, je transpirais et haletais lourdement. J'ai allumé une cigarette généreusement mêlée de haschich et me suis assise pour écrire ces lignes.

Le jour va bientôt se lever et ma cigarette est éteinte, mais elle m'a apaisée, après ce que j'ai fait, et la douleur s'est calmée, ce qui était le but recherché.

Sur mon lit sont posés cinq mille dollars, plus quatre obligations d'État que Jehu et Hattie pourront mettre de côté. En y ajoutant la valeur du masque, cela suffit. Je le sais. En l'utilisant à bon escient, ils ne manqueront plus jamais d'argent. Je devrais rentrer à Timberline, flanquer Spooner à la porte, et...

L'idée de retourner au ranch pour y mourir me remplit d'une terreur que je n'avais pas prévue. M'asseoir dans un fauteuil devant la porte, avec autour de moi les gens dans l'expectative, qui dissèquent chacun de mes gestes, se demandent quand va commencer la débâcle, la dégringolade vers la mort... Est-ce que quelqu'un peut avoir envie de ça ? Moi, non. J'ai regardé Thomas mourir, et c'est une épreuve que je ne souhaite à personne.

Mon lit me tend les bras. Je dois me reposer.

J'ai rêvé de bandits. Nous sommes sept : moi et Grace, Hattie, Stella, Joan, Ruby, Jehu, et nous menons des attaques dans toute la contrée. Nous nous séparons pour frapper plusieurs cibles en même temps, et ces imbéciles d'hommes d'affaires sont paniqués. Nous allons à visage découvert, et tout le monde sait qui nous sommes. Femmes et jeunes filles alignées le long des rues nous acclament quand nous entrons dans la ville et nous leur lançons des pièces de monnaie en forme de bonbons au citron. Les hommes veulent nous prendre en chasse, mais ils n'ont plus de harnais pour leurs chevaux, puis ils réalisent qu'ils n'ont pas non plus de pantalons et ils s'enfuient en courant et en gémissant de honte. Les femmes de la ville donnent une fête en notre honneur, on danse, on chante, le whisky jaillit de terre comme une source. Opal joue de l'accordéon, nous dansons jusqu'à avoir le vertige. Luke observe tout ça, accoudé à l'extrémité du bar, un petit sourire sous sa superbe moustache. Vaut-Mieux-Pas, Domino et Sly Jack jouent au poker dans un coin, il y a un livre de poèmes de Walt Whitman à la place de la mise. Jehu et Hattie dansent langoureusement, et Grace et

Ruby, assises en retrait, front contre front, préparent notre prochain coup.

Je me suis réveillée en sursaut en entendant frapper à la porte. Le Dr Avery. Elle a fait une apparition. Me souvenant de ses inquiétudes, j'ai fait un don généreux au mouvement des suffragettes, pour acheter son silence et aussi lui redonner un peu d'espoir, si possible. Je ne vivrai pas pour voir les femmes voter, mais j'espère que ce sera le cas d'Hattie et des filles.

Elle a été impressionnée par mes bandages, m'a dit de les changer régulièrement et m'a donné une bouteille d'acide phénique à verser sur les bandes pour éviter l'infection. J'ai demandé s'il était vraiment utile que je prenne tant de précautions, si l'on y réfléchissait. J'espérais un peu qu'elle allait modifier son diagnostic, mais elle a refermé sa sacoche de médecin sans rien répondre.

Me revoilà seule, et je ne peux rien faire d'autre que d'attendre qu'ils reviennent. Je resterai deux jours encore, pas plus. Je ne veux plus mourir seule, mais je ne mourrai pas ici.

27

Notes de travail de Claire Hamilton

Vendredi 24 août 1877
Denver, Colorado

Je suis dedans jusqu'au cou.

Ces dernières quarante-huit heures, j'ai vu cinq personnes se faire tuer et on m'a retiré du bras une bonne dose de chevrotine. Demain, je pars avec Hattie et Ruby rejoindre Stella, Joan et Luke Rhodes, en principe, pour tenter de tirer Jehu de prison.

Comment en suis-je arrivée là ? Et plus important, comment vais-je en sortir ?

Je ne sais pas par où commencer. Je passe la façon dont Margaret s'est retrouvée à Black Hawk, l'histoire qu'elle nous a racontée est trop incomplète. Si les choses se déroulent comme prévu, son journal me reviendra. Si les choses se déroulent comme prévu. Qu'est-ce qui est prévu, au juste ?

Retour à la pension de Lana. Hattie était dans la cuisine, tenue en respect par Salter et deux de ses acolytes. Ruby et moi avions emmené Callum au chevet de Margaret. Callum s'est installé pour la regarder mourir et m'a envoyée lui préparer un sandwich. J'ai accepté avec empressement et Ruby m'a suivie. Aussitôt dans le couloir, je lui ai dit qu'on devait aller chercher Alida. Ruby a croisé les bras et n'a plus voulu faire un pas.

« C'était quoi, cette histoire, dans la cuisine ?

— J'essayais de gagner du temps.

— Tu es de l'agence Pinkerton ?

— J'étais, mais c'est fini. C'est-à-dire, je suis détective, mais pas en ce moment.

— Tu es du côté de la loi ou de l'autre, un point c'est tout. »

Vu son expression, elle n'avait pas grande estime pour la loi.

« J'étais une détective, j'espère le redevenir, mais pour le moment, je voudrais sauver nos vies. Je connais Salter, il fera tout pour que nous ayons une fin atroce. »

Elle a décroisé les bras. « Je sais. C'est quoi, ton plan ? »

Je l'ai prise par la main et l'ai entraînée vers la chambre d'Alida. « C'est trop dingue, je vais me dégonfler si je dois le répéter une deuxième fois. »

Alida était de mon avis. « Vous voulez que je donne de l'aubépine à une patiente qui sort d'une lourde opération chirurgicale ? Dites-moi que je rêve ! C'est une idée délirante. » Elle a serré sa robe de chambre sur son buste. Nous l'avions tirée d'un profond sommeil.

« Ça sert à ralentir le rythme cardiaque, c'est bien ça ?

— Oui, pour le ramener à la normale, pas pour faire semblant d'être mort ! Qui peut bien avoir une idée pareille ? »

J'ai levé mes mains jointes vers mes lèvres, j'avais l'air de prier.

« Pendant que vous dormiez, trois Pinkerton sont arrivés. Ils sont dans la cuisine avec des fusils pointés sur Hattie, et

Callum Connolly est dans la chambre de Garet, il attend qu'elle meure.

— Callum Connolly ?

— Vous le connaissez ?

— J'ai été appelée à quelques reprises pour soigner des femmes qui avaient eu à faire les frais de ses…

— On voit le tableau, est intervenue Ruby.

— Il faut qu'il croie qu'elle est morte. L'aubépine, c'est au cas où il voudrait prendre son pouls. J'espère que le test du miroir suffira. Ce qui est indispensable, c'est que vous puissiez signer l'acte de décès. »

Elle a fait un pas en arrière, horrifiée par cette idée.

« Claire, vous m'en demandez trop.

— Je vous le promets, le certificat n'atteindra jamais les registres officiels, a dit Ruby. Nous avons besoin de vous pour convaincre Connolly de sa mort, c'est tout.

— Et lui administrer de l'aubépine !

— On peut en mettre dans du bouillon ?

— Oui, ou du thé, ou du whisky. C'est une teinture.

— Mettons-la dans le laudanum, ai-je dit.

— Vous voulez la tuer, c'est ça ? OK, d'accord, j'ai compris. »

Elle a tiré deux flacons de sa sacoche, une flasque de whisky et un petit flacon brun. Elle les a mélangés dans un verre qu'elle a tendu à Ruby.

« Je n'arrive pas à croire ce que je suis en train de faire.

— Je dois aller préparer un sandwich pour ce salopard. »

Dans la cuisine, la situation était à peu près telle que je l'avais laissée, si ce n'est que Salter avait pris place à table et se coupait des morceaux de fromage qu'il mangeait à la pointe de son couteau. Hattie était attachée, elle avait été frappée. Appuyée contre le mur, elle surveillait d'un œil noir les deux autres Pinkerton. Elle m'a fusillée du regard quand je suis entrée et j'ai eu un instant de doute quant à mon plan. Mais elle jouait son rôle, tout comme moi.

« Voici la détective », a-t-elle sifflé.

J'ai demandé où étaient Lana et Frank.

« Pas vus, a dit Salter.

— Callum veut un sandwich.

— Fais-le, a dit Salter.

— Tu vois, *Grace*, mais il faut t'appeler Claire, c'est ça ? a lancé Hattie. Quoi que tu fasses, jamais ils ne te traiteront comme une égale.

— Boucle-la, Hattie.

— La vérité fait mal, hein ? »

J'ai vu les gardes échanger un regard et ricaner.

« Je vais chercher Lana.

— Je suis là », a-t-elle dit, et elle est entrée dans la cuisine, tenant à deux mains un gros Peacemaker.

Bonté divine. Salter n'a pas bougé, mais les deux sbires ont sorti leurs revolvers.

« Posez ça, ma petite dame, a dit l'un d'eux.

— Où est mon fils ? Où est Zeke ?

— C'était son nom ? a fait Salter en s'enfouissant un autre morceau de fromage dans la bouche.

— Qu'est-ce que vous lui avez fait ?

— Moi ? J'ai rien fait du tout. C'est George, là, qui l'a tué. Je n'ai jamais été très bon tireur, à distance. Je suis plutôt du genre chacun dix pas, on se retourne et on mitraille. J'aime bien aussi me planquer derrière un angle et tirer sans prendre de risque. On reste en vie plus longtemps.

— Mon fils est mort ? »

La supplication dans sa voix m'a brisé le cœur. Hattie m'a touché le bras, je me suis rapprochée d'elle. « Prépare-toi à te baisser », a-t-elle chuchoté.

« J'imagine que oui, à l'heure qu'il est. Je lui ai laissé une gourde d'eau, mais vu le sang qu'il perdait par la jambe, il n'a pas dû tenir longtemps.

— Quel genre d'homme êtes-vous pour abandonner un gamin à la mort ? a rugi Frank Chambers, qui était entré derrière sa femme.

— Ce n'était pas un gamin et il a fait ses choix. À présent, c'est vous qui avez le choix, madame Chambers. Posez cette arme. »

Les bras de Lana tremblaient sous la tension et le poids du revolver. Ils ont cédé, et tout le monde s'est relâché, ce qui aurait pu lui laisser une demi-seconde d'avance. Mais ça n'a pas suffi. Le temps qu'elle relève l'arme, un Pinkerton avait tiré. Frank a brandi un fusil à canon scié sorti d'on ne sait où et a fait feu au moment même où l'autre Pinkerton le tuait. En quelques secondes, trois personnes étaient à terre, mortes ou mourantes. J'avais les oreilles qui bourdonnaient et l'impression que toute la maison oscillait. L'odeur épaisse du sang m'a fait venir la nausée. J'ai porté ma main à ma bouche et vu Hattie prononcer mon nom, mais je n'entendais pas ce qu'elle disait. Pourquoi est-ce que je n'entendais plus rien ? Derrière elle, la main de Lana tressautait, et une flaque de sang se répandait à toute allure sur le plancher, s'infiltrait dans les interstices. Je n'ai pu y tenir et j'ai couru à l'évier.

J'ai regardé mon vomi, m'efforçant de retenir le reste. Les mains flageolantes, j'ai pris de l'eau et me suis rincé la bouche. Quand j'ai repris contenance, j'ai regardé la pièce. Hattie était à la place où elle se trouvait avant la tuerie, Callum dans l'encadrement de la porte, l'air abasourdi, un fusil à la main, et Salter, assis à la table, mangeait son fromage.

« Bon Dieu, qu'est-ce qui s'est passé ? »

Salter a montré Lana de la pointe de son couteau.

« C'est la maman qui a joué les cow-boys.

— Il fallait s'y attendre.

— Elle ne savait pas que son fils était mort.

— Vous lui avez dit ? Vous êtes vraiment un imbécile, ou quoi ? »

Salter a planté son couteau dans la table et s'est renversé sur deux pieds de sa chaise. « Non, mais j'en ai tué un certain nombre dans ma vie… »

Connolly s'est mis à rire. « Si vous voulez qu'on joue au plus fort, pas de problème pour moi. Mais pour le moment, vous finissez le boulot pour lequel je vous ai grassement payé. Et vous commencez par nettoyer tout ça. »

Il m'a regardée. « Vous, où est mon sandwich ? »

Alida et Ruby sont entrées à ce moment-là. « Seigneur ! » a murmuré Alida, horrifiée, avant de courir examiner les victimes.

Ruby est venue vers moi.

« Tu n'as rien ?

— Non.

— Je vais bien aussi, a grommelé Hattie.

— Vous ne pouvez plus rien pour eux, a dit Callum à Alida. On a besoin de vous en haut, venez. »

Il est sorti. Alida a poursuivi son examen, à la recherche de signes de vie, puis s'est lentement redressée, un masque douloureux sur le visage. Salter lui a intimé de quitter la pièce et elle a traversé sur la pointe des pieds le plancher baigné de sang, avec un écœurement évident.

« Allez chercher le shérif, madame la détective, a dit Salter.

— Débrouillez-vous. Vous êtes responsable de ce gâchis, pas moi. Je retourne là-haut avec ma prisonnière pour qu'elle puisse veiller son amie sur son lit de mort. Un problème avec ça ?

— Nan. »

Nous sommes montées, suivies de George, l'autre Pinkerton. J'ai eu une dernière vision de Salter, immobile à sa table, la lame de son couteau lançant des éclats sous la lampe.

Je tombe de fatigue et il me reste peu de temps si je veux dormir un peu avant notre départ pour Cheyenne demain matin.

Salter a payé le shérif pour qu'il fasse un rapport de légitime défense, disant que Lana avait tiré la première. Alida a déclaré Garet morte à quatre heures du matin. Callum et Salter sont sortis parler en tête à tête et, à l'aurore, Callum est parti. Nous n'avons pas eu la possibilité, moi, Ruby et Hattie, de discuter de notre plan, nous nous sommes organisées par gestes, regards appuyés, chuchotis au vol, aidées par l'inattention de George, qui n'avait pas fait un vrai repas depuis deux jours. Salter m'a envoyée acheter du jambon et des crackers et a autorisé Ruby et Hattie à installer le corps de Garet dans le cercueil. Quand je suis revenue, Hattie et George hissaient le cercueil dans un chariot.

« On part maintenant ? »

Salter a confirmé.

« Dans l'autre sens, a dit Hattie.

— Qu'est-ce que ça peut faire ?

— Je veux qu'elle regarde vers l'est, comme c'est l'usage.

— C'est seulement quand on enterre.

— Non, c'est tout le temps. Vous ne savez pas que les morts doivent être exposés face à l'est ? Au cas où Notre-Seigneur reviendrait avant qu'ils aient été mis en terre. C'est le moins que je puisse faire pour Garet, elle était si croyante.

— Bon, rentrez-moi ce foutu cercueil, qu'on en finisse », a dit Salter.

Ayant obtenu ce qu'elle voulait, Hattie n'a même pas montré de résistance quand George lui a passé les menottes.

Il devenait clair que Salter n'avait nullement l'intention de nous laisser arriver vivantes à Denver, et je commençais à me dire que le temps était venu pour nous de faire le bilan de nos existences, quand j'ai entendu un petit coup dans le cercueil. Elle était en vie. Comment avais-je pu en douter ? Et comment avais-je pu douter qu'elle saurait exactement quoi faire, au moment voulu ? Ce que je n'aurais jamais pu imaginer, en revanche, c'est l'expression de son visage quand elle a tué ces deux hommes, en leur tirant dans le dos. Je ne l'oublierai pas de sitôt.

28

Archives des récits d'esclaves de la WPA

Entretien avec Henrietta Lee

Jeudi 17 septembre 1936, suite

Je n'arrivais à penser à rien d'autre qu'à Jehu et à ce qu'il était en train d'endurer. Comme il devait se sentir abandonné, dans sa cellule. À ce qu'il savait, nous étions à Denver, et nous pouvions facilement rallier Rock Springs ou Cheyenne en train. Or cela faisait plus d'une semaine qu'il était incarcéré et personne n'était venu. Il fallait espérer que Luke Rhodes avait pu rallier le ranch rapidement ; je savais que Stella et Joan accourraient à bride abattue pour Jehu. Mais il devait m'attendre, espérer, se languir de ma venue, et je n'étais pas là. Jamais jusque-là je ne lui avais fait défaut.

Nous avions fait croire à Connolly que Garet était morte, et nous nous étions débarrassées de Salter et de son acolyte sur la route de Denver. Garet avait jailli de son cercueil et, avec le fusil que nous avions caché sous sa robe, fait sauter la tête des deux agents avant qu'ils aient eu le temps de dire ouf. Elle a perdu connaissance aussitôt après, en retombant tout droit dans son cercueil. Elle était réellement à demi morte.

On l'a emmenée à une pension dans les bas quartiers de Denver, le quartier des bordels. Peut-être qu'il existe toujours, ce quartier. Je n'ai pas remis les pieds à Denver depuis soixante ans. Il y a peut-être encore une prime sur ma tête, là-bas. *Elle rit.* Ils ne m'attraperont jamais. Je suis la dernière à être en vie. Peut-être que vous pourriez l'écrire vous-même, ce livre. *La Légende d'Hattie LaCour*, vous l'appelleriez. Vous n'en vendriez pas un exemplaire, mais ça ferait un bon bouquin.

J'en étais où ? Oui, le quartier chaud. On s'est arrêtées devant une pension et j'ai dit à Claire d'aller nous réserver une chambre. Elle était à cran, d'avoir vu cinq personnes se faire tuer en vingt-quatre heures et de ne pas avoir dormi, et moi j'étais à cran aussi, de penser à Jehu et de ne pas avoir dormi. Elle a répliqué sèchement qu'elle en avait assez de se faire donner des ordres comme une esclave, et j'ai répondu que j'en avais assez de devoir toujours tout lui expliquer. Ruby est intervenue, c'était la seule qui était encore à peu près calme : « Elle, c'est une négresse, moi, je suis une chinetoque, personne ne nous louera de chambre. »

Claire s'est excusée et elle est entrée. « Tu n'étais pas obligée de dire négresse », j'ai dit à Ruby. Elle m'a demandé si j'avais envie de faire un concours d'insultes avec une bâtarde et a ajouté que nous n'avions pas besoin de nous battre entre nous, c'était déjà assez dur de devoir composer en permanence avec des pauvres types.

On a installé Garet et on a fait chercher le docteur. Dès qu'elle est arrivée et que j'ai eu sa parole qu'elle veillerait sur Garet, je suis partie. Claire a essayé de me retenir et de me faire culpabiliser parce que j'abandonnais Garet, et là, j'ai explosé. Je lui ai dit ce que nous savions tous, mais que nous refusions de dire tout haut : les jours de Garet étaient comptés, Jehu était en vie, et il me revenait de le sortir de là. Elle pouvait parfaitement rester dans ce bouge à regarder Garet mourir, ou venir avec moi et sauver un homme innocent des pires humiliations.

« Quelles humiliations ? Il est en prison, bon, c'est un peu un rite de passage pour tous les hommes, dans l'Ouest, non ? » Je lui ai dit qu'il était différent, et que ce n'était pas le moment de lui expliquer. On est parties avec Ruby, et, bien sûr, Claire a suivi. Toutes ces histoires pour rien. Du coup, on a raté le dernier train et on a dû attendre le lendemain matin.

Où nous avions trouvé l'argent ? On avait fait les poches des Pinkerton. Salter était plein aux as. On avait peut-être même de quoi soudoyer le shérif de Cheyenne, mais je craignais que nous n'en soyons plus là, et en effet. Trop de gens connaissaient Jehu, savaient qu'il avait aidé un gang mystérieux à voler Connolly, même si l'histoire n'était pas claire : Spooner avait vendu Jehu mais Spooner était lui-même accusé de ces vols. Et même sans ça, le boniment qu'ils avaient concocté était ridicule. Vous dites ? C'était vrai ? Vous avez raison, si on voit les choses sous un certain angle, oui. Mais peu importe. Nous devions le sortir de là.

Pourquoi ? Grace, l'autre, a posé la même question quand on s'est finalement tous retrouvés – nous trois, plus Stella, Joan et Luke Rhodes. Nous étions en train de débattre, sans tenir compte de Grace ni de Rhodes, il faut dire. Nous savions que le secret de Jehu n'avait pas été percé, sans quoi il aurait déjà fait le tour de la région, c'était certain. À cette époque, on pouvait attendre des semaines avant d'avoir accès à une information importante, mais une nouvelle aussi croustillante se serait répandue comme une traînée de poudre.

Finalement, Grace s'est mise à crier : « Mais bon sang, vous allez m'expliquer ce qui se passe ? De quoi vous parlez ? » Elle était devenue l'une des nôtres, elle avait le droit de savoir. Alors Ruby lui a dit. Jehu était une femme.

Moi, je l'avais su dès que je l'avais rencontré. J'avais fait semblant d'être un homme pendant presque une année entière et, enfant, j'avais été l'esclave d'une actrice. J'avais travaillé dans un théâtre jusqu'à l'âge de douze ans, je savais tout des costumes, des travestissements. Jehu avait pu tromper tout le monde, mais pas moi. Les autres aussi savaient, forcément. On ne peut pas vivre avec quelqu'un pendant des années sans s'en rendre compte. Vous rougissez, Grace Williams, il y a quelque chose que vous voulez savoir à ce sujet ? Non ? C'est bien ce que je pensais…

Je vais juste vous dire une chose. Vous êtes jeune et vous n'avez pas vu grand-chose de la vie. Vous verrez, si Dieu vous en laisse le temps. La situation est difficile aujourd'hui pour les gens de couleur, je le sais. J'ai passé quatre-vingt-douze ans dans cette peau, et jamais ça n'a été facile. La seule période où j'ai connu la paix, c'est avec Jehu Lee. Homme, femme, quoi qu'on puisse penser de lui, ça n'a absolument aucune importance. Ça n'a jamais été une question de sexe, et pourtant, je vous le dis, nous aimions ça, oh que oui. L'amour. La confiance. Le respect. La passion. Oh oui, la passion, c'est important aussi. Les âmes de deux personnes qui se touchent, c'est une expérience spirituelle, j'espère que vous la connaîtrez un jour. Vous comprendrez de quoi je parlais. Vous penserez à cette vieille folle d'esclave que vous avez côtoyée il fut un temps, et vous vous souviendrez.

29

Notes de travail de Claire Hamilton

Dimanche 26 août 1877
Cheyenne, Wyoming

Au moment où j'étais arrivée à penser que plus rien ne me surprendrait venant de ces dames, elles me révèlent que Jehu est une femme.

Ruby m'a dit ça d'un ton tellement neutre ! Comme si c'était la chose la plus naturelle du monde.

« Elle se fait passer pour un homme.

— Il n'est pas une femme, a corrigé Hattie.

— Pardon ?

— C'est pas difficile à comprendre, a dit Stella. Jehu est fait comme nous, mais à l'intérieur, c'est un homme. Quelle importance ?

— Aucune. C'est juste... je n'avais jamais... Mon amie, Kate, elle se faisait passer pour un homme pour ses enquêtes, quand c'était utile. J'avoue que je trouvais cette idée curieuse. Mais vivre comme un homme, en permanence ?

— C'est comme ça du plus loin qu'on le connaisse, tous,

a dit Hattie. Je ne sais pas quand ça a commencé. Il ne parle pas de sa vie avant Garet et Thomas.

— Ça facilite sacrément l'existence, a assuré Stella. Je l'ai fait souvent, quand j'étais en ville. On est drôlement plus libre.

— Je me suis moquée de lui quand j'ai su, a dit Joan. Hattie a failli m'étriper. Mais après, Jehu est venu me voir et m'a expliqué. Il se sent mieux dans des vêtements d'homme et quand on le voit comme un homme. Tant qu'il me portait sur son dos et me rapportait du réglisse, ça m'allait. Qu'il ait des trucs de femme ou pas, c'est Jehu.

— Mais si c'est une femme, et que c'est ton homme… Qu'est-ce que… »

Je me suis arrêtée et j'ai rougi, en détournant les yeux d'Hattie. Ruby m'a adressé un sourire encourageant.

Luke Rhodes était resté adossé à la porte, silencieux. Je lui ai demandé s'il était au courant.

« Je m'en doutais.

— Foutaises, a dit Stella.

— La vraie question, c'est : est-ce que Spooner est au courant ? a dit Rhodes.

— Oui, a dit Joan.

— Qu'est-ce que tu en sais ? a demandé Stella.

— On en a parlé. »

Stella et Hattie ont hurlé en même temps. Elles avaient la même expression de fureur.

« Quand ? a dit Stella.

— Tu lui as dit ? a demandé Hattie.

— Mais non, bien sûr que non. Il avait l'air de savoir depuis longtemps. Il m'a dit que Garet lui avait dit.

— Mensonge, a dit Hattie. Garet emporterait un secret dans sa… »

Elle s'est interrompue et s'est raclé la gorge en baissant

la tête. Le poids de l'inéluctable s'est abattu sur nous tous. Elle a repris avant qu'on se laisse aller au cafard. « Peu importe que Spooner soit au courant. On doit se concentrer sur ce qu'on a à faire. Jehu est là-bas, seul, aussi terrifié que nous tous, probablement, et Spooner utilisera ça contre lui au tribunal, c'est évident. S'il est envoyé au pénitencier, Jehu ne survivra pas.

— On doit trouver un plan, a dit Joan.

— On tire dans le tas, voilà le plan, a dit Stella.

— Après coup, éventuellement, a dit Luke.

— Il faut un truc pour faire diversion, a dit Hattie.

— Et même plusieurs, a dit Joan.

— Il faut qu'on ait des chevaux de rechange dans les quatre directions, a poursuivi Hattie. Ça veut dire quatorze chevaux. J'ai l'argent pour la moitié, à peu près.

— Et il faudra aussi de l'argent pour nous enfuir, a dit Ruby.

— Diversion numéro un, on dévalise une banque, a dit Stella.

— Je ne voudrais pas vous gâcher votre plaisir, mesdemoiselles, est intervenu Luke, mais il y a une façon beaucoup plus simple.

— Mais comme tu dis, ce serait pas drôle, a dit Stella.

— Sauf que vous resterez en vie.

— Ça, ça me plaît, a dit Joan.

— Et c'est quoi, l'idée ? a demandé Hattie.

— On entre et on ressort avec lui. »

Tout le monde a ri.

« C'est toi qui t'en charges, alors ? a fait Hattie. Je vois mal un groupe de bonnes femmes débarquer dans le bureau du shérif et lui demander de repartir avec son prisonnier. À moins que tu suggères qu'on soudoie le shérif ? Je ne suis pas contre.

— Après, peut-être. Le fait est qu'on n'a pas le temps de trouver des chevaux et d'aller les placer à différents points de ralliement.

— On ?

— J'en suis.

— Parce que tu détestes Spooner, ou parce que tu aimes Jehu ?

— Ou à cause de Garet ? a demandé Ruby.

— Disons simplement un peu des trois ? Je suis jaloux de vous laisser vous amuser toutes seules, les filles.

— Nous sommes des femmes, ai-je rétorqué. Pas des filles. Et c'est Hattie qui commande. On fait comme elle dit. »

Tout le monde a regardé Hattie. Elle a eu un sourire désabusé et a demandé à Rhodes si ça lui allait.

« Je suis en minorité, donc oui.

— Quel enthousiasme, a grogné Ruby.

— On t'écoute, Rhodes, a dit Hattie.

— J'ai parlé avec un adjoint du shérif, il m'a dit que Salter, qui est un Pinkerton, au fait…

— On sait, avons-nous dit en chœur.

— Donc Salter arrive aujourd'hui chercher le prisonnier pour l'emmener à Denver pour le procès, qui commence dans deux jours.

— Salter ne viendra pas, ça c'est un point acquis », a dit Hattie.

Rhodes a fixé Hattie, qui n'a pas cillé. « On n'est pas dans le Hole, Luke, on est hors de ta juridiction, ne l'oublie pas. »

Il a opiné du chef. Hattie a continué : « Autre chose, et qui vaut pour chacun de vous. Celle qui n'est pas prête à faire ce qu'il y aura à faire, je n'en veux pas. Un doute, une hésitation, et quelqu'un sera mort. Celui qui aura hésité, probablement. Je ne juge pas celles qui voudront rester à l'écart. Mais vous devez me le dire maintenant. Si on s'embarque là-dedans et que quelqu'un met le groupe en danger, je n'hésiterai pas. C'est compris ? »

Nous avons tous hoché la tête mais elle a dit : « Je veux vous entendre le dire. »

Un chœur de *J'ai compris* a résonné dans la chambre.

« L'idéal, c'est un plan où on ne fait de mal à personne. On l'a déjà fait cinq fois, on peut le faire une sixième. »

Rhodes a repris la parole.

« Si Salter ne vient pas cet après-midi, le shérif va devoir envoyer ses hommes pour emmener Jehu, ce qui signifie payer des heures supplémentaires, ce qu'il devra faire de sa poche avant d'être remboursé, et il n'en est même pas sûr.

— Il nous faut un Pinkerton, a déclaré Ruby. Mais ils te connaissent.

— Qui mieux qu'un ex-Pinkerton pour jouer le rôle d'un Pinkerton ? a dit Luke en me regardant.

— Comment vous savez ça ?

— Spooner. Ne me demandez pas comment il l'a su.

— Je craignais que Salter l'ait compris, au Diamant Bleu.

— Tu ferais ça ? » a demandé Joan.

J'ai regardé ces quatre femmes alignées devant moi et j'ai pensé à Garet – ces femmes dures, fières, vulnérables, intelligentes, loyales –, et enfin, pour la première fois de ma vie, j'ai su ce qu'était une famille. Ma voix était éraillée par l'émotion et la reconnaissance devant leur confiance d'être admise, d'être enfin des leurs.

« Bon sang, bien sûr que je vais le faire. Mais il me faut un garde du corps. Ça les convaincra qu'on n'a pas besoin de renfort pour le convoi en train. »

J'ai regardé Hattie, et un sourire est apparu sur son visage, très lentement.

« Hattie, tu peux te faire passer pour un homme ?

— Laisse-moi une heure et tu ne me reconnaîtras même pas si tu me croises dans la rue.

— J'y compte bien. »

Lundi 27 août 1877
Quelque part entre Cheyenne et Denver

Hattie avait dit vrai. Elle était absolument méconnaissable sous son chapeau rond et sa moustache postiche. Ça m'a fait un choc de découvrir qu'elle a les cheveux presque rasés et presque entièrement gris. Tous ces mois passés auprès d'elle, je ne l'ai jamais vue sans un turban, et au moment du premier hold-up, je n'avais pas fait attention à ses cheveux. Ça paraît si loin… Un tampon de tabac dans la bouche atténuait ses pommettes hautes. Ça l'obligeait à marmonner et sa voix était plus grave, encore plus masculine que celle de Rhodes. Elle avait mis des gants pour dissimuler ses longs doigts fins et rembourré sa taille pour modifier sa silhouette. On a été définitivement convaincus quand Ruby est entrée sans la reconnaître.

Fabriquer une lettre de Pinkerton n'était pas difficile. Je ne me suis pas embêtée à contrefaire mon écriture féminine, parce que j'ai paraphé pour ordre de Chloe Anderson, sa secrétaire. Rhodes a griffonné une signature, le shérif ne pourrait pas savoir si elle était authentique. Je m'étais demandé s'il valait mieux faire une fausse lettre des Connolly, mais il m'a semblé qu'il enverrait plus volontiers un télégramme pour vérifier les ordres à Denver qu'à Chicago. Heureusement, le procès commençait dans deux jours, le temps lui était compté.

Hattie et moi sommes arrivées à huit heures tapantes au bureau du shérif. Les autres s'étaient postés sur le trajet que nous aurions à parcourir jusqu'à la gare avec Jehu, pour vérifier que nous n'étions pas suivis. Nous avions tous acheté les billets la veille, séparément, pour le train de huit heures vingt-cinq, dont un compartiment privé de première classe pour le transport du prisonnier. Ça ne nous laissait que vingt-cinq minutes pour mener l'affaire à bien, mais plus vite nous aurions quitté Cheyenne, mieux ça vaudrait.

Le shérif buvait son café en feuilletant un paquet d'avis de recherche. Il a levé les yeux en entendant la porte s'ouvrir et s'est raidi en voyant apparaître Hattie derrière moi.

« Qu'est-ce qu'il y a pour vot' service ?

— Je viens chercher le prisonnier, Jehu Lee, pour l'emmener à Denver. »

J'ai tendu ma lettre au shérif. Il l'a regardée, a regardé le revolver fixé à ma taille, a regardé Hattie, qui tenait un fusil contre sa hanche et examinait les lieux, puis moi, puis il a détourné la tête sans me quitter des yeux, et a craché un jet de tabac dans un crachoir posé à côté.

« Vous êtes pas Salter.

— Il a été relevé de ses fonctions pour cette affaire. C'est moi qui suis en charge. Allan Pinkerton vous explique tout dans la lettre. »

Il a ouvert l'enveloppe, a lu avec une lenteur étudiée.

« C'est qui, le nègre ?

— Mon garde.

— C'est un Pinkerton ?

— Oui.

— Il est pas dans la lettre.

— Il m'a rejointe ce matin. Apparemment, plusieurs agents ont été envoyés sur d'autres affaires, et c'est le mieux que M. Pinkerton ait trouvé, avec le délai. Montre tes papiers, Henry. »

Hattie a sorti sa fausse carte de Pinkerton, et j'ai donné la mienne également. M. Pinkerton ne m'avait pas demandé de la lui rendre quand j'avais démissionné, et je l'avais conservée. Au cas où.

« Des femmes et des nègres détectives, maintenant ? Eh ben, on aura tout vu.

— Les femmes et les Noirs violent aussi les lois, shérif… ?

— Cooper.

— Shérif Cooper. Nous avons réservé un compartiment dans le train de huit heures vingt-cinq pour Denver. À ce que j'ai compris, on m'a demandé de laisser mon enquête en cours pour assurer ce convoi parce que vous n'avez pas les hommes pour le faire ou l'argent suffisant pour payer des heures sup. En gros, M. Pinkerton et M. Connolly se sont donné la peine de nous envoyer ici, moi et Henry, pour faire votre travail. Je pense qu'ils ne seraient pas très contents d'apprendre que vous m'avez fait rater le train, déjà payé, parce que vous avez du mal à accepter qu'une femme et un Noir dûment patentés fassent leur travail. »

Le shérif a ri et s'est levé. « Chère madame, vous devez être nouvelle dans le métier. Le risque de contrarier des richards n'est pas une menace qui peut me convaincre de faire ce que vous voulez. » Il s'est planté entre nous et la porte qui menait aux cellules, la main posée sur son revolver. Il a craché un autre jet de tabac et a fait rouler sa chique dans sa joue.

J'ai claqué des doigts et levé la main vers Hattie. Elle y a posé une enveloppe, que j'ai tendue au shérif. J'ai retiré ma main avant qu'il ait pu la prendre.

« Tout le monde est corrompu, dans l'Ouest ?

— À peu près.

— Je vais d'abord reprendre nos cartes, si vous n'y voyez pas d'inconvénient.

— Je garde la lettre, si vous n'y voyez pas d'inconvénient.

— Aucun. Henry, va voir le prisonnier pendant que je signe la prise en charge. »

Ma main a tremblé quand j'ai signé, de mon vrai nom. En reposant le stylo, j'ai senti le poids inéluctable de mon acte. J'avais franchi le Rubicon, j'avais associé mon nom de baptême à une bande de criminels, j'avais aidé un prisonnier à s'évader, et j'irais moi-même en prison si jamais on me démasquait. Je n'avais pas pris la mesure de tout ça avant de mettre le point sur le i de mon nom. M'étais-je laissé emporter par l'énergie et l'excitation ? M'étais-je laissé manipuler ? Ou m'étais-je engagée dans cette affaire les yeux grands ouverts, sachant où elle m'entraînerait et n'en ayant cure ? J'aurais pu les quitter à de nombreuses reprises. Mais je ne l'avais pas fait. Quelle vie terne et morose j'avais menée jusqu'à présent !

Un cliquètement de chaînes a annoncé l'arrivée de Jehu et d'Hattie. Un instant, je n'ai reconnu ni l'un ni l'autre. Le déguisement d'Hattie était tellement parfait… Mais j'ai été horrifiée en voyant Jehu. Il n'était plus que l'ombre du jeune homme qui avait menacé de me jeter dans un ravin un mois plus tôt. Les hématomes qui jaunissaient sur son visage étaient presque moins choquants que ses joues creusées, les cernes noirs autour de ses yeux, et sa démarche chancelante.

Hattie se faisait violence pour ne rien laisser paraître, je ne sais comment, mais je voyais le feu dans ses yeux.

Mon cœur tambourinait jusque dans mes oreilles, mais je me suis efforcée de parler d'une voix neutre.

« Qu'est-ce qui lui est arrivé ?

— Il voulait pas se tenir tranquille.

— Il a l'air malade. Il a été vu par un médecin ?

— Ouais. Pas notre faute s'il veut pas manger ni boire.

— Ah ? Très bien. Merci, shérif Cooper. Bonne journée. »

Il a sorti un fusil du placard derrière son bureau.

« Je vous accompagne au train. Juste pour pas prendre de risque.

— Je ne crois pas qu'il soit en état de faire un pas tout seul.

— Nan, il est bien gentil et bien obéissant, maintenant. Mais il a des amis, enfin, des amis… Personne est venu le voir, à part la veuve du pasteur et un gamin qui travaille chez le maréchal-ferrant.

— Ah, d'accord, il vaut mieux une escorte, en effet. »

On était dimanche, la rue principale était presque déserte. Les autres étaient bien cachés, je ne les ai vus à aucun moment.

Cooper est allé inspecter le compartiment avant qu'on monte dans le train et a attendu que celui-ci s'ébranle pour tourner les talons. On a aussitôt tiré le rideau du compartiment et Hattie a pris Jehu dans ses bras. Il a grimacé.

« Excuse-moi, désolée. Va lui chercher quelque chose à manger, Grace.

— Pourquoi elle est là ? C'est une Pinkerton.

— Plus maintenant. Vas-y, Grace. »

Je suis sortie sous le regard noir de Jehu et j'ai failli me cogner dans Luke Rhodes. Newt Valentine était avec lui.

« Qu'est-ce que tu fais là, toi ?

— Je l'ai trouvé qui faisait le guet à côté du bureau du shérif.

— Ça fait une semaine que j'attends que vous veniez le sortir de là. Vous étiez où ? Il a failli mourir, là-dedans.

— On a eu des choses à faire.

— J'allais demander à Portia et à Rosie de m'aider à le faire sortir. Je suis sûr qu'elles l'auraient fait, c'est des vraies dames.

— Gare que Joan ne t'entende pas dire ça.

— Allez, va, Newt. Joan et Stella sont en deuxième classe. Quoi qu'il arrive, ne leur parle pas, et ne parle surtout pas de Jehu ni de prison, a dit Luke.

— Je peux avoir un dollar pour m'acheter à manger ? Je suis parti sans manger. »

Luke lui a donné vingt-cinq cents et l'a poussé gentiment pour qu'il s'en aille.

« Comment se fait-il que Newt soit à Cheyenne ? ai-je demandé.

— Garet et Hattie l'avaient amené ici pour le mettre à l'abri de Valentine, chez des amies. Ce salopard ne s'en est même pas inquiété. Il a rejoint Spooner dès qu'il a réalisé que son fils était parti. Tout en faisant de grands discours au sujet de Garet qui lui aurait volé son garçon, et qu'il prendra sa revanche.

— Vous ne le laisserez pas faire, n'est-ce pas ?

— Non.

— Je dois trouver à manger pour Jehu. Il a l'air mort de faim. »

Rhodes a fait mine d'entrer dans le compartiment pour donner à Hattie le sac qu'il transportait, mais je l'ai arrêté. « Laissez-leur un moment. Accompagnez-moi, j'ai laissé tout ce que j'avais au shérif. »

Nous avons acheté un sandwich et sommes retournés au compartiment. Jehu s'était calmé, mais il a paru contrarié de me voir. Il était toujours enchaîné.

« Tout le monde a pu monter dans le train ? a demandé Hattie à Rhodes.

— Pour autant que je sache. Newt est là aussi.

— On avait bien besoin de ce gamin dans les pattes, a pesté Hattie.

— Vous en faites pas, a grogné Jehu. Il fera tout ce qu'on lui dira.

— Restez près de la porte et surveillez que personne ne vienne, Grace. »

Luke a débarrassé Jehu de ses chaînes. Il s'est frotté les

poignets. Je lui ai tendu le sandwich. Il l'a pris, l'a regardé et a mordu dedans.

« Vous ne nous aviez pas dit qu'ils l'avaient battu, Luke, a dit Hattie.

— Si je l'avais fait, vous auriez foncé tête baissée.

— Ne faites pas semblant de me connaître.

— C'est ce que j'aurais fait à votre place, voilà tout. On se disputera plus tard. Vous avez expliqué le plan à Jehu ?

— Un peu, a répondu celui-ci. Pas assez pour me rassurer. Je ne retourne pas en prison. Ça fait une semaine que je n'ai pas pu aller chier.

— Ne t'en fais pas, mon cœur, tu pourras aller chier autant que tu voudras pour le restant de tes jours.

— Pour sûr, tu sais parler aux hommes, toi.

— C'est une seconde nature. Fichez le camp, vous deux. Nous devons nous changer. »

Rhodes m'a dit que Ruby était aussi en deuxième classe, et que lui allait s'asseoir à l'arrière du train. « On se retrouve à Denver. Bonne chance. »

Par un heureux hasard, Ruby était toute seule sur un banc. J'ai demandé si la place était prise, comme à une étrangère. Elle m'a répondu d'un sourire, en haussant les sourcils d'un air de questionnement. J'ai hoché la tête, avec un clin d'œil. Son expression a changé, imperceptiblement, comme toujours, et j'ai rougi. J'ai plongé le nez dans mon journal pour écrire. Cela ne signifie rien. Rien du tout.

Je ne parviens pas à croire qu'on y soit arrivés. Mon cœur bat la chamade, alors que cela fait près d'une heure que nous sommes dans ce train. Je me demande combien de temps il me faudra avant que l'adrénaline redescende. Je comprends le plaisir qu'on y trouve, maintenant.

THE WESTERN UNION TELEGRAPH COMPANY
21 000 BUREAUX EN AMÉRIQUE
SERVICE DE CÂBLES PARTOUT DANS LE MONDE

DEST. : CALLUM CONNOLLY, DENVER, CO
EXP. : SHÉRIF CLAY COOPER, CHEYENNE, WY
DATE : 27 AOÛT 1877

PINKERTON CLAIRE HAMILTON ET NÈGRE CONVOIENT JEHU LEE À DENVER TRAIN DE 5 H 20.

DEST. : SHÉRIF CLAY COOPER, CHEYENNE, WY
EXP. : DORCAS CONNOLLY, DENVER, CO
DATE : 27 AOÛT 1877

C CONNOLLY TUÉ HIER, 26/08. M'ADRESSER TOUS COURRIERS. C HAMILTON FAIT PARTIE DU GANG. J'ENVOIE HOMMES POUR RÉCEPTION À DENVER.

DEST. : ALLAN PINKERTON – PINKERTON NATIONAL DETECTIVE AGENCY, CHICAGO, IL
EXP. : DORCAS CONNOLLY, CONNOLLY INC., DENVER, CO
DATE : 27 AOÛT 1877

CALLUM TUÉ HIER, 26/08. JEHU LEE LIBÉRÉ CE JOUR PAR C HAMILTON EN VOTRE NOM. M. PARKER AUX COMMANDES. SALTER DISPARU. AI POSTÉ 5 HOMMES GARE DENVER + ME CHARGE ARRÊTER GANG PARKER PUISQUE ÉCHEC DE VOTRE MEILLEUR AGENT.

30

Archives des récits d'esclaves de la WPA

Entretien avec Henrietta Lee

Jeudi 17 septembre 1936, suite

Tirer Jehu de cette prison est le coup le plus facile qu'on ait jamais réalisé. Vous vous attendiez peut-être à ce que je vous raconte comment ça a viré à la catastrophe, mais pas du tout. Tout a marché selon notre plan. *Elle rit.* Je n'en revenais pas, honnêtement. Faire évader un prisonnier est une autre paire de manches que de subtiliser quelques lingots. Le plan a fonctionné parce qu'il était incroyablement simple, à mon avis. On s'est présentées au bureau du shérif avec Claire, moi habillée en homme, bien sûr ; elle lui a donné une fausse lettre de Pinkerton, un peu d'argent, et on est ressorties. Comme ça. Prenez-en de la graine, Grace Williams. Les plans et les mensonges simples sont souvent la meilleure option.

Il y avait quand même une inconnue : qui nous attendrait à Denver ? On supposait qu'un câble avait été envoyé pour confirmer le transfert. Callum et Dorcas seraient sûrement à la gare pour nous cueillir. Il fallait un bon déguisement pour Claire. Avec son œil de rapace, Dorcas aurait beau jeu de repérer la détective qui l'avait trahie. On avait opté pour une tenue de deuil, avec une voilette noire. Pour Jehu et moi, ça faisait des années qu'on n'avait pas revu Dorcas et on ne lui avait jamais adressé plus d'une dizaine de mots, à l'époque.

Tout de même, pour qu'on soit tranquilles, j'ai demandé à Jehu de mettre une robe. Il m'a fixée d'un œil dur, si longtemps que j'ai cru qu'il allait refuser. J'avais apporté des postiches pour son visage, dans le doute, mais je préférais faire autrement, sauf s'il avait piqué une crise. Tout ce qui importait, c'était de tous nous ramener sains et saufs à Denver, et tout ce que Jehu avait à faire, c'était de porter une foutue robe pendant une heure ou deux, bon sang de bois ! Finalement, il a demandé quoi faire pour ses cheveux. J'ai sorti la robe austère et la petite capeline de quaker. Il a baissé la tête, l'a secouée pour dire non, plusieurs fois. Il n'avait pas porté de robe depuis l'âge de douze ans, il m'a dit. J'ai cru que j'allais en savoir plus, mais il s'est tu. Il ne m'a jamais rien raconté, et je respectais son choix. Je ne lui ai jamais tout dit de mon passé moi non plus. Ça n'avait pas d'importance, nos vies ont commencé quand nous nous sommes rencontrés, et tout ce qui s'est passé avant, c'est ce que nous devions traverser pour nous trouver. Je serais prête à tout endurer une deuxième fois si c'est pour passer cinquante ans avec Jehu.

Mme Lee a eu un sanglot et m'a demandé si nous pouvions continuer un autre jour. J'ai acquiescé, bien sûr. Nous nous sommes donné rendez-vous dans deux jours. Les séances se réduisent chaque fois un peu plus, une chance quand nos entretiens durent une heure, désormais. J'ai bien peur que voyant approcher la fin de son histoire, elle n'ait envie de faire durer le suspense.

ROCKY MOUNTAIN NEWS

LUNDI 27 AOÛT 1877

UN ÉMINENT HOMME D'AFFAIRES SAUVAGEMENT ASSASSINÉ
LE COUPABLE N'A LAISSÉ AUCUN INDICE

Callum Llewellyn Connolly, âgé de 34 ans, a été découvert mort à son bureau dimanche soir. C'est sa tante, Dorcas Connolly, qui, inquiète de ne pas le voir rentrer, l'a retrouvé, tué sauvagement. Le coffre avait été ouvert et vingt mille dollars en liquide, bons du Trésor et or se sont envolés.

Le shérif Brandon Smith assure avoir rarement vu une scène aussi atroce et a refusé de donner des détails pour ne pas « choquer vos lectrices ». Il dit ne pas avoir de suspect en vue pour le moment, mais les enquêteurs vont procéder à de nombreux interrogatoires, avec l'appui de l'agence nationale Pinkerton, à laquelle M. Connolly avait fait appel pour démasquer le gang qui harcèle sa compagnie depuis deux ans. Toute personne en possession d'informations utiles doit contacter la police.

M. Connolly était le fils de feu le colonel Louis Connolly, propriétaire d'un ranch, qui s'était lancé dans les affaires puis dans les bonnes œuvres, décédé il y a trois ans. Callum Connolly avait développé les investissements dans les exploitations minières, récemment lourdement touchées par les grèves d'Oro City. Il était en pourparlers pour le développement des fonderies Nathaniel P. Hill.

M. Connolly ne laisse pas de descendance. Dorcas Connolly a déclaré être l'héritière de Connolly Inc.

CINQUIÈME PARTIE

LA FAMILLE VA AU-DELÀ DU SANG

31

Notes de travail de Claire Hamilton

Lundi 27 août 1877
Denver, Colorado

À l'arrivée du train, un gamin vendait les journaux de l'après-midi : « L'affaire Callum Connolly, cambriolage et meurtre ! » Heureusement que j'avais le visage couvert d'une épaisse voilette, car tout le monde sur le quai m'aurait vue devenir livide. Ruby, en pantalon fluide et tunique bleu ciel, marchait quelques pas devant moi. J'ai rivé mes yeux sur ses épaules pour m'interdire de regarder autour de moi. Je savais que Dorcas m'attendait sur ce quai. Je me répétais les injonctions d'Hattie : ne marche ni trop vite ni trop lentement. Avance comme si tu savais précisément où tu allais, dis-toi que tu es une veuve, tu n'as qu'à tuer une personne de ton passé, si tu veux. Si tu crois à ton déguisement, tu deviendras cette personne.

Tuer une personne de mon passé ? Ma mère, par exemple ? Pas trop difficile, puisque c'est ce que j'ai fait. C'était un accident, attention. Je ne faisais que me protéger, après tout. Tout de même, j'ai vu le feu avaler l'une après l'autre toutes les maisons de la rue. Et je l'ai laissée, inconsciente, livrée à son destin. Je ne l'ai jamais pleurée, et personne d'autre ne l'a fait, d'ailleurs. Il y avait très peu de gens à ses obsèques, il ne restait pas grand-chose à enterrer, il faut dire. Je n'ai jamais acheté de stèle. Judith Hamilton repose dans l'une des centaines de tombes anonymes du cimetière d'Oakwood.

Je me suis rendu compte que j'étais sortie de la gare et me trouvais dans une rue, mais pas sur Van Buren Street ni à Chicago. Après un moment de confusion, j'ai jeté un œil alentour. Dorcas était là, en grande conversation avec un homme qui portait une étoile de shérif. Elle ne regardait pas vers moi, alors je lui ai tourné le dos et je suis partie. Je n'ai respiré à nouveau qu'une fois hors de vue, passé l'angle de la rue. Je me suis engouffrée dans une ruelle et me suis affalée contre un mur.

Comment diable pouvaient-ils vivre comme ça en permanence ? Je serais morte d'une attaque depuis longtemps. L'excitation des missions incognito pour Pinkerton, pourtant l'aspect le plus amusant de ce boulot, était bien fade comparée à la vie d'un hors-la-loi.

Le plan d'Hattie était enfantin : se rendre méconnaissables, partir chacun de son côté et se retrouver à la chambre de Garet. Prenez votre temps, assurez-vous que vous n'êtes pas suivis, si vous avez l'impression de l'être, mêlez-vous à un attroupement, débarrassez-vous d'un élément de votre déguisement et repartez comme si vous étiez quelqu'un d'autre. Hattie était la seule à connaître les déguisements de tous les autres. Pour empêcher que nous nous cherchions du regard, avait-elle expliqué.

Je dois rendre hommage à Hattie : c'est une femme brillante. C'est elle qui a tout organisé. Nous n'avons fait que proposer quelques menus aménagements, et encore, je crois qu'elle les avait tous anticipés mais voulait nous laisser l'impression qu'ils nous revenaient, pour notre moral et afin que chacun se sente investi dans le plan. Quoi qu'il en soit, ça a fonctionné. Tout le monde s'est rejoint à la pension sans anicroche. Je suis arrivée la dernière : impossible d'ignorer le soulagement sur leur visage.

J'ai eu un grand sourire en voyant Garet sur pied.

« Tu as eu peur que je n'y arrive pas ? Ou que je vous trahisse ?

— Un peu des deux, si tu veux savoir, a répondu Garet en me serrant dans ses bras.

— Encore ton joker : je suis mourante, donc j'ai le droit de tout dire sans prendre de gants. N'en abuse pas trop dans les... mois à venir. Tu veux laisser un bon souvenir à la postérité, non ?

— Je ne ferai pas une véritable héroïne si je suis trop parfaite. Les meilleures ont leurs faiblesses, tu sais bien.

— Et la tienne, c'est d'être trop bavarde », a dit Stella.

On a frappé à la porte. Joan a posé la main sur la poignée en sortant son revolver et demandé qui c'était.

« Rhodes. »

La mine de Garet s'est allongée et j'ai éclaté de rire. J'avais complètement oublié le mâle de service.

« Qu'est-ce qu'il fait là ? a-t-elle murmuré.

— Il nous a aidés, a répondu Hattie.

— Tu marches avec Rhodes, toi ?

— Il m'a obéi comme les autres. Et je n'ai pas pardonné. Si tu veux qu'il dégage, je le fais dégager. Avec joie. »

Voyant que Garet ne répondait pas, Hattie est allée vers la porte.

« Non, attends.

— Je me disais aussi... » a soupiré Hattie.

Joan a fait entrer Rhodes, et Newt, qui a couru vers Garet et l'a enlacée en se collant sur son ventre. Elle a grimacé de surprise et de douleur, mais a résisté et a embrassé le garçon.

« Merci, mon Dieu, tu es là, Newt. Je rêve de truites.

— Dès qu'on sera près d'une rivière, j'irai vous en chercher. Vous allez bien ? Vous êtes guérie ?

— Presque. Te voir est le meilleur remède qu'on puisse me donner. »

Elle s'est raidie en se tournant vers Rhodes. Ses bravades ne pouvaient dissimuler son état. J'ai cru voir son menton trembler, mais quand elle a repris la parole, elle avait un ton moqueur.

« Ça alors ! Je n'en crois pas mes yeux. Voyez-vous ça, qui a basculé du mauvais côté de la loi.

— Il fallait réparer une injustice, rien de plus.

— J'apprécie ce que vous avez fait », a déclaré Jehu. Il s'est approché de Luke pour lui serrer la main. « Merci, shérif.

— Il n'y a pas de quoi. Beau travail, mesdames. Je ne peux même pas dire que ça me surprenne, mais vous voir à l'œuvre, c'était un sacré spectacle.

— N'espère pas intégrer la bande, a répliqué Stella. Seulement des femmes. Et Newt.

— Où est Spooner, Luke ? a demandé Garet.

— Pourquoi ?

— Je dois décider de l'endroit que nous allons dévaliser. »

Un brouhaha a rempli la pièce, quelques bravos, *Je ne peux pas y croire* et *Tu ne renonces jamais, hein ?*. Je ne sais pas qui a dit ça. Moi, c'était : *Je ne peux pas y croire.*

« La compagnie Connolly ne s'attend plus du tout à une attaque, pas avec tout ce qui s'est passé. Ils doivent être en plein chaos, avec la mort de Callum.

— C'est toi qui l'as tué ? » a demandé Luke.

Tout le monde s'est tu en regardant Garet. Elle a souri.

« Une seule règle : pas de meurtre.

— Tu n'as pas répondu.

— Je suis offensée que tu poses cette question. Pour qui me prends-tu donc ? »

Luke s'est mis à rire.

« Pour une tueuse. » Il a ôté son Stetson, s'est épongé le front et s'est éclairci la gorge. « Quelqu'un a tué les hommes qui emmenaient ton cadavre à Denver. Impossible que Grace ou Ruby aient pu…

— Ne parie pas là-dessus, a coupé Ruby.

— Et Hattie était menottée, a-t-il poursuivi. Il ne reste que toi. »

Garet a pincé les lèvres, songeuse, en soutenant son regard. Puis elle a regardé Newt, l'air hésitant. Quand elle a repris la parole, sa voix était ferme, sans l'ombre d'un remords.

« Callum est arrivé à Black Hawk juste après mon opération, a-t-elle commencé en avançant vers Luke. Il venait de tuer un jeune cow-boy qui m'avait aidée à me sauver de Cache-la-Poudre. Zeke. C'est dans la maison de la mère de Zeke qu'on avait prévu de se cacher, c'est comme ça qu'il m'a retrouvée. Quand nous étions au ranch, la nuit, il a menacé de me violer. Il aurait eu le dessus sans aucun mal, j'étais en pleine crise et beaucoup plus faible que je ne lui laissais voir. Il en avait envie, c'était tout à fait clair, et s'il n'y avait pas eu des témoins plein la maison, il l'aurait certainement fait. Il n'a pas effectué le trajet jusqu'à Black Hawk pour me tenir la main et me faire ses adieux. Il est venu s'assurer que je mourrais et m'annoncer ce qu'il allait faire aux miens pour se venger. » Elle a regardé Hattie. « Tu avais raison. Sur tous les points. » Hattie a lentement hoché la tête.

Elle parlait à voix basse, nous devions tendre l'oreille.

« C'était dimanche, je m'ennuyais et je n'arrivais pas à détourner mes pensées du grand coffre dans le bureau de Callum. J'ai emprunté le stéthoscope du docteur et j'y suis allée. Il était tard, je ne m'attendais pas à ce qu'il soit là. Mais il y était. Je n'ai pas hésité à lui trouer la poitrine.

— Il y avait quoi, dans le coffre ? » a demandé Hattie.

Ruby et moi nous sommes regardées, suffoquées. C'était la seule chose qui préoccupait Hattie ?

« Rien de valeur. Des registres, des papiers.

— Alors, tu l'as tué pour rien », a dit Joan.

Garet l'a dévisagée. « Je l'ai tué parce qu'il était une menace pour Hattie. Et pour vous tous, il n'aurait laissé personne en paix, et je n'allais pas accepter ça. Foutre non. Jamais je n'aurais accepté ça. Donc oui, j'ai tué cette pourriture et j'étais contente de le voir mourir, d'entendre ses derniers râles. Je ne regrette pas une seconde. Le fait qu'il soit là m'a épargné d'avoir à le traquer pour faire ce que j'avais à faire. »

Tout le monde était sous le choc, hormis Hattie. Pas à cause de ce qu'elle avait fait. Je crois qu'en fait chacun de nous aurait fait pareil. C'était l'impression qu'elle s'en repaissait, qu'elle y avait pris plaisir. Newt ouvrait des yeux grands comme des soucoupes. J'ai eu la sensation qu'à cet instant précis, en entendant tout ça, il a quitté l'état de gamin pour devenir un homme. Nous ne ressentions pas d'angoisse, juste de la stupéfaction et, quelque part, une admiration réticente.

Garet a levé les mains devant Rhodes. « Que décides-tu, shérif ? Vas-tu me livrer ? »

Hattie est venue se placer devant son amie et a posé la main sur la crosse de son revolver. « Il faudra d'abord me passer sur le corps. » Nous avions tous cessé de respirer et saisi nos armes.

« Pas besoin de ça, Hattie. On est sortis de ma juridiction. Bon Dieu, je commence à craindre pour ma vie, dans cette pièce avec vous tous, là.

— Une preuve de sagesse, a fait Hattie.

— Vous ne me pardonnerez jamais, n'est-ce pas ?

— Et si c'était le cas, je ne vous le dirais pas.

— Luke, où est Spooner ? a répété Garet.

— Quoi, tu veux le tuer, lui aussi ?

— Non, tant que ce n'est pas nécessaire.

— Garet...

— La ferme, Luke. Nous apprécions que tu nous aies aidées à sortir Jehu de prison, mais cette histoire n'est pas ton histoire, ce combat n'est pas le tien, et tu n'as aucun jugement à porter, ni d'avis à donner. Si tu veux nous aider à chasser Spooner du Hole une fois pour toutes, tu nous seras utile. Si ce n'est pas le cas, pas de problème, tu pars. »

Luke a regardé Garet, sourcils froncés, puis il a fait claquer sa langue et s'est adossé à la porte.

« Ça te démange de te débarrasser de moi, hein ? Eh bien non, ça ne marche pas. Pas cette fois, duchesse. Quel est ton plan ?

— Dévaliser cette banque, comme prévu, et conduire les flics tout droit jusqu'au Hole.

— Dorcas sait que tu as fait porter le chapeau des vols précédents à Spooner, ai-je glissé. Elle saura que c'est toi.

— Mais je suis morte !

— Dorcas n'est pas aussi naïve que Callum. Je peux t'assurer que le premier nom qui lui est venu à l'esprit en trouvant Callum, c'est le tien. Elle était sur le quai avec le shérif, tout à l'heure. Elle vous soupçonne d'avoir fait tous ces coups – je précise qu'elle n'a pas de preuves. Elle m'a envoyée sur la diligence et non sur le train parce qu'elle avait compris que c'était une cible plus pertinente. Je ne cherche pas à vous dire quoi faire ou ne pas faire, juste que si Dorcas dirige la chasse, vous prenez un très grand risque.

— Personne ne nous a attrapées, jusqu'à maintenant », a objecté Stella.

C'est Ruby qui est intervenue, à la surprise de tout le monde.

« Parce que les hommes ne pensent pas à vous comme à des adversaires dignes de ce nom. Ils pensent pouvoir prévoir vos actes, parce que les femmes n'y connaissent rien. Ils ne peuvent pas admettre que vous agissiez de manière plus intelligente qu'eux, ni que vous les ayez roulés jusqu'à maintenant.

— Tous les journalistes et les shérifs que je suis allée interroger à votre sujet avant de vous connaître ont rejeté l'idée en bloc, ai-je confirmé. Mais Dorcas, c'est différent, elle sait que c'est vous, et ça lui donne un avantage.

— Rentrons au ranch, un point c'est tout, a dit Jehu. On dégage Spooner et on reprend notre vie.

— La seule façon de "dégager" Spooner et sa clique, c'est de tous les tuer, a dit Hattie. Tu as envie de faire ça ? »

Jehu a fait non de la tête, puis nous a tourné le dos pour regarder par la fenêtre.

« Vaut-Mieux-Pas, Jack et Domino sont gentils, a dit Newt. Je les ai entendus, ils veulent pas aider Spooner pour le pari. Ils veulent plus continuer avec la bande.

— Il ne leur arrivera rien tant qu'ils ne se dresseront pas contre nous », l'a rassuré Hattie.

Garet s'est mise à arpenter la pièce, ce qui n'était pas évident car nous étions nombreux.

« Non. Je ne vais pas une fois de plus laisser un sale type récupérer le fruit de notre travail. Après tout ce que vous avez surmonté pour vous libérer de situations ou de gens qui vous opprimaient, pas question que je quitte cette Terre sans la certitude que personne ne se retrouvera dans la prison d'une vie dont il ne veut pas. Je voudrais tellement avoir plus de temps.

— Nous ne pourrons pas y retourner, hein ? a demandé Jehu, toujours dos à nous.

— Retourner où, chéri ?

— Tu le sais, Hattie. Si nous y retournons, nous aurons de la chance si Spooner nous laisse approcher. Le plus probable, c'est qu'il nous tuera.

— Je ne le laisserai pas faire, a dit Rhodes.

— Je ne retournerai pas au trou, a insisté Jehu. Et je ne tuerai personne. Mais je veux faire payer ce fils de pute pour m'avoir envoyé en taule. Il sait pour moi, et ça ne l'a pas arrêté. C'est toi qui lui as dit, Joan ?

— Pourquoi Joan parlerait à Spooner ? a coupé Stella.

— Pour quelqu'un qui croit tout voir, tu es sacrément aveugle quand il s'agit de ta frangine. Spooner la baise depuis que Garet et Hattie sont parties. »

Stella s'est ruée sur Jehu. Il a fait face, mais Hattie s'est interposée tandis que Luke interceptait Stella en la prenant à bras-le-corps et en la soulevant de terre. Ruby est allée se poster près de Joan, légèrement devant, dans une attitude de protection. Stella battait des pieds et des bras pour se dégager en hurlant à Jehu de retirer ce qu'il avait dit. Garet a giflé Stella en lui intimant de se taire. « Au cas où tu n'aurais pas remarqué, cet endroit est plein de crapules qui n'attendent qu'un prétexte. Si tu veux qu'on les ait tous sur le dos, continue à glapir comme ça. »

Newt regardait la scène d'un air médusé. Joan a tendu la main vers lui en disant son nom, mais il a fait volte-face et s'est rué hors de la pièce. Ruby a dit qu'elle s'en chargeait et l'a suivi.

Stella fusillait Jehu du regard.

« Pourquoi est-ce que tu lui en veux ? a demandé Hattie. Il n'est que le messager.

— C'est vrai ? » a demandé Stella à Joan.

La pauvre gosse pleurait trop pour pouvoir répondre. Elle a hoché la tête.

« Je vais tuer ce bâtard. »

Joan a retrouvé sa voix. « Tu feras rien du tout, on va se marier. »

La consternation était générale. Personne n'osait plus regarder Joan. Garet est allée vers elle et a posé ses mains sur ses épaules.

« Joanie, ma chérie. Spooner n'est pas du genre à se marier. Et même s'il t'épousait, il ne te serait jamais fidèle. Il ne fonctionne pas comme ça.

— Mais j'attends son enfant.

— Oh, Seigneur, a soufflé Hattie.

— Je vais le tuer, je vais tuer ce salopard !

— Ça, jamais, Stella Elbee, a piaillé Joan. Je te laisserai pas faire.

— J'aimerais voir ça.

— OK, OK », a fait Garet en séparant les deux sœurs. Luke s'était radossé à la porte, avec son petit sourire. « Personne ne va tuer Spooner et personne ne va l'épouser.

— S'il veut de moi, je l'épouserai.

— Parfait. Tu vas aller voir Spooner, lui dire que tu portes son petit bâtard et tu verras ce qu'il te dit.

— Tu parles pas comme ça à ma sœur ! a vociféré Stella.

— Vous savez quoi ? Je commence à en avoir par-dessus la tête de vous deux. Hattie, donne-moi mon revolver.

— Ça suffit, nom de Dieu ! a explosé Jehu. Je viens de

passer une semaine en prison, sans pouvoir chier ni pisser de peur de me faire taper dessus. Je suis crevé, j'ai faim, et j'ai l'impression que j'aurai soif jusqu'à la fin de mes jours. Est-ce que vous pourriez tous foutre le camp d'ici pour me laisser me poser avec ma femme et reprendre figure humaine ? C'est trop demander ? »

Tout le monde s'est tu piteusement, même les sœurs. J'avais beau ne pas fréquenter la tribu depuis longtemps, je connaissais assez Jehu pour savoir qu'il parlait très peu, et que quand il avait des choses à dire, il le faisait en privé. Et jamais je ne l'avais entendu pousser un juron. Après ce qu'il avait enduré, je pense qu'on ne pouvait pas lui en tenir rigueur. Et la façon dont Hattie l'a regardé à ce moment… J'espère avoir un jour quelqu'un qui me regarde comme ça.

Elle a poussé tout le monde vers la porte. On s'est retrouvés dans le couloir de la pension, avec Ruby et Newt.

« Incroyable, a dit Garet. C'est ma chambre, quand même. »

Ruby a suggéré qu'on se répartisse dans différentes pensions pour ne pas trop se faire repérer en groupe. Newt a voulu venir avec elle et moi. Nous sommes partis après avoir convenu de nous retrouver le lendemain matin, si Stella et Joan ne s'entretuaient pas d'ici là. En tournant pour aller à l'escalier, j'ai vu Garet frapper à la porte et rentrer dans la chambre.

32

Journal de Margaret Parker

Mardi 28 août 1877
Denver, Colorado

J'espère que tu as bien dormi, Grace. Moi pas, pour des raisons diverses. Nous sommes restés éveillés tard avec Hattie et Jehu pour mettre au point notre plan. Luke était assis dans un coin, un pied croisé sur le genou, auquel il avait accroché son Stetson comme à un portemanteau. Je craignais qu'il s'en mêle mais je me trompais. Il faisait une suggestion de loin en loin, que nous retenions presque toujours, mais il restait aussi taciturne qu'à son habitude.

Ne sois pas blessée qu'on ne t'ait pas incluse dans les discussions. Ce n'est pas parce qu'on ne vous fait pas confiance, à toi ou à Ruby. Nous n'avons pas confiance en Joan. Elle est sotte et amoureuse, prête à faire n'importe quoi pour témoigner sa loyauté à Spooner, y compris lui révéler nos projets. Stella est toujours un peu incontrôlable, et moins elle en sait mieux elle agit. Et bien sûr, faire entrer Newt dans notre plan n'aurait pas de sens.

C'est le plan de Jehu, très simple, et il s'est fermement opposé à ce que je le complexifie un peu. J'aurais voulu que nous attaquions plusieurs sites en même temps, puis attirer les policiers dans le Hole jusqu'à Spooner. Nous allons à Timberline, volons trente ou quarante chevaux (nous ne pouvons pas embarquer tout notre troupeau dans Lodore Canyon), dispersons les autres dans la vallée et mettons le feu à la maison et aux dépendances. Je crois Spooner et ses gars trop flemmards pour rebâtir le ranch ou se lancer à la poursuite des chevaux. Et même s'ils le faisaient ? Au moins ils ne profiteront plus du fruit d'années de travail et c'est tout ce qui m'importe.

Jehu et Hattie pourront refaire leur vie où ils voudront, les sœurs avec eux. Une fois de plus. À moins bien sûr que Spooner ne déclare sa flamme à Joan. Ruby pourra retourner au Diamant Bleu avec Opal, et tu pourras ouvrir ton agence quelque part. Je te ferai une fausse recommandation de Dorcas Connolly. J'ai entendu dire que San Francisco est une ville très animée où il se commet plein de crimes horribles.

Moi, je vais partir dans le Grand Canyon pour y mourir. Et si je tombe sur une banque ou deux en chemin, je pourrai peut-être voir comment je m'en sors toute seule. Quoique je ne sois pas sûre que Luke me laisserait faire.

Il ronfle, au fait. Une vraie locomotive.

Jehu nous ayant flanqués dehors, il ne me restait pas d'autre choix que de partager la chambre de Luke dans l'hôtel d'à côté. Nous avons été amants pendant des années, et il m'avait fait sa demande en mariage d'une manière très peu romantique. Il assure qu'il m'aime depuis que nous nous sommes rencontrés, et je ne l'aurais pas cru s'il ne me l'avait pas dit après cette nuit passée ensemble. Mais il est facile de tomber amoureux d'une femme presque morte. Pas d'engagement à long terme et un amant tendre et attentionné. Je suis gagnante sur les deux tableaux.

Il dit qu'il sera là, qu'il restera à mes côtés, jusqu'à la fin. Je ne suis pas complètement sûre de ce que j'en pense. J'ai gardé mes distances depuis un an parce que je ne voulais pas de ce rôle, la femme qui passe d'homme en homme selon qui se trouve à portée de main. Mais Luke m'a eue à l'usure. Il m'a conquise, figure-toi. À présent, je suis près de mourir et il n'y a plus de futur pour moi. Je lui avais dit que Ruby serait une femme bien pour lui, et j'ai cru un moment qu'ils pourraient faire leur vie ensemble, mais plus maintenant. Ils se regardent et se parlent à peine, depuis quelque temps. Je crois qu'elle se projette dans une autre vie que celle d'épouse d'un cultivateur de cornichons, au milieu de nulle part.

Quelqu'un est éveillé, et il m'appelle, en faisant valoir que c'est peut-être la dernière fois que nous aurons l'occasion de partager un vrai lit. Je veux profiter de son désir tant que je suis en état d'en tirer du plaisir moi-même.

Pense de moi ce que tu voudras.

33

Archives des récits d'esclaves de la WPA

Entretien avec Henrietta Lee

Jeudi 17 septembre 1936, suite

Nous avons réussi à quitter la gare et à rallier la pension où se trouvait Garet sans incident. Le problème de Jehu était réglé, et nous nous retrouvions avec le problème initial : Spooner, qui s'était emparé du ranch. Garet était fermement résolue à le faire déguerpir. On a décidé de quitter Denver le lendemain, par groupes de deux, au cas où Dorcas aurait lancé les Pinkerton à nos trousses.

J'aimerais pouvoir dire que les retrouvailles furent douces et tendres, mais loin de là. Aussitôt que Luke et Garet nous ont laissés seuls, Jehu s'est effondré, littéralement, sous mes yeux. Mais cette fois j'étais là pour le rattraper, au sens propre du terme. Je l'ai porté sur le lit et je l'ai serré contre moi pendant qu'il pleurait et me racontait la terreur qu'il avait endurée tout au long de ces journées. Mon cœur se brisait en mille morceaux. J'aurais voulu qu'il se taise, j'aurais tellement voulu. Ça me replongeait dans mon passé, l'épouvante qui me prenait quand le maître venait vers moi, à cheval, à travers les champs de cannes, la façon dont il me regardait, sachant ce qu'il me ferait le soir même.

Jehu s'était toujours senti bien dans son travestissement. C'était un bon meneur de chevaux, et il n'y avait aucune raison qu'on le voie sans vêtements. En prison, le risque était très grand. Il lui avait fallu des trésors d'ingéniosité pour aller se soulager sans être vu les deux premiers jours. Après quoi, il avait cessé de manger et de boire pour ne plus avoir à le faire, mais la peur restait là, et il ne pouvait rien faire pour se faire pousser la barbe. Il se tenait tête baissée le plus souvent possible et ombrait ses joues et sa lèvre supérieure avec de la terre pour donner le change.

Il m'a fait jurer sur sa vie que je ne ferais plus jamais de hold-up et que nous ne nous écarterions plus jamais du droit chemin, lui et moi. Sans quoi il me quittait. Je n'ai pas hésité un instant, j'ai juré, sur sa vie, sur la mienne, et j'ai tenu parole. Soixante années durant, j'ai tenu ma promesse.

Il a pleuré quand je lui ai fait l'amour. Je voulais arrêter, mais il a dit non. J'étais la seule qui l'ait jamais aimé pour ce qu'il était, tel qu'il était, et rien ni personne ne pourrait jamais nous enlever ça. Nous avons échangé nos vœux cette nuit-là, et dès lors nous avons été mari et femme, même si la société et la loi ne nous le permettaient pas. Au matin, nous avons refait l'amour et je lui ai dit qu'il était l'homme le meilleur que j'ai jamais connu. Et je le lui ai redit chaque jour jusqu'à la fin de sa vie, au réveil, et maintenant encore, seule dans mon lit, ce sont les premiers mots qui sortent de ma bouche, tous les matins.

34

Notes de travail de Claire Hamilton

Mercredi 29 août 1877
Idaho Springs, Colorado

Quand Jehu a annoncé que nous quittions Denver sans retour, ma première pensée a été : *On a cousu toutes ces fichues écharpes violettes pour rien !* Nous avons décidé de nous retrouver deux jours plus tard à Idaho Springs, une ville de chercheurs d'or sur Clear Creek, à l'ouest de Golden. De là nous devions suivre la rivière Rampa jusqu'au Green and Brown's Hole. Un voyage qui s'annonçait éprouvant, avec des nuits glaciales à la belle étoile. Hattie nous a donné une liste de courses et de l'argent et nous a appris que Luke était parti acheter chevaux et sellerie dans quatre écuries distinctes. Il nous indiquerait où aller les chercher à son retour.

« On part toutes les deux, avec Ruby ?

— Oui, jusqu'à Idaho Springs, seulement. Il y a un problème ?

— Heu, non. Bien sûr. C'est juste que… je ne connais pas la route. Et toi, Ruby ? »

Elle a pris la liste des mains d'Hattie.

« On trouvera.

— Il y a un peu d'argent en plus, si vous voulez acheter des vêtements pour le trajet. Des vêtements d'homme seraient bien. Et un manteau et un chapeau. Il fait frisquet à cette altitude, la nuit.

— D'où sors-tu tout cet argent ?

— De moi, a dit Garet. J'ai menti quand j'ai dit que le coffre était vide. Je voulais garder l'argent pour Hattie et Jehu, mais nous en avons besoin.

— Ne le gaspillez pas, on n'a pas des réserves inépuisables. »

On est parties peu après le retour de Luke. Ruby ouvrait la marche, et nous nous sommes enfoncées de plus en plus dans le quartier crapuleux.

« Où on va ?

— Chercher des fringues.

— Ici ?

— C'est dans les quartiers de plaisir qu'on trouve les meilleures boutiques d'occasions. Les hommes perdent tout leur argent, et ils sont obligés de vendre leur manteau, leur chapeau, leurs bottes. Parfois même leurs armes, mais vraiment en dernière extrémité. Le principal avantage, c'est qu'ici personne ne posera de question. Tu nous vois entrer dans une boutique normale pour acheter des vêtements d'homme ? Ça paraîtrait bizarre.

— Je croyais que *perdre sa chemise* était juste une expression imagée.

— Ça ne veut pas dire que ça n'arrive pas. »

Je l'ai suivie dans une boutique qu'elle semblait connaître. Un Chinois nous a saluées et j'ai été surprise de l'entendre répondre en chinois. Il nous a évaluées du regard et a commencé à sortir des vêtements des étagères et à nous les tendre. Il a regardé mes mains gantées et a ajouté une paire de solides gants de cuir. Il a fait un geste pour indiquer l'arrière-boutique et nous sommes allées nous changer. Tout était exactement à notre taille.

« Comment il fait ça ? » me suis-je émerveillée en me regardant dans le miroir. J'étais tout en noir, avec de grandes bottes et un manteau de cuir enduit brun foncé, et un court haut-de-forme couleur chamois.

« Yung Su était tailleur à San Francisco avant de venir ici au moment de la ruée vers l'or. »

J'ai croisé le regard de Ruby dans le miroir. Pantalon beige, chemise blanche et un manteau court de laine vert sombre. Un mouchoir rouge était noué autour de son cou gracile et elle avait à la main un chapeau mou à large bord, bleu marine.

Nous nous sommes félicitées mutuellement de notre métamorphose et sommes sorties de la cabine en évitant de nous regarder. Yung Su a fait un signe de tête appréciateur, et quand Ruby a voulu le payer, il a repoussé l'argent. Elle a bataillé quelques minutes, mais son visage rond gardait une expression impénétrable. Finalement, elle l'a embrassé avec chaleur. Il nous a donné à chacune un épais poncho de laine et à Ruby des lunettes teintées vertes. Quand elle les a mises, j'ai senti mon ventre palpiter.

Elle a anticipé ma question avant que j'ose la poser.

« C'est mon oncle. Tu n'as rien laissé à la pension qui a de la valeur ? Des choses que tu pourrais vendre si besoin ?

— Rien.

— Tu es sûre ? Tu as bien conscience que tant que Dorcas sera en vie, on ne pourra plus jamais remettre les pieds à Denver ?

— Oui. Je n'ai rien laissé dont j'aie besoin.

— Alors allons prendre les chevaux et partons.

— C'est drôle, j'ai comme l'impression que tu as déjà vécu ça ? »

Elle a ri sans répondre.

Nous étions tellement confiantes dans nos déguisements que nous avons pris sans hésiter la route très passante qui mène à Idaho Springs. Elle est en bon état et nous a permis d'avancer rapidement et d'arriver à la fin de la journée. On avait peine à croire que moins de huit heures plus tôt, nous étions avec Garet et sa bande. Nous avons traversé les rues principales avant de nous arrêter à une écurie près d'une forge tenue par un colosse noir doté d'une voix de tonnerre. Il nous a donné son tarif, raisonnable, n'a pas demandé ce que deux femmes habillées en hommes venaient faire dans une ville pareille, seules, et a glissé que si nous cherchions une auberge, le tonnelier un peu plus loin avait des chambres à louer, et il n'était pas curieux. Nous avons suivi son conseil et, une fois la porte refermée sur nous, avons poussé un gros soupir de soulagement en échangeant de grands sourires.

« C'était pas un peu trop facile ? a demandé Ruby.

— Si. Je prends le premier tour de garde.

— Non, dors d'abord. J'ai l'habitude de rester éveillée tard. »

Au lieu de quoi, j'ai décidé de mettre mon carnet à jour. Tout un art de sortir mon journal de sa cachette, dans le creux de mon dos, sous mon corset. Ruby a voulu savoir ce que je fabriquais et mon carnet est tombé par terre. Le temps que je retienne mon corset, Ruby l'avait ramassé et demandait ce que c'était. Je lui ai expliqué que c'était au départ des notes sur l'affaire, qui avaient tourné au journal intime, et viraient désormais au roman.

Elle a haussé les sourcils.

« Je suis dedans ?

— Un peu.

— Seulement un peu ? Je suis déçue.

— Je viens juste de faire ta connaissance.

— Je peux re...

— Non. »

Naturellement, ça a aiguisé sa curiosité. « Peut-être un jour. »

Mes mains tremblent pendant que j'écris ces lignes. Ruby me trouble, je ne sais pas trop pourquoi. C'est faux, je sais très bien pourquoi. J'ai toujours été attirée par les femmes, plus que par les hommes, et surtout par les femmes qui ont des talents que je n'ai pas. Chez Garet, c'est son courage. Ruby, sa dignité. Hattie, son discernement. Chez Kate, c'était sa détermination. J'essaie de m'imprégner de toutes mes forces de ces femmes magnifiques, d'apprendre, de devenir meilleure : meilleure amie, meilleure détective, et peut-être une meilleure compagne.

Il y a des moments où j'ai l'impression que Ruby flirte avec moi, mais je me dis que c'est ridicule. Je me souviens des mots de Garet : Ruby est futée et s'adapte aux gens avec qui elle se trouve. Est-ce ce qu'elle fait avec moi ? M'a-t-elle percée à jour, sait-elle quel type de lien je recherche, veut-elle jouer avec moi ? Ou cette amitié que je sens éclore entre nous est-elle authentique ? J'ai peur de poser la question.

Elle est assise devant la fenêtre, immobile, elle regarde la rue. Je contemple son profil, très longtemps, j'enregistre les courbes de son visage, la façon dont ses pommettes le structurent, dont ses yeux s'étirent vers les tempes, les cils noirs sur sa peau mate. Hier, j'ai vu ses cheveux libérés sur ses épaules, ils sont longs, on dirait des fils de soie. Newt était aussi fasciné que moi. Il a rougi, s'est enroulé dans sa couverture et s'est retourné dans son coin.

J'ai posé mon journal et suis allée regarder par la fenêtre. Il avait beau être près de minuit, la rue était encore pleine de monde. De loin en loin, des feux brûlent dans des tonneaux pour guider les hommes de bar en bar, de bordel en bordel. De temps à autre, un coup de pistolet déchire l'air. Des rires d'hommes, le son d'un piano au loin. J'ai eu envie de détacher les cheveux de Ruby, relevés en une torsade serrée, mais je n'ai pas osé. À la place, j'ai posé la main sur son épaule, et j'ai proposé de prendre la garde.

« Opal va être furieuse. » Sa voix était tranquille. Je lui ai pressé l'épaule et elle a posé sa petite main sur ma main gantée. « Ça fait des semaines que je suis partie. On s'est disputées sur qui devait aller à Rock Springs chercher des filles, et j'ai gagné, bien sûr. Elle est totalement incapable de juger la viande. » J'ai eu un petit geste de recul, comme si j'allais retirer ma main, mais je l'ai laissée où elle était. Ruby m'a regardée.

« C'est ce qu'on est, tu sais, pour les hommes. De la viande. Du bétail fait pour prendre son plaisir.

— Ne dis pas des choses pareilles.

— La vérité est dure à entendre, Claire ? » Je suis restée silencieuse et elle a retiré sa main. « Je n'avais pas prévu de retourner à Timberline. Je comptais envoyer quelques filles à Opal avec Jehu et partir. Ça fait des mois que je mets de l'argent de côté. Je ne peux plus faire ça, c'est tout. Si j'avais dû écarter les jambes une fois de plus, j'étais prête à me tuer. Le problème, c'est que je ne sais rien faire d'autre.

— Ce n'est pas vrai.

— Ce qui est vrai, c'est que je serai toujours une bâtarde, trop blanche pour les Chinois, trop jaune pour qu'un homme blanc m'épouse. Pour ce qui est de baiser, ce n'est généralement pas un problème, tant que tu es chaude et accueillante.

— Ruby…

— Je m'appelle Mingzhu.

— Mingzhu. C'est un très beau nom.

— Ça fait longtemps que je ne l'ai pas entendu.

— Est-ce que tu veux que je t'appelle comme ça ?

— Oui, mais seulement en privé. Opal ne connaît pas mon vrai nom.

— Merci de me l'avoir dit.

— Je n'y retourne pas.

— Hein ?

— À Timberline. J'aurais dû partir quand j'ai su pour Jehu, mais… On se fait vite embarquer dans leur petit monde, hein ?

— C'est vrai.

— Viens avec moi.

— Comment ça ? Maintenant ?

— Oui. Ce n'est pas notre bataille. Ils n'ont pas besoin de nous. Nous ne ferons que les encombrer, même. Prenons notre argent et fichons le camp.

— Mingzhu, je…

— On pourrait ouvrir une agence de détectives à San Francisco. Tu t'occuperais des Américains, moi des Chinois.

— Des Chinois ?

— Oh, que oui, Chinatown est corrompu jusqu'à l'os.

— Je ne voudrais pas que tu sois en danger. »

Elle a ri.

« Et moi, j'adorerais. Je ne me suis pas sentie vivante depuis des années.

— Tu as réfléchi sérieusement à tout ça ? »

Elle a détourné les yeux.

« Oui. Ça m'est venu quand on était assises côte à côte dans le train. J'étais tellement excitée, avec le peu que j'avais fait pour aider.

— Mais on était de l'autre côté. Les détectives travaillent du côté de la loi.

— C'est les deux faces d'une même pièce, tu le sais très bien.

— C'est vrai. » Je me suis mise à arpenter la chambre. « J'avoue que l'idée me plaît. C'est toujours mieux d'avoir un partenaire pour réfléchir. Et nous serions nos propres patronnes.

— Ça fait un moment que je suis ma propre patronne. Je peux t'apprendre à tenir les comptes et tout le reste.

— Ça pourrait vraiment marcher.

— Ça marchera. »

Elle a pris mes mains, ses yeux brillants d'excitation plantés dans les miens. Nos sourires se sont éteints lentement et l'air s'est alourdi d'une tension que je n'avais jamais ressentie. Ses yeux se sont baissés sur mes mains gantées, et elle a doucement retiré un gant, puis le second. Mes deux mains nues reposaient dans ses paumes ouvertes. Elle a caressé une cicatrice, une autre, je tremblais et sentais vibrer des parties de mon corps que j'avais crues mortes. Je voulais lui dire de s'arrêter, que je ne pourrais supporter la déception qu'elle allait m'infliger, mais les mots qui s'entrechoquaient si clairement dans ma tête ne trouvaient pas le chemin jusqu'à ma bouche.

« On t'a fait du mal », a-t-elle murmuré.

Je ne pouvais pas parler, mes mains palpitaient et cette sensation était tellement exquise qu'elle était douloureuse. Mingzhu a levé mes mains et les a baisées, l'une après l'autre. Puis elle les a tenues contre son cœur et m'a dit :

« Je ne te ferai jamais de mal, Claire. C'est le serment que je te fais.

— Et je te le fais moi aussi. »

J'ai rassemblé mon courage pour ce que j'avais à dire ;

la peur est un ennemi difficile à vaincre, aujourd'hui encore.
« Mais il y a une chose. Je dois aller jusqu'au bout avec Garet et Hattie. J'ai mis tant de temps à gagner leur confiance, je ne peux pas disparaître comme ça. Et je veux vraiment écrire leur histoire, tu sais. Ça ne sera pas possible, si je ne connais pas la fin. »

Elle a souri et m'a caressé la joue. « Je sais. En vérité, je suis très curieuse de savoir comment ça va finir, moi aussi. On va aider nos amies, et ensuite on commence une nouvelle vie à San Francisco. »

Je l'ai serrée contre moi, pour sceller notre accord et retenir ce moment de compagnonnage, d'amitié, et d'appartenance, enfin.

Événements du 4 septembre 1877, écrits le 7 septembre
Heresy Ranch, Timberline, Colorado

Nous sommes arrivés dans le Hole par Cold Spring Mountain, avec Luke, Mingzhu, Joan et Stella. Nous comptions faire l'état des lieux de Timberline et du ranch, vérifier si Spooner était là, parler à Rebecca et, pour Mingzhu, retourner au Diamant Bleu pour arrondir les angles avec Opal. Garet m'avait prise à part la veille, me demandant de ne pas quitter Joan d'une semelle : il fallait que je sois là quand Spooner la repousserait, et que j'empêche Stella de le tuer. La tâche était loin d'être simple.

Elle a vérifié mon revolver. « J'ai confiance en toi », a-t-elle ajouté, et cette phrase a suffi à me faire accepter la mission.

Hélas, sa confiance était mal placée.

Luke et Mingzhu sont partis pour Timberline tandis que j'allais au ranch avec les deux sœurs. Elles étaient restées très silencieuses durant tout le trajet. Depuis cinq jours et cinq nuits que nous passions ensemble, je ne crois pas qu'elles avaient échangé un seul mot. Je ne comprenais que trop bien le silence de Stella. La menace qu'elle avait lancée restait suspendue entre elles deux. Elle ne parvenait pas à croire que Joan ait pu la trahir ainsi, qu'elle ait fait passer la chaleur d'un homme avant l'amour et le dévouement de sa sœur. Le bébé qui grandissait dans son ventre était la preuve irréfutable que Stella n'était pas pour Joan le centre du monde comme Joan l'était pour Stella. Stella avait été supplantée par un homme, et serait dans quelques mois supplantée par un enfant. La maternité n'était pas pour elle, et la description que Joan avait faite de son aînée noyant ses nouveau-nés dans un tonneau tournait et retournait dans ma tête. J'espérais confusément que Spooner agirait correctement avec Joan, ne serait-ce que pour protéger l'enfant à naître.

Il y avait du monde au ranch. Des hommes s'affairaient autour des bâtiments, trop loin pour qu'on puisse les reconnaître, mais plus nombreux que quand Spooner était arrivé un mois plus tôt. Garet m'avait bien expliqué que les membres de la bande allaient et venaient, mais à mesure que nous approchions, nous nous rendions compte qu'ils n'avaient l'air ni de cow-boys ni de bandits. Leurs tenues étaient trop soignées, on aurait presque dit des uniformes.

« On devrait faire demi-tour », ai-je dit. Mais c'était trop tard. Si on tournait les talons maintenant, ils comprendraient que nous n'étions pas là simplement pour rentrer chez nous et nous prendraient en chasse. Deux hommes assis devant l'entrée se sont levés pour venir dans notre direction. Valentine et le prêtre. Ils ont arrêté mon cheval et celui de Stella en les prenant par le mors. Mon cheval s'est ébroué, mais le prêtre le tenait fermement.

« Je me demandais si vous alliez revenir, a dit Deacon.

— On est chez nous, ici, a répliqué Stella.

— Plus maintenant, a dit Valentine. C'est pas le bon Pinkerton que vous avez ramené.

— Je ne suis pas un Pinkerton.

— C'est pas ce qu'a dit Salter.

— Jed est là ? a demandé Joan.

— Dedans. Il t'attend », a répondu Deacon.

Joan a sauté de son cheval et Valentine a tendu le bras pour l'arrêter. « Donne-moi ton arme. »

Joan a hésité, ce qui m'a donné une lueur d'espoir. Peut-être n'était-elle pas totalement perdue à notre cause. « Il a peur que je lui tire dessus, Val ? Le père de mon enfant ? »

Valentine s'est emparé de son revolver et l'a poussée vers la porte. Stella a fait un geste, mais le forgeron a pointé sur elle l'arme de sa sœur. « Toi aussi. Toutes les deux. »

Ils ont pris nos fusils et nos pistolets. Jamais je ne m'étais sentie aussi vulnérable. Cela faisait un moment que j'avais perdu mon Peacemaker, mais avoir une arme sur moi était devenu un réflexe, à mon grand étonnement. Cela fait, ils se sont désintéressés de nous. Nous avons aussitôt suivi Joan.

« Garde la tête froide, Stella, ai-je dit.

— Je ne reçois pas d'ordres de gens comme toi. »

Je l'ai prise par le bras pour l'obliger à s'arrêter. « Tu crois sincèrement que Spooner pourrait l'épouser ? Ou même la garder comme maîtresse ? Non. C'est une gosse. Inutile de t'en mêler, elle va comprendre bien assez tôt. »

Stella a fait un signe de tête agacé et s'est ruée à l'intérieur. Tout était comme nous l'avions laissé, mis à part les relents de transpiration, d'urine et de tabac qui avaient remplacé les parfums de pain chaud et de cuir ciré. Des empreintes boueuses maculaient le sol et des bouteilles de whisky vides et des timbales métalliques s'accumulaient sur et sous les tables.

« J'adore la façon dont vous avez personnalisé l'endroit », ai-je raillé.

Spooner était assis à la cuisine, Joan était sur ses genoux, mais tout dans son attitude montrait qu'elle ne s'était pas assise de son plein gré. Elle a jeté un regard en coin vers sa droite, je crois qu'elle voulait me signaler quelque chose, mais Deacon et Valentine sont entrés derrière nous.

« Mais mais mais... qui voilà ? Notre dame détective ! J'aurais parié qu'Hattie ou Garet vous avaient liquidée, à l'heure qu'il est.

— Eh bien non, mais ce n'est pas faute de m'avoir promis de le faire, tous autant qu'ils sont. Sauf Joan.

— Joanie est un amour. »

Il a frotté son nez dans la nuque de la jeune fille, sans quitter Stella des yeux. « Dehors... et dedans. »

Stella a inspiré avec force, mais n'a pas bronché ni fait un geste. J'en ai profité pour jeter un regard sur ma gauche. La porte de la chambre de Jehu et d'Hattie était entrebâillée.

« Joanie dit que vous êtes revenues vivre avec nous. Une touche féminine ne sera pas du luxe, comme vous constatez.

— Elle t'a dit qu'elle est enceinte ? a demandé Deacon.

— Mais non. C'est vrai ?

— Oui.

— Tu es sûre qu'il est de moi ?

— Jed ! Bien sûr qu'il est de toi.

— Mais oui, bien sûr, c'est vrai que je t'ai déflorée.

— Jed, a murmuré Joan.

— Depuis quand es-tu devenu aussi répugnant ? a sifflé Stella.

— Oh, écoutez ça, les gars ! Stella a dit un mot de plus de quatre lettres !

— Tu étais un gars bien, jadis, Spooner. Mais tu es

rentré du Mexique avec des mauvais penchants intarissables comme le Mississippi.

— Je vais t'expliquer. On a été engagés par les Texas Rangers. Oh, pas officiellement, tu vois le genre. Notre boulot, c'était de faire des raids à la frontière pour se débarrasser des Mexicains. Je n'ai jamais aimé tuer des gens, comme tu sais, mais on était à court d'argent et on ne connaissait pas assez le pays pour savoir où aller. Et puis, ce pays est inhospitalier, tu n'as pas idée. Pas beaucoup d'endroits où se planquer, putain. Donc on a fait un boulot pour les rangers, et pour être franc, j'y ai pris goût. Ces hommes d'affaires texans te paient foutrement bien pour éliminer les Mexicains. Bien mieux que ce que tu peux gagner ici, et couvert par la loi, en plus. »

J'ai coulé un œil vers la porte de la chambre. L'ouverture s'était agrandie et j'ai entrevu une ombre sur le parquet.

« T'avais qu'à rester là-bas, a dit Stella.

— C'est bien ce que je pensais faire, mais j'ai entendu dire que le gang Spooner avait réussi de beaux coups, ici. Ça m'a pas beaucoup plu que quelqu'un se serve de mon nom. Surtout quand j'ai su que c'étaient des bonnes femmes…

— Eh bien tu seras ravi d'apprendre que Garet est morte, a dit Stella. À Black Hawk, il y a une semaine. Hattie a fait sortir Jehu de prison et ils ont disparu je ne sais où, en nous laissant toutes seules avec Joanie. Mais ils nous ont dit que le ranch est à nous. Donc on est là et vous pouvez repartir assassiner des Mexicains tant qu'il vous plaira avec ta bande. On ne fera plus rien de ce genre, surtout avec Joanie qui va avoir son gamin. On va même vous donner des chevaux pour partir, en cadeau, pour sceller la paix.

— Vous savez quoi ? J'avais jamais entendu Stella dire autant de mots à la suite. Elle sait faire des phrases entières, vous avez vu ça ? Et cohérentes, en plus !

— Vous n'êtes pas obligé d'être humiliant, ai-je dit.

— Et vous, au fait, vous êtes là pour quoi ?

— Pour m'installer ici, quoi d'autre ? Elles vont avoir besoin de bras quand le bébé sera né. Et j'aime cet endroit.

— C'est tellement charmant de votre part, venir vous enterrer dans ce trou pour aider deux filles illettrées que vous connaissez à peine. Je suppose que votre projet d'ouvrir votre agence est tombé à l'eau, maintenant que vous avez aidé Hattie à faire évader Jehu ? Culotté, son plan, mais on n'en attendait pas moins d'Hattie. Voilà une négresse intelligente. »

C'est là qu'on a su qui était derrière la porte. Je me suis efforcée de rester impassible en voyant Dorcas sortir de la chambre.

Elle était métamorphosée, bien que son apparence soit demeurée la même, avec cette robe noire sans la moindre fantaisie, fermée par un camée au niveau du cou, ses cheveux poivre et sel tirés en un chignon sévère, son visage sans fard, un peu anonyme. Mais elle dégageait une aura de puissance et d'assurance. J'avais bien senti quand nous nous étions rencontrées en mai qu'elle rongeait son frein, muselée par la réalité de notre monde d'hommes. Le pouvoir auquel elle avait tant aspiré lui allait bien, son visage prenait du caractère, ses yeux bruns ternes s'animaient, vifs et rusés. Elle arborait un demi-sourire satisfait, sans doute à l'idée que tout ce qui l'avait menée jusqu'ici, à ce ranch, pour accomplir la vengeance de sa lignée, c'était à elle seule qu'elle le devait. Idée en partie illusoire, et j'en avais presque de la peine pour elle. La société ne lui faciliterait pas la tâche, et il lui faudrait probablement batailler jusqu'à la fin de sa vie pour conserver le pouvoir. Mais à présent qu'elle y avait goûté, même si ce n'était que depuis quelques jours, Dorcas Connolly ferait tout pour garder les rênes. Peut-être était-elle très masculine, de ce point de vue. La frontière entre les sexes était-elle si ténue, au fond ?

« Ravie de te revoir, Claire.

— Dorcas. J'aurais dû me douter que vous ne perdriez pas de temps à nous chercher à Denver. Vous avez suivi l'étoile du berger, tout droit jusqu'à la source.

— Et j'ai eu raison. Vous voici.

— Ce sont des Pinkerton, dehors ?

— Oui. Allan Pinkerton est en route, il veut s'occuper de toi en personne, a-t-il dit. Je ne sais pas ce que cela signifie, difficile de saisir les nuances, dans un télégramme.

— Je suis surprise que vous ayez fait toute cette route pour m'arrêter. J'imaginais que vous seriez débordée avec vos nouvelles charges. Mes condoléances pour votre frère.

— Ne te flatte pas. Je reconnais que te voir arriver ici est un bonus réjouissant. J'étais convaincue que tu aurais pris la fuite après avoir aidé Jehu. Visiblement, non. Tu es vraiment devenue un hors-la-loi. Mais c'est pour Garet que je suis ici, pas pour toi.

— Elle est morte, a dit Joan.

— Il faudra vous le répéter combien de fois ? a ajouté Stella.

— Elle est morte à Black Hawk, Dorcas, j'y étais.

— Oui, Callum m'a raconté le massacre de Black Hawk. Il ne supporte pas la vue du sang, une séquelle de la guerre... C'est pour ça qu'il est parti. Quand il m'a dit qu'il avait laissé à d'autres le soin d'acheminer le corps, j'ai compris tout de suite qu'elle n'était pas morte.

— Vous pensez qu'elle a organisé la tuerie dans la cuisine pour prendre la fuite, tout en étant dans une chambre à l'étage, dans le coma ? Qui irait imaginer une histoire aussi absurde ? Vous l'admirez énormément, je vois.

— Absolument pas. À mon avis, Margaret Parker

bénéficie de vingt pour cent d'intelligence et de quatre-vingts pour cent de chance.

— Elle est foutrement plus intelligente que toi, vieille pie, a sifflé Stella.

— Je ne sais pas qui tu es et je m'en moque, mais si tu ne la fermes pas, je vais dire à Deacon de t'emmener dehors et de faire ce dont il aura envie.

— Spooner, vous êtes étonnamment silencieux, ai-je dit. Ce n'est pas votre genre de laisser une femme prendre les commandes, à ce qu'on m'a dit.

— Vu ce qu'elle me paie, je fais ce qu'elle veut.

— Eh oui, Jed Spooner est au service des Connolly, désormais. Grâce à Salter, paix à son âme. Si j'ai bonne mémoire, c'est toi qui m'avais dit à notre premier rendez-vous d'engager une femme pour arrêter une femme. Donc, qui serait le mieux placé pour s'occuper de la sécurité de ma compagnie qu'un homme qui pense en escroc ? Il saura voir les failles, et je le paierai suffisamment en argent et en putains pour qu'il n'ait plus jamais besoin de sortir du rang.

— Comment aurais-je pu refuser une telle offre ?

— Jed ? Et moi ? Notre bébé ? Nous devons nous marier, tu me l'as dit.

— Garde-le si tu en as envie, sinon il y a des moyens d'y remédier. Ça m'est parfaitement égal. Mais non, trésor, nous n'allons pas nous marier. »

Pauvre Joanie. Je n'oublierai jamais son expression, et le feulement rageur de Stella.

« Espèce de salaud, a-t-elle éructé. Tu lui as pris sa virginité, tu lui as monté la tête et tu la renvoies comme une prostituée ?

— Stella, ça me chagrine de détruire l'image enchantée que tu as de ta chère petite sœur, mais c'est elle qui l'a voulu. Elle m'a presque supplié de la prendre. Aucun homme normalement constitué ne dirait non. Même pas Luke Rhodes, cette espèce de puritain hypocrite.

— Bon, assez avec la fille de ferme, a coupé Dorcas. Où est Garet ?

— Elle est morte. »

Dorcas a fait un signe et quelque chose de dur m'a frappée sur l'arrière du crâne. Je suis tombée à quatre pattes, je voyais flou. Le sol chavirait sous mes pieds et je me suis affalée sur le côté. J'ai aperçu Joan qui faisait un geste vers moi mais Spooner l'a retenue d'une main de fer. Deacon tenait les bras de Stella derrière son dos, elle était rouge de fureur, la bouche ouverte comme si elle criait quelque chose. Je n'entendais qu'un sifflement dans mes oreilles.

Valentine m'a donné un coup de pied dans le ventre et m'a tordu les bras dans le dos. Une main en étau autour de mes poignets, l'autre me tirant par les cheveux, il m'a soulevée du sol. Je suis restée suspendue en l'air quelques instants puis il m'a rejetée à genoux par terre, dans un grand bruit d'os. J'ai vu passer un doute dans le regard de Dorcas, puis elle est redevenue impassible.

« Deux hommes ont été trouvés morts dans un ravin non loin de Black Hawk, on leur a tiré dans le dos. L'un d'eux avait un télégramme dans sa poche d'Allan Pinkerton, adressé à Salter. Il y avait cinq personnes et une femme morte dans le chariot, personne n'est arrivé à Denver. Je le sais parce que j'attendais au cimetière. Je ne croirai que Margaret Parker est morte que quand je verrai son cadavre. »

J'avais l'estomac révulsé par la peur et la douleur. Mon regard tanguait mais j'ai eu deux visions tremblantes de Dorcas, debout tout près de moi.

« Pourquoi est-ce que vous la haïssez à ce point ?

— Elle a tué mon neveu. »

Ma voix était presque un râle, et tout ce que je voulais, c'était me rouler en boule et sombrer dans le sommeil.

« Non, depuis le début, vous voulez vous venger d'elle. Pourquoi ?

— Elle a humilié mon frère, ma famille, elle a volé la banque, la compagnie, elle a continué même après sa mort. C'est elle qui a lancé les représailles. Elle récolte ce qu'elle a semé. »

Elle a hoché la tête à nouveau et je me suis préparée à ce qui allait arriver, mais j'étais déjà groggy quand le poing de Valentine m'est entré dans les côtes. Tout est devenu noir et je me suis recroquevillée sur le flanc, offrant l'autre à un nouveau coup. Cette fois, il m'a frappée à la tête et je me suis écroulée sans connaissance. Je ne sais pas combien de temps je suis restée évanouie, pas très longtemps, il me semble. Stella et Joan hurlaient et se débattaient et Spooner parlait à Dorcas, la voix couverte par les cris des deux sœurs et le lourd bourdon dans mon crâne.

Je me suis réveillée dans la chambre de Jehu et d'Hattie. Joan était assise au bord du lit et tamponnait ma tête avec un tissu mouillé. Stella était devant la fenêtre. Il faisait nuit, mais la lune trahissait la silhouette d'un homme en vigie derrière. Elles m'ont raconté ce qui s'était passé : Spooner avait convaincu Dorcas que, pour réjouissant que ce soit de me regarder me faire taper dessus, c'était une perte de temps. Garet, si elle était toujours en vie, Jehu et Hattie ne tarderaient pas à arriver s'ils ne nous voyaient pas revenir.

« Spooner a dit qu'on était les éclaireurs, a expliqué Joan, et que la cavalerie serait là dès ce soir.

— Il a raison ? » ai-je demandé, et aussitôt j'ai été prise de nausées.

Joan a porté un verre d'eau à mes lèvres et j'ai avalé quelques gouttes.

« Oui, a dit Stella.

— Et on est là, sans armes pour les aider. »

Stella m'a dit que ce n'était pas tout à fait exact, mais s'est tue car on ouvrait la porte. Mingzhu a été précipitée à l'intérieur. La porte a claqué et on a entendu le bruit de quelque chose qu'on poussait derrière, pour nous emprisonner.

Quand elle m'a vue, Mingzhu s'est précipitée vers moi.

« Claire. Qu'est-ce qu'ils t'ont fait ?

— À ton avis ? a dit Stella. Valentine l'a tabassée à mort. »

Mingzhu a pris ma main et écarté des mèches moites de mon front.

« Non, pas à ce point, ai-je dit.

— Tu avais l'air morte, à un moment, a objecté Stella. J'ai même mis un miroir sous ton nez pour être sûre. »

Mingzhu a juré en chinois.

« Qu'est-ce que tu fais là ? ai-je demandé.

— C'est Opal. Elle m'en veut de m'être lancée dans cette histoire sans elle. Pour la calmer, j'ai fait la bêtise de lui raconter un peu ce qui s'était passé, rien au sujet de notre plan, mais l'évasion de Jehu. Opal est vaniteuse et sans cervelle. J'aurais dû me douter qu'elle allait vouloir se venger, d'autant plus que je n'avais pas ramené de filles.

— Ils t'ont fait du mal ? »

C'était insupportable, cette voix de mourante, et d'être clouée dans ce lit, comme une invalide.

« Non, Opal n'est pas méchante, juste stupide. » Sa petite main tenait toujours la mienne et je l'ai serrée. Elle a posé son autre main dessus. Stella s'est penchée vers nous et a chuchoté.

« Hattie ne fait confiance à personne, et elle garde toujours des armes à portée de main. Elle en a caché un peu partout dans le ranch. Quand nous avons fabriqué ce lit, on a prévu des cachettes pour des fusils et des munitions dans le socle. Sous ce matelas, il y a trois fusils.

— On est quatre.

— Tu sais tirer, Ruby ? Grace est nulle, a dit Joan.

— Je ne suis pas formidable, mais je sais faire.

— Je ne suis pas nulle ! ai-je protesté.

— C'est Hattie qui l'a dit.

— Vous n'aurez qu'à vous partager un fusil. La chevrotine, ça se disperse, ça vous donnera plus de chances de toucher la cible.

— Essayez juste de ne pas nous tuer, a dit Joan.

— Toi, tu restes derrière, Joanie.

— Pourquoi ? Je suis aussi bonne tireuse que toi.

— Tu as un bébé dans le ventre, tu as oublié ?

— Et alors ? Tu détestes les bébés. »

J'ai vu la mâchoire de Stella se contracter, et son expression a changé, non pas fâchée, mais blessée. « Toi, je t'ai aimée même quand tu étais un truc tout rouge, à me casser les oreilles avec tes hurlements ; jusqu'à ce que tu arrives à ramper ; et là tu voulais mettre ton nez partout. Une sacrée responsabilité pour une gosse de sept ans. Mais je l'ai fait, parce que je t'aimais. Je t'ai aimée dès la première fois où je t'ai vue, c'est ça le plus dingue. Alors si tu as envie d'un chiard qui pleurniche, je ferai ce qu'il y aura à faire pour que vous ayez tout ce qu'il faut. »

Joan a sauté du lit et a pris sa sœur dans ses bras.

« Je savais que tu serais avec moi. Tu es une grosse boule de coton, sous ta carapace. Tu es comme une tortue.

— Je connais ce regard, Joan Jennifer Elbee. Ne t'avise pas de m'appeler Turtle.

— C'est génial, comme idée.

— Ça n'a rien de génial. Et je ne change pas les couches,

ne te fais aucune illusion. J'ai eu ma dose. Déjà une chance de pas devoir vivre avec ce bâtard de Spooner.

— Si vous avez une ouverture, tirez-lui dans les couilles », a dit Joan.

Les fusils étaient sous le matelas, mais il aurait suffi que le garde tourne la tête pour qu'il comprenne que quelque chose se tramait. Stella a ouvert la fenêtre et il a pointé son fusil sur elle. Elle a levé les mains.

« Je ne veux pas sortir. Mon amie, là, elle souffre. J'ai un pot de sauge dans la sellerie, derrière. Ça lui ferait du bien. Je peux pas aller le chercher, je sais, mais toi, tu pourrais me le prendre.

— Tu veux m'entourlouper.

— Non, promis. J'ai frappé à la porte de la chambre, mais personne répond. Peut-être qu'ils sont partis, comme ils ont barricadé la porte ? » Elle s'est penchée un peu vers lui et a chuchoté. « Écoute, je suis crevée et je voudrais dormir, mais elle arrête pas de geindre, et je vois que ça va être comme ça toute la nuit. La sauge lui fera du bien.

— Ah bon, pourquoi ?

— Qu'est-ce que j'en sais ? Je suis pas docteur. On risque pas de partir, elle peut pas bouger, et nous, on la laissera pas là.

— Écarte-toi, que je la voie. »

Stella s'est écartée et j'ai fermé les yeux d'un air misérable en gémissant bruyamment. Mingzhu m'a caressé le bras et j'ai frissonné.

« Écoute, il y a un gars, là, devant la grange. Tu lui dis de me surveiller. Je vais rester là à la fenêtre, les mains en l'air, jusqu'à ce que tu reviennes.

— C'est bon. Il ressemble à quoi, ton pot ? »

Stella s'est lancée dans une description minutieuse et l'a regardé s'éloigner en se plaçant de manière à boucher la vue par la fenêtre. Je me suis levée aussi vite que j'ai pu et Mingzhu et Joan ont pris les armes et les munitions pour les cacher dans l'armoire. Quand l'homme est revenu avec l'onguent, nous étions toutes réinstallées à nos places, à nous préparer mentalement à ce qui allait suivre.

35

Journal de Margaret Parker

Journée du 4 septembre 1877, écrit le 2 octobre
Heresy Ranch, Timberline, Colorado

Ça n'a pas été facile pour moi et Hattie de rester à Cold Spring Mountain pendant que vous partiez tous en reconnaissance. Nous avions coutume de préparer les plans, de diriger les opérations. Ne pas avoir le contrôle mettait notre patience à rude épreuve. Jehu et Newt, assis sur un rocher, taillaient des bouts de bois tandis que Newt racontait sa vie à Cheyenne, et comment Rosie lui avait enseigné la photo.

« J'espère qu'elle m'en veut pas d'être parti sans rien dire. Elle m'a dit que je pourrais être son apprenti et apprendre le métier. »

Je lui ai demandé si c'était ce qu'il désirait, et il a dit peut-être, que c'était mieux que la forge, de loin.

J'ai su qu'il y avait un problème avant même que Luke ait fini de dévaler la ravine jusqu'à notre campement. En voyant son expression, j'ai compris que quelque chose avait mal tourné.

« Dorcas Connolly les tient.

— Bon sang.

— Ruby aussi ?

— Oui. Apparemment, Opal s'est rangée de leur côté.

— Où est mon père ? a demandé Newt.

— Avec Spooner, à ce qu'il paraît.

— Ils ne vont pas le supporter longtemps. Il picole trop pour servir à quelque chose.

— Tu es avec nous, maintenant, que ça te plaise ou non », lui a dit Jehu.

Newt a souri jusqu'aux oreilles.

« On change les plans », ai-je dit.

Luke a décroché son paquetage et ses sacs de selle. « Je nous ai rapporté des provisions », a-t-il annoncé en les posant à terre. Les sacs étaient remplis de balles et d'explosifs et dans son matelas était empaqueté un fusil. Deux holsters étaient accrochés à sa selle.

« Quatre en plus de ce qu'on avait, ça nous fait au total sept fusils et six pistolets.

— C'est quoi ton plan, on fonce et on tire dans le tas ? a grommelé Jehu.

— Non. Le plan c'est de sortir tous nos amis de là, vivants, quoi qu'il en coûte.

— Y compris en tuant des gens. Tu es OK avec ça, shérif ?

— Je ne vois pas d'autre moyen. Cette femme va vouloir Garet, et je ne la laisserai pas faire.

— Qu'elle nous prenne nous, ça ne te pose pas de problème, si je comprends bien, a fait Hattie.

— Je vois qu'on laisse plus facilement de côté ses grandes valeurs morales si on peut se faire la patronne quand on en a envie.

— Jehu ! Dieu du ciel, qu'est-ce qui t'arrive ? ai-je dit.

— Je vais te dire ce qui m'arrive. Bientôt tu seras morte, et tu ne subiras aucune retombée si on va là-bas et qu'on trucide tout le monde. Moi, Hattie, les sœurs, tous les autres en fait, on sera obligés de fuir le restant de nos jours. Tu peux toujours faire tes grands discours, que tu veux nous donner la possibilité à tous de prendre un nouveau départ, etc., moi j'ai de plus en plus l'impression que tu veux t'offrir un dernier raout avant de retourner à la poussière. Et étancher ta soif de sang au passage. »

J'espérais à demi qu'Hattie ou Luke allaient prendre ma défense, mais personne n'a rien dit. Newt est venu se placer devant moi.

« Retire ce que tu as dit, Jehu. Mlle Margaret fera jamais rien qui vous mettra en danger. Vous êtes une famille, la famille, ça va au-delà des liens du sang, pas vrai, mademoiselle Margaret ? »

Le seul qui me regardait, c'était Jehu, avec un air de défiance que je ne lui avais jamais vu. Son constat si prosaïque de ma mort prochaine m'avait blessée plus cruellement que je ne l'aurais pensé. Ces dernières semaines, j'avais fait de cette mort imminente une espèce de fierté, je mettais un point d'honneur à en plaisanter, pour échapper à sa réalité. Là, au sommet de Cold Spring Mountain, je contemplais un coucher de soleil merveilleux que je ne pourrais bientôt plus voir, je sentais sur mon visage la brise fraîche qui annonçait un hiver que je ne connaîtrais pas, je regardais des amis que je ne verrais pas vieillir. Il me semblait qu'un peu d'égoïsme était légitime.

Mais Jehu n'avait pas entièrement tort, et je ne voulais pas prendre congé de lui sur une dispute. Nous avons traversé trop de choses ensemble, avons été trop importants l'un pour l'autre pour que je refuse de l'entendre. Je ne sais pas ce qu'il a subi en prison, je pense que c'est la source de sa colère, et je ne peux pas l'en blâmer. Quelle amie serais-je si j'étais incapable de respecter mes amis, leurs opinions et leurs sentiments ? Je me suis dit que tout ça risquait de finir dans un bain de sang, mais je devais au moins tenter autre chose.

« Si, c'est vrai, Newt. C'est pour ça qu'on va réfléchir calmement.

— Vous voyez ? Qu'est-ce que je vous disais ? »

Jehu a opiné mais Hattie semblait perplexe.

« La première chose, c'est de partir en reconnaissance demain matin, pour voir combien ils sont. Après, on décidera d'un plan, tous ensemble. Ça vous va ?

— Ça me va », a dit Jehu.

En réalité, je n'avais pas l'intention d'attendre. C'était moi que voulait Dorcas, et je me disais qu'une fois qu'elle en aurait fini avec moi, elle laisserait les autres en paix.

C'était un plan très optimiste et très médiocre, et Hattie me l'a bien fait comprendre en m'interceptant, au moment où j'essayais de filer en douce, aux environs de minuit. Plus précisément, elle m'a dit que c'était le plan le plus incroyablement stupide qu'elle avait jamais vu.

« Tu n'en ressortiras pas vivante.

— Dorcas n'est pas une tueuse, et Jed non plus.

— Jed a travaillé pour les rangers à la frontière, c'est un assassin.

— Il ne me tuera pas, moi.

— C'est quoi, ton projet ? Entrer avec un drapeau blanc, discuter un peu, convaincre Dorcas et repartir avec ta troupe ?

— Dit comme ça, bien sûr, ça paraît idiot.

— C'est idiot.

— Eh bien, donne-moi une meilleure idée. »

Il n'y en avait pas, et elle le savait. J'espérais qu'elle

proposerait de venir avec moi, d'assurer mes arrières, mais elle n'a rien dit et j'ai compris que quelque chose avait changé pour elle et pour Jehu et que sa fidélité lui revenait désormais en priorité à lui. Ça faisait mal, mais c'était dans l'ordre des choses. Luke est passé devant nous pour aller seller son cheval, et ça aussi, c'était dans l'ordre des choses.

« Et si Dorcas ne veut pas discuter ?

— Alors je serai morte pour de vrai, je suppose. Veille à ce que le gamin ne suive pas, OK ?

— OK. »

Elle m'a embrassée, et c'était comme un adieu. Si je revenais à Cold Spring Mountain quand tout serait dit et accompli, elle, Jehu et Newt auraient disparu.

36

Notes de travail de Claire Hamilton

Événements des 4-5 septembre 1877
Transcrits le 12 septembre
Heresy Ranch, Timberline, Colorado

Nous ne savions pas ce que Garet, Jehu et Hattie feraient pour nous libérer, mais nous n'avions aucun doute qu'ils feraient quelque chose. Cette nuit-là, Stella s'est révélée, quittant le rôle de l'acolyte maussade et irascible pour prendre la direction des opérations, répartissant les tâches, concoctant des plans pour différents cas de figure. Joan écoutait sa sœur avec une fascination mêlée d'une surprise diffuse. On dit que dans un couple, mariage, famille, amitié, il y en a forcément un qui aime plus, et j'avais toujours eu la conviction que Stella aimait beaucoup plus sa sœur que celle-ci ne l'aimait. Je me trompais, et ce fut un court moment de grâce de voir leur lien s'épanouir en une relation d'égale à égale.

J'étais heureuse de voir Stella prendre les commandes et j'essayais de ne pas trop montrer combien j'avais mal, combien ma vision était trouble et mon estomac sur le point de se révulser, et l'effort que me demandait le simple fait de retenir ma bile. J'en ai conçu encore plus d'admiration pour Garet, qui nous donnait si bien le change, même si je ne saurais comparer des meurtrissures temporaires avec sa maladie en phase terminale. Je n'avais pas d'énergie pour m'activer, et encore moins pour faire appel à mon cerveau et réfléchir à des stratagèmes.

Mingzhu restait près de moi et se faisait l'avocat du diable à chaque proposition de Stella. Quelques semaines plus tôt, celle-ci aurait haussé le ton pour lui ordonner de la fermer, mais ce soir-là elle a écouté chaque remarque avec attention et ajusté ses plans quand cela paraissait nécessaire.

Malheureusement, tous arrivaient à la même conclusion : nous ne pourrions sortir d'ici sans une aide extérieure. Le mieux que nous puissions faire était de réduire à l'impuissance le garde sous notre fenêtre quand Garet et Hattie bougeraient. On ne savait pas comment ni quand, mais à aucun moment nous n'avons douté qu'elles viendraient.

Bien après minuit, nous avons entendu du bruit dehors. Un affairement, mais pas de panique ou d'alerte. Nous avions baissé la lumière un peu plus tôt pour que le garde ne puisse pas voir ce qu'on faisait, et Stella avait laissé la fenêtre entrebâillée pour surveiller ce qui se passait.

« Quelqu'un arrive avec un drapeau blanc. »

Le garde a juré à mi-voix de devoir rester à l'arrière de la maison et de ne pas profiter des événements. Mingzhu et moi étions sur le lit, on feignait de dormir, Stella faisait de même assise par terre, dos contre le mur, ainsi que Joan, sur une chaise dans un angle de la pièce. Nous avons entendu un bruit de course, puis plus rien. Stella a soulevé la vitre et s'est penchée pour regarder les environs. « Il est parti », a-t-elle chuchoté. Nous nous sommes toutes levées mais elle nous a arrêtées d'un geste.

« J'y vais.

— On doit y aller toutes, a répliqué Joan.

— Non, on ne passera jamais les gardes à quatre, Grace ne peut pas courir, et on ne peut pas traverser en marchant. Ça va tirer de tous les côtés et on ne gagnera pas. Je sors voir ce qui se passe et essayer de comprendre ce que trafique Garet. »

Elle a pris un revolver dans l'armoire.

« On ne devrait pas se séparer, a dit Joan.

— Je suis d'accord, a dit Mingzhu.

— Je reviens dans cinq minutes, maximum dix. »

Elle est partie avant qu'on puisse ajouter un mot. Joan a pris un fusil et a fait mine de la suivre, mais je me suis levée pour l'arrêter.

« Elle a raison, Joan. On ne peut pas partir comme ça. Qu'est-ce qui se passera si quelqu'un entre, voit que nous ne sommes plus là ? Ils donneront l'alarme immédiatement et ça peut faire échouer tous les plans de Garet.

— Vous n'avez qu'à rester comme des lâches, moi je vais aider ma sœur. »

À ce moment précis, nous avons entendu que quelqu'un ouvrait la porte. Joan s'est figée tandis que je prenais son fusil, le rangeais dans l'armoire et refermais, juste avant que la porte s'ouvre. Opal a fouillé la pièce des yeux avant de s'arrêter sur Mingzhu. Mon espoir qu'elle soit venue nous libérer s'est évanoui quand j'ai vu son expression et le holster sur ses hanches.

« Tu t'es rangée du mauvais côté de la loi ?

— C'est plutôt toi.

— Pas vraiment, non. J'aide juste des amis. Contrairement à toi. Ils t'ont promis quoi ?

— Rien. » Son regard est tombé sur moi. « Valentine t'a sacrément arrangée.

— Qu'est-ce que tu veux, Opal ? a demandé Mingzhu. Tu es venue nous narguer ? Nous tuer ? Tu espères encore me faire sentir coupable ? Ou est-ce que tu viens pour nous aider ?

— Garet est là. Dès que cette Connolly l'aura mise en prison, elle vous laissera partir.

— Bien sûr que non, a dit Joan.

— Oh, tu as petit-déjeuné avec le shérif, chérie ?

— Comment ça ? »

Mingzhu est intervenue.

« Elle veut dire que tu as eu une conversation en tête à tête. C'est une expression à nous. Une des choses qu'on a partagées toutes les deux, toutes ces années. Tout ça ne compte plus pour toi, Opal ? Tout ce qu'on a traversé ?

— C'est plutôt pour toi que ça ne compte plus. Ça fait des années que tu attends le moment de me laisser en plan. Tu as trouvé ta chance, avec celle-là. »

Opal m'a adressé un regard mauvais et je me suis demandé jusqu'où avait été leur relation et quelle était la raison réelle de sa traîtrise.

« Et tu as l'occasion de te sortir de cette vie toi aussi. Si tu n'avais pas été si pressée de te venger de moi, on aurait pu en parler. »

Je savais qu'elle mentait. Nous en avions discuté toutes les deux, et elle m'avait clairement dit que la fille à l'accordéon n'entrait pas dans ses projets d'avenir. Mingzhu se rapprochait imperceptiblement d'Opal, en continuant à bavarder, d'une voix caressante. Distraite, celle-ci n'avait pas remarqué que Stella n'était plus dans la pièce.

« Tu as toujours fait partie de mes projets. On n'est pas des sœurs ? »

À présent, elle lui touchait la joue, et l'expression d'attente et de désir d'Opal me retournait l'estomac.

« C'est vrai ?

— Qui pourrait jouer de l'accordéon pour moi ? »

Opal l'a prise dans ses bras et j'ai vu le regard de Mingzhu par-dessus son épaule, dirigé sur le holster. Je me suis levée avec effort et j'ai attrapé le revolver. Mingzhu a retenu Opal qui tentait de se dégager de son étreinte tandis que Joan m'arrachait l'arme des mains pour frapper Opal sur l'arrière du crâne. Mingzhu s'est écartée et Opal l'a dévisagée d'un air abasourdi.

« Ruby ?

— Tu n'aurais pas dû me trahir, Opal. »

Joan l'a frappée une deuxième fois et Opal s'est écroulée. « Prenez les armes », a dit Joan.

Nous avons enjambé la fenêtre derrière elle et nous sommes tapies contre le mur, dans le noir.

« Il nous faut des chevaux, a dit Joan. Vous deux, vous pouvez aller en seller quatre ?

— OK, a répondu Mingzhu.

— Ne tirez pas tant que ce n'est pas indispensable. Vous les assommez d'un coup de crosse. Prenez des couteaux dans la sellerie. Je vais chercher Stella. »

Nous sommes parties chacune de notre côté, en marchant à croupetons dans l'obscurité. La douleur cisaillait chaque centimètre carré de mon buste et je serrais les dents pour retenir mes gémissements. Deacon était là, qui fumait dans l'ouverture béante de la grange, et Mingzhu l'a regardé avec une expression de haine pure. Je lui ai fait signe de me suivre vers l'arrière, me souvenant de ma tentative d'espionnage malheureuse. J'ai ramassé un caillou et l'ai lancé très loin à droite de l'endroit où nous nous trouvions. J'ai touché un cheval qui était dans le corral et nous avons laissé échapper un cri de douleur tous les deux en même temps. Mingzhu m'a soutenue pour traverser la cour à toutes jambes tandis que les gardes étaient tournés vers le cheval affolé. Arrivées derrière la grange, nous nous sommes adossées au mur pour récupérer. La sueur coulait sur mes tempes et je respirais par à-coups. Mingzhu m'a serré la main.

« Attends-moi ici.

— Non, on y va ensemble.

— Tu n'es pas en état de maîtriser un homme, je m'en charge. »

Elle m'a serrée dans ses bras. « Attends ici, c'est un ordre. » Elle a passé la tête par la porte arrière, a pris une grande inspiration et a couru à l'intérieur. J'ai réalisé trop tard qu'elle avait oublié son fusil.

Quand j'ai jeté un œil par la porte, la grange était vide. Pas trace de Mingzhu nulle part. Je me suis glissée à l'intérieur en chuchotant son nom, mais hormis un renâclement paisible ici et là, le silence était total. Puis j'ai entendu un cri au loin, le tintement d'un harnais et des pas étouffés sur le sol de terre battue. Avant que j'aie eu le temps de faire volte-face, le canon froid d'un revolver était pressé à la base de mon crâne, juste sous mon oreille droite.

« Tu as réussi à t'échapper ? Valentine n'a pas bien fait son travail, à ce que je vois.

— Je suis plus costaude que je n'en ai l'air.

— Mais pas assez pour arrêter une balle dans ta tête. Pose tes armes. »

Je ne pouvais rien faire d'autre qu'obéir. Je me suis penchée pour poser les deux fusils par terre et j'allais me relever quand Deacon m'a donné un coup de pied dans le dos. Je suis tombée en avant, bouche ouverte dans la poussière, et un goût de fumier m'a envahi la bouche. J'ai voulu m'écarter en rampant, mais il m'a frappée dans les côtes, au même endroit que Valentine. J'ai hurlé et me suis recroquevillée.

Deacon s'est mis à vociférer un chapelet d'imprécations

me vouant aux flammes de l'enfer, un galimatias que lui seul et son Créateur pouvaient comprendre.

Je n'oublierai jamais son regard fou. Il ne me voyait plus, n'était plus ici, dans le présent, mais perdu dans un souvenir venu de très loin, ou une vision hallucinée d'un futur inconnu. Une vision brisée net par la hache qui s'est abattue sur sa nuque. Le sang a jailli par saccades régulières, en arc de cercle, jusqu'aux portillons des stalles. Les chevaux se sont agités en percevant l'odeur du sang, piétinant nerveusement en hennissant, et deux d'entre eux se sont mis à donner des ruades contre les parois de leur box. Deacon « Dead-Eye » Dobbs a porté ses mains à sa blessure, ce qui n'a fait que détourner le jet de sang sur sa poitrine, large coulée vermillon sur le plastron de sa chemise blanche. Son corps a vacillé, et j'ai vu apparaître Mingzhu, hache brandie devant elle. Il n'était déjà plus qu'un cadavre, mais elle a relevé la hache, comme un joueur de base-ball, et l'a projetée tout droit dans son ventre. Il s'est plié en deux et est tombé face contre terre, inerte.

Elle s'est précipitée pour m'aider à me relever. Mes jambes tremblaient et j'étais pleine de reconnaissance de me savoir là, dans ses bras, qui me maintenaient debout et apaisaient les battements de mon cœur.

« Il t'a fait mal ?

— Pas pire que Valentine. Il faut qu'on se dépêche.

— Attends. Claire, on peut seller deux chevaux et s'enfuir.

— On a déjà parlé de ça.

— Tout ce qui m'importe, c'est qu'on sorte de là vivantes toi et moi. Je ne veux pas renoncer à ma vie à San Francisco avec toi.

— Tu sais quelle route prendre pour quitter cette vallée ? De nuit ? Moi, non. »

Son silence était une réponse suffisante.

« Je comprends que tu ne veuilles pas rester, tu n'as rien à voir avec tout ça. Moi, je dois aller jusqu'au bout.

— Tu n'as rien à voir là-dedans non plus.

— C'est vrai. Mais… ils sont devenus ma famille. Je ne peux pas les abandonner.

— Je veux être ta famille, moi.

— Tu me connais à peine.

— C'est faux, et tu le sais. »

J'ai rougi au souvenir de nos nuits en tête à tête.

« Je ne savais pas si…

— Si j'étais sincère ? Oui, je l'étais. Je le suis. Je te l'ai dit hier.

— Je sais. C'est difficile pour moi de croire, de faire confiance…

— Je ne suis pas parfaite. J'ai dit à des centaines d'hommes ce qu'ils voulaient entendre, ce pour quoi ils me payaient. Mais je n'ai jamais menti à une amie, ou une amante. »

Elle a pris mon visage entre ses mains. Au moment où nos lèvres se touchaient, des coups de feu ont tonné.

37

Journal de Margaret Parker

Journée du 5 septembre 1877, écrit le 2 octobre
Heresy Ranch, Timberline, Colorado

J'ai chevauché jusqu'au ranch, seule, un mouchoir blanc noué à l'extrémité d'un bâton. La lueur des lampes derrière les fenêtres m'a ramenée aux veillées des jours anciens, confortablement installés devant le feu, moi à mettre à jour les comptes, Hattie à coudre, Jehu et Stella à réparer un harnais ou ravauder une couverture de selle, Joan à jouer par terre avec son chien. La vie était bonne, simple, une vie paisible que nous avions méritée. J'ai remonté l'allée avec une seule idée en tête : tout faire pour que les miens jouissent à nouveau de cette paix.

Un chien a aboyé, tout proche, et un homme a surgi du couvert d'un arbre. Son chapeau était enfoncé sur ses yeux et je ne voyais que le bout de son cigare rougeoyer au coin de sa bouche. Il est sorti de l'ombre, fusil à l'épaule.

« C'est toi, Garet ? a-t-il demandé dans un chuchotement rauque.

— Oui, Vaut-Mieux-Pas, c'est moi. »

Il a regardé autour de lui avant de s'approcher.

« Qu'est-ce que tu fais là, bon sang ? Fiche le camp. Ils vont te tuer.

— Dorcas est là ?

— Dedans, avec Spooner et aussi Valentine. Il a sauté sur l'occasion de te mettre la main dessus, il raconte que tu lui as volé son fils, il a même dit un truc au sujet de sa femme que tu aurais tuée, mais il est complètement imbibé, il dit n'importe quoi. Il a bien arrangé l'autre fille, là, Grace. Un échauffement avant les choses sérieuses, il a dit.

— Il s'en est pris à Grace ?

— Il l'a tabassée comme il faut. Mais elle va s'en remettre.

— Qu'est-ce que tu fais là, avec eux ?

— Je suis pas avec eux. J'attends Opal, elle est venue voir sa sœur.

— Ruby ? Elle est ici ?

— J'ai essayé de convaincre Opal de me laisser faire et de foutre le camp d'ici avant qu'il se passe quelque chose que tout le monde pourrait regretter. Mais elle a pas pu s'en empêcher, fallait absolument qu'elle voie Ruby à terre.

— Je sais que tu as des sentiments pour elle depuis longtemps, Vaut-Mieux-Pas, mais Opal ne t'apportera jamais rien d'autre que des ennuis.

— Je commence à me dire que t'as raison.

— Aide-moi. »

Il a regardé la maison un long moment avant de se retourner vers moi.

« J'ai bien aimé travailler dans ces ranchs au Texas. Me disais que tu pourrais peut-être avoir envie d'agrandir ton territoire ?

— Pourquoi pas, mais pour le moment je dois sortir la famille d'ici. Dis-moi qui j'ai en face.

— Deacon, Spooner, Valentine et quatre ou cinq Pinkerton amenés par cette Connolly.

— Huit environ ?

— Plus moi et Opal.

— Jack et Domino ? Scab ?

— Ils sont en ville. Scab dit que ça le gêne pas de tuer des Mexicains, mais qu'il veut pas tuer des femmes blanches. Jack et Domino, ils ont jamais eu à se plaindre de toi, jamais, comme moi. Ça nous plaisait de travailler pour toi ici. Tu es une patronne honnête, et sacrément plus jolie à regarder que ces *jefe*[1] pour qui on a bossé au Texas.

— Est-ce qu'ils m'aideront ? »

Il a fait la moue. « Ils feront rien contre toi, mais rien contre Spooner non plus. » Il a craché par terre. « Jed est devenu un tueur. C'est pour ça qu'on veut partir, nous trois. »

Je n'avais pas voulu admettre qu'il ait pu changer à ce point, mais si Vaut-Mieux-Pas le disait, c'est que c'était vrai.

« C'est quoi, ton plan ?

— Me présenter avec ce drapeau et aller parler à Dorcas. »

Il mâchouillait sa chique, attendant la suite. Voyant que rien ne venait, il a secoué la tête.

« C'est un plan sacrément idiot.

— Pas si je t'ai derrière moi pour me couvrir. »

Il a fixé un point dans l'obscurité, puis a craché derechef.

« Après tout, pourquoi pas ? T'es moins dingue que Spooner. »

J'ai attendu un moment dans l'allée pendant qu'il entrait leur dire que j'étais là. En deux temps trois mouvements, les Pinkerton sont apparus, manteaux noirs, chapeaux, doubles holsters, cartouchières pleines, et fusils tenus à deux mains

1. Patrons, en espagnol.

en travers de leur poitrine, prêts à entrer en action. Le pauvre fusil de Luke, qui me couvrait quelque part dans l'ombre, était bien dérisoire face à cette artillerie.

Opal, Valentine et Spooner sont sortis de ma maison. Dorcas fermait la marche. Je mentirais si je niais que je l'ai admirée, à ce moment. Il était clair que c'était elle qui menait la danse, et cela m'a donné un nouvel argument pour la convaincre. Comme un seul homme, les Pinkerton ont chargé leurs armes.

« Elle a un drapeau, putain, a dit Vaut-Mieux-Pas.

— Eh bien ! Toute cette musculature pour une seule femme sans arme. Le compliment m'honore plus que vous ne sauriez croire.

— Fouillez-la », a ordonné Dorcas.

J'ai ôté mon pardessus et l'ai laissé tomber à terre, puis j'ai mis les mains en l'air.

« Pas d'arme. Ça vous va ? Où est ma famille ?

— Quelle famille ? Y a pas de famille, ici. Juste deux filles de ferme abruties, une chinetoque et une renégate. Tu te rends et je les laisse partir.

— OK.

— Quoi ?

— C'est pour ça que je suis là, pour me rendre. Mais je veux avoir la garantie que tu les laisses partir.

— Tu ne me crois pas ?

— Absolument pas, non. Ni Spooner, et encore moins ce fils de pute de Valentine. »

Le forgeron s'est avancé, prêt à me flanquer au bas de mon cheval. Dorcas l'a arrêté d'un geste.

« Opal, va chercher les femmes. »

Opal a paru agacée qu'elle lui donne un ordre, mais Spooner lui a dit de faire ce qu'on lui disait. Elle s'est exécutée.

« Avant de faire l'échange, je voudrais te parler une minute. En tête à tête. »

Spooner a descendu une marche et je me suis mise à rire.

« Pas toi, minable vendu. Dorcas.

— Tuez-la, qu'on en finisse, a sifflé Spooner.

— Désarmée ne signifie pas sans protection. Il y a un fusil pointé sur toi, Dorcas. Si on me tue tu seras la première à y passer. J'espère que tu as promis suffisamment d'argent à Spooner et à Valentine pour qu'ils veuillent te garder en vie ? »

Elle a levé une main, a dit quelque chose à Spooner à voix basse et s'est avancée vers moi. J'ai mis pied à terre et j'ai attendu, à côté de mon cheval. Quand elle a été assez près pour me voir mieux, son expression a changé.

« Aïe ! J'ai si mauvaise mine que ça ? Tu n'es pas obligée de répondre. Ça t'embête si je sors de quoi fumer ? Ça aide, pour la douleur. »

Elle a hoché la tête et a attendu pendant que j'allumais une cigarette. Je la lui ai tendue après avoir inhalé une longue bouffée.

« Non, merci.

— Ça calme. Excuse-moi d'être directe, mais tu as l'air complètement sur les nerfs.

— Tu vas essayer de me convaincre de te laisser partir ?

— Tu le ferais ?

— Non.

— Même pas une femme ? Une mourante ? C'est assez surprenant, j'imaginais que tu étais capable de plus de compassion.

— Tu as fait un trou de la taille d'une assiette dans la poitrine de mon neveu.

— J'ai lu dans les journaux que c'est toi qui l'as trouvé.

— En effet.

— Désolée pour ça. Je suis sincère. C'est dur, de voir un corps violenté comme ça. Je suppose que des remerciements seraient trop demander ?

— Des remerciements ? Pour avoir assassiné le dernier membre de ma famille ?

— Ma foi, oui ? »

J'ai tiré longuement sur ma cigarette.

« Le pouvoir te va bien, Dorcas. Inutile de faire semblant, tu exultes, et tu as raison. On ne sait pas combien de temps tu pourras garder les rênes, n'est-ce pas ? Tu les as tenues un court moment après la mort du colonel, je crois ? Jusqu'à ce que Callum débarque en réclamant son héritage ? »

Ses narines ont palpité, et le bout de son nez a blanchi.

« J'ai vu de quelle façon ton frère te traitait et j'imagine que ton neveu ne te traitait pas différemment. Je me trompe ? Tu n'es pas obligée de répondre. J'ai constaté lors des conversations que j'ai eues avec lui qu'il te tenait en piètre estime, toi, tes avis et tes compétences. Mais à présent te revoilà aux commandes, et à moins que Callum ou ton frère aient fait des écarts dont personne n'a jamais rien su, tout est à toi. La dernière héritière de la lignée. Je me trompe ?

— Ça ne t'absout nullement du meurtre de mon neveu.

— Je ne demande pas l'absolution. Juste quelques jours de grâce.

— De grâce ?

— Laisse-moi partir avec les miens. Ils vont tous quitter la région, tu n'auras plus jamais à craindre qu'ils s'attaquent à la compagnie. Je suis plus près de l'enfer que je le leur ai avoué. Il me reste à peine deux semaines pour aller là où je veux être pour mourir. Je préfère mourir entourée par mes amis et la beauté de la Création du Seigneur que derrière des barreaux.

— Désolée, mais c'est non. Tu nous as nui pendant des années, tu as tué mon neveu, je ne te laisserai pas mourir comme tu l'auras choisi. Certainement pas. Je ne t'obligerai pas à mourir dans une cellule, mais tu mourras prisonnière. Je te connais, Margaret, je… »

Je n'ai jamais su ce qu'elle allait dire, car c'est là que l'enfer s'est déchaîné. Spooner était à terre, hurlant en agrippant sa jambe. Le Pinkerton à ma gauche a vidé son fusil dans le noir et les autres ont pointé leurs armes sur moi.

Mon cheval a henni et du sang chaud a giclé sur ma manche. Il a reculé et m'a presque renversée en cherchant à s'enfuir. Une balle a sifflé au-dessus de ma tête. J'ai poussé Dorcas sur le côté en lui disant de courir, tout en sortant le petit pistolet que j'avais dissimulé sous ma veste. J'ai tiré au petit bonheur la chance le temps de nous replier derrière le tronc du grand peuplier, et là j'ai poussé Dorcas pour qu'elle s'aplatisse à terre derrière moi. Un autre sifflement et l'écorce a éclaté tout près de mon oreille. J'ai senti une brûlure sur ma joue, comme la piqûre d'une guêpe. Je l'ai frottée et j'ai vu du sang sur ma main.

« Sacré bon sang.

— Alors tu étais armée ? »

J'ai levé les yeux au ciel et j'ai rechargé mon pistolet.

« Bien entendu.

— Pourquoi ils tirent ?

— Si je savais. Je suppose que ce n'est pas toi qui leur as donné l'ordre de me cribler de balles alors que tu étais à un mètre de moi ?

— Non.

— Ne te relève pas. »

J'ai jeté un œil derrière le tronc. Un nuage de poudre et

de poussière avait envahi la cour, pas assez épais toutefois pour masquer les corps étendus entre nous et la maison. Le fusil de Vaut-Mieux-Pas était encore fumant, et il avait une expression d'étonnement et de honte. Spooner se tordait à terre et j'ai vu le manche d'un poignard planté dans sa cuisse.

« Ne bouge pas, Dorcas. »

J'ai couru dans l'ombre vers le théâtre des opérations. Je me doutais que je risquais de me faire tirer dessus, et de fait, j'ai parfaitement entendu le coup de feu au moment où le haut de mon bras droit explosait de douleur. Je suis tombée à genoux et me suis traînée derrière une pile de bois, tandis que les balles faisaient voler la terre autour de moi.

Je me suis adossée aux rondins que Stella et Jehu avaient sciés et entreposés là tout au long du printemps, nos stocks pour l'hiver. Dans la clarté douce de la lune, j'ai vu du sang se répandre sur ma manche. J'ai examiné la blessure, elle était douloureuse, mais superficielle.

J'ai entendu le pas lourd et lent au moment où je me rendais compte que j'avais perdu mon arme. Tout ce que j'avais sous la main, c'était une bûche. Que fichait Vaut-Mieux-Pas ? Et que fichait Luke, nom de Dieu ?

Valentine est apparu au-dessus de la pile de bois, à contrejour devant la lune. Je ne voyais pas son visage, mais je n'imaginais que trop bien son air de triomphe. Dans l'éclat de la lune a brillé la lame d'une hache posée sur son épaule, et les sarcasmes que je m'apprêtais à lancer sont restés bloqués dans ma gorge. Je m'étais souvent imaginée finir dans le feu d'artifice d'une fusillade, mais pas mise en pièces par une hache. Au moins, elle semblait bien aiguisée.

« Tu ne fais plus ta fière, duchesse, pas vrai ? »

Une odeur de whisky a volé jusqu'à moi. Sa voix était pâteuse. Grand, lent, soûl. Je me suis dit que je pourrais esquiver, et le désir de le provoquer était trop fort. S'il ne m'était pas donné de mourir environnée de beauté, qu'au moins ce soit en ayant mis Valentine hors de lui. Je me suis éventée de la main en fronçant le nez.

« Un peu tôt pour trinquer à ma mort, Valentine, nan ?

— J'aurai arrangé ça dans une minute.

— Vas-y, Valentine, tue-moi. Ça ne changera jamais rien au fait que depuis deux ans, c'est la générosité d'une femme qui t'a permis de mener ta pauvre vie de poltron alcoolique. »

Il a grogné et a levé la lourde hache au-dessus de sa tête.

« Écarte-toi d'elle, p'pa. »

Jehu, Hattie et Newt. Ils étaient là, avançant en ligne vers Ulysses Valentine tout en vérifiant le chargement de leurs fusils.

« Tout va bien, Garet ? a lancé Hattie.

— On ne pourrait aller mieux. »

Valentine a regardé son fils et s'est esclaffé.

« Je devrais pas être étonné de te voir embarqué avec ce paquet de bonnes femmes. Tu as toujours été une femmelette accrochée aux jupes de ta mère.

— La femmelette a un fusil pointé sur toi, et je sais viser, grâce à Garet. »

Je ne pouvais pas laisser Newt se rendre coupable du meurtre de son propre père et garder ça sur la conscience pour le restant de ses jours. Je m'étais juré de faire payer un jour Valentine pour tout le mal qu'il avait fait. J'ai sorti mon couteau de ma botte et j'ai plongé en avant pour lui planter la longue lame effilée dans la jambe. Il a bramé en laissant tomber sa hache, derrière lui fort heureusement. J'ai roulé sur le flanc au moment où un fusil partait. La moitié de la tête de Valentine a explosé, projetant des morceaux de chair et de sang en plein sur mon visage.

Je me suis écartée en rampant et j'ai vomi sous l'arbre, près de la table de pique-nique. Quand j'ai pu m'asseoir, Jehu et Luke me regardaient. Le canon de l'arme de Luke fumait et il respirait lourdement. Jehu m'a tendu la main pour me relever.

« Tu es venu.

— Tu ne m'as jamais laissé tomber. Je ne pouvais pas me défiler », a-t-il rétorqué.

Il a sorti son mouchoir et m'a essuyé les joues. Je dévorais des yeux ce petit visage chéri, la gorge nouée par l'émotion, la vue brouillée par les larmes. J'ai cligné des yeux pour le voir mieux, cet homme au cœur si tendre qui avait affronté avec moi tant de choses, sa force tranquille toujours là comme un étai, son amour indéfectible depuis plus d'un quart de ma vie. Presque le fils que je n'avais jamais eu. Pour la première fois, j'ai clairement pris conscience de la perte imminente qui allait me frapper, la perte de leur futur, voir Jehu et Hattie heureux et amoureux. Ils vieilliront sans moi, ils avanceront sans moi, ils fonderont une nouvelle famille. Sans moi. Ils aimeront d'autres gens, leurs souvenirs de moi pâliront, je ne serai plus qu'une page dans des vies que j'aurai partagées quelques années, qu'ils se remémoreront avec tendresse. J'espère.

Moi, où serai-je ? Je les regarderai depuis le ciel ou depuis l'enfer ? Ou aurai-je tout simplement cessé d'être ? Pourvu que la dernière hypothèse soit la bonne, je ne suis pas sûre que mon âme supporterait de voir ma famille continuer sans moi.

J'ai repoussé toutes ces pensées et j'ai attiré Jehu contre moi, passé mes bras autour de ses épaules et lui ai murmuré que je l'aimais. Ses bras se sont refermés sur moi et il m'a dit la même chose. Nous nous sommes séparés aussitôt et il a baissé le regard, rouge de confusion.

Je me suis tournée vers Luke pour le laisser reprendre contenance.

« Il était temps que tu arrives, ai-je grondé.

— Mon cheval a trébuché dans un trou et s'est cassé la jambe. Dis donc, ma belle, je viens de faire presque un kilomètre en quelques minutes. Tu as déjà essayé de courir avec des bottes et des éperons ?

— Je n'ai jamais eu à le faire. Preuve s'il en fallait que je suis bien meilleure cavalière que toi. »

Je tremblais encore et j'ai cru que Luke s'approchait pour me prendre dans ses bras, m'embrasser peut-être. J'ai été déçue qu'il se contente de toucher mon bras en constatant qu'on m'avait tiré dessus.

En entendant hurler mon nom, j'ai attrapé mon fusil et me suis précipitée.

Joan était à genoux, la tête de sa sœur posée sur ses cuisses. Les boyaux de Stella sortaient de son estomac.

Je me suis agenouillée près d'elles et j'ai pris la main de Stella. Hattie, Jehu et Newt nous entouraient. Un seul coup d'œil au ventre de Stella suffisait pour savoir que c'en était fini. D'une voix rauque, elle m'a demandé si elle avait touché Spooner.

« Oui, à la jambe, ai-je dit.

— Merde… je visais… sa… queue. »

Nous avons ri, d'un rire sans joie, vide de toute énergie. La vie de Stella était en train de la quitter. Joan la réconfortait : Hattie allait la soigner. Grace et Ruby sont arrivées en courant et se sont figées sur place en nous découvrant autour de la femme brisée. Voyant que personne ne bougeait, Joan, d'une voix de plus en plus affolée, s'est mise à réclamer des bandages, de l'eau chaude, mon laudanum.

Le corps de Stella a eu un sursaut et un filet de sang

a coulé à la commissure de ses lèvres. Joan a tenté de la relever, nous suppliant de l'aider à la porter à l'intérieur.

Hattie s'est avancée et lui a serré le bras, en lui disant que l'heure était venue de faire ses adieux. Les traits de Stella s'étaient détendus et ses yeux avaient pris une expression lointaine. Joan a hoqueté, pensant qu'elle était morte, mais le regard de Stella a paru s'éclaircir. Elle a regardé sa sœur.

« Joanie, sois... »

Elle n'a pas pu finir.

Joan s'est dressée et l'a saisie sous les bras pour la mettre debout.

« Tu me lâches pas, Stella. On a un bébé à s'occuper. Tu as promis que tu t'occuperais de nous ! Aidez-moi à l'emmener à l'intérieur, bordel ! »

Sa supplique éperdue glissait sur nous. Nous étions paralysés, sourds, incapables de rien faire d'autre que de fixer Stella, dont l'âme indomptable avait finalement été vaincue.

Joanie s'est immobilisée, le souffle coupé. Ses cheveux en pagaille encadraient son visage ravagé par les larmes et ses yeux bleus, pleins d'eau, étincelaient. Puis elle a hurlé en retombant à genoux et a pris le corps de sa sœur contre elle.

D'un pas incertain, je suis allée vers Spooner, qui avait arraché le couteau de sa cuisse et nouait un mouchoir autour de sa blessure. Luke le tenait en joue. À côté de lui, Newt fixait Joan et Stella.

Spooner semblait sincèrement choqué et saisi de remords, comme si, subitement, après toutes ces années, il se rendait enfin compte que ses actes avaient des conséquences pour les autres.

« Je n'ai rien voulu de tout ça, duchesse.

— Tue-le s'il prononce un mot de plus. »

Je suis entrée dans la maison et suis allée à la pompe. J'ai longuement rincé mon visage sous l'eau froide puis l'ai frotté avec un torchon humide. J'entendais Joan qui sanglotait dehors et j'avais envie de hurler : tais-toi, tais-toi. J'ai continué à m'étriller le visage jusqu'à avoir la peau à vif, puis je me suis effondrée sur l'évier et j'ai pleuré.

C'est là que m'a trouvée Opal. Confuse, se frottant l'arrière de la tête, elle a demandé ce qu'elle avait raté. Je lui ai annoncé la mort de Stella et elle n'a pas eu la courtoisie de prendre un air affligé. Elle a demandé après Ruby et je lui ai intimé en termes très crus de sortir de chez moi. Opal a voulu répliquer à sa manière frivole et sotte de séductrice et j'ai attrapé l'objet le plus proche pour le lui lancer à la figure. C'était une cafetière, pleine de café chaud. Elle a hurlé, au moment précis où partait un coup de feu.

Je suis allée à la porte. Spooner gisait sur la galerie, dans une mare de sang qui s'est insinué entre les planches et a commencé à goutter sur le sol poussiéreux.

38

Notes de travail de Claire Hamilton

Événements du mercredi 5 septembre 1877
Transcrits vendredi 7 septembre
Heresy Ranch, Timberline, Colorado

Personne ne saura jamais pourquoi Stella a opté pour le couteau au lieu du revolver, mais le choix lui a été fatal. Personne ne sait non plus avec certitude qui l'a tuée. Spooner est mort avant qu'on puisse lui poser la question.

Très doucement, Mingzhu et moi avons retiré Stella des bras de Joan. J'ai étendu mon manteau sur elle. Mingzhu était accroupie tout près de Joan, lui tenait la main en lui massant calmement le dos.

J'ai regardé autour de nous. Quatre Pinkerton étaient à terre, morts, Stella, et Spooner, que Luke tenait en joue. Newt. Des jambes sortaient de derrière la pile de bois mais je n'ai pas eu le courage d'aller voir qui c'était. Je n'étais pas remise de la vision du meurtre de Deacon dans la grange.

Dorcas restait sous un arbre, immobile, comme en transe. Je suis allée vers elle.

« Ça valait tout ça ?

— Quoi ?

— Votre vengeance sur Garet. Ça valait tout ça ? »

J'ai fait un geste pour montrer la cour.

« Vous n'allez pas me rendre responsable ?

— Qui d'autre ?

— Je regrette que votre amie soit morte, sincèrement. Mais personne n'a tiré un coup de feu avant qu'elle arrive.

— Joan, stop ! » a crié Mingzhu.

On s'est retournées et on a vu Joan marcher sur Spooner, son revolver pointé sur lui. Il a tenté de se lever mais elle lui a tiré une balle en pleine tête. Il est retombé comme un sac aux pieds de Luke Rhodes.

« Dieu du ciel, ces femmes sont des forcenées », a dit Dorcas.

Je me suis mise devant elle en lui bloquant la vue sur le carnage de la cour.

« Et avant ça, quand on était dans la maison ? Ça te plaisait bien de regarder Valentine me taper dessus, non ? »

Ses narines se sont gonflées.

« Non, absolument pas.

— Tu n'as rien fait pour l'arrêter.

— Parfois, il faut prendre des mesures…

— Tu avais déjà vu quelqu'un se faire tabasser avant ça ? Et toi, tu t'es déjà fait frapper ?

— Non, évidemment. »

J'ai ôté mes gants et les ai jetés à terre. J'ai levé mes mains pour lui montrer mes cicatrices.

« Moi, oui. Ce n'est pas quelque chose que je pourrais revivre. Et je ne pourrai jamais me réjouir d'infliger de la douleur à des gens sans défense. » Elle fixait mes mains sans pouvoir en détacher les yeux. « C'est toi qui as tout manigancé, Dorcas. Depuis le début. Tu le sais, et je tiens à te dire combien je t'ai admirée pour ça. Une intelligence rare. J'espère que ce sera plus un atout qu'un obstacle pour toi.

— Qu'est-ce quc tu veux dire ?

— La compagnie t'appartient ?

— Pour autant que je sache. À moins que Callum ait fait de quelqu'un d'autre son héritier. Je suis le dernier membre de la famille.

— C'est excitant, n'est-ce pas ? Le pouvoir de donner des ordres. Ça se voit à ta mine, tu es comme un poisson dans l'eau. Je ne doute pas une seconde que tu seras une brillante femme d'affaires. Tu es intelligente et sans pitié. J'attends avec impatience l'annonce de ton mariage.

— Quoi ? C'est grotesque.

— Avec un empire comme le tien ? Toutes ces sociétés que tu détiens ? Je te parie que tu auras des demandes en mariage dans les six mois, peut-être même moins.

— Je ne me marierai pas.

— Amusant. Réfléchis aux raisons pour lesquelles tu voudrais ne pas te marier. Ensuite, réfléchis à ce que ton frère a fait à Garet. Tout ce qu'il lui a arraché. Pense à tout ça dans ton bureau de directrice de Connolly Inc. Souviens-toi que ton succès s'est bâti en faisant crever des gens comme Margaret Parker. »

Le soleil se levait derrière Heresy Ranch tandis que je retournais auprès de ma famille, mes gants abandonnés aux pieds de Dorcas.

SIXIÈME PARTIE

BAISSER DE RIDEAU

39

Dernières pages du journal de Margaret Parker

Mardi 2 octobre 1877
The Owlhoot Trail, Utah

Le référendum pour le vote des femmes a lieu aujourd'hui. J'espère que la loi va passer, mais je sais que non. Les hommes ne sont pas prêts pour ça, et nous vivons dans un monde d'hommes.

Luke et Dorcas ont édulcoré le rapport sur le massacre, qu'ils ont été contraints de faire pour Pinkerton sur la mort de ses agents. Nous les avons enterrés dans une fosse commune du cimetière municipal. Par respect pour Newt, nous avons donné une sépulture à Valentine, à droite de celle de Lou, et nous avons fait pareil pour Spooner, même si personne n'en avait cure. Joan n'est pas venue à la cérémonie. Ni Vaut-Mieux-Pas, ni Domino ni Jack n'ont voulu prendre la parole et c'est à Ruby qu'est revenue la tâche de prononcer quelques mots sur sa tombe.

« Son haleine était plus fraîche que celle des autres. Une odeur de menthe. »

J'ai eu un bref accès de tristesse pour cet homme, qui,

fut un temps, avait été quelqu'un de bien, pour autant qu'un hors-la-loi puisse l'être, de voir son éloge funèbre réduit à un compliment sur son hygiène. Mais je n'ai pas parlé non plus. Je ne pouvais pas. J'avais déjà bien trop à faire avec mes propres péchés.

Depuis cette nuit, je ne cesse de chercher à comprendre à quel moment les choses ont mal tourné. Quelle décision ai-je prise pour que nous en soyons arrivés là, avec des cadavres partout dans la cour de notre ranch et un bébé déjà orphelin avant d'être né ? Je n'ai aucun doute, et ma conviction n'a fait que se renforcer aujourd'hui, que je suis la cause de toutes ces morts et ces souffrances. Dans mes efforts pour assurer l'avenir des miens, je suis devenue l'instrument de leur destruction.

Cette pensée ne me tourmentera plus longtemps. Je sens la fin proche, et c'est un soulagement.

Newt s'est installé au ranch et s'est institué le protecteur de Joan. Elle passe le plus clair de ses journées assise sur la galerie, le regard dans le vide. Parfois elle disparaît, alors Newt prend deux chevaux et part pour le cimetière, puis ils descendent à la rivière. Newt pêche et Joan reste allongée dans l'herbe, à contempler les nuages à travers ses larmes. Je le sais parce que Newt est venu me voir pour me demander quoi faire, comment il pouvait l'aider. Je l'ai questionné sur la mort de sa mère, en souffrait-il toujours ? Il avait réfléchi et dit que oui, plus ces derniers jours que quand son père était en vie.

« J'avais trop peur de lui pour avoir le temps de penser à elle. Mais de voir Joan, ça me la rappelle, je crois.

— Le deuil est une chose qu'on ne peut pas faire pour quelqu'un d'autre. Chacun doit traverser le sien, seul. Certaines personnes ont besoin de parler de leur chagrin, et il me semble que quand le choc sera passé, ce sera le cas de Joan. Souviens-toi juste, n'essaie pas de la guérir, contente-toi d'écouter.

— Écouter. Ce n'est pas un conseil très viril. »

J'avais ri, si fort et si longtemps que mes cicatrices avaient recommencé à lancer. Devant l'air inquiet de Newt, je lui avais assuré que tout allait bien.

« Je ne serai plus là pour t'aider, Newt, mais je vais te donner un conseil, tu es prêt ?

— Oui, m'dame.

— Quand tu te trouves confronté à un choix difficile, réfléchis à ce qu'aurait fait ton père. Puis fais l'inverse. Sauf pour la forge. Ton père était un fameux maréchal-ferrant, quand il était sobre. Mais pour les femmes, à mon avis, le shérif Rhodes et Jehu sont les exemples à suivre. »

Ma défaite me pesait. Je lisais la déception dans le regard de tous, de l'embarras et des reproches, parce qu'ils m'avaient fait confiance, ils m'avaient suivie, avaient cru en moi, en les promesses que je leur avais faites de les protéger et de garantir leur avenir. Je ne supportais plus leur sollicitude face à ma maladie, leur désir de prendre soin de moi. C'était mon rôle à moi, de prendre soin de la famille, c'était ma responsabilité. Ma raison de rester en vie.

La vérité, c'est que j'avais envie d'être seule. Je voulais mourir seule, je ne voulais pas que l'on me voie comme ça, comme une charge à assumer. J'avais espéré m'éclipser en championne, victorieuse, et chevaucher vers le sud dans l'allégresse, faire de ce rendez-vous vers la mort une aventure. Mais la nuit où j'ai décidé de partir il n'y avait rien de tout ça, seulement le sentiment aigu d'avoir failli et le besoin irrésistible de prendre la fuite. De les libérer de ce fardeau que j'étais devenue.

Mon cheval était sellé et j'avais chargé un poney d'assez de provisions pour parcourir les trois cents kilomètres vers le sud jusqu'à un lieu-dit sauvage appelé Owlhoot. Je me suis mise en selle, j'ai ajusté mon canon scié dans son holster (je ne peux plus me passer de cette arme) et j'ai claqué la langue pour mon cheval. Il était bien plus de minuit et tout le monde devait dormir.

Mais non.

Ils étaient tous là, rassemblés sur le chemin, bloquant le passage. Les sept personnes les plus belles que j'aie jamais connues.

« Tu pensais vraiment qu'on allait te laisser partir sans nous ? a demandé Hattie.

— Partir où ? »

Hattie s'est tournée vers la bande pour les prendre à témoin, l'air de dire : « Vous croyez à ce que j'entends ? » Hattie est une meneuse-née, il est dans l'ordre des choses qu'elle prenne ma place dans la famille. C'est en chef de famille qu'elle a marché vers moi. Elle a saisi les rênes de mon cheval, comme si je pouvais me mettre en tête de partir au galop (avec des chevaux chargés comme des bourriques !), et a planté dans les miens ses magnifiques yeux de cuivre. Une boule me bloquait la gorge.

« Garet, descends de là. Viens. Je veux te parler. »

Je suis descendue.

« Je sais pourquoi tu fais ça, pourquoi tu pars comme ça, et je veux te dire que tu te trompes. Personne ici ne te blâme pour ce qui s'est passé. Regarde-nous et pense à ce que tu as fait pour chacun de nous. Tu nous as accueillis, respectés, tu as pris soin de nous, tu nous as aimés. Aucun de nous n'avait connu l'amour avant de te connaître. C'est un don très rare, Margaret, et tu nous l'as offert tout entier, et bien plus que ça.

— J'ai failli à ma promesse, Hattie.

— Peut-être que tu as failli à toi-même, Garet, mais

c'est uniquement parce que ton objectif était trop ambitieux, cette fois. Ce n'est pas un crime de voir grand, mais il faut se préparer à la possibilité d'échouer, voilà tout. Tu n'as pas l'habitude de l'échec, ça ne te va pas bien au teint, d'ailleurs. Mais tu n'as failli à aucune promesse envers moi ni eux, je t'interdis de penser ça. Je te l'interdis, tu entends ? Tu ne pourras jamais me trahir, Margaret Parker. Je t'aime, autant que tu m'aimes. Tu as été une véritable amie, et je n'en retrouverai jamais une qui te vaille, j'en ai peur. Et plus que ça. Tu es ma sœur, tu le resteras à jamais. »

Elle m'a embrassée et j'ai enfoui ma tête dans son épaule en sanglotant. Pourquoi avais-je toujours pensé qu'elle devait être osseuse et dure ? Mon visage s'emboîtait parfaitement dans son cou, elle sentait la sauge et la citronnelle, la rassurance, le foyer. Quand elle s'est remise à parler, j'ai entendu qu'elle pleurait.

« Je voudrais qu'on aille toutes les deux vers le sud, seulement toi et moi. Je voudrais t'avoir pour moi pendant quelque temps, pour te dire toutes les choses que j'ai tues toutes ces années, pour m'occuper de toi, et peut-être attaquer une banque ou deux en route. » J'ai ri et nous nous sommes regardées. Elle souriait à travers ses larmes, tout comme moi.

« Mais ces sauvages ne nous laisseront pas partir sans eux. »

Mon sourire s'est terni.

« Hattie ?

— Oui, duchesse ?

— Je ne veux pas m'en aller.

— On reste ici, alors.

— Non, je veux dire, je ne veux pas mourir. Je ne veux pas vous quitter, toi, Jehu, ce monde. Je croyais que j'étais prête, mais de vous voir tous, de sentir… Vous allez tellement me manquer.

— Je sais. Je ne veux pas que tu partes non plus. Ça me coupe le cœur en deux, de savoir ça. Mais tu as raison. Rester ici à attendre sera une torture pour tout le monde. Il vaut mieux qu'on parte, qu'on se fixe quelque chose à faire, qu'on s'occupe. Peut-être qu'on fasse quelques petites bêtises. »

Elle a sorti un bout de papier de sa poche de poitrine et l'a agité devant mon nez. Les notes que j'avais prises au bureau de Callum, après l'avoir tué. Une liste de proies. Avec un sourire jusqu'aux oreilles, elle a glissé que quelques-unes n'étaient pas si loin d'Owlhoot Trail, qui pourraient valoir le détour.

« Que dira Jehu ?

— Ma foi, on verra bien. »

Nous nous sommes mis en route deux jours plus tard, en traversant Timberline et en embarquant Rebecca et Harvey au passage. Ils avaient deux chariots, l'un chargé de tout ce qu'ils possédaient, l'autre de stocks suffisants pour ouvrir une grande épicerie à Oro City, ou plutôt Leadville, comme elle a été rebaptisée[1]. Le filon était bien réel, et fécond.

Opal conduisait l'un des chariots des Reynold, Eli à ses côtés. Elles partaient à Oro City elles aussi, pour y ouvrir un bordel. Opal et Ruby étaient parvenues à une sorte de trêve mais elles se sont évitées durant tout le trajet et n'ont guère parlé. Ce soir, Opal a joué un peu de son zinzin, et je crois avoir vu les sœurs Bijoux échanger un sourire.

Il va nous falloir deux semaines au minimum pour parvenir au canyon. Je ne sais pas si c'est la promesse de l'aventure ou l'affection paisible qui émane de notre compagnie, mais je me sens plus en forme que depuis des mois. J'ai tout ce que je pourrais désirer.

1. La ville du Plomb (*lead*), donc, a remplacé la ville de l'Or.

40

Archives des récits d'esclaves de la WPA

Dernier entretien avec Henrietta Lee

Dimanche 20 septembre 1936

C'est aujourd'hui que je termine, Grace. Ne prenez pas cet air triste, même si ça fait chaud au cœur de la vieille dame que je suis. Je vous l'ai dit, c'était bon d'avoir à attendre vos visites. Je vous assure, c'est la vérité. C'est une bénédiction d'avoir eu l'occasion de revivre toutes mes aventures. Les soixante années après cela ? Ma foi, ce furent aussi de très belles années. J'étais avec les miens, nous étions en sécurité et nous étions ensemble. Jehu, Joan, Newt, et leur fils, ce sacripant, Win. Win Valentine. A-t-on jamais entendu un nom plus ridicule ? Il avait pris un peu trop du côté Spooner, si vous voulez mon avis. Ça a fini par sortir, je suppose.

Mais je m'égare. Je vous ai laissée là-haut, à Cold Spring Mountain, c'est bien ça ?

Garet et Luke étaient partis à la rencontre de la mort, voilà ce que je me disais. Je suis restée à regarder la vallée, longtemps, en me disant que je ne la reverrais sûrement jamais. En pleurant ma meilleure amie. Je pleurais très souvent, depuis plusieurs semaines. Je ne pouvais pas le laisser voir, surtout pas à Garet. Elle était fatiguée de devoir toujours être celle qui était forte, c'était mon tour. J'étais bonne à ça, pour sûr, mais quand vous devez toujours être forte, il n'y a jamais personne pour vous réconforter. Jehu était lui-même trop affecté, il n'était pas très présent… Je m'égare à nouveau.

J'ai répété ce que j'allais vous dire, pour être sûre de ne rien oublier. Vous voyez, ça n'a pas changé grand-chose, j'ai encore perdu le fil.

Je suis restée je ne sais combien de temps sur cette montagne. Quand je suis revenue au campement, Jehu était réveillé, il attisait le feu. Newt dormait. « Tu n'es pas partie. » Je n'ai pas répondu car j'étais en colère qu'il puisse avoir pensé que je partirais. J'avais promis, et, par Dieu, s'il y a une seule chose à dire d'Henrietta LaCour, c'est que c'est une femme de parole.

« Elle est retournée mourir là-bas. »

J'ai acquiescé. « Pour sauver sa famille, oui, elle y est retournée. Maintenant c'est à nous de lui faire honneur, de maintenir la famille ensemble. »

Jehu a hoché la tête, énergiquement, comme s'il voulait se convaincre. Il s'est levé, a réveillé Newt du bout du pied, a dit au gamin de seller son cheval, qu'on partait aider Garet. Je lui ai demandé ce qu'il fabriquait, il a répondu : « Il serait temps que je commence à me comporter en homme, dans cette famille. »

On a galopé vers le ranch, aussi vite qu'on a pu, sans cesser de répéter à Newt de faire tout ce qu'on lui dirait et de rester à l'écart. J'étais sûre que son père serait là et j'étais sûre qu'il ne voudrait pas rester à l'écart. Newt avait trop envie de faire ses preuves. Jehu et moi n'avons pas eu besoin de nous le dire : il se chargerait de Newt et je m'occuperais de Garet.

Nous sommes arrivés juste au moment où les coups de feu ont commencé. On a sauté de cheval en prenant nos armes et on s'est approchés très lentement, fusil à l'épaule, en ligne. Puis je me suis mise dos à eux pour nous couvrir et on a continué à avancer, moi à reculons. Je ne pensais pas que quelqu'un risquait d'arriver par là, mais deux précautions valent mieux qu'une. On a demandé à Newt si ça allait, il a dit OK, mais sa voix tremblotait.

Les coups de feu avaient cessé, et on est arrivés dans un nuage de poussière et de poudre à canon, des gémissements, puis il y a eu à nouveau deux coups de feu. J'ai entendu Garet jurer et j'ai foncé, en oubliant toute précaution. On s'est mis à courir, et qui on a vu là ? Valentine, qui brandissait une hache, prêt à la tuer. J'armais le chien de mon revolver quand Newt a interpellé son père. Val a à peine eu le temps de voir que son fils était armé et sa tête a éclaté comme une pastèque. Je n'avais jamais rien vu de tel auparavant, et je n'ai plus jamais revu ça. Je ne regardais pas Salter quand Garet lui avait fait sauter la cervelle, et le résultat était déjà assez moche comme ça. Il n'y a rien d'équivalent à voir la tête d'un homme éclater de cette façon. J'ai porté cette image toute ma vie, et il n'y a pas eu un jour sans que j'y pense. Ne vous méprenez pas. Je n'ai jamais regretté un seul instant la mort d'Ulysses Valentine. Mais je pleurais l'innocence perdue de Newt. Je l'ai pris contre moi, lui ai caché les yeux aussi vite que j'ai pu, mais pas assez vite. Il tremblait comme une feuille et pourtant il s'est précipité vers Garet pour voir si elle n'avait rien. Luke Rhodes a couru lui aussi. C'est lui qui a tué Valentine. Garet avait une plaie au bras et une autre au visage, mais rien de sérieux.

Après on a entendu Joan crier à l'aide. Stella avait pris

une balle dans le ventre, on n'a jamais su qui avait tiré. Elle est morte peut-être trois ou quatre minutes après qu'on arrive. Elle avait voulu s'attaquer à Spooner. Avec un fichu couteau, au lieu de tirer. Imbécile, pauvre imbécile. Pourquoi ? Pourquoi a-t-elle fait une chose pareille ? Oh, je comprends bien qu'elle voulait lui couper les couilles. Il avait mis sa sœur enceinte, et de toute façon, je vous l'ai déjà dit, elle détestait les hommes. Mais bon Dieu, si on s'attaque à quelqu'un, on doit être certain de le tuer. On ne lui lance pas un poignard à dix mètres de distance.

Joan n'a pas fait ça. Elle a ramassé le fusil de Garet, elle a enjambé le corps de sa sœur et elle a vidé son chargeur sur lui. Il est mort juste devant la porte de la maison, sous le nez de notre shérif antimeurtre. Joan a jeté le fusil aux pieds de Luke, en le mettant au défi de faire quelque chose. Il n'a jamais rien fait.

C'était un désastre, il y avait des corps partout. Dorcas, cette salope, elle était vivante. Elle avait tout vu, et je suppose que je devrais lui être reconnaissante d'avoir inventé une histoire au sujet de la fusillade, qui nous impliquait tous. Elle a vu Garet dévastée et a dû se dire qu'elle paierait suffisamment de se sentir coupable le temps qui lui restait à vivre.

Le jour suivant, j'ai envoyé Jack ramener Dorcas à Rock Springs et Domino faire une course pour moi. Ils devaient revenir très vite. Ils voulaient rester au ranch, et ça nous allait. Domino et Jack étaient de solides travailleurs. Vaut-Mieux-Pas aussi. Ils se sont tous rangés des affaires après ça, pour autant que je sache. Je n'ai jamais su ce qui s'est passé pour eux après notre départ du Hole.

Ce soir-là, la mort de Stella, ça a anéanti Garet. J'étais surprise que ça ait pris tant de temps, je pense qu'elle était trop focalisée sur sa volonté de veiller sur nous… En tout cas, elle a jugé qu'elle nous avait trahis.

Mme Lee reste silencieuse un long moment. Des larmes coulent sur ses joues.

Je lui ai dit que c'était faux, bien sûr. Nous avions toujours le ranch, une seule d'entre nous était morte, avec tous les risques qu'on avait pris depuis deux mois ? C'était un putain de miracle. On avait traversé tout ça. Mais au fil des années, je me suis demandé si on avait véritablement surmonté. À l'époque, j'étais persuadée qu'on n'avait pas eu le choix, que Garet n'avait pas eu le choix, avec ce pari. Mais en réalité, on a toujours le choix, Grace. Et chacun de nos choix a des retombées sur notre vie, sur les gens qu'on croise. Ceux qu'on aime, ceux qu'on hait. Souvenez-vous de ça, mais ne laissez pas non plus cette idée vous paralyser.

Je ne regrette pas ces derniers mois. Ce sont les dernières bêtises qu'on a pu faire, moi et Jehu. Bon, lui n'a jamais fait de bêtises. Après on a changé. On est devenus respectables. On a monté une entreprise de transport. La première qui soit passée à l'automobile de toute la Californie du Nord. On a bien gagné notre vie et on a revendu notre affaire pour une somme confortable, c'est sûr.

Garet aurait eu le cœur brisé de savoir qu'on avait quitté le ranch, elle qui s'était tant battue pour qu'on puisse le garder. Mais c'était trop isolé, et la ville a fini par mourir. Joan voulait que son fils aille à l'école. Je lui ai appris à lire et à compter, mais elle voulait qu'il ait une vraie éducation. Je ne peux pas l'en blâmer. C'est à peu près à cette époque que Newt est revenu de Cheyenne. Il était devenu un homme, avec un métier. Il avait sillonné l'Ouest avec un studio de photo itinérant pour prendre des photos des Indiens. C'était un bon créneau. Et qu'est-ce qui s'est passé quand Joanie l'a revu pour la première fois après cinq ans ? Elle est tombée amoureuse, instantanément, ce qui a bien soulagé Newt.

Donc nous avons fait ce qui était le mieux pour tout le monde, on est partis pour la Californie. Claire et Ruby s'étaient installées à San Francisco à la fin de l'année soixante-dix-sept et elles nous en disaient du bien. On n'est pas allés en ville, quand même, vous nous imaginez, passer du Hole à ce charivari ? Non. On s'est installés dans une petite ville, Monterey, et on a créé notre affaire pendant que Newt et Joanie ouvraient un studio de photo. Et on a vécu. Des belles vies, bien remplies. Quelques hauts et bas, mais rien d'insurmontable. Joan et Newt se sont mariés, ils ont élevé Win, ont eu deux autres enfants qui n'ont pas dépassé le berceau. La grippe les a emportés tous les deux, Joan et Newt. Très vite. Win a disparu, il y a une quinzaine d'années, je dirais. Il a cessé de venir rendre visite ou d'écrire. Il était un peu vaurien, mais loyal, et il nous aimait comme si on était ses grands-parents, moi et Jehu. Je crains qu'il n'ait connu une mort violente, Dieu seul sait où il repose.

Claire et Ruby étaient à San Francisco, donc. Elles ont ouvert une agence de détectives privés qui a très bien marché pendant quelque temps. Est-ce qu'elle a écrit l'histoire de Garet ? Elle a essayé, pour sûr, mais personne n'en a voulu. Exactement comme je l'avais dit à Garet, quand on était dans cette cabane. Après elles ont eu une période difficile. Claire a décidé de faire un livre d'aventures en espérant pouvoir le vendre pour un penny la page. Vous avez entendu parler de ces *penny dreadfuls* ? Il y avait deux problèmes : un, quand Claire s'est décidée, ils étaient déjà passés de mode. Deux, ces histoires étaient lues principalement par des hommes et des jeunes garçons, et un gang de femmes qui surpassaient des hommes, ça n'intéressait personne. Elle m'en a donné un exemplaire, je l'ai lu. Non, je n'ai aucune idée d'où il a pu passer. Probablement à la poubelle, c'est tout ce qu'il méritait.

Claire et Ruby n'avaient plus un sou, alors elles sont venues travailler pour nous. Elles s'occupaient du bureau en ville. Elles ont péri dans le grand tremblement de terre, en 1906. Toutes les deux.

Ça fait beaucoup de morts, c'est vrai. Mais j'ai quatre-vingt-douze ans, petite. Je suis la dernière qui reste. Jehu est mort dans son sommeil, en 1931. J'ai lavé et préparé son corps pour le cercueil moi-même. Je ne voulais pas risquer qu'on l'humilie après sa mort, je ne voulais pas qu'on se moque de lui. De nous.

Oh non, je ne suis pas totalement seule. Il y a ces jeunes femmes de la paroisse qui viennent prendre des nouvelles et m'apportent des provisions et une fricassée chaque semaine. De braves filles. J'ai pris mes dispositions. Elles savent ce qu'il faudra faire, on s'occupera de tout à ma mort, ne vous en faites pas. Mais c'est gentil de votre part de demander. C'est agréable d'avoir des gens qui se soucient de vous.

Qu'est-ce qui est arrivé à Garet ? Je savais bien qu'il faudrait y venir.

Elle voulait voir le Grand Canyon, c'est là qu'elle voulait mourir. Ils devaient y aller pour leur lune de miel avec Thomas, en 1863, mais ils voulaient d'abord voir le Colorado. Thomas voulait tenter sa chance comme chercheur d'or, mais quand Garet a vu sa première harde de chevaux sauvages, son cœur a chaviré. Et du coup, ils ne sont jamais allés jusqu'au Grand Canyon. Mais ils continuaient d'en parler. Il y avait les histoires des aventuriers de passage, qui disaient qu'il fallait le voir pour le croire et que les mots ne pouvaient lui rendre justice.

Moi aussi je voulais le voir, nous tous en fait. On avait tous entendu ces histoires à un moment ou à un autre. Mais surtout, je voulais être avec Garet jusqu'à sa mort. Je lui devais au moins ça. Je lui devais beaucoup plus. Je lui devais ma vie, Jehu, la famille. Quoi qu'il ait pu se passer, quoi qu'on ait pu subir, bien, mal, ce qu'on aurait dû faire ou ne pas faire, ça n'avait aucune importance. La seule chose qui en avait, c'est que j'étais en train de perdre ma meilleure amie. Je voyais la mort arriver. Je la suppliais d'attendre, et elle l'a fait. Mais elle nous suivait pas à pas, tout au long de la route jusqu'à Owlhoot Trail.

Elle a essayé de partir sans nous. Elle avait fait ses adieux sans les faire, elle se croyait maligne. On savait très bien ce qu'elle manigançait. On l'a laissée organiser son plan, charger Ole Pete, seller Rebel, et on lui a barré la route devant la maison quand elle a voulu s'en aller en pleine nuit. Je lui ai demandé si elle était assez cinglée pour penser que j'allais la laisser mourir toute seule dans son coin.

On est partis deux jours après. Luke était venu me trouver. Il disait qu'il faudrait un bon mois pour arriver là-bas, à allure soutenue. « Elle ne pourra pas tenir une allure soutenue », il a dit. J'ai répondu que je ne voulais plus l'entendre prononcer ce genre d'évidence, et surtout pas devant les autres. Garet n'était pas idiote. Elle savait à quelle distance se trouvait le canyon. Le but de ce voyage n'était pas le canyon, c'était de lui permettre de mourir comme elle l'avait choisi, en selle, avec les siens autour d'elle. Après tout ce qu'elle m'avait offert, je lui offrirais ça.

Domino est revenu la veille de notre départ. C'est Old Blue que je l'avais envoyé chercher, et je ne sais pas qui était le plus heureux de ces retrouvailles, du cheval ou de Garet. Elle m'a serrée dans ses bras, si fort que j'ai cru étouffer. Je l'ai laissée sangloter sur mon épaule, je n'ai rien dit, à part que je l'aimais.

Quand je pense à elle trop longtemps, le chagrin tourne

à la colère. Oui, j'éprouve toujours du chagrin, après soixante ans. Qu'elle soit morte si jeune, tous ces possibles anéantis. Elle aurait pu être une grande dame, aux yeux du monde entier, si elle n'avait pas été réduite à rien par le colonel. Bon, je lui attribue tout le blâme, mais au fond ce n'était qu'un homme de cette époque. Et de l'époque présente aussi, d'ailleurs, si vous voulez mon opinion.

Nous sommes partis un mercredi. Ne me demandez pas pourquoi je me souviens de ce détail. Nous prenions notre temps, la route était belle. La piste longeait le mur de falaises rouges qui s'étire vers l'est, les plaines que nous traversions étaient verdoyantes. De riches pâtures, et je voyais Luke les examiner avec intérêt. Plus loin au sud, les broussailles sont apparues, on se rapprochait du désert. Mais ces paysages... Que Dieu me pardonne, le désert peut être sublime. L'Utah offre quelques-uns des plus merveilleux décors de l'Ouest, et nous l'avons parcouru de bout en bout.

Garet a pu monter seule pendant dix jours, puis nous l'avons prise avec nous à tour de rôle. Claire a suggéré qu'on se procure un chariot pour l'installer plus confortablement. Je lui ai dit que Garet n'en voudrait pas, elle a demandé quand même, et j'avais raison. Nous avons continué comme ça. Un jour nous avons vu des Indiens utes à cheval, sur les crêtes des falaises. Cela nous a inquiétés pendant quelques heures, mais ils ont finalement dû se dire qu'un groupe de femmes avec seulement deux hommes ne valait pas de perdre leur temps.

On ne voyait pas grand monde, au reste, c'est pour ça que les hors-la-loi aiment passer par là. La piste remonte jusqu'au Montana en partant du Mexique, et pourtant ça m'étonnerait qu'on y compte plus d'un millier d'habitants en tout et pour tout. Mais les gens qu'on a croisés étaient plutôt sympathiques, pour des bandits. Écoutez-moi donner des leçons, alors qu'on venait tout juste de raccrocher nous-mêmes. On a même pu acheter un peu de cannabis pour Garet.

On a suivi la Green River pendant un moment, sachant qu'elle croisait le fleuve Colorado, qui nous conduirait au canyon. Plus nous avancions vers le sud moins il y avait de gens et plus les paysages devenaient époustouflants. Le dernier jour, nous sommes arrivés à une impasse, au sommet d'une mesa qui se rétrécissait jusqu'à ne plus être qu'une pointe en saillie. Juste en dessous, la Green River se jetait dans le Colorado. Les eaux vertes et rouges cheminaient côte à côte, puis se mêlaient au loin.

J'étais avec Garet, assise devant moi. Elle s'était endormie sur mon épaule. Je l'ai secouée doucement pour lui annoncer que nous étions arrivés. J'ai vu la confusion dans son regard quand elle a ouvert les yeux. Il lui fallait de plus en plus de temps pour revenir à elle. Puis elle m'a adressé un sourire qui m'a déchiré le cœur. Ses lèvres desséchées se craquelaient, ses yeux étaient cernés comme si on l'avait frappée, elle respirait par à-coups précautionneux.

« Mon héroïne », elle a murmuré. Je lui ai dit de regarder le paysage, plutôt que moi. Je ne voulais pas qu'elle me voie pleurer. Elle a poussé un soupir et dit que c'était aussi beau que dans ses rêves. Nous sommes restés un long moment sur nos chevaux, à nous imprégner de cette beauté, et de l'idée que nous étions arrivés au terme de notre voyage. Garet a pris une grande inspiration.

« Je ferais mieux de faire mes adieux. » Elle parlait dans un souffle.

Je l'avais prise dans mes bras pour la faire tenir debout. J'ai resserré mon étreinte en lui disant que je n'étais pas prête. Ce n'était pas juste, elle avait encore tant de vie à vivre, tellement à donner, je ne savais pas si je pourrais être moi-même sans elle à mes côtés, pour me respecter et me houspiller. Elle a rétorqué que j'avais Jehu, et c'était vrai, mais cela n'avait rien à voir, un amant et une amie. Les deux sont nécessaires pour être entière, et j'étais en train de perdre une partie de moi. J'avais la sensation physique que quelqu'un était en train de creuser un trou dans ma poitrine pour en tirer mon cœur.

Ce que j'aurais voulu, en réalité, c'est que nous restions seules elle et moi. Je voulais qu'elle soit tout à moi jusqu'à ses derniers instants, je ne voulais pas partager ses adieux avec d'autres. Je suis une personne jalouse et possessive, depuis toujours. Mais Garet n'était pas comme ça, et je savais qu'il était important pour elle de faire ses adieux à tous. Elle avait des messages à délivrer à chacun de nous, et qui étais-je pour leur interdire de profiter encore un peu de sa sagesse et de son amour ?

Luke l'a aidée à descendre et elle s'est appuyée sur ses bras pour se maintenir debout. Elle s'est laissée aller contre lui et il l'a retenue avec la délicatesse qu'on a pour une coquille d'œuf. Elle lui a murmuré des choses à l'oreille et ils sont restés à parler ainsi une minute. Nous autres regardions ailleurs pour leur laisser un peu d'intimité. Elle a conclu en lui donnant l'ordre de ne jamais couper sa superbe moustache. Il a ri, mais quand il s'est détourné, je l'ai vu s'essuyer les yeux.

Puis elle est allée vers Claire, qui n'essayait même pas de cacher son chagrin, et allez savoir, je l'ai aimée pour ça. Garet lui a demandé si elle s'était amusée pendant ces derniers mois, et Claire a hoché la tête en redoublant de sanglots. Elle lui a tendu son journal et lui a dit qu'elle espérait qu'elle l'aimerait toujours après l'avoir lu.

Joan et Newt étaient restés au ranch. Joanie avait expliqué à Garet qu'elle ne pourrait endurer cette marche vers la mort, pas après Stella. Nous comprenions, et que Newt reste avec elle était dans l'ordre des choses. Il était le seul alors à être capable de lui arracher un sourire.

Elle a demandé à Jehu de l'emmener jusqu'à la pointe de la mesa. Il l'a aidée à s'asseoir et Ruby a enroulé une couverture sur ses épaules. Elles ont échangé un au revoir muet.

Ils sont restés un long moment assis là tous les deux. Je ne sais pas ce qu'ils se sont dit, ni même s'ils se sont dit quelque chose. Nous n'avons jamais parlé de cela ensemble. Je voulais garder ses paroles pour moi seule, un secret dans lequel puiser les mauvais jours, qui me ferait sourire. C'était pareil pour Jehu.

Le soleil commençait à décliner quand il s'est relevé. Il est passé devant le feu sans s'arrêter et est allé tout droit aux chevaux. J'ai vu ses yeux. Il ne pouvait pas partager sa douleur avec nous. Alors je suis allée retrouver Garet.

J'ai vu beaucoup de couchers de soleil, mais jamais rien qui approche celui-ci. Le ciel avait pris des couleurs extraordinaires, il s'embrasait, luttant contre l'obscurité qui gagnait du terrain, la repoussant aux confins de l'horizon. Quand le soleil a finalement disparu, tout est devenu pourpre, sans mentir. Toutes les nuances de pourpre et de violet que l'on peut imaginer. Le socle des nuages était lavande, le dessus violet foncé, une violine presque noire ; le bleu du ciel s'est éclairci de manière irréelle pour prendre une couleur indigo que je n'ai plus jamais revue, ni bleue ni violette.

Nous restions silencieuses ; il n'y avait plus rien à dire et tant à dire à la fois. Tout ça était au-delà de nous, désormais, de moi, en tout cas. Toute cette beauté, que je partageais avec elle, dans ses derniers instants sur terre…

Elle a posé la tête sur mon épaule et je l'ai enlacée. Elle était légère comme une plume. Elle avait affreusement maigri durant le voyage et je savais qu'elle avait enduré des douleurs terribles. Mais jamais elle ne s'est plainte. Pas une fois.

Elle a soupiré, si profondément que j'ai cru que c'était fini. Mais elle s'est remise à parler et m'a dit que tout était comme elle l'avait souhaité. Elle avait eu raison de vouloir venir ici, c'était magnifique. « Même si ce n'est pas le Grand Canyon ? » Elle m'a regardée en souriant : elle se doutait qu'elle ne pourrait pas aller jusque là-bas, mais le substitut était extraordinaire, a-t-elle dit. Elle a pris ma main, et j'ai senti ses os, fragiles comme ceux d'un oiseau, des coquilles vides qui s'effriteraient à la moindre pression. Le plus important, a-t-elle dit, c'était que l'on soit tous ensemble et que je sois avec elle. « Tu es ma préférée, tu sais. » Je l'ai taquinée en lui reprochant de dire la même chose à chacun. Elle l'a avoué, mais m'a dit que dans mon cas, c'était la vérité.

« J'ai su dès la première fois que je t'ai vue que tu serais ma confidente, mon moteur, mon égale absolue et mon amie. » J'ai demandé comment elle pouvait bien savoir ça. « Tu me regardais dans les yeux, tu n'as pas cillé, pas une seule fois, tu n'as jamais reculé. Ne perds jamais ça, Hatt. Mais fais très attention à toi, c'est pour toi que je m'inquiète le plus. » Ça m'a désemparée, je le reconnais, mais elle a poursuivi avant que je puisse protester. « Nous savons l'une comme l'autre jusqu'où peut aller la cruauté des gens, surtout envers les femmes qui leur échappent. Je veux que tu vives une très longue vie. Tu me promets ? »

Elle n'avait pas besoin d'en dire plus, je savais de quoi elle parlait. Mais je ne voulais pas que nos derniers moments soient si solennels. « Donc, je lui ai demandé, ton message d'adieu pour moi c'est : ne meurs jamais, et celui pour Luke : ne rase jamais ta moustache ? »

Elle a souri et fermé les yeux en se blottissant contre

moi. « C'est une moustache fabuleuse. Très douce. Elle te chatouille juste là où il faut. »

J'ai éclaté de rire, et j'ai continué à rire jusqu'à ce que mon rire tourne aux larmes. Et là je lui ai dit tout ce que j'éprouvais. Les mots se déversaient hors de moi, je ne sais même pas si elle en a entendu un seul. Quand la nuit est tombée et que les dernières lueurs pourpres se sont éteintes, Garet est devenue toute molle. Elle respirait toujours, avec des pauses de plus en plus longues entre chaque souffle. Elle était encore là, et je voulais croire qu'elle m'entendait. « Je t'aime, Margaret Parker, et je ne cesserai jamais de t'aimer. »

Elle a aspiré l'air une dernière fois puis a expiré son âme, vers les cieux, dans un sourire. Je suis restée là avec elle un temps infini. J'ai tellement pleuré, il m'a fallu quarante années avant de pouvoir pleurer à nouveau. Rien n'a jamais été aussi vif que la perte que j'ai ressentie ce jour-là. Jehu est mort dans son sommeil, Dieu soit loué. Je n'aurais pas voulu le voir mourir, comme Garet. Je l'ai pleuré, naturellement, mais c'était un homme âgé, et nous avions eu une bonne vie. La mort de Garet a été une tragédie.

Elle nous a donné à chacun ce que nous désirions sans en avoir conscience. Un foyer à Jehu. Une figure de mère à Joan et à Stella. L'aventure de sa vie à Claire, à Newt la sécurité et à Luke une affection réelle, et peut-être même de l'amour. Bon sang, même à Dorcas elle a donné quelque chose. Dorcas a fait de Connolly Inc. l'une des plus grosses compagnies de l'Ouest, avant de revendre le tout à Hearst au tournant du siècle. À sa retraite, elle était la femme la plus riche du Colorado.

Ce qu'elle m'a donné à moi ? Si vous n'en avez pas une petite idée après m'avoir entendue raconter tout ça pendant des heures, ma foi, c'est que vous n'avez pas écouté.

Femmes oubliées
Une série radiophonique de Krys Chestnut

Épisode 5.17
Invitée : l'historienne Stephanie Bailey, professeur d'histoire de l'Ouest américain, université de Boulder, Colorado.

Dans cet épisode, le professeur Stephanie Bailey, spécialiste de l'histoire du Grand Ouest américain à l'université de Boulder, Colorado, nous parle de son dernier livre. Heresy Ranch *relate l'histoire d'un gang de femmes hors-la-loi qui sévit au Colorado à la fin des années 1870 et le long chemin semé d'embûches qui l'a amenée à découvrir leur existence.*

Krys Chestnut : Bienvenue dans notre série, « Femmes oubliées ». Je reçois Stephanie Bailey, qui vient de publier *Heresy Ranch*, un essai qui relate la vie d'un groupe de femmes hors-la-loi au Colorado en 1877. Merci d'être avec nous.

Stephanie Bailey : Merci à vous de me recevoir. Je suis votre émission depuis le premier épisode et je trouve que vous faites un travail important en mettant en lumière des femmes que l'Histoire avec un grand H a oubliées et en les faisant connaître à un public plus large, et plus jeune aussi.

K. C. : Merci, Stephanie, et je pense qu'il faut préciser que nous nous connaissons bien, le professeur Bailey et moi : j'ai été son assistante d'enseignement quand j'effectuais mon master en histoire des femmes, et nous sommes restées amies. J'ai souvent fait appel au professeur Bailey pour vérifier certains faits qui me paraissaient trop fantasques pour être réels.

S. B. : Il y en a beaucoup dans cette histoire, n'est-ce pas ?

K. C. : En effet, et je dois vous avouer qu'il m'est arrivé à de nombreuses reprises de me poser des questions sur ce livre.

S. B. : Je ne peux pas vous en vouloir, car j'ai eu la même réaction quand j'ai commencé à m'intéresser à ce sujet. En Europe, les historiens semblent exhumer en permanence des histoires de femmes scandaleuses, qui apparaissent dans des courriers et des archives. Mais trouver ce genre de femme hors norme dans l'Ouest américain de l'époque… Ma foi, j'ai beaucoup oscillé entre le sentiment que j'avais dégoté un filon exceptionnel et celui que toute cette histoire allait être réduite à néant par la découverte d'un nouveau document.

K. C. : Les légendes sont légion, à l'époque.

S. B. : En effet, et s'il y a bien une histoire qu'on pourrait soupçonner d'en faire partie, c'est celle du gang Parker.

K. C. : Rapidement, pour nos auditeurs qui n'ont pas encore entendu parler de votre livre, qu'était le gang Parker ?

S. B. : Comme vous le savez, l'histoire est difficile à retracer en deux mots. Mes enfants me taquinent en me disant que je suis enfin une vraie historienne, car j'ai publié un pavé. Mais je vais essayer. Le gang Parker était un groupe de femmes, constitué de quatre à sept membres, qui a œuvré de 1873 à 1877. Six hold-up leur sont attribués, sept si l'on ajoute le cambriolage opéré par Margaret Parker après avoir tué Callum Connolly. Elles n'ont jamais été arrêtées officiellement, et la preuve de leur culpabilité n'a jamais été faite, même si un de ses membres a passé une semaine en prison, avant de s'évader avec l'aide de la bande.

K. C. : J'ai eu du mal à croire qu'elles puissent de cette façon entrer et ressortir avec lui.

S. B. : J'ai eu beaucoup de mal, moi aussi.

K. C. : C'est un moment fascinant de l'histoire. Avant de parler des personnages et de leurs aventures, j'aimerais que vous nous expliquiez comment vous avez découvert leur existence.

S. B. : Par un pur hasard, comme pour beaucoup d'histoires. J'ai des amis un peu partout dans le monde, avec qui nous échangeons sur nos travaux. Nous avons tous nos domaines d'expertise, et quand nous tombons sur quelque chose qui pourrait intéresser un collègue, nous le lui transmettons. Une amie a trouvé il y a une dizaine d'années un *penny dreadful* dans un marché aux puces. Le vendeur savait ce qu'il avait entre les mains, les *penny dreadfuls* sont perdus pour la plupart, et elle a dû payer une somme coquette pour l'acquérir. Elle a envoyé l'original à un de nos amis, professeur de littérature spécialisé dans le folklore du XIXe siècle aux États-Unis, et à moi une photocopie, à cause du sujet du roman. Je l'ai lu et je l'ai immédiatement catalogué dans la fiction. Je connais bien l'histoire du Colorado, et je n'avais jamais rien lu ni entendu au sujet d'une bande de femmes. C'était une histoire alléchante, bien sûr, mais le document n'avait pas de valeur dans le cadre de mes recherches. Malgré tout, les historiens étant des fourmis compulsives, j'ai consciencieusement classé les photocopies, avant de les oublier.

Environ cinq ans plus tard, je suis tombée sur un livre sur les prostituées dans le Grand Ouest, écrit par un historien amateur au début du XXe siècle. Malheureusement, l'auteur semblait plus soucieux de la légende haute en couleur de la vie au Far West que de vérité historique. Un chapitre était consacré à Opal Steele Driscoll, une prostituée qui avait épousé un chercheur d'or et s'était élevée au rang de dame de la bonne société quand son mari avait trouvé un filon. J'avais entendu parler d'Opal et de ses allégations sur le gang Spooner, dont elle disait avoir fait partie, mais elle était considérée comme une menteuse impénitente.

K. C. : C'était une mythomane, dit-on.

S. B. : Pour l'essentiel, oui, mais au fil de mes recherches, je suis arrivée à lui donner le bénéfice du doute. Il y avait ce détail, mentionné en passant et qui semblait hautement fantaisiste, qu'Opal Steele jouait de l'accordéon. Mais je me suis souvenue d'une prostituée qui jouait de l'accordéon dans le *penny dreadful*, et ça a éveillé ma curiosité. J'ai ressorti le livret et je l'ai lu avec plus d'attention, et l'intuition qu'il était peut-être basé sur quelques faits.

K. C. : Comment fait-on pour entreprendre des recherches quand on a comme point de départ des faits aussi ténus ? La tâche paraît insurmontable.

S. B. : C'est la vie des historiens ! Mais en effet, c'est là une des enquêtes les plus difficiles que j'ai effectuées, pour plusieurs raisons que je détaillerai plus tard. Il y avait trois pistes à explorer : la prostituée qui jouait de l'accordéon, Opal Steele ; l'auteur du *penny dreadful* ; et Margaret Parker, l'héroïne de l'histoire. Je me suis d'abord concentrée sur Opal. Je n'en ai pas trouvé trace avant le recensement de 1880, ce qui signifie qu'elle ne vivait pas dans le Colorado la décennie précédente, ou bien qu'elle avait changé de nom. Mes recherches sur l'auteur du *penny dreadful* n'ont rien donné non plus. Je me suis donc intéressée à Margaret Parker. Si vous avez déjà lu des *penny dreadfuls*, vous avez dû remarquer que les patronymes sont souvent grandiloquents et un peu ridicules. Celui de *Margaret Parker* frappait par sa banalité, en quelque sorte. Je ne l'ai pas trouvée dans les registres de recensement, mais j'ai trouvé sa rubrique nécrologique dans un article du *Rocky Mountain News* de 1877.

K. C. : Donc tout se résume à savoir remonter des pistes ?

S. B. : Absolument. Comme j'étais occupée par un autre projet à cette époque, je faisais cela à mes heures perdues, peu nombreuses, et je trouvais ces recherches décourageantes. La vraie Margaret Parker était une veuve qui avait perdu son ranch après le décès de son mari et il n'y avait aucun détail à son sujet de soixante-treize à soixante-dix-sept, jusqu'à l'article annonçant sa mort. Une fois où je me rendais à Washington pour une conférence, j'en ai profité pour passer un après-midi à la bibliothèque du Congrès. J'avais décidé de me concentrer sur la recherche de l'ancienne esclave qui apparaissait dans le *penny dreadful*, Henrietta LaCour, une Créole venue des Antilles françaises adepte des foulards de tête et de vaudou. La documentaliste a pouffé quand je lui ai demandé si elle avait jamais vu passer quelque chose au sujet d'une esclave devenue hors-la-loi. Elle a répondu par la négative, mais m'a informée que la bibliothèque du Congrès venait tout juste de terminer la numérisation des archives de la WPA, la Works Progress Administration, qui a effectué des captations d'interviews d'anciens esclaves dès 1935. Et que je pourrais peut-être y jeter un œil. Ce n'était pas encore accessible au public, j'ai donc sauté sur l'occasion, et incroyable, il y avait une brève interview d'une certaine Henrietta Lee, qui s'arrêtait sur la promesse d'une histoire alléchante. Mais le réalisateur de l'entretien n'avait pas donné suite, apparemment.

K. C. : Vraiment ? Comment est-ce possible ?

S. B. : Les membres de la WPA n'étaient pas historiens, et pas forcément soucieux des individus et de leur histoire. En ce qui concerne Gerard Coleman, l'homme qui s'est entretenu avec Henrietta LaCour, toutes ses transcriptions sont émaillées de remarques racistes, et incluent du dialecte de façon à faire apparaître ses interlocuteurs comme des gens incultes. Il est vrai qu'on sait désormais que la plupart des esclaves interrogés servaient à ces auteurs blancs le folklore qu'ils avaient envie entendre.

K. C. : Quelle tristesse de laisser perdre une telle opportunité, pas seulement par rapport à l'histoire d'Henrietta LaCour mais de manière générale, de collecter la réalité de ces expériences, vécues et racontées de l'intérieur avant qu'elles soient perdues pour l'Histoire.

S. B. : Oui, c'est l'une des grandes frustrations de notre métier, comme vous le savez. Mais c'est aussi cette frustration de ne jamais détenir tous les faits dans leur entièreté qui lui donne tout son sel. Après cette visite, je comptais rentrer à Boulder, ranger le dossier Parker dans l'armoire et me lancer dans un autre projet que j'avais en tête. Mais deux jours plus tard, la documentaliste m'a rappelée. Elle n'avait cessé de penser à mon affaire et s'était plongée dans les originaux des archives, transcriptions et notes de la WPA. Gerard Coleman avait pour assistante une certaine Grace Williams, qui tenait pour sa part un dossier avec toutes les notes de Coleman et les copies carbone des interviews qu'elle transcrivait à la machine. Et dans ce dossier se trouvait la suite de l'histoire. Grace était retournée de son propre chef chez Henrietta Lee, presque deux mois plus tard, et lui avait demandé de lui raconter toute sa vie. Il y avait tout, en détail. Une vraie mine d'or.

K. C. : Pourquoi est-ce que ça n'avait pas été inclus dans les archives ?

S. B. : Parce que c'était classé dans un dossier de copies. La question, c'est : pourquoi est-ce que ça avait été classé là ? N'en avait-elle pas parlé à son chef ? Il n'y a pas de registre ni de mention de ces entretiens dans le document sur le projet de la WPA, du coup nous ne pouvons pas savoir. Nous avons juste eu de la chance que ce dossier ne soit pas mis à la poubelle.

K. C. : Et c'est ce récit qui vous a donné les noms et détails qui vous ont permis de mettre au jour toute l'affaire ?

S. B. : Oui, mais là aussi, la chance extraordinaire, c'est d'avoir retrouvé les journaux de Margaret Parker et de Claire Hamilton, et en excellent état, qui plus est. Henrietta disait que Claire Hamilton et Ruby Steele s'étaient installées à San Francisco et étaient mortes dans le tremblement de terre de 1906. J'ai pris contact avec les archives de la ville de San Francisco pour glaner des informations à leur sujet. En tant que département du musée du Tremblement de terre de San Francisco, ils conservent des objets du quotidien, certains abîmés par la catastrophe, d'autres comme simples témoins de l'époque. En 2006, la Banque nationale de San Francisco a fait don de trois malles d'objets qui avaient été déposées dans leurs coffres-forts, et jamais été réclamées par leurs propriétaires ou leurs héritiers. Elles avaient été reléguées dans un entrepôt et oubliées. Quand elles ont été retrouvées, le conseil d'administration a choisi d'en faire don au musée. L'un des coffres appartenait à Claire Hamilton, et on y a trouvé une douzaine de carnets rédigés de 1877 à 1905. Le musée a entrepris la numérisation des plus récents, plus pertinents par rapport au tremblement de terre, puis l'argent a manqué pour poursuivre, comme bien souvent.

K. C. : Et l'art et l'Histoire sont toujours les premiers touchés par les coupes de budgets.

S. B. : Précisément. Deux carnets étaient reliés ensemble : les journaux de Margaret et de Claire qui retraçaient les cinq mois où elles s'étaient connues.

K. C. : C'est incroyable.

S. B. : Oui, d'ailleurs quand ça a commencé à se savoir, certains collègues m'ont adjurée de jouer au loto, parce que visiblement, j'étais née coiffée !

K. C. : C'est une façon de voir les choses. L'autre serait de considérer que cette histoire devait être écrite.

S. B. : Absolument. C'est un crève-cœur que ces femmes

aient été oubliées. Et pas seulement oubliées, mais ignorées, même de leur vivant. Je ne vais pas utiliser cette émission comme une tribune, mais leur histoire n'est pas qu'une histoire vraie, passionnante et pleine de rebondissements, c'est aussi une leçon sur le pouvoir qui peut s'exercer pour réécrire l'Histoire, par la presse, par les hommes de pouvoir, pour la faire coller à un certain récit officiel et préserver leur influence. Nombre de gens pensent que les *fake news* et la propagande sont aujourd'hui des menaces inquiétantes sur nos démocraties, et je ne saurais leur donner tort. La différence, c'est que de nos jours, les contrepoids existent, et qu'on peut avoir accès à la vérité, ou à ce que l'on considère comme telle ; c'est à portée de doigts de chacun. Mais cela est un phénomène extrêmement récent. Les historiens d'aujourd'hui pâtissent d'un manque d'informations, de lacunes et de trous béants. Les historiens du futur souffriront d'un excès d'informations et de données si conflictuelles que ce sera une gageure de faire le tri.

K. C. : Mais ce seront toujours les vainqueurs qui écriront l'Histoire ?

S. B. : Ça a toujours été le cas, sauf en ce qui concerne le Sud et la guerre civile. Il sera intéressant d'observer qui écrira l'Histoire et s'il sera encore possible de museler les perdants ou les points de vue divergents. Je ne le pense pas, et il reste à voir si ce sera ou non une bonne chose. J'ai tendance à le croire. Notre histoire s'est pendant trop longtemps écrite de manière unilatérale.

K. C. : Du point de vue du mâle blanc.

S. B. : Essentiellement, en effet.

K. C. : Mais cela évolue.

S. B. : Absolument. L'intérêt va croissant autour de ces femmes oubliées, grâce par exemple à des émissions comme la vôtre. J'espère qu'*Heresy Ranch* encouragera d'autres historiens à se pencher sur l'histoire des femmes, et les gens en général à envisager l'Histoire sous un autre éclairage, non pas comme quelque chose d'extérieur, mais comme une part vivante, et effective, de tout ce que nous vivons. Des femmes liront ce livre, et bien trop d'entre elles seront familières des faits qu'il relate. Peut-être s'arrêteront-elles pour se dire, dis donc, nous n'avons pas fait beaucoup de progrès, en cent quarante ans.

K. C. : Y a-t-il une suite ? L'histoire ne finit pas là, forcément.

S. B. : Je ne suis pas sûre qu'il reste des documents d'époque à trouver. Il est possible que Luke Rhodes apparaisse quelque part, qui sait.

K. C. : Est-il vrai qu'Hollywood vous a contactée ?

S. B. : Oui, ainsi qu'un éditeur new-yorkais, qui voulait que j'écrive un roman à partir de cette histoire.

K. C. : Une fiction ?

S. B. : Oui.

K. C. : Ils devraient savoir que les historiens préfèrent les faits à la fiction ?

S. B. : Ils trouvent que cette histoire est si étonnante qu'elle pourrait tout aussi bien être de pure fiction, et je ne peux pas leur donner tort. Je suis assez tentée par cette idée.

K. C. : Oh, professeur !

S. B. : Margaret Parker voulait que sa vie soit racontée, et par un concours de circonstances un peu fou joint à une bonne dose de chance, c'est à moi que cette mission est incombée. Je veux que l'on connaisse l'histoire de Margaret, Hattie, Claire, Stella, Joan, qu'elles aient finalement ce qui leur revient, avec cent quarante années de retard. Si cela doit se faire *via* un film, un roman, une bande dessinée, des graffitis sur les murs, s'il le faut, je le ferai. J'aime ces femmes, leur force de résilience, leur âme. Le monde doit savoir qu'elles ont vécu, et qu'elles étaient magnifiques.

Remerciements

C'est un petit miracle que ce livre soit parvenu jusqu'à vous et que vous me lisiez. Sa rédaction fut difficile pour plusieurs raisons, plus ou moins liées au travail même de l'écrivain. À plusieurs reprises j'ai pensé arrêter, rendre mon avance à mon éditeur et accepter que l'entreprise me dépasse, et que j'étais vaincue. En bref, j'ai souffert du syndrome de l'imposteur l'année durant laquelle j'ai écrit *Heresy*.

Finalement, j'ai gagné. Ce livre est, entre autres choses, un bras d'honneur au syndrome de l'imposteur et il est le meilleur que j'ai écrit jusqu'à présent.

Je le dois à plusieurs personnes.

Je souhaite remercier mon agente, Alice Speilburg, ma plus grande supporter.

Lindsey Hall, Anne Clarke, Tim Holman et l'équipe d'Orbit/Redhook pour avoir fermement cru que je pourrais leur donner un livre sur une idée aussi ténue. Je peux le confesser à présent, l'idée était ténue au point d'être inexistante. D'où cet *annus horribilis*. Leur confiance est ce qui m'a permis de continuer.

Bradley Englert, qui a recueilli mon petit orphelin et a fait un merveilleux travail d'édition, et qui aime ce texte autant que moi. Ellen Wright, qui est la meilleure attachée de presse du monde. Gleni Bartels, S. B. Kleinman, Jenna Dutton et Crystal Benn, ainsi que le studio graphique de Jouve.

Ma tribu de rédacteurs et de journalistes, qui décrochaient le téléphone, répondaient à mes appels et mes textos et écoutaient mes doléances, depuis mes « Je n'ai pas de plan, pourquoi je n'ai toujours pas de plan ? » (Brooke Fossey), jusqu'à mes idées de péripéties absurdes (Jenny Martin), en passant par « Ce livre est en train de me tuer, tu seras triste ? » (Mark Hoover), et « Rappelle-moi, la prochaine fois que j'ai une super idée, de la garder pour moi » (Kendel Lynn/Lindsey Hall, Alice Speilburg). À tout le monde chez DFW Writer's Workshop ainsi que Sister in Crime North Dallas, qui m'ont toujours remotivée.

L'historienne Laura Senturia pour son aide inestimable quant à l'histoire du Colorado, Ashlee Clark Thompson pour son aide dans la mise au point du personnage d'Hattie LaCour, Mark Hoover pour son amour indéfectible, son soutien et le meilleur mentor qu'un écrivain puisse rêver.

Tous les lecteurs qui m'ont contactée, impatients de lire ce livre. J'espère que leur attente aura été récompensée. Suehyla El-Attar, Suzanne Owen, Christy Ramirez, Diane Fenci, Jennifer Mason-Black, Blake Leyers, Carin Thrum, Heather Wheat, Terry Matthews, le Winnsboro Book Club, et tous les amis qui m'ont soutenue d'une façon ou d'une autre au cours de cette année.

Ma grande famille pour son amour, sa foi en moi, au-delà de mes défauts et de nos différences.

Enfin, et ce ne sont pas les moindres, assurément, Jay, Ryan et Jack. Quand les choses sont au plus mal, c'est vous trois que je regarde, mes phares et mon étoile du Berger, face au doute, aux défis et aux revers, et je sais que votre amour est là, qui attend de m'ouvrir ses bras.

MIXTE
Papier issu de sources responsables
FSC® C003309

L'éditeur de cet ouvrage s'engage dans une démarche
de certification FSC® qui contribue à la préservation
des forêts pour les générations futures.

Pour en savoir plus :
www.editis.com/engagement-rse/

Achevé d'imprimer en janvier 2021
dans les ateliers de Normandie Roto Impression s.a.s.
61250 Lonrai
N° d'impression : 2100074

Imprimé en France